Heike Stöhr
Die Handschrift des Teufels

Pirna, 1544. Magister Heinrich Fuchs und sein Weib Sophia erwarten ihr erstes Kind. Aber nichts ist, wie es scheint: Fuchs ist nicht der Vater, und statt Liebe verbindet die Eheleute vor allem der Wunsch, das Buch mit den seltsamen Schriftzeichen und Bildern zu entschlüsseln, das Sophia einst im Kontor ihres Vaters fand. Belauert werden sie dabei von Stadtschreiber Wolf Schumann, der die Macht des Buches für seine eigenen Zwecke nutzen will. Doch dann taucht ein Schatten aus Fuchs' Vergangenheit in Pirna auf, und auch Sophia gerät in Gefahr, als ihre Freundin Maria unter Mordanklage gestellt wird.

Unterdessen kämpft im Elbsandsteingebirge in der Flößersiedlung Krummhermsdorf ein junger Mann verzweifelt um die Erinnerung an sein früheres Leben …

Band 2 der ›Teufel von Pirna‹-Serie

»Heike Stöhr ist eine tolle Geschichtenerzählerin.« *Elvira M. Gordon-Pusch, Frankfurter Stadtkurier über ›Die Fallstricke des Teufels‹*

Heike Stöhr, 1964 in Leipzig geboren und in Pirna aufgewachsen, studierte Germanistik und Geschichte und arbeitet als Lehrerin in Berlin. Ihre Diplomarbeit zur sächsischen Geschichte führte sie ins Pirnaer Stadtarchiv und direkt auf die Spur ihrer Romantrilogie über die Kaufmannstochter Sophia und das rätselhafte Buch.

Heike Stöhr

Die Handschrift des Teufels

Historischer Roman

dtv

Von Heike Stöhr
sind bei dtv außerdem erschienen:
Die Fallstricke des Teufels
Die Arglist des Teufels
Der Pesthändler

Originalausgabe 2019
4. Auflage 2022
© 2019 dtv Verlagsgesellschaft mbH & Co. KG, München
Umschlaggestaltung: wildesblut – Atelier für Gestaltung,
Stephanie Weischer unter Verwendung von Fotos von
Arcangel Images/Kerry Horgard und Getty Images
Satz: Fotosatz Amann, Memmingen
Gesetzt aus der Adobe Jenson
Druck und Bindung: Druckerei C.H.Beck, Nördlingen
Printed in Germany · ISBN 978-3-423-21817-7

Personenübersicht

Im Schulmeisterhaus in der Obertorvorstadt in Pirna
Heinrich Fuchs: Magister und Universalgelehrter, zwischenzeitlich Schulmeister
Sophia: sein Weib
Justus: ihr Söhnchen
Hanna: Amme von Justus

Im Spital in Pirna
Gertrud: ehemals Köchin im Haus von Sophias Vater
Elias: ehemaliger Klostergärtner

In Krummhermsdorf
Moses: der Mann ohne Gedächtnis
Hans Hohlfeld: Flößer, Holzfäller, Heiler
Melchior: Hans' Enkel
Marthe: Köhlerstochter
Johanna: Kräuterweib mit hellseherischen Kräften

Familie, Haushalt und Helfer des Stadtschreibers von Pirna
Wolf Schumann: einflussreicher Stadtschreiber, jüngster Ratsherr
Georg Schumann: Wolfs Halbbruder, Schmiedemeister in Dresden
Lapidius: ehemaliger Kommilitone Wolfs, später Mönch, jetzt Alchimist in Altendresden

In der Schifftorvorstadt

Maria Fennigen: »Königin« der Bomätscher von Pirna, auch »Rote Maria« genannt, Sophias Freundin

Jonas: ihr Sohn

Marten: Marias Bräutigam, Kaufmannssohn aus Meißen, angehender Wirt der »Blauen Schürze«

Hannes: Bomätscher und Marias rechte Hand

Hidwigk: Hannes' Verlobte

Doro: die alte Wirtin der »Blauen Schürze«

Ausserdem in Pirna

Jobst: Abdecker oder Schinder

Hans Frost: Fronmeister

Diese Menschen lebten und arbeiteten im 16. Jahrhundert tatsächlich in Pirna und Sachsen, von manchen konnte ich nicht mehr Nachweise finden als ihre Namen und Berufe, andere hinterließen umfangreiche Zeugnisse ihrer Handwerkskunst oder ihres geistigen und politischen Wirkens.

Im Rat unter anderem

Friedrich Hofmann: Bürgermeister

Alex Walter: Kämmerer und Brotwäger

Hans Rische: Richtherr

Jakob Süssemilch: Baumeister

Balthasar Kittel: Bierherr, Salzgeldeinnehmer

Nickel Nack: Weinherr, Aufseher auf der Elbe

Gregor Kadner: Spitalmeister

Ausserdem

Anton Lauterbach: erster evangelischer Pfarrer und Superintendent von Pirna, Freund Martin Luthers

Agnes Lauterbach: sein Weib, ehemalige Nonne

Christoph von Carlowitz: Diplomat und einer der vertrautesten Räte von Herzog Moritz
Nikolaus Storch: Laienprediger aus Zwickau
Valentin Arnold: Bader
Georg Richter: Rektor der Knabenschule
Albert Weißenberger: Kantor
Johann Lichte: vierter Schulmeister der Knabenschule

IN WITTENBERG
Lucas Cranach, der Ältere: Hofmaler des Kurfürsten
Lucas Cranach, der Jüngere: sein Sohn und Nachfolger
Anna Cranach: seine jüngste Tochter
Martin Luther: Kirchenreformator
Katharina Luther: sein Eheweib
Philipp Melanchthon: Professor in Wittenberg, Freund Luthers und Lauterbachs

1. Kapitel

»e, Moses! Aufstehen!«

Obwohl der alte Hans ihn bei diesen Worten energisch rüttelte, schaffte Moses es kaum, die Augen zu öffnen. Und so sah er auch nicht den Schwapp Wasser kommen, den Melchior ihm im nächsten Augenblick ins Gesicht schüttete. Wie von einer Hornisse gestochen sprang Moses auf. Das eiskalte Wasser triefte ihm aus dem Haar und tropfte aus seinem Bart über die Brust. Ein widerwärtiges Gefühl! Fluchend wischte er mit dem Hemdsärmel über die nassen Stellen. Dabei überlegte er, ob er Melchior, der vor Lachen prustete und sich die Seiten hielt, packen, nach draußen zerren und kopfüber in den Dorfbrunnen tunken sollte. Aber erstens war das Wasser dort schon seit Wochen eingefroren, und zweitens verabreichte Hans Hohlfeld seinem Enkel gerade eine derbe Kopfnuss.

»Schluss mit den Albereien!« Der Alte schüttelte sein graues Haupt. »Manchmal kann ich es kaum glauben, dass du schon zwanzig Lenze zählst, dussliger Kindskopf!«

Das beifällige Grinsen verschwand sofort aus Moses' Gesicht, als Hans sich mit drohend erhobener Hand zu ihm umdrehte. »Und du, zieh dich gefälligst an, statt dem Herrgott die Zeit zu stehlen! Heut ist der Tag Fabian und Sebastian. Da müssen wir noch vor dem ersten Licht im Busche sein.«

Moses hockte sich fröstelnd auf den Rand der Bettstatt und angelte mit dem Fuß nach seiner Hose auf dem Boden. »Warum? Was ist besonders an diesem Tag?«, erkundigte er sich gähnend.

»Herrgott, Moses, das weiß doch nun wirklich jedes Kind!«, spottete Melchior. »Da kehrt der Saft in den Bäumen um.«

»Hä?« Moses zog die Hosen hoch und band den Strick zu, mit dem er sie gürtete. Er hatte seine Schwierigkeiten mit dem eigentümlichen Zungenschlag der Leute aus dem Gebirge, aber oftmals entging ihm auch der tiefere Sinn ihrer Reden. »Und was soll das nun wieder heißen?«

»Junge, du vergisst, dass Moses kein Hiesiger ist«, erinnerte Hans seinen Enkelsohn. Dann machte er sich wie jeden Morgen daran, drei Holzschalen mit dampfender, dickflüssiger Roggenmehlsuppe zu füllen.

»Stimmt!« Melchior versetzte Moses einen freundschaftlichen Stoß vor die Brust. »Er heißt ja schließlich Moses, weil wir ihn letzten Herbst aus der Elbe gezogen haben. Damals war er genauso ahnungslos und triefend wie der kleine Moses aus der Bibel, den diese ägyptische Prinzessin auffischte.« Er zeigte auf Moses, der gerade dabei war, seine Haare trockenzureiben. »Wie man sieht, hat sich daran bis heute nichts geändert!« Vergnügt grinsend setzte er zu sich seinem Großvater an den Tisch.

Moses nahm ebenfalls Platz. Wie immer, wenn von seinem Gedächtnisverlust die Rede war, fühlte er eine Mischung aus Angst und Wut in sich gären.

Der alte Hans, der die Stimmungen seines Dauergastes inzwischen gut einschätzen konnte, bemühte sich, ihn abzulenken. »Du musst wissen, nach Fabian und Sebastian dürfen wir bis zum Herbst kein Holz mehr schlagen. Das ist ungeschriebenes Gesetz, und jeder Holzfäller, ob entlang der Kerntsch oder in den anderen Tälern, hält sich dran«, erklärte er. »Bei den Sorben gilt der Tag übrigens als Beginn des Frühlings.«

»Frühling?«, fragte Moses ungläubig nach und schüttelte den Kopf. »Mir scheint, heut ist es noch kälter als in den letzten Tagen.«

»Schon, aber meist setzt in den kommenden Tagen das erste Tauwetter ein. Danach stecken bereits einige Frühlingsblumen ihre Köpfe aus der Erde. Du wirst schon sehen!« Der Alte nickte, dann begann er, seine Suppe zu löffeln.

Die anderen taten es ihm gleich, und in der kleinen Blockhütte wurde es still.

Unwillkürlich kehrten Moses' Gedanken zu dem furchtbaren Augenblick im vergangenen Herbst zurück, als er nach tagelanger Bewusstlosigkeit zum ersten Mal zu sich gekommen war. Es war Nacht gewesen, die Luft hatte sich eigenartig feucht angefühlt, und es hatte seltsam gerochen – nach Wasser, Schlamm und Fisch. Das leichte Auf und Ab, mit dem die Lagerstatt unter ihm schaukelte, hatte ihm bewiesen, dass er sich auf einem Schiff befand.

Erinnerungsfetzen wehten durch sein Gedächtnis. Männerstimmen, große raue Hände, die ihn hielten, stützten, wuschen. Jemand flößte ihm Wasser ein und Suppe, wechselte einen Verband. Wieso? Was war mit ihm passiert? Sosehr er versuchte, sich zu erinnern, da war nichts! Bis heute lag alles, was sich vor diesem Augenblick in seinem Leben ereignet hatte, für ihn vollständig im Dunkeln – einschließlich des Namens, den er getragen hatte.

Er hockte vor seiner leeren Schüssel und zuckte zusammen, als Hans seine Schulter berührte. »Hier ist dein Rampftel, Moses. Hab heut zur Feier des Tages gute Butter reingetan, nicht nur Prägelsalz.« Der Alte legte das in ein Leinentuch geknotete Brot neben Moses. »Und nun zieh dich an und komm!«

Moses war so tief in seine Erinnerungen versunken gewesen, dass er gar nicht mitbekommen hatte, wie Melchior und dessen Großvater sich zum Abmarsch gerüstet hatten. Schnell erhob er sich, schlüpfte in seine Jacke und zog sich eine Mütze über die Ohren. Dann griff er nach Axt, Flößerhaken und Brotbündel, um den beiden Männern zu folgen.

Draußen entzündete Melchior die Pechfackeln, die ihren Weg zum Einschlagplatz beleuchten sollten. In der Mitte des Weilers, am Brunnen, versammelte sich die Rotte der Krummhermsdorfer Holzfäller, um gemeinsam in den Schlag zu ziehen. Wie immer ging Hans Hohlfeld an der Spitze des kleinen Zuges. Als Ältestem stand es ihm zu, als Erster den Fällplatz zu erreichen und auch als Erster wieder nach Hause zu kommen. Melchior und Moses reihten sich hinten bei den Jüngeren ein. Bedächtig und ohne Hast schritten die Männer bergan, denn einerseits galt es, die Kräfte für die anstehende Arbeit zu schonen, und andererseits konnte man auf dem vereisten, schmalen Pfad, zu dessen Seiten sich stellenweise jähe Abgründe auftaten, leicht ausrutschen. Vorsicht, Ruhe und Umsicht, das hatte Moses inzwischen gelernt, waren im Gebirge unabdingbare Voraussetzungen für ein langes Leben. Dennoch kam es hin und wieder zu Unfällen, denn die Arbeit der Männer, die winters das Holz schlugen, das sie mit den Hochwassern im Frühjahr und Herbst auf den Gebirgsbächen bis zur Elbe hinab drifteten, war hart.

Als später die dunstige Wintersonne schon hoch am Himmel stand, wischte sich Moses mit dem Arm über das nasse Gesicht. Obwohl der Frost die Bäume knacken ließ und die Sonnenstrahlen es ohnehin kaum schafften, das verworrene Astgefüge der mächtigen Buchen, Eichen und Tannen zu durchdringen, war ihm bei der Arbeit heiß geworden. Es lag nicht nur an der körperlichen Anstrengung. Zwar pulsierten die Schwingungen der gleichmäßigen Axtschläge noch immer durch seinen Körper, doch was ihm mindestens ebenso den Schweiß auf die Stirn trieb, war die Gefahr, der sich die Holzfäller bei jedem Handgriff, den sie taten, aussetzten. Es war fast so, als wehre sich der Wald mit allen Mitteln dagegen, dass sie ihm einen der Seinen entrissen. Jeder Baumriese, den sie zu Boden brachten, brach im Fallen Äste von den umstehenden Bäumen, und mitunter landete der Stamm nicht da, wo die Holzfäller ihn haben wollten. Ständig mussten sie aufmerksam sein, bereit, sich zu ducken, beiseitezuspringen oder einen Kameraden zu warnen.

Dankbar ergriff Moses die Tonflasche, die Melchior vorsorglich ans Feuer gestellt hatte, damit der Inhalt nicht gar so kalt in den Magen gelangte. Er nahm einen großen Schluck und wickelte anschließend den Rampft aus, der ebenfalls in einer Mulde neben dem Feuer gelegen hatte. »Wenn du nicht eines Tages an Magenverhärtung jämmerlich zugrunde gehen willst, darfst du niemals gefrorenes Essen hinunterschlingen, Junge!« Das hatte der alte Hans ihm in den letzten Wochen immer wieder eingeschärft.

Seit dem frühen Morgen hatten die drei Männer Seite an Seite gearbeitet. Zuerst mussten sie die Tannen entästen, die sie gestern geschlagen hatten. Dann wurden die Stämme mit der Axt geschrotet und anschließend mithilfe der langen Flößerhaken zum nahen Hang geschleift. Dort ließen sie das Holz über Bloßen zum Fluss hinabrutschen. Bei diesem Teil der Arbeit kam es ihnen entgegen, dass der anhaltende Frost Boden und Felsen mit einer glatten Eisschicht überzogen hatte. Wenn sich das Holz allerdings irgendwo verfing, war es für die Männer umso gefährlicher, mit ihren Haken den steilen Hang hinabzuklettern und den Stamm zu befreien. Erleichtert dankte Moses seinem Schöpfer, dass die unfallträchtigste Arbeit nun hinter ihnen lag. In den nächsten Wochen würde es jedenfalls vergleichsweise einfach werden, die Hölzer im Tal zu stapeln. Von Hans hatte Moses erfahren, dass die Holzfäller diese Stapel später zu Beginn der Trift mit ein paar gezielten Axthieben zum Einsturz bringen würden, sodass die Stämme direkt in den Bach rollen konnten. Das meiste Holz, das sie in den letzten Wochen geschlagen hatten, würde als Stempelholz an die Silbergruben im Erzgebirge verkauft, hatte Hans hinzugefügt, oder es würde als Brennholz im Dresdner Holzhof landen.

Melchior schien ebenso erleichtert zu sein wie Moses, denn er stieß einen tiefen Seufzer aus, während er seine Flasche wieder verkorkte und sein Brottüchel zusammenfaltete. »Zum Glück wird heute nur noch der letzte Baum des Winters geschlagen, bevor es wieder nach Hause geht«, erklärte er zufrieden. »Und wie jedes Jahr wird Großvater den letzten feierlichen Schlag setzen.«

Die Holzfäller hatten dafür schon vor Wochen eine besonders schön gewachsene Tanne ausgewählt. All ihre Schwestern ringsum waren bereits gefällt worden. Von ihnen waren nur kniehohe Stubben übrig geblieben, die in einigen Jahren, sobald sie ausreichend verkient waren, auch noch ausgegraben wurden. Aus ihnen machten die Holzfäller Kienspäne, an denen man in den Dörfern des Gebirges großen Bedarf hatte, da sie dazu dienten, die Stuben in den langen Wintermonaten ein wenig zu erhellen.

»Wir müssen uns beeilen«, murmelte Hans Hohlfeld nach einem prüfenden Blick in den schiefergrauen Himmel.

Inzwischen hatten zwei der Holzfäller begonnen, von beiden Seiten grobe Späne aus dem Stamm der letzten Tanne zu schlagen. Schräg zur Faserrichtung fraßen sich ihre Äxte immer tiefer ins Holz. Dabei setzten sie einen Schrot immer ein Stück tiefer an als den anderen, um so die Richtung vorzugeben, in die der Baum fallen sollte.

Moses folgte dem Blick des Alten, konnte aber nichts Ungewöhnliches entdecken. Über ihnen ächzte der Wipfel der Tanne, und es schien noch ein wenig kälter geworden zu sein als am Morgen.

»Es kommt Südostwind auf.« Melchiors Stimme klang besorgt.

Natürlich, kein Holzfäller, dem sein Leben lieb war, würde bei Wind auf den Schlag gehen, dachte Moses. Aber das hier war höchstens ein Lüftchen. Doch dann begriff er, was Melchior meinte. »Der böhmische Wind«, sagte er. Das war der Wind, den die Holzfäller am meisten hassten, denn seine Böen waren unberechenbar und wehten besonders eisig durch die Schluchten und Täler des Gebirges. »In den nächsten Tagen wird also noch kein Tauwetter kommen.«

Doch Melchior hörte ihm gar nicht zu. Zusammen mit den anderen Männern beobachtete er gespannt, wie sein Großvater die Axt nun an dem langen, geschwungenen Stiel packte und kräftig ausholte. Dabei zielte Hans auf den höher liegenden Schrot am Stamm der Tanne. Gelang es ihm, den Baum mit einem einzigen Schlag zu Fall zu bringen, verhieß das Glück für den Rest des Jahres.

Doch genau einen Wimpernschlag, bevor der Alte die Axt niedersausen ließ, fuhr eine heftige Bö aus der anderen Richtung in das verzweigte Geäst der Tanne. Einer der Männer stieß einen gellenden Warnruf aus, und Moses sah, wie Hans sich zur Seite warf, wobei er die Axt fallen ließ und die Arme schützend über den Kopf riss. Ein paar Holzfäller, die in seiner Nähe gestanden hatten, sprangen davon. Melchior aber wollte auf seinen Großvater zustürzen, um ihn vor dem Baum zu retten, der im selben Augenblick krachend und splitternd auf den Alten herabzufallen schien. Moses erwischte Melchior am Arm und zerrte ihn mit sich zu Boden. Zweige, Holz- und Rindenstücke prasselten auf die Männer nieder. Ein Splitter traf Moses an der Wange, und er spürte warmes Blut über seine kühle Haut rinnen, während er die Augen fest zusammenkniff.

All das spielte sich innerhalb weniger Augenblicke ab, nach denen es plötzlich totenstill im Wald wurde. Selbst der böige Wind schien so rasch eingeschlafen zu sein, wie er gekommen war.

Moses schnappte nach Luft und öffnete vorsichtig die Augen. Neben ihm rappelte sich Melchior auf und sah sich benommen um. »Verdammt«, brummte der junge Flößer mit zusammengebissenen Zähnen. »Wo ist der Alte?«

Moses glaubte, unter dem gewaltigen Astwerk der Tanne ein Stöhnen zu hören, und winkte seinen Freund herbei. Dann sahen sie Hans. Der alte Mann lag mit dem Rücken nach oben unter den Ästen und rührte sich nicht. Als sie näherkamen, bemerkten sie das Blut, das ihm aus einer Wunde am Hinterkopf tropfte und sein weißes Haar rot färbte.

»Großvater!« Melchior zerrte vergeblich an einem der Äste.

Moses half ihm, ohne zu zögern. Es durfte nicht sein, dass der Mann, der ihm das Leben gerettet hatte, jetzt vor seinen Augen starb! Dann eilten auch die anderen Holzfäller herbei. Einige von ihnen hatten ihre Äxte dabei und begannen, damit auf die größeren Äste einzuschlagen. Es dauerte nicht lange, dann konnten sie den alten Hans, der noch immer bewusstlos war, unter dem Geäst des Baumes hervorziehen. Aus einigen kräftigen Zweigen und ein paar Jacken bauten sie eine Trage, auf die sie ihren Ältesten vorsichtig betteten.

»Immerhin lebt er noch«, sagte einer der Männer, um Melchior zu ermutigen, der seine Jacke ausgezogen hatte und seinen Großvater damit zudeckte.

»Dein Großvater ist zäh wie Adlerfarn! Den bringt so schnell nichts um«, versuchte der rotbärtige Christoff, einer von Melchiors Freunden, zu trösten.

Melchior nickte abwesend. »Ja, aber wir sollten ihn jetzt ganz schnell zu Johanna bringen. Sie wird wissen, was zu tun ist!«

Darum betete Moses im Stillen, denn eigentlich war Hans Hohlfeld derjenige, zu dem die Leute aus Krummhermsdorf und den umliegenden Weilern kamen, wenn sie eine Verletzung oder Krankheit kurieren mussten.

2. Kapitel

Sophia erwachte, weil sie husten musste. Aber das Kratzen in ihrer Kehle ließ nicht nach, und dann nahm sie auch den seltsamen Geruch wahr: Rauch! Sie hörte, wie das Gebälk knisterte und knackte. Feuer! Das Haus brannte! Alarmiert sprang Sophia aus dem Bett und riss die Tür ihrer Kammer auf. Sie stürzte hinaus, ihre Füße flogen die Treppenstufen hinab.

Die große Halle war bereits voller Qualm. Aus der Tür zum Kaufmannskontor ihres Vaters schlugen Flammen. »Rasch, Sophia! Hierher!« Gertruds Rufe wiesen ihr den Weg. Inmitten der Rauchschwaden konnte sie lediglich die ausgestreckte Hand der alten Köchin ausmachen. Sophia lief auf sie zu.

In diesem Augenblick drang Niklas' Stimme durch das Prasseln der Flammen im Kontor. »Sophia! Er hat das Buch! Halt ihn auf!«

Sophia erstarrte. Niklas, ihr Liebster, war dort, in diesem Inferno!? Sie musste zu ihm! Ungeachtet der Flammenzungen, die nach ihren Füßen leckten, versuchte sie, sich zum Kontor durchzukämpfen. Da brach mitten durch das Feuer eine Gestalt, die der Hölle entstiegen schien: Kunz! Die Kleidung war dem ehemaligen Landsknecht vom Leibe gesengt worden. Die Glut fraß sich bereits in sein Fleisch und legte die Knochen frei. Der brennende Mann zeigte ihr sein zahnloses Totenkopfgrinsen, bevor er sie zur Seite stieß und in Richtung Haustür stolperte. In der verkohlten Klauenhand schwenkte er das Buch wie eine Kriegstrophäe. Dicht auf den Fersen folgte ihm eine zweite Gestalt, hochgewachsen, von Kopf bis Fuß in einen schwarzen Umhang gehüllt, das Gesicht unkenntlich unter der Kapuze. Der eisige Hauch, der das Phantom umwehte, als es an ihr vorüberglitt, ließ Sophia für einen Augenblick die Hitze des Feuers vergessen.

Dann schüttelte sie die Erstarrung ab. Niklas! Sie musste zu ihm! Doch Gertrud griff nach ihrem Arm und zerrte sie mit aller Kraft vom Kontor weg. Als sich Sophia wehrte, um sich aus dem Griff zu befreien, erkannte sie, dass es nicht die Köchin war, sondern ihre Mutter. »Nein, Kind, lass ihn! Rette das Buch, sonst war alles umsonst!«

Verzweifelt blickte Sophia zurück. Hinter dem Vorhang aus Flammen sah sie noch einmal Niklas' Gesicht. Funken stoben um ihn und ließen sein blondes Haar aufleuchten, die Narbe an seiner Schläfe glühte rot. Seine Lippen formten Worte, die vom Prasseln des Feuers verschluckt wurden.

Mit einem unterdrückten Schrei schlug Sophia die Augen auf. Ihr Herz hämmerte, ihre Kehle fühlte sich wund an, und in ihrem Bauch bewegte sich unruhig das Kind. Sie streifte die Decke ab, tastete sich zum Fenster und klappte die hölzernen Laden zurück. Gierig sog sie die kalte Nachtluft in ihre Lungen. Es war nur ein Traum, sagte sie sich, ein unsinniger Albtraum, geboren aus den Ängsten und Leiden, die sie im letzten Jahr durchlebt hatte. Das Buch, nach dem Kunz in der Brandnacht suchte, hatte er niemals gefunden. Es lag sicher in einem Versteck hier im Haus. Der ehemalige Landsknecht jedoch war gefangen genommen, verurteilt und vor dem Elbtor bei lebendigem Leibe verbrannt worden. Er würde ihr nie wieder etwas antun können.

Sophias Herzschlag beruhigte sich allmählich, als unten im Garten eine Nachtigall zu singen begann. Sie ließ das Fenster offen und kroch wieder unter ihre Decke. Das Bett war riesig, und einmal mehr fühlte sie sich darin verloren. Es war ein Geschenk ihres Onkels und Vormunds anlässlich ihrer Hochzeit gewesen, würdig der Tochter eines wohlhabenden Kaufmanns. Hier in der winzigen Kammer des Vorstadthäuschens wirkte es vollkommen fehl am Platze.

Im Erdgeschoss hörte Sophia eine Tür klappen. Ihr Ehemann schlief wie immer in seiner Studierkammer zwischen den Büchern, Zeichnungen und Zahnrädern auf einer Matratze, die mit den großen gefiederten Blättern des Adlerfarns gestopft war.

Sie war froh gewesen, als er in ihrer Hochzeitsnacht vorschlug, dass sie mit dem ehelichen Beischlaf noch warten sollten, bis sich Sophias Trauer um Niklas gelegt und sie einander im alltäglichen Zusammensein besser kennengelernt hätten. Später hatte er dann Rücksicht auf ihre fortgeschrittene Schwangerschaft genommen. Zumindest glaubte sie das, denn gesprochen hatten sie über das Thema seither nicht mehr.

Sophia rollte sich auf die Seite und schob sich ein Kissen unter den Bauch. Sie schloss die Augen und versuchte einzuschlafen. Aber ihre Gedanken kehrten wieder zu der eigenartigen Ehe zurück, die sie seit einigen Monaten mit Magister Heinrich Fuchs führte. Als er ihr damals anbot, ihn zu heiraten, wohl wissend, dass sie das Kind eines anderen unter dem Herzen trug, hatte er sie vor der öffentlichen Schande bewahrt. Sicher, es hatte damals für sie noch eine andere Möglichkeit gegeben. Ihr Onkel hatte bereits eine standesgemäße Ehe mit einem seiner Geschäftsfreunde arrangiert. Doch sie hatte es nicht über sich gebracht, den reichen Leipziger Kaufmann zu ehelichen. Es lag nicht nur daran, dass sie sich gescheut hatte, ihm das Kind eines anderen Mannes unterzuschieben. Nein, es war ihr auch zuwider gewesen, dass er um sie geschachert hatte wie um eine Zuchtstute auf dem Viehmarkt. Und so war sie stattdessen das Weib eines armen Gelehrten geworden. Es war nicht die Liebesheirat gewesen, die sie sich einst mit Niklas erträumt hatte, aber zumindest basierte ihre Ehe mit Heinrich Fuchs auf Ehrlichkeit und gegenseitigem Respekt.

Auf einmal begann sich das Kind in Sophias Bauch wieder zu bewegen. Sie legte ihre Hand auf die kleine Beule, die vielleicht ein Knie oder Fuß war. »Na, du kannst wohl auch nicht schlafen?«, murmelte sie. Wenn sie daran dachte, dass es bis zur Geburt nur noch wenige Wochen dauern würde, fühlte sie sich hin und her gerissen. Einerseits wollte sie ihr Kind natürlich endlich sehen, wollte wissen, ob es ein Knabe oder ein Mädchen war, wollte es in den Armen wiegen und stolz herumzeigen. Andererseits hatte sie Angst vor den schweren Stunden, die vor ihr lagen. Was war, wenn es Schwierigkeiten gab? Wenn sie oder das Kind die Geburt nicht überlebten? Erst vor drei Wochen war in der Nachbarschaft eine Frau bei der Geburt ihres vierten Kindes verblutet. Der verzweifelte Vater, ein Schmied, hatte das Neugeborene zu seiner Schwester gegeben, die auch einen Säugling hatte. Er würde sich nicht um Schicklichkeit und Trauerzeiten scheren, denn seine drei anderen Kinder waren noch klein und brauchten dringend eine Mutter.

Sophia öffnete die Augen wieder. Verglichen mit diesen Ängsten war ihre Furcht vor dem Gerede, das es unweigerlich geben würde, wenn sie bereits fünf Monate nach der Hochzeit niederkam, nichtig. Inzwischen war es draußen vollkommen still, die Nachtigall schwieg. Was würde sie darum geben, wenn der Vater ihres Kindes jetzt neben ihr läge, sie sich an ihn schmiegen und vielleicht gar ihre Ängste mit ihm teilen könnte. Sie biss sich auf die Lippe, und ihre Augen begannen zu brennen.

Doch sie schluckte die Tränen hinunter. Das Buch fiel ihr ein, das seit ihrem Einzug in dieses Haus sicher in seinem Versteck ruhte. Sie war davon überzeugt, dass dieses geheimnisvolle Buch, das sie bereits seit ihrer Kindheit faszinierte, Rezepturen enthielt, mit denen man den Tod besiegen konnte. Plötzlich erinnerte sie sich an die Worte, die ihre Mutter ihr im Traum zugerufen hatte: »Rette das Buch, sonst war alles umsonst!« Vielleicht war ihr Albtraum dieses Mal doch nicht sinnlos gewesen, grübelte sie. Nein, sicher nicht, denn plötzlich ergab alles einen Sinn! Sophia richtete sich wieder auf und stopfte sich ein Kissen in den Rücken. Durch das geöffnete Fenster konnte sie ein viereckiges Stück Nachthimmel sehen, an dem die Sterne flimmerten. Als Kind hatte sie den Anblick des Sternenhimmels stets als tröstlich empfunden. Sie hatte sich eingebildet, irgendwo von dort oben würde ihre Mutter sie beobachten und beschützen.

Sophia war auf einmal fest davon überzeugt, dass ihre Mutter ihr diesen Traum geschickt hatte, um sie auf dem Weg, den sie verfolgte, zu bestärken. Gleich morgen würde sie ihrem Ehemann sagen, dass sie das Buch wieder aus seinem Versteck holen müsse.

Am nächsten Morgen war Sophia zu dem Schluss gekommen, dass es vielleicht das Beste wäre, wenn sie ihrem Ehemann gegenüber eher nebenher erwähnen würde, dass sie vorhatte, die Arbeit an der Entschlüsselung des Textes wieder aufzunehmen. Natürlich hoffte sie auch, er würde sie mit seinem Wissen und seinen Verbindungen zu anderen gelehrten Männern erneut dabei unterstützen.

Sie hatte es ihm beim Wischen der Dielen in der Studierkammer erzählt, so nebenbei, als wäre es eine ihrer alltäglichen Verrichtungen, wie der Gang zum Markt oder das Füttern des Schweins. Jetzt ärgerte sie sich, dass sie nicht damit gewartet hatte, bis ihr etwas Besseres eingefallen war, denn natürlich ließ sich Heinrich Fuchs nicht derart plump überrumpeln.

»Das Buch bleibt, wo es ist, Weib! Das ist mein letztes Wort in dieser Angelegenheit.« Der Magister griff nach dem Eimer und hob ihn so heftig auf, dass das Schmutzwasser über den Rand schwappte. Er hielt das Gespräch wohl für beendet und marschierte zur Tür, um den schweren Wassereimer für sie im Hof auszuschütten.

Mit dem Schrubber in der Hand verbaute Sophia ihm den Weg. »Aber in all den Monaten seit dem Brand gab es keinerlei Hinweise darauf, dass irgendjemand nach dem Buch sucht. Weißt du denn nicht mehr, wie versessen du selbst noch im letzten Jahr darauf warst, den Schlüssel zu finden und herauszubekommen, was in dem Buch steht?«

Der Magister stellte den Eimer wieder ab, um sie sanft, aber entschieden zur Seite zu schieben. Sie streckte ihren Bauch vor und stemmte sich ihm entgegen.

Da ließ er sie los, fuhr sich frustriert mit den Händen durchs Haar und drehte sich einmal um sich selbst, bevor er sie wütend anfunkelte. »Vielleicht liegt es ja an deiner fortgeschrittenen Schwangerschaft, hm? Anders kann ich es mir jedenfalls nicht erklären, dass du, mein gescheites Eheweib, die Gefahr nicht sehen willst, wenn sie unmittelbar vor deiner hübschen Nase ist! Vom Gehorsam, den du mir, als deinem Eheherrn, schuldest, will ich gar nicht erst sprechen!«

Sophia lachte spöttisch und wollte aufbegehren, doch dann wurde sie still. Wenn Fuchs, der sonst nie auf seine Vorrechte als Ehemann pochte und sie stets als ihm gleichgestellt behandelte, so etwas sagte, musste er schon recht verzweifelt sein. »Dann erkläre mir bitte, warum du so entschieden dagegen bist«, verlangte sie und lehnte sich auf den Schrubber.

Er holte tief Luft, dann breitete er die Hände aus. »Also gut. Wir haben im letzten Jahr herausgefunden, dass Kunz, der nicht einmal lesen konnte, unmöglich aus eigenem Antrieb gehandelt haben kann, als er das Buch aus dem Kontor deines Vaters stehlen wollte. Ergo hatte er einen Auftraggeber! Dass dieser vollkommen skrupellos und sehr einflussreich sein muss, wissen wir auch deshalb, weil es ihm gelang, Kunz in der Fronfeste die Zunge herauszuschneiden, bevor der Lump dem Henker etwas erzählen konnte.«

»Ja, ja«, unterbrach ihn Sophia, die ihre Ungeduld nie unterdrücken konnte, wenn der Magister so ausschweifend wurde, als stünde er in einem Hörsaal voller Studenten. »Aber das war vor über einem halben Jahr!«

Doch Heinrich Fuchs ließ sich nicht beirren. »Eben! Und seither glaubt dieser gefährliche Unbekannte, das Buch sei beim Brand im Kontor vernichtet worden. Er konnte schließlich nicht wissen, dass es damals gar nicht dort war, weil ich es mit nach

Zwickau genommen hatte. Sonst hätte er Kunz nicht in der besagten Nacht danach suchen lassen, nicht wahr?«

Sophia schnaubte auf.

»Und wir werden nichts unternehmen, was ihn eines Besseren belehren könnte, so wahr ich hier stehe!«, beendete der Magister seinen Vortrag mit Nachdruck.

»Aber wie sollte er denn erfahren, dass wir das Buch noch haben?«, begehrte Sophia auf. So schnell wollte sie sich nicht geschlagen geben, dafür hing für sie zu viel von dem Buch ab.

Fuchs sah sie so nachsichtig an, als wäre sie ein begriffsstutziges Kind. »Darf ich dich daran erinnern, dass du seit Jahren vergeblich versucht hast, das Buch zu entschlüsseln? Selbst der alte Professor in Leipzig, der dir dabei helfen wollte, hat sich die Zähne daran ausgebissen. Ohne dass wir Gelehrte hinzuziehen, die auf bestimmten Gebieten noch mehr wissen als wir, werden wir nicht weiterkommen.«

Sophia nickte. Dieser Ansicht war sie auch.

»Zurzeit sind wir die Einzigen, die wissen, dass das Buch noch existiert. Sobald wir einen anderen einweihen, könnte auch der Mann, der bereit war, für dieses Buch über Leichen zu gehen, seine Spur wieder aufnehmen. Vergiss nicht, dass er fünf Menschen töten ließ, um in den Besitz dieses verfluchten Buches zu gelangen!«

Er hat recht, dachte sie, zumindest von seinem Standpunkt aus. Und er war davon überzeugt, dass jeder vernünftig denkende Mensch seinen Standpunkt teilen müsse. Doch für Sophia war die Arbeit an dem Buch nicht nur eine Sache der Vernunft. Seit vielen Jahren träumte sie davon, in diesem Buch das Heilmittel gegen die gefürchtetste Seuche ihrer Zeit zu entdecken. Sie glaubte aus tiefstem Herzen, dass sie das schaffen konnte, wenn sie sich nur genug anstrengte. Und dann würde die Pest endgültig ihren Schrecken verlieren. Nie wieder würde Sophia einen geliebten Menschen an den Schwarzen Tod verlieren! Sie atmete tief ein und legte eine Hand schützend auf ihren Bauch.

Fuchs hatte diese Geste beobachtet. Er trat einen Schritt näher und sah seiner Frau in die Augen. »Ich habe eine Heidenangst, dass dir etwas zustoßen könnte, Sophia. Die würde ich so oder so haben.« Seine Stimme klang weich. »Aber im Augenblick bist du besonders verletzlich. Da müssen wir die Dinge nicht noch dadurch kompliziert machen, dass du ausgerechnet jetzt wieder beginnst, an dem Buch zu forschen. Bitte, sieh das ein!«

Es war die Angst in seinem Blick, die Sophia dazu brachte zu nicken. Als sie sah, wie er erleichtert aufatmete und lächelte, schlug sie die Augen nieder, um ihre Gedanken vor ihm zu verbergen. Trotz der Gefahr und entgegen aller Vernunft war sie entschlossen, Mittel und Wege zu finden, um ihr Ziel weiterzuverfolgen.

3. Kapitel

Mit dem letzten Schlag der Feierabendglocke verschloss der Stadtschreiber Wolf Schumann die Tür der Kämmerei. Sorgfältig verstaute er den Schlüssel an seinem Hosenbund. Von oben aus dem Tuchmachersaal vernahm er noch Schritte, das Klappen schwerer Holzdeckel und metallenes Klicken. Die letzten Tuchherren verschlossen ihre Truhen mit den wertvollen Stoffen. Zuvor hatten sie die Einnahmen dieses Markttages gezählt und ihre Gewinne berechnet. Sie würden zufrieden sein, da war sich Schumann ganz sicher. Schließlich gewährte ihm sein Amt, auch wenn er noch nicht im Rat saß, Einblick in fast alle Verwaltungsvorgänge der Stadt. Er verdankte es der Fürsprache des Kämmerers Alex Walter, mit dem er sich die Amtsstube teilte und der ihn auf eine väterliche Art protegierte.

Wie er es häufig tat, verweilte Schumann beim Verlassen des Rathauses noch einen Augenblick auf der überdachten Empore der Ratstreppe. Er blickte hinunter auf den Obermarkt, wo zwei Knechte unter Aufsicht des Marktmeisters die letzten Abfälle zusammenkehrten, die der Abdecker später aus der Stadt karren würde. Am Röhrkasten herrschte noch Gedränge. Das Lachen und Schnattern der Mägde wurde nur von den langgezogenen, schrillen Schreien der Falken übertönt, die den Turm der Marienkirche umkreisten.

»Gott zum Gruß, Stadtschreiber!« Gregor Kadner, der rundliche Spitalmeister, hob die Hand. »Wie immer in der Kämmerei bis zur Feierabendglocke? Ich glaube beinah, Euch trifft man häufiger im Rathaus an als unseren hochverehrten Bürgermeister. Kommt Ihr noch auf ein Kännchen mit in die Trinkstube?«

Schumann schüttelte den Kopf. »Nein, Meister Kadner, heute nicht. Ich erwarte Gäste zum Abendmahl.«

»Soso, Gäste! Und ich hab schon befürchtet, Ihr würdet außer Arbeit kein anderes Vergnügen kennen.« Der Spitalmeister lachte gutmütig. »Für einen Mann in Eurem Alter wäre das sehr ungesund.«

Schumann stimmte in das Lachen ein. Dass die Abendeinladung für die Ratsherren Walter, Süssemilch, Nack und Kittel selbstverständlich auch mit Ratsangelegenheiten zu tun hatte, musste Kadner nicht unbedingt wissen. Schumann stieg die Treppe hinab und ließ es lächelnd über sich ergehen, dass der Spitalmeister ihm auf die Schulter klopfte. Der Stadtschreiber verabscheute solche Vertraulichkeiten, wollte den Ratsherrn aber auch nicht brüskieren.

»Ihr solltet endlich ein Weib nehmen, Schumann! Der Ehestand macht einen Mann ruhiger und gelassener. Und unsere Stadt hat schließlich jede Menge hübscher Töchter.« Kadner kicherte. »Wie Ihr wisst, habe ich selbst zwei, die grad im rechten Alter sind.«

Schumanns Lächeln gefror. Eine Ehe mit einem dieser Mädchen – Zwillinge, die rundlichen grauen Mäusen glichen und denen trotz ihrer jungen Jahre bereits ein paar Zähne fehlten, weshalb sie in der Öffentlichkeit nie ein Wort sagten – war das Letzte, was er sich ersehnte. Für einen Augenblick tauchte das Bild der lebhaften, selbstbewussten Kaufmannstochter Sophia vor ihm auf, um die er sich im letzten Jahr vergebens bemüht hatte. Eine ausgesprochene Schönheit war sie nicht mit ihrem breiten Mund und der sommersprossigen Haut, und im Grunde war es ihm bei dieser Brautwerbung auch nur um ein Geschäft gegangen. Sie besaß etwas, das er haben wollte. Inzwischen war sie das Weib eines sonderlichen, mittellosen Magisters geworden und lebte draußen in der Vorstadt. Doch wenn Schumann ehrlich war, dann saß der Stachel ihrer Zurückweisung noch immer in seinem Fleisch, und gerade spürte er wieder dessen Stich. Er holte tief Luft, unterdrückte die ärgerliche Erinnerung und bemühte sich um einen unverbindlichen Ton.

»Ich weiß, ich weiß, Spitalmeister. Aber so was will wohl erwogen sein, was ich Euch, als Mann mit Erfahrung, nicht sagen muss. Doch nun entschuldigt mich. Ich wünsche Euch noch eine angenehme Stunde beim Bier!«

Erleichtert sah er den Spitalmeister die Treppe zur Trinkstube im Ratskeller hinabsteigen. Er drehte sich um und überquerte mit langen Schritten den Untermarkt. Vor einigen Monaten hatte er dort, an der Ecke zur Badergasse, ein Haus erworben. Jedes Mal, wenn er vor dem breiten Portal mit dem gemeißelten Stern stand, überkam ihn ein Hochgefühl. Dieses Haus im angesehenen ersten Viertel Pirnas war ein Zeichen dafür, dass er es geschafft hatte. Er war jetzt ein Mann mit Perspektiven und Verbindungen in der Stadt. Und schon bald – beim nächsten Ratswechsel zu Walpurgis – hoffte er, auch deren jüngster Ratsherr zu sein! Die Chancen darauf galt es heute, beim Abendessen mit den drei Ratsherrn, weiter auszubauen.

Der Hausknecht, der ihn bereits erwartet hatte, öffnete die Tür. In der Halle zog Schumann die leichte Schaube aus und warf sie dem Knecht zu. »Die Magd soll mir einen Becher Bier hinaufbringen. Wie weit ist das Essen?«

»Es wird alles fertig sein, sobald Eure Gäste eintreffen, Herr. Die Köchin ist mit der Magd seit dem Vormittag an der Arbeit. Oben liegt ein Brief. Ein Bote aus Leipzig brachte ihn vor einer Stunde.« Mit einer Verbeugung verschwand der Knecht mit dem Mantel.

Schumann stieg die Treppe hinauf, nahm je zwei Stufen auf einmal. Ein Brief aus Leipzig? Er mutmaßte, dass es in dem Schreiben um Ratsangelegenheiten gehen musste, denn er selbst hatte weder Verwandte noch Bekannte in der Handelsstadt an der Pleiße. Doch der gefaltete Bogen mit dem kleinen roten Siegel, den er auf seinem Schreibpult fand, wirkte nicht amtlich.

Er trat ans Fenster und brach das Siegel, das nichts über seinen Absender preisgab. Auch die Handschrift war ihm fremd. Aber schon ein kurzer Blick auf die langen Zahlenkolonnen, die er anstelle von Buchstaben entdeckte, ließ seinen Atem stocken. Die Zahlen waren in Dreiergruppen geordnet. Die Schrift verschwamm vor seinen Augen. Mit einer Hand tastete er hinter sich, zog den Sessel heran und ließ sich hineinfallen. Der Schmerz in seinem Magen nahm ihm die Luft, während er mit zitternden Händen eine Phiole aus seinem Wams fingerte, den Korken mit den Zähnen zog und sich den Inhalt in den Mund schüttete. Er würgte die bittere Medizin herunter und schüttelte sich.

Wie konnte es nur geschehen sein, dass er in den letzten Monaten, während ihm in Pirna durch glückliche Fügung und beinah ohne eigenes Zutun, alles zugefallen war, den Teufelspakt mit Carlowitz beinah vergessen hatte? Schumann schloss die Augen und wartete darauf, dass die Tinktur ihre lindernde Wirkung entfaltete. Dunkel erinnerte er sich daran, dass Kämmerer Walter ihm nach der letzten Ratssitzung erzählt hatte, Herzog Moritz habe Christoph von Carlowitz inzwischen auch noch zum Amtmann von Leipzig ernannt. Das beweise eindeutig, wie hoch der Rat in des Herzogs Gunst stünde, hatte Walter gesagt. Schumann könne sich glücklich schätzen, dass der herzogliche Rat ihm seine Aufmerksamkeit schenke, hatte er hinzugefügt. Schumann biss die Zähne zusammen, als ihn eine neue Woge des Schmerzes überrollte. Ein Glück, dass Walter keine Ahnung hatte, welche Art der Aufmerksamkeit Carlowitz dem Pirnaer Stadtschreiber zuteilwerden ließ!

Nachdem der Schmerz zu einem dumpfen Pochen abgeklungen war, erhob sich Schumann mühsam aus seinem Sessel. Er öffnete die Tür seines Bücherschrankes und zog eine reichlich zerlesene Ausgabe der Luther'schen Übersetzung des Alten Testaments hervor. Carlowitz, der ein zweites Exemplar dieser Auflage besaß, hatte es ihm vor einigen Monaten zukommen lassen. »Ausgerechnet ein Werk Luthers«, schimpfte Schumann, während er den

Sessel an den Tisch schob und nach Tinte und Papier griff. »Dabei pfeifen es doch die Spatzen von den Dächern, dass die Carlowitze nach wie vor dem Papismus anhängen!« Der Zeigefinger seiner linken Hand glitt über den Brief und verweilte bei der ersten Zahlengruppe, während er mit der rechten Hand in dem Buch blätterte. Der herzogliche Rat hatte damals darauf bestanden, dass sie verschlüsselte Botschaften austauschten. Schumann fand das reichlich übertrieben. Trotzdem blieb ihm nichts anderes übrig, als den Anweisungen Folge zu leisten.

»Ich werde Euch demnächst ein bestimmtes Buch zukommen lassen«, hatte Carlowitz ihm erklärt. »Verwendet in Euren Briefen die Wörter daraus. Verschlüsselt sie nach folgendem Prinzip: Zuerst die Zahl der Seite, dann die der Zeile und die des Wortes in der Zeile.«

»Schür ein Feuer im Kamin!«, wies Schumann die Magd an, die in diesem Moment das Bier brachte. Sie warf ihm einen verwunderten Blick zu, denn der Tag war heute ausgesprochen warm gewesen. Doch dann huschte sie aus dem Zimmer, um Holz zu holen. Sie wusste, dass man die Anweisungen des Herrn besser rasch ausführte, statt Fragen zu stellen.

Als das Feuer brannte und die Magd die Tür hinter sich geschlossen hatte, legte Schumann den Federkiel beiseite und starrte auf seine Notizen. Es waren wahrlich keine guten Nachrichten, die da aus Leipzig kamen. Aber was der herzogliche Rat zum Schluss von ihm verlangte, war so gut wie unmöglich!

Schumann sprang auf und begann, in seiner Schreibkammer auf und ab zu marschieren. Waren seine Hände und Füße trotz der stickigen Wärme in der Kammer eben noch eiskalt gewesen, so fühlte er jetzt Hitze in sich aufsteigen und ballte die Fäuste.

Nikolaus Storch, dieser Aufrührer und Unruhestifter aus Zwickau, ein Gespenst aus der Vergangenheit, hier, in Pirna! Schumann blieb stehen und schüttelte den Kopf. Wieso war dieser Kerl nicht längst vermodert und verrottet, wie all die anderen falschen Propheten, die in der Zeit der Bauernaufstände und danach das Land unsicher gemacht und den leichtgläubigen, verzweifelten Leuten in den Dörfern und Städten von der nahenden Apokalypse vorgeschwafelt hatten? Das Weltenende hatte sie schließlich auch ereilt – auf dem Schlachtenberg in Frankenhausen –, aber es hatte ganz anders ausgesehen, als diese verblendeten Aufrührer und ihre tumben Haufen es sich vorgestellt hatten!

Der Stadtschreiber atmete tief ein und aus, dann ließ er sich wieder in den Sessel sinken. Er nahm das Blatt erneut zur Hand, las die entschlüsselte Botschaft noch einmal. Da stand es, Schwarz auf Weiß, in seiner eigenen, gestochenen Handschrift: »Der Herzog wünscht die sofortige Ergreifung des Nikolaus Storch und seine Überstellung nach Dresden. Es steht zu vermuten, dass er in Pirna Hilfe und Unterschlupf bei seinem Schwager, dem Magister Heinrich Fuchs, sucht. Eingedenk unserer Absprachen solltet Ihr jedoch tunlichst Sorge tragen, dass Fuchs in keiner Weise in diese Angelegenheit verwickelt wird.«

Dass der Herzog es nicht dulden konnte, dass ein Winkelprediger und Unruhestifter wie Storch vor den Toren Dresdens Unterschlupf suchte, war verständlich. Herzog Moritz hatte wegen seiner Unterstützung für den katholischen Kaiser schon genug Scherereien mit seinen evangelischen Glaubensbrüdern und Bundesgenossen vom Schmalkaldischen Bund. Ketzerische Umtriebe konnte er da selbstverständlich nicht brauchen. Aber nicht nur in den evangelischen Landen, auch bei den Katholiken wurden die Wiedertäufer und ihnen verwandte Sekten unbarmherzig verfolgt. Auch in Schumanns Augen waren sie nichts anderes als Unruhestifter, die an der göttlichen Ordnung dieser Welt rüttelten.

Aber Storch in Pirna festzusetzen, war das eine. Damit würde Schumann, der seinen Einfluss vor allem der Tatsache verdankte, dass Rische, der alte Richtherr, sich an sein Amt klammerte, obwohl er immer weniger in der Lage war, es auszuüben, keine Schwierigkeiten haben. Er war in den letzten Monaten de facto der Dauerstellvertreter des greisen Richters. Doch wie sollte er vor dem Rat verbergen, dass Magister Fuchs dem Ketzer Unterschlupf gewährt hatte, falls die Stadtwachen ihn in dessen Haus aufgriffen? Das würde in jedem Fall peinliche Fragen nach sich ziehen. Und wenn herauskäme, dass Fuchs mit Storch verwandt war, wäre es wahrscheinlich, dass die Ratsherren dem Magister ihr Wohlwollen entzogen, ja, ihn womöglich gar aus der Stadt verwiesen. Wer weiß, vielleicht hatte Fuchs in der Vergangenheit sogar die eine oder andere Idee dieses Unruhestifters geteilt? Schumann hatte schon häufiger darüber nachgedacht, dass man hier in Pirna eigentlich kaum etwas über die Vergangenheit des Magisters wusste, der erst seit vier Jahren in der Stadt lebte. Nicht auszudenken, wenn da einer auf den Gedanken käme, nachzuforschen! Würde man Fuchs gemeinsam mit Storch festsetzen, wäre er, Schumann, für den herzoglichen Rat nicht mehr von Nutzen, eher sogar ein lästiger Mitwisser. Der Stadtschreiber verspürte erneut Stiche in der Magengegend, während er sich vorstellte, welche Konsequenzen das haben konnte. Er presste die Hände auf seinen Leib und bemühte sich, tiefer zu atmen. Trotzdem gelang es ihm nicht, seine kreisenden Gedanken zur Ruhe zu bringen.

Was hatte dieser irre alte Winkelprediger hier zu suchen? Gerade jetzt, wo sich alles so gut fügte! Schumann überkam wieder das Gefühl, Gott und alle Welt hätten sich gegen ihn verschworen, so wie damals, als Carlowitz mitten in der Nacht in seinem Haus aufgetaucht war. Der Stadtschreiber stand auf und trat ans Fenster. Er starrte auf die spielenden Knaben, die auf dem Untermarkt einen struppigen gelben Hund mit einem Knochen ärgerten. Immer, wenn das magere Tier nach dem Knochen schnappte, zogen sie ihn vor der Schnauze weg. Der Hund sprang vergeblich hoch und kläffte hinterher wütend und enttäuscht.

»Ein verdammter Narr war ich!«, schalt sich Schumann. »Wie konnte ich nur denken, ich könnte weitermachen wie bisher? In aller Seelenruhe abwarten, bis Fuchs das Buch entschlüsselt hätte, und mir indes einen Plan zurechtlegen, wie ich Carlowitz übervorteilen kann? Er wird mich mit seinen Forderungen auf Trab halten und mir keine Ruhe gönnen, bis er schließlich hat, was er will. Verflucht sei die Stunde, da er von dem Buch erfahren hat!«

In diesem Moment ertönte von unten lautes Wehgeschrei. Schumann sah, wie sich einer der Jungen sein blutendes Bein hielt, während der Hund mit dem Knochen im Maul in Richtung Winkelgasse hetzte. Die anderen Bengel starrten dem Tier erschrocken hinterher. Von St. Marien erklangen sieben Glockenschläge.

Schumann trat an den Tisch, nahm Brief und Notizblatt, ging zum Kamin und warf beides in die Flammen. Als die Blätter zu Asche verbrannt waren, verließ er das Zimmer, um sich für das Abendessen umzuziehen. Er würde Fuchs und seinem Weib, der stolzen Sophia, schon bald einen Besuch abstatten, doch zuerst musste er sich um die Ratsherren und das Geschäftliche kümmern.

Bereits zwei Stunden später hatte Schumann den galligen Nachgeschmack, den das Carlowitz'sche Schreiben auf seiner Zunge hinterlassen hatte, vergessen. Natürlich hatten das geröstete Zicklein, die Krebse in Kirschsoße, die süßen Krapfen und der vorzügliche Rheinwein ihren Beitrag dazu geleistet. Doch noch besser schmeckte dem Stadtschreiber das Lob, das ihm der Kämmerer soeben großzügig spendete.

»Wie Ihr es mir geraten habt, mein lieber Schumann, bin ich kürzlich ins Gebirge hinaufgefahren. Euer Gewährsmann aus Glashütte hat mich auf den Hennenberg geführt, wo ich mich mit eigenen Augen davon überzeugen konnte, dass die Granatkörner, die Ihr uns im Winter gezeigt habt, tatsächlich von dort stammen.« Alex Walter zog ein Beutelchen aus seinem Gürtel, schob seinen leeren Teller beiseite und schüttete den Inhalt des Beutels vor sich auf den Tisch. »Seht her, verehrte Ratsfreunde! Das habe ich mitgebracht, damit Ihr sehen könnt, was ich dort sah.«

Während sich Jakob Süssemilch und Nickel Nack mit dem Augenschein begnügten, fischte sich Ratsherr Kittel einen der dunkel schimmernden Kristalle aus dem Häuflein und drehte ihn langsam zwischen Daumen und Zeigefinger. Im Licht der zahlreichen Kerzen blitzten goldene Reflexe auf den regelmäßigen Flächen.

»Zwei vierseitige Pyramiden – ein perfektes Oktaeder«, murmelte Kittel. »Und Ihr seid Euch sicher, dass man das Gold herauslösen kann?« Seine dunklen Augen unter den schweren Augenlidern blickten skeptisch.

Walter nickte. »So hat es mir der Mann versichert. Es gäbe in der Tat ein Geheimmittel, Arkanum genannt, mit dem er durch chymische Maturation einiges an Gold aus diesen Granatkörnern herausgebracht habe. Ganz so, wie unser junger Ratsfreund es in Dresden gehört hat.« Er schenkte Schumann ein anerkennendes Lächeln.

»Und der Verkauf der Kuxe hat bereits begonnen?«, erkundigte sich Süssemilch.

»Auch das wurde mir bestätigt.« Der Kämmerer senkte die Stimme. »Etliche Mitglieder des Dresdner Hofes seien unter den Interessenten.«

»Das wird die Preise in die Höhe treiben. So gesehen wäre es wirklich sinnvoll, wenn wir unsere finanziellen Mittel bündeln würden.« Balthasar Kittel ließ den Kristall vor sich auf den Tisch fallen und blickte seine Ratskollegen auffordernd an.

Schumann verbarg ein Lächeln, indem er sich einen tiefen Schluck aus seinem Weinglas gönnte. Der Abend verlief genau nach seinen Wünschen. Letztendlich würde er nicht nur mit den alteingesessenen Familien im Rat sitzen, sondern auch mit ihnen Geschäfte machen!

»Und unser Gastgeber, dessen aufmerksamen Ohren wir diese außerordentliche Anlagemöglichkeit verdanken, sollte sich darum kümmern!«, schlug der Kämmerer vor.

»So soll es sein«, stimmte Süssemilch zu.

»Na, meinetwegen. Aber dafür lasst Ihr heute noch ein paar Krüge von diesem süffigen Wein aus Eurem Keller holen, Stadtschreiber!« Nickel Nack hob sein Glas und prostete Schumann zu.

Der Nachtwächter hatte bereits die Mitternacht ausgerufen, als der Stadtschreiber die leicht schwankenden Ratsherren, einen nach dem anderen, an der Haustür verabschiedete. Sein Hausknecht wartete schon auf der Gasse, um jedem der Herren mit der Fackel bis vor die eigene Haustür zu leuchten. Zwar wohnten sie alle nur wenige Schritte entfernt, aber in ihrem Zustand stolperten sie womöglich sogar über die eigenen Füße.

Als Letzter verabschiedete sich Alex Walter. Der schwergewichtige Kämmerer klopfte seinem Gastgeber so heftig auf die Schulter, dass der schlanke Schumann ins Wanken geriet. »Was ich Euch noch sagen wollte, mein Freund: Wenn Ihr zu Walpurgis wirklich einen Sitz im Rat haben wollt, müsst Ihr Euch endlich dazu durchringen, ein Weib zu nehmen!«, lallte er. »Ein Mann in Eurem Alter und noch immer unvermählt – da reden die Leute. Vor allem bei Euch!«

Schumann trat einen Schritt zurück und nickte. Er würde sich den Abend nicht dadurch verderben lassen, dass nun auch noch der betrunkene Kämmerer diesen wunden Punkt zur Sprache brachte. Er wusste selbst, dass er auf Dauer nicht um eine Heirat herumkam. Aber er verabscheute es, wenn man ihn bedrängte.

»In ein paar Tagen kommt die Amalia, meine Nichte, nach Pirna zurück. Mein Bruder hatte sie schon als kleines Kind in ein Kloster gegeben.« Walter lachte. »Dachte, er könnte einen Handel mit dem Herrn machen, um sich so von seinen eigenen Sünden loszukaufen! Hat auch bis zum Schluss am alten Glauben festgehalten, der Depp!«

Schumann nickte wieder. Erfahrungsgemäß kam der Kämmerer, wenn er sich volltrunken in weitschweifigen Schilderungen erging, am schnellsten zum Ende, wenn man selbst schwieg.

»Aber nun ist er tot, und von seinen sieben Kindern hat nur dieses eine überlebt. Es ist fast so, als ob der Herrgott selbst ihn gestraft hätte, für sein Verharren im falschen Glauben.« Walter stierte einen Augenblick auf seine eigenen Füße in den teuren Ziegenlederstiefeln.

Für Schumann sah es so aus, als wolle der Kämmerer sich überzeugen, dass sie noch vorhanden waren, und wieder einmal fand er seine Meinung bestätigt, dass übermäßiges Saufen jeden Mann zu einem Spottbild seiner selbst werden ließ. Doch obwohl der Stadtschreiber bei Bier und Wein auch heute Maß gehalten hatte, hatte er dafür gesorgt, dass die Gläser der Ratsherren immer gut gefüllt waren. Wer trank, redete – der Kämmerer war in dieser Hinsicht ein Muster. Aber wer in der Lage war zuzuhören, konnte viele nützliche Informationen sammeln – und darin übte sich Schumann nur gar zu gern.

»Hab das Mädel nach der Aufhebung der Klöster erst mal in einen anständigen evangelischen Haushalt gegeben – die war ja ganz wirr im Kopf von dem Zeug, das sie ihr im Kloster eingetrichtert hatten. Aber inzwischen wird sie wohl eine brauchbare Hausfrau abgeben. Hat breite Hüften, die ja bekanntlich gut sind fürs Gebären!« Er hob den Blick von seinen Stiefeln und zwinkerte Schumann zu. »Und eine ordentliche Mitgift wird sie auch kriegen. Ich lad Euch ein, sobald sie angekommen ist, dann könnt Ihr sie kennenlernen, die Amalia.«

Schumann hielt es für einen guten Zeitpunkt, seinen letzten Gast endgültig zu verabschieden, zumal der Knecht mit der Fackel soeben zurückkehrte. Mit ein wenig Glück würde Walter sein Ansinnen bis morgen vielleicht vergessen haben.

»So soll es sein, und jetzt wünsche ich Euch eine sichere Nacht und einen guten Schlaf!« Zuvorkommend half er dem Kämmerer über die Schwelle auf die Gasse.

Doch Walter klammerte sich an Schumanns Arm und heftete seinen weinumnebelten Blick auf dessen Nasenspitze. Er musste offensichtlich noch etwas loswerden. »Eine tugendhafte Jungfer aus einer angesehenen Familie – das ist genau das, was Ihr braucht, um das Vertrauen der alteingesessenen Ratsfamilien endgültig zu gewinnen. Alle wissen, über welche Talente Ihr verfügt. Es sind Eure Weibergeschichten, die sie an Eurer Zuverlässigkeit zweifeln lassen, glaubt mir!«

Schumann presste die Lippen zusammen. Er spürte, dass seine gute Laune nun doch schwand.

Trotz seiner Trunkenheit schien Walter diesen Stimmungsumschwung zu bemerken. Er ließ Schumanns Arm los und taumelte einen Schritt zurück, wo ihn der Knecht mit der Fackel sogleich unterhakte, um ihn in Richtung des Walter'schen Hauses zu dirigieren. Aber der Kämmerer drehte sich noch einmal um. »Lasst Eure nächtlichen Ausflüge in die Vorstadt wenigstens so lange sein, bis Ihr daheim ein Weib mit einem runden Bauch sitzen habt«, rief er grinsend.

Obwohl der Stadtschreiber dem Wein kaum zugesprochen hatte, wurde ihm plötzlich übel. Während er die Haustür hinter sich schloss, begann er, mit der ganzen Welt zu hadern – erst das Schreiben von Carlowitz und nun auch noch das! Offensichtlich schien jeder in der Stadt zu wissen, dass er seine Lust bei ein, zwei jungen Fischerwitwen hinter dem Schiffertor zu stillen pflegte. Herrgott, er war eben ein Mann! Dabei hatte er nach der unglückseligen Geschichte mit der Küchenmagd Katrina seine Hosen daheim grundsätzlich zugelassen. Und bei seinen Besuchen in der Schifftorvorstadt hatte er sich stets diskret verhalten – zumindest hatte er das bis eben angenommen. Er biss die Zähne zusammen und stapfte die Treppe hinauf. Nachdem er die Tür zu seiner Schlafkammer heftig zugeschlagen hatte, drosch er seine Faust gegen das massive Holz. Der Schmerz in seiner Hand brachte ihn zur Besinnung. Voll bekleidet warf er sich auf sein Bett und bemühte sich, seine Lage ruhig zu überdenken.

Am Ende kam er zu der Erkenntnis, dass Walter in allem recht hatte. Wenn er den Sitz im Rat haben wollte, dann musste er sich endlich für ein Eheweib entscheiden und seine Triebe vorerst zügeln – zumindest hier in der Stadt, die so klein war, dass offenbar jeder mitbekam, was der andere tat.

4. Kapitel

Moses hustete und spuckte Schleim auf die Straße. Vergeblich versuchte er, sich die Sandkörnchen aus den Augen zu reiben. Der verdammte Staub, den die Hufe der mächtigen Zugpferde ununterbrochen aufwirbelten, machte ihm zu schaffen. Dennoch war er's zufrieden gewesen, als sich die Flößer dem Salzzug anschließen durften, nachdem sie im Elbhafen von Magdeburg die Ladung Langholz vom ersten Flößen in diesem Frühjahr gelöscht hatten. Es war eine Vereinbarung zum gegenseitigen Vorteil, denn auch die meisten Kaufleute waren froh, wenn sich ihnen auf ihren Reisen über Land einige kräftige Burschen zugesellten. Sogar die Salzhändler aus Halle, die den Schutz ihrer begehrten Fracht bewaffneten Knechten überantworteten, hatten den Flößern gern gestattet, auf einem der Wagen mitzufahren, da sie sich als zusätzliche Bewachung des Zuges anboten. Zumal sie sonst nichts verlangten und sich selbst versorgten.

Plötzlich geriet der Zug ins Stocken, der erste Wagen war ruckartig stehen geblieben. Fluchend sprang der Kutscher vom Bock. »Das hintere Rad ist in einem dieser vermaledeiten Schlaglöcher hängen geblieben! Dem Herrn sei Dank, dass es nicht gebrochen ist.«

Moses sah, wie sich der Anführer der Waffenknechte, ein zäher alter Haudegen, dem die Hälfte des rechten Ohrs fehlte, in die Steigbügel stellte und seinen Blick aufmerksam schweifen ließ. Die Straße führte hier durch dichten Wald. Gut möglich, dass sich in dem unwegsamen Dickicht Gesindel herumtrieb, dem der unfreiwillige Aufenthalt der Wagenkolonne gerade recht kam für einen raschen Überfall.

Moses und die Flößer eilten nach vorn, um zu helfen, denn je schneller sie den Wagen wieder fahrtüchtig machen konnten, desto besser war es um die Sicherheit aller bestellt. Während Moses und Melchior ihre Schultern unter den hinteren Teil des Wagens schoben, mühten sich vor ihnen Caspar und Christoff. Auch die Salzknechte stemmten sich mit aller Kraft gegen den schweren Wagen. Moses spürte, wie sich die Kante der hölzernen Planke schmerzhaft in seine Schulter grub. Doch er biss die Zähne zusammen und spannte seine Muskeln weiter an. Neben sich hörte er Melchior keuchen. Dann gab es einen Ruck. Die beiden Männer konnten sich gerade noch rechtzeitig am Wagenkasten abstützen, sonst wären sie nach vorn gefallen. Das Rad war frei, und der Zug setzte sich langsam wieder in Bewegung.

Gemeinsam mit den anderen Flößern marschierte Moses weiter neben den Wagen her. Er konnte nicht verhindern, dass seine Gedanken zurückwanderten zum letzten Herbst.

Nach dem ersten Flößen mit dem Herbsthochwasser hatte er diesen Weg schon einmal gemacht. Zum Laufen war er damals noch zu schwach gewesen, und so hatte er den größten Teil der Strecke vor sich hindämmernd auf einem der Wagen zurückgelegt. In der Nähe von Dresden hatten die Flößer ihn im flachen Uferwasser treiben gesehen, so erzählte ihm Melchior später. Moses war sich sicher, dass er ohne die Pflege der Flößer und vor allem ohne das Heilwissen von Melchiors Großvater heute nicht mehr unter den Lebenden weilen würde. Hans Hohlfeld ging davon aus, dass jemand mit böswilligem Vorsatz versucht hatte, Moses zu töten. Einige der Verletzungen, davon war der Alte überzeugt, deuteten darauf hin, dass Moses sich damals mit bloßen Händen gegen seinen Angreifer gewehrt hatte.

Nun waren die Flößer erneut auf dem Rückweg ins Tal der Kerntsch, wie sie die Kirnitzsch nannten. Dort schlugen sie winters im Auftrag der Herrn von Schönburg und Schleinitz die

Stämme, die sie mit dem Hochwasser im Frühjahr und Herbst über den wasserreichen Gebirgsfluss zur Elbe hinab transportierten. An der Mündung, im Städtlein Schandau, banden sie die Stämme zu Flößen zusammen. Die flößten sie sommers die Elbe hinab bis zum Holzhof in Dresden, das wertvolle Langholz aus anderen Wäldern im Gebirge mitunter sogar bis Magdeburg. Moses lebte seit dem vergangenen Herbst bei den Flößern im Kirnitzschtal. Doch er wusste auch, dass dies nicht der Platz war, an den ihn Gott eigentlich gestellt hatte. Aber wohin er gehörte und wer er war, bevor ihn die Flößer verwundet aus dem Fluss zogen, daran konnte er sich bis heute noch immer nicht erinnern.

»Morgen gegen Abend erreichen wir Riesa, wenn es weiter so gut läuft.« Der Kutscher schnalzte mit der Zunge und trieb die Pferde zu einem flotteren Gang an. »Am Ende der Woche können wir in Pirna sein. Dort müssen wir unser Salz drei Tage zum Kauf anbieten, bevor wir weiterziehen dürfen. Schon seit zweihundert Jahren haben die Pirnschen das Stapelrecht, sodass sie an jeder Fuhre verdienen, die auf der alten Handelsstraße in die Lausitz und nach Böhmen durch ihre Stadt kommt.«

Moses wusste, dass sich die Flößer in Pirna vom Tross der Salzhändler verabschieden würden, um über Königstein weiter die Elbe hinauf zu wandern.

Abends saßen sie wie immer am Lagerfeuer beisammen und teilten sich Brot, Käse und ein paar Eier, die sie auf einem Bauernhof für wenig Geld gekauft hatten. Während der Kaufmann und seine Leute oft in einer der Herbergen an der Handelsstraße übernachteten, war es für die Flößer üblich, im Freien zu schlafen.

An den langen Winterabenden, wenn die Dunkelheit die Menschen in dem kleinen Weiler Krummhermsdorf bereits nachmittags in die Häuser trieb, hatte Moses entdeckt, dass er ein Talent zum Schnitzen besaß. Während der alte Hans und Melchior nebenher Reisigbesen banden, die später auf den Märkten der Umgebung verkauft wurden, schnitzte Moses kleine Kühe, Schafe, Pferde und Menschen, die als Kinderspielzeug dienen konnten.

Jetzt, während die anderen sich unterhielten und scherzten, arbeitete er wieder an einem Figürchen. Er hielt das Holztier in den Schein des Feuers und kniff prüfend die Augen zusammen. Was er sah, gefiel ihm nicht wirklich.

Neben ihm prustete Melchior auf und hielt sich die Seiten vor Lachen. »Nicht schon wieder eine Sau, Moses! Deine Schweine sehen allesamt wie blutrünstige Monster aus. Kleine Kinder bekommen bei diesem Anblick Albträume!«

Christoff griff nach der Figur, hielt sie vor seine Augen und schüttelte den Kopf. »Das kann man unmöglich auf dem Markt feilbieten!«

Moses nahm ihm das Tier weg, betrachtete es noch einmal bedauernd und warf es dann ins Feuer.

»Gut so!«, sagte Christoff. »Halte dich besser an Kühe, Pferde und Schafe. Die können wir zumindest verkaufen.«

Moses lachte und nahm noch einen Schluck Branntwein aus der Tonflasche.

Kurze Zeit später rollten sich die Flößer neben dem Feuer in ihre Decken, um zu schlafen.

Nur Moses konnte keine Ruhe finden. Es wäre, überlegte er, vielleicht nicht das Schlechteste, für immer bei den Flößern zu bleiben. Gott der Herr allein wusste, wie sein früheres Leben ausgesehen haben mochte und welche Sünden er darin womöglich begangen hatte. War er gewalttätig gewesen, hatte er Unrecht begangen?

Der Stich zwischen die Rippen und der Schlag auf die Stirn, die Wunden, mit denen die Flößer ihn aus dem Fluss gefischt hatten, waren nicht die einzigen Spuren von Gewalt an seinem Körper.

Nachdem Moses im letzten Herbst auf dem Floß wieder zu sich gekommen war und klar wurde, dass er sich weder daran erinnern konnte, wer er war, noch, wo er herkam, hatte der alte Hans versucht, Rückschlüsse aus den Narben zu ziehen, die Moses trug.

»Du hast da eine frisch verheilte Narbe an der linken Schläfe.

War ein glatter Schnitt, wie von einem Messer oder einem Schwert. Kann allerdings nicht sehr tief gewesen sein, sonst sähe es anders aus. Genau wie die Narbe auf deinem Oberarm. Und an deinem rechten Unterschenkel …« Hans hatte sich damals über den Bart gestrichen und die Augen leicht zusammengekniffen. »Ich würde fast behaupten, da hat dir vor nicht allzu langer Zeit ein Wildschwein seine Hauer hineingerammt. Bist du vielleicht Jäger oder so etwas?«

Moses hatte den Kopf geschüttelt. Er wusste es einfach nicht. Die Flößer hatten nicht weiter nachgefragt. Sie hatten ihm den Namen Moses geben und ihn ohne Vorbehalte in ihre Gemeinschaft aufgenommen.

Am nächsten Tag kam die Kolonne der Salzhändler bei gutem Wetter zügig voran. Es war bereits Nachmittag, als der Wagen neben Moses abrupt stoppte. Einer der Waffenknechte, die an der Spitze des Zuges ritten, richtete sich im Sattel auf und rief über die Schulter: »Ein umgestürzter Baumstamm versperrt den Weg. Wir müssen ihn beiseiteräumen, sonst kommen die Wagen nicht durch.«

Moses bemerkte, dass sich sofort wieder angespannte Aufmerksamkeit unter den Männern ausbreitete. Während er mit den Flößern nach vorn ging, um den Stamm zu beseitigen, lenkten die Knechte ihre Pferde neben die Wagen und zogen ihre Schwerter. In dem Moment, in dem sich Moses bückte, um nach einem Ast zu greifen, ertönte ein Zischen, und er spürte einen Luftzug an seinem Ohr. Er hob den Kopf und sah, wie sich einer der Flößer vor ihm umdrehte. Der Mann griff sich an die Brust. Verwirrt beobachtete Moses, wie sich rasch ein großer dunkler Fleck auf dem Hemd des Mannes bildete. Als der Flößer zusammensackte und vornüberkippte, entdeckte Moses den Armbrustbolzen in dessen Rücken. Instinktiv warf er sich zu Boden, während um ihn herum das Chaos ausbrach. In rascher Folge schwirrten weitere Bolzen durch die Luft, Männer schrien und hasteten umher.

Mit lautem Gebrüll brachen nun zahlreiche zerlumpte Gestalten aus dem Wald, einige davon beritten, doch die meisten zu Fuß. Sie stürzten sich auf die Bewaffneten. Moses sah, wie sich immer mehrere Kerle zusammen an das Zaumzeug eines Pferdes hängten und versuchten, den Reiter aus dem Sattel zu holen. Die Knechte wehrten sich, indem sie mit ihren Schwertern verzweifelt um sich schlugen. Schon verlor der erste von ihnen den Halt im Sattel, kippte vom Pferd und verschwand unter den hauenden und stechenden Armen seiner Angreifer. Sein Schwert flog durch die Luft und landete nur eine Armlänge von Moses entfernt auf dem Weg.

Ohne sich bewusst zu werden, was er tat, sprang Moses auf und ergriff das Schwert, dessen Heft sich merkwürdig vertraut in seiner Hand anfühlte. Mühelos riss er die schwere Waffe nach oben, gerade noch rechtzeitig, um den wuchtigen Schlag eines Räubers abzufangen, der von seinem Pferd aus mit dem Schwert auf ihn eindrosch. Er warf sich zur Seite, um den stampfenden Hufen des Tieres zu entgehen, kam wieder auf die Füße und zielte ohne zu überlegen auf den ungeschützten Bauch des Pferdes. Ein Schwall heißes Blut lief ihm über Hand und Arm, während er zurückwich, um nicht unter dem zusammenbrechenden Tier begraben zu werden. Der Reiter reagierte ebenso schnell, er sprang aus dem Sattel und drang mit seinem Schwert sofort wieder auf Moses ein. Der parierte die wütenden Schläge des anderen mit knapper Not und wich immer weiter zurück, bis er mit dem Rücken gegen einen der Salzwagen stieß. Er grub die Füße in den schlammigen Grund des Weges, duckte sich und nahm seine Deckung herunter. In dem Augenblick, in dem er die Klinge des Räubers von oben auf sich zusausen sah, warf er sich mit aller Wucht nach vorn und stach zu. Er spürte einen Schlag zwischen seinen Schulterblättern, doch es war nur die flache Seite der Klinge, die ihn traf, während sein Schwert sich tief in den Unterleib seines Angreifers bohrte. Moses hatte genau auf die Stelle gezielt, wo das schützende Lederkoller des Strauchdiebs endete. Er sah, wie sich die Augen des Mannes überrascht weiteten und sich sein Mund unter dem struppigen Bart zum Schrei öffnete, bevor er in die Knie brach.

Moses sprang zur Seite und riss sein Schwert erneut nach oben, obwohl seine Schultern schmerzten und die Muskeln seines Arms unter der ungewohnten Belastung brannten. Es fiel ihm schwer, die Waffe richtig zu fassen, da das Blut den Griff glitschig machte. Doch als er sich umsah, bemerkte er, dass der Überfall inzwischen vorbei war. Die letzten Strauchdiebe verschwanden eben zwischen den Bäumen. Sie schleiften einige Verletzte mit sich und ließen drei Tote auf dem Weg zurück.

Schwer atmend lehnte Moses am Kasten des Wagens. Er hatte das Schwert achtlos fallen lassen und versuchte, die blutigen Hände an seiner Hose trockenzureiben. Es rauschte in seinen Ohren, und sein Kopf fühlte sich merkwürdig leicht an.

Zwei Waffenknechte beugten sich über den Wegelagerer, den Moses getötet hatte.

»Dem hast du es ordentlich gegeben, Flößer«, brummte der eine anerkennend.

Der andere Waffenknecht schlug ihm grinsend auf die Schulter. »Ein Waldmensch, der den Schwertkampf beherrscht, auch wenn du etwas aus der Übung scheinst, mein Guter. Wo hast du das gelernt?«

»Ich kann's halt, das muss dir genügen«, sagte Moses unwirsch und ging davon. Er wollte jetzt keine Erklärungen abgeben. Am liebsten wäre er allein gewesen, um über das nachzudenken, was eben geschehen war. Aber darauf durfte er im Augenblick nicht hoffen.

Während die Knechte die Toten vom Weg zerrten und in den Graben warfen, wuchtete Moses gemeinsam mit den Flößern den Baumstamm zur Seite. Alle waren sich einig, dass sie die Fahrt so schnell wie möglich fortsetzen mussten, um aus dem Wald herauszukommen. Erst dann konnten sie sich sicher sein, dass die Strauchdiebe nicht noch einen Angriff wagen würden. Notdürftig wurden einige Verletzungen der Flößer und Waffenknechte versorgt, dann gaben die Kutscher den Pferden die Peitsche, und die Wagenkolonne setzte sich schwerfällig in Bewegung. Den Salzknecht, der bei dem Überfall getötet worden war, hatten seine Kameraden auf einen der Wagen gelegt. Sie würden in der nächsten Stadt nach einem Priester suchen, der ihn auf dem dortigen Gottesacker anständig beerdigte.

»Wir sind noch mal davongekommen«, fasste Christoff die Gefühle aller zusammen. Er hatte sich bei dem Kampf eine Fleischwunde am Oberarm zugezogen, und seine blau-rot verfärbte rechte Gesichtshälfte schwoll gerade heftig an.

»Da hast du recht«, pflichtete der bedächtige Caspar ihm bei, der ein paar Jahre älter war als Moses und Melchior. »Diese armen Schweine haben nichts zu verlieren, deshalb sind sie nicht zimperlich, wenn sie eine Beute wittern.«

»Klingt ja fast so, als hättet Ihr Mitleid mit dem gottlosen Gesindel, das sich plündernd und mordend in den Wäldern herumtreibt und die Landstraßen unsicher macht«, empörte sich ein junger Kaufmann, der von seinem Pferd aus das Gespräch der Flößer mitangehört hatte. »Es wird Zeit, dass unser Landesherr, der die Wegsteuer von uns kassiert, mal wieder etwas gegen das Räuberunwesen unternimmt!«

»Tja«, entgegnete Caspar ungerührt. »Zuerst holen sich die Landesherren diese Männer als Söldner für ihre Kriege, und wenn sie gerade mal keinen Krieg führen, wundern sie sich, dass ihre brotlosen Landsknechte die Straßen unsicher machen.«

»Es sind aber nicht nur ehemalige Landsknechte, die sich den Räuberbanden anschließen«, mischte sich einer der Salzknechte ein. »Auch verarmte Bauern sind darunter oder Handwerksgesellen, die mit ihrer Hände Arbeit kein Auskommen mehr in der Stadt finden können.«

»Oder die die Schikanen ihrer Meister satthaben«, brummte sein Anführer.

»Sag ich doch, arme Schweine«, bekräftigte Caspar noch einmal und nickte.

»Arme Schweine, die uns gnadenlos abgeschlachtet hätten, so wie den Johann da vorn auf dem Wagen, wären wir nicht in der Lage gewesen, uns unserer Haut zu wehren«, sagte der Anführer der Waffenknechte ernst. Er hatte den Helm abgenommen und rieb sich sein verstümmeltes Ohr.

Beim nächsten Halt am späten Nachmittag lag der Wald längst hinter ihnen. Die Landschaft bestand aus Wiesen und Weiden, durch die sich ein Bach schlängelte. An dessen Ufer wuchsen Trauerweiden und Erlen.

Moses, der den ganzen Weg über kein Wort gesprochen hatte, suchte sich einen Platz abseits der anderen. Obwohl die Frühlingsluft noch immer einen Hauch von Schnee mit sich trug, zog er sich nackt aus und tauchte vollständig in das eisige Wasser des Bächleins. Dann rieb er sich mit grobem Flusssand Blut und Dreck von Haut und Haar. Später streifte er angewidert seine blutigen Kleider über und hockte sich fröstelnd unter eine Weide, deren herabhängende Zweige ihn vor den Blicken seiner Kameraden verbargen. Mit den Fingern fuhr er sich durch das schulterlange blonde Haar, um es zu entwirren und zu trocknen. Dabei fiel sein Blick auf einen kleinen schwarzen Käfer neben seinen Füßen, der versuchte, ein Zweiglein zu erklimmen, und immer wieder mit einem der winzigen Wassertröpfchen hinabglitt. Dennoch setzte das Tierchen gleich darauf unermüdlich zum nächsten Versuch an.

Verdammt, dachte Moses, warum nur kann ich mich an rein gar nichts aus meiner Vergangenheit erinnern, nicht einmal an den Namen, auf den ich getauft wurde? Heute habe ich einen Menschen getötet. Ich wusste genau, wie ich das Schwert führen und wo ich den tödlichen Stich anbringen musste. Womöglich war es nicht das erste Mal gewesen, dass ich ein Menschenleben genommen habe.

Moses fühlte, wie ihm die Angst die Luft abschnürte, und er schloss die Augen. Er wollte beten, den Herrn um Gnade und Vergebung bitten für seine Sünden. Doch er konnte sich nicht auf die Worte eines Gebets konzentrieren, seine Gedanken schweiften ab. Das Gesicht eines Mädchens tauchte vor seinem inneren Auge auf, einer jungen Frau, die er manchmal in seinen Träumen sah. Sie hatte kastanienbraunes Haar und ein paar Sommersprossen. Ihre hellgrauen Augen unter den langen Wimpern blickten ihn liebevoll an. Er wusste genau, dass er sie gut kannte, ja dass da noch viel mehr war zwischen ihnen. Aber es wollte ihm beim Erwachen einfach kein Name dazu einfallen, und im hellen Licht des Tages verblasste das Bild so rasch, dass er sich fragte, ob es nicht doch nur seiner Fantasie entsprang. So kam er zu dem Schluss, dass es besser war, seinen Weggefährten nichts davon zu erzählen.

Einige Tage später rumpelten die schweren Salzwagen über die Landstraße, die von Dresden nach Pirna führte. Moses trabte neben Melchior her. Aus der Elbniederung, links am Weg, stieg Nebel. Es war früher Morgen.

»Bist ja so schweigsam heute. Was ist los?«, fragte Melchior.

Moses machte eine wegwerfende Handbewegung. »Ach, mein Schädel. Er brummt heute wieder mal, als würden hundert Teufel darin wüten.«

»Du hast doch schon seit einer Weile kein Kopfreißen mehr gehabt. Großvater glaubt, es hätte mit deiner Kopfverletzung zu tun und würden mit der Zeit ganz verschwinden«, sagte Melchior. Er blickte den Freund besorgt von der Seite an.

»Es wird vorbeigehen. Nur im Augenblick ist es eben … beschissen«, murmelte Moses.

Der rotbärtige Caspar, der vor ihnen ging, drehte sich um. »Wir sind gleich da.« Er wies nach vorn. »Seht mal, da sind schon die Spitzen der Tortürme von Pirna zu sehen.«

Je näher sie der Stadt kamen, desto lebhafter ging es auf der Straße zu. Bauern mit ihren Kiepen oder Handkarren voll Grünzeug, Eiern oder Käse strebten den Toren zu. Ein Ochsenfuhrwerk zuckelte gemächlich auf der Straße vor ihnen. Fluchend zügelten die Kutscher des Salzhändlers ihre Gäule.

»Was ist denn hier los?«, fragte Melchior eine Bäuerin, die eine schwer beladene Kraxe auf dem Rücken trug.

»Markttag is heut«, gab sie Auskunft.

Melchior dankte ihr. Dann wandte er sich an Moses. »Ein wenig Ablenkung lässt dich deine Kopfschmerzen vielleicht vergessen, und du könntest gleich die Holztiere feilbieten, die du unterwegs geschnitzt hast.«

»Urg«, machte Moses und stürzte an den Wegesrand, wo er sich würgend erbrach.

Melchior seufzte. »War wohl doch kein so guter Gedanke.« Dann grinste er und streckte die Hand aus. »Kannst mir ja deine Tiere mitgeben, ich verkaufe sie, und wir teilen uns das Geld.«

Caspar war stehen geblieben und reichte Moses eine Lederflasche mit Wasser.

»Wir können dir später Weidenrindensud kochen«, bot Melchior an. »Allerdings kann ich dich in Pirna auch zum Bader bringen, ich gehe ohnehin zu ihm, um für Großvater ein paar Salben und Tinkturen zu kaufen. Meister Arnold, so meint er, sei verständiger und geschickter als die meisten seines Standes. Vielleicht weiß der Bader noch ein Mittel, das helfen könnte, deine furchtbaren Anfälle zu vertreiben«, schlug er vor.

Moses winkte ab. Er wischte sich mit dem Ärmel den Schweiß von der Stirn. »Nein, nein, mach dir keine Mühe. Ich werde nicht mit in die Stadt kommen. So viele Menschen auf einmal, wie gestern in Dresden, das stehe ich nicht durch, nicht heute.«

Caspar und Melchior blickten sich an. Der Ältere zuckte die Achseln. »Ist wohl besser so. Dann lassen wir dich und das Gepäck im Gasthof an der Breiten Gasse. Der Wirt dort ist eine ehrliche Haut. Du kannst sicher auf seinem Heuboden schlafen, solange wir in der Stadt sind. Bestimmt geht es dir am Nachmittag besser, wenn wir weiterwollen.«

Die Aussicht, seinen schmerzenden Schädel ins Heu zu betten und die Augen gegen die bohrende Helle des Tageslichts zu schließen, erschien Moses paradiesisch.

»Das wäre gut«, seufzte er. Und so war es beschlossen.

Während die anderen Männer sich in Richtung Stadttor auf den Weg machten, um vor dem letzten Abschnitt ihres Heimwegs noch einige Vorräte einzukaufen, die es in ihrem abgeschiedenen Tal nicht gab, ließ Moses sich von der Tochter des Wirts auf den Heuboden führen.

Erleichtert streckte er sich in den weichen, duftenden Halmen aus und versuchte, eine Lage zu finden, die bequem für Kopf und Nacken war. Er schloss die Augen, doch der Schlaf wollte sich nicht gleich einstellen. Das lag einerseits an den bohrenden Kopfschmerzen, andererseits aber auch an den Gedanken, die ihn beschäftigten.

Seine Hoffnung, in Dresden könnten sich seine Erinnerungen wieder einstellen, war gestern enttäuscht worden. Kein Turm, kein Haus, kein Straßenzug – rein gar nichts war ihm vertraut gewesen. Nach wie vor regte sich nichts in seinem Gedächtnis. Immer, wenn er versuchte, ganz aufmerksam in sich hinein zu lauschen und irgendwelche Bilder heraufzubeschwören, die doch dort sein mussten, hatte er das Gefühl, gegen eine Wand zu rennen. Wenn er es zu heftig versuchte, das hatte er schon bemerkt, wurde er dafür oft am nächsten Tag mit solch einem verfluchten Anfall von Kopfschmerz, Schwindel und Übelkeit bestraft, wie heute.

Moses drehte sich vorsichtig auf die linke Seite und schob eine Hand unter seine Schläfe. Verdammt will ich sein, wenn ich diese Pein noch länger über mich ergehen lasse, dachte er. Ich werde ab jetzt aufhören, zu suchen und zu grübeln. Wenn es dem Allmächtigen gefällt, so wird er mir die Erinnerungen an mein altes Leben eines Tages zurückgeben. Dann werde ich weitersehen. Und wenn nicht … hm, dann lebe ich trotzdem weiter. Wer weiß, wozu das alles am Ende gut ist. Ich muss auf Gott vertrauen, sonst werde ich noch verrückt.

5. KAPITEL

In der sicheren Gewissheit, den ganzen Nachmittag für sich allein zu haben, betrat Sophia die kleine Küche. Sie griff unter das zweite Brett des Regals, das beinah die gesamte linke Wand des Raumes bedeckte, ertastete den Hebel und drückte ihn nach oben. Nun konnte sie das Regal, in dem sie Töpfe und Pfannen, Schüsseln und Teller aufbewahrte, mühelos ein Stück zur Seite schieben. Sie zwängte sich durch den schmalen Spalt und stand in der verborgenen Kammer.

Obwohl das Gelass winzig war, wirkte die Einrichtung wohl durchdacht. In einem Hängeregal über dem Arbeitstisch standen zahlreiche Glasfläschchen, ein steinerner Mörser und einige verschlossene Tongefäße. Daneben blinkte ein bauchiger Kupferbehälter. Darüber war ein helmartiger Deckel gestülpt, an dem sich ein Rohr befand, das aussah wie ein Storchenschnabel. Sophia wusste inzwischen, dass dies ein Alembik war, mit dessen Hilfe man Destillate herstellen konnte. Und nach einigen Fehlschlägen hatte sie auch gelernt, wie er zu handhaben war.

Magister Fuchs hatte ihr zur Hochzeit das ›Große Buch vom Destillieren‹ von Hieronymus Brunschwig geschenkt. Es war ein sehr aktuelles Buch, in dem ausführlich die Grundlagen des Destillierens beschrieben wurden. Sophia hatte keine Ahnung, wie ihr Ehemann es geschafft hatte, ein derart wertvolles Buch zu beschaffen. Sie betrachtete es als ein Zeichen seiner Wertschätzung und hatte es in den vergangenen Monaten wieder und wieder gelesen. Es war schwer für sie, die symbolhafte Sprache der Alchemie zu entschlüsseln, und so manches Experiment war ihr gründlich missraten. Aber weit mehr als Brunschwigs weitschweifige Erläuterungen hatten ihr die geduldigen Demonstrationen von Meister Arnold geholfen. Der Bader beschäftigte sich hinter verschlossenen Türen nicht nur mit der Sektion von Leichen, sondern auch mit der Kunst der Alchemie. Ihr Freund war in helle Begeisterung geraten, als Fuchs und Sophia ihm die geheime Alchemistenkammer gezeigt hatten, die Sophias Großvater in seinem bescheidenen Haus eingebaut hatte. Von außen war das Gelass nicht auszumachen, denn es befand sich zum größten Teil im Anbau des Stalls.

Heute wollte sich Sophia jedoch nicht mit einem alchemistischen Experiment aus Brunschwigs umfangreichem Werk beschäftigen. Stattdessen würde sie die Abwesenheit ihres Ehemanns dazu nutzen, einige Kräuter, die sie in der Elbaue gesammelt hatte, mit den Pflanzenabbildungen aus dem geheimnisvollen Buch aus dem Kontor ihres Vaters zu vergleichen, das hier in der Kammer unter einem Dielenbrett lag.

Der Magister war bei einem Feinschmied, dem er seine Zeichnungen für verschiedene Federn und Zahnräder vorlegen wollte, die er für sein Modell der Rathausuhr benötigte. Aus Erfahrung wusste Sophia, dass derartige Aufträge ihre Zeit brauchten. Heinrich Fuchs würde den Schmiedemeister nicht verlassen, ohne ihm seine Vorstellungen bis ins kleinste Detail erklärt zu haben.

Sophia nahm die Pflanzen aus ihrem Sammelkorb und breitete sie sorgfältig auf dem Arbeitstisch aus. Dann kroch sie unter den Tisch, um das lose Brett zu suchen, unter dem sie und Fuchs das Buch vor vier Monaten versteckt hatten. Vorsichtig zog sie ein in gewachstes Leder eingeschlagene Päckchen hervor.

Schon nach wenigen Augenblicken war sie so in die Betrachtung der Abbildungen, das Schauen und Vergleichen vertieft, dass sie nicht mehr bemerkte, wie die Zeit verstrich.

»Sophia! Wo steckst du? Ich habe unseren Freund, Meister Arnold, mitgebracht.«

Die Stimme ihres Ehemanns ließ Sophia erschrocken zusammenfahren. Sie hatte weder das Klappen der Haustür noch die

Schritte der Männer im Flur gehört, die nun die Küche betraten. Auf keinen Fall durfte Heinrich sehen, dass sie das Buch aus seinem Versteck geholt hatte! Hastig legte sie es unter den Tisch und schob es mit ihrem Fuß in die hinterste Ecke an der Wand, während sie ein harmloses Kräuterbüchlein, das noch von ihrem Großvater stammte, wahllos aufklappte. In diesem Augenblick betrat ihr Eheherr auch schon die Alchemistenkammer. Hinter ihm schob sich die geduckte Gestalt des Baders durch die niedrige Tür im Regal und richtete sich direkt vor Sophia wieder auf.

Sie warf dem Magister einen unschuldigen Blick zu. »Oh, du bist schon zurück! Und du hast Meister Arnold mitgebracht. Wie schön!« Unauffällig wischte sie sich die schweißfeuchten Finger an ihrem Rock ab, bevor sie dem Bader lächelnd die Hand reichte. »Willkommen!« Doch dann schnüffelte sie misstrauisch und deutete auf das Päckchen, das Arnold sich an die Brust drückte. »Ist das etwa ein Pferdeapfel, den Ihr da in mein Haus bringt?«

»Nein, eigentlich nicht. Es ist vielmehr das Ergebnis einer wochenlangen, langsamen Destillation in Pferdemist. Das nächste Mal weiß ich, dass ich an dem Gefäß besser eine Schnur befestigen sollte«, sagte Arnold und senkte schuldbewusst die Augen.

Sophia rümpfte die Nase. »Wieso eine Schnur? Stinkt der Mist dann weniger?«

»Das wohl nicht«, räumte der Bader ein und lächelte verlegen. »Aber ich muss nicht den ganzen Misthaufen durchwühlen, um das Destillat wiederzufinden.« Er deutete zu dem Wandregal hinüber. »Doch für die weitere Destillation meiner Nieswurz benötige ich nun eine stärkere Hitzequelle als Pferdemist. Ob ich wohl noch einmal Euer Marienbad benutzen dürfte? Oder störe ich Euch gerade bei einem eigenen Experiment?« Er schaute interessiert auf die Kräuter.

»Nicht doch! Ich wollte nur ein paar dieser Pflanzen im Kräuterbuch nachschlagen. Aber das kann warten«, versicherte sie.

»Wo habt Ihr die gefunden?«, erkundigte sich der Bader und griff nach einem Kraut mit haarigen Blättern und blasslila Blüten.

»In den Elbauen.« Sophia raffte die Pflanzen zusammen und warf sie in ihren Sammelkorb.

»Wenn das so ist«, sagte Arnold, »dann muss ich Euch mal mit dem alten Hans bekannt machen. Keiner kennt sich so gut mit den Pflanzen des Elbsandsteingebirges und des Osterzgebirges aus wie er. Ich habe heute seinen Enkel getroffen.«

»Aha.« Sophia verstaute den Korb unter dem Tisch.

»Die Flößer haben wohl wieder auf ihrem Rückweg ins Kirnitzschtal in Pirna Rast gemacht?«, mischte sich der Magister in das Gespräch ein.

»So ist es. Stellt Euch vor, hinter Riesa wurde die Salzkolonne, mit der sie zogen, von Strauchdieben überfallen.«

Fuchs schüttelte den Kopf. »Und?«

»Gemeinsam mit den Salzknechten konnten die Flößer die Räuber in die Flucht schlagen. Einen Toten gab es dennoch«, berichtete der Bader.

Sophia hörte den Männern nur mit einem halben Ohr zu. Sie griff nach einem Kupfertopf im Regal, in dem mittels eines ringförmigen Drahtgestells ein Glaskolben befestigt war.

»Denkt daran, dass das Wasser nicht kochen darf. Erhitzt es nur bis knapp unter dem Siedepunkt«, mahnte sie.

Der Bader zog die Mundwinkel hoch. »Auch ich habe das Destillierbüchlein von Hieronymus Brunschwig gelesen, verehrte Frau Sophia. Obwohl ich nicht das Glück habe, sein neueres ›Großes Buch vom Destillieren‹ zu besitzen wie Ihr.«

Sophia errötete.

»Ich verspreche bei allem, was mir heilig ist, sehr gut auf Eure wertvollen Gerätschaften achtzugeben«, sagte Arnold und entkorkte das braune Glasgefäß, das er aus dem mistduftenden Päckchen gewickelt hatte. Mithilfe eines kleinen Trichters füllte er die trübe Flüssigkeit in den Glaskolben im Topf.

Der Magister ging in die Küche, um Wasser zu holen, während der Bader den kleinen Ofen anheizte, dessen Abzug praktischerweise in den Kamin der Küche führte.

Sophia widerstrebte es, die beiden Männer in der Kammer mit dem notdürftig verborgenen Buch allein zu lassen. Doch es war bereits später Nachmittag, und sie hatte noch einige Besorgungen zu erledigen.

»Entschuldigt mich, Meister Arnold, aber wenn ich jetzt nicht gehe, bekomme ich auf dem Markt gar nichts mehr.«

»Hm«, murmelte der Bader nur, ohne die Augen von den Apparaturen zu wenden.

»Geh nur, wir kommen zurecht«, versicherte Fuchs, der aufmerksam über Arnolds Schulter sah.

Die Stände der Bäcker am Untermarkt waren zu Sophias Enttäuschung bereits wie leergefegt.

Als sie den Handel mit einer Bäuerin um deren letzte Möhren und Lauchstangen beendet hatte, vernahm sie hinter sich eine vertraute Stimme.

»Für die Brote bist du ein wenig zu spät, aber an den Fleischbänken werden noch die restlichen Kutteln feilgeboten.«

»Maria! Wieso bist du nicht unten am Fluss?« Sophia musterte ihre Freundin verwundert.

Die Anführerin der Pirnaer Schiffszieher war heute erstaunlich schmuck gekleidet. Statt ihres schlichten dunklen Rockes trug sie ein grünes Kleid mit besticktem Mieder, und statt barfuß zu laufen, wie es die Bomätscher meist taten, hatte sie sogar Schuhe mit Absätzen an. Nur das rote Haar hing ihr, wie immer, zu einem Zopf geflochten über die Schulter. Hier, im Gedränge des Marktes, fiel Sophia wieder einmal auf, dass ihre Freundin die meisten Frauen und selbst viele Männer um fast einen Kopf überragte, was aber, wie Sophia schon des Öfteren bemerkt hatte, den einen oder andern Kerl nicht daran hinderte, ihr begehrliche Blicke zuzuwerfen.

»Steck mal den Finger in den Mund und halte ihn dann in die Luft«, verlangte Maria.

»Wie bitte?«

»Dann würdest du merken, dass der Wind flussaufwärts bläst. Da setzt ein vernünftiger Schiffer das Segel, statt Geld und Zeit zu vergeuden, um sein Schiff ziehen zu lassen.« Maria blickte auf ihre Freundin herab wie auf ein begriffsstutziges Kind.

Sophia zuckte mit den Schultern. »Na und? Für solches Wissen bist du zuständig, Königin der Bomätscher, nicht ich. Aber weshalb hast du dich für den Markt so herausgeputzt?«

»Ich treffe mich später noch mit Marten, und wir gehen zu Pfarrer Lauterbach, um das Aufgebot für die Hochzeit zu bestellen.« Die Freude in Marias Stimme war nicht zu überhören.

»Dann hat sich Marten also endgültig entschlossen, auf das Einverständnis seines Vaters zu verzichten?« Sophia erinnerte sich noch deutlich an die Szene, die es im letzten Jahr zwischen Marten und seiner Mutter gegeben hatte, als ihr Sohn verkündete, Maria heiraten zu wollen. Denn obwohl die Pirnaer Bomätscher Maria zu ihrer Anführerin gemacht hatten, so war sie in den Augen von Martens Vater, einem wohlhabenden Meißner Kaufmann, doch nur eine Tagelöhnerin. Noch dazu behaftet mit dem Makel eines unehelich geborenen Kindes.

»Das ist vielleicht gar nicht mehr nötig, denn Marten hat einen Brief von seinem Vater bekommen. Darin schreibt er, dass er den Streit gern beilegen möchte. Er bittet Marten, deshalb bald nach Meißen zu kommen.«

Sophia fand, dass ihre Freundin so gelöst und froh wirkte wie selten. Sie legte ihr die Hand auf den Arm. »Das freut mich so für euch!«

Maria lächelte und strich sich eine Haarsträhne hinters Ohr, die sich aus ihrem Zopf gelöst hatte. »Wir hätten so oder so geheiratet. Aber ich habe gespürt, dass Marten unter dem Bruch mit seinen Eltern gelitten hat, auch wenn er nie darüber geredet hat. Ich hoffe, er kann sich mit ihnen versöhnen, auch wenn ich nicht die Frau bin, die sie sich für ihren Sohn gewünscht haben.«

In diesem Augenblick bewegte sich das Kind in Sophias Bauch, und ein Schmerz schoss in ihren Rücken. »Halt mal kurz!« Sie gab ihrer Freundin den Korb, beugte sich zurück und presste die Fäuste von hinten gegen ihre Lenden.

»Was ist los?« Maria sah sie besorgt an.

»Nichts weiter. Aber je dicker mein Bauch wird, desto zerbrechlicher fühlt sich mein Rücken an.« Sophia wischte sich mit dem Unterarm den Schweiß von der Stirn und griff wieder nach ihrem Korb. »Lass uns weitergehen.« Sie wedelte vergebens mit der Hand, um einige Schmeißfliegen zu verscheuchen. Bei den Fleischbänken, an der Nordseite des Rathauses, sammelten sie sich an so heißen Tagen wie dem heutigen zu schillernden, summenden Wolken.

»Gott zum Gruße, Fuchsin! Und auch dir einen guten Tag, Königin!«, wurden die beiden Frauen in diesem Moment angesprochen.

Sophia blickte in das offene Gesicht von Hannes, dem Büttel der Pirnaer Bomätscher. Am Arm des breitschultrigen Mannes hing ein junges Mädchen, dessen hübsche Züge sich augenblicklich verfinsterten. Die Jungfer kniff die Lippen zusammen und starrte Maria aufgebracht an. Sophia konnte förmlich spüren, wie sich die Luft zwischen den beiden Frauen mit Ärger auflud.

Doch Maria lächelte nur und nickte den beiden im Vorbeigehen gelassen zu. »Sei auch du gegrüßt, Hannes, und Ihr ebenfalls, Jungfer Hidwigk.«

Den bösartigen Blick des Mädchens glaubte Sophia, sogar noch in ihrem Rücken zu spüren. »Was für eine kleine Giftpflanze hat der Hannes sich denn da an Land gezogen?«, fragte sie.

Die Freundin machte eine wegwerfende Handbewegung. »Ach, Hidwigk, seine Verlobte. Die hat sich in ihren hübschen Kopf gesetzt, ich würde ihr den Hannes wegnehmen wollen!«

Sophia zuckte mit den Schultern. »Nun, wenn ich das im letzten Jahr richtig beobachtet habe, hättest du nur mit dem Finger schnipsen müssen, um den Hannes zu kriegen. Der hätte dich trotz deines unehelichen Kindes und dem ganzen Gerede vom Fleck weg geheiratet.«

Maria blieb vor der Auslage eines Täschners stehen. »Ich habe aber nicht geschnipst, weil ich Marten liebe, wie du weißt. Der Hannes war und ist für mich nur ein Freund und natürlich meine rechte Hand bei den Bomätschern. Aber Hidwigk, das dumme Gänschen, kriegt das einfach nicht in ihren blonden Kopf. Doch das ist ihre Sache.«

Während Maria mit dem Weib des Täschners um den Preis für eine rote Geldbörse zu feilschen begann, konnte Sophia das ungute Gefühl, das sie bei Hidwigks Blicken empfunden hatte, noch immer nicht abschütteln.

Das eine Unbehagen führte zum nächsten, und Sophia entsann sich wieder des Buches, das, nur notdürftig verborgen, unter dem Tisch in der Alchemistenkammer lag. Sie hoffte inständig, dass es dort nicht mit den langen Beinen des Baders in Berührung gekommen war. Sollte Fuchs entdecken, dass sie das Buch aus seinem Versteck geholt hatte, konnte sie sich jedenfalls auf eine unschöne Auseinandersetzung gefasst machen. Hastig verabschiedete sie sich von Maria und eilte nach Hause.

6. Kapitel

Schumann dankte dem Wächter am Obertor mit einem Kopfnicken dafür, dass er ihn wie üblich an den wartenden Handwerkern, Tagelöhnern und Bauersfrauen vorbeigewinkt hatte.

Das alte Schulmeisterhaus, das gegenüber dem Hausberg stand, war vom Tor aus bereits zu sehen. Es war auf die gleiche Weise erbaut wie die meisten Häuser hier draußen, mit einem Erdgeschoss aus gemauertem Bruchstein und einem Obergeschoss aus einfachem Fachwerk. Immerhin besaß es bereits ein ziegelgedecktes Dach. Ansonsten fügte es sich sehr bescheiden in das ländliche Bild der Vorstadt ein, mit ihren kleinen Häusern, Scheunen, Werkstätten und Gehöften, zwischen denen Gärten und Wiesen lagen. Schumann fand, dass sich der Anblick nicht großartig von dem eines Dorfes unterschied. Im Hof der Böttcherei rechts brannte ein großes Feuer, über dem ein Kessel mit dampfendem Wasser hing. Ein Lehrling lud davor gerade eine Ladung Dauben ab. Der Hammerklang aus der Schmiede nebenan drang grell und schmerzhaft in Schumanns Ohren. Es roch nach heißem Metall. In der alten Anordnung des Rates, feuergefährliche Gewerke vor den Toren der Stadt anzusiedeln, lag viel Weisheit, befand der Stadtschreiber. Auch wenn die stroh- und schindelgedeckten Dächer der Vorstadt einem Brand kaum würden widerstehen können, die Häuser der Bürger hinter der Stadtmauer würden in einem solchen Fall in Sicherheit bleiben.

Angewidert schaute Schumann einer Schar Hühner nach, die bei seinem Anblick wild gackernd davonstob, wobei Sand und

Mist nach allen Seiten spritzten. Schumann selbst besaß wie etliche wohlhabende Bürger vor den Toren der Stadt einen Obstgarten und eine Wiese, die er verpachtet hatte. Es wäre ihm aber im Traum nicht eingefallen, hier zu wohnen. Zwar waren auch die gepflasterten Gassen um den Markt häufig mit Mist und Schlamm bedeckt, aber man sank nicht gleich bis zu den Knöcheln darin ein, wenn man nicht achtgab.

Während er sich dem Fuchs'schen Haus, wie das Schulmeisterhaus inzwischen genannt wurde, näherte, überkam ihn ein durchaus angenehmes Gefühl der Schadenfreude. Das hatte Sophia nun davon, das eingebildete Weibsbild aus der alten Pirnaer Kaufmannsfamilie! Einen armen Gelehrten zum Mann, ein Häuschen in der Vorstadt gegenüber der Viehdrift. Wäre sie letztes Jahr sein Weib geworden, würde sie in einem Haus am Markt wohnen. Nun, sie hatte ihre Wahl getroffen! Der Stadtschreiber verbot sich jeden weiteren Gedanken in diese Richtung und klopfte energisch an die blau gestrichene Tür.

Es dauerte eine Weile, bevor Heinrich Fuchs in seinem abgetragenen schwarzen Gelehrtenmantel die Tür öffnete. Mit einem besonders warmen Empfang hatte der Stadtschreiber nicht gerechnet, doch der Magister wirkte sichtlich ungehalten.

»Was wollt Ihr, Stadtschreiber? Ihr stört mich bei einem wichtigen Experiment für die Rathausuhr.«

»Glaubt mir, ich tue das nur äußerst ungern, Fuchs. Dennoch wäre es besser, Ihr würdet mich hereinbitten, denn was ich Euch zu sagen habe, könnte von Euren Nachbarn vielleicht falsch verstanden werden.« Schumann warf einen beiläufigen Blick auf das Häuschen linkerhand, vor dem eine alte Frau saß. Während sie ein Huhn rupfte, spielten zu ihren Füßen zwei kleine Kinder im Sand.

Wurde Fuchs unter seinen dunklen Bartstoppeln blass, oder täuschte die grelle Nachmittagssonne?

Die Stimme des Magisters klang ruhig. »Was könnte das wohl sein? Doch wenn Ihr meint, meine guten Nachbarn sollten davon nichts hören, so kommt halt herein, Stadtschreiber!« Fuchs trat in dem engen Flur beiseite, damit Schumann eintreten konnte. Dann ging er dem Stadtschreiber voraus und öffnete eine schmale Tür.

»Ich hoffe, mein Arbeitszimmer ist Euch recht und Ihr entschuldigt die Unordnung. Wie ich bereits sagte, ich bin mitten in der Arbeit.« Er nahm einen Stapel Papiere von einem Schemel, den er Schumann hinschob. »Setzt Euch!«

Bevor Fuchs auf dem anderen Schemel Platz nehmen konnte, bat Schumann: »Vielleicht kann Eure Hausfrau uns einen Trunk Bier bringen. Es ist doch recht warm heute, und ich komme direkt vom Rathaus zu Euch.«

Der Magister zuckte mit den Schultern. »Meine Hausfrau macht gerade Besorgungen. Aber ich werde sicher noch einen Becher für Euch finden, Schumann.«

Kaum hatte Fuchs die Kammer verlassen, trat Schumann neugierig an den Tisch, der über und über mit Büchern und Papieren bedeckt war. Hastig hob er die Berechnungen und Zeichnungen hoch, die ihn nicht im Geringsten interessierten. Was er endlich zu finden hoffte, waren Hinweise darauf, dass Fuchs mit der Entschlüsselung des Buches begonnen hatte. Dann konnte er heute quasi zwei Fliegen mit einer Klappe schlagen und dem Rat Carlowitz doppelten Bericht erstatten. So hätte die leidige Geschichte am Ende vielleicht sogar etwas Gutes. Doch nichts, was er auf dem Tisch entdeckte, deutete auf das geheimnisvolle Buch hin, jenes verschlüsselte Buch mit dem Rezept für ein ewiges Leben, dem er seit Jahren nachjagte. Er entdeckte weder das Buch selbst noch irgendwelche Notizen, die nicht mit der Rathausuhr zu tun hatten.

Der Stadtschreiber ließ seinen Blick durch die kleine Kammer schweifen. An der einen Wand stand ein schmales Spannbett, über dem, nicht besonders ordentlich, eine Wolldecke lag. Vielleicht schlief der Magister manchmal hier unten, wenn er lange gearbeitet hatte. Enttäuscht wandte Schumann sich dem zweiten

Tisch zu. Aber der war eher eine Werkbank, auf der neben ein paar Bauplänen nur Schrauben, Zahnräder, metallene Federn und verschiedene Werkzeuge lagen.

»Falls Ihr Euch im Auftrag des Rates nach meinen Fortschritten bei der Konstruktion der Uhr erkundigen wollt, so will ich Euch gern Rede und Antwort stehen. Allerdings dachte ich, ich soll demnächst selbst in der Ratssitzung ...«

Schumann, der beim Klang von Fuchs' Stimme herumgefahren war, hob die Hand. »Nein, nein, Magister, darum geht es mir nicht! Ich war nur ein wenig neugierig, was Ihr hoffentlich verzeiht. Was ich mit Euch zu besprechen habe, ist eher persönlicher Art.«

Fuchs zog die dichten, dunklen Augenbrauen hoch, reichte Schumann einen Becher Bier und nahm Platz.

»Nun, so sprecht nur frei heraus«, forderte er, kaum dass der Stadtschreiber den ersten Schluck genommen hatte. »Was wolltet Ihr mir Persönliches sagen?«

Schumann sah seinen ersten Eindruck, dass der Magister ihn möglichst rasch wieder loswerden wollte, bestätigt. Natürlich, der Mann war mitten in der Arbeit, genauso wie er vorhin gesagt hatte. Oder steckte doch etwas anderes dahinter? Der Stadtschreiber beobachtete Fuchs, während er an seinem Bier nippte. Der Magister hockte gelassen auf seinem Schemel und musterte ihn seinerseits.

Schumann räusperte sich. »Gut denn, ich will es kurz machen. Ich erhielt Hinweise darauf, dass Nikolaus Storch, der Bruder Eurer ersten Frau, sich in Pirna aufhalten soll.« Zufrieden beobachtete er, wie Fuchs tief Luft holte. »Ihr kennt den Mann und wisst sicher um seine aufrührerischen Umtriebe. Ich frage mich allerdings, was genau Ihr wisst?« Schumann stellte den Becher auf die Werkbank und verschränkte die Arme vor der Brust. Jetzt war Fuchs am Zug. Was würde er offenbaren, absichtlich oder ungewollt?

Einen Augenblick blieb es still in der Kammer. Durch das halb geöffnete Fenster vernahm Schumann das Läuten von Kuhglocken und gedämpfte Rufe. Der Stadthirte und seine Gehilfen trieben das Vieh wie jeden Nachmittag von den Wiesen oberhalb der Stadt hinab zum Obertor. Ein Fuhrwerk polterte vorbei.

»Wisst Ihr, Schumann, es ist etliche Jahre her, dass ich Nikolaus Storch das letzte Mal begegnete. Es war einige Zeit vor dem Tod meiner ersten Frau. Was ich über ihn weiß, ist auch allgemein bekannt.« Fuchs strich sich eine Haarsträhne aus der Stirn und sah Schumann offen ins Gesicht.

»Storch war 1520 in meiner Heimatstadt der Anführer einer Gruppe, die man später als Zwickauer Propheten bezeichnete. Obwohl er Tuchmacher war, wie mein Vater, glaubte er sich von Gott zum Prediger berufen. Er behauptete, dazu brauche er nicht einmal die Heilige Schrift, denn Gottes Wille sei ihm durch Visionen offenbart worden. Der Erzengel Gabriel sei ihm darum erschienen.«

Schumann glaubte einen dunklen Schatten in den Augen seines Gegenübers wahrzunehmen. Er beugte sich vor und ließ Fuchs nicht aus den Augen.

»Ich war zu der Zeit noch sehr jung, gerade fünfzehn. Natürlich war ich von seinen Worten fasziniert, so wie eine Menge Leute damals in Zwickau. Wie Ihr wisst, hatte er großen Zulauf. Viele waren enttäuscht und abgestoßen vom Treiben der römischen Kirche. Was Storch wollte, hatte Luther in Wittenberg auch gerade verlangt, so die Abschaffung der Klöster oder die Armenfürsorge«, erläuterte Fuchs mit einem Schulterzucken.

»Soweit ich weiß, predigte Euer erleuchteter Schwager aber auch, dass die Kindstaufe des Teufels sei, dass man alles Eigentum in Gemeineigentum umwandeln solle und dass all dies notfalls auch mit Gewalt gegen die Obrigkeit durchzusetzen sei«, entgegnete Schumann.

»Das mag sein. Selbstverständlich war er der Obrigkeit ein Dorn im Auge, denn wer keine Kirche braucht, um zu Gott zu finden, der braucht auch sonst keinen, der ihm sagt, was er zu tun hat. Welches Wort könnte schließlich noch über dem direkt offenbarten Wort Gottes stehen?«, räumte Fuchs ein.

Schumann begann sich zu ärgern. Der Magister hielt sich bedeckt. Nun gut, dann würde er eben weiter bohren.

»Ich nehme an, aufgrund Eurer engen Familienbande zu dem Mann wisst Ihr auch, dass er sich schließlich mit Müntzer, dem Bauernprediger, gemein machte. Man sagt, er ist mit ihm nach Böhmen und später sogar in den Krieg der Bauern gegen ihre Herren gezogen. Versucht also nicht, ihn als einen Mitstreiter unseres verehrten Martin Luther hinzustellen. Doktor Martinus hat dergleichen Frevel nie geduldet!« Schumann sprach absichtlich scharf, um den Magister herauszufordern. Das war die Gelegenheit, etwas über Fuchs' Ansichten zu erfahren. Es war in der Stadt bekannt, dass sich der Magister in Streitgesprächen zurückhielt und häufig einen ausgleichenden, neutralen Standpunkt einnahm. Der Superintendent, Anton Lauterbach, ein Freund Luthers, bedachte ihn jedenfalls mit einem Wohlwollen, das manche in der Stadt sogar für Freundschaft hielten.

»Das mag sein«, erwiderte Fuchs ruhig. »Doch ich hatte Storch in dieser Zeit aus den Augen verloren, da ich zunächst in Wittenberg und später in Bologna studiert habe.«

»Es ist mir bekannt, dass Euch der Zwickauer Rat dafür ein großzügiges Stipendium zur Verfügung stellte. Immerhin habt Ihr dann auch in erstaunlich kurzer Zeit in Wittenberg Euren Magister gemacht, mit dem Ihr die Zulassung zum Studium der Medizin in Bologna in der Tasche hattet.« Schumann nahm einen großen Schluck Bier, um den Geschmack des Neides loszuwerden, der mit einem Mal seine Zunge ätzte. Fuchs' Laufbahn war der seinen in ihren Anfängen gar nicht so unähnlich. Doch mit seinem Ratsstipendium hatte Schumann lediglich den untersten akademischen Grad erwerben können, für ein längeres Studium hatte ihm einfach das Geld gefehlt.

»Wisst Ihr, was ich mich dabei frage?« Schumanns Augen verengten sich. »Wieso lebt ein gelehrter Mann wie Ihr in solchen

Verhältnissen und werkelt an einer Turmuhr?« Er lächelte spöttisch, und seine Hand umriss die kleine Kammer mit dem Büchertisch und der Werkbank. »Weshalb habt Ihr Euch nicht in Leipzig oder einer anderen Universitätsstadt niedergelassen? Oder Euch zumindest hier um die vakante Stelle des Stadtphysikus beworben?«

Fuchs erhob sich und blickte auf seinen Besucher herab. »Was wollt Ihr von mir, Stadtschreiber?«, fragte er.

Schumann schob seinen Schemel zurück und stand ebenfalls auf. Zufrieden stellte er fest, dass er den Magister fast um einen halben Kopf überragte. Er strich seine dunkle Schaube glatt.

»Vor allem möchte ich Euch warnen, Fuchs! Der Herzog will, dass wir ihm Storch ausliefern. Sollte der Aufrührer bei Euch gefunden werden, kann Euch niemand mehr helfen, das muss Euch klar sein!«

In diesem Moment klappte die Haustür, und vom Flur her erklang eine Frauenstimme. »Heinrich?«

Schumann stutzte. Klang die Fuchsin nicht, als sei ihr gerade ein gehöriger Schreck durch die Glieder gefahren?

Doch Fuchs öffnete schwungvoll die Tür. »Ah, Ihr seid zurück, meine Liebe. Ich hoffe, Ihr konntet Eure Besorgungen zu Eurer Zufriedenheit erledigen. Stellt Euch vor, der Herr Stadtschreiber hat uns mit einem Besuch beehrt. Leider muss er schon wieder gehen.«

Schumann schob sich an ihm vorbei in den Flur. Vielleicht ließ sich ja mit Sophia reden. Frauen schätzten gefährliche Situationen oft realistischer ein als Männer, was selbstverständlich daran lag, dass sie von Natur aus das schwächere Geschlecht waren.

»Fuchsin, wie schön, dass ich Euch noch antreffe, bevor ich wieder fortmuss! Ich hoffe, Ihr befindet Euch wohl. So lasst mich das doch tragen, gewiss soll der Fisch in die Küche?«

Er nahm der verdutzten Frau den Korb ab, wobei ihm der kurze Blickwechsel zwischen ihr und Fuchs nicht entging. Schumann ließ sich davon nicht abhalten, sondern steuerte auf die gegenüberliegende Tür zu, hinter der er die Küche vermutete.

»Schau an, der Herr Stadtschreiber, immer galant und zuvorkommend«, sagte Sophia und griff an ihm vorbei nach der Türklinke. »Ja, hier ist die Küche und vielen Dank.«

Sie wollte wieder nach dem Korb greifen, doch er trat in den Raum, der vollkommen von einem großen Kamin über dem Herd dominiert wurde. Er stellte den Korb auf den Tisch.

Sophia seufzte und fragte: »Vielleicht möchtet Ihr noch einen Becher Bier, bevor Ihr Euren Rückweg in die Stadt antretet, Schumann?«

Er hatte sich nicht verrechnet, ihre bürgerliche Erziehung zu Höflichkeit und Gastlichkeit konnte die Fuchsin auch in diesem bescheidenen Vorstadthäuschen nicht leugnen.

Doch ehe er antworten konnte, vernahm er die Stimme des Magisters in seinem Rücken: »Bemüht Euch nicht, Weib. Selbstverständlich habe ich unseren Gast bereits mit einem kühlen Trunk erfrischt. Er hat es wirklich eilig, müsst Ihr wissen.«

In diesem Augenblick ertönte aus dem Kamin ein Geräusch, das sich wie ein mühsam unterdrücktes Niesen anhörte. Schumann fuhr herum. »Was war das! Ist da noch jemand bei Euch im Haus? Wo verbergt Ihr ihn!«

Sophia stand an den Küchentisch gelehnt, ihre Finger umklammerten die Tischkante. Ihre großen grauen Augen weiteten sich einen Moment, und Schumann sah, wie sie erschrocken Luft holte. Auch der Magister stand einen Augenblick erstarrt in der Küchentür.

Irgendetwas ist hier faul, dachte der Stadtschreiber.

»Er ist schon hier, nicht wahr?«, fragte er drohend. In seinem Kopf überschlugen sich die Gedanken. Was sollte er tun, wenn er Storch jetzt tatsächlich entdeckte? Vielleicht hätte er doch besser die Stadtwachen mitnehmen sollen oder wenigstens seine Waffe.

Sophia löste sich von der Tischkante. »Wer soll hier sein? Wovon sprecht Ihr, Stadtschreiber?« Sie schüttelte den Kopf, wobei ihr das Tuch herabrutschte und sich ihr Haar löste.

Seine Gedanken verwirrten sich bei diesem Anblick noch

mehr. Er hatte sie einige Monate lang nicht mehr gesehen. Sie wirkt reifer, weiblicher und noch anziehender, dachte er. Als sie sich auf dem Weg zur Tür an ihm vorbeidrängte, streiften ihn ihre Locken. Er atmete ihren typischen Duft nach Rosmarin, Sonne und frischem Schweiß ein. Für den Augenblick wurde ihm schwindlig, und er fuhr sich mit den Händen über das Gesicht. Was hier mit ihm geschah, war nicht gut – gar nicht gut! Die aufgezwungene Enthaltsamkeit bekam ihm noch schlechter, als er es befürchtet hatte. Doch damit würde er sich später beschäftigen, denn jetzt ging es nicht um ihn und dieses Weib, sondern darum, seine Pflicht zu erfüllen.

Währenddessen hatte der Magister seiner Frau einen Arm um die Schulter gelegt und sie an seine Seite gezogen. »Der Herr Stadtschreiber ist auf der Suche nach Nikolaus Storch, einem Wanderprediger. Er vermutet, wir würden ihn in unserem Haus verstecken.« Er lächelte sie an.

Schumann, der die unerwünschten Regungen seines Leibes inzwischen wieder unter Kontrolle hatte, beobachtete, wie auf dem Gesicht der Fuchsin in rascher Folge Verwirrung, Unglaube, Ärger und Spott wechselten. Wenn Storch sich hier aufhielt, dann schien die Frau nichts davon zu wissen. Aber trotzdem, irgendetwas bereitete ihr Sorgen, denn ihre Augen huschten verstohlen von einer Ecke des Raumes zur anderen. Aufmerksam sah sich der Stadtschreiber in der Küche um.

»Mein Herr, Ihr müsst nach dem Schinder schicken!«, verlangte die Frau plötzlich. Sie löste sich von ihrem Mann, stemmte die Hände in die Hüften und schob ihr Kinn energisch nach vorn, während sie ihm ins Gesicht sah.

Schumann glaubte, sich verhört zu haben, und auch der Magister zuckte überrascht zusammen.

»Ja, habt Ihr es nicht vorhin gehört? Das Schwein hustet inzwischen. Ich habe schon heute Morgen gesagt, dass mit dem Tier etwas nicht stimmt!« Dabei nickte sie so nachdrücklich, dass die letzten Nadeln aus ihrer Frisur flogen und ihr dicker kastanienbrauner Zopf wie eine Schlange über ihren Rücken schnellte.

Dann drehte sie sich abrupt zu Schumann um. »Ich werde jetzt nach dem armen Vieh sehen. Vielleicht weiß der Schinder ja ein Mittel, das helfen kann. Er soll sich mit Krankheiten bei Tieren auskennen, der Abdecker.«

Dann rauschte sie hinaus, wobei sie ihren hoch gewölbten Leib vor sich herschob wie den stolzen Bug eines Schiffes. Schumann hörte, wie sie die Tür zum Hof öffnete und nach dem Schwein rief. Er schüttelte den Kopf, um wieder klar denken zu können. Dieses verdammte Weib! Dabei hatte er sich inzwischen befreit geglaubt von dem Drang, sie besitzen zu wollen.

Er starrte den Magister an, der noch immer in der Küchentür stand und genauso verwirrt wirkte wie er selbst. Er sah, wie Fuchs die Augen schloss und sich dann kurz mit Daumen und Zeigefinger seiner rechten Hand in die Nasenwurzel kniff.

»Ihr werdet gestatten müssen, dass ich mich im Haus umsehe, Fuchs«, sagte er steif. »Ich bin gewiss der Letzte, der wünscht, dass Ihr oder Euer Weib Unannehmlichkeiten zu erleiden habt. Besonders jetzt, da sie ein Kind trägt, solltet Ihr bestrebt sein, jede Aufregung von ihr fernzuhalten. Sollte Euer Schwager also hier sein, vielleicht können wir das diskret regeln, wenn Ihr versteht?«

Fuchs riss die Augen auf und schüttelte den Kopf. »Nein, ich verstehe noch immer nicht. Aber da das in diesem Haus ohnehin niemanden interessiert«, er breitete resigniert die Arme aus, »bitte, seht Euch um, Stadtschreiber! Fühlt Euch frei, jede Tür zu öffnen, hinter die Ihr schauen wollt.« Er schnaubte ungehalten.

Der Stadtschreiber sah sich in der Küche um, trat an den Herd, blickte hinauf in den schwarzen Schlund des Kamins, musterte misstrauisch das große Regal daneben. Irdene Schüsseln, ein wenig neues Kupfergeschirr, ein paar Becher und abgedeckte Tongefäße, in denen die Hausfrau vermutlich Mehl, Gewürze und andere Vorräte aufbewahrte. Unter dem Fenster, das in den Hof schaute, stand eine Bank, die mit ein paar bunten Kissen belegt war, an der Wand neben der Tür eine Truhe. Obwohl sie zu klein war, um einen Mann darin zu verstecken, öffnete Schumann sie. Wie vermutet, fand er nur Tücher und Wäsche darin vor.

Durch das angelehnte Fenster vernahm er Sophias Stimme. Sie redete auf das Schwein ein, als sei es ein Mensch. Der Stadtschreiber schüttelte den Kopf. Manch einer mochte sie wahrlich für eine Zaubersche halten, die Fuchsin, sie sollte nur vorsichtig sein!

Schumann untersuchte die Vorratskammer neben der Küche und zwei weitere Nebengelasse, die leer standen. Unter den wachsamen Augen des Magisters blickte er noch in die Räume im oberen Stockwerk, zuerst in das Schlafzimmer, in dem ein breites Doppelbett mit einem gewaltigen Baldachin und schweren Damastvorhängen beinah den gesamten Platz einnahm. Es schien irgendwie nicht in dieses Haus zu gehören. Dann schaute er in die winzige Stube, in deren Mitte ein Tisch stand, an dem höchstens acht Personen Platz fanden. In seiner Stube am Markt konnte er doppelt so viele Gäste bewirten. Neben der Stube befand sich noch ein kleiner Raum, der wohl als Abstellkammer diente und in dem unter anderem eine neue, bunt bemalte Wiege stand. Nirgendwo entdeckte Schumann auch nur den kleinsten Hinweis auf die Anwesenheit eines Gastes.

»Lasst mich noch in Hof und Garten schauen, Fuchs!«, verlangte er.

»Wie Ihr wünscht!« Der Magister zuckte mit den Schultern und ging voraus.

Schumann trat auf den Hof, den Sophia inzwischen verlassen haben musste, und erschrak. Das eigenartig schwarzgetupfte Schwein hatte auffällige rote Flecken an den Ohren. »Das sieht in der Tat nicht gut aus, Magister! Nicht, dass es eine ansteckende Viehseuche ist.«

Fuchs starrte ebenfalls auf das Schwein. Sein Gesicht lief rot an, und er schlug die Hand vor den Mund. »Mein Gott!«, keuchte er.

Der Stadtschreiber empfand fast so etwas wie Mitleid. Sicher hatten Fuchs und sein Weib für den Herbst bereits mit dem Fleisch des Tieres gerechnet. Er umrundete das Schwein vorsichtig. Es beäugte ihn misstrauisch und wedelte mit den rotfleckigen Ohren. Er fand, dass das Tier merkwürdig nach Essig roch. Vielleicht hatte die Fuchsin es damit abgerieben, in der Hoffnung, die Krankheit so zu bekämpfen?

In dem gepflegten, kleinen Gemüsegarten öffneten sich am Bohnenspalier gerade die ersten Blüten. »Was hat Euer Weib hier gepflanzt?« Neugierig deutete Schumann auf ein Kräuterbeet. Bienen umschwärmten blasslila Blüten, die aufgerissenen kleinen Mäulchen ähnelten.

»Salbei, wohltuend bei Halsweh, wohlschmeckend zu gebratenem Fleisch«, erklärte der Magister, der seine Augen noch immer nicht von dem Schwein abwenden konnte.

Schumann entdeckte weitere Kräuterbeete. »Sie pflanzt ziemlich viele Kräuter an, hm?«

»Die meisten davon sind Küchenkräuter, ein paar Heilpflanzen. Jede gute Hausfrau sollte wissen, womit sie die Ihren in Fall einer Krankheit behandeln kann, nicht wahr?«, entgegnete Fuchs.

Schumann erwiderte nichts. Er sah sich noch in dem kleinen Stall um, in dem eine braune Ziege an einigen Zweigen knabberte. Die Ziege ist die Kuh des kleinen Mannes, dachte er hämisch. Auch in der winzigen Scheune gegenüber konnte er nichts Verdächtiges entdecken. Nachdem er unter dem unergründlichen Blick des Magisters mit zusammengebissenen Zähnen die Tür des Abtritts geöffnet und auch dort hineingeschaut hatte, atmete er tief durch.

Er drehte sich zu Fuchs um, der inzwischen auf einer Bank an der Hauswand Platz genommen hatte. »Ihr werdet sicher nicht so dumm sein und Storch, falls er hier noch auftauchen sollte, Unterschlupf gewähren, Magister. Überlasst die Sache getrost der weisen Fürsorge des Rates.«

Der Magister sah ihn an, ohne eine Miene zu verziehen, und schwieg.

»Und noch eins«, fügte Schumann hinzu. »Ihr solltet unbedingt eine Magd einstellen. Euer Weib ist keine schwere Hausarbeit gewöhnt, wie Ihr wisst, und bald muss sie sich auch noch um einen Säugling kümmern. Ihr wollt doch sicher nicht, dass sie in ein paar Jahren so abgearbeitet aussieht wie die meisten Frauen hier in der Vorstadt?«

Mit Genugtun nahm der Stadtschreiber wahr, wie die Gelassenheit aus den Zügen des Magisters wich. Da hatte er offenbar einen wunden Punkt getroffen. Vielleicht ließ sich daraus etwas machen! Lange genug hatte er darüber gebrütet, wie er an zuverlässige Informationen über das Treiben im Fuchs'schen Hause gelangen konnte. Nicht nur, dass Carlowitz Bericht wegen der Entschlüsselung des Buches von ihm erwartete – es lag auch in Schumanns eigenem Interesse, genau über jeden noch so kleinen Fortschritt in dieser Angelegenheit Bescheid zu wissen. Wenn es ihm nun gelänge, den Fuchsens eine Magd zu vermitteln, deren Ergebenheit in Wirklichkeit ihm, dem Stadtschreiber, galt, dann hätte er die Lösung des Problems gefunden!

»Ich kenne da eine reinliche ältere Witwe, die gegen ein kleines Entgelt jeden Tag auf einige Stunden bei Euch aushelfen könnte, wenn Ihr es wünscht.« Er ließ die Worte fallen, während er sich bereits zum Gehen wandte.

7. KAPITEL

e, Moses, weißt du nicht, dass es für einen jungen Kerl ungesund ist, für sich allein dazuhocken, während die anderen feiern und tanzen! Davon kriegst du Würmer im Hirn, die dann durch die Nase rauskrabbeln.« Lachend sahen die Flößer zu, wie Christoff sich vorbeugte und so angeekelt auf Moses' Nase starrte, als würde sich bereits ein fetter weißer Wurm dort winden.

Melchior schob ihn beiseite und hielt Moses seine schwielige Pranke hin. »Los, komm schon, gib dir einen Ruck! Es gibt keinen unverheirateten Burschen, der heute nicht zum Dorftanz nach Hermsdorf zieht.«

»Ich hab heut aber keine Lust darauf«, entgegnete Moses, ohne die Augen von dem Lindenholzstück zu lassen, an dem er gerade schnitzte.

»Ach was! Wenn du erst eine Maid mit runden Hüften und prallen Brüsten im Arm hältst, wird sich deine Lust ganz schnell einfinden!« Christoff lachte. »Und keine Angst, wenn du anschließend morgen früh den Kirchgang verschläfst, wirst du dich zumindest in guter Gesellschaft befinden. Stimmt's?«

»Genau so ist's!« Melchior grinste, während die anderen nickten und lachten. »Und der Herrgott wird's uns sicher verzeihen, wenn wir nach sechs Tagen Plackerei mal ein wenig über die Stränge schlagen«, setzte er hinzu.

»Ganz gewiss sogar! Schließlich hat selbst er sich am siebten Tag Ruhe gegönnt«, rief einer der Männer.

»Hört sofort auf, solch frevlerische Rede zu führen, ihr Grünschnäbel!« Hans war in den Kreis um Moses getreten. »Hast du wieder mal das Kopfreißen?«, erkundigte er sich bei Moses.

Der erhob sich und blickte unwillig in die teils lachenden, teils besorgten Gesichter ringsum. »Nein, ich will einfach nur allein sein! Mir ist heute nicht nach Tanzen und Feiern, und damit Schluss!« Er warf Messer und Holzstück achtlos zu Boden und schob sich durch die Männer.

Hinter den Hütten begann Moses den steilen Hang zu erklimmen. Während er über Felsbrocken und Wurzeln kletterte, wurde das Lachen und Rufen unter ihm leiser und verebbte schließlich ganz. Als er das kleine grasbewachsene Plateau erreichte, keuchte er, und das Herz schlug ihm hart gegen die Rippen. Er ließ sich rücklings in das weiche Gras fallen und wischte sich mit dem Arm über die Stirn. Allmählich ging sein Atem wieder ruhiger, und er spürte, dass sich seine Verärgerung über die Flößer verflüchtigt hatte.

Sein Verhalten tat ihm beinah ein wenig leid. Aber nur beinah, denn in Wahrheit war es so, dass er die Enge im Tal immer schlechter ertrug. Seit ihrer Rückkehr aus Magdeburg beschlich ihn öfter das Gefühl, die hohen Sandsteinwände in dem ewig feuchten Grund, wo es selbst im Sommer kühl und schattig blieb, würden ihn allmählich verschlucken oder in sich aufsaugen. In diesen beklemmenden Momenten stellte er sich vor, wie er zu einem Teil des lebendigen Bewuchses aus Moos, Flechten und kleinen Pflanzen würde, der die Felswände hier bedeckte. Er würde nie wieder etwas anderes zu Gesicht bekommen als Stein und Bäume und nie wieder etwas anderes hören als das Rauschen, Glucksen, Rinnen und Tropfen des Wassers um sich herum. In solch düsteren Augenblicken war ihm auch schon der Gedanke gekommen, dass die Hölle vielleicht gar nicht heiß und stickig war, sondern klamm und feucht. In jedem Fall aber war sie ein finsterer Ort, an dem der Mensch mit seiner Verzweiflung und seinen Ängsten allein blieb.

Moses hob seine Hände und hielt sie in die Sonnenstrahlen, die schräg durch die Bäume fielen. Seine Finger waren lang und schlank, an den Gelenken ein wenig verdickt. In den vergangenen Monaten hatte sich auf seinen Handflächen eine dicke Hornhaut gebildet. Als er begonnen hatte, hier zu arbeiten, waren seine Hände ständig zerschunden gewesen, bedeckt mit großen Blasen und Stellen, an denen das Fleisch offen lag. Abend für Abend hatte Hans sie ihm gesalbt und verbunden und dabei gemurmelt: »Pfötchen, so zart wie eine Jungfer! Hart zupacken musstest du nie, mein Junge.« Zupacken konnte er inzwischen, aber oft fühlten sich seine Hände abends so steif an, dass er beim Essen kaum den Löffel halten konnte. Moses seufzte und starrte seine Finger an. Sie kamen ihm fremd vor, als wären sie gar nicht Teil seines Körpers. Er ließ sie durch den Lichtstrahl gleiten, der neben ihm einen fast runden Sonnenfleck auf das Gras zauberte.

Das Licht, fiel ihm ein, es sieht aus, als würde es durch die hohen Fenster einer Kirche fallen. Plötzlich sah er den Innenraum der Kirche deutlich vor sich. Schlanke hohe Säulen strebten gen Himmel in zarten Rippen, die sich zu Bögen wölbten, sich vernetzten und an manchen Stellen in Schleifen und Spiralen endeten. Weiß-goldener Sandstein, fest und hart genug, die ungeheure Last des steilen Daches zu tragen.

Eine Wolke ließ den Lichtstrahl verlöschen, und Moses sprang erregt auf. Es war das erste Mal, dass etwas, das aus seiner Vergangenheit stammen musste, so deutlich vor seinem inneren Auge erschienen war. Hatte er vielleicht regelmäßig in dieser Kirche gebetet? Er musste zurück zu den anderen, sofort!

Mehr auf dem Hosenboden rutschend als laufend, machte er sich an den Abstieg. Ein paarmal bewahrte ihn nur der hastige Griff nach einer Wurzel davor, den Hang hinabzustürzen. Aber die anderen waren bereits weg, als er verdreckt und außer Atem unten ankam. Die kleine Ansiedlung, die nur aus einfachen Blockhütten bestand, wirkte wie ausgestorben. Alles, was Beine hatte, war hinauf nach Hermsdorf gezogen, um dort auf dem Dorfplatz bei Bier, Musik und Tanz die erste Flößerfahrt des Jahres zu feiern. In den Hütten der Flößer, Glasmacher und Bergleute waren nur ein paar Alte zurückgeblieben.

Auf der Bank vor dem Blockhaus, das er mit Hans und Melchior bewohnte, fand Moses sein Messer und den halb bearbeiteten Holzblock wieder. Er setzte sich und ließ seine Finger über die Maserung des Lindenholzes gleiten.

»Noch immer auf der Suche nach deiner Vergangenheit?«

Moses schrak auf, das Holz fiel ihm aus der Hand und landete schmerzhaft auf seinem nackten Zeh. »Verdammt, Johanna! Warum schleichst du dich immer so an die Leute an?« Er massierte sich den angeschlagenen Zeh.

Johanna setzte sich unaufgefordert zu ihm auf die Bank, bevor sie seine eher rhetorisch gemeinte Frage beantwortete: »Wenn einer nicht sieht, dass du da bist, kannst du ihm manchmal in die Seele schauen.« Sie warf die dunklen Haare zurück, in die sich bereits Silber mischte, und blickte Moses lächelnd an.

Er war sich nie sicher, welche Farbe die Augen dieser Frau hatten. Mitunter wirkten sie dunkel, fast schwarz, dann wieder schienen sie ihm silbrig oder opalisierend zu leuchten. Bei einem bestimmten Lichteinfall, wie jetzt, hätte Moses jedoch schwören können, sie wären grün. Christoff, anfällig für allerlei abergläubisches Geschwätz, hatte ihm einmal erzählt, Johanna wäre fast noch ein Kind gewesen, als sie in der Siedlung auftauchte. Niemand wusste, woher sie kam. Sie sammelte Kräuter und Wurzeln in den Bergen und Wäldern und verkaufte sie auf den Märkten in den Tälern. Sie kam und ging, wie es ihr beliebte. Eine Vila sei sie, hatte Christoff geflüstert, ein Naturgeist, der die Gestalt einer Frau annahm, am Wasser lebte und Gutes wie Böses bewirken konnte. In jedem Fall sei es besser, Johanna nicht zu verärgern, hatte er Moses geraten.

Moses hielt sich nicht für besonders abergläubisch, aber in Johannas Gegenwart fühlte er sich seltsam befangen. Er griff nach dem Messer und begann wieder zu schnitzen, doch schon nach wenigen Augenblicken rutschte er ab und verletzte sich den Daumen. Rasch, bevor das Blut auf den Holzblock tropfen und ihn verderben konnte, steckte er den Finger in den Mund. Er schmeckte Harz und Kupfer. Aber der Schnitt war nur oberflächlich gewesen und hörte schon nach kurzer Zeit auf zu bluten. Während Moses seinen lädierten Daumen begutachtete, griff Johanna nach seiner Hand. Er war zu verblüfft, um zu reagieren, und so ließ er sie gewähren.

Sie strich über seine schrundige Handfläche und murmelte: »Das ist nicht gut, das ist gar nicht gut!«

»Was ist nicht gut?«, fragte Moses überrascht.

»Die Natur hat nicht vorgesehen, dass du mit deinen Händen Bäume fällst und Stämme zusammenbindest.«

»So, was hat sie denn vorgesehen?« Moses wollte seine Hand wegziehen, aber Johanna hielt sie fest und strich mit dem Zeigefinger über die Linien der Handinnenfläche.

»Sie hat auch nicht vorgesehen, dass du hier bist.« Johanna klang, als wäre sie selbst erstaunt darüber. »Eine finstere Macht hat dich aus deiner Lebensbahn geworfen.«

»Ach, sag bloß?« Moses lachte spöttisch. »Meinst du wirklich, das hätte ich nicht auch schon geahnt?«

Johanna sah ihn an. Ihre Augen leuchteten wie die Saphire, die die Bergleute hier manchmal aus dem Schwemmsand des Baches seiften. »Dir wurde viel genommen, viel mehr, als du überhaupt ahnen kannst.«

Moses spürte, wie sich die Haare an seinem Unterarm aufrichteten. »Kann ich es mir zurückholen?«, fragte er leise und beinah gegen seinen Willen.

Johanna schwieg und fuhr erneut über seine Handfläche. Ihre Finger fühlten sich an wie kühles Wasser. »Du wirst es versuchen, da bin ich mir sicher«, sagte sie endlich und ließ seine Hand los.

»Also werde ich meine Erinnerungen zurückbekommen?«, rief Moses ihr nach, als sie sich erhob und davonging.

»Es hat schon begonnen«, antwortete sie, ohne sich umzusehen.

Einen Tag später trieb der alte Hans, der wegen seiner Verletzungen noch immer keine weiten Strecken zurücklegen konnte, Moses und Melchior vor dem ersten Morgengrauen unbarmherzig aus dem Bett. Dem Alten, der praktisch sein ganzes Leben in der freien Natur zugebracht hatte, machte die Beschränkung auf Haus und Garten zunehmend zu schaffen, und nicht selten bekamen die beiden jüngeren Männer dann seine schlechte Laune zu spüren.

»Raus mit euch, ihr Himmel-Herrgott-Heiligen-Luder!«, brüllte er, als Moses es wagte, sich nach dem ersten Weckruf noch einmal im Bett umzudrehen, und Melchior sich auch nur zögerlich von seiner Strohmatratze erhob. »Die Arbeit macht sich schließlich nicht von selbst! Ihr müsst heute wieder hinauf auf die Lichtung am Eichelborn, Lohrinde schälen.«

»Schon gut, Großvater!« Melchior erhob sich und kratzte sich die Brust. »Das wissen wir doch. Deshalb brauchst du nicht so zu bläken!« Rasch duckte er sich unter der erhobenen Hand des zornigen Alten weg.

Moses folgte seinem Freund eilig hinaus zum Brunnen. Er wusste inzwischen, dass das Schälen der Rinde für die Gerber eine der Waldarbeiten war, die im Frühjahr getan wurden, wenn die jungen Eichen in vollem Saft standen.

Spät am Nachmittag hatten die beiden jungen Männer einen großen Teil ihrer Arbeit geschafft. Sorgfältig stellten sie die abgeschälten Rindenabschnitte zum Trocknen auf. Zuvor hatten sie die Stücke mit der kostbaren weißen Schicht nach innen zusammengerollt. An ihrem ersten Tag hier draußen hatte Melchior Moses erklärt, wie wichtig es sei, dass sie nur unverletzte Rindenstücke schälten, da sie die meisten Gerbsäure enthielten. Rinde mit Astlöchern galt dagegen als minderwertig und wurde weit schlechter bezahlt.

»Lass uns essen, bevor wir den Heimweg antreten«, sagte Melchior.

Er nahm Brot, Käse und ein paar schrumpelige Äpfel aus der Kiepe und reichte sie Moses.

»Du hast heute Morgen gesagt, dass du Bilder aus deiner Vergangenheit gesehen hast. Woran erinnerst du dich inzwischen?«, fragte er kauend.

Moses riss sich ein Stück Brot ab und schob es in den Mund. Ja, woran erinnerte er sich, und vor allem, konnte er diesen Erinnerungen trauen? Er war sich nicht sicher. Aber es stimmte, vor allem morgens, in dieser besonderen kurzen Spanne zwischen Schlafen und Wachen sah er häufig Szenen, von denen er annahm, dass sie den Erinnerungen an sein früheres Leben entsprangen.

Er schluckte den Bissen hinunter, griff nach seinem Messer und dem Käse. »Ich sah gestern eine Kirche vor mir. Wahrscheinlich habe ich dort viel Zeit verbracht.«

Melchior lachte. »Wie ein Pfarrer kommst du mir aber nicht vor! Wie sieht die Kirche denn aus?«

»Sie ist aus Sandstein.«

»Was du nicht sagst!«, rief der Flößer belustigt.

Natürlich, das hatte sich Moses auch schon gedacht, die meisten Kirchen im oberen Elbtal waren aus diesem Material errichtet.

»Sie ist ziemlich groß, hat ein sehr hohes, steiles Dach, und es wird dort noch gebaut. Bilder gibt es im Inneren auch, an der Decke, an den Wänden«, fügte er hinzu.

Melchior nahm sich einen der Äpfel, beäugte ihn misstrauisch und legte ihn wieder beiseite. »Es könnte St. Marien sein, in Pirna. Vielleicht schaust du dir die Kirche mal an«, schlug er vor.

»Ja, wenn es sich ergibt«, entgegnete Moses und schnippte ein paar Brotkrümel von seiner Hose. Über das Mädchen mit den Sommersprossen, das ihm nicht nur morgens beim Aufwachen erschien, sondern dessen Bild er sich auch meist beim Einschlafen vor Augen rief, sprach er nicht. Diese Erinnerung wollte er nicht teilen. Immerhin hatte er jetzt einen Punkt, an dem er mit seinen Nachforschungen beginnen konnte.

8. Kapitel

Sophia polierte die Butzenscheiben des kleinen Fensters in der Küche so energisch, dass ihr das Handgelenk wehtat. Trotzdem bemerkte sie, als sie den Lappen aus der Hand legte, voller Erleichterung, dass sich der Knoten aus Angst und Ärger in ihrer Brust gelöst hatte. Jetzt konnte sie beinah über die Ereignisse des gestrigen Tages lachen, und schließlich war ja auch alles gut gegangen. Weder hatten Fuchs und Arnold das Buch gefunden, noch hatte Schumann die Alchemistenkammer entdeckt. Allerdings war Sophia klar, wie knapp sie einem Unglück entgangen war. Sie wrang den Lappen aus, goss das Wasser in den Spülstein und schwor sich, in Zukunft vorsichtiger zu sein. Viel vorsichtiger!

Und als ob das nicht schon genug für einen Tag gewesen wäre, hatte der Magister ihr nach dem Abendessen auch noch von Schumanns Angebot erzählt, ihnen eine zuverlässige Magd vorbeizuschicken. Auf der Stelle waren Sophias Ängste in Wut umgeschlagen. Offensichtlich hatte der Stadtschreiber es noch immer nicht verwunden, dass sie ihm einen mittellosen Gelehrten vorgezogen hatte. Aber dass er nun versuchte, Fuchs das Gefühl zu geben, er sei nicht Manns genug, ausreichend für sie zu sorgen! Schon das allein war Grund genug, die vorgeschlagene Magd abzulehnen. Abgesehen davon fühlte sich Sophia durchaus in der Lage, ihren kleinen Haushalt allein zu führen. Sicher, ihre Näharbeiten waren nicht perfekt und auch das Essen gelang nicht immer so wie bei Gertrud. Aber der Magister hatte in dieser Hinsicht keine allzu hohen Ansprüche. An manchen Tagen, wenn die Tüfteleien an der Uhr oder ein interessantes Buch, das er gerade las, ihn wieder einmal vollkommen gefangen nahmen, merkte er ohnehin nicht, was er in sich hineinlöffelte. Lautstark hatte sie sich gestern Abend jede Einmischung in ihre Haushaltsführung verbeten und den Stadtschreiber zum Teufel gewünscht, wo er gefälligst hingehörte!

Sophia wischte sich die feuchten Hände an der Schürze ab, als sie an der Haustür ein energisches Klopfen hörte und kurz darauf die Stimme ihres Mannes.

»Meister Jobst!« Der Magister klang überrascht. »Was wollt Ihr hier? Der Abtritt wird erst im Herbst zu reinigen sein, und die Esse habt Ihr gekehrt, bevor wir vor Weihnachten eingezogen sind.«

»Nein, nein, Magister Fuchs, deshalb bin ich nicht hier. Der Stadtschreiber sprach mich heute in der Frühe vor dem Rathaus an. Ich soll nach Eurem Schwein sehen. Er meint, es könnte am Rotlauf erkrankt sein.«

Sophia erschrak. Der Schinder! Wenn er nun herausfand, dass sie Schumann nur genarrt hatte. Und wenn er es ihm weitererzählte! Vermutlich hatte der vermaledeite Stadtschreiber den Mann hergeschickt, damit er für ihn schnüffelte. Sie biss sich auf die Lippen. Was war jetzt zu tun?

»Nun, es kränkelt, das Tier. Aber dass es Rotlauf ist, glaube ich nicht. Da hat unser Stadtschreiber wohl was gesehen, was gar nicht da war.« Heinrichs Stimme klang ruhig.

»Trotzdem werde ich es mir ansehen. Wenn es keine schwere Form der Seuche ist, kann man das Tier manchmal noch retten«, beharrte der Schinder.

»Na, wenn Ihr meint, dann kommt halt mit.«

Schon hörte Sophia den schweren Schritt des Mannes im Flur. Dann füllte seine breitschultrige Gestalt den Türrahmen.

»Gott zum Gruße, Fuchsin! Ich schau nur rasch nach Eurem Schwein.« Er nickte ihr zu und entblößte dabei seine kräftigen gelben Zähne.

Sophia starrte ihn an. Der Schinder war ihr unheimlich. Jedes Mal, wenn sie ihn sah, musste sie an ihre erste Begegnung mit ihm denken. Damals hatte er einen Selbstmörder aus der Stadt gekarrt, so wie er es später mit den Leichen von Onkel Anton und Jonas Bockewirth getan hatte. Und den Leichnam von Bockewirth hatte er anschließend an den Bader verschachert, damit der ihn obduzieren konnte.

Jobst stand noch immer in der Tür, die großen Hände in einer freundlichen Geste nach vorn gestreckt, und wartete auf ihre Antwort. Sophia riss sich zusammen.

»Gott sei auch mit Euch, Schinder. Das Schwein wollt Ihr sehen? Ich glaube, mit dem ist es nicht so ernst. Das wird schon wieder, macht Euch nur keine Mühe!«, sagte sie hastig.

»Für Euch und den Magister tu ich das gern, Fuchsin!« Jobst bleckte sein Pferdegebiss noch stärker.

Sophia errötete und wusste nicht, was sie sagen sollte.

»Kommt, Jobst, lasst uns nach dem Schwein sehen, mein Weib hat zu tun.« Fuchs legte dem Schinder seine Hand auf den Arm. Der unangenehme Geruch, der den Mann wie einen Kokon umgab, schien ihn nicht zu stören.

»Euer Weib sollte vorsichtig sein mit dem Schwein, grad jetzt!«, warnte Jobst noch, bevor er sich von Heinrich Fuchs in den Hof führen ließ. »Der Rotlauf kann auch auf den Menschen gehen. Meist kriegt man's an den Händen. Glaubt mir, ich weiß, wovon ich rede!«

Sophia brachte es nicht über sich, den Männern in den Hof zu folgen. Ohnehin hätte sie jetzt nichts mehr tun können. Doch sie lehnte sich aus dem Fensterchen, um zu verfolgen, was draußen vor sich ging.

Jobst umrundete das Schwein, das in der Morgensonne vor sich hin döste, und begutachtete es von allen Seiten. Besorgt beobachtete Sophia, wie sich die vorspringende Stirn des Abdeckers unter dem sandfarbenen Stoppelhaar krauste. Mit kundigen Griffen fasste er zuerst nach dem linken Ohr des Schweins und dann nach dem rechten. Anschließend richtete er sich auf, drehte sich um und bedachte Sophia, die noch immer auf der Fensterbank lehnte, mit einem nachdenklichen Blick. Dann wandte er sich erneut dem Magister zu.

»Wir machen es folgendermaßen: Ich werde unserem besorgten Stadtschreiber berichten, dass Euer Schwein die Seuche nur in ganz leichter Form hat, dass ich es behandelt habe nach bestem Wissen und Gewissen und dass keine Gefahr von dem lieben Tier ausgeht, an dem Eurem Weib einiges zu liegen scheint … trotz allem.« Der Schinder verschränkte die muskulösen Arme und schwieg einen Augenblick.

Der Magister sah ihn fragend an. Sophia spürte, wie sich ihr die Härchen an den Unterarmen und im Nacken aufrichteten. Was würde als Nächstes kommen?

Jobst zog gemächlich einen kleinen Beutel unter seinem speckigen Lederumhang hervor, schnürte ihn umständlich auf und entnahm ihm etwas, das aussah wie eine getrocknete Pflanzenwurzel. Dann zog er eine Art Schusterpfriem aus seinem Gürtel.

»Ich werde Eurem Schwein nun das übliche Heilmittel auf die übliche Art verabreichen, damit hab ich dann meine Pflicht getan.«

Blitzschnell griff er nach dem Ohr des Schweins, durchstieß es mit dem Pfriem und stopfte die Wurzel wie einen Ohrstecker in das entstandene Loch.

Sophia zuckte zusammen und spürte, wie das Kind in ihrem Bauch, das ihren Schreck mitempfand, heftig trat.

Kaum hatte der Schinder Circe losgelassen, schoss das arme Tier schrill quiekend quer über den Hof und verschwand in seinem Stall. Einige Blutstropfen glitzerten im Sand des Hofes und markierten die Stelle der Schandtat.

Ungerührt schaute der Magister den Schinder an.

Der steckte Pfriem und Beutel weg und hielt Fuchs seine geöffnete Hand hin. »Das macht dann zwei Pfennige für die Behandlung und einen für die Grüne Nieswurz. Man kann sie übrigens auch beim Menschen anwenden. Mir war vorhin so, als hätte ich rote Flecke an den Fingern Eures Weibes gesehen.«

Sophia wurde blass. Tatsächlich ließ sich Rote-Beete-Saft nur schwer von den Fingern waschen.

Heinrich Fuchs räusperte sich empört.

»Keine Angst, Magister, beim Menschen wird sie anders angewendet als bei Schweinen. Doch das muss ich Euch, einem Mann der Medizin, sicher nicht erklären. Ihr werdet selbst am besten wissen, wie Ihr Euer hübsches junges Weib kuriert!« Grinsend wartete Jobst, bis Fuchs die drei Pfennige aus der Geldkatze an seinem Gürtel gekramt hatte.

Kaum hatte der Magister die Tür hinter dem Schinder geschlossen, rannte er auch schon zurück in den Hof und stürzte in den Stall. Sophia vernahm erneut ein schrilles Quieken, dann einen unanständigen Fluch und schließlich Stille. Besorgt eilte sie hinaus.

Mit dem Lächeln des Siegers auf den Lippen trat ihr Ehemann aus dem Stall. In seinen blutverschmierten Fingern hielt er das Wurzelstück, das der Schinder in Circes durchstochenes Ohr gestopft hatte.

»Ist das dein Blut oder das des Schweins?«, fragte Sophia.

»Beides. Aber mach dir keine Sorgen!«, versicherte er nach einem Blick in ihr Gesicht. »Das wird schon wieder, und ich denke, das Schwein hat auch keinen bleibenden Schaden davongetragen.« Er ging zum Brunnentrog und beugte sich herab, um seine Hände zu waschen.

Sophia folgte ihm. »Was ist das für ein Zeug?« Sie deutete auf das Pflanzenstück.

»Die Grüne Nieswurz enthält ein Gift. Es kann, ähnlich wie das Gift des Fingerhuts, in geringen Mengen das Herz anregen. In Circes Ohr hätte es vermutlich für eine Nekrose gesorgt. Ich schätze mal, du möchtest nicht, dass sie mit einem großen Loch im Ohr rumläuft, oder?« Er blickte sie von unten herauf an. »Falls doch, musst du es ihr selbst wieder reinstecken.« Er richtete sich auf und streckte ihr das Wurzelstück entgegen.

Sophia wich zurück und schüttelte empört den Kopf. »Nieswurz also! Dieses verdammte Zeug ist doch daran schuld, dass ich das ganze Theater aufführen musste. Dabei können wir noch von Glück sagen, dass Arnold wenigstens so geistesgegenwärtig war, die Regaltür zu schließen, als er Schumann kommen hörte.«

Der Magister zuckte mit den Schultern. »Nun gut, dann wandern hiermit drei Pfennige auf den Mist!« Ungerührt warf er den Pflanzenrest über den Gartenzaun.

»Jobst hat es gewusst, nicht wahr?«

»Dass du dem Schwein die Ohren mit Rote-Rüben-Saft eingeschmiert hast? Vermutlich schon. Jobst ist nicht Abdecker geworden, weil er zu blöd für ein anderes Handwerk gewesen wäre, sondern weil schon sein Vater und der Vater seines Vaters Abdecker waren«, entgegnete der Magister schulterzuckend.

»Aber wird er es Schumann erzählen?«, fragte Sophia. »Immerhin steht er als Abdecker im Dienst des Rates.«

»Das glaube ich kaum. Du hast zwar recht damit, dass der Rat den Schinder anstellt und dass von ihm erwartet wird, über alles Bericht zu erstatten, was den Interessen des Rates zuwiderlaufen könnte. Aber du solltest auch bedenken, dass Jobst trotzdem am Rande der städtischen Gemeinschaft steht. Und ich habe mir sein Schweigen für drei Pfennige erkauft. Zwar wird er weiterhin grübeln, warum ich ein so seltsames Weib geheiratet habe, das der Sau die Ohren färbt, um den Stadtschreiber zu ärgern, aber dann wird ihm wenigstens nicht langweilig, während er die Abortgruben aushebt und die Äser in den Gassen einsammelt.«

Sophia musste lachen. Dann traute sie sich endlich, die Frage zu stellen, die ihr seit gestern nicht mehr aus dem Kopf ging: »Und was machen wir, wenn dein Schwager Nikolaus Storch tatsächlich hier auftaucht?«

Heinrich Fuchs schüttelte den Kopf. »Ich wäre bestimmt der Letzte, den er um Hilfe bitten würde.«

»Wie kannst du dir da so sicher sein, immerhin bist du sein Verwandter?«

»Weißt du, wir haben uns nicht gerade in Frieden getrennt bei unserer letzten Begegnung«, antwortete Fuchs ausweichend.

»Weiß er überhaupt, dass seine Schwester tot ist?« Sophia hatte sich entschlossen, diesmal nicht lockerzulassen, denn bisher hatte der Magister ihr nur wenig über seine Vergangenheit erzählt. Sie wusste, dass seine Frau und seine beiden Kinder an der Pest gestorben waren und er vergeblich versucht hatte, sie zu retten. Danach hatte er sich entschlossen, der Medizin, die er für eine vollkommen unzureichende Wissenschaft hielt, den Rücken zu kehren. Doch was er in den Jahren zwischen dem Tod seiner Familie und seiner Ankunft hier in Pirna getan hatte, davon sprach er ebenso wenig wie von seinem Leben mit Frau und Kindern. Nur einmal hatte er nebenher erwähnt, dass er eine Zeitlang in Münster gelebt hatte, bei den Wiedertäufern.

»Keine Ahnung. Wahrscheinlich nicht, denn Nikel ist keiner, der sonderlich Wert auf Familienbande legt. Er lebt einzig und allein dafür, seine Überzeugungen zu verwirklichen. Andere Menschen haben für ihn nur Bedeutung als Mitstreiter oder als Feinde, dazwischen gibt es nichts.«

Fuchs machte Anstalten, ins Haus zurückzukehren, aber Sophia hielt ihn am Arm fest. »Warst du damals gemeinsam mit Storch in Münster?«, fragte sie.

Der Magister legte seine Hand auf ihre und sah ihr in die Augen. »Ja. Aber das ist nichts, woran ich mich gerne erinnere. Und es wäre auch nicht gut, wenn man hier in Pirna davon erführe. Also hör auf zu fragen, Weib!« Er drehte sich um und ging ins Haus.

Sophias erster Impuls war, ihm hinterherzulaufen und mit Nachdruck Erklärungen zu verlangen. Aber dann spürte sie, dass die Gewissensbisse, die sie gegenüber Heinrich empfand, weil sie hinter seinem Rücken weiter an dem Buch forschte, nachließen. Ja, sie hatte Geheimnisse vor ihm, aber er hatte schließlich auch die seinen.

9. Kapitel

Du musst heute noch nach Hermsdorf, um dich zu erkundigen, ob der hartnäckige Husten von Bauer Ulrichs Jüngstem besser geworden ist.« Hans kramte ächzend in einer seiner Kisten und förderte ein verstöpseltes Tonfläschchen zutage, das er Moses hinhielt. »Falls nicht, soll die Ulrichin ihm davon dreimal täglich einen Löffel geben. Aber nicht mehr, hörst du!«

Moses nickte. Es war schon ein paar Monate her, dass er den alten Flößer nach dem Unfall gemeinsam mit Melchior, Christoff und Caspar zur Hütte zurückgetragen hatte. Sie hatten damals große Angst gehabt, ihn zu verlieren. Doch der zähe alte Mann, den das Leben im Wald und auf dem Fluss gestählt hatte, erholte sich. Auch wenn es ihn fuchste, dass die Heilung viel länger dauerte als in seinen jungen Jahren.

Da der heilkundige Flößer noch immer keine weiten Wege bewältigen konnte, hatte Moses es übernommen, die Kranken in der Umgebung zu besuchen. Diese Aufgabe war ihm eine willkommene Ablenkung, denn so blieb ihm keine Zeit, über die Vergangenheit zu grübeln. Und wenn er ehrlich war, musste er sich eingestehen, dass er sogar eine gewisse Erleichterung darüber empfand, dass Hans' Gesundheit einen Besuch in Pirna vorerst nicht zuließ.

»Anschließend gehst du noch bei Andres, dem Köhler, vorbei. Sag seinem Weib, wenn die Brandwunden eitern, muss sie die mit Abkochungen aus Salbei- und Klettenblättern auswaschen. Und sie soll ihm weiter den Aufguss vom Bockshornklee geben, der entgiftet und reinigt«, fuhr der Alte fort.

Moses nickte erneut. Dann öffnete er die Truhe, in der er die wenigen Dinge aufbewahrte, die sein Eigentum waren: eine warme Filzjacke und eine Kappe für den Winter, ein zweites Hemd und die Tier- und Menschenfiguren, die er in den vergangenen Monaten geschnitzt hatte. Er kramte einen kleinen Wagen und ein Ochsengespann hervor, eine Ziege, eine Kuh und dann noch ein kleines Floß. Es war vorn und hinten mit winzigen Steuerrudern, den Pätschen, versehen. In der Mitte erhob sich die Miniaturausgabe einer Bretterbude mit schrägem Dach.

Er wühlte noch einmal in der Truhe und förderte eine Handvoll menschlicher Figuren zutage. Sie stellten Flößer dar, die breitbeinig dastanden, mit langen Staken in der Hand. Ein paar Holzfäller waren auch dabei und zwei Bergmänner in ihrer typischen Tracht, mit Eisen und Schlegel in den Händen. Dann nahm er eine geflochtene Kiepe mit Lederriemen aus einer Ecke und schichtete die Figuren hinein. Vorsichtig packte er jede zuvor in Heu ein, damit sie unterwegs keinen Schaden nehmen konnte. Bei einem früheren Besuch in Hermsdorf hatte Moses zwei Bauernkindern eins seiner geschnitzten Pferdchen und eine Kuh mit einem Kälbchen geschenkt. Die Knaben waren begeistert gewesen. Die Folge davon war gewesen, dass Moses in den folgenden Wochen aus Hermsdorf eine ganze Reihe von Aufträgen für Holzspielzeuge bekommen hatte. Das Tonfläschchen für den kranken Jungen packte er oben auf die gut gefüllte Kiepe.

Eine gute Stunde später hatte er Hermsdorf erreicht. Häuser wie hier – eine Mischung aus Blockbohlenhaus und Fachwerkhaus – hatte er bisher nirgendwo gesehen. Bei einem seiner letzten Besuche hatte er beobachten können, wie solch ein Haus errichtet wurde. Sein Herzstück war die Stube aus Blockbohlen, die zuerst gebaut wurde. Anschließend errichteten die Zimmerleute um die Stube herum eine Art Gestell aus Holz, auf dem später das obere Stockwerk und das Dach ruhen sollten.

Das Haus des Bauern Ulrich bestand allerdings vollkommen aus Holz, auch das vorkargende Obergeschoss war aus Blockbohlen gefügt worden. Als die Frau des Bauern Moses auf einen Becher Bier ins Haus bat, sah er, dass selbst die Wände sämtlicher Zimmer aus Holz bestanden.

Während sich die beiden kleinen Buben und ihre Schwester voller Begeisterung daranmachten, den Inhalt seiner Kiepe hervorzukramen und den Küchenboden sogleich in Wald und Fluss verwandelten, nahm Moses an dem blankgescheuerten Holztisch Platz. Er reichte der Bäuerin das Fläschchen mit dem Hustensaft und übermittelte ihr, was Hans ihm dazu aufgetragen hatte.

»Das Dorf wirkt heute wie ausgestorben, Bäuerin«, sagte er, als die hochgewachsene Frau mit den krausen dunklen Haaren ihm anschließend ein Bier einschenkte. »Ich habe auf dem Weg zu Euch fast nur Frauen und Kinder gesehen. Wo sind denn die Männer?«

Ihre Augenbrauen schnellten missbilligend in die Höhe. »Ja habt Ihr in Krummhermsdorf denn nichts von der großen herzoglichen Jagd vor drei Tagen mitbekommen?« Die Frau nahm ihr Kopftuch ab, um es neu zu binden.

Moses wischte sich den Bierschaum vom Mund und schüttelte den Kopf. »Nein.«

»Eine Menge Wildschweine, Hirsche und Rehe haben die feinen Herren aus Dresden erlegt!« Die Frau kniff die Lippen zusammen.

Der junge Holzfäller sah sie verständnislos an.

»Wie immer musste dann jeder Mann aus dem Dorf, der Gespann und Wagen besitzt, sich zur Verfügung stellen, um die Jagdbeute nach Dresden zu schaffen. Und die anderen Männer müssen dabei helfen.« Sie hob die Hände.

»Nach Dresden?« Moses vergaß, von seinem Bier zu trinken, seine Hand verharrte mit dem Becher in der Luft. »Aber das kann doch Tage dauern!« Er stellte den Becher auf den Tisch und schüttelte den Kopf.

Die Bäuerin stieß ein bitteres Lachen aus. »Was schert das die hohen Herren? Zweimal im Jahr müssen die Hermsdorfer als herzogliche Untertanen eine Fronfuhre leisten!«

Dann schaute sie Moses, der sie noch immer fassungslos anstarrte, genauer an und fragte: »Ihr seid wohl nicht aus der Gegend? Sonst wüsstet Ihr das nämlich. Dabei können sie sich wahrscheinlich noch glücklich schätzen, dass sie von der Ackerfron größtenteils befreit sind und nur auf den Wiesen und Feldern, die zum Schloss Hohenstein gehören, Gras und Korn mähen müssen.«

»Nein, ich lebe noch nicht lange hier«, sagte Moses ausweichend. Dann stürzte er rasch sein Bier herunter und erhob sich, um weiteren Fragen zu entgehen. »Ich muss dann wieder, gute Frau.« Er deutete auf das Spielzeug, das die Kinder inzwischen wieder brav auf den Tisch gestellt hatten. »Ich muss hier im Ort noch ein paar Bestellungen ausliefern. Habt Dank für den Trunk!«

Eine Stunde später, auf dem Heimweg, ging Moses die Unterhaltung mit der Bäuerin noch immer im Kopf herum. Ackerfron, Fronfuhren? Auch wenn er nicht mehr wusste, wo er geboren und aufgewachsen war und an welchen Orten sein früheres Leben stattgefunden hatte, in einem Punkt war er sich sicher: Auf einem Bauernhof hatte er niemals gelebt. Denn all die Beschwernisse des bäuerlichen Lebens schienen ihm vollkommen fremd zu sein.

Während er seinen Gedanken nachhing, suchten seine Augen den Wald links und rechts des Weges ab. Hin und wieder folgte er einem Wildwechsel. Dort fand er essbare Pilze, die er mit seinem Messer grob säuberte und in seiner leeren Kiepe verstaute. Eine ganze Weile sammelte er an einem Dornengestrüpp die ersten reifen Himbeeren in seinen Hut. Beim Weitergehen schob er sich die weichen, roten Früchte Stück für Stück in den Mund und genoss ihr besonderes Aroma. Hinterher knabberte er auf den Samenkörnchen herum, die zwischen seinen Zähnen hängen geblieben waren.

Doch nach einiger Zeit blieb er stehen und fragte sich, ob er noch auf dem rechten Pfad war. Er schaute sich um und lauschte.

Von den Felswänden ringsum tropfte es, der Wind strich durch die Zweige der Bäume, von weiter unten vernahm er leises Wasserrauschen. Nein, das war nicht der Weg, auf dem er gekommen war. Er musste an irgendeiner Stelle in die falsche Richtung gegangen sein. Moses hätte schwören können, dass er diesen Teil des Waldes noch nie betreten hatte. Während er versuchte, sich zurechtzufinden, wurde ihm klar, dass er eigentlich nur bergab gehen musste. Dann würde er früher oder später am Fluss landen, wo er sich besser auskannte. Er wischte sich mit dem Ärmel über die schweißfeuchte Stirn, rückte seine Kiepe zurecht und marschierte los.

Nach einer Weile vernahm er ganz deutlich das Rauschen des nahen Flusses. Und dann erblickte er auf einer Lichtung auch schon einen großen Kohlenmeiler. Moses hatte nicht viel Ahnung vom Handwerk der Köhler, die die minderwertigeren Holzstämme zu Kohle brannten. Er wusste allerdings, dass das Feuer in einem Meiler niemals richtig brennen durfte. Es schwelte nur und verwandelte auf diese Weise im Laufe mehrerer Tage das aufgeschichtete Holz in Holzkohle. Durch das Öffnen und Verschließen der Lüftungslöcher sorgte der Köhler für eine gleichmäßig hohe Temperatur im Inneren des Meilers. Von außen ähnelte so ein Meiler einem riesigen Erdhügel, denn nach dem Aufschichten des Holzes wurde er mit Erde, Asche, Laub und Moos bedeckt. Offenbar hatte der Köhler Andres dabei vor ein paar Wochen einen Fehler gemacht. Statt zu schwelen, war der Meiler in Brand geraten. In seinem Bestreben, die Arbeit und den Verdienst vieler Tage zu retten, hatte sich der Mann schwere Verbrennungen an Händen und Beinen zugezogen.

Nachdem Moses sich nach dem Befinden des Köhlers erkundigt und seinem Weib die Anweisungen des alten Hans ausgerichtet hatte, ging er zum Fluss. Er war verschwitzt und staubig und sehnte sich nach einem Bad. Auch Hemd und Hose, fand er, hatten mal wieder eine Wäsche nötig. So zog er sich aus und begann, die Sachen auf den Steinen im Wasser zu schrubben. Dann breitete er sie zum Trocknen in der Sonne aus und stieg nackt in den Fluss. Trotz der Eiseskälte, die ihn sofort umfing und ihm den Atem raubte, tauchte er an einer tieferen Stelle vollkommen unter. Als er prustend und schnaubend nach oben kam, bemerkte er, dass ihn vom Ufer aus eine Frau beobachtete. Im ersten Augenblick dachte er, es wäre die Köhlerin. Doch dann sah er, dass die Frau viel jünger war als das Weib des Köhlers. Ihr Gesicht war noch frisch und glatt, das unbedeckte Haar schimmerte schwarzblau wie das Gefieder einer Dohle. Ihre grünen Augen bildeten dazu einen reizvollen Kontrast.

Erst als das Mädchen zu lachen begann, fiel Moses auf, dass er nackt wie Adam im kalten Wasser stand und sie angaffte. Sein erster Impuls war, sich umzudrehen und am anderen Ufer des Flusses an Land zu gehen. Doch dann erinnerte er sich, dass seine Sachen zu Füßen des Mädchens in der Sonne lagen. Da sie keine Anstalten machte, zu verschwinden, sondern ihn ebenso freimütig musterte wie er sie, schob er sein nutzloses Schamgefühl beiseite und watete ihr entgegen.

Während er sich direkt neben ihr in seine feuchten Sachen mühte, sprach keiner von ihnen ein Wort. Moses war es schließlich, der das Schweigen brach: »Gehörst du zu den Köhlerleuten?«

»Ja, ich bin die Köhlerliesel!«, antwortete sie und sah ihm keck ins Gesicht.

Er stutzte, bemerkte den Schalk in ihren Augen und sagte trocken: »Nicht wirklich, oder?«

Sie lachte. »Nein, ich heiße Marthe. Aber ich bin wirklich die Tochter des Köhlers. Danke, dass du nach meinem Vater schaust und ihm die Medizin von Hans bringst.« Sie trat dicht an ihn heran, und ehe Moses reagieren konnte, hatte sie ihre Lippen schon auf seinen Mund gedrückt und ihre Arme um seinen Hals geschlungen.

Moses erstarrte. Schlagartig wurde ihm bewusst, dass ihm keine Frau so nahe gekommen war, seit er bei den Flößern lebte.

Er dankte Gott, dass er seine Hose bereits anhatte und dass die Kälte des Flusswassers in seinem Körper noch nachwirkte.

Marthe schien seine Verwirrung amüsant zu finden. Sie dehnte ihren Kuss noch ein bisschen länger aus und ließ ihre Finger in das feuchte Haar in seinem Nacken wandern.

Moses schob sie widerstrebend von sich und holte Luft. »Du bist mir nichts schuldig, Marthe«, sagte er mit heiserer Stimme.

»Du gehörst zu den Holzfällern aus Krummhermsdorf«, stellte sie fest, ohne weiter auf seine Worte einzugehen. »Ich hab dich dort schon mal gesehen.« Sie deutete auf seine blonden Haare, die ihm nass über die Schultern fielen. »So einen wie dich vergisst man nämlich nicht so schnell.«

Moses zuckte mit den Schultern. »Ja, ich komme aus Krummhermsdorf, und ich sollte mich jetzt auch wieder auf den Weg dorthin machen.«

Marthe seufzte, dann sagte sie leise: »Weißt du, es war nicht das erste Mal, dass der Vater beim Belüften des Meilers einen Fehler gemacht hat. Meistens gehen wir noch mal nachsehen, die Mutter und ich. Aber diesmal …« Sie beendete den Satz nicht, sondern starrte auf ihre nackten, schwarzen Zehen hinab.

Ehe Moses etwas dazu einfiel, raffte sie ihren Rock. »Ich sollte auch zurückgehen. Die Mutter wird meine Hilfe brauchen.« Sie drehte sich um und rannte davon.

Moses sah ihr nach und bemerkte, dass sie hinkte. Irgendetwas stimmte nicht mit ihren Beinen. Doch sonst, so fand er, war sie ein ausgesprochen ansehnliches Mädchen. Er schmeckte noch ihren Kuss auf seinen Lippen und dachte seufzend daran, wie rasch sein Körper auf ihren schlanken Leib mit den runden Brüsten reagiert hatte, als sie sich an ihn schmiegte.

10. KAPITEL

Als Wolf Schumann aus den dämmrigen Räumen der herzoglichen Kanzlei auf den Schlosshof trat, wurde er von hellem Sonnenlicht geblendet. Abrupt blieb er stehen und kniff die Augen zusammen. Beinah im gleichen Augenblick prallte jemand gegen seinen Rücken, sodass er nach vorn stolperte. Nur dank seiner hervorragenden Reflexe, die er vor allem den regelmäßigen Übungsstunden auf dem Fechtboden zuschrieb, gelang es ihm, auf den Beinen zu bleiben. Die Ledermappe mit den Briefen für den Pirnschen Rat war ihm allerdings aus den Händen geflogen. Die Papiere lagen im Staub, und sein federgeschmückter Hut leistete ihnen dabei Gesellschaft. Mit einem derben Fluch drehte Schumann sich nach dem Verursacher des Malheurs um.

»Findet Ihr diese Worte nicht stark übertrieben, mein Herr? Zumal Ihr es doch wart, der plötzlich stehen blieb, sodass ich beinah über Euch gefallen wäre!«

Der Stadtschreiber brauchte einen Moment, um zu begreifen, dass die Person, die ihn um ein Haar über den Haufen gerannt hätte, keineswegs einer der zahlreichen Kanzleiboten war. Er hatte ihr emsiges Kommen und Gehen beobachtet, während er darauf gewartet hatte, dass er dem Sekretär für Kirchenangelegenheiten ein Gesuch des Pirnschen Rates an Herzog Moritz überreichen durfte. Schumann hatte das Schreiben, in dem es um die Summe von 150 Talern ging, die der Bischof von Meißen Pirna schuldig war, eigenhändig aufgesetzt. Doch als er nach fast drei Stunden Wartezeit endlich an die Reihe kam, hatte der Beamte den Brief ohne weiteren Kommentar in eine Mappe gelegt, die er anschließend sehr weit unten in den Aktenstapel auf seinem Tisch geschoben hatte. Auf Schumanns Frage, wann man denn in Pirna mit einer Antwort rechnen könne, hatte er nur mit den Schultern gezuckt. »Das entzieht sich meiner Kenntnis, guter Mann.« Und dann hatte er den nächsten Bittsteller herangewunken.

Wieder einmal hatte Schumann den Eindruck, dass die Bemühungen des jungen Herzogs, seine straff organisierte Kanzlei zum Herzstück einer zentralen Verwaltung zu machen, dazu führten, dass sich die Bearbeitungszeiten verlängerten, die Vorschriften zunahmen und der Einzelne sich diesem System immer hilfloser ausgeliefert sah. So hatte sich beim Verlassen der Kanzlei eine gehörige Portion Wut in ihm aufgestaut, und die hätte er zu gern an jemandem ausgelassen. Aber die vornehme Frau, der er sich nun gegenübersah, kam dafür eindeutig nicht in Betracht! Der Stadtschreiber – sonst selten um eine Antwort verlegen – schluckte und musterte sprachlos ihre Erscheinung.

Sie trug ein rotes Seidenkleid, das vorn mit schwarzem Band geschnürt war. Es besaß einen großzügigen rechteckigen Ausschnitt, der den Blick auf das feine weiße Unterkleid mit Goldstickerei gestattete. Unter dem halbdurchsichtigen Stoff konnte man die vollen Rundungen ihrer Brüste gerade so erahnen. Eine zweireihige Perlenkette betonte ihren Hals. Ein paar Locken des blonden Haares, das sie am Hinterkopf zu einer Krone aufgesteckt trug, waren dem schwarzen Samtband entwischt, das ihre Frisur zusammenhielt, und ringelten sich an ihren Schläfen herab. Ihr ovales Gesicht umspielte ein durchsichtiger Schleier, der über der Stirn mit den gleichen goldenen Ranken bestickt war wie der Halsausschnitt ihres Hemdes.

»Unter diesen Umständen bin ja wohl ich es, die eine Entschuldigung erwarten darf. Meint Ihr nicht auch?« Sie hatte ihre fein gezupften Augenbrauen tadelnd nach oben gezogen, doch in ihren großen Augen funkelte Spott.

»Oh, selbstverständlich! Bitte nehmt meine liebenswürdige Entschuldigung an und verzeiht auch meine groben Worte.« Schumann, der sich auf einmal wieder so täppisch und unsicher fühlte wie ein Schulbub, verbeugte sich tief. »Ihr müsst mir glauben, hätte ich gewusst, wem ich da im Wege stand, hätte ich mir lieber gleich die Zunge abgebissen!« Er meinte, was er sagte, denn vor ihm stand nicht nur eine ausnehmend schöne, reife Frau, sondern auch eine, die einen deutlich höheren Rang besaß als er – vielleicht eine Hofdame, mit Sicherheit aber von Adel. »Ich hielt Euch doch tatsächlich für einen der Kanzleiboten.« Er hob den Blick. »Das war in der Tat unverzeihlich und vollkommen töricht! Ich hoffe, Ihr habt Euch nicht wehgetan bei unserem Zusammenprall?« Er bemühte sich um einen möglichst reuevollen Ausdruck und versuchte gleichzeitig, Bewunderung zu zeigen. Unter den gegebenen Umständen fiel ihm das nicht schwer. Erleichtert bemerkte er, dass sich die erwünschte Wirkung zuverlässig einstellte. Nun, auch eine Dame von Adel ist schließlich nur eine Frau, dachte er.

Sie verzog ihren herzförmigen Mund zu einem kleinen Lächeln. »Nein. Aber Ihr habt Eure Papiere verloren.« Sie deutete auf die Briefe und Dokumente, die noch immer auf dem Pflaster des Schlosshofes lagen. »Ihr solltet sie besser einsammeln, denn gewiss erwartet man sie dort, wo Ihr herkommt.«

»Pirna«, stieß Schumann hervor, während er sich bückte, um Hut und Briefe aufzuklauben. »Ich bin dort Stadtschreiber.« Hastig richtete er sich auf. »Mein Name ist Wolf Schumann.«

»Ach, ja?« Erneut traf ihn ein spöttischer Blick aus blauen Augen.

Schumann spürte, dass er rot wurde. Auch das war ihm schon seit etlichen Jahren nicht mehr passiert. Natürlich, für eine Dame, die in der herzoglichen Residenz lebte, war ein Stadtschreiber wohl kaum von Interesse.

Zu seinem Glück wurde der peinliche Augenblick von einem der Kanzleiboten unterbrochen. »Wenn Ihr Wolf Schumann aus Pirna seid, dann ist dieses Schreiben für Euch persönlich. Es kam eben mit der Korrespondenz des Leipziger Amtmanns für den Herzog.« Der Mann drückte Schumann einen gesiegelten Brief in die Hand, tippte dann an die Krempe seines Hutes und eilte davon, bevor der Stadtschreiber ein Wort sagen konnte.

Die Dame im roten Kleid ließ ein melodisches Lachen ertönen. Schumann warf ihr einen irritierten Blick zu.

»Nun, wenn Euch der mächtige Christoph von Carlowitz seiner Aufmerksamkeit würdig befindet, seid Ihr wohl doch mehr als ein gewöhnlicher Stadtschreiber?« Sie spitzte die Lippen und deutete auf das gesiegelte Papier.

Eilig steckte Schumann es zu den anderen Schreiben in seine Mappe, während er überlegte, was der herzogliche Rat denn nun schon wieder von ihm verlangen würde. Was immer – er, Schumann, würde es wahrscheinlich hassen!

»Warum auf einmal so finster, Stadtschreiber? Sagt bloß, Ihr könnt den erlauchten Rat unseres Herzogs nicht leiden?« Sie lachte erneut. »Dann verrate ich Euch was: Damit seid Ihr nicht der Einzige!«

Schumann starrte sie an, bevor er sich kurz umblickte, ob auch niemand in der Nähe war, der sie belauschen könnte. Hofdame hin oder her – solche Vertraulichkeiten gingen nun wirklich zu weit –, und sie waren gefährlich!

»Verzeiht, aber ich bin in Eile!« Diesmal beließ er es bei einem Neigen seines Kopfes. »Lebt denn wohl, edle Dame!«

»Aber, aber!« Sie legte ihre kleine Hand auf seinen Arm und hinderte ihn am Gehen. »Jetzt habe ich Euch gekränkt. Glaubt mir, das war nicht meine Absicht. Bitte verzeiht mir!«

Die Wärme, die den Stadtschreiber bei diesen Worten durchströmte, hatte ihre Ursache keineswegs in der unbarmherzigen Mittagssonne. Die Frau hatte ihre großen, unglaublich blauen Augen zu ihm aufgeschlagen und wirkte nun eher wie ein junges Mädchen.

»Manchmal rede ich eben schneller, als ich denke. Ich weiß, dass ich solch freie Worte besser nicht laut äußern sollte.« Auf ihrer weißen Stirn hatte sich eine steile Falte gebildet, und sie blickte sich jetzt auch vorsichtig um. »Aber ich lebe die meiste Zeit auf meinem kleinen Witwensitz auf dem Lande, wo es weder die Bauern noch die Kühe schert, was ich sage. Hierher in die Residenz komme ich nur selten.« Sie seufzte. »Meist in unerfreulichen Angelegenheiten und in der Regel auch noch vergebens.«

Schumann nickte mitfühlend. Das konnte er gut verstehen, denn da ging es ihm nicht anders. Sie war also keine Hofdame, sondern die Witwe eines Edelmanns vom Lande. Noch einmal ließ er seinen Blick über ihre bezaubernde Erscheinung schweifen. Sicher hatte sie sich für ihren Besuch bei Hofe besonders herausgeputzt. Schließlich ist Schönheit bei einer Frau ein nicht unerhebliches Kapital, das sie jederzeit zu ihren Gunsten verwenden kann. Schumann lächelte und sah ihr in die Augen.

»Das tut mir aufrichtig leid«, sagte er. »Ich wünschte, ich könnte Euch helfen.«

Eigentlich erwartete er, dass sie sich nun von ihm verabschieden würde, doch sie überraschte ihn erneut, indem sie seinen Blick und sein Lächeln erwiderte, was ihm ein nicht unangenehmes Ziehen in seinen Lenden bescherte.

»Vielleicht könntet Ihr das tatsächlich, Wolf Schumann«, sagte sie.

Fragend hob er die Augenbrauen. Was könnte sie von ihm wollen?

»Als Stadtschreiber in einer Stadt wie Pirna seid Ihr gewiss ein Mann mit zahlreichen Talenten.«

Schumann runzelte die Stirn. Wie meinte sie das? Erneut verspürte er Unsicherheit – etwas, was er verabscheute –, aber der Umgang mit Damen von Adel war ihm nicht gerade vertraut. Sie blickte ihn an und wirkte mit ihren himmelblauen Madonnenaugen tatsächlich so, wie sie sich beschrieben hatte – wie die Unschuld vom Lande. Entschlossen schob Schumann sämtliche

Zweifel beiseite. Was sich ihm hier bot, war auf alle Fälle eine Gelegenheit, die Erfahrungen zu sammeln, die ihm fehlten! Wozu also lange zaudern? Er lächelte zuversichtlich.

»Womit kann ich Euch dienen, gnädige Frau?«

11. Kapitel

Tante Fia, schau!« Jonas stellte lachend die kleinen Holzfiguren auf den Tisch. »Der Ritter und sein Pferdchen, die gehören zu dem Ochsen und der Kuh, die du heute mitgebracht hast.«

Als Sophia die Figuren, die alle von gleicher Größe und Machart waren, so nebeneinander aufgereiht sah, verspürte sie einen Stich im Herzen, und eine seltsame Unruhe überkam sie. Es dauerte eine kleine Weile, ehe sie wahrnahm, dass Jonas noch immer erwartungsvoll vor ihr stand und darauf hoffte, dass sie etwas sagen würde. Sie strich Marias Sohn über die roten Locken und versuchte zu lächeln. »Als ich die Figuren sah, die das Flößerweib auf dem Markt feilbot, dachte ich mir gleich, dass sie gut zu dem Ritter passen würden, den dir Niklas letztes Jahr geschnitzt hat.«

Maria, die eben aus der Vorratskammer kam, trat an den Tisch und streckte ihre schwieligen Finger nach der kleinen Kuh aus. Mit zusammengekniffenen Augen betrachtete sie die Holzfigur von allen Seiten. »Es ist in der Tat erstaunlich. Wenn ich nicht wüsste, dass das gar nicht sein kann, würde ich meinen, sie stammten von derselben Hand«, murmelte sie.

Sophias Herz tat noch einen schmerzlichen Sprung. Sie legte die Hand auf ihren Bauch. »Ach, Unsinn! Solche Figuren werden immer wieder auf dem Markt verkauft.«

Während Jonas seiner Mutter die Kuh aus der Hand nahm und sich mit seinem Spielzeug auf die Bank setzte, wiegte Maria nachdenklich den Kopf. Dann blickte sie Sophia an. »Hast du die Frau gefragt, wer die Figuren gemacht hat?«

»Natürlich nicht! Warum hätte ich das tun sollen?«, entgegnete Sophia heftig. Sie verzog das Gesicht, als ihr das Kind gegen die Rippen trat.

»Nein, du hast recht, dafür gab es keinen Grund. Entschuldige!« Maria legte der Freundin begütigend die Hand auf die Schulter.

Sophia lehnte sich einen Moment an sie, schloss die Augen und atmete tief durch. Niklas war tot, es gab keinen Grund, etwas anderes anzunehmen. Sie hatte im vergangenen Herbst mit eigenen Augen gesehen, wie er in der Elbe untergegangen war. Auch wenn es, so wie eben, noch immer Augenblicke gab, in denen sie glaubte, ihr Herz würde vor Kummer zerreißen, musste sie ihr Leben weiterleben. Vor allem für ihr gemeinsames Kind, das nun bald zur Welt kommen würde.

In diesem Moment wurde die Tür aufgerissen, und Jonas sprang jauchzend auf. »Schau nur, Mama, Marten ist hier!«

Bei Martens Anblick fiel Sophia sofort der Albtraum wieder ein, der sie vor einigen Tagen heimgesucht hatte. Marten, der Freund ihrer Kindertage, hatte damals mit Kunz im berennenden Kontor gekämpft, nicht Niklas. Ihren Liebsten hatte der skrupellose Landsknecht bereits Wochen davor bei einem Kampf auf der Elbe getötet.

Marten hatte den Brand überlebt, aber seine rechte Gesichtshälfte war seither von blutrotem Narbengewebe entstellt. Das wimpernlose Augenlid hing ein wenig nach unten, ebenso der Mundwinkel. Sophia bemerkte, dass die Brandwunden an seiner rechten Hand noch immer nässten. Doch selbst wenn sie heilen würden, war es unwahrscheinlich, dass er die Hand je wieder so gebrauchen konnte, wie früher, hatte Meister Arnold ihr erklärt.

Heute erhellte die Freude Martens Gesicht, so dass Sophia die entstellenden Narben ganz vergaß und wieder den fröhlichen Spielgefährten ihrer Kindertage vor sich sah.

Nachdem Maria ihm einen Becher Bier eingeschenkt hatte, ließ er sich auf einem Schemel neben dem Herd nieder und zog sie an sich. Er grinste Sophia an und verkündete: »Ich werde deine Freundin, dieses Prachtweib hier, heiraten! Doch vorher versöhne ich mich mit meinem Vater«, verkündete er und tätschelte ungeniert Marias Hintern.

»Und wie kam es zu diesem Wunder?«, erkundigte sich Sophia.

Marten zuckte mit den Schultern. »Was soll ich sagen? Ich habe dem Alten geschrieben, dass ich mich entschlossen habe, dem Kaufmannsgewerbe den Rücken zu kehren. Denn wer möchte mir beim Geschäftemachen schon ins Gesicht sehen.« Er lachte rau. »Außerdem habe ich ihm geschrieben, dass ich mich in der Pirnaer Schifftorvorstadt als Schankwirt niederlassen will und Maria demnächst heiraten werde.«

Zum ersten Mal, seitdem Marten sich mit einem Darlehn von Sophias Onkel in die »Blaue Schürze«, eine gutbesuchte Schänke in der Schifftorvorstadt, eingekauft hatte, bemerkte Sophia, dass er inzwischen auch Reden und Gebaren eines Schankwirts anzunehmen begann.

Sie verkniff sich eine Bemerkung dazu und fragte stattdessen: »Was hat dein Vater geantwortet?«

»Er wolle mich sehen, sich von meinem Wohlergehen überzeugen und die Neuigkeiten mit mir Aug in Aug besprechen. Auch gäbe es einiges zu regeln, weil er mir einen Teil meines Erbes bereits jetzt auszahlen will. Ich solle nicht zögern, mich sogleich auf den Weg zu machen.« Marten lehnte sich zurück, verschränkte die Arme vor der Brust und lächelte sie an.

Sophia erwiderte das Lächeln. Nach all den furchtbaren, verwirrenden Ereignissen des letzten Jahres, die ihr und Martens Leben aus der Bahn geworfen hatten, schien nun doch alles gut zu werden, irgendwie.

»Wann wirst du aufbrechen?«, fragte sie schließlich.

»Am liebsten morgen! Doch es wird wohl noch zwei, drei Tage dauern, bis ich hier alles geregelt habe.«

»Die alte Doro wird es nicht gern sehen, wenn du länger wegbleibst«, warf Maria ein.

»Von lange kann keine Rede sein! Aber ein paar Tage wird sie schon ohne mich auskommen, schließlich hat sie die Schänke in den letzten dreißig Jahren auch allein geführt«, sagte Marten.

»Ich kann ja hin und wieder bei ihr vorbeischauen und vielleicht auch aushelfen, wenn keine Schiffe gezogen werden können«, bot Maria an.

»So machen wir es! Und wenn ich zurückkehre, werde ich Sophias Onkel sein Geld zurückzahlen können und die Schänke vollends erwerben.« Er lachte Maria an. »Nach unserer Hochzeit lasse ich Doro ein hübsches Häuschen bauen, in dem sie ihren Lebensabend genießen kann, während wir beide die Schänke führen und ab und an unsere Kinder hinüberschicken, damit Doro sich nicht langweilt.«

»Dann werden die Bomätscher also bald einen neuen König brauchen?«, fragte Sophia.

Maria nickte widerstrebend. Sophia hatte das Gefühl, dass der Freundin diese Vorstellung trotz allem nicht recht behagte. Andererseits, überlegte sie, das Bomätschen war eine schwere, gefährliche Arbeit, vor allem für eine Frau.

Als Sophia auf dem Rückweg den Kirchplatz erreichte, vermied sie es, wie immer, nach rechts zu schauen. Dort klaffte die ausgebrannte Ruine ihres Vaterhauses wie eine schwarze Wunde in der Häuserzeile zwischen Unterer Burggasse und Töpfergasse. Sie bildete einen krassen Gegensatz zur neuen, hellen Sandsteinfassade des Eckhauses, wo bald der Baumeister Wolf Blechschmidt mit seiner Familie einziehen würde.

Dennoch konnte Sophia es nicht verhindern, dass in ihrem Kopf erneut die Bilder jener Nacht auftauchten, in der Niklas' Mörder auf der Suche nach dem Buch in das Kontor ihres Vaters eingedrungen war. Dort hatte Kunz dann den Brand verursacht, der alles verzehrte, was vom Erbe ihres Vaters noch geblieben war.

Ganz im Bann ihrer Erinnerungen wäre Sophia in der Oberen Burggasse beinah am Haus von Pfarrer Lauterbach vorbeigegangen. Dabei musste sie Agnes Lauterbach unbedingt wegen ihres Kräutergartens sprechen. Sie machte abrupt kehrt und klopfte an die Tür des Pfarrers.

Seine Hausfrau Agnes öffnete. Ihr rundes Gesicht strahlte fröhlich, als sie Sophia erkannte. »Fuchsin! Wie schön, Euch zu sehen, tretet ein!« Sie zog Sophia in die Halle und führte sie direkt in die Küche. »Bitte nehmt es nicht als Unhöflichkeit, wenn ich Euch nicht nach oben in die Stube bitte. Aber ich habe eben Wegerichsirup aufgesetzt, und Ihr wisst ja, dass der lange köcheln muss und dass man ihn ständig umrühren muss, damit er nicht anbrennt.«

Sie nötigte Sophia, die nicht einmal dazu kam zu antworten, auf einen Stuhl. »Mögt Ihr einen Becher Milch oder ein wenig frischen Quark?«, fragte sie, während sie in einem Kessel mit blubbernder grünlicher Flüssigkeit rührte.

Der süßliche Geruch in der Küche war Sophia unangenehm. »Vielen Dank, Frau Agnes, ich möchte nichts«, sagte sie. »Eigentlich komme ich nur, um Euch zu berichten, dass ich Schwierigkeiten mit dem Tausendgüldenkraut habe. Es hat bis jetzt noch nicht gekeimt. Aber ihr sagtet ja schon, das könne passieren.«

Sophia seufzte. Hinter dem Schulmeisterhaus gab es einen völlig vernachlässigten Kräutergarten. Seit dem zeitigen Frühjahr hatte sie dort eifrig gegraben, gepflanzt und gejätet. Rat dazu hatte sie sich bei Agnes Lauterbach geholt, denn die frühere Nonne war mit der Aufzucht und Verwendung von Kräutern wohlbewandert. In den letzten Tagen hatte Sophia sich vorgenommen, so viele Kräuter wie möglich in ihrem Garten zu versammeln, um sie systematisch mit den Abbildungen der Pflanzen in dem Buch zu vergleichen. Da fiel ihr ein, dass Frau Agnes ihr auch erzählt hatte, dass in Kräuterbüchern aus alter Zeit Pflanzen ganz anders dargestellt wurden als heutzutage. Es ging bei damaligen Abbildungen eher darum, gleichzeitig auf die Teile des Menschen hinzuweisen, auf die sich das Kraut heilend auswirken würde. Was, wenn es sich mit den Pflanzenbildern im verschlüsselten Buch ebenso verhielt? Sophia war so beschäftigt mit diesem Gedanken, dass sie kaum hörte, was die Lauterbachin zu ihr sagte.

»Ja, ja, das Tausendgüldenkraut, ein launisches Kräutlein, fürwahr. Aber wisst Ihr was?« Frau Agnes legte den Rührlöffel beiseite, wischte sich die Hände an der Schürze ab und drehte sich zu Sophia um, »Ihr solltet den Elias im Heilig-Geist-Spital dazu befragen, wenn Ihr das nächste Mal Eure alte Köchin besucht, die Gertrud. Er war früher Gärtner im Kloster unten. Ich habe mit ihm schon manches Gespräch über Kräuter geführt, er ist einer der wahrhaft Kundigen, das kann ich Euch versichern.« Sie blickte Sophia an und wartete auf eine Antwort. »Habt Ihr mir überhaupt zugehört, Fuchsin?«

»Äh, ja. Ein Mann im Spital? Ich dachte immer, dort fänden nur alte, bedürftige Frauen Aufnahme«, fragte Sophia überrascht.

Agnes Lauterbach zuckte mit den Achseln. »Gewiss, so hat es der Rat verfügt. Aber ich habe gehört, dass es bereits in vergangenen Zeiten immer mal wieder Ausnahmen gab. Außerdem soll der alte Elias ein besonders rechtschaffenes und gottesfürchtiges Leben geführt haben. Ihr wisst ja, das ist die wichtigste Voraussetzung, abgesehen von der Bedürftigkeit, damit man Aufnahme im Spital findet.«

Sophia nickte. »Ich weiß.«

»Nun ja.« Frau Agnes lächelte fein. »Es dürfte allerdings auch nicht geschadet haben, dass Elias ein entfernter Verwandter von Bürgermeister Hoffmanns Weib ist.«

»Agnes!« Die Greisenstimme klang zwar brüchig, besaß aber immer noch genug Kraft, um durch das ganze Haus zu dringen. »Agnes, wo bleibt meine Milch, zum Kuckuck!«

Das Lächeln schwand aus Frau Agnes' Gesicht. Sie eilte zur Tür und rief in die Halle: »Gleich, Vater, gleich! Ich bin sofort bei Euch!«

»Ach was, du schwatzt in der Küche. Ich hör es doch genau! Tratschst, anstatt dich um deinen armen alten Vater zu kümmern, wie es deine Tochterpflicht wäre«, nörgelte der Alte lauthals.

Mit einem ergebenen Seufzen griff Agnes Lauterbach nach Krug und Becher. »Tut mir leid, Fuchsin. Mein Vater, Ihr wisst ja!«

Sophia nickte. Jeder in der Stadt wusste, dass der gesamte Haushalt von Magister Lauterbach unter dem zänkischen Wesen seines Schwiegervaters zu leiden hatte. Selbst Lauterbachs eigene Mutter war lieber wieder zurück in das papistische Stolpen gezogen, als länger mit dem Alten unter dem Dach ihres Sohnes zu leben. Aber Sophia war froh, dass der nörgelnde Alte ihr die Gelegenheit bot, den süßlichen Küchendämpfen und dem unaufhörlichen Redestrom von Frau Agnes zu entkommen.

Auf dem Heimweg grübelte sie darüber, woher sie eines der alten Kräuterbücher bekommen könnte, um ihre Forschungen in diese Richtung fortzusetzen.

12. Kapitel

Gerade als der Magister sich auf dem schmalen Bett in seiner Arbeitskammer ausgestreckt und die Decke über seinen müden Leib gezogen hatte, vernahm er durch das halb offene Fenster ein eigenartiges Geräusch. Er richtete sich auf und stellte seine bloßen Füße auf die kalten Dielen. Dabei raschelten die trockenen Adlerfarnblätter, mit denen seine Matratze gestopft war, so laut, dass er meinte, jeder, der unter dem Fenster herumschlich, müsse es hören. Gut so, dachte Fuchs grimmig. Vorsichtig pirschte er zum Fenster, drückte es weiter auf und spähte in den kleinen Hof. Eine Katze huschte auf der anderen Straßenseite in eine Toreinfahrt, von fern war das Krakeelen eines Betrunkenen zu hören, irgendwo bellte ein Hund. Kurz darauf wehte der durchdringende Geruch von Kot und Verwesung von der Gasse herüber, sodass er unwillkürlich den Atem anhielt. Hastig verriegelte er das Fenster. Erst nachdem der Karren des Abdeckers sich laut rumpelnd Richtung Norden entfernt hatte, öffnete er es wieder und lauschte erneut in den dunklen Hof.

Zunächst war alles ruhig, doch dann hörte er einen dumpfen Aufprall. Plötzlich ertönte ein schrilles Quieken.

Der Magister stieß einen leisen Fluch aus. Ständig brach dieses verdammte Schwein des Nachts aus seinem Stall aus. Egal, wo und wie er den Riegel anbrachte, bisher hatte die Sau es immer wieder geschafft, ihn zu öffnen. Jetzt war er froh, dass er die kleine Öllampe neben seinem Bett noch nicht gelöscht hatte. Rasch entzündete er eine Kienfackel, und dann rannte er auf nackten Füßen in die Diele. Wütend riss er die Tür zum Hof auf.

»Circe, vermaledeite Sau, was soll das denn nun schon wieder, hm?«

Im Licht der Fackel starrte er auf das schwarzgefleckte Schwein, das mit blutrünstigen Augen und gesträubtem Borstenkamm mitten auf dem Hof stand und drohend mit den winzigen Hufen scharrte. Vor ihm hockte ein dünner, kleiner Mann mit grauem Haar und Stoppelbart. Im ersten Augenblick hielt der Magister ihn für einen Landtreicher.

»Heinrich, um Himmels willen, nimm das Vieh weg!«, sagte der Mann mit gepresster Stimme.

Fuchs gab einen unterdrückten Fluch von sich, denn die Stimme kannte er nur zu gut. Der Magister leuchtete dem nächtlichen Besucher direkt ins Gesicht, und für einen Augenblick fehlten ihm die Worte. Tatsächlich – vor ihm hockte Nikolaus Storch, sein Schwager, der außerdem ein landesweit gesuchter Aufrührer war!

»Nikel? Bist du von Gott und allen guten Geistern verlassen, hierherzukommen! Der Herzog lässt nach dir suchen«, zischte Fuchs.

»Deswegen solltest du mich auch endlich von diesem Untier befreien und mich ins Haus lassen«, verlangte Storch unwirsch und trat nach dem Schwein, das an seinen nackten Zehen schnüffelte.

Sprachlos vor Wut trieb Fuchs das Schwein in den Stall und schob Storch vor sich her ins Haus. Er verfrachtete den ungebetenen Gast in die Küche und schloss die Läden vor dem kleinen Fenster, bevor er eine Lampe entzündete. »Was willst du hier?«

Nikolaus Storch sah seinen Schwager an. Überraschung breitete sich auf seinem zerfurchten Gesicht aus. »Heinrich, Heinrich, du bist in die Jahre gekommen.« Er schüttelte den Kopf. »Nun, schließlich musst du inzwischen auch an die vierzig sein. Das erklärt wohl die silbernen Fäden in deinem Haar. Dabei erinnere ich mich noch deutlich an den wissbegierigen, leidenschaftlichen jungen Mann mit der schwarzen Mähne, den meine

Schwester damals unbedingt heiraten wollte.« Er grinste. »Weißt du, ich habe in der Gegend zu tun. Und nachdem ich erfahren habe, dass du dich hier niedergelassen hast, wollte ich dich und Katharina besuchen.«

»Als ob du in deinem ganzen Leben jemals etwas so Profanes wie einen Familienbesuch unternommen hättest, Nikel!«, stieß Fuchs hervor. Er hielt seine Hände hinter dem Rücken verschränkt, aus Angst, er könne doch noch der Versuchung nachgeben und Storch seine Faust ins Gesicht rammen.

In diesem Augenblick öffnete sich die Tür, und Sophia betrat die Küche. Am liebsten hätte er sie wieder ins Bett geschickt, um sie von seinem Schwager fernzuhalten. Aber da sie sich einem solchen Ansinnen ohnehin widersetzt hätte, konnte sie auch genauso gut hierbleiben.

»Das ist Sophia, mein Weib«, sagte er knapp. »Sophia, das ist Nikolaus Storch. Ich habe keine Ahnung, woher er kommt und was er will. Aber du musst wissen, dass er ein unnachahmliches Talent besitzt, sich und andere in Schwierigkeiten zu bringen.« Zumindest so viel sollte sie erfahren.

»Und deine Frau war die Schwester dieses Mannes?«, erkundigte sie sich.

»Wieso war?« Storch krauste die Stirn.

In diesem Moment verrutschte das Tuch, das Sophia sich um die Schultern geschlungen hatte, und er riss die Augen auf, als er ihren gewölbten Leib bemerkte.

»Dein Weib?« Storch begann zu wanken und hielt sich am Türrahmen fest. »Was ist mit Katharina geschehen?«

»Sie ist tot«, sagte Fuchs mit zusammengebissenen Zähnen. »Zehn Jahre hat es dich nicht gekümmert, was aus ihr geworden ist.« Wie konnte er es nur wagen, einfach hierherzukommen – ausgerechnet jetzt! Er warf Sophia einen besorgten Blick zu, doch seine Frau hatte nur Augen für diesen verdammten Kerl. »Morgen Nacht wirst du von hier verschwinden. Hast du verstanden?«, knurrte er.

Sophia legte ihm begütigend ihre Hand auf den Arm. »Er ist dein Schwager, Heinrich. Du kannst ihn nicht einfach wieder auf die Straße jagen.«

»Das kann ich sehr wohl. Du hast ja keine Ahnung!«, fuhr Fuchs sie an.

Doch anstatt Ruhe zu geben, stemmte sie ihre Hände in die Hüften und reckte den Bauch vor. »Natürlich habe ich keine Ahnung von deiner Familie und deiner Vergangenheit, Heinrich Fuchs!«, fauchte sie zurück. »Du hast mir ja nie etwas darüber erzählt! Jetzt willst du einen Verwandten in Not einfach davonjagen und wunderst dich, dass ich das nicht gutheiße. Du, du … ach, verdammt!« Sie drehte sich zum Küchenherd um und begann, vehement mit Tellern und Bechern zu hantieren. Wasser spritzte auf und verdampfte zischend in der Glut des Feuers.

Fuchs starrte einen Moment auf den Rücken seiner Frau, dann ließ er sich auf einen Schemel fallen. Er warf Storch, der noch immer im Türrahmen lehnte, einen langen Blick zu. Es half alles nichts – der Augenblick, da er sich wieder mit seiner Vergangenheit befassen musste, war nun unwiderruflich gekommen. Wenn er Sophia nicht noch mehr verärgern wollte, musste er nun reden. Eigentlich hatte er geglaubt, inzwischen über diesen Schmerz hinweg zu sein – und über die Schuldgefühle, die damit verbunden waren – , doch der Anblick von Nikel hatte all das wieder hochsteigen lassen.

»Setz dich, Nikel! Du sollst erfahren, was mit Katharina geschehen ist.« Seine Stimme klang noch immer aufgebracht. Er holte tief Luft. »Und du auch, Sophia«, fügte er dann ein wenig ruhiger hinzu.

Sophia stellte Becher mit einem dampfenden Kräuteraufguss auf den Tisch und einen Teller mit Brot und Käse. Dann nahm sie Platz, faltete die Hände über ihrem Bauch und sah ihren Mann und den Gast neugierig an.

»Katharina war etliche Jahre jünger als ihr Halbbruder, sie war ein Kind aus der zweiten Ehe seiner Mutter. Nikel hat sich nicht viel um sie geschert, denn er fühlte sich zum Prediger und Propheten berufen.«

Fuchs warf Storch einen abschätzigen Blick zu. »Und reden konnte er wahrlich, weiß Gott! Die Leute in Zwickau sind ihm damals scharenweise nachgelaufen und haben seinen Visionen gelauscht.«

Nikolaus Storch presste die Lippen zusammen und starrte auf den Becher, der vor ihm auf dem Tisch stand. »Es stimmt, was Heinrich sagt, dennoch, heute bin ich ein anderer Mann.« Er sah Sophia an, und seine Augen schienen um Verständnis zu flehen.

Doch Fuchs wusste genau, dass Nikel sehr überzeugend sein konnte, wenn er etwas wollte. Aber er würde sich von ihm nichts weismachen lassen! Schließlich war er kein junger, ahnungsloser Bursche mehr.

»Und Katharina?«, fragte Sophia.

»Die heiratete sehr jung. Ihr erster Mann war Apotheker. Als er starb, war Katharina eine hübsche junge Witwe. Sie hatte zunächst keine große Lust, sich wieder zu verheiraten, und so führte sie die Apotheke eine Zeitlang selbst, gemeinsam mit dem Gehilfen ihres toten Mannes.«

»Aber natürlich erwartete man, dass sie sich wieder einen Mann nehmen würde?«, warf Sophia ein.

»Natürlich wurde das erwartet. Eine Frau, die allein ein Geschäft führt? Das war in Zwickau undenkbar. Aber Katharina war keine Frau, die sich nach den Erwartungen anderer richtete. Sie ließ sich Zeit.«

»Und dann kamst du und hast sie zu deiner Frau gemacht?« Sie lächelte.

Fuchs zog die Augenbrauen hoch. »So würde ich es nicht sagen. Wenn ich ehrlich bin, war es genau umgekehrt. Ich war damals gerade mit meinem Studium fertig. An eine Heirat dachte ich weiß Gott nicht, dazu hätten mir auch die Mittel gefehlt. Ich lernte Katharina bei meinem ersten Einkauf in ihrer Apotheke kennen, und zwei Monate später waren wir verheiratet.«

»Nein, eine gute Partie warst du für meine Schwester wirklich nicht«, sagte Storch und nahm einen Schluck aus seinem Becher. »Dein Vater, der alte Fuchs, hatte jeden Groschen in dein Studium gesteckt. Hat schon damals genau gewusst, dass auch seine Tuchmacherwerkstatt auf Dauer nicht neben den großen Tuchherren vom Schlage der Römers oder Mühlpforts bestehen konnte.« Er sah Sophia an. »Damals wurden die hart arbeitenden einfachen Leute in Zwickau immer ärmer. Aber die Reichen fraßen sich am Schneeberger Silbersegen fett und bekamen immer mehr Einfluss in der Stadt.« Er biss die Zähne zusammen.

Fuchs konnte spürte, wie der alte Zorn wieder in Nikel aufwallte. Nun, in dieser Hinsicht hat er zumindest recht, dachte er.

»Ein gottloses Rattenpack allesamt!« Storch schlug mit der Faust auf den Tisch.

»So war es«, stimmte Heinrich Fuchs ihm widerwillig zu.

»Und nun ist meine kleine Schwester also tot«, sagte Storch. »Und die Kinder?«

»Auch«, sagte Fuchs leise.

Storch schluckte, dann griff er über den Tisch nach der Hand seines Schwagers. Fuchs zog sie weg. Er wollte jetzt kein Mitleid – und schon gar nicht von dem! Die Brust wurde ihm eng, und er hatte Mühe, ausreichend Luft in seine Lungen zu pumpen.

»Ich habe sie auf dem Gewissen«, sagte er dumpf. »Es lag ganz und gar in meiner Hand. Ich hatte nach meinem Studium sofort eine Stelle als zweiter Medicus in Zwickau bekommen. Katharina führte die Apotheke mit Geschick, uns ging es gut.«

»Was ist geschehen?«, fragte Sophia voller Mitgefühl.

Der Magister starrte sie an. Das alles war mehr, als er ertragen konnte – am liebsten würde er jetzt aufspringen und in die Nacht hinauslaufen.

Storch biss sich auf die Lippen. »Ich habe Heinrich und meine Schwester überredet, mit mir nach Münster zu gehen«, sagte er bedrückt.

Fuchs gab ein zorniges Schnauben von sich. »Von der Freiheit des Glaubens hast du geschwafelt, Nikel, von einer Welt, in der alle frei und gleich sind, ohne Not und Elend!«

»Ich war damals tatsächlich davon überzeugt, wir könnten in Münster das Himmelreich Gottes errichten«, gab Storch zu.

»Und ich habe dir geglaubt.« Fuchs vergrub das Gesicht in den Händen und stöhnte, als die Erinnerungen ihn überwältigten.

»Es hat nicht funktioniert«, erklärte Storch. »Nach einem hoffnungsvollen Beginn übernahm eine Gruppe von gewalttätigen Verbrechern unter der Führung von Jan van Leiden die Herrschaft in der Stadt. Wer sich ihnen nicht anschloss, wurde getötet. Der Bischof, der sich durch die Täufer als Landesherr entmachtet sah, belagerte die Stadt, und wer versuchte, aus der Stadt zu fliehen, lief seinen Soldaten in die Arme.«

Storch holte Luft. Seine magere Brust hob und senkte sich.

Er wirkt nicht gesund, dachte Fuchs ohne Mitgefühl.

»Ich habe versucht, den beiden diese wahnwitzige Flucht auszureden. Doch Heinrich hat stattdessen verlangt, dass ich sie begleiten solle. Damals war ich nicht dazu bereit gewesen, denn ich hatte noch Hoffnung gehabt, dass sich die Bürger Münsters gegen den selbsternannten König Jan van Leiden erheben und den Traum vom Himmelreich Gottes auf Erden retten könnten.« Er kniff die Augen zusammen und presste seine Fingerkuppen dagegen.

»Was ist geschehen, Heinrich?«, fragte er mit belegter Stimme. »Haben euch die Landsknechte des Bischofs erwischt? Du warst dir doch so sicher, dass ihr ihre Wachposten umgehen kannst.«

»Das haben wir auch geschafft. Ich habe Katharina und die Kinder durch den Belagerungsring gebracht, den Bischof Franz von Waldeck um die Stadt gezogen hatte. Doch das Land ringsum war kahl und wüst. Alles Essbare hatten Waldecks Soldaten inzwischen eingezogen. Die Bauern in den Dörfern hungerten selbst, und sie waren starr vor Angst.« Fuchs fuhr sich mit beiden Händen über das Gesicht.

»Von ihnen war keine Art von Hilfe zu erwarten. Du erinnerst dich vielleicht, es war Oktober, das Wetter schlug um. Tagelang regnete es. Nachts weinten die Kinder vor Hunger und Kälte. Wir trauten uns nicht, Feuer zu machen, damit niemand auf uns aufmerksam wurde. Die Kleine wurde zuerst krank. Sie bekam Husten und hohes Fieber. Schließlich fanden wir doch einen Unterschlupf in der Scheune eines Bauern. Er brauchte einen Arzt für seine Frau, deshalb war er bereit, uns aufzunehmen.«

Fuchs schwieg. Er sah seinen Gast an, doch sein Blick war in die Vergangenheit gerichtet.

Sophia biss sich auf die Lippen. Erneut war ihr Blick so voll Mitleid und Zuneigung, dass Fuchs am liebsten davor flüchten wollte. Er hatte das nicht verdient, dachte er – er hatte sie nicht verdient. Wenn er es genau nahm, hatte das Unglück des Malers sie ihm in die Hände gespielt. Doch er würde sie sich ab heute verdienen, das schwor er sich in diesem Augenblick. Er würde sie ehren und sie beschützen. Ihr und ihrem Kind sollte durch ihn niemals ein Leid geschehen, stattdessen würde er alles tun, um sie glücklich zu machen – alles, was in seiner Macht stand! Doch zuerst einmal musste er seine Lebensbeichte vor ihr beenden.

»Wir waren so erleichtert. Was wir nicht ahnten, war, dass der Tod ausgerechnet dort auf uns lauerte, wo wir uns endlich in Sicherheit wähnten. Ich hätte es in dem Augenblick wissen müssen, als ich die dunklen Beulen in den Achselhöhlen der Bäuerin sah!«

»Der Schwarze Tod!«, flüsterte Sophia.

Fuchs wusste genau, dass auch sie die Seuche als ihren schlimmsten Feind ansah. Es würde für sie nicht leicht werden, mit anzuhören, was er nun zu berichten hatte. »Ja, die Pest. Doch in meiner Selbstüberhebung dachte ich, ich könnte es schaffen, die Frau zu heilen. Sie war noch einigermaßen bei Kräften. Außerdem wäre es der sichere Tod für unsere Kleine gewesen, wenn wir mit ihr weiter über die Landstraßen gezogen wären.«

»Du konntest die Frau nicht retten«, stellte Storch fest.

»Nein. Zuerst starb die Bäuerin, dann unsere Kleine. Katharina und Matthias erkrankten zugleich. Deine Schwester starb noch vor dem Bauern. Mein Sohn war der Letzte, den ich begrub. Ich blieb noch eine Weile auf dem Hof, in der Hoffnung, dass der Schwarze Tod auch mich holen möge. Aber mich hat er nicht gewollt.« Heinrich lächelte seinen Schwager und seine Frau traurig an. »Was hätte er auch mit mir gesollt? Ich war nur eine leere Hülle, eine lebende Leiche.«

Eine Weile hingen alle am Tisch ihren Gedanken nach, auch der Magister saß mit gesenktem Kopf da, in seinen eigenen Erinnerungen gefangen. Er spürte tiefe Reue.

Doch zu seiner Überraschung schien sein Schwager ähnlich zu empfinden. »Wenn ich dich und Katharina damals nicht gedrängt hätte, mit nach Münster zu kommen, dann hättest du die sichere Stelle eines Stadtmedicus in Zwickau behalten«, sagte Storch leise. »Wahrscheinlich wäre Katharina dann noch am Leben und eure Kinder auch.«

»Hast du damals aufgehört, als Arzt zu arbeiten?«, fragte Sophia.

Fuchs machte eine vage Handbewegung. »Damals noch nicht. Ich sagte ja schon, ich war innerlich tot. Nur mein Körper hatte das scheinbar nicht begriffen, er hat einfach weitergemacht. Gott aber hatte mich verlassen.«

Storch schüttelte den Kopf. »Oh nein, Gott verlässt dich nicht, er ist in jedem von uns und in allem, was uns umgibt.«

Doch Heinrich Fuchs erhob sich. Wenn er nicht vollkommen die Beherrschung verlieren und vor den Augen seines Schwagers und seiner Frau in Tränen ausbrechen wollte, musste er jetzt allein sein. Er wies auf den Teller, der noch unberührt auf dem Tisch stand. »Iss, wenn du Hunger hast. Du kannst in der Alchemistenkammer schlafen, da bist du einigermaßen sicher.« Er nickte seiner Frau zu, die wie erstarrt auf ihrem Schemel saß. »Wir überlegen morgen, was zu tun ist.«

13. Kapitel

Fröstelnd zog sich Sophia das leichte Wolltuch über den Kopf, als sie am Morgen vors Haus trat. Das Wetter war umgeschlagen, die Luft fühlte sich merklich kühler an, ein feiner Sprühregen wob seinen Wasserschleier über die Stadt. Beim Frühstück hatte sie ihrem Ehemann das Versprechen abgenommen, in der Sache mit seinem Schwager nichts zu unternehmen, bevor sie wieder zurück sei. Noch immer schlief Nikolaus Storch vollkommen erschöpft in der Alchemistenkammer, und Sophia hatte keine Ahnung, was sie mit ihm anfangen sollten. Aber sie wollte das allwöchentliche Wiedersehen mit Gertrud, die nicht nur Köchin in ihrem Vaterhaus, sondern auch eine Art Ersatzmutter für sie gewesen war, deswegen nicht ausfallen lassen.

Trotz der schlammigen, durchweichten Schuhe und des feuchten Rockes lag ein Lächeln auf Sophias Gesicht, als sie das Heilig-Geist-Spital neben dem Nikolaikirchhof betrat. Sie hatte beschlossen, Fuchs und Storch für die nächsten Stunden zu vergessen und ihre Nächstenliebe besser Gertrud und den Alten im Spital zu widmen.

Eine große, kräftige Frau von etwa vierzig Jahren öffnete die Tür. Sie trug eine züchtige Haube und eine saubere Schürze. Ihr flächiges, rotes Gesicht verzog sich freundlich. »Fuchsin, wie schön, dass Ihr uns wieder besucht! Da wird sich Gertrud freuen. Sie spricht jeden Tag von Euch.«

Statt zu antworten, streckte Sophia der Frau ihren Korb hin. »Ich habe ein paar Rosinenwecken für die alten Leute nach Gertruds Rezept gebacken.« Die, die ein wenig angebrannt waren, hatte Sophia ganz unten auf dem Boden des Korbes versteckt.

»Na, die werden sich freuen. Sie bekommen zwar jeden Tag reichlich zu essen, der Spitalmeister schaut streng darauf, dass es ihnen nicht an Speise mangelt. Aber sie mögen halt auch gern Süßes, unsere Alten, und das gibt es nur, wenn jemand eine milde Spende vorbeibringt, so wie Ihr heute, Fuchsin. Am besten verteilt Ihr das Gebäck gleich selbst.« Regina deutete auf den langen Gang, zu dessen Seiten die Kämmerchen der Alten lagen.

»Ihr kennt Euch ja aus. Ich muss in die Küche, denn heute ist Freitag, und es braucht nun mal seine Zeit, Fisch so zuzubereiten, dass sich unsere gebrechlichen Bewohner nicht an den Gräten verschlucken. Wie üblich muss ich dann noch Suppe und Gemüse kochen und jedem seine Kanne Bier aus dem Keller holen.«

»Ja, ja, geht nur und verseht Euren Dienst. Ich komme schon allein zurecht«, versicherte Sophia.

Obwohl es hier reinlicher war als in manchem Bürgerhaus, nahm Sophia den schalen, kränklichen Geruch wahr, der alte Menschen, die nicht mehr allein für sich sorgen konnten, häufig umgab. Sie hatte einmal mehr den Eindruck, dass ihre Nase durch die Schwangerschaft besonders empfindsam geworden war. Zu beiden Seiten des Ganges reihten sich je fünf Türchen aneinander. Manche waren geschlossen, aber einige standen offen, und die Bewohnerinnen murmelten Begrüßungsworte, die Sophia freundlich erwiderte.

Gertrud kam Sophia von ihrer Kammer am Ende des Ganges entgegen. Auch wenn die Alte ihre linke Hand nur noch eingeschränkt benutzen konnte und bei schlechtem Wetter unter schlimmen Schmerzen litt, bewegte sie sich erstaunlich flink, und auf ihrem runzligen Gesicht mit den Apfelbäckchen lag ein freudiger Glanz.

»Kindchen, das ist aber schön, dass Ihr mich alte Frau nicht vergesst!«

In Gertruds Kammer berichtete Sophia von ihrem Gespräch

mit der Pfarrersfrau und erkundigte sich nach Elias, dem Klostergärtner.

»Geht erst einmal und verteilt Eure Wecken. Zum Schluss besuchen wir den alten Elias auf einen Schwatz«, schlug Gertrud vor.

In jeder Kammer verweilte Sophia einige Minuten, erkundigte sich nach der Gesundheit und dem Appetit und wie es der Bewohnerin seit ihrem letzten Besuch ergangen sei. Besonders bei den beiden Frauen, die das Bett hüten mussten, nahm sie sich Zeit. Überall fand sie die gleiche Einrichtung vor: ein Bett und eine kleine Truhe. Unter jedem Fenster war eine Nischenbank eingebaut, auf der Kissen lagen. Ein paar der alten Frauen saßen dort und schauten hinaus, eine las in der Bibel.

Beinah überall wurde sie neugierig ausgefragt und erhielt angesichts ihres Zustandes jede Menge wohlgemeinter Ratschläge.

»Ach Kindchen, achtet vor allem darauf, dass Ihr nichts Scharfes esst! Es könnte sonst sein, dass Eurem Kindlein Haare und Nägel nicht wachsen«, riet ihr eine der Greisinnen.

»Ihr müsst das Kind in den ersten Tagen nach der Geburt in einem dunklen Kämmerlein liegen lassen, dann können sich seine Augen besser ans Licht gewöhnen, und es wird sein Lebtag lang scharf sehen«, sagte eine halb blinde Alte.

Das hutzlige Weiblein, das die letzte Kammer bewohnte, hielt Sophia am Ärmel fest. »Ihr sollt einen guten Rat haben, für den feinen Wecken«, nuschelte sie und bedeutete Sophia, noch ein wenig näher zu kommen. »Nehmet Haare von Euch und von Eurem Ehemann, so er denn der Vater Eures Kindleins ist«, flüsterte sie.

Sophia zuckte erschrocken zusammen.

Die Alte lachte, wobei sie ihren zahnlosen Gaumen sehen ließ, und drohte ihr mit dem Finger. »Ja, ja, ich seh's in Euren Augen, Kindchen! Nicht umsonst sind die jungen Weiber früher immer zur alten Anna gekommen.«

Sophia wollte sich losmachen, aber die Finger der Alten waren noch erstaunlich kräftig.

»Musst keine Bange haben, hab keine nach ihren Gründen gefragt!«, raunte Anna. »Dann nimmst du eben nur dein eigen Haar und zwei Tröpfchen von deinem Blute, dazu tust du zwei Tröpfchen Milch. Von der Kuh wär am besten, aber eine Zicke tut es auch. Dann nimm ein Ei und mach ein Löchlein rein. Darein tust du Haare, Blut und Milch. Vergrabe das Ei unter der Türschwelle, und wenn deine Stunde kommt, wirst du leicht ein gesundes Kind entbinden!«

Ein wenig verstört verließ Sophia die Kammer. Sie wusste zwar, dass es trotz Verboten und Strafen in der Stadt zahlreiche Frauen gab, die Zauberei trieben. Schließlich war der Aberglaube unter Reichen wie Armen weit verbreitet, da konnte Pfarrer Lauterbach in seinen Predigten noch so sehr dagegen wettern. Aber die Hospitaliten mussten gewöhnlich einen hervorragenden Leumund und gottesfürchtig gelebt haben, um hier Aufnahme zu finden. Andererseits, dachte Sophia aufatmend, war das immerhin auch ein Zeichen dafür, dass der Rat in Pirna offensichtlich doch nicht alles erfuhr.

Schließlich suchte Sophia in Begleitung von Gertrud den alten Elias auf. Der frühere Klostergärtner war ein kleiner Alter, den ein großer Buckel drückte. Er lächelte Sophia freundlich an und sagte: »Ihr müsst mich nicht so mitleidig anschauen, junge Frau. In meiner Jugend, da war ich durchaus ein hübscher Bursche, dem die Jungfern beim Tanz selten einen Korb gegeben haben. Und nun, da ich so gebrechlich bin, hab ich es hier im Siechhof fein getroffen. Alle Tage gutes Essen und heute sogar ein süßer Wecken und ein hübsches Gesicht dazu!« Er lachte und lud sie mit einer Geste ein, ihm gegenüber auf der Fensterbank Platz zu nehmen.

»Die junge Fuchsin hat Fragen zu ihrem Kräutergärtlein, vor allem zum launischen Tausendgüldenkraut, Elias«, sagte Gertrud. »Die Pfarrersfrau sagte, Ihr könntet ihr raten. Einstweilen will ich zu Regina in die Küche gehen, sie freut sich sicher über ein wenig Hilfe, wo es doch heute Fisch gibt. Auch wenn ich nicht mehr so zufassen kann wie früher.« Die alte Köchin warf einen strafenden Blick auf ihre steife linke Hand, bevor sie zur Tür ging.

»Ach, ist denn heut schon wieder Freitag?«, erkundigte sich Elias erstaunt. »Hier drinnen, wo ich den ganzen Tag nichts zu tun hab außer essen und schlafen, verliere ich manchmal den Überblick über die Zeit. Doch Ihr wolltet mich wegen Eures Tausendgüldenkrautes fragen.«

Nachdem Sophia ihm allerlei Auskünfte zu Lage, Lichtverhältnissen und der Beschaffenheit des Bodens geben musste, runzelte er die Stirn und kratzte sich den fast kahlen Schädel.

»Kalk könnte helfen. Versucht, die Stelle, wo das Tausendgüldenkraut wachsen soll, zu kalken. Es könnte sein, dass es nützt, doch versprechen kann ich es nicht. Ihr wisst ja ...«

»Es ist ein launisches Kräutlein!«, beendete Sophia seinen Satz lachend. »Hatte das Kloster früher eigentlich einen großen Kräutergarten, dass Ihr dort so viel über den Kräuteranbau lernen konntet?«

»Oh ja, zumindest zu meiner Jugendzeit! Später dann, besonders nach dem großen Sterben anno 1532, als es mit dem Kloster bergab ging, haben sich die Mönche kaum noch um den Kräutergarten gekümmert. Da hatten sie andere Sorgen.« Die erstaunlich blauen Augen des Alten richteten sich in die Ferne, als könne er dort seine frühere Wirkungsstätte noch einmal sehen.

»Wisst Ihr, ich habe schon im Kloster gelebt, als ich noch ein kleiner Junge war. Die frommen Brüder hatten mich dort aufgenommen, weil meine Eltern früh verstorben waren. Sie haben mir sogar Lesen und Schreiben beigebracht. Es gab damals eine prächtige Bibliothek mit vielen alten Schriften. Und manchmal durfte ich in den Kräuterbüchern lesen, die sie dort hatten.« Elias lächelte versonnen.

Sophia richtete sich auf. Ein Kribbeln lief ihr die Wirbelsäule hinab, und die Frage platzte aus ihr heraus, ohne dass sie zuvor darüber nachgedacht hätte. »Alte Kräuterbücher? Gab es da auch welche, die eher ungewöhnlich waren?«

Elias sah sie verwundert an. »Ungewöhnlich? Wie soll ich das wissen, ich kannte ja nur die aus dem hiesigen Kloster«, brummte er und rieb sich das bärtige Kinn.

Sophia ließ enttäuscht die Schultern sinken. Natürlich, das war eine törichte Frage gewesen.

»Obwohl, wenn ich es recht bedenke, einmal sah ich dort ein Buch, das sehr seltsam war. Ich habe allerdings nur einen kurzen Blick hineinwerfen können, denn es stand nicht bei den anderen in der Bibliothek«, sagte Elias langsam.

Gebannt hing Sophia an seinen Lippen und wagte kaum zu atmen.

»Es war im Jahr '32, wenige Monate bevor Pirna vom Großen Sterben heimgesucht wurde. Luthers Lehren waren damals schon in aller Munde, und auch den Dominikanern waren bereits etliche Mönche davongelaufen. Andere begannen, sich nun in aller Offenheit Freiheiten herauszunehmen, und kamen ihren Pflichten und Gebeten nicht mehr regelmäßig nach«, berichtete Elias.

Sophia nickte. Davon hatte ihr Vater früher erzählt, denn es hatte unter den Bürgern große Empörung gegeben über das liederliche Leben im Kloster.

»Eines Abends konnte ich nicht schlafen und ging in die Bibliothek, um mir ein Buch zu holen«, erzählte der Alte weiter. »Auch das wäre früher undenkbar gewesen, aber der Mönch, der für die Bücher verantwortlich war, war ebenfalls entlaufen. Als ich in die Bibliothek kam, standen dort fünf kleine Holzkisten auf einem Tisch. Neben einer lag ein Buch, das ich vorher noch nie gesehen hatte. Es war nicht eines dieser neumodischen, auf Papier gedruckten, sondern ein alter Codex, handgeschrieben, auf dickem Pergament.«

Sophias Mund wurde trocken, sie hielt den Atem an.

»Doch als ich das Buch neugierig aufschlug, wurde ich enttäuscht. Es war nicht in Latein geschrieben, sodass ich kein Wort entziffern konnte. Dabei hätte ich nur zu gern gewusst, was drinstand, denn es waren zahlreiche Bilder von seltsamen Pflanzen dabei, die ich noch nie in meinem Leben gesehen hatte. Es mag vielleicht ein Kräuterbuch aus einem fremden Land gewesen sein.« Elias, der kurzatmig war, musste eine Pause machen, um wieder zu Luft zu kommen.

Auch Sophia atmete tief ein. War es möglich, fragte sie sich, dass der Alte tatsächlich von dem Buch sprach, das in ihrer Alchemistenkammer versteckt war? Sie wagte es kaum zu hoffen und musste unbedingt Sicherheit haben.

»Waren in dem Buch denn nur Pflanzen abgebildet, oder gab es auch noch andere Darstellungen?«, fragte sie rasch.

Der Alte sah sie an, und seine blauen Augen wirkten hellwach. Dann nickte er und sprach weiter: »In dem Buch gab es jede Menge Bilder. Ich erinnere mich, dass man eine Seite sogar vierfach auffalten konnte. Da waren auch noch Menschen zu sehen, vor allem Frauen.«

»Was taten die Frauen auf den Bildern?«, unterbrach ihn Sophia ungeduldig.

Elias lachte und musste husten. »Sie badeten!«, fuhr er dann fort. »In grünen Seen oder in Badezubern mit grünem Wasser, stellt Euch das vor!«

Nun hatte Sophia Gewissheit. Es war dasselbe Buch! Alles Weitere, was Elias berichtete, schien nur noch eine Bestätigung für sie zu sein.

»Seltsame Kreise gab es auch, die fast aussahen wie astrologische Tafeln. Doch davon hatte ich keine Ahnung, ich war ja nur einfacher Gärtner, der dank Gottes Gnade gelernt hatte, ein bisschen Latein zu lesen. Eure Kenntnisse scheinen mir jedoch umfangreicher zu sein, nicht wahr?«

Sophia überraschte die plötzliche Wendung des Gesprächs. Erneut sah sie das hellwache Funkeln in den Augen des Alten.

»Nun ja, ich hatte das Glück, bei einem sehr gelehrten Mann in Leipzig lernen zu dürfen. Außer Latein brachte er mir ein wenig Griechisch bei, auch Geometrie, Philosophie und Astrologie«, gestand sie.

»Hm, und jetzt versucht Ihr Euch also in der Kräuterkunde. Was wollt Ihr denn mit all dem Wissen anfangen?«

Sophia blickte in die jungen Augen des Alten. Noch bevor sie darüber nachdenken konnte, kam ihr die Antwort über die Lippen: »Ein Mittel will ich finden, mit dem sich ein Sterben wie anno 1532 verhindern lässt!«

Einen Augenblick herrschte Stille in der kleinen Kammer. Dann nahm Elias das vorherige Thema wieder auf, als hätte er seine Frage niemals gestellt.

Und was er nun berichtete, ließ Sophia augenblicklich alles andere vergessen.

»Ich weiß nicht mehr, wie lange ich in jener Nacht über dem Buch saß. Jedenfalls war ich so vertieft darin, dass ich die Schritte erst hörte, als sie bereits vor der Tür zur Bibliothek waren. Auch wenn die Sitten lockerer geworden waren, musste mich nicht unbedingt einer der Mönche nachts in der Bibliothek erwischen. Rasch warf ich den fast abgebrannten Kienspan aus dem offenen Fenster und versteckte mich hinter einem der Regale.«

»Wer kam herein?«, verlangte Sophia, erneut von Ungeduld gepackt, zu wissen.

»Nicht irgendein Mönch, sondern der Prior persönlich, gefolgt von Pater Johannes, dem Subprior. Sie tuschelten so leise, dass ich kaum etwas verstehen konnte, und machten sich an den Kisten zu schaffen. Es schien, als würden sie Sachen hineinlegen. Leider konnte ich von meinem Versteck aus rein gar nichts sehen«, sagte Elias mit einem Bedauern in der Stimme.

Auch Sophia fühlte Enttäuschung in sich aufsteigen. Sollte das etwa schon alles gewesen sein? Dass das Buch aus dem Kloster stammte, wusste sie schließlich längst.

Doch dann sprach Elias weiter: »Ich hörte Metall klappern und vermutete, dass sie die Kisten verschlossen. Aber dann zögerte der Prior und wandte sich an den Subprior. Diesmal sprach er etwas lauter, sodass ich in meinem Versteck seine Worte hören konnte.«

Sophia rutschte auf dem Sitzkissen hin und her, sie hatte das

Gefühl, der Alte schwieg bewusst, um ihre Spannung zu steigern, ja, er schien sie wahrhaft zu genießen.

Sie beugte sich so weit nach vorn, wie ihr runder Bauch es zuließ. »Und? Was hat er gesagt?«

Elias grinste, offenbar zufrieden mit dem Effekt, den er bei ihr erzielt hatte. Auch er beugte sich ein wenig vor. »Er sagte: ›Es gibt noch ein Büchlein, das zu diesem Buch hier gehört. Man sagte mir, es enthalte einen Code, ohne den man das Buch wohl nicht lesen könne. Wir sollten es mit in die Kiste tun. Es muss hier in diesem Regal stehen.‹ Und dann näherte er sich dem Regal, hinter dem ich mich versteckt hatte. Mir wurde vor Schreck ganz schlecht. Nicht nur, dass ich mich nachts heimlich in die Bibliothek geschlichen hatte, nun hatte ich den Prior und den Subprior auch noch bei etwas belauscht, das sie offenbar geheim halten wollten. Was, wenn sie mich davonjagten? Wo hätte ich mich hinwenden sollen? Die Welt außerhalb des Klosters schien mir damals noch voller Gefahren.« Der Alte schwieg erneut und lächelte versonnen.

Sophia starrte ihn gebannt an, in ihrem Kopf wirbelten die Gedanken. Ein Codebuch! Sollte das die einfache Lösung sein für ihre jahrelangen Bemühungen, das Buch zu enträtseln? Nur, wo war dieses Büchlein jetzt?

Elias räusperte sich, bevor er fortfuhr: »Zu meinem Glück musste der Prior nicht lange suchen, denn er zog sogleich das richtige Buch aus dem Regal und wandte sich wieder Pater Johannes zu. ›Hier, das ist es‹, sagte er. Doch der Subprior war anderer Meinung. Da er weiter weg stand, konnte ich seine Worte nicht deutlich hören, nur die Antwort des Priors. ›Nun, vielleicht habt Ihr recht. Dann will ich das Büchlein lieber hier im Kloster an einem Ort verbergen, wo es keiner vermuten würde.‹ Dann hörte ich, wie die beiden die letzte Kiste verschlossen und die Bibliothek verließen. Als ich mich endlich aus meinem Versteck traute, fand ich den Tisch leer.«

»Habt Ihr je wieder von den Kisten gehört?«, fragte Sophia.

Elias schüttelte den Kopf. »Nein. Allerdings wurde später im Kloster darüber getuschelt, der Prior habe das wertvollste Kirchengerät aus dem Kloster fortschaffen lassen. Es soll nach Meißen gebracht worden sein, so hieß es. Womöglich waren die Kisten dafür bestimmt gewesen.«

Sophia, die es besser wusste, schwieg und grübelte. Wenn das, was Elias eben erzählt hatte, der Wahrheit entsprach, und warum sollte sie daran zweifeln, dann war es durchaus denkbar, dass das Büchlein mit dem Schlüssel noch immer irgendwo im ehemaligen Kloster versteckt war. Zumindest bestand die Möglichkeit. Darüber wollte sie später noch genauer nachdenken und es vor allem mit Heinrich besprechen.

Als sie wieder aufblickte, sah sie, dass der alte Elias eingeschlummert war. Sein Kopf lehnte an der Fensterwölbung, seine Augen waren geschlossen. Nur seine gleichmäßigen rasselnden Atemzüge waren zu hören. Sophia nahm eine Decke vom Bett und breitete sie dem Alten über die Beine. Dann schlich sie sich aus dem Zimmer.

14. Kapitel

Wenn Ihr dann hier unterschreiben wollt.« Wolf Schumann deutete auf die Stelle neben dem Datum und reichte der Edelfrau die Feder. Er beobachtete, wie Margaretha von Bünau ihren Namen unter den Brief an ihren Schwager setzte. Sie tat es mit der gleichen schnörkellosen Zielstrebigkeit, mit der sie ihn vor zwei Wochen gebeten hatte, ihr als Notar in einem Rechtsstreit beizustehen. Es ging um ihr Wittum – das winzige Landgut bei Pillnitz sowie die Einkünfte aus einer Mühle und einem Dörfchen im Thüringischen –, das ihr nach dem Tod ihres Mannes zustand. Ihr Gatte war im vergangenen Jahr an einer scheinbar harmlosen Verletzung gestorben, die er sich bei der Jagd zugezogen hatte.

»Bezahlen kann ich Euch für Eure Dienste allerdings nicht«, hatte sie ihm gleich zu Beginn erklärt. »Das heißt – zumindest nicht sofort.« Dabei hatte sie ihm ein Lächeln geschenkt, das alles oder nichts bedeuten konnte. »Schließlich bräuchte ich Euch nicht, wenn ich über die Mittel verfügen könnte, die mir nach meinem Ehevertrag zustehen.«

»Welche Gründe, sie Euch zu verweigern, führt Euer Schwager denn ins Feld?« Schumann erhoffte sich durchaus einige Vorteile davon, für die Dame zu arbeiten – selbst wenn die Bezahlung unsicher blieb. Für ihn war es auch nicht entscheidend, ob sie ihre Ansprüche am Ende durchsetzen konnte oder nicht. Aber sollte es so kommen, würde das natürlich einen Prestigegewinn für ihn darstellen.

»Er verweigert mir das Geld nicht direkt, sondern gibt vor, es zu meinen Gunsten zu verwalten. In Wahrheit ist das aber nur ein Vorwand für ihn und seine Familie. Auf diese Weise wollen die Bünaus mich zu einer weiteren Eheschließung nach ihren Vorstellungen drängen! Aber dabei werde ich nicht mitspielen. Niemals!«

»Mit Verlaub, was wäre denn so schlimm daran?« Schumann hatte sich ein kleines Lächeln gestattet.

Jeder in Sachsen kannte die Bünaus, ein altes und weitverzweigtes Adelsgeschlecht. Schumann hatte keine Ahnung, wie viele Haupt- und Nebenlinien der Familie es inzwischen gab und zu welcher diese hier gehörte. Vermutlich eher zu den Wesensteinern, den Lauensteinern, den Liebstädtern oder einer anderen sächsischen Linie als zu einer der bayrischen oder böhmischen Verzweigungen. Aber gerade wegen ihrer weiten territorialen Streuung waren die Bünaus dafür bekannt, dass sie nach außen hin geschlossen auftraten. Man erzählte sich, dass die männlichen Familienmitglieder regelmäßige Treffen abhielten, auf denen sie Politik und Geschäfte miteinander abstimmten. Natürlich würden es diese Männer nicht dulden, wenn eine Frau ihren Platz in dem Gefüge nicht akzeptierte. Das Weib sei dem Manne Untertan, so hieß es in der Bibel, und Schumann selbst hegte an diesem Grundsatz nicht den geringsten Zweifel.

»Was daran schlimm wäre?« Margarethas Augen sprühten vor Zorn, und sie krümmte ihre Finger, als wolle sie dem Stadtschreiber gleich die Augen auskratzen. Vorsichtshalber war Schumann ein paar Schritte zurückgewichen. Oh ja, Temperament hatte sie, auch wenn ihre madonnenhafte Erscheinung das nicht auf den ersten Blick vermuten ließ!

»Seit meiner Heirat kann ich nur noch das tun, was mein Mann und seine Familie von mir verlangen! Sie schreiben mir vor, mit welchen Leuten ich mich anfreunden soll und mit welchen nicht, wann ich wohin zu reisen habe und was ich dort tun muss. Ja, nicht einmal beim Namen meines Sohnes hatte ich ein Mitspracherecht. Von vornherein stand fest, dass er Heinrich, Rudolph oder Günther heißen würde. Glaubt mir, jahrelang habe ich meine Pflicht erfüllt, ohne zu klagen. Aber damit ist nun Schluss – ein für alle Mal!«

Schumann hatte von dem seltsamen Brauch gehört, nachdem bei den Bünaus nur drei Vornamen an männliche Nachkommen vergeben wurden. Angeblich war er nach einer Schlacht während der Hussitenkriege entstanden, die nur drei Bünaus mit ebendiesen Namen überlebt hätten. Seltsam war das schon, aber doch längst kein Grund, ein solches Aufhebens zu machen. Überhaupt – das letzte Wort beim Taufnamen eines Kindes stand überall dem Vater zu! Aber das hatte der Stadtschreiber natürlich nicht laut gesagt, denn schließlich war es nicht an ihm, eine Dame aus ihren Kreisen zu maßregeln. Außerdem könnte ihre hochfahrende Pflichtvergessenheit, die sicher eine Plage für ihre Familie war, ihm unter Umständen sogar nutzen.

Während Schumann zuschaute, wie Margaretha die Tinte mit Streusand löschte und den Siegellack in einem silbernen Löffelchen über einer Kerze erhitzte, überlegte er wieder einmal, wie alt sie wohl sein mochte. Alt genug, um mehr als ein Kind zu haben, gewiss. Doch nichts in dem kleinen, übersichtlichen Herrenhaus in der Nähe des Dörfchens Pillnitz deutete auf die Anwesenheit von Kindern hin. Vielleicht waren sie tot, in frühem Kindesalter gestorben, wie es nicht selten geschah. Und der Sohn, den sie erwähnt hatte, konnte durchaus schon in einem Alter sein, in dem er eine Universität besuchte oder seine Ausbildung in einem anderen adligen Haushalt erhielt.

Auf jeden Fall war Margarethas Körper noch so jugendlich, dass er einen Anreiz für jeden Mann darstellen konnte, den sie damit in Versuchung führen wollte. Schumann fühlte sich allerdings nicht nur von ihren äußeren Reizen angezogen. Nein, sie war eine Frau mit ausgeprägtem Willen und eigenem Kopf, und es könnte ein durchaus vergnügliches Spiel werden, sie dazu zu bringen, dass sie am Ende genau das tat, was er von ihr wollte. Und er wollte eine ganze Menge.

Zum einen war es für ihn nützlich, wenn er durch sie Erkenntnisse über Personen aus gesellschaftlichen Kreisen sammeln konnte, zu denen er sonst keinen Zugang hatte. Die Adelsfamilien aus dem Pirnaer Umland hatten zwar keinen großen Einfluss auf die Stadt, die dem Herzog unterstand und sich größtenteils selbstständig verwaltete. Dennoch gab es hin und wieder Streitigkeiten mit ihnen. Wissen über die verschiedenen Verpflichtungen und Interessen war für einen künftigen Pirnschen Ratsmann durchaus wünschenswert.

Darüber hinaus hatte Schumann noch einen anderen Grund, der Edelfrau seine Dienste großzügig zur Verfügung zu stellen. Bei ihrer ersten Begegnung auf dem Schlosshof hatten ihn ihre freimütigen Worte über Carlowitz entsetzt. Es war sträflicher Leichtsinn, so etwas mitten auf dem Schlosshof zu äußern! Nach allem, was Schumann bisher mit dem herzoglichen Rat erlebt hatte, schien der Mann seine Augen und Ohren überall im Herzogtum zu haben.

Doch je länger er später über diese Begebenheit nachgedacht hatte, desto klarer hatte er es gesehen: Die Bekanntschaft mit Margaretha von Bünau war womöglich die Gelegenheit, auf die er schon seit langem wartete! Bisher waren seine Aussichten, sich von der Carlowitz'schen Knechtschaft zu befreien und die Zügel seines Lebens wieder in die eigene Hand zu nehmen, denkbar schlecht. Welche reale Möglichkeit hatte ein kleiner Stadtschreiber, selbst wenn er Ratsmitglied werden sollte, sich gegen einen Mann, der in der Gunst des Landesfürsten stand, zu wehren? Doch Margarethas Worte legten nahe, dass sie andere Leute kannte, die Carlowitz ebenfalls nicht mochten – Leute aus ihren Kreisen höchstwahrscheinlich.

Schumann hatte begonnen, sich aufmerksam umzuhören, und festgestellt, dass es sich genauso verhielt, wie Margaretha gesagt hatte: Christoph von Carlowitz und sein Onkel Georg waren nicht sonderlich beliebt im Herzogtum Sachsen. Doch in Kursachsen waren sie geradezu verhasst, weil sie Herzog Moritz darin bestärkten, dem Bund der evangelischen Fürsten und Städte fernzubleiben und stattdessen lieber gemeinsame Sache mit dem katholischen Kaiser zu machen. Natürlich konnte Schumann, der nur ein winziges Rädchen im Getriebe der Mächte war, Carlowitz nicht wirklich schaden. Aber er konnte dazu beitragen, wenn er sich mit den richtigen Leuten verbündete. Falls Margaretha ihn tatsächlich mit solchen Personen in Kontakt bringen konnte, dann durfte er sich die Gelegenheit nicht entgehen lassen. Auch deshalb saß er heute hier und schrieb für sie Gesuche und Bittbriefe.

Von all diesen vernünftigen Überlegungen einmal abgesehen, gab es noch einen weiteren Grund – auch wenn es eine Weile gedauert hatte, bis er sich darüber klar geworden war: Er begehrte diese Frau und war bereit, so einiges dafür zu tun, damit sie ihn in ihr Bett ließ!

Als die Edelfrau ihn nach getaner Arbeit einlud, ihr noch beim Mittagsmahl Gesellschaft zu leisten, ließ er sich daher nicht lange bitten. Das Essen war einfach, stellte er fest. Seine Köchin daheim verstand sich weitaus besser auf die Zubereitung eines guten Mahls, und sein eigener Weinkeller war besser bestückt. Margaretha schien tatsächlich kaum über finanzielle Mittel zu verfügen, und sie musste offenbar mit einem Minimum an Personal auskommen. Die Magd, die das Essen auftischte, trug eine Schürze, von der Schumann die gesamte Speisekarte ablesen konnte, was nahelegte, dass sie es auch selbst gekocht hatte. Sein Pferd hatte der Stadtschreiber bei seiner Ankunft in die Obhut eines kleinen Bengels geben müssen, der behauptete, er sei hier Stallknecht, und die Haustür war ihm von einem alten Diener geöffnet worden, der bereits so tattrig war, dass er in einem Spital am besten aufgehoben wäre.

Während Schumann auf dem einzigen Stück zähen Rindfleischs herumkaute, das er in der Gemüsesuppe auf seinem Teller gefunden hatte, überlegte er, ob seine Hoffnungen, durch Margaretha in Kontakt mit einflussreichen Persönlichkeiten zu kommen, nicht vollkommen übertrieben waren. Er würgte die knorpelige Masse in seinem Mund hinunter und spülte mit dem sauren heimischen Wein nach, den die Edelfrau ihm eingeschenkt hatte. Dann war er bereit, herauszufinden, woran er bei ihr war.

»Ihr sagtet neulich, Ihr wüsstet, dass nicht alle Christoph von Carlowitz so schätzen würden wie unser hochverehrter Herzog.« Er ließ die Worte im Raum stehen und trank, ohne eine Miene zu verziehen, einen weiteren Schluck aus seinem Glas.

Margaretha ließ den Löffel sinken, den sie soeben zum Mund führen wollte, und blickte ihn mit unschuldigen Augen an. »Sagte ich das?«

Ihre Stimme klang so ahnungslos, dass der Stadtschreiber sich einen Augenblick selbst fragte, ob er sich richtig erinnert hatte. Doch dann zeigte ihm ein winziges Zucken ihres Mundwinkels, dass sie offenbar mit ihm spielte. Ihre Augen mögen unschuldig sein, die Frau selbst ist es mit Sicherheit nicht, dachte er und beschloss, sich noch weiter vorzuwagen.

»Das tatet Ihr. Und zwar, nachdem Ihr erstaunlich flink festgestellt hattet, von wem der Brief war, den ich in Dresden erhalten hatte. Die Handschrift des herzoglichen Rates schien Euch geläufig zu sein.« Er lächelte und griff erneut nach seinem Glas.

Auch Margaretha nahm einen Schluck Wein, wobei sie ihn nicht aus den Augen ließ. »Und wenn dem so wäre?« Sie stellte ihr Glas wieder auf den Tisch.

»Dann würde ich mich außerordentlich geehrt fühlen, wenn Ihr mir erzählen würdet, wie es dazu kam.« Er lehnte sich erwartungsvoll zurück. Jede Frau mochte es, wenn man ihr Anlass zum Reden gab und ihr dann hingebungsvoll und aufmerksam lauschte – erst recht eine, die die meiste Zeit über allein mit ein paar vertrottelten Dienern auf dem Lande lebte.

»Vor meiner Eheschließung gehörte ich zu den Hofdamen der Herzogin Elisabeth. Zuerst am Hof Herzog Georgs in Dresden, und später nahm sie mich mit auf ihren Witwensitz nach Rochlitz.«

Margaretha lächelte versonnen, bevor sie langsam ihr Glas an den Mund führte und einen weiteren Schluck Wein nahm.

Schumann verbarg das Grinsen, das sich bei diesen Worten auf sein Gesicht schlich, hinter einem Husten. Dann griff er hastig nach seinem Weinglas. Herzogin Elisabeth war allgemein bekannt für ihren Eigensinn, mit dem sie sich sogar gegen ihren damaligen Schwiegervater, den letzten katholischen Herzog Sachsens, behauptet hatte. Auf ihrem Witwensitz in Rochlitz, so erzählte man sich, führe sie inzwischen ein unangefochtenes Weiberregiment. Daher also, spekulierte Schumann, hat die hübsche Margaretha die aberwitzige Idee, sie könne es nun, da sie Witwe sei, ähnlich halten. Allerdings übersah sie seiner Meinung nach dabei, dass sie eben keine Fürstentochter war.

»Ihr scheint angenehme Erinnerungen mit dieser Zeit zu verbinden«, sagte er, um sie zum Weiterreden zu bringen.

»Oh ja, das tue ich. Die Herzogin ist eine außerordentliche Frau, die Bildung und Kunst ebenso zu schätzen weiß wie fröhliche Geselligkeit. Sie verwaltet ihre Ländereien ganz allein – und zwar mustergültig.« Ihr Lächeln vertiefte sich, bevor es plötzlich erlosch. »Allerdings liebt sie es auch, Ehen zu stiften. Zunächst dachte ich, dass ich ihren diesbezüglichen Ambitionen vielleicht entgehen könnte, weil ich kein blutjunges Mädchen mehr war, als ich an ihren Hof kam. Aber sie fädelte für mich am Ende trotzdem meine Heirat mit einem entfernten Verwandten ihres Hofmeisters Heinrich von Bünau ein. Und so bin ich nun hier.«

»Steht Ihr heute noch im Kontakt mit der Herzogin?«, erkundigte sich Schumann.

»Aber ja.« Margaretha nickte, dann blickte sie ihm direkt in die Augen. »Ihr solltet wissen, sie führt eine ausgedehnte Korrespondenz und ist stets an jeder noch so kleinen Information aus allen Teilen des Landes interessiert.«

Während Wolf Schumann nach Pirna zurückritt, versuchte er, das Gehörte zu verarbeiten. Konnte er sich einen Vorteil davon erhoffen, Teil dieses Informationsnetzes zu werden? Vielleicht, dachte er, zumindest dann, wenn die Informationen nicht nur in eine Richtung flossen. Wissen war Macht! Aber konnte ihm das auch helfen, sich aus den Fängen von Carlowitz zu befreien?

In seinem letzten Schreiben hatte der Rat nachdrücklich verlangt, dass Schumann ihm nicht ständig über seine Misserfolge berichten solle, sondern ausschließlich über das, was ihm gelungen sei. Carlowitz hatte nicht das geringste Verständnis dafür, dass Schumann noch immer nichts über die Fortschritte bei der Entschlüsselung des Buches herausgefunden hatte, und auch dafür nicht, dass es ihm offenbar nicht gelungen war, den Winkelprediger Storch ausfindig zu machen.

Herzogin Elisabeth war eine einflussreiche Frau, soweit Schumann wusste. Sie war die Schwester Philipps von Hessen, der sowohl der Schwiegervater von Herzog Moritz war als auch einer der Hauptleute des Schmalkaldischen Bundes. Außerdem war sie sowohl eine Cousine des sächsischen Kurfürsten Johann Friedrich als auch des Herzogs Moritz von Sachsen. Beide Fürsten standen ihr äußerst wohlwollend gegenüber, auch wenn sie sich gegenseitig die Pest an den Hals wünschten. Gerade gegenwärtig spitzten sich die Widersprüche zwischen den beiden sächsischen Vettern wieder einmal zu. Herzog Moritz, so hieß es seit einiger Zeit, habe es auf den Kurfürstenhut von Johann Friedrich abgesehen. Christoph von Carlowitz würde ausschließlich deshalb so häufig in diplomatischer Mission zu Kaiser Karl V. entsandt. Herzogin Elisabeth hatte sich am Dresdener Hof von Anfang an für den Glauben Luthers starkgemacht. Einige der katholischen Räte des alten Herzogs hatten lebhafte Intrigen gegen sie gesponnen – ja, sie sogar des Ehebruchs bezichtigt. Das Gemauschel mit dem Kaiser, dem es am liebsten wäre, wenn alle deutschen Länder und Städte wieder zum alten Glauben zurückkehrten, war Elisabeth sicher ein Dorn im Auge.

Ja, dachte Schumann, es kann sich lohnen, Teil des Rochlitzer Netzwerkes zu werden. Vor allem auch deshalb, weil er heute beim Essen mit Margaretha deutlich gespürt hatte, dass sie ihn auch als Mann wahrnahm. Warum auch nicht, schließlich hatte er einen Körper, für den er sich nicht zu schämen brauchte und der in vollem Saft stand.

Er lächelte zuversichtlich, während er sein Pferd zu einem scharfen Galopp anspornte. Es war ganz eindeutig ein Wink des Himmels gewesen, dass Margaretha von Bünau auf dem Schlosshof über ihn gestolpert war. Die Aussicht darauf, diese Frau zu erobern, versüßte ihm sogar die anstehende Verlobung mit Walters frommer Nichte Amalia. Die kleine Feier im Familienkreis, zu dem allerdings auch Mitglieder anderer alteingesessener Ratsfamilien gehörten, sollte schon morgen stattfinden. Jungfer Amalia war genauso brav und langweilig wie eine Schüssel voll Milchsuppe. Schumann hatte sie bisher nur einmal gesehen – hauptsächlich, um sich davon zu überzeugen, dass ihr Körper ihm die Erfüllung seiner ehelichen Pflichten wenigstens nicht allzu sehr erschweren würde. Was das anging, war er inzwischen beruhigt: Amalia hatte einen weichen, runden Körper mit vollen Brüsten und einem üppigen Hintern. Und das Beste – sie hatte noch all ihre Zähne! Darüber hinaus schien sie sich in der Führung eines Haushalts auszukennen, auch wenn er ihr die Einzelheiten dazu wie Würmer hatte aus der Nase ziehen müssen und sie dabei kaum gewagt hatte, ihn anzuschauen. Stattdessen hatte sie unablässig das kleine Gebetsbuch auf ihrem Schoß umklammert, und wenn sich ihre Blicke dann doch einmal getroffen hatten, war sie zusammengezuckt und abwechselnd rot und blass geworden. Nun gut, das alles würde sich gewiss noch legen, wenn sie sich erst einmal an ihn gewöhnt hatte. Zum Glück hatte er durch Katrina im letzten Jahr genug Erfahrung im Umgang mit schüchternen jungen Dingern gesammelt.

Ohne auf die Flüche einiger Bäuerinnen zu achten, die er beinah mit seiner Fußspitze gestreift hätte, trieb er sein Pferd weiter auf der Landstraße nach Pirna voran. In vollen Zügen sog er dabei die frische Frühlingsluft ein, die hier draußen so viel besser roch als in der Stadt. Walter und auch Süssemilch hatten ihm erst gestern versichert, dass seiner Berufung in den Rat auf der nächsten Sitzung nun nichts mehr entgegenstünde, und für seine übrigen Probleme schienen sich ebenfalls Lösungen anzubahnen.

15. Kapitel

ast du etwa für mich gekocht, Holzfäller?«

Moses hätte um ein Haar den Tontopf fallen lassen, den er eben aus der Glut des Herdfeuers gezogen hatte. Um seine Hände dabei zu schützen, hatte er sie mit den Lumpen eines alten Hemdes umwickelt. Vorsichtig setzte er den Topf auf den Boden, ehe er sich umdrehte und Marthe mit einem strafenden Blick bedachte.

»Warum musst du dich immer so anschleichen, Köhlerstochter?«, brummte er und streifte die Lappen von den Händen.

Sie lachte nur, kam auf ihn zu und schmiegte sich an ihn. »Nun sag schon, was hast du gekocht?«, quengelte sie.

Er gab ihr einen Kuss, ließ sie aber gleich wieder los, um sich erneut dem Tontopf zuzuwenden. »Das wirst du gleich sehen«, verkündete er geheimnisvoll. Er umwickelte seine Hände erneut und nahm dann den Deckel ab. Sofort stieg dicker Qualm auf, und seine Augen begannen zu tränen.

»Ihh, das riecht ja wie bei uns zu Hause!«, kreischte Marthe und riss die Tür auf, um frische Luft in die Hütte zu lassen.

Moses lachte. »Das stimmt. Du hast mich nämlich auf eine Idee gebracht, Köhlerstochter.« Er wedelte mit dem Lappen über dem Topf, bis sich der Qualm verzog, und spähte erwartungsvoll hinein. Am Boden des Gefäßes lagen ein paar fingerlange, verkohlte Zweige. Moses begutachtete sie mit zusammengekniffenen Augen.

Marthe, die ihm über die Schulter geschaut hatte, schnaubte empört auf. »Wenn man Holzkohle essen könnte, dann wäre ich längst dick und fett, so wie das Weib des Floßmeisters.«

»Die sollst du auch nicht essen.« Moses stellte den Topf unter die Bank und zog ein in Leinen eingeschlagenes Päckchen darunter hervor. Er schlug den Stoff auseinander und hielt es Marthe unter die Nase. »Aber wie wäre es damit?«

Ihre Augen weiteten sich ebenso wie ihre Nasenlöcher. Sie musste schlucken, bevor sie antworten konnte. »Räucherschinken! Wo hast du denn den her?«

Moses legte den Schinken auf den Tisch und zog sein Messer aus dem Gürtel. »Ich hab dir doch erzählt, dass ich letzte Woche Holzspielzeug verkauft hab, in Hermsdorf.« Er säbelte ein Stück von dem geräucherten Fleisch ab. Doch als Marthe danach greifen wollte, hielt er rasch ihre Hand fest. »Warte, meine Schöne!«

Aus dem Eckregal, in dem der alte Hans ein paar bessere Stücke Geschirr für besondere Feiertage aufbewahrte, holte er zwei grüne Glasbecher. Sie waren ein wenig schief und krumm und hätten eigentlich gleich wieder eingeschmolzen werden sollen. Aber Moses wusste, dass die Glasmacher der Krummhermsdorfer Waldglashütte ihre missratene Ware manchmal auch für kleines Geld an die Holzfäller und Bergleute im Weiler verkauften.

Eins der Gläser reichte er der Köhlerstochter. »Ich hab zwar nur Gänsewein, aber ein gutes Mahl sollte man auch in einem angemessenen Rahmen genießen. Meinst du nicht?« Er zwinkerte Marthe zu, während er ihr Glas mit Wasser füllte. Dann reichte er ihr die Schinkenscheibe, in die sie sofort ihre kräftigen Zähne grub.

»Aber für das bisschen Spielzeug, das du in Hermsdorf verkaufst, hast du bestimmt keinen Schinken gekriegt«, brachte sie kauend hervor. Offensichtlich interessierte sie die Beschaffung des Schinkens mehr als der Rahmen, in dem sie ihn genoss.

Moses nahm ebenfalls einen Bissen, bevor er antwortete. »Für diesen einen Verkauf nicht. Aber ich hab's auch ei de Samz, Schande und Pirne verkauft.« Beinah hätte er sich verschluckt, als ihm auffiel, wie der einheimische Dialekt inzwischen auf ihn abgefärbt hatte.

Marthe schien das nicht zu bemerken, denn sie nickte nur und schielte schon wieder nach dem Schinken. Moses schnitt noch eine Scheibe ab und gab es ihr mit einem Stück Brot. Lächelnd sah er zu, wie sie es sich schmecken ließ. Er wusste, dass ein Köhler ohnehin von der Hand in den Mund lebte. Und da Marthes Vater an dem ausgebrannten Meiler nichts verdient hatte, ernährte sich ihre Familie zurzeit hauptsächlich von dem, was ihnen der Wald bot, vor allem von Beeren und Pilzen. Hin und wieder wilderte der Köhler auch einen Hasen oder ein paar Forellen. Gott allein wusste, wie es ihm und den Seinen im Winter ergehen mochte. Auch die Flößer und Holzfäller lebten nicht gerade üppig, aber seit Moses bei ihnen war, hatte er zumindest noch nie gehungert.

»Wo sind denn Hans und Melchior?«, erkundigte sich Marthe.

»Hans ist vor kurzem aufgebrochen, um Kräuter zu sammeln. Er wird wahrscheinlich erst am Morgen zurückkehren, denn heute ist Vollmond. Da sucht er nach ganz bestimmten Pflanzen, die zu diesem Zeitpunkt eine viel stärkere Wirkung haben. So sagt er zumindest.« Moses zuckte mit den Achseln. Von diesem ganzen Kräuterkram verstand er nichts.

Marthe schluckte das letzte Stück Schinken hinunter und leckte sich über die Lippen. »Und dein Freund Melchior?«

»Der ist schon wieder zum Tanz nach Hermsdorf hinauf. Du weißt ja, die Magd mit den braunen Löckchen!« Moses lachte und griff nach Marthes dickem schwarzem Zopf. Er zog sie zu sich heran und küsste sie. Sie schmeckte salzig nach dem Schinken und süß nach dem Brot, das sie gegessen hatte.

»Du siehst also, wir sind ganz ungestört bis zum Morgengrauen. Es sei denn, du möchtest auch zum Tanz gehen?« Er schaute sie fragend an.

In den Wochen seit seinem Besuch bei Marthes Vater hatte es ihn und die Tochter des Köhlers immer wieder zueinander gezogen. Bei schönem Wetter suchten sie sich eine einsame Lichtung mit weichem Gras, wenn es regnete, trafen sie sich in einer kleinen Höhle. Viel Zeit konnten sie in der Regel nicht erübrigen, denn Marthe musste in der Köhlerei überall mit anpacken.

Marthe schwieg, in ihre Augen war ein sehnsuchtsvoller Glanz getreten. Doch schließlich schüttelte sie entschieden den Kopf. Sie blickte an sich herab und verzog den Mund. »Was soll ich da, unter all den schön gewachsenen Mädchen in ihrem Sonntagsstaat, mit Bändern und Kränzen im Haar?« Sie zupfte an ihrem fadenscheinigen grauen Rock. »Du würdest dich nur für mich schämen.«

»Würde ich nicht«, entgegnete Moses. In der Tat war es ihm egal, was andere über ihn dachten. Seit er sein Gedächtnis verloren hatte, war er ein Außenseiter, für den viele Regeln nicht galten. »Für mich bist du schön«, setzte er mit Überzeugung hinzu. Wenn sie tanzen wollte, so würde er mit ihr gehen, obwohl ihm die Aussicht auf eine ungestörte Nacht in ihren Armen verlockender erschien. Und überdies hatte er heute noch etwas anderes im Sinn.

Marthe lachte und belohnte ihn mit einem weiteren Kuss. »Das liegt daran, dass du mich meist nur nackt und im Liegen siehst, Holzfäller. Da fällt weder mein kurzes Bein auf noch mein zerlumpter Rock.« Sie zog die Schnüre ihres Hemdes auf und streifte es sich über den Kopf. Dann legte sie den Rock ab. Als sie wieder nach ihm greifen wollte, hielt Moses ihre Hände fest.

»Nicht so schnell, holde Maid! Wir haben schließlich noch die ganze Nacht Zeit.«

Überrascht sah sie ihn an. »Bisher konnte es dir meist nicht schnell genug gehen, Holzfäller«, sagte sie und griff nach ihrem Hemd.

»Nein, lass es aus!« Er ging zur Bank und holte den Tontopf vor, der noch immer Wärme ausstrahlte.

»Was hast du vor?«, fragte sie misstrauisch und hielt sich das Hemd vor die Brust.

Er lachte. »Der Schinken war nicht das Einzige, was ich gekauft habe. Sieh mal hier!« Seine Hände strichen beinah liebevoll über einen Stapel Papierbögen, den er aus seiner Truhe geholt hatte.

Marthe sah ihn verständnislos an.

»Setz dich dort hin.« Moses deutete auf die Bank, auf die jetzt die Strahlen der Nachmittagssonne fielen. »Und leg das Hemd weg!«

Ohne ihn aus den Augen zu lassen, folgte Marthe langsam seinen Anweisungen.

Moses hockte sich auf einen Schemel neben der Tür, den Papierstapel auf den Knien, in der Hand eins der verkohlten Hölzchen aus dem Tontopf. »Ich will dich zeichnen«, erklärte er.

Marthe sprang auf und schnappte sich ihr Hemd. »Aber doch nicht nackt!«, rief sie empört.

»Warum denn nicht?« Er legte den Kopf schief und sah sie an. »Eben hast du noch gesagt, so wärst du am schönsten. Und das sehe ich genauso.«

»Ja, aber es ist etwas anderes, ob du mich so siehst, oder ob du mich auf Papier malst«, sagte sie mit Nachdruck.

»Wieso?«

Sie suchte nach Worten. »Weil, weil ... weil das sündig ist!«

Moses lachte trocken. »Ach, und das, was wir beide sonst so treiben, ist in deinen Augen nicht sündig?«

»Nein! Ja, also, ich meine ...« Sie starrte ihn wütend an und ballte die Fäuste, sodass sie ihr Hemd zerknüllte. »Es ist ganz allein meine Sache, welche Sünden ich begehen will und welche nicht. Dafür muss ich mich höchstens vor unserem Herrgott rechtfertigen, aber nicht vor dir, Holzfäller!«

Moses stand auf und legte Papier und Kohlestift beiseite. Er nahm ihre Hände und sah ihr in die Augen. »Es tut mir leid, Marthe! So habe ich das nicht gemeint. Aber du hast recht, ich bin bloß ein Holzfäller. Wahrscheinlich wärst du hinterher beleidigt, wenn du mein Gekritzel sehen würdest.« Er küsste ihre Finger.

In Marthes Gesicht arbeitete es, dann hellte sich ihre Miene auf. »Gut, du kannst mich malen. Aber ich behalte das Hemd an.«

Sie zog es sich sogleich über den Kopf, nahm wieder auf der Bank Platz. Ihre Hände strichen nervös über den zerknitterten Stoff.

Moses schaute sie an. Das Hemd reichte ihr unten kaum bis zu den Knien, oben ließ es ihren Brustansatz frei. Er biss sich auf die Zunge und unterließ jeden Kommentar, damit sie es sich nicht doch noch anders überlegte. Bereits seit dem Morgen hatte er sich in den Kopf gesetzt, seine Liebste zu zeichnen. Als er vor einigen Tagen bei dem fahrenden Händler das Papier gesehen hatte, wusste er, dass er es haben musste. Zunächst war ihm nicht ganz klar gewesen, womit er darauf zeichnen sollte. Doch dann war ihm Marthe eingefallen und die Holzkohle, die ihr Vater brannte. Ohne recht zu wissen, was er tat, hatte er heute früh unten am Fluss nach einer Weide gesucht, einige Schösslinge geschnitten, sie in fingerlange Stücke zerteilt und später in dem Tontopf in die Glut des Herdes geschoben. Bis eben hatte er nicht gewusst, ob es ihm tatsächlich glücken würde, auf diese Weise ein brauchbares Zeichenwerkzeug herzustellen. Aber es schien der richtige Weg zu sein.

Moses' Hand mit dem Kohlestift schwebte über dem Papier. Er studierte Marthes Gesicht, die Haltung ihres Körpers. Sie wirkte herausfordernd und angespannt zugleich. Nach den ersten unsicheren Strichen flogen seine Finger über das Papier. Er strichelte, verwischte, setzte Linien neu. Zwischendurch wanderten seine Augen immer wieder zu der jungen Frau auf der Bank hinüber. Da Marthe ebenso schwieg wie er, vergaß er bald alles um sich herum. Ohne es zu bemerken, griff er nach dem nächsten Blatt.

Irgendwann drang Marthes Stimme zu ihm durch: »Wie lange muss ich denn noch hier sitzen?«

Er hob versonnen den Blick. »Was?«

»Meine Beine sind eingeschlafen, und mein Rücken tut weh«, klagte sie. »Außerdem habe ich mir den Abend mit dir wirklich anders vorgestellt, Holzfäller.« Sie stand auf und stampfte mit den Füßen. »Ah, das kribbelt wie Ameisenbisse!«

Moses, noch immer nicht ganz bei sich, sah ihr zu, wie sie durch die Hütte hüpfte.

Schließlich trat sie zu ihm und griff nach einer der Zeichnungen, die um seinen Stuhl herum auf dem Boden lagen. »Zeig mal!«

Er hörte, wie sie überrascht die Luft ausstieß.

»Ja, ich weiß, ich bin bloß ein Holzfäller«, entschuldigte er sich vorsichtshalber. »Aber es kam auf einmal so über mich.«

»Du bist alles andere, nur kein Holzfäller«, sagte sie leise. »Wer bist du wirklich, Moses?« Sie blickte zu ihm herüber und hielt die Zeichnung mit zwei Fingern von sich, als würde sie brennen.

Beunruhigt griff er nach dem Blatt und schaute es an. Marthe sah ihm von der Zeichnung entgegen, beinah so, als sei sie lebendig. Zwar stimmte irgendetwas an ihrer Körperhaltung nicht, doch ihr Gesicht hatte genau den Ausdruck von Herausforderung und Trotz, den er vorhin an ihr beobachtet hatte. Hastig hob er die anderen Blätter vom Boden auf und betrachtete sie. Die ersten Zeichnungen waren noch ein wenig unbeholfen gewesen und wiesen viele verwischte Linien auf, doch dann waren die Striche immer sicherer und treffender geworden. Moses wurde von einem leichten Schwindel erfasst. Hatte wirklich er das gezeichnet? Und was war das? Moses drehte das Blatt ein wenig mehr in das Licht, das durch das kleine Fenster der Hütte fiel. Er musste wohl einen Laut ausgestoßen haben, denn Marthe trat neben ihn und schaute ebenfalls auf das Bild.

»Das bin ja gar nicht ich!«, rief sie empört.

Moses brach der Schweiß aus. Das Gesicht, das ihn von der Zeichnung anblickte, hatte er schon viele Male gesehen. Es war das Mädchen aus seinen Träumen.

»Wer ist dieses Mädchen?« Marthes Stimme klang inzwischen deutlich verärgert. »Ich dachte immer, ich wäre die Einzige, die dich hier besuchen kommt!«

»Das ist auch so, Marthe. Ich schwör's bei Gott!« Er nahm ihre Hand.

»Wer bist du tatsächlich, Holzfäller? Und wer ist dieses Mädchen?«, wiederholte Marthe ihre Frage energisch.

»Ich weiß es nicht, Marthe«, antwortete Moses leise.

Er sammelte die Blätter ein und legte sie in seine Truhe. Dann schnitt er den restlichen Schinken auf und goss Bier in zwei hölzerne Becher. Mit einer Handbewegung forderte er Marthe auf, sich zu ihm an den Tisch zu setzen. In den gestohlenen Stunden im Wald hatten sie, soweit er sich erinnerte, nie viel geredet, sondern sich mit dringlicheren Bedürfnissen befasst. Bisher war Moses davon ausgegangen, dass Marthe seine Geschichte kannte wie die meisten Leute in der Siedlung. Doch offensichtlich war der Klatsch aus Krummhermsdorf nicht bis zu den Köhlern gelangt. Moses wunderte sich darüber, denn allzu viele Neuigkeiten ereigneten sich in dieser gottverlassenen Gegend nicht.

Während sie aßen, erzählte er ihr davon, wie ihn die Flößer im vergangenen Jahr verletzt aus der Elbe gezogen hatten.

»Und du kannst dich an nichts erinnern, was vorher war?«, fragte Marthe fasziniert.

»In den Wochen bevor wir uns begegneten, tauchten manchmal Bilder oder kurze Szenen in meinem Kopf auf. Aber sie ergaben allesamt keinen Sinn«, antwortete Moses.

»Ist das Mädchen auch eines dieser Bilder?«

»Ja, aber ich kann mich einfach nicht erinnern, wer sie ist – wer sie für mich war«, sagte Moses.

»Du bist jedenfalls kein Holzfäller oder Flößer«, fasste Marthe das Gehörte zusammen. »Du gehörst nicht hierher.« Sie blickte ihn mit einem traurigen Lächeln an.

Moses schüttelte sich, als wolle er die Gedanken an seine verlorene Vergangenheit abstreifen, die ihn noch immer mit Furcht erfüllten. Er nahm seinen Becher und trank ihn in einem Zug leer. Dann blickte er Marthe an und lächelte. »Lass ruhen, was vergangen ist, denn jetzt bin ich hier, mit dir. Und wir haben die ganze Nacht für uns, Köhlerstochter.«

Marthe seufzte. Sie bedachte ihn mit einem rätselhaften Blick.

Doch schließlich erhob sie sich, kam zu ihm und setzte sich auf seinen Schoß. »Also gut, lass uns diese Zeit nutzen«, flüsterte sie an seinem Ohr.

Gleich darauf spürte er, wie ihre Zunge über die Beuge zwischen seinem Hals und seiner Schulter strich. Und er fuhr mit den Händen über ihre Schenkel, unter das Hemd, an ihrem flachen Bauch hinauf bis zu den festen Brüsten, die er sacht umfasste.

16. Kapitel

Als Sophia in aller Frühe in die Küche trat, stellte sie fest, dass der Magister bereits vor ihr aufgestanden war. Die Krümel auf dem Tisch zeugten davon, dass sein Frühstück aus dem trockenen Brotkanten bestanden hatte, der gestern vom Abendessen übrig geblieben war. Wohin er sich anschließend begeben hatte, konnte Sophia nur vermuten. Vielleicht hatte er eine Verabredung mit Feinschmiedemeister Hanisch, der ihm weitere Einzelteile für seine Uhr herstellen sollte. Seit dem Abend, da Nikolaus Storch so überraschend in ihrem Haus aufgekreuzt war, hatte Sophia ihren Ehemann kaum mehr zu Gesicht bekommen. Entweder war er unterwegs, oder er sperrte sich in seiner Arbeitskammer ein mit dem ausdrücklichen Wunsch, nicht gestört zu werden. Heinrich Fuchs hatte zwar gestattet, dass Storch die vier Tage, um die er gebeten hatte, bleiben durfte, doch Sophia wusste, dass sich die Wut auf seinen Schwager nicht gelegt hatte. Im Gegenteil, sein Zorn schien durch die Erinnerungen an das Vergangene eher frisch entfacht zu sein.

Sophia bereitete den morgendlichen Hirsebrei zu, füllte zwei Schüsseln und öffnete vorsichtig die Regaltür. Ihr Gast schien bereits wach zu sein, aber sie fand, dass er auch heute Morgen nicht viel erholter wirkte als vorgestern, am Tag seiner Ankunft.

»Ihr seht krank aus, Meister Storch. Dabei hatte ich gedacht, zwei Tage Ruhe und ordentliches Essen würden Euch stärken«, sagte sie besorgt.

»Dank Eurer Fürsorge fühle ich mich durchaus gestärkt, Frau Sophia. Was mich krank macht, ist diese stickige, enge Kammer hier, vollgestopft mit dem ganzen Zauberkram.« Er deutete auf den Alembik mit dem Kupferhelm und die verstaubten Tiegel und Fläschchen in den Regalen.

»Ich weiß, das klingt sehr undankbar. Mir ist durchaus klar, was Ihr und Heinrich riskiert, indem Ihr mich hier verbergt.« Storch kratzte sich im Nacken. »Es ist nur so, dass ich es nicht gewohnt bin, lange in geschlossenen Räumen zu leben. Die meiste Zeit in den vergangenen zwanzig Jahren habe ich draußen verbracht, wandernd, von einem Ort zum anderen. Und geschlafen habe ich sommers unter freiem Himmel und sonst in Scheunen, Höhlen, Unterständen, was sich eben so anbot. Als ich heute Morgen erwachte, dachte ich, ich würde ersticken, wenn ich nicht sofort rauskäme. Nur mit Mühe konnte ich dem Drang widerstehen, die Tür aufzureißen und hinauszustürzen.«

Er schwieg und fuhr sich mit den Händen über das Gesicht.

Sophia hielt die Schüssel mit dem Brei vor ihren Bauch und sah ihn mitleidig an. Da kam ihr eine Idee. »Wie wäre es, wenn Ihr Euch einige Zeit in den Hof setzt! Jetzt, da die Bäume im vollen Laub stehen, ist er von den benachbarten Grundstücken nicht einzusehen, und zur Gasse hin ist die Mauer, wie Ihr ja wisst.«

Storchs Augen begannen zu leuchten, doch dann runzelte er die störrischen Augenbrauen. »Und was ist mit dem Schwein?«, fragte er misstrauisch.

Sophia lachte. »Circe hat Euch wohl sehr erschreckt an Eurem ersten Abend hier? Wenn ich dabei bin, wird sie Euch mit Sicherheit nichts tun. Aber ich kann sie auch in den Stall sperren.«

Doch Storch schüttelte den Kopf. »Nein, das geht nicht. Ich will Euch nicht weiteren Gefahren aussetzen! Was ist, wenn jemand unverhofft ins Haus kommt?«

Sophia dachte daran, dass der Gassenmeister durchaus das Recht hatte, Häuser unaufgefordert zu betreten, um den Brandschutz und die Einhaltung der städtischen Vorschriften zu überprüfen. Trotzdem winkte sie ab. »Die Gefahr ist äußerst gering, verglichen mit den Vorteilen, die ein wenig frische Luft für Euer Wohlergehen hätte.«

Kurze Zeit später saßen sie unter der milden Morgensonne im Hof. Storch hatte den Kopf gegen die Hauswand gelehnt, die Augen geschlossen, und atmete in tiefen, gierigen Zügen. Dass die Luft hier draußen neben dem Geruch von Erde und Kräutern aus dem Garten auch eine kräftige Note von Schweinemist und den Ausdünstungen der Senkgrube hatte, schien ihn nicht zu stören.

Sophia saß ihm gegenüber auf einem Schemel und putzte Lauch und Gemüse für das Mittagsmahl. Sie sah erleichtert, wie die krankhafte Blässe langsam von Storchs Wangen wich. Sie betrachtete seine hageren Züge und dachte, dass er früher wahrscheinlich ein gutaussehender Mann gewesen war. Ihr fiel ein, dass der Magister davon erzählt hatte, dass sein Schwager damals vor allem auf die Zwickauer Frauen mit seinen Predigten großen Eindruck gemacht hatte und dass auch er dem Weiblichen durchaus nicht abgeneigt gewesen war, trotz der Endzeitvisionen, die er damals verkündigte. Oder vielleicht gerade deshalb, dachte Sophia schmunzelnd.

Sie erhob sich, um dem Schwein die Abfälle in den Trog zu werfen und das Gemüse in die Küche zu bringen. Als sie zurück in den Hof kam, lächelte Nikolaus Storch sie an.

»Wisst Ihr, so langsam verstehe ich, dass Heinrich mich lieber heut als morgen wieder aus dem Haus haben möchte. Nach Jahren des Leides und der Einsamkeit hat er nun ein junges Weib, wird erneut Vater. Selbstverständlich will er dieses Glück behüten und beschützen.«

Sophia schlug die Augen nieder und konzentrierte sich ganz auf die Gänsefedern auf ihrem Schoß, die sie für eine Kissenfüllung spleißen wollte. Sie wusste, dass der Magister seinem Schwager nichts davon erzählt hatte, wie ihre Ehe zustande gekommen war. Auch nach ihrer Ansicht ging es Storch nichts an, dass Heinrich Fuchs sie geheiratet hatte, um sie vor der Schande zu bewahren, als ledige Mutter gebrandmarkt zu werden. Sie hatte in die

Ehe eingewilligt, weil sie Niklas' Kind eine Zukunft geben wollte und weil sie den Magister achtete und ihm vertraute. Aber sie liebte ihn nicht, jedenfalls nicht so, wie sie Niklas geliebt hatte. Nach allem, was sie inzwischen über Fuchs und Katharina erfahren hatte, nahm sie an, dass auch der Magister eine große Liebe erlebt hatte, die mit seiner ersten Frau gestorben war.

»Er war nicht immer so bedachtsam und vorsichtig, unser Magister. Oh nein!« Storch lachte, dann musste er husten und spuckte in den Sand des Hofes. »Früher, da war er ein rechter Hitzkopf, hat keinen Streit ausgelassen, hat alles infrage gestellt, sogar Gott.«

Sophia blickte von den Federn auf.

»Vor allem Gott!«, nahm der Wanderprediger den Faden seiner Erinnerungen wieder auf. »Er war einer, der hinauswollte aus den engen Schranken des Lebens in Zwickau, hinaus aus der Zunft der Tuchmacher, hinaus aus den Glaubensvorschriften der Kirche. Das hat mich beeindruckt bei einem so jungen Burschen. Ich dachte damals, er wäre so wie ich.«

Sophia hob die Augenbrauen. Das konnte sie sich beim besten Willen nicht vorstellen. Mit dem unsteten Wanderprediger hatte der gelehrte Magister, den sie kannte, wenig gemein.

»Doch er wollte unbedingt studieren. Hat seine Nase ständig in irgendwelche Bücher gesteckt. Es wundert mich eigentlich nicht, dass er, statt zu Gott zu finden, ihn schließlich gänzlich verloren hat.« Storch breitete die Hände aus.

»Ihr denkt also, zu viel Bildung hält einen Menschen davon ab, zu Gott zu finden?«, fragte Sophia.

»Selbstverständlich! Je mehr ein Mensch sich mit den Ansichten anderer Menschen in den verschiedenen Büchern befasst, desto größer muss doch seine Verwirrung werden. Desto mehr Zweifel nagen an ihm, und schließlich fressen sie seine Seele auf. So ist es doch!« Storch klang, als sei dies eine unumstößliche Wahrheit.

Sophia knabberte an ihrer Unterlippe und wusste nicht, was sie erwidern sollte. So hatte sie das noch nie betrachtet.

»Wer Gott sucht«, fuhr Storch fort, »der braucht kein Bücherwissen. Er findet ihn in jedem Baum, jedem Bächlein, den Tautropfen am frühen Morgen auf einer Wiese, dem kleinsten Lebewesen und natürlich in jedem Menschen. Wenn wir Gott begegnen wollen, brauchen wir dazu keine Rituale und Formeln, keine Vermittler. Wir müssen ihm direkt gegenübertreten und ihn in dem lieben, was uns auf Erden umgibt.«

»Aber dann brauchen wir auch keine Kirchen mehr, keine Pfarrer, keinen Katechismus, keine Kirchenordnung«, wandte Sophia ein. Die Gänsefedern hatte sie inzwischen vergessen.

»Nein, das brauchen wir nicht. Das dient alles nur dazu, die Menschen weiter in Unmündigkeit und Botmäßigkeit zu halten, um weiter ein Unten und Oben zu rechtfertigen. Und dabei ist es ganz egal, ob man dieses Instrument der Unterdrückung Katholizismus oder Protestantismus nennt.«

Sophia traute ihren Ohren nicht. Das war nicht nur Ketzerei, das waren Gedanken, die die ganze Welt auf den Kopf stellten, wie sie sie bisher kannte. »Es wundert mich nicht, dass Euch die Obrigkeit seit zwanzig Jahren verfolgt. Ich fürchte, mit diesen Ideen werdet Ihr eines Tages auf der Flucht sterben.« Sie erschrak, als sie merkte, dass sie laut ausgesprochen hatte, was ihr durch den Kopf gegangen war.

Storch blickte sie gelassen an. »Kann sein, dass es so kommt. Womöglich sterbe ich aber auch ganz friedlich in einem Bett, umgeben von Menschen, die denselben Glauben leben wie ich. Denn wisst Ihr, was ich in all den Jahren auf meiner Wanderschaft erlebt habe?« Er beugte sich nach vorn. »Egal, in welche Gegenden ich kam, ob in den deutschen Landen, den Niederlanden oder Frankreich, überall fand ich Menschen, die ähnlich dachten wie ich. Glaubensgemeinschaften, die sich von den Doktrinen der Kirchen abgewandt hatten, die ihren eigenen Weg zu Gott gefunden hatten. Oft lebten sie gleichberechtigt miteinander, achteten nicht auf Arm oder Reich, Mann oder Weib. Sie unterstützten einander, teilten ihr Hab und Gut und waren frei in ihrer Liebe zu Gott und zueinander.«

»Zueinander?«, fragte Sophia verwirrt.

Storch lächelte sie offen an. »Ja, Ihr habt richtig verstanden. Jeder durfte jeden lieben, mehr als das gegenseitige Einverständnis war nicht vonnöten.«

Sophia spürte, wie sie rot wurde. Fahrig griff sie nach einer Feder und zerrte an den flaumigen Fasern.

Storchs Lächeln vertiefte sich. »Ihr als Frau könnt doch nicht im Ernst glauben, dass es gottgewollt ist, dass die Frauen dem Manne Untertan sind? Dass Männer fast alles tun und lassen dürfen, während Frauen für alles die Einwilligung eines Mannes benötigen?«

»Nein, das glaube ich nicht«, sagte sie leise, aber mit Nachdruck.

»Na also! Wisst Ihr, seit einigen Jahren habe ich einen Zufluchtsort gefunden, an dem ich lebe, wenn ich nicht gerade durch die Lande ziehe, um den Menschen zu verkünden, dass sie an diesem Platz gleichberechtigt nach ihrem eigenen Glauben leben können statt nach dem irgendeiner Kirche.« Storch lächelte.

»Wo mag es wohl so einen Ort geben?«, fragte Sophia zweifelnd.

»Vielleicht habt Ihr schon davon gehört, dass die Markgrafschaft Mähren von einigen einflussreichen Adligen regiert wird und dort weit größere religiöse Toleranz herrscht als in vielen anderen Ländern? Verfolgte von überallher finden dort Zuflucht.«

»Ja, in der Gegend von Nikolsburg soll es mehrere große Täufergemeinden geben, erzählt man sich«, sagte Sophia. »Aber wie die Menschen dort zusammenleben, darüber weiß ich kaum etwas. Sie sollen sich auch untereinander über ihre Art zu glauben und zu leben nicht wirklich einig sein, hört man.«

»Nun, das ist wahr. Da gibt es die Schwertler und die Stäbler, außerdem die Gabrieler und Philipper und dazu noch die Hutterer«, räumte Storch ein. »In der Bruderschaft, in der ich lebe, ist es jedenfalls so, dass der Platz der Frauen an der Seite der Männer ist, nicht hinter ihnen. In unserer Glaubensgemeinschaft predigen die Frauen genauso wie die Männer. Jeder, dem Gott etwas mitgeteilt hat, darf es seinen Brüdern und Schwestern verkünden!«, erklärte er leidenschaftlich.

»Das hört sich unglaublich an, aber vollkommen richtig!«, rief Sophia. Sie konnte kaum fassen, dass Überlegungen, die sie bisher nur wenigen Menschen mitgeteilt hatte, anderswo Wirklichkeit geworden waren.

»Du erzählst ihr doch hoffentlich noch, wie es den meisten dieser Menschen ergangen ist, Nikel!«

Sophia drehte sich erschrocken um, als die scharfe Stimme des Magisters hinter ihr erklang. Die Federn rutschten von ihrem Schoß, wirbelten durch die Luft und landeten im Schmutz auf dem Hof.

Heinrich Fuchs beachtete sie nicht, sondern starrte seinem Schwager aufgebracht ins Gesicht. Sophia sah, dass an seiner Stirn eine kleine Ader pulsierte.

»Verfolgt, gefangen, gequält, gehenkt und verbrannt hat man deine Gottessucher! Die Brüder und Schwestern im Geiste, die Albigenser, die Täufer, die Adamiten in Deutschland, den Niederlanden, Frankreich und sogar in Böhmen und deinem gepriesenen Mähren. Auch dabei waren sie alle gleichberechtigt: Männer, Frauen, Greise, kleine Kinder!« Der Magister lachte zornig.

Noch nie hatte Sophia ihn derart aufgebracht erlebt. Sie stand auf und streifte sich die verbliebenen Federn vom Rock.

Fuchs wandte sich nun ihr zu. »Und ich hoffe, Weib«, funkelte er sie an, »das Kind, das du trägst, wird mit mehr Verstand gesegnet sein als du!«

Sophia erwiderte seinen Blick verwundert. Was war nur in ihren friedfertigen Ehemann gefahren?

»Was, wenn statt meiner jetzt der Gassenmeister hier stehen würde? Oder der verfluchte Stadtschreiber? Wie konntest du nur derart leichtsinnig sein, ihn in den Hof mitzunehmen, am helllichten Tag!«

Storch erhob sich nun ebenfalls. »Das war meine Schuld, Heinrich«, versuchte er, die Situation zu retten.

»Davon gehe ich aus! Ich hätte nur nicht gedacht, dass sich mein Weib von dir beschwatzen lässt«, knurrte Fuchs.

»Was soll das heißen!«, fragte Sophia empört.

Der Magister fuhr zu ihr herum. »Das soll heißen, dass du anscheinend noch immer nicht verstanden hast, dass die Welt nicht so ist, wie wir sie uns wünschen! Sie ist ungerecht und voller Gefahren, und wir müssen damit klarkommen! Ich frage mich allmählich, was noch geschehen muss, damit du das begreifst?«

Sophia schnappte nach Luft.

Fuchs drehte sich wieder zu Nikolaus Storch um. »Verschwinde sofort in deine Kammer, oder ich liefere dich eigenhändig beim Rat ab!« Und ohne eine Antwort abzuwarten, ging Fuchs ins Haus.

Sophia hörte, wie er die Tür zu seiner Studierstube zuknallte. »Das hat er nicht so gemeint!«, sagte sie, während sie Storch zurück in die Küche begleitete.

»Oh doch, das hat er genau so gemeint. Und ich bin mir nicht sicher, ob ich an seiner Stelle nicht das Gleiche getan hätte.« Storch drehte sich an der Regaltür noch einmal zu Sophia um. »Ich habe Euch in Gefahr gebracht. Das war nicht recht. Verzeiht mir! Ich werde heute Abend, sobald es dunkel wird, wieder aufbrechen, um rechtzeitig am Treffpunkt zu sein.«

»Mit wem wollt Ihr Euch treffen?«, fragte Sophia erstaunt. Sie hatte angenommen, ihr Gast habe die gefahrvolle Reise nach Pirna vor allem deshalb unternommen, weil er seine Schwester wiederzusehen hoffte.

»Jedes Frühjahr ziehen einige von uns aus, um verfolgte Glaubensbrüder auf dem Weg in eine sichere Zuflucht zu geleiten. Ich bin eigentlich hier, um eine Gruppe Flüchtlinge aus dem Thüringischen in Empfang zu nehmen.«

Sophia nickte. »Nun, dann werde ich Eure Sachen herrichten und Euch ein Bündel mit Wegzehrung zurechtmachen«, sagte sie pragmatisch.

Später bürstete sie in der Küche den abgetragenen grauen Umhang ihres Gastes aus. Dann machte sie sich daran, den Riss im Futter, der ihr dabei aufgefallen war, zu nähen. Ein eigenartiges steifes Knistern im Inneren des Kleidungsstücks ließ sie innehalten. Als sie zwei Finger in den Riss steckte und den unteren Saum abtastete, stieß sie auf einen zerknitterten, schmuddeligen Zettel. Neugierig strich sie das Papier glatt, um die wenigen Zeilen darauf zu lesen. Allerdings musste sie feststellen, dass es sich um eine Sprache handelte, die ihr unbekannt war. Gerade wollte sie den Zettel wieder in den Umhang schieben, als sie Storchs Stimme vernahm.

»Halt! Werft das besser ins Feuer!«, forderte er sie auf. Als Sophia zögerte, fügte er hinzu: »Darauf steht, wann und wo ich die Thüringer treffen soll. Normalerweise vernichte ich diese geheimen Botschaften sofort, nachdem ich mir die Informationen eingeprägt habe.« Er schüttelte den Kopf. »Ich werde mit dem Alter wohl allmählich nachlässig.«

Eine geheime Botschaft? Sophias Neugier war geweckt. »Ergaben diese Worte deshalb keinen Sinn für mich, weil sie verschlüsselt sind?«, fragte sie.

Storch sah sie einen Augenblick verblüfft an, dann lachte er schallend. »Verschlüsselt! Ha!« Er wischte sich über die Augen. »Ihr vergesst, dass ich kein bücherverschlingender Gelehrter bin wie mein lieber Schwager Heinrich. Und die meisten Männer, mit denen ich zusammenarbeite, um unseren bedrängten Brüdern und Schwestern zu helfen, sind es auch nicht.«

»Also ist der Text in einer fremden Sprache geschrieben?«, sagte Sophia, der es unangenehm war, dass sie auf die einfachste Erklärung nicht sofort gekommen war. Hatte Storch womöglich recht, und durch die Beschäftigung mit dem geheimnisvollen Buch bewegte sich ihr Denken allmählich auf immer absonderlicheren Bahnen? Entfernte sie sich am Ende dadurch immer weiter von der Wahrheit, statt ihr näher zu kommen?

Der Wanderprediger nickte. »Einer unserer Brüder stammt

aus einem abgelegenen Tal in den Alpen. Die Sprache, die sie dort sprechen, verstehen schon die Leute aus dem Nachbartal kaum noch. Das brachte mich auf den Gedanken, dass sich unsere Kundschafter auf diese Art verständigen könnten.«

»Dann habt Ihr alle extra eine fremde Sprache gelernt?«, fragte Sophia erstaunt.

»Nur die Grundzüge davon, aber es reicht«, erklärte Storch widerwillig. Er hob die Hand, als Sophia, den Mund öffnete, um ihre nächste Frage zu stellen. »Keine weiteren Fragen! Ich habe Euch schon mehr erzählt, als ich sollte. Verbrennt das Papier und vergesst, was ich gesagt habe.« Er schlüpfte durch die Regaltür und verschwand.

Sophia hörte ihn in der Alchemistenkammer rumoren. Wahrscheinlich packte er seine wenigen Habseligkeiten zusammen. Ihr kam wieder in den Sinn, was Storch über das Leben der Frauen in der Gemeinschaft erzählt hatte, der er angehörte. Wie es wohl sein mochte, frei von allen Zwängen des Glaubens und der gesellschaftlichen Moral zu leben? Geistesabwesend steckte sie den Zettel in die Tasche ihres Rockes, nahm Nadel und Faden zur Hand und flickte den Riss in Storchs Umhang.

17. Kapitel

Die letzten Tage waren für Sophia so voller Arbeit gewesen, dass sie am Abend meist wie ein Stein ins Bett gefallen war und bis zum nächsten Morgen tief und traumlos geschlafen hatte. Doch nun war die große Wäsche, die sie alle zwei Monate erledigen musste, endlich vorbei. Vor drei Tagen war die Wäscherin da gewesen und hatte die Bett- und Tischtücher, die Leibwäsche und die Handtücher, die Sophia bereits am Freitag in heißer Lauge eingeweicht hatte, den ganzen Vormittag lang auf ihrem Waschbrett geschrubbt, um sie dann am Nachmittag auszuspülen und aufzuhängen. Bei dem anhaltend schönen Wetter war das Trocknen zum Glück rasch erledigt, und gestern hatte Sophia die Stücke geplättet und gelegt. Am Abend hatte sie wieder einmal das Gefühl gehabt, ihr Rücken breche entzwei. Für die weitere Erforschung des Buches war ihr keine Zeit geblieben.

So war sie heute sogar froh darüber, als sie sich mit dem Korb Flickwäsche in den Garten zurückziehen konnte. Zwar waren die Ergebnisse ihrer Bemühungen noch immer alles andere als Meisterwerke, doch zumindest erschienen sie ihr inzwischen zufriedenstellend.

Sie ließ sich schwerfällig auf der Bank nieder, die Heinrich vor einigen Wochen für sie gebaut und unter dem alten Apfelbaum aufgestellt hatte. Die Bank war ebenfalls kein Meisterwerk, die Sitzfläche war ein wenig schief geraten, da die Beine offenbar unterschiedlich lang waren. Aber sie erfüllte ihren Zweck ebenso wie Sophias Näharbeiten. Außerdem, sinnierte sie, während sie einen geeigneten Flicken für ein Betttuch auswählte, ist diese Bank ein eindeutiger Beweis dafür, dass ihr Eheherr äußerst aufmerksam auf ihre Wünsche reagierte.

Seit sein Schwager in der Nacht nach dem Vorfall auf dem Hof spurlos wieder aus ihrem Leben verschwunden war, bemühte der Magister sich, ihr jeden Wunsch von den Augen abzulesen. Dabei taten sie beide so, als habe es Nikolaus Storch nie gegeben.

Ihren gegenwärtig größten Wunsch, das Codebuch zu finden, von dem Elias ihr berichtet hatte, hatte Heinrich Fuchs allerdings vor ein paar Tagen lachend als Schnapsidee abgetan. Natürlich war in dieser Sache für Sophia das letzte Wort noch lange nicht gesprochen.

Sie legte den Flicken auf das Loch, schnitt ihn noch ein wenig zurecht und begann dann, emsig zu sticheln. Dabei stahl sich ein Lächeln auf ihr Gesicht, denn die Lauterbachin hatte ihr heute Morgen etwas erzählt, das sie auf einen wunderbaren Gedanken gebracht hatte. Nun galt es nur noch, ihren skeptischen Eheherrn von dieser Idee zu überzeugen, denn davon, dass er mitmachte, würde alles abhängen.

Wie durch ihre Gedanken herbeigerufen, erschien Fuchs kurze Zeit später im Garten und setzte sich zu seiner Frau. Er rieb sich die Augen, blinzelte in die Sonne, lehnte sich dann zurück und verschränkte die Hände auf seinem Bauch. Sophia fand, dass er dabei sehr zufrieden wirkte.

»Ich habe es endlich geschafft, die Kugel für die Mondphasen mit dem Räderwerk der Uhr zu koordinieren«, sagte er wie nebenher.

»Wirklich?« Sophia strahlte ihn an. Dass er so guter Laune war, kam ihr wunderbar zupass!

Er nickte und grinste. »Wirklich, vorausgesetzt natürlich, die Uhr wird regelmäßig aufgezogen und gestellt.«

Sophia biss den Faden mit den Zähnen durch, legte das Laken zusammen und suchte sich das nächste Stück aus dem Korb.

Fuchs hatte die Augen inzwischen geschlossen und die Hände

hinter dem Kopf verschränkt. Das entspannte Lächeln ließ seine Lippen weicher werden.

Verstohlen blickte Sophia ihn von der Seite an. Er wirkt auf einmal um Jahre jünger, dachte sie überrascht. Sie schob das hölzerne Stopfei in den Strumpf und fädelte einen schwarzen Wollfaden auf die dicke Stopfnadel. Vermutlich war jetzt wirklich der richtige Zeitpunkt, mit ihm über das zu sprechen, was ihr seit der Begegnung mit Agnes Lauterbach nicht mehr aus dem Kopf ging. Aber sie zögerte noch, auch wenn ihr bewusst war, dass es womöglich lange dauern würde, bis sich eine ähnliche Chance erneut bieten würde. Sie bemerkte kaum, wie sich die Fäden unter ihren Fingern zu verwirren begannen und nach einer Weile statt eines sauber gestopften Loches eine knotige, zusammengezurrte Scheußlichkeit die Spitze des Stumpfes verunzierte.

Sophia ließ den Strumpf in den Korb fallen und hob den Kopf. »Heinrich?«

»Hm?« Der Magister blinzelte sie abwesend an.

»Heute Morgen auf dem Markt hat mir die Lauterbachin erzählt, dass in der Knabenschule die Stelle des zweiten Schulmeisters vakant ist.«

»Ach so.« Heinrich Fuchs schloss die Augen wieder.

»Ja, der Superintendent sucht schon seit Wochen verzweifelt nach einem einigermaßen geeigneten Mann, um sie zu besetzen.« Sophia holte tief Luft. »Du musst dich gleich heute darum bewerben!«

Heinrich Fuchs zuckte zusammen, als hätte sie ihn mit einem Eimer kaltem Wasser übergossen. »Ich soll mich auf die Stelle eines zweiten Schulmeisters bewerben?«, fragte er fassungslos. »Wie kommst du auf den Gedanken, ich wäre dazu geeignet, lustlosen Knaben lateinische Konjunktionen in die hohlen Köpfe zu hämmern?«

»Aber darum geht es doch gar nicht!« Sophia war einen Moment aus dem Konzept gebracht.

»Ach, und ich Einfaltspinsel dachte bisher immer, das sei die vorrangige Aufgabe eines Schulmeisters?« Der Magister blickte seine Frau scharf an. »Weib! Was hast du in Wirklichkeit vor?«

Sophia atmete erneut tief durch und wappnete sich für die Auseinandersetzung, die nun unweigerlich folgen würde.

»Du musst diese Stelle bekommen«, beharrte sie. »Das ist der Vorwand, den wir brauchen, damit wir uns auf dem Klostergelände umsehen könnten, ohne Verdacht zu erregen, verstehst du!« Sie sah ihren Mann beschwörend an.

Der Magister brauchte einen Augenblick, bis er die Sprache wiederfand. »Um das verdammte Codebuch geht es also!«, polterte er. »Das hätte ich mir doch denken können!«

Er sprang auf, warf erregt die Hände in die Luft und begann, auf dem Rasen auf- und abzulaufen.

Sophia hatte sich ebenfalls erhoben. Sie stellte sich ihm in den Weg. »Natürlich geht es darum! Stell dir doch vor, wenn wir den Code finden, dann wären wir endlich in der Lage, das Buch zu lesen. Wir könnten hinter seine Geheimnisse kommen.«

Der Magister schnappte nach Luft und wollte zu einer Erwiderung ansetzen, doch Sophia sprach erregt weiter: »Heinrich, du bist doch auch überzeugt davon, dass das Buch Rezepturen gegen Krankheiten enthält. Stell dir doch nur vor, wie viel Leid wir verhindern könnten, wenn wir wüssten, wie man die Pest und andere Seuchen, denen wir bisher machtlos gegenüberstanden, behandeln kann!«

Fuchs presste die Lippen zusammen und schüttelte den Kopf.

Sophia griff nach seinem Arm und drückte ihn. »Dann könntest du wieder als Arzt arbeiten, denn dann hättest du endlich die Mittel, wahrhaftig zu helfen«, flüsterte sie eindringlich.

Abrupt zog er seinen Arm weg und trat einen Schritt zurück. »Vermutungen, Sophia, nichts als Vermutungen sind das bisher.« Sein Gesicht war ausdruckslos geworden, doch die Falten an seinen Mundwinkeln schienen plötzlich schärfer eingekerbt, jede Weichheit war gewichen. »Genauso gut kann es um etwas vollkommen anderes gehen in deinem Buch.«

»Dann lass es uns doch herausfinden! Lass uns den Code suchen und das Buch entschlüsseln!« Obwohl Sophia innerlich bebte, klang ihre Stimme ruhig und fest. Sie wusste, dass sie ihn jetzt überzeugen musste.

»Du bist also fest entschlossen, nicht von dem Buch zu lassen?« Er ließ sie nicht aus den Augen. »Das Buch, an dem das Blut von Onkel Anton, dem Mann deiner Patin und dem Vater deines ungeborenen Kindes klebt?«

Sophia holte tief Luft, schloss einen Moment die Augen und sah ihn dann eindringlich an. »Ja, ich will dieses Buch lesen! Keiner dieser Toten wird wieder lebendig, ob ich es nun tue oder nicht. Aber wenn auch nur die kleinste Möglichkeit besteht, dass der Inhalt des Buches Leben retten kann, dann muss ich es tun!«

Fuchs trat nah an sie heran und legte ihr eine Hand auf den Bauch. »Auch dann, wenn du damit dich und dein Kind in Gefahr bringst? Du weißt genau, Kunz hat nicht aus eigenem Antrieb gehandelt, als er das Buch stehlen wollte. Er hatte einen Hintermann, den wir noch immer nicht kennen. Vielleicht lebt er ganz in unserer Nähe, beobachtet uns und wartet nur darauf, dass er die Bestätigung bekommt, dass das Buch nicht in deinem Vaterhaus verbrannt ist?«

Sophia überlief ein Schauer. Es war, als habe sich die Luft plötzlich abgekühlt. Aber sie nickte abermals. »Ja, ich will es trotzdem! Außerdem wäre die Gefahr der Entdeckung viel geringer, wenn wir das Codebuch hätten. Schließlich müssten wir dann niemanden weiter einweihen.«

»Hm.« Der Magister strich sich mit der Hand das Haar aus der Stirn.

»Überleg doch, der Unbekannte würde gar nicht mitbekommen, dass wir an dem Buch arbeiten«, drängte Sophia.

Ihr Ehemann gab sich noch nicht geschlagen. »Und wenn er nun merkt, dass wir im ehemaligen Kloster nach etwas suchen?«

»Dann müssen wir eben sehr vorsichtig sein! Daran, dass du dich um eine Stelle als Schulmeister bewirbst, weil du dich angesichts der bevorstehenden Familienvergrößerung um mehr Einkommen bemühst, kann jedenfalls niemand etwas Verdächtiges finden«, beharrte Sophia.

Fuchs sah sie auf einmal verlegen an. »Also, wenn es wegen des Geldes ist …«, begann er zögernd.

Sophia legte ihm die Hand auf den Arm. »Nein, Heinrich, es geht nicht um das Geld.« Obwohl? Sie zögerte, doch dann sah sie ihm in die Augen. »Es wäre aber auch nicht zu verachten, oder?«

Heinrich Fuchs ließ die Schultern sinken und seufzte. »Gut, ich werde darüber nachdenken.«

Sophia strahlte.

»Nachdenken heißt nicht, dass ich am Ende in diesen verrückten Plan einwilligen werde, dass das klar ist, Weib!«, mahnte er sie.

»Natürlich ist das klar, dass du bei so einer Sache erst einmal Bedenkzeit brauchst«, stimmte sie ihm hastig zu. Sie setzte sich wieder auf die Bank, nickte und zog wahllos das nächste Wäschestück aus dem Korb hervor. »Das ist vollkommen klar, wirklich.«

Der Magister stand noch einen Augenblick neben ihr und blickte auf ihren gebeugten Nacken. Dann schüttelte er den Kopf, drehte sich um und ging ins Haus.

Sophia hörte ihn dabei leise vor sich hin murmeln. Sie glaubte Worte wie »sturer Dollbrägen« zu verstehen und hatte keine Ahnung, was er damit meinte. Allerdings hatte sie den Verdacht, dass es eindeutig ihr galt und nicht gerade schmeichelhaft war.

18. Kapitel

Ein wenig verdrossen löffelte Schumann seinen gut gebutterten Morgenbrei, als durch das geöffnete Fenster das Läuten der Ratsglocke zu ihm drang. Eine halbe Stunde noch, dachte er.

So sehr es ihm schmeichelte, seit einigen Wochen der jüngste Ratsherr der Stadt zu sein, so sehr verabscheute er das zeitige Aufstehen vor den Ratssitzungen am Mittwoch und Freitag. Dennoch ging es nicht an zu fehlen oder sich zu verspäten – und das nicht nur, weil beides Strafgelder zur Folge haben könnte. Dabei würde es heute mit Sicherheit wieder eine jener Sitzungen werden, die er als ebenso langweilig wie unnütz empfand. Um die Vergabe eines frei gewordenen Platzes im Spital am Nikolaikirchhof sollte es gehen, um die leidige Angelegenheit mit dem Geld für den Verkauf des Terminierhauses in Dresden und um die Besetzung der vakanten Schulmeisterstelle, für die sich bei Pfarrer Lauterbach endlich ein Bewerber gemeldet hatte. Warum, zum Teufel, konnten der Superintendent und die beiden Räte, denen die Schulaufsicht oblag, das nicht unter sich ausmachen, fragte sich der Stadtschreiber, während er unwillig den letzten Rest Brei aus der Schüssel kratzte. Was ging es ihn an, bei wem die Knaben ihr Latein konjugierten und deklinierten und wer ihnen den Hintern verdrosch, wenn sie das nicht fehlerfrei zustande brachten? Und die alten Weiber im Spital interessierten ihn erst recht nicht!

Schumann legte den Löffel beiseite und griff nach seinem Morgenbier. Wenn er ehrlich war, musste er sich allerdings eingestehen, dass es vor allem die Sache mit den Geldern für das Terminierhaus war, deretwegen er heute überhaupt keine Lust verspürte, aufs Rathaus zu gehen. Das Haus in Dresden, beim Heiligen Kreuz im Gässchen gelegen, war Eigentum des Pirnaer Dominikanerklosters gewesen. Vor fünf Jahren war es im Zuge der Reformation verkauft worden. Das Geld sollte dazu dienen, die letzten Mönche im Pirnaer Kloster zu unterhalten. Aus welchen Gründen auch immer, hatte man damals ein Drittel der Summe beim Meißner Bischof hinterlegt. Und dieser vermaledeite Papist weigerte sich nun beharrlich, die hundert Gulden und fünfzig Taler herauszurücken. Erst kürzlich hatte Schumann deshalb eigenhändig ein Beschwerdeschreiben des Rates an Herzog Moritz verfasst, das er persönlich nach Dresden gebracht hatte. Doch bereits dort, in der herzoglichen Kanzlei, hatte er den Eindruck gewonnen, dass man bei Hofe zurzeit ganz andere Prioritäten setzte. Schumann fürchtete, dass seine Bemühungen in Dresden ins Leere liefen, und er hasste es nun mal, erfolglos zu sein. Vor allem aber hasste er es, das auch noch öffentlich einzugestehen!

Als die Glocke von St. Marien die siebte Morgenstunde verkündete, saß Schumann dennoch auf seinem Platz in der holzgetäfelten Ratsstube. Er glättete das bereitgelegte Papier und tauchte die Feder ins Tintenfass, während Bürgermeister Hofmann die Sitzung mit dem Verlesen der Tagesordnung eröffnete. Dass die leidige Angelegenheit des Terminierhauses erst zum Schluss behandelt werden sollte, war Schumann recht. Mechanisch notierte er, was die Ratsherren zur Belegung der freien Stelle im Hospital beschlossen. Die stickige Luft in dem engen Raum, geschwängert von Staub und Schweiß, machte ihn schläfrig, und unwillkürlich schweiften seine Gedanken ab, um sich angenehmeren Vorstellungen zu widmen.

Margaretha von Bünau hatte ihn gestern wieder auf ihr Landgut bestellt, diesmal zu einem gemeinsamen Abendmahl. Dabei hatte er ihr erzählt, dass es auch im Pirnaer Rat einige Männer gab, die – zumindest hinter vorgehaltener Hand – Kritik an der Entscheidung des Herzogs äußerten, sich auch weiterhin nicht dem Schmalkaldischen Bund anzuschließen. Der streitbare Balthasar Kittel hatte sogar Verständnis für die Braunschweiger geäußert, die vor zwei Jahren dem Bund dabei geholfen hatten, ihren eigenen Fürsten zu entmachten. Dafür hatte Margaretha ihm berichtet, dass Carlowitz inzwischen auf den Reichstag nach Speyer geschickt worden war, obwohl er krank und äußerst schwach gewesen sei.

Schumann träumte gerade davon, dass all seine Schwierigkeiten auf einen Schlag erledigt wären, weil der himmlische Herrscher Carlowitz bei dieser Gelegenheit gänzlich von seinen irdischen Geschäften abberufen könnte – da drang ein Name an sein Ohr, der seine Aufmerksamkeit vollständig zurück in die Ratsstube brachte.

»Und so lasst uns darüber abstimmen, ob wir die Stelle des zweiten Schulmeisters an den in Pirna vor dem Obertore ansässigen Magister Heinrich Fuchs vergeben«, forderte Hofmann die zwölf Ratsherren soeben auf.

»Was gibt es da noch abzustimmen?«, brummte der Kämmerer. »In den letzten zwei Jahren hatten wir bei den Schulmeistern ein Kommen und Gehen wie auf dem Jahrmarkt. Und nun ist die Stelle schon seit Weihnachten vakant.«

»Ich teile die Meinung des Ratsherrn Walter«, meldete sich der dürre Franz Bartisch zu Wort. »Zumal Ihr ja bereits ausgeführt habt, hochverehrter Herr Bürgermeister, dass der Superintendent den Kandidaten in jeder Hinsicht als geeignet ansieht.«

Als Schumann sah, dass die meisten Ratsherren zustimmend nickten, meldete er sich rasch zu Wort: »Ich möchte zu bedenken geben, dass dieser hochwohllöbliche Rat den Magister erst vor zwei Monaten mit dem Bau der astronomischen Uhr für das Rathaus betraut hat. Kann man denn sicher sein, dass Fuchs diese Aufgabe mit der Arbeit eines Schulmeisters vereinen kann? Wird er das eine wie das andere am Ende zufriedenstellend bewerkstelligen können? Es liegt sicher nicht im Interesse der Stadt, wenn er beides nur halb erledigt.«

Schumann blickte in die Runde, um die Wirkung seiner Worte auf die Ratsherren abzuschätzen. Dass seine größte Sorge einer dritten Arbeit des Magisters galt, nämlich der Entschlüsselung des geheimnisvollen Buches, konnte er hier natürlich nicht anführen.

Der alte Spitalmeister Kadner ergriff als Erster das Wort: »Meine Herren, auch wenn der Stadtschreiber für einen Ratsherrn noch recht jung ist, so beweist er doch große Umsicht. Außerdem spricht er, wenn ich mich recht entsinne, auch aus eigener Erfahrung mit dem schwierigen und oftmals mühseligen Amte eines Konrektors an unserer Lateinschule. Wir wissen aus der letzten Visitation der Kirchen und Schulen, dass von einem Schulmeister heutzutage einiges mehr erwartet wird als in früherer Zeit. Wird der Magister dem gewachsen sein?«

Zu Schumanns Erleichterung schlug Balthasar Kittel in die gleiche Kerbe. »Erinnert Euch, verehrte Herren, erst vor zwei Wochen stand Fuchs hier in diesem Raum und erklärte uns, wie kompliziert der Mechanismus seiner Uhr sei und dass er bisher noch keine befriedigende Lösung für die Funktion der Mondphasen gefunden habe. Und nun will er sich auch noch das Amt des zweiten Schulmeisters aufbürden?«

»Genau das meine ich«, mischte sich Schumann ein. »Wenn er von sechs bis neun und dann noch einmal von zwölf bis sechzehn Uhr in der Schule seinen Lektionen nachgeht, dann bleiben ihm nur noch die Abendstunden für die Arbeit an der Uhr, selbstverständlich erst, nachdem er die Arbeiten der Schüler korrigiert hat. Wie Ihr sehr richtig bemerktet, verehrter Meister Kadner, spreche ich aus eigener Erfahrung. Wir wollen doch nicht, dass sich die Fertigstellung eines Werkes, das den Glanz unseres Rathauses und damit unseren Bürgerfleiß unterstreichen soll, noch endlos in die Länge zieht?«

In der Ratsstube erhob sich ein allgemeines Raunen und Murmeln.

Da räusperte sich Bürgermeister Hofmann und rief: »Meine

Herren, zur Ordnung, bitte!« Mit gedämpfter Stimme fuhr er dann fort: »Selbstverständlich wurde dies bereits mit dem Kandidaten besprochen. Magister Fuchs versicherte uns, dass er sich durchaus in der Lage sehe, beide Arbeiten zur vollen Zufriedenheit auszuüben. Auch führte er an, dass er das zusätzliche Einkommen benötige, um seine Familie angemessen zu ernähren, denn er und sein Weib erwarteten demnächst ein Kind.« Der Bürgermeister drehte sich zu Schumann um. »Und wenn ich mich recht entsinne, verehrter Stadtschreiber, so seid Ihr vor einigen Jahren neben Eurer Profession als Konrektor auch noch recht erfolgreich einem zweiten Broterwerb nachgegangen, war es nicht so? Wenn man dazu noch bedenkt, dass der Magister im Moment ohnehin der einzige Bewerber auf die Stelle ist, so scheint mir die Entscheidung leicht.«

Schumann ärgerte sich, dass der Bürgermeister ihn mit seinen eigenen Argumenten geschlagen hatte. Während er noch krampfhaft nach einem weiteren Grund suchte, den er vorbringen konnte, um Fuchs als Schulmeister zu verhindern, ergriff bereits Ratsherr Nack das Wort.

»Wir sollten auch bedenken, dass geeignete Schulmeister zurzeit überall im Meißner Land gesucht werden. Die Gründung der beiden Fürstenschulen in Meißen und Schulpforta hat viele fähige Bewerber abgezogen.«

»Genau!«, rief Jakob Süssemilch. »Und immerhin ist Fuchs mehr als qualifiziert für einen zweiten Schulmeister. Er hat, soweit ich weiß, in Wittenberg in erstaunlich kurzer Zeit den Magistertitel erworben und später Medizin in Bologna studiert.«

Das stimmte natürlich, genau dasselbe hatte Schumann Fuchs erst vor einigen Wochen selbst vorgehalten. Doch Süssemilchs Worte brachten den Stadtschreiber auf einen neuen Einwand.

»Selbstverständlich habt Ihr recht, verehrter Ratsherr Süssemilch! Allerdings frage ich mich, wie lange ein Mann mit solch einer hervorragenden Ausbildung sich wohl mit dem Amt eines zweiten Schulmeisters zufriedengeben wird? Sollten wir nicht besser nach einer dauerhafteren Lösung suchen?«, fragte er schlau.

Einige Ratsherren wiegten bedächtig die Köpfe, doch Bürgermeister Hofmann wischte den Einwand kurzentschlossen beiseite: »Das, mein lieber Schumann, war schon immer so und wird wohl auch immer so bleiben, dass die Schulmeister kommen und gehen.« Er zuckte mit den Schultern. »Lasst uns nun bitte zur Abstimmung schreiten, meine Herren!«

Es tröstete den Stadtschreiber ein wenig, dass die Ratsherren den letzten Punkt der Tagesordnung offenbar rasch abhandeln wollten, damit sie sich dann endlich ihren persönlichen Geschäften widmen konnten. Als Schumann eingestand, bisher noch keine Nachricht aus Dresden erhalten zu haben, gab es keine weiteren Kommentare. Bürgermeister Hofmann schloss die Sitzung, und der Stadtschreiber setzte seine Unterschrift unter das fertige Protokoll.

Statt das Papier wie gewohnt sofort in die Ablage in der Kämmereistube zu bringen und anschließend seine Arbeit dort aufzunehmen, verließ Schumann nach der Sitzung das Rathaus. Er überquerte den Untermarkt und steuerte die Elbpforte am Ende der Badergasse an. Der Stadtschreiber war zu aufgebracht, um jetzt über den Akten zu sitzen. Er musste zur Ruhe finden, und das gelang ihm in der Regel am besten, wenn er sich bewegte.

Mit langen Schritten strebte er dem Flussufer zu. Von rechts vernahm er den eintönigen Gesang der Bomätscher, die gerade ein Schiff elbaufwärts schleppten. Mit gebeugtem Rücken und gleichförmigem Gang entfernten sie sich langsam. Schumann wandte sich flussabwärts, wo jetzt auf dem Leinpfad keine Menschenseele zu sehen war. Am Morgen war die Luft am Fluss noch frisch, doch der zartblaue Himmel, der sich darüber spannte, versprach wieder einen warmen Tag.

Der Stadtschreiber, der zügig ausschritt, öffnete schon bald die pelzverbrämte Schaube. Er hatte fast die Stelle an der Braudenfurth erreicht, wo die Bomätscher einen hölzernen Unterstand errichtet hatten, der ihnen bei Wind und Regen ein wenig Schutz bot, wenn sie dort auf das nächste Schiff warten mussten, das sie flussaufwärts schleppen sollten. Verärgert stellte er fest, dass sich seine Gedanken noch immer um Magister Fuchs drehten. Letztlich, so dachte er, war es ja auch kein Wunder, denn schließlich hatte Carlowitz ihn mehr oder weniger an diesen Mann gekettet.

Seit jener Nacht, kurz nach der Verbrennung von Kunz, diesem verräterischen Galgenstrick, war Schumann dem herzoglichen Rat auf Gedeih und Verderb ausgeliefert. Wollte er nicht selbst wegen Anstiftung zu Mord und Einbruch vor dem Halsgericht enden, so musste er sich Carlowitz' Befehlen fügen. Außerdem, selbst wenn der himmlische Vater ihm den Gefallen täte, ihn demnächst von diesem Kreuz erlösen – auf die eine oder andere Weise –, war es schließlich auch in Schumanns eigenem Interesse, dass der Magister bei der Entschlüsselung des Buches vorankam.

Schumann hatte kaum bemerkt, dass seine Schritte immer schneller geworden waren. Er blieb stehen, nahm das Barett ab und wischte sich über die feuchte Stirn. Dann zog er die Schaube aus, legte sie ins Gras, wohl bedacht, die Innenseite nach außen zu wenden, um Flecken zu vermeiden. Nachdem er sich noch einmal vergewissert hatte, dass er wirklich allein am Flussufer war, ließ er sich auf dem Mantel nieder. Es entsprach überhaupt nicht seiner Art, am helllichten Tage Maulaffen feilzuhalten, und er wünschte erst recht nicht, dass ihn jemand dabei beobachtete, wie er hier am Fluss die Enten und die kleinen Fischerboote anstarrte, statt in der Kämmerei über seinen Akten zu sitzen. Aber heute brauchte er einfach Zeit, um seine Situation zu überdenken und zu überlegen, wie er in der Angelegenheit Fuchs weiter vorgehen sollte.

Auf jeden Fall musste er äußerst vorsichtig sein. Der Magister, das war ihm in den letzten Wochen klar geworden, war alles andere als ein kurzsichtiger Gelehrter, der nicht weiter blicken konnte als bis zur Wand seiner Studierstube. Auch wenn Schumann die Wünsche und Ängste, die Heinrich Fuchs antrieben, noch immer nicht kannte, so wusste er zumindest, dass der Magister in der Lage war, sich zu verstellen und auch in schwierigen Situationen einen kühlen Kopf zu bewahren. Außerdem hatte er offensichtlich Freunde, die bereit waren, einiges für ihn zu riskieren. Schumann verspürte einen Anflug von Neid, den er jedoch rasch wieder verdrängte. Nein, wer Freunde hatte, der ging Verpflichtungen ein, die nicht genau zu kalkulieren waren, und das mochte er gar nicht.

Fest stand, dass es weder ihm selbst noch den Männern der Stadtwache, die er in den letzten Wochen in der Nähe des Fuchs'schen Hauses postiert hatte, gelungen war, eine Spur dieses verfluchten Winkelpredigers Nikolaus Storch zu finden. Natürlich konnte das ganz einfach daran liegen, dass Storch gar nicht nach Pirna gekommen war und längst irgendwo anders sein Unwesen trieb. Doch einige der Männer, die am alten Schulmeisterhaus gewacht hatten, schworen, dass dort merkwürdige Dinge vor sich gingen. Von seltsamen Geräuschen, Zischen und Knallen hatten sie berichtet, von merkwürdigen Gerüchen, Rauchschwaden, die zu nachtschlafender Zeit aus dem Haus drangen, ja gar vom Schwefelgestank des Satans. Als einer der Männer die Frage aufwarf, ob Fuchs vielleicht ein Schwarzmagier sein könnte, wie der berüchtigte Doktor Faustus, von dem man seit Jahren überall sprach, war es Schumann eiskalt über den Rücken gelaufen. Einen Moment hatte er geglaubt, Fuchs, listig wie das Tier, dem er seinen Namen verdankte, hätte das Codebuch bereits gefunden und das Buch längst entschlüsselt. Und nun bediene er sich der Rezepte und Formeln, die er dort gelesen hatte. Der Schweiß war Schumann ausgebrochen.

Selbst jetzt, unter den immer stärker werdenden Strahlen der Morgensonne am Fluss, konnte er bei diesem Gedanken eine Furcht spüren, die sein Herz zum Stolpern brachte. Selbstverständlich hatte er die Vermutung von schwarzer Kunst vor den Männern sofort als dummen Aberglauben zurückgewiesen und ihnen bei Strafe verboten, derlei Gerüchte womöglich in der Stadt zu verbreiten. Dass Fuchs solcherart Aufmerksamkeit zuteilwurde, hätte gerade noch gefehlt!

Dennoch – jeder wusste, dass es Menschen gab, die über gewisse Kräfte verfügten. Dass sie sich dafür dem Teufel verschrieben, bezweifelte Schumann, das war Geschwätz für alte Weiber und den ungebildeten Pöbel. Er dachte an die Zeit seines Studiums in Leipzig. Unter den Studenten war es damals ein offenes Geheimnis gewesen, dass in der Stadt einige alchemistische Zirkel existierten. Die Eingeweihten, die diesen Zirkeln angehörten, suchten nicht nur nach den Ursachen der Wandlungsprozesse, sondern auch danach, wie man sie gezielt beeinflussen konnte. Wie konnte man aus einem unreinen Metall wie Blei ein reines Metall wie Gold schaffen? Wie konnte man Einsicht in die höheren Mächte erlangen? Wer dies beherrschte, konnte sie sich auch dienstbar machen. Brennend gern hätte Schumann zu diesen Eingeweihten gehört. Doch als Sohn eines Schmiedes mit einem kärglichen Stipendium des Rates der Stadt Dresden hatte er weder die Beziehungen noch die Möglichkeiten dazu.

Der Stadtschreiber fragte sich plötzlich, ob Heinrich Fuchs etwa auch in dieser Hinsicht mehr Glück gehabt hatte. War es möglich, dass der Magister alchemistisches Wissen einsetzte, um ans Ziel seiner Wünsche zu gelangen?

Sei's drum! Schumann erhob sich, schüttelte Gras und Erde von seinem Mantel, zog ihn über und setzte das Barett auf. Seinetwegen mochten der Teufel und sämtliche Höllendämonen diesen verdammten Storch holen! Schließlich war es Carlowitz, der sich dem Herzog andienen wollte, indem er ihm den Unruhestifter lieferte. Mochte er sich gefälligst andere willfährige Diener dafür suchen! Aber wie weit der Magister mit der Entschlüsselung des Buches war, das interessierte Schumann mindestens ebenso sehr, wie den herzoglichen Rat. Er musste einen Weg finden, sich Gewissheit zu verschaffen!

Leider waren Fuchs und seine Frau auf sein Angebot, ihnen eine wohlfeile Magd anzubieten, nicht eingegangen. Nun musste er diese Aufgabe allein bewältigen. Und wenn sich Fuchs geheimer Kräfte bedienen konnte, dann musste der Stadtschreiber eben herausfinden, welche das waren. Schließlich war er heute nicht mehr der armselige Student von einst!

Mit zügigen Schritten strebte Schumann elbaufwärts. Dabei nahm er sich vor, bei seinem nächsten Besuch in Dresden in Erfahrung zu bringen, wer dort in der Lage war, ihn in geheimes Wissen einzuweihen. Zunächst einmal würde er jedoch in die Kämmereistube zurückkehren und sich seinen Akten zuwenden, ganz der fleißige, treu ergebene Diener des Rates, als der er gesehen werden wollte.

19. Kapitel

Heute war es für den alten Hans einfach gewesen, die jungen Männer aus ihren Betten zu holen. Schon vor dem Morgengrauen löffelten Moses und Melchior hastig ihre Mehlsuppe, die heute immerhin mit Speckgrieben angereichert war. Sie würden Kraft brauchen, hatte der Alte gesagt, um den Tag durchzustehen.

Jetzt waren sie auf dem Weg zur Brettmühle unter dem Mühlberg, wo das Holz gesägt wurde, aus dem die Holzfäller, Flößer und Bergleute von Krummhermsdorf einfache Tische, Truhen und Betten bauten. Doch heute waren die drei Männer nicht unterwegs, um Bretter zu holen, denn eine Trift stand bevor. Zum letzten Mal in diesem Frühjahr würden die Schleusen geöffnet, damit das angestaute Wasser der Schneeschmelze die Stämme aus den umliegenden Wäldern den Kirnitzschbach hinab bis zur Bindung in Schandau an der Elbe schwemmen konnte.

Einträchtig schritten die Männer durch den erwachenden Wald hinab ins Tal. Sie hatten ihre Flößerhaken geschultert und trugen im Flößersack Proviant und Ausrüstung für die nächsten Tage mit sich. Bald schon hatten sie den Fluss erreicht. Hier verengte sich der Weg, sodass sie meist hintereinander laufen mussten. Moses, der in der Mitte ging, konnte seine Aufregung kaum verbergen. Obwohl das Flößen eine ebenso harte und gefährliche Arbeit war wie das Fällen der mächtigen Stämme, erschien es ihm doch weitaus abwechslungsreicher und abenteuerlicher. Zuerst würde er helfen, das Holz die gesamten zwei Meilen bis Schandau zu driften. Dort würde er gemeinsam mit Hans, Melchior, Caspar und Christoff eines der großen Elbflöße besteigen. Bis nach Magdeburg sollte es noch einmal gehen. Die zusätzliche Fahrt war nur deshalb möglich, weil die Schneeschmelze in diesem Frühjahr ungewöhnlich spät begonnen hatte und das Hochwasser durch zusätzliche Regenfälle noch immer anhielt.

Inzwischen führte der Flößersteig an einer steilen Felswand entlang. Unter sich hörte Moses das Rauschen und Gurgeln des Baches. Plötzlich verlor er auf dem glitschigen Pfad den Halt und geriet ins Rutschen, vergeblich suchte er sich mit einer Hand an der bemoosten Wand abzustützen, während er mit der anderen krampfhaft den Flößerhaken umklammerte. Seine Finger schabten über den feuchten Stein. Er sah sich bereits kopfüber ins steinige Flussbett stürzen. Dann spürte er einen heftigen Ruck an seiner Jacke, Melchior hatte ihn von hinten gepackt.

»Verdammt, Moses, gib acht und träume nicht!«, schimpfte der junge Flößer.

Der graubärtige Hans war stehen geblieben. »Ein Unglück schon am frühen Morgen hätte uns heute gerade noch gefehlt. Da sei der Herr vor! Du solltest doch im letzten Jahr bei uns gelernt haben, auf deine Füße zu achten, Junge!« Als er sah, dass Moses wieder fest auf beiden Beinen stand, drehte er sich um und ging weiter.

Sie kamen an einem mächtigen Felsüberhang vorbei. Vor vielen Jahren, so erzählten sich die Flößer, hätten hier Räuber ihr Versteck gehabt. Die Bande aus ehemaligen Landsknechten und entlaufenen Leibeigenen hätte die umliegenden Siedlungen geplündert, bis Soldaten des Herzogs kamen und dem Spuk ein blutiges Ende bereiteten.

Moses achtete nun sehr genau darauf, wohin er trat. Der Fluss hatte sich an dieser Stelle tief in den Fels gekerbt, und die Männer durchquerten eine enge, steile Schlucht, die im Volksmund das Pechloch genannt wurde. Als der Weg anschließend wieder ein wenig breiter wurde, schloss Melchior zu Moses auf. Die langen Wintermonate über, bei der gemeinsamen Arbeit im Holz, waren beide gute Freunde geworden.

»Als du vorhin gestolpert bist, hast du da wieder eines deiner Gesichte gehabt?«, erkundigte sich Melchior leise.

Moses schüttelte den Kopf. »Nein, ich habe bloß nicht aufgepasst«, sagte er abweisend. Seine Gedanken waren bei seiner letzten Nacht mit Marthe.

»Hör auf, dir etwas vorzumachen«, hatte sie zu ihm gesagt. »Du gehörst weder zu mir noch in das Leben, das du hier führst.«

»Woher willst du das wissen?«

»Ich spüre das jedes Mal, wenn wir beieinanderliegen. Du bist niemals ganz und gar bei mir. Es ist, als ob ein Teil deiner Seele woanders wäre.«

»Die Zeit könnte das ändern, Marthe.«

»Nein, das glaube ich nicht. Dieses Mädchen, das du gezeichnet hast, als du eigentlich mich malen wolltest, du liebst sie. Ich kann das fühlen. Du musst sie suchen, versprich mir das!«

»Ich weiß nicht, wo.«

»Doch, das weißt du! Wenn das Floß in Pirna anlegt, musst du zur Marienkirche gehen. Hans glaubt, dass du vielleicht früher dort gearbeitet hast. Dort findest du den Schlüssel zu deinen Erinnerungen, Moses!«

Nun gut, er würde tun, was Marthe ihm geraten hatte, aber er verspürte Unbehagen bei dem Gedanken daran.

Schon bald erreichten die drei die Niedermühle. Etliche Flößer aus den umliegenden Dörfern hatten sich bereits am Flussufer versammelt. Moses und seine Gefährten gesellten sich zu Caspar und Christoff, die ebenfalls aus Krummhermsdorf stammten. Gemeinsam würden sie nun die Stämme, die gleich aus der Holzklause an der Mündung des Weißbaches in die Kirnitzsch geschwemmt würden, bis zur Oberen Schleuse driften. Hans, der Älteste und Erfahrenste unter den anwesenden Flößern, ging umher und teilte die Männer für die bevorstehenden Arbeiten ein.

Christoff und Caspar gehörten zu denen, die damit beauftragt wurden, minderwertige Stämme auszumachen und sie gleich an Ort und Stelle aus dem Wasser zu ziehen. Melchior sollte sich zusammen mit dem unerfahrenen Moses um den Abtransport dieses Holzes kümmern. Während die beiden die zu kurzen oder beschädigten Stämme auf den Platz vor der Mühle rollten, um sie dort zu stapeln, folgten andere Flößer dem Holz am Bachufer. Ihre Aufgabe war es, Stämme, die sich an Steinen oder Sandbänken verfingen, wieder in die Flut zu zerren. Moses war froh, dass er nicht zu diesen Männern gehörte, denn sie würden mit ihren Flößerhaken den ganzen Tag über knietief im eisigen Wasser stehen. Dabei mussten sie höllisch achtgeben, auf den glitschigen Steinen im Wasser nicht auszurutschen und zwischen die schwimmenden Stämme zu geraten.

Während der untersetzte Melchior das Holz mit scheinbarer Leichtigkeit handhabte und stets genau wusste, wo er anpacken musste, um es zu bewegen, spürte Moses schon bald, dass er bei diesem Handwerk noch immer ein Lehrling war.

Vor dem Mittag hatten die letzten Stämme das Wehr vor der Niedermühle passiert. Moses und Melchior beeilten sich auf dem Rückweg. Sie wollten dabei sein, wenn an der Oberen Schleuse das mächtige hölzerne Wehr geöffnet wurde.

Kaum hatten sie die Schleuse erreicht, die unterhalb ihres kleinen Weilers lag, gab der Schleusenzieher schon das Zeichen zum Öffnen. Unter ohrenbetäubendem Donnern rauschten die gestauten Wassermassen zu Tal. Die aufspritzende Gischt nässte Moses, der das Schauspiel fasziniert verfolgte, von oben bis unten. Mit kreischendem Splittern stürzten die Stämme durch die Schleusenöffnung hinab, und die schäumende Flut trug das Holz in rasender Fahrt den Bach hinab.

Moses und Melchior reihten sich bei den anderen Männern ein, die, mit ihren schweren Flößerhaken in der Faust, wachsam am Ufer standen, um sofort hinzuzuspringen, wenn sich ein Stamm irgendwo festfuhr. Einige Flößer eilten dem davonschwimmenden Holz nach, um drohende Stockungen weiter unten am Fluss rasch zu beseitigen. Jeder wusste, je schneller gedriftet wurde und je weniger Zeit die Stämme im Wasser verbringen mussten, desto wertvoller war ihr Holz. Obwohl die Männer im Auftrag des Grundherrn flößten, richtete sich ihr Lohn nach dem Gewinn, den sie mit jeder Fuhre für den Holzeigner erzielen konnten. War es eine gute Fahrt, musste niemand in der Siedlung hungern. Kam den Flößern das Wetter in die Quere oder ging ein Floß unterwegs zu Bruch, mussten die Leute von Krummhermsdorf von dem leben, was sie in ihren Gärten anbauten oder sonst mit ihrer Hände Arbeit erwirtschafteten.

Am frühen Nachmittag trafen Moses und Melchior an der Niederen Schleuse ein. Noch war die Trift nicht beendet, doch der »Kopf«, die ersten drei Viertel des Holzes, war bereits in die Schleuse geschwemmt worden. Geöffnet wurde die Schleuse erst, wenn auch der »Schwanz« da war.

Die kurze Wartezeit nutzten Moses und Melchior, um sich an Brot, Käse und Bier zu stärken. Heißhungrig grub Moses seine Zähne in ein Stück harten Käse, stopfte sich ein Stück Brot in den Mund und spülte alles mit einem kräftigen Schluck Bier hinunter.

»Ich bin so hungrig, dass ich ein halbes Schwein verschlingen könnte«, nuschelte Melchior mit vollen Backen.

Moses nickte kauend, auch bei ihm hatte der Brei vom Morgen nicht lange vorgehalten. Ihn fröstelte, denn inzwischen waren seine Kleider vom Spritzwasser durchnässt, und obwohl die Sonne schien, reichten ihre Strahlen noch nicht bis in das Tal hinab. Kaum hatte er den ärgsten Hunger gestillt, erhielt er einen Schlag auf die Schulter. Er schaute verärgert auf und blickte in Christoffs grinsendes Gesicht.

»Los, hoch mit euch, ihr Faulpelze! Jetzt geht es weiter bis zum Hollschutz«, rief der Flößer, bevor er zur Schleuse hinüberging, den Flößerhaken lässig über der Schulter tragend.

Es dämmerte bereits, als die beiden Männer die nächste Station der Trift erreichten. Moses, der deutlich abgekämpfter war als sein Freund, freute sich, als er sah, dass der alte Hans und einige andere schon ein Feuer entfacht hatten. In der Hoffnung, seine nassen Kleider vor dem Einschlafen noch ein wenig trocknen zu können, rückte er so nah an die Flammen heran, wie es gefahrlos möglich war. Dass ihm der Rauch dabei immer mal wieder ins Gesicht geweht wurde, störte ihn nicht. Er schloss dann einfach die Augen. Kaum hatte er gegessen, breitete sich eine bleierne Müdigkeit in ihm aus.

Die Flößer ringsum waren guter Dinge, denn bis hierhin war alles glatt gelaufen. Es hatte keinen Unfall gegeben, und sie hatten das Holz rechtzeitig vor Einbruch der Dunkelheit hergebracht. Bald wurde eine Tonflasche mit Branntwein herumgereicht. Auch Moses nahm einen Schluck und spürte, wie ihm endlich wärmer wurde. Caspar, der einen schönen Bass hatte, begann zu singen, die anderen sangen mit oder klatschten im Takt.

Moses fielen jedoch schon bald die Augen zu. Er wickelte sich in seine Decke, konnte aber zunächst nicht einschlafen. Hinter den geschlossenen Lidern sah er auf dem Wasser tanzende Baumstämme, und in seinen Ohren dröhnte das Donnern und Rauschen der Flut, vermischt mit dem splitternden Krachen und quietschenden Reiben des Holzes. Doch als die Männer um ihn herum ihren Gesang einstellten, sich ebenfalls für den Schlaf rüsteten und nur noch vereinzelt flüsternde Gespräche führten, sank er endlich in das schwarze traumlose Nichts.

20. Kapitel

Sophia saß am Küchentisch und sah ihrem Ehemann dabei zu, wie er seinen Hirsebrei löffelte und nebenher in einem abgegriffenen Buch las. Sie gähnte verstohlen und zog sich das Tuch fester um die bloßen Schultern. Früh um fünf Uhr war es in der Küche noch kühl, obwohl sie den Herd schon angeheizt hatte.

»Wie schaffst du es nur, so früh am Morgen bereits Unterricht zu halten?«, fragte Sophia.

Der Magister sah von seinem Buch auf und lächelte. »Gar nicht. In der ersten Stunde hören sich die Knaben gewöhnlich gegenseitig die Vokabeln des Vortages ab. Da muss ich nur vorn sitzen und ein strenges Gesicht machen.«

»Und was bringst du ihnen später bei?« Sophia deutete auf das Buch, in dem zahlreiche Lesezeichen steckten.

»Ciceros Briefe, Klassikerlektüre«, erklärte Fuchs knapp. Rasch löffelte er den letzten Rest Brei aus.

»Findest du, das ist ein angemessener Stoff für zwölfjährige Jungen?«, meinte Sophia skeptisch.

Der Magister hob die Augenbrauen. »Angemessen? Nun, das Ziel der Schulausbildung ist es, den Jungen Zucht und Gottesfurcht beizubringen, darüber hinaus sollen sie natürlich auch ordentlich Latein sprechen, schreiben und lesen können.«

An seinem Tonfall hörte Sophia, dass er selbst vom Sinn dieser Lektionen nicht sonderlich überzeugt war. Besonders eine Sache musste ihm zu schaffen machen. »Gottesfurcht? Wie willst du ihnen beibringen, woran du selbst nicht glaubst?«, fragte sie deshalb.

Er schüttelte unwillig den Kopf. »Zu meinem Glück geht es nicht darum, was ich glaube. Die Schule ist kein Ort für Disputationen. Die Knaben lernen nach und nach alle Stücke des Katechismus auswendig, dazu bekommen sie Luthers Auslegungen, und fertig. In der letzten Klasse gibt es dann noch ein wenig Poetik, Rhetorik und Griechisch.«

Sophia zog die Stirn in Falten. Als Kind war sie immer neidisch auf die Knaben in der Nachbarschaft gewesen, die die Schule besuchen durften. Auf einmal kamen ihr Zweifel, ob sie daran wirklich Freude gehabt hätte.

»Hast du selbst in deiner Schulzeit auch nichts anderes gelernt?«, fragte sie.

Fuchs lachte. »Oh doch! An der Zwickauer Schule gab es noch äußerst nützlich Belehrungen über die antike Landwirtschaft, die sogar den Anbau von Oliven einschlossen.«

»Oliven?« Sophia stand für einen Augenblick der Mund offen. »Wachsen die denn in Zwickau? Ich dachte immer, das Wetter wäre dort ähnlich wie hier.«

Der Magister verschluckte sich an seinem Morgenbier und musste husten. »Eben darum!«, rief er, als er wieder Luft bekam. Er klappte den Cicero zu, steckte ihn in die ausgebeulte Tasche seines Talars und stand auf.

Äußerst nachdenklich räumte Sophia den Tisch ab.

Bevor Heinrich Fuchs das Haus verließ, streckte er noch einmal seinen Kopf durch die Küchentür. »Ich komme heute wahrscheinlich nicht zum Mittagessen. Wir haben eine große halbe Leiche, da muss ich mit meiner Klasse hin, zum Singen.«

Sophia hätte beinah die Schüsseln fallen lassen. »Eine halbe Leiche!«, rief sie. »Heinrich, was treibst du dort in deiner Schule noch?«

Fuchs lächelte entschuldigend. »Keine Angst, meine Liebe, wir betreiben keinesfalls heimliche Sektionen wie unser Freund Arnold oder gar Leichenfledderei. Mit der halben Leiche ist lediglich gemeint, dass man die Hälfte der Schüler zum Singen auf einer Beerdigung bestellt hat.«

»Verstehe.« Sophia nickte. Es war allgemein üblich, dass die Jungen der Knabenschule das Singen auf Beerdigungen übernahmen. »Und wieso eine große halbe Leiche?«

»Es ist die Beerdigung eines wohlhabenden Bürgers. Da ist die Bezahlung für uns besser als bei kleinen Leichen«, erklärte Fuchs.

»Aha. Und vermutlich auch besser als bei einer Viertelleiche«, bemerkte Sophia.

»Du sagst es, genau so verhält es sich. Aber jetzt muss ich los!« Der Magister küsste seine Frau auf die Wange und verließ das Haus.

Sophia griff nach dem Hirsetopf und trug ihn zur Spüle. Doch statt ihn abzustellen, behielt sie ihn in der Hand. Sie fuhr mit ihren nackten Zehen die Rillen zwischen den Sandsteinfliesen nach und starrte auf den leicht angebrannten Hirserest am Boden des Topfes.

Irgendetwas an dem, was ihr Eheherr gesagt hatte, arbeitete in ihr. Richtig! Er kam heute nicht zum Mittagessen, wegen dieser halben Leiche!

Während Sophia den Topf mit Wasser und Sand schrubbte, nahm in ihrem Kopf eine Idee Gestalt an: »Dann werde ich ihm heute eben das Mittagessen in die Schule bringen. Das machen die Frauen der Handwerker, die auf der Baustelle an der Kirche arbeiten, schließlich auch.«

Als die Glockenschläge von St. Marien die zweite Nachmittagsstunde ankündigten, spazierte Sophia langsam am südlichen Stadtgraben entlang zum Dohnaischen Tor. Sie fühlte sich heute viel besser als in den vergangenen Wochen, beinah tatendurstig. Vielleicht lag es auch am Wetter, das angenehm warm, aber nicht heiß war. Zwei Tage hatte sich ihr Eheherr nach dem Gespräch unter dem Apfelbaum Zeit gelassen, ehe er ihr seine Entscheidung mitteilte.

»Gut, wenn es das ist, was du willst, dann werde ich dir dabei helfen, nach dem Codebuch zu suchen«, hatte er gesagt. »Gleich morgen gehe ich zu Magister Lauterbach und frage ihn, ob er mich als zweiten Schulmeister haben will.«

»Danke!« Sophia hatte den Kopf an seine Schulter gelehnt, doch eigentlich war ihr fast danach zumute gewesen, ihn zu küssen.

Er hatte sie sacht von sich geschoben. »Danke mir nicht zu früh. Wer weiß, ob der Rat mich überhaupt einstellen wird. Der Rektor der Knabenschule könnte sich zum Beispiel an meinem Magistertitel stoßen. Vielleicht denkt er, dass ich es in Wahrheit auf seinen Posten abgesehen habe. Und selbst wenn sie mich nehmen, ob wir das Codebuch jemals finden werden, steht in den Sternen.«

Dann hatte er sie ernst angeblickt und hinzugefügt: »Du solltest allerdings auch wissen, dass deine Bitte nicht der alleinige Grund für meine Entscheidung ist. Ich habe mir unsere gegenwärtige Situation gründlich durch den Kopf gehen lassen. Solange wir das Buch haben, werden wir immer in Gefahr sein. Wir können schließlich nicht wissen, ob uns der Unbekannte nicht längst auf der Spur ist.«

Sophia sah ihn überrascht an. Das war eine ganz neue Sicht der Dinge.

»Er könnte inzwischen in Zwickau gewesen sein und erfahren haben, dass ich während des Brandes mit dem Buch dort war. Mein Freund hat mir zwar Verschwiegenheit versichert, doch wer weiß, was seine Magd oder der Knecht mitbekommen hat.« Der Magister zuckte mit den Schultern. Dann sah er sie fest an. »Weißt du, ich will nicht, dass unser Eheleben von Angst und Zweifeln bestimmt wird. Ich will nicht gegen dich kämpfen, dann schon lieber mit dir!«

Sophia wusste nicht, was sie sagen sollte. Ihr Herz begann, aufgeregt zu klopfen, ihre Hände wurden feucht. Und dann verspürte sie auf einmal einen ungeheuren Stolz auf ihren Mann. Sie war so überwältigt gewesen davon, dass sie nichts herausgebracht und nur stumm genickt hatte.

Und nun ergab sich, dank der halben Leiche – möge die Erde ihr leicht werden –, für Sophia die Gelegenheit, ein wenig im Kloster Umschau zu halten. Es wäre ja möglich, dass ihr ein Einfall kam, wo der Prior das Codebuch verborgen haben könnte, sinnierte sie. Der Magister hatte dazu bisher noch keine Zeit gehabt, was sie verstand, denn immerhin musste er sich zunächst in den Alltag eines Schulmeisters hineinfinden. Er hatte ihr erzählt, dass der Rektor und der vierte Schulmeister, der Quartanus, direkt im Kloster wohnten. Doch als sie gemeint hatte, es wäre schade, dass er mit ihr nicht auch dort Wohnung nehmen könne, weil das die Suche nach dem Codebuch ungemein erleichtern würde, hatte Heinrich lauthals gelacht und gesagt: »Weib, das würdest du nicht sagen, wenn du diese winzigen Kammern mit eigenen Augen sehen könntest! Erst gestern klagte Rektor Richter, er könne nicht einmal ein Huhn in seiner engen Behausung halten und wisse kaum, wohin mit seinen Büchern.«

Am Ende der Dohnaischen Gasse, genau in der Ecke, wo die nördliche und die westliche Stadtmauer aufeinanderstießen, lag das Kloster. Sophia betrat es durch den hohen gewölbten Durchgang unter dem Torhaus, den auch große Wagen ohne Schwierigkeiten passieren konnten. Obwohl Pirna verglichen mit Leipzig eine kleine Stadt war, hatte Sophia das Klostergelände bisher noch nie betreten. Jetzt sah sie sich neugierig um.

Gleich hinter dem Torhaus links von ihr befand sich eine Mauer. Aus Heinrichs Erzählungen wusste sie, dass dahinter der Kreuzgang lag. Das zweite große Haus rechts von ihr musste also die Schule sein. Da die Haustür verschlossen war und das Gebäude wie ausgestorben wirkte, vermutete Sophia, dass die Schüler noch nicht von der Beerdigung zurückgekehrt waren. So beschloss sie, sich gleich ein wenig umzusehen.

Das Haus, das sich im rechten Winkel an die Schule anschloss, schien inzwischen ein privates Wohnhaus zu sein. Jedenfalls sah Sophia davor zwei kleine Kinder spielen, und durch ein geöffnetes Fenster hörte sie das Klappern von Geschirr und das Schimpfen einer Frau. Hinter dem Haus, direkt an der Stadtmauer, ragte ein viereckiger Turm auf, dessen oberes Geschoss von einer hölzernen Galerie umlaufen wurde. Sophia hatte diesen Turm, den man die Krone nannte, schon viele Male von der anderen Seite gesehen, denn er war Teil der Stadtbefestigung.

Mitten auf dem großen Klosterhof stand eine Linde, um deren dicken Stamm eine Holzbank gebaut war. Sophia blickte in das sanft rauschende grüne Blätterdach. Sie sah, dass die Knospen kurz davor standen, aufzubrechen. Beinah konnte sie schon den überwältigend süßen Duft riechen und das Summen der Bienen hören, die die Blüten in einigen Tagen umschwirren würden.

Sie umrundete den Baum und stand vor der Klosterkirche mit ihren vorspringenden Mauerpfeilern zwischen den hohen Spitzbogenfenstern. Der viereckige Turm rechts daneben sah merkwürdig aus. Es schien, als wäre er nicht fertig gebaut worden. Jedenfalls besaß er keine Spitze, sondern war von einem kunstvollen steinernen Geländer gekrönt. Eines der vier kleinen Ziertürmchen auf dem zweiten Stock des Turmes hatte keine Kreuzblume mehr. Am Fuß des Turmes lagen größere und kleinere Steine. Überhaupt fand Sophia, dass das gesamte Klostergelände einen heruntergekommenen Eindruck machte. Einige Gebäude schienen ganz leer zu stehen, so wie das, welches sich links an die Kirche anschloss.

Ein großer offener Wagen ratterte in den Klosterhof. Der Kutscher und zwei kräftige Burschen sprangen ab und gingen in das Haus. Doch bald kehrten sie mit Säcken zurück, die sie auf den Wagen hievten. Einer der Säcke hatte einen kleinen Riss, und Sophia sah Getreidekörner herausrieseln. Also schien das Haus doch nicht ganz leer zu stehen.

»Das ist das Kapitelhaus, in dem sich die Mönche früher täglich versammelten, um aus der Ordensregel zu lesen oder um wichtige Besprechungen abzuhalten. Heute befindet sich im oberen Stock ein Schüttboden für Getreide, wie Ihr sehen könnt«, erklang plötzlich eine freundliche Stimme hinter Sophia. Sie drehte sich um und erblickte einen schlanken jungen Mann mit braunen Locken und ebenso braunen Augen, die sie neugierig musterten.

»Ich bin Johann Lichte, der Quartanus der Knabenschule«, stellte er sich vor.

Sieh an, dachte Sophia, das ist also der Bursche, in den sich Anna Nack vor zwei Sommern verliebt hat! Sie lächelte und hielt ihm ihre Hand hin. »Ich bin Sophia Fuchs, das Eheweib Eures Kollegen. Seid Ihr denn gar nicht zum Singen bei der halben großen Leiche?«

Johann Lichte schüttelte den Kopf. »Nein, ich unterrichte doch die vierte Klasse. Das sind die Jüngsten, die werden nur zu einer vollen Leiche mitgenommen.«

Sophia konnte nicht verhindern, dass sich ihre Mundwinkel hoben.

Der junge Lehrer errötete. Dann grinste er. »Na, das klingt sicher seltsam für Eure Ohren. Aber in der Schule weiß jeder, dass mit einer vollen Leiche keineswegs die sterblichen Überreste eines notorischen Säufers gemeint sind.«

Sophia musste lachen. Sie verstand allmählich, warum sich Anna in diesen jungen Mann verguckt hatte.

»Wollt Ihr Euch nicht setzen, während Ihr auf den Magister wartet?« Johann Lichte wies auf die Bank unter der Linde. »Es kann auch nicht mehr lange dauern.«

»Vielleicht könntet Ihr mir indes das Kloster zeigen? Ich war nämlich noch nie hier«, schlug Sophia vor. »Mein Ehemann hat erzählt, Ihr würdet im Kloster wohnen, da kennt Ihr Euch bestimmt gut aus.«

Wieder errötete der junge Lehrer. »Natürlich! Gern, wenn Ihr wollt.«

Er führte sie in das Kapitelhaus, in dem soeben wieder die Fuhrwerker verschwunden waren, um eine weitere Ladung Getreidesäcke zu holen. Sophia fand sich in einem lang gestreckten Saal mit einer hohen Kreuzgewölbedecke wieder. In der Mitte stand ein großer Tisch, der mit einer dicken Schicht Staub bedeckt war. In den Ecken des Saals raschelte trockenes Laub im Luftzug, der durch die offene Tür und ein kaputtes Fenster drang.

Johann Lichte zuckte mit den Schultern. »Es ist eben alles sehr vernachlässigt, seit das Kloster aufgehoben wurde. Aber ich glaube, die Mönche haben die Gebäude auch schon ein paar Jahre zuvor nicht mehr ordentlich instand gehalten.«

Sophia fand, er klang ein bisschen, als müsse er sich persönlich dafür rechtfertigen.

Durch eine rückwärtige Tür führte er sie dann in den Kreuzgang, das Herzstück des Klosters. In der Mitte erblickte sie sorgfältig angelegte Gemüsebeete. Sie entdeckte Salat, Möhren, Radieschen und Kräuter. An einem Gerüst, das an eine Säule des Kreuzgangs gebaut war, schlängelten sich bereits die grünen Ranken von Erbsen und Bohnen in die Höhe. Es roch nach frischer Erde und Dung.

»Das Gärtchen gehört dem Kantor, der mit seinem Weib und seinen fünf Kindern in dem Haus neben der Schule wohnt. Natürlich sah es auch hier früher anders aus«, erklärte Johann Lichte.

Sophia hatte das Gefühl, er wolle sich schon wieder entschuldigen.

»Und da wohnten früher die Mönche.«

Sie folgte seinem ausgestreckten Finger und sah zahlreiche schmale Türen im Inneren des Kreuzgangs. Einige standen offen und gaben den Blick frei auf kahle, düstere Kammern.

»Aber ein paar Mönche wohnen doch noch im Kloster?«, fragte Sophia unsicher.

»Ja«, bestätigte der junge Lehrer. »Ich glaube, fünf oder sechs der ehemaligen Brüder sind noch da. Aber sie wohnen nicht mehr in ihren Zellen, sondern in einem der Nebengebäude. Wir haben immer mal wieder Ärger mit ihnen. Sie saufen unmäßig, holen sich leichte Weiber auf ihre Kammern und treiben auch ansonsten allerlei Unfug. Das ist wahrlich kein Vorbild für die Knaben in der Schule.« Er seufzte. »Aber der Rat muss sie nach dem Willen des Herzogs nun mal bis an ihr Lebensende durchfüttern. Also, wenn es nach mir ginge, ich hätte sie allesamt zum Teufel gejagt.«

»Warum ist diese Zelle denn zugesperrt?« Sophia wies auf eine Tür, über die mehrere Bretter genagelt worden waren, sodass man sie nicht mehr öffnen konnte.

Der junge Mann leckte sich nervös über die Lippen, bevor er leise sagte: »Das ist die Zelle, in der der letzte Subprior gewohnt hat, Pater Johannes.«

Sophias Herz begann zu klopfen. Pater Johannes! Er war einer der beiden Männer, die der alte Elias einst belauscht hatte. Sie spitzte die Ohren, um sich kein Wort entgehen zu lassen.

»Anno 1537 fanden ihn seine Mitbrüder nach der Morgenandacht tot in seiner Zelle. Mitten auf dem Boden habe er gelegen, heißt es, in einer Lache seines Blutes. Und seitdem gibt es immer mal wieder Berichte von Leuten, die seinem Geist hier im Kloster begegnet sein wollen, durchscheinend und totenbleich soll er in seinem schwarz-weißen Habit umherschweben. Seine Füße würden den Boden nicht berühren und seine Augen würden blutrot leuchten.« Johann Lichtes Stimme war zu einem Flüstern geworden.

Sophia überlief ein Schauder. Sie fragte: »Wer hat ihn denn umgebracht?«

»Hm, das ist alles gänzlich unklar. Damals nahm man wohl an, Pater Johannes wäre unglücklich gestürzt, als er fiebrig und verwirrt aus seinem Bett aufstand. Aber dann behaupteten einige Leute, sie hätten an jenem Morgen einen Mann gesehen, der fluchtartig das Kloster verließ. Allerdings soll damals ein starkes Gewitter getobt haben, sodass sie ihn nicht genau erkennen konnten.« Der Lehrer hob die Hände. »Wer weiß!«

Vom Klosterhof wehten jetzt helle Stimmen, Rufe und Gelächter herüber.

»Ich glaube, Euer Ehemann ist inzwischen zurück. Lasst uns zur Schule zurückgehen.«

Sophia warf noch einen bedauernden Blick auf die vernagelte Zellentür, bevor sie Johann Lichte folgte. Nun, das war immerhin ein Anfang!

Kurze Zeit später saß Sophia neben dem Magister unter der Linde und schaute ihm zum zweiten Mal an diesem Tag beim Essen zu. Er schlang bereits das dritte gekochte Ei in zwei großen Happen hinunter, dann warf er Sophia einen entschuldigenden Blick zu.

»Seit dem Brei heute Morgen ist einige Zeit vergangen. Ich hatte vorhin auf dem Friedhof schon Angst, dass mein Magenknurren den Gesang übertönen könnte.« Er spülte mit einem Schluck Bier nach und nahm sich dann eine Semmel.

Während er kaute, erzählte Sophia ihm von der zugenagelten Zelle im Kreuzgang.

Fuchs schluckte den letzten Bissen hinunter und sagte skeptisch: »Wie stellst du dir das vor? Ich kann nicht einfach mit einem Zimmermannshammer hinüberspazieren, die Bretter abreißen und die Zelle durchsuchen. Da könnte jederzeit jemand vorbeikommen und fragen, was ich da treibe. Du hast doch selbst gesehen, dass der Kantor seinen Garten mitten im Kreuzgang hat.«

Sophia nagte an ihrer Unterlippe. Das war in der Tat ein Problem, für das sie auch keine Lösung parat hatte. In diesem Moment hörte sie das laute Schellen einer Glocke, und dann erblickte sie den kleinen dürren Mann, der dieses Instrument an einem Holzgriff über seinem Kopf schwang. Das musste der Schuldiener sein, der den Beginn des Nachmittagsunterrichts verkündete.

Der Magister trank den letzten Rest aus der Tonflasche, bevor er sich erhob. »Na gut, lass uns später darüber nachdenken. Jetzt muss ich zurück ins Schulzimmer.«

21. Kapitel

olf Schumann lenkte den Einspänner vorsichtig in den engen Hof der Schmiede. Kaum hatte er sein verschwitztes Pferd zum Stehen gebracht und war vom Wagen gesprungen, öffnete sich auch schon die Tür zum Wohnhaus, und über den Hof dröhnte eine Stimme: »Du kommst wie immer zu spät!«

Unwillkürlich zog er den Kopf ein, denn gleich würde der Vater ihm eine Maulschelle verpassen. Doch der stämmige Mann blieb mit verschränkten Armen vor der Haustür stehen und sah dem Besucher gelassen entgegen.

Der Stadtschreiber richtete sich auf, erschrocken und beschämt zugleich wegen seiner kindischen Reaktion. Natürlich war der Vater seit Jahren tot und begraben! Vor dem Haus stand Georg, der Sohn des Alten.

»Es ist zu spät«, wiederholte Schmiedemeister Georg Schumann leiser. »Unser Herr hat die Mutter heut in der Frühe zu sich geholt.«

Mein Gott, er sieht genauso aus wie der Alte, dachte Wolf, wie eine Tonne auf Beinen. Er unterdrückte das völlig unpassende Verlangen zu lachen und sagte stattdessen: »Wie du weißt, bin ich Ratsherr und Stadtschreiber. Ich kann nicht einfach so für ein paar Tage verschwinden. Ich musste zuerst beim Bürgermeister um Urlaub ersuchen.«

Ohne eine Antwort abzuwarten, wandte sich Schumann ab und winkte dem jungen Knecht, der eben mit einem Eimer aus der Scheune kam. Der Bursche warf dem Schmied einen fragenden Blick zu und trat näher, als dieser nickte. Schumann drückte ihm wortlos die Zügel in die Hand, dann zog er seine hirschledernen Handschuhe aus und steckte sie sich in den Gürtel.

Georg stand noch immer bewegungslos vor der Haustür und musterte den Älteren mit zusammengekniffenen Augen.

Wolf Schumann ging langsam auf ihn zu. Er war unsicher, und dieses Gefühl verabscheute er. War es denkbar, dass Georg inzwischen Bescheid wusste? Hatte die Mutter es ihm kurz vor ihrem Ende womöglich in einem schwachen Moment erzählt? Auf Georgs bärtigem Gesicht konnte er nichts ablesen, und die Augen hatte sein Bruder noch immer zu Schlitzen verengt.

»Die Mutter hat in ihren letzten Stunden immer wieder nach dir gefragt«, brummte Georg, als Wolf vor ihm stand. »Es tut mir leid!« Der Schmied legte dem Stadtschreiber für einen Augenblick die schwere Hand auf die Schulter. »Komm herein, Bruder.«

Während Wolf Schumann seinem Bruder ins Haus folgte, fiel ihm wieder ein, dass dieser seltsame Blick damit zu tun hatte, dass ein Schmied am Feuer die Augen den ganzen Tag zusammenkneifen musste, um sich vor der Helligkeit und dem Funkenflug zu schützen. Auch Georgs Vater, der alte Schmied, hatte so geschaut. Aber bei ihm hatte es nicht an der Arbeit mit dem Feuer gelegen, da war Wolf sich sicher.

Sein Unbehagen verstärkte sich noch, als Georg ihn in die Diele führte, wo die Mutter auf einem Tisch aufgebahrt lag. Es war stickig und heiß, weil die Fensterläden geschlossen waren und zahlreiche Kerzen ringsum brannten.

Zögernd trat Schumann näher. Klein und zerbrechlich wirkte die Tote. Die Haut ihrer gefalteten Hände erinnerte ihn an vergilbtes, fleckiges Papier. Das winzige Gesicht war so weiß, dass es sich kaum vom Stoff der Haube abhob, die stramm um das Kinn gebunden war.

Georgs Weib erhob sich von dem Stuhl neben dem Tisch. »Setz dich, Schwager, und übernimm die Totenwache, wie es sich geziemt«, sagte sie leise.

Obwohl ihr Gesicht ausdruckslos blieb, glaubte Schumann, einen Vorwurf in ihrer Stimme zu hören. Was hat die Mutter den beiden erzählt? Die Frage bohrte schmerzhaft in seinem Hirn, während er auf die Tote starrte.

Georg brummte etwas Unverständliches, bevor er den Raum verließ. Die Frau beobachtete mit verkniffenem Gesicht, wie sich Schumann auf dem Stuhl niederließ, dann schlurfte sie in Richtung Küche davon.

Kurz darauf hörte der Stadtschreiber sie mit den Töpfen hantieren, und rhythmische Hammerschläge aus dem Hof verkündeten, dass Georg seiner Arbeit in der Schmiede nachging.

Wolf Schumann faltete pflichtschuldig seine Hände und richtete den Blick auf die Tote. Doch es gelang ihm nicht, sich auf das Gebet zu konzentrieren. Seine Gedanken schweiften ab, zu jenem Tag vor sechs Jahren, als er zum letzten Mal mit seiner Mutter an diesem Tisch gesessen hatte. Es war der Tag, an dem Schmiedemeister Schumann zu Grabe getragen worden war, der Mann, den er bis dahin für seinen Vater gehalten hatte.

Dabei hatte Wolf die Wahrheit schon immer geahnt. Lag es an der Kälte und Ablehnung, mit der sein Vater ihm zu begegnen pflegte? Oder lag es daran, dass Wolf so ganz anders aussah als sein jüngerer Bruder Georg, dessen stämmige, untersetzte Figur der des Vaters glich, als hätte der Herrgott für sie die gleiche Gussform verwendet. Beide hatten eine helle Haut, wasserblaue Augen und kräftiges rotblondes Haar. Wolf dagegen war groß und schlank, hatte dunkles Haar und dunkle Augen.

Und weil seine zarten Hände von jeher besser dazu taugten, einen Federkiel zu führen, als in des Vaters Werkstatt den Schmiedehammer zu schwingen, hatte seine Mutter durchgesetzt, dass er die Lateinschule besuchen durfte. Mit einem verächtlichen Schulterzucken hatte Schmiedemeister Schumann zugestimmt, sobald klar war, dass der Rat ihm das Schulgeld für den begabten Jungen erlassen würde.

Als der Alte tot und beerdigt war, hatte die Mutter Wolf zu sich gerufen. Er saß ihr gegenüber am Tisch in der Diele. Seine Augen wanderten über die sauber gescheuerte Tischplatte zu seiner Mutter auf der anderen Seite. Seit er, ebenfalls mit einem Stipendium des Dresdner Rates, in Leipzig studierte, war er nur noch selten zu Hause gewesen. Wolf sah die Tränensäcke unter den müden Augenlidern seiner Mutter. In den letzten Jahren war sie stark gealtert.

»Ich will dir heute beichten, mein Sohn«, sagte sie zittrig.

Wolf schüttelte verwirrt den Kopf. Seine Mutter war keine Anhängerin der Lehre Luthers, nach der man jedem beichten durfte, nicht nur einem geweihten Priester. Er dachte an die kleine Truhe, die er einmal heimlich entdeckt hatte. Die Mutter hatte früher Ablassbriefe gekauft, die sie noch immer sorgfältig aufbewahrte. Welche Sünden hatte sie begangen?

»Ich weiß, dass es dich quält, dass du so anders bist als der Georg und dass der Vater dich das immer hat spüren lassen. Es war nicht deine Schuld. Es war meine.« Er sah, wie die Mutter Luft holte, und hielt den Atem an. Im Licht der tiefstehenden Herbstsonne, die durch das offene Fenster in die Diele strahlte, tanzten kleine Staubkörnchen. Er hörte das metallische Klingen aus der Schmiede, wo sein Bruder und der Geselle die Arbeit bereits wieder aufgenommen hatten.

»In dem Sommer, bevor ich heiratete, hatte ich bei einem anderen Mann gelegen. Nur einmal! Ich war jung, und er war so …« Ihr versagte die Stimme.

Er vernahm das brodelnde Zischen, als in der Schmiede ein Werkstück zum Härten in den Wasserbottich getaucht wurde. Gleich ertönte wieder das rhythmische Pingping des Schmiedehammers.

»Es war dennoch eine schwere Sünde, ich weiß es. Und der Herr hat mich auf ewig dafür gestraft. Anfangs hatte ich noch gehofft, niemand würde etwas bemerken. Der Schmied hatte damals schon um mich geworben.«

Wolf hatte es schon immer gefühlt! Trotzdem war es etwas

vollkommen anderes, es jetzt von seiner Mutter zu hören. Ihre Stimme hallte seltsam in seinen Ohren, in denen das Blut immer lauter rauschte.

»Du warst ein zarter, kleiner Säugling. Es schien durchaus wahrscheinlich, dass du etwas früher zur Welt gekommen warst. Doch als du älter wurdest, sahst du so ganz anders aus als alle anderen in der Familie. Der Vater, er hat es geahnt! Deshalb konntest du es ihm nie recht machen.«

Er starrte sie an, unfähig zu sprechen. Wie gelähmt saß er da.

»Bitte!«, hörte er durch das Rauschen in den Ohren ihre Stimme. Sie griff über den Tisch nach seiner Hand und flüsterte. »Verzeih mir!«

Ihr Sohn zog die Hand weg, als hätte er sich verbrannt. »Wer ist mein wirklicher Vater, der, bei dem du gelegen hast?« Er spuckte die Worte aus.

Sie senkte den Blick. Ihre Schultern sackten nach vorn. Aus der Schmiede drangen keine Geräusche mehr. In der Diele war es dunkler geworden. Eine Wolke hatte sich vor die Sonne geschoben.

Am nächsten Tag war Wolf zu Fuß elbaufwärts gelaufen, nach Pirna. Sein Ziel war das Dominikanerkloster, gleich an der Stadtmauer gewesen, wo Pater Johannes, sein leiblicher Vater, leben sollte. Er wusste nicht, was er sich von der Begegnung mit dem Mönch erhoffte.

Der Stadtschreiber schreckte aus seinen Grübeleien auf, als vom Hof her ein Scheppern und gleich darauf die wütende Stimme Georgs in seine Ohren drangen.

»Verdammter Nichtsnutz! Wie oft hab ich dir gesagt, räum das Werkzeug sofort auf!«

Ein Klatschen und ein kurzer Schmerzensschrei, dann setzte das rhythmische Geräusch der beiden Schmiedehämmer wieder ein.

Wolf Schumann stand hastig auf. Die Kerzen zu Füßen und zu Haupte der Toten flackerten im jähen Luftzug. Der Stadtschreiber fuhr sich mit den Händen über das Gesicht. Das unwirkliche Gefühl von Verwirrung und Panik, das ihn jedes Mal überkam, wenn er an die Begegnung mit Pater Johannes dachte, ließ allmählich nach.

Fest stand jedenfalls, dass das kurze Treffen einen folgenschweren Verlauf genommen hatte. Noch immer wurde der Stadtschreiber dann und wann in einem Albtraum vom Bild des Paters heimgesucht, der leblos in seinem Blute lag. Bis heute wusste er nicht, ob er den Tod des Alten absichtlich herbeigeführt hatte oder ob es nur ein schrecklicher Unfall gewesen war. Und bis heute argwöhnte er, es könnte ihn doch jemand beobachtet haben, als er das Kloster damals überstürzt verließ.

Der Stadtschreiber schüttelte den Kopf und nahm seinen Platz neben der Toten wieder ein. Es war ihm nach wie vor ein Rätsel, warum ihn in Pirna bisher niemand mit dem gewaltsamen Tod des alten Mönches in Verbindung gebracht hatte, Carlowitz hier in Dresden jedoch davon wusste. Woher hatte der herzogliche Rat seine Informationen?

Schumann starrte in die Kerze. Auf einmal erschien ihm all sein Tun sinnlos. Alles, was er erreicht hatte, seit er dieses Haus verlassen hatte, war im Grunde bedeutungslos, solange er Christoph von Carlowitz auf Gedeih und Verderb ausgeliefert war! Schumann ballte die Fäuste und stieß den Atem so heftig aus, dass die Kerze erlosch.

Er sprang auf, stürzte zur Tür und rannte über den Hof, als sei der Teufel hinter ihm her. Das erschrockene Gesicht seiner Schwägerin hinter dem Küchenfenster nahm er ebenso wenig wahr wie den entgeisterten Blick des Lehrlings, der gerade aus der Schmiede kam.

Erst am Elbufer kam der Stadtschreiber wieder zu sich. Schwer atmend blieb er stehen und versuchte, sich zu orientieren. Links sah er in einiger Entfernung die große steinerne Brücke, die nach

Altendresden führte. Sein Blick schweifte hinüber ans andere Ufer und blieb an der Silhouette des Augustinerklosters hängen.

In den letzten Wochen hatte Schumann sich intensiv nach alchemistischen Kreisen in Dresden umgehört. Viel hatte er nicht herausgefunden. Offenbar war Dresden, ganz anders als die reichen Kaufmanns- und Universitätsstädte im Südwesten, nicht gerade ein Hort modernster wissenschaftlicher Forschung. Doch ein Name war mehrfach gefallen: Lapidius. Schumann kannte den Mann, sie hatten eine kurze Zeit zusammen studiert. Schon damals hieß es von ihm, er befasse sich mit Astrologie und treibe heimlich alchemistische Experimente. Später soll Lapidius jedoch zu den Augustinern gegangen sein, um Mönch zu werden. Als einer der letzten Bewohner würde er noch immer irgendwo im Altendresdner Kloster hausen und sich der Suche nach dem Stein der Weisen widmen.

Heute Abend, überlegte Schumann, wäre genau der richtige Zeitpunkt, seinem ehemaligen Kommilitonen einen Besuch abzustatten.

22. KAPITEL

Schumann stieß sich den Fuß schmerzhaft an einem Stein, stolperte nach vorn und hätte beinah die Lampe fallen lassen. Er verbiss sich einen Fluch und hielt das Licht tiefer, um seinen Weg besser auszuleuchten. Direkt vor sich erkannte er den Umriss einer halb abgetragenen Mauer.

Der Stadtschreiber wusste zwar, dass in den baufälligen Gebäuden, ähnlich wie im Dominikanerkloster in Pirna, kaum noch eine Handvoll ehemaliger Mönche lebte. Doch dass das Gelände derart heruntergekommen war, hatte er nicht erwartet. Immerhin war das Augustinerkloster in Altendresden noch vor wenigen Jahren eines der wohlhabendsten im Lande gewesen. Offenbar war das aufgelöste Kloster inzwischen derart vernachlässigt, dass manche Gebäude von den Bürgern als Steinbruch benutzt wurden.

Schumann deckte die Lampe mit seinem Umhang ab und spähte in die Dunkelheit. Endlich erkannte er einen Lichtschimmer in einem ebenerdigen Fenster rechter Hand. Vorsichtig tastete er sich mit den Füßen voran, bis er vor einem großen Tor stand. Er ließ das Licht seiner Lampe über die Fassade wandern und kam zu dem Schluss, dass dies wohl das Brauhaus des Klosters gewesen war. Schumann konnte den schweren Torflügel beinah mühelos öffnen. Jemand muss die Angeln geölt haben, dachte er.

Der Geruch, der ihn in dem großen Gewölbe empfing, bestätigte seine Vermutung. Hier hatten die Augustiner bis vor ein paar Jahren ihr Bier gebraut, und die Wände atmeten noch immer den warmen, süßen Dunst von Malz. Das Licht der Lampe enthüllte auch hier Spuren der Verwüstung. Von den gemauerten Öfen, auf denen einst die Braukessel gestanden hatten, waren nur noch Haufen zerbrochener Ziegel übrig. Die wertvollen Kupferkessel hatten anscheinend anderswo Verwendung gefunden.

Schumann zuckte zusammen, als er aus dem hinteren Teil des langgestreckten Gewölbes ein Scharren vernahm. Er barg die Lampe wieder unter seinem Mantel und lauschte reglos ins Dunkel. Da traf ihn ein harter Schlag in den Rücken, und im nächsten Augenblick fand er sich auf dem Boden wieder.

Sein erster Impuls war es, aufzuspringen, doch dann hörte er ein rhythmisches Surren über seinem Kopf, so, als ob dort ein großes Pendel schwingen würde. Schumann rollte sich zur Seite und stand langsam auf. Vorsichtig machte er einen Schritt, dann einen zweiten. Das metallene Schnappen und den Schlag gegen seinen linken Fuß nahm er beinah gleichzeitig wahr. Er ignorierte den Schmerz, packte sein Bein und zerrte daran.

»Versuch es gar nicht erst, es hat keinen Sinn!«

Schumann hörte schwere Schritte näher kommen.

»Setz dich und strecke die Hände nach vorn!«

Der Stadtschreiber duckte sich und ballte die Fäuste.

»Wenn du nicht augenblicklich tust, was ich sage, gehe ich wieder. Du kannst gern warten, bis sich mal wieder jemand hierher verirrt, in ein paar Tagen oder Wochen.« Die Stimme hatte einen spöttischen Unterton.

Schumann ließ sich auf den Boden fallen und streckte die Hände vor. Im nächsten Augenblick wurde er gefesselt und fachgerecht verschnürt, beinah ohne weitere Berührungen. Den Stadtschreiber überlief ein Schauder. Er hatte nicht gehört, geschweige denn gesehen, wie der andere sich ihm genähert hatte. Und dieser seltsam brenzlige Geruch – Schumann blähte die Nasenflügel. War das Schwefel? Aber dann roch der Stadtschreiber auch Bier und Zwiebeln und schalt sich selbst einen Narren. Er lachte auf.

»Habe ich dich also endlich gefunden, Lapidius! Dann ist es wohl wahr, dass du damals zu den Augustinern gegangen bist?«

»Du verkennst deine Lage, Wolf Schumann. Ich habe dich gefunden.« Der andere kicherte.

»Mach mich los!«, verlangte Schumann. »Behandelt man so etwa einen alten Studienfreund?«

»Freund?« Jetzt klang die Stimme ernst. »So habe ich dich vor zehn Jahren nie bezeichnet, und heute weiß ich schon gar nicht, mit welchen Absichten du gekommen bist, Schumann.«

»Meine Absichten sind schnell erklärt. Ich brauche deine Hilfe, und ich kann dafür bezahlen!«

»Und wie kommst du auf den Gedanken, ich wäre am einen wie am anderen interessiert?«

»Wenn du es dir leisten könntest, mein Angebot abzuschlagen, würdest du nicht in einer Ruine hausen«, entgegnete Schumann so gelassen wie möglich. Sicher war er sich dessen nicht, denn sein ehemaliger Studienkollege war alles andere als berechenbar.

Lapidius lachte.

Schumann biss sich auf die Zunge. »Dann hast du es also inzwischen geschafft, unedle Metalle in Gold zu verwandeln?«

»Du hast wirklich keine Ahnung! Wie immer.« Lapidius schnaubte verächtlich auf.

Dann hörte Schumann ein leises Schnappen, und plötzlich leuchtete in der Faust des anderen eine kleine Flamme. Der Stadtschreiber starrte in das bärtige Gesicht mit den leicht hervortretenden Augen und fragte sich, wie der Kerl es geschafft hatte, so rasch Feuer zu erzeugen. Er verbiss sich jedoch die Frage, die ihm bereits auf der Zunge lag.

Stattdessen wiederholte er: »Ich brauche deine alchemistischen Künste, Lapidius. Und ich kann dich bezahlen, in Gold.«

Für einen Moment glaubte er, ein gieriges Blitzen in den Froschaugen seines ehemaligen Kommilitonen zu erkennen. Aber er musste sich getäuscht haben.

»Behalte dein Gold, Schumann. Du wirst nie zu den Eingeweihten gehören, denn dir fehlt jeder Sinn für die wahre Seele der alchemistischen Künste. Du warst schon als Student ein kleinlicher Ehrgeizling ohne jede Fantasie!«, höhnte Lapidius.

Schumanns verletzter Knöchel pochte schmerzhaft, und er spürte Wut in sich aufsteigen. Er schluckte und versuchte, ruhig zu atmen. Wenn er diesem Gefühl jetzt nachgab, wäre alles umsonst gewesen. Seine Gedanken begannen fieberhaft zu arbeiten. Er musste etwas sagen, etwas anbieten, womit er das Interesse des Alchemisten wecken konnte. Gold schien ihn doch nicht ausreichend zu locken. Was dann?

»Ich verfüge in Pirna über einigen Einfluss. Aber auch hier in Dresden könnte ich das eine oder andere für dich erwirken. Es gibt einen Mann am Hofe, der dem Herzog sehr nahesteht und der dich sicher belohnen würde, wenn du mir in einer Angelegenheit weiterhilfst.« Schumann fand selbst, dass das alles recht vage klang, aber es war einen Versuch wert.

Lapidius begann zu lachen, so laut, dass es in dem hohen Gewölbe hohl widerhallte. Der Schein des Lichts in seiner Hand hüpfte dabei auf und ab und malte zuckende Schatten an die Wand.

Schumann bekam eine Gänsehaut. Der schweflige Geruch, der seinem Gegenüber anhaftete, stach ihm wieder in die Nase. Prompt fielen ihm sämtliche Gerüchte ein, die er jemals über Alchemisten gehört hatte: dass sich manche dem Teufel verschrieben, um schwarze Magie praktizieren zu können, dass sie nicht davor zurückschreckten, in ihrem Labor schaurige Experimente mit dem Blut von Jungfrauen oder Säuglingen zu vollführen, um Homunculi zu erschaffen oder Tote wiederzubeleben. Worauf hatte er sich da eingelassen!

Er schrak zusammen, als Lapidius plötzlich ein Messer zückte und den Strick durchtrennte, mit dem er ihn vorhin gefesselt hatte. Schumann hockte auf dem Boden. Unfähig, sich sofort zu erheben, betastete er seinen geschwollenen Knöchel.

Der Alchemist blickte verächtlich auf ihn herab. »Verschwinde, Schumann!«

Der Stadtschreiber richtete sich mühsam auf, bemüht, den verletzten Fuß nicht zu stark zu belasten. »Lapidius, du solltest dir wirklich überlegen, mein Angebot anzunehmen.« Er hasste es beinah ebenso sehr, sich als Bittsteller aufzuführen, wie er es hasste, an seine Vergangenheit erinnert zu werden.

»Was für ein Angebot?« Lapidius lachte auf. »Du hast nichts, was für mich von Wert wäre. Stattdessen stiehlst du meine Zeit. Geh!«

23. Kapitel

Und du willst es wirklich heute Nacht tun?«, fragte Sophia. Sie reichte ihrem Ehemann das große Paket mit Broten, Eiern und einem Töpfchen Honig. »Bist du dir auch ganz sicher, dass dich niemand entdecken wird?« Ihr wurde plötzlich klar, dass sie die Schuld tragen würde, wenn Heinrich heute Nacht in Schwierigkeiten geriet, denn ohne ihre ständigen Bitten hätte er sich zu diesem Zeitpunkt gewiss nicht auf so ein Abenteuer eingelassen.

»Alles wird gut gehen, mach dir keine Sorgen!« Heinrich Fuchs klemmte sich das Paket unter den Arm und griff nach ihrer Hand. »Ich habe meinen Plan in der letzten Woche gründlich geprüft. Er wird funktionieren!«

»Ja, aber denk an den Zufall, der kann bekanntlich auch den besten Plan zugrunde richten!«, mahnte Sophia.

Heinrich Fuchs schüttelte den Kopf. »Das haben wir doch schon besprochen. Wenn mich jemand sieht, behaupte ich einfach, dass ich den Gerüchten um den Geist von Pater Johannes auf den Grund gehen wollte, um diesen abergläubischen Unsinn ad absurdum zu führen.«

Sophia nagte an ihrer Unterlippe. Noch gestern Abend war sie der Meinung gewesen, Heinrichs Plan sei perfekt. Jetzt war sie sich da gar nicht mehr so sicher.

Ihr Mann ergriff ihre Hand und drückte sie, dabei sah er Sophia nachsichtig und ein wenig spöttisch an. »Weib, du weißt eindeutig nicht, was du willst! Noch vor wenigen Tagen hast du mich förmlich gedrängt, diese Zelle zu durchsuchen, die dir Lichte gezeigt hat, und heute stehst du hier und jammerst, weil ich genau das tun will. Ich hoffe, deine Wankelmütigkeit ist nur darauf zurückzuführen, dass du bald Mutter wirst.«

Dann küsste er sein verdutztes Weib zum ersten Mal seit ihrem Hochzeitstag auf den Mund, ging in den Flur und öffnete die Haustür. Die Sonne strahlte trotz des frühen Morgens bereits warm, und der Magister eilte mit großen Schritten die Gasse hinab, ein Lächeln auf den Lippen.

Sie sah ihm nach, die Hand auf den Mund gelegt, und wusste nicht, was sie von all dem halten sollte.

Sophia verbrachte den Tag mit allerlei kleinen Tätigkeiten in Haus und Garten. Sie war jedoch voller Unruhe, und nichts, was sie anpackte, wollte ihr richtig gelingen. Deshalb war sie froh, als am frühen Nachmittag Agnes Lauterbach unerwartet vor der Tür stand.

»Ich dachte, das könnt Ihr vielleicht gebrauchen.« Agnes hielt Sophia ein großes, in ein Leinentuch eingeschlagenes Paket hin. »Es ist Säuglingskleidung von meinem Sohn.« Ihre Stimme zitterte ein wenig.

Sophia bat die Frau herein. Sie ahnte bereits, dass sie gleich eine traurige Geschichte zu hören bekommen würde, denn soweit sie wusste, hatten die Lauterbachs keinen Sohn.

Oben in der Stube schlug die Pfarrersfrau das Leinen auseinander und nahm jedes Stück einzeln in die Hand. Obwohl dabei ein Lächeln auf Agnes' Lippen lag, erkannte Sophia die Trauer in ihren Augen.

»So, meine Liebe, damit dürfte Euch für die erste Zeit geholfen sein!« Ordentlich stapelte Frau Agnes die kleinen Hemden auf dem Stubentisch, dann warf sie Sophia einen aufmunternden Blick zu. »Bis Euer Kind dann größere Sachen benötigt, geht Euch das Nähen sicher besser von der Hand.«

»Möge der Herr Euch erhören!«, seufzte Sophia. »Jedenfalls bin ich sehr froh, dass Ihr mir in den letzten Wochen bei der Nadelarbeit geholfen habt. Ich weiß nicht, wie ich Euch für all das danken soll, Frau Agnes.« Vorsichtig legte Sophia das winzige Häubchen neben die sorgfältig gebleichten und gestärkten Kinderhemdchen. »Zumal ich mir kaum vorstellen kann, wie schwer es Euch fallen muss, die Sachen Eures Sohnes herzuschenken.«

»Ach, was!« Abwehrend hob Agnes Lauterbach die Hände. »Nicht umsonst mahnt uns die Schrift, dass wir unser Herz nicht an irdisches Gut hängen sollen. Ich hätte die Sachen schon weggeben sollen, als wir nach dem Tod meines kleinen Lieblings aus Leisnig fortgezogen sind.«

Dann senkte sie den Blick auf das letzte Hemdchen, das sie noch auf ihrem Schoß liegen hatte. »Anton war damals so stolz gewesen, als unser Sohn geboren wurde, dass er sogar den Doktor Luther gebeten hat, die Patenschaft zu übernehmen.«

Sophia wusste nicht recht, was sie sagen sollte, und warf der älteren Frau einen mitfühlenden Blick zu.

Agnes schien es nicht zu bemerken, ihre braunen Augen hatten einen erstaunten Ausdruck angenommen, und es schien, als spreche sie eher zu sich selbst, als sie fortfuhr: »Ich habe es ja nicht einmal fertiggebracht, meine beiden später geborenen Mädchen in den Sachen zu sehen. Die ganzen Jahre hindurch haben die Hemdchen ganz unten in einer Truhe gelegen.«

Sophia musste daran denken, dass die Lauterbachs im letzten Sommer, während die fiebrige Seuche in der Stadt wütete, erneut ein Kind verloren hatten. Sie war dem Superintendenten in der Kirche begegnet, als seine jüngste Tochter erkrankt war, und hatte erlebt, wie er darum gerungen hatte, auch diesen Schicksalsschlag als weitere Prüfung demütig anzunehmen. Schützend breitete Sophia die Hände über ihren Bauch.

Die Pfarrersfrau legte das Hemdchen zu den anderen auf den Tisch, und Sophia trug den Stapel in ihre Schlafkammer, um ihn in einer Truhe zu verstauen. Die Sachen würde sie erst später benötigen, wenn ihr Kind zu krabbeln begann. In den ersten Monaten wurden Säuglinge ausschließlich in Tücher gewickelt, möglichst stramm, damit sie schöne gerade Glieder bekamen. So hatte

Sophias Mutter es bei ihr und ihrem Brüderchen gehalten, und so würde Sophia es auch mit ihrem Kind tun.

An den Wickeltüchern hatte sie sich in den letzten Monaten, meist unter der hilfreichen Aufsicht von Frau Agnes, im Nähen geübt. Obwohl ihr diese Tätigkeit nach wie vor keine Freude bereitete, stach sie sich nun wenigstens nicht mehr bei jedem dritten Stich in den Finger. Nach und nach waren ihre Nähte auch gerader und glatter geworden. Doch bevor sie sich an das Nähen von Kleidungsstücken wagen konnte, würde es wohl noch etliche Lektionen bei der hilfsbereiten Pfarrersfrau brauchen. Inzwischen bedauerte Sophia es, dass sie den Ermahnungen von Tante Justina, sich doch endlich fleißiger im Nähen zu üben, so wenig Aufmerksamkeit geschenkt hatte, denn mit der Besoldung, die Heinrich als zweiter Schulmeister erhielt, und dem Geld, das ihm der Rat für den Bau der Rathausuhr bezahlte, konnte sie es sich nicht leisten, zu einer Näherin zu gehen.

Als Sophia in die Stube zurückkehrte, hatte sich die Lauterbachin gefasst und wirkte so entschlossen und tatkräftig wie immer. Sie trank das Bier aus, mit dem Sophia sie bewirtet hatte, und erhob sich dann.

»So, nun muss ich mich auf den Heimweg machen. Ihr wisst ja, meinen Vater kann ich nicht allzu lange allein lassen.«

Sophia nickte verständnisvoll.

An der Stubentür zögerte die Pfarrersfrau noch einmal kurz. Sie schien mit sich zu ringen. Dann sagte sie: »Nun, Ihr werdet es ja so oder so erfahren, Fuchsin. Dann ist es vielleicht besser, wenn Ihr es von mir hört.«

Sophia erschrak. War Heinrichs Plan, sich in der Zelle von Pater Johannes umzuschauen, womöglich schiefgegangen? Doch dann fiel ihr ein, dass er jetzt, am zeitigen Nachmittag, noch nicht einmal seine letzte Unterrichtsstunde beendet haben konnte.

Agnes Lauterbach holte tief Luft, bevor sie weitersprach. »Vorhin auf dem Markt gab es nur ein Gesprächsthema – die Verhaftung Eurer Freundin Maria.«

»Was?« Sophia erschrak so heftig, dass ihr Kind es wohl gespürt haben musste und ihr schmerzhaft gegen die Rippen trat. Sie presste eine Hand gegen den Bauch und hielt sich mit der anderen am Türrahmen fest.

Agnes Lauterbach griff nach ihrem Arm. »Ihr solltet Euch lieber setzen, Fuchsin. Ich bleibe vielleicht besser bei Euch, bis der Magister nach Hause kommt.«

Sophia wehrte die helfenden Hände ab. »Nein, danke! Mir geht es gut. Sagt mir nur, weshalb!«

Die Lauterbachin schüttelte betrübt den Kopf. »Ich weiß auch nur, was auf dem Markt erzählt wurde. Sie soll vorletzten Winter einen Mann erstochen haben, in einer Scheune unten am Fluss.«

Sophias Knie begannen zu zittern. Sie ließ sich ohne Gegenwehr von Agnes zu einem Stuhl führen.

»Ich hole Euch rasch einen Becher Wasser aus der Küche. Bleibt hier!«

Als die Pfarrersfrau draußen war, überschlugen sich die Gedanken in Sophias Kopf. Hinz! Es musste um den Tod des ehemaligen Landsknechts gehen, der gemeinsam mit Kunz versucht hatte, ihr Gewalt anzutun, während sie damals in der Scheune auf Maria gewartet hatte. Maria, die hinzugekommen war, hatte ihr Messer nach dem riesigen Mann geworfen und ihn tödlich getroffen, während sein Kumpan entkommen war.

Sophia erinnerte sich noch deutlich daran, dass ihre Freundin anschließend wie von Sinnen war, weil sie in Hinz und Kunz die ehemaligen Landsknechte erkannte, die sie selbst einst vergewaltigt hatten, um sich an ihrem Vater zu rächen. Der kleine Jonas war die Frucht dieser Schandtat gewesen.

Irgendjemand musste sie damals beobachtet haben. Wenn das wirklich stimmte, dann war sie selbst ebenfalls in Gefahr, denn derjenige hatte wahrscheinlich auch sie gesehen! Sophia biss sich auf die Lippen, um nicht aufzuschreien, und schlug die Hände vors Gesicht.

Doch als sie die eiligen Schritte der Lauterbachin auf der

Treppe hörte, versuchte sie, durchzuatmen und sich zu beruhigen. Das kalte Wasser half ihr dabei.

»Ihr dürft Euch nicht so aufregen. Ihr müsst jetzt vor allem an Euer Kind denken, Fuchsin!«, mahnte Agnes leise.

Sophia trank langsam den Becher leer. Dann stand sie auf. Natürlich musste sie vor allem an ihr Kind denken. Aber gerade deshalb würde sie etwas unternehmen.

»Ich werde noch ein wenig bei Euch bleiben«, entschied die Pfarrersfrau.

Sophia, die bereits fiebrig überlegte, was sie als Nächstes unternehmen sollte, schüttelte den Kopf. »Danke, Frau Agnes, aber mir geht es gut. Ich werde jetzt erst einmal zur Fronfeste gehen und sehen, ob ich mit Maria sprechen kann.« Ohne sich weiter um ihre Besucherin zu kümmern, eilte sie zur Tür und die Treppe hinab.

»Nun wartet doch, Fuchsin!« Agnes Lauterbach rannte Sophia nach und hielt deren Hand fest, die schon nach der Klinke der Haustür griff. »Geht als Erstes zur Kirche und bittet meinen Mann, Euch zu begleiten. Der Fronmeister wird es sicher nicht wagen, den Superintendenten abzuweisen.«

Sophia drehte sich um und lächelte tapfer. »Ja, das werde ich tun. Danke, Lauterbachin, für alles!«

24. Kapitel

An der Stelle, wo die Kirnitzsch bei Schandau in den Elbstrom mündete, hatte sich inzwischen ein Teil des Holzes gesammelt, das im vergangenen Winter in den Gebirgstälern geschlagen worden war. Darunter waren kurze Stämme, wie die aus der Hermsdorfer Gegend, aber auch Langholz. Moses sah mächtige Tannenstämme, die für Schiffsmasten geeignet waren, aber auch gewaltige Eichen und Buchenstämme.

Schon seit dem frühen Morgen stand er hier an der Bindung neben Melchior im hüfthohen Elbwasser. Eben hatten sie einen weiteren Stamm an das halbfertige Floß geschoben, nun schlangen sie eine Wiede um das Brett, das über den Stämmen lag, um das Holz festzuzurren. Die Eiseskälte hatte Moses inzwischen jedes Gefühl aus den Beinen getrieben, und wenn er einen Schritt machte, musste er höllisch aufpassen, dass er nicht strauchelte. Im Gegensatz dazu brannten seine Handflächen, während er verbissen an dem verdrillten Fichtenstämmchen zerrte.

Anfangs hatte er sich gewundert, weshalb zum Binden der Flöße keine Seile verwendet wurden. Da hatte der alte Hans ihn zu einem Wiedendreher geschleppt, der in einem Schuppen neben dem Bindehaus an einem Schraubstock hantierte. Der Mann spannte das dicke Ende eines langaufgeschossenen Fichtenstämmchens fest und wickelte die biegsame Spitze um einen kurzen, starken Knüppel, den er schließlich mit beiden Händen kräftig drehte. Moses hörte, wie das Holz knarrte und quietschte, als würde es gegen diese rohe Behandlung protestieren. Doch der Wiedendreher ließ nicht locker, bis sich das Stämmchen seufzend krümmte und drehte. Staunend verfolgte Moses, wie sich die Holzfasern bogen und zu einem zopfartigen Gebilde verschlangen.

»Er macht ein Seil aus Holz!«, rief Moses erstaunt.

Hans nickte. »Genau! Bloß dass eine Wiede nicht morsch wird oder im Wasser zu faulen beginnt.«

»Außerdem hält eine Wiede dem ständigen Reiben und Ziehen auf einem Floß viel besser stand als jedes Seil«, erklärte der Wiedendreher stolz, bevor er nach dem nächsten Fichtenstämmchen griff und es in seinen Schraubstock spannte.

Nun, da Moses die zähen Wieden mit eigenen Händen verarbeitete, konnte er sich davon überzeugen, dass der Mann recht hatte.

Ein kurzer Blickwechsel mit Melchior genügte, und beide Männer stellten die Arbeit ein, um für einen Augenblick den Rücken zu strecken und die verspannten Schultern zu lockern. Moses schaute zum Ufer hin, wo Caspar und Christoff bereits an der Herstellung der Steuerruder, Pätschen genannt, arbeiteten. Fünf Stück benötigte jedes Floß, drei vorn und zwei hinten. Die beiden Flößer benutzten dafür lange, dünne Stämme, die sie mit dem Handbeil zurichteten, bis das dickere Ende vollkommen abgeflacht war.

Neben Moses und Melchior standen andere Männer im Wasser und banden ebenfalls Stämme zusammen. Langsam waren die Flöße in den letzten eineinhalb Tagen in die Breite gewachsen. Noch heute Nachmittag würden sie alle Tafeln zu einem einzigen langen Floß verbinden, das sie morgen gemeinsam den Fluss hinabsteuern würden. Neben Fichten- und Tannenholz hatten sie auch etliche der wertvollen Eichen- und Buchenstämme in das Floß einbinden können. Sollte es ihnen gelingen, alles heil bis nach Magdeburg zu bringen, würde diese Trift einen besonders guten Erlös bringen.

»Komm, lass uns endlich fertig werden«, forderte Melchior, und sie angelten mit ihren Flößerhaken nach dem nächsten Stamm, um ihn an den vorherigen zu schieben.

Am nächsten Morgen erwachte Moses wie zerschlagen. Kurz vor dem Morgengrauen hatte er wieder einen dieser Träume gehabt, die ihn mit unerklärlichen Ereignissen aus seinem vergessenen Leben narrten:

Er stand am Elbufer, warmer Wind strich durch sein Haar, Weidenzweige streiften seine Schulter. Dicht über der Wasseroberfläche segelten Rauchschwalben. Er ließ sich ins Gras fallen und blickte auf den Fluss, der in der Nachmittagssonne glitzerte. Träge trieb ein langes Holzfloß in der Mitte des Stroms. Er war nicht allein, denn er sah die schlanken Beine eines Mädchens, ihre nackten Zehen plätscherten im Wasser. Gleich würde er ihr etwas Wichtiges sagen, etwas, das sein ganzes bisheriges Leben verändern würde.

Moses blieb noch einen Augenblick mit geschlossenen Augen liegen und versuchte, dem Traumbild nachzuspüren. Aber es zerrann, ohne einen Widerhall in den Tiefen seines Geistes hervorzurufen. Kein Name kam ihm in den Sinn, weder der des Mädchens noch der des Ortes. Auch das, was er ihr sagen wollte, hatte er vergessen. Dabei war es so wichtig gewesen! Verdrossen fuhr er sich mit beiden Händen über das Gesicht, schlug die Decke zurück und streckte seine schmerzenden Glieder.

Rings um ihn herrschte bereits geschäftiges Treiben. Die Flößer sammelten sich am Ufer, verluden ihre Habseligkeiten und nahmen ihre Plätze auf dem Floß ein. Kommandos, Rufe und Scherzworte flogen hin und her. Keiner der Männer wirkt erschöpft, fand Moses, obwohl sie doch die letzten Tage gemeinsam mit ihm im eisigen Elbwasser gestanden hatten, nachdem sie zuvor bereits acht Tage mit der kräftezehrenden, gefahrvollen Trift die Kirnitzsch hinab zu tun gehabt hatten. Melchior und Christoff, die bereits an Bord waren, winkten Moses zu sich. Steifbeinig betrat er das Floß, um seinen Flößersack in der Bretterbude auf der Mitte des Floßes zu verstauen. Neidisch beobachtete er, wie sicher sich Melchior und die anderen auf dem schwankenden Untergrund bewegten, nicht anders, als wären sie noch immer an

Land. Doch ohne es zu merken, ließ er sich allmählich von der frohen Erregung, die den Aufbruch begleitete, anstecken.

Während der Floßmeister Moses anwies, eine der Leinen einzuholen, gingen Hans und Melchior nach vorn an den Kopf des Floßes zu den beiden vorderen Schricken. Christoff und Caspar eilten leichtfüßig ans Ende und ergriffen die hinteren Schricken. Die Männer zogen die langen Holzstangen, die zwischen zwei Querstämmen ruhten und bis auf den Flussgrund reichten, nach oben. Der Floßmeister befahl, die vorderen Pätschen in den Strom zu drehen, und schwerfällig legten sie vom Schandauer Ufer ab. Langsam glitt das mächtige Gefährt auf die Mitte des Flusses zu, wo es sich in die Strömung drehte und dann gemächlich elbabwärts trieb. Moses war wieder Teil eines Ganzen geworden. In der kommenden Woche würde er mit den Männern alle Freuden und Gefahren teilen, die diese Fahrt mit sich brachte. Sie alle einte der Wille, das Floß sicher durch die Fährnisse des Stroms zu bringen und die Stämme wohlbehalten in Magdeburg abzuliefern. Nur unbeschädigtes Holz erzielte einen guten Preis, und davon hing das Überleben der Flößerfamilien ab.

Moses sah, wie sich die Männer entspannten, nachdem sie erfolgreich Fahrt aufgenommen hatten. Wie die meisten nahm er sich jetzt Zeit für ein Frühstück aus Brot und Käse, das er mit einem Schluck Bier hinunterspülte. Dabei ließ er seinen Blick über die bizarren Felsgebilde an beiden Ufern des Flusses schweifen.

Den Männern war nur eine kurze Pause vergönnt, denn gleich hinter dem Königstein mit seiner Krone aus Festungsmauern machte die Elbe eine scharfe Biegung nach rechts. Zu beiden Seiten des Flusses rückten die Felswände näher. Dieses Stück zwischen Rathen und Wehlen war bei den Schiffern gefürchtet, mächtige Felsblöcke lagen hier mitten in der Elbe. Immer wieder stürzten neue Steine oder ganze Felswände in den Fluss, und so konnten sich die Flößer niemals sicher sein, an welcher Stelle sie auf Hindernisse oder Untiefen stoßen würden.

Wie die anderen auch hatte Moses seinen festen Platz eingenommen. Mit gespannter Aufmerksamkeit blickte er in das strudelnde Wasser, das sich seinen Weg zwischen den Felsbrocken suchte. Er stand neben Hans und Melchior an den Vorderschricken. Trotz des Rauschens und Klatschens der Wellen und der knappen Kommandorufe des Floßmeisters hörte er deutlich den angestrengten Atem seiner Freunde. Sie hielten die Enden der langen Stangen mit beiden Händen umklammert, bereit, beim ersten Ruf zu reagieren. Zweimal musste das Floß rasch seine Richtung ändern. Jedes Mal wurde Moses durch den heftigen Ruck beinah von den Füßen gerissen. Doch jedes Mal gelang es den Männern, einen Zusammenstoß mit einem Felsen im Strom zu verhindern. Alle atmeten auf, als sie links endlich die Stadtmauern und Turmspitzen von Pirna erblickten.

Kurz hinter dem Schloss auf dem Sonnenstein befahl der Floßmeister, die hinteren Pätschen in Richtung Ufer zu drehen. Moses vernahm den lauten Ruf: »Schricken fallen!« Vorn stießen Hans und Melchior die langen Holzstangen mit aller Kraft in den Uferschlamm. Den Ruck, der durch das Floß ging, konnte Moses diesmal besser abfangen. Er hörte, wie es in den Wieden zerrte und knisterte und zwischen den Stämmen krachte und quietschte. Weitere Erschütterungen durchliefen das lange Wassergefährt, ehe es endlich still lag.

Moses und einige andere warfen den Männern am Ufer ihre Seile zu. Der Floßmeister sprang behände an Land, um das Aufladen der Mühlsteine und anderer Sandsteinerzeugnisse zu überwachen, die sie hier am Pirnaer Steinplatz als Fracht aufnehmen wollten. Schon schleppten Träger die ersten der kreisrunden Steine auf hölzernen Tragen heran.

Aufmerksam musterte Moses die Vorstadt mit ihren geduckten, zumeist schilf- oder schindelgedeckten Fachwerkhäuschen. Nur einige Bauten wie das Zollhaus oder die Ziegelscheune waren aus Steinen gefügt und mit Ziegeln gedeckt. Dagegen ragten hinter der Stadtmauer zahlreiche rotleuchtende Dächer stolz in den Himmel, gekrönt wurden sie vom gewaltigen Dach einer Kirche mit einem gedrungenen Turm. Moses hatte Marthe versprochen, die Marienkirche zu besuchen, während die Arbeiter vom Steinplatz das Floß beluden. Schließlich musste er im letzten Herbst irgendwo zwischen Pirna und Dresden in den Fluss gefallen sein. Möglich, dass er hier gelebt hatte oder irgendwelchen Geschäften nachgegangen war. Auch sein Traum von letzter Nacht sprach dafür.

Da ihm nicht viel Zeit blieb, schritt er zügig durch das Schifftor in die Stadt. Von dort war es nur ein kurzer Weg hinauf zum Kirchplatz. Am zeitigen Nachmittag herrschte hier emsiges Treiben, denn an der Kirche wurde noch gebaut. Qualm stieg aus einer Schmiedeesse auf, und Moses hörte helle rhythmische Hammerschläge. Er musste zwei Arbeitern ausweichen, die einen behauenen Sandstein auf ihrer Trage schleppten. Rufe ertönten. Überall lag Staub in der Luft, der sich in den Kleidern und Haaren festsetzte und in der Nase kitzelte. Als sich Moses dem Kirchportal näherte, wurde er von zwei Steinmetzen mit blauen Schürzen aufgehalten.

»Wenn Ihr in die Kirche wollt, müsst Ihr ein wenig warten. Jetzt werden gerade die Teile für das neue Gerüst hereingebracht.« Der ältere der beiden deutete auf mehrere Zimmermannsgesellen, die lange Holzbalken auf den Schultern trugen.

»Beim letzten Gerüstaufbau gab es einen Unfall, mehrere Kirchgänger wurden verletzt«, erklärte sein Gefährte, der ein freundliches rundes Gesicht hatte. »Deshalb haben Meister Blechschmidt und Pfarrer Lauterbach angeordnet, dass wir die Besucher fernhalten, solange das Gerüst noch nicht steht. Aber es wird höchstens noch eine Stunde dauern.«

Eine Stunde? Moses schaute zum hohen Portal der Kirche hinüber und überlegte, ob er es sich leisten könne, so lange zu warten. Er sah, wie eine Frau, die ein dunkles Tuch um Kopf und Schultern geschlungen hatte, heftig auf einen der Zimmerleute einredete. Aber der Mann schüttelte energisch den Kopf und verwehrte auch ihr den Eintritt. Irgendeine Geste der Frau erweckte etwas in Moses. Dann drehte sie sich ein wenig zur Seite, und sofort schwand jedes Gefühl der Vertrautheit. Er bemerkte, dass die Frau hochschwanger war. Sie unternahm noch einen letzten Versuch, den Zimmermann umzustimmen. Als Moses sah, wie sie schließlich davonging, überkam ihn heftiges Mitgefühl. Sie trug nicht nur schwer an ihrem ungeborenen Kind, sie wurde auch von einem großen seelischen Schmerz niedergedrückt. Das sah er ihrem gebeugten Nacken und ihren hängenden Schultern an, und es schien ihm wie ein Echo seiner eigenen Seelenpein zu sein. Er schaute der Frau nach, bis sie um die nächste Häuserecke verschwand.

Dann zuckte er mit den Achseln und machte sich auf den Rückweg. In einer Stunde, so vermutete er, würde das Beladen des Floßes womöglich schon abgeschlossen sein. Der Floßmeister hatte vorhin alle gemahnt, sich nicht zu weit zu entfernen, damit sie rasch wieder ablegen konnten. Vor dem Abend noch mussten sie bis Dresden kommen. Offenbar soll es nicht sein, dass ich heute in dieser Kirche nach meinen Erinnerungen suche, dachte er. In Wahrheit hatte er ohnehin nicht daran geglaubt, etwas zu entdecken. Denn weder in der Vorstadt noch auf dem Weg zur Kirche war ihm auch nur ein Haus oder eine Gasse bekannt vorgekommen. Nur um sein Versprechen an Marthe zu halten, nahm er sich vor, in wenigen Wochen auf dem Nachhauseweg die Marienkirche erneut aufzusuchen.

Langsam schlenderte er zurück zum Tor. Als er am Steinplatz das Floß betrat, schob er die grüblerischen Gedanken entschlossen zur Seite. Was spielte es für eine Rolle, ob er seiner Vergangenheit heute begegnete oder später. Jetzt standen ihm eine aufregende Reise mit seinen Freunden und eine wichtige Arbeit bevor. Der Floßmeister hatte angeordnet, dass er, der kaum Erfahrung mit dem Flößen hatte, auf der Fahrt für das Essen zuständig war. Und er hatte hinzugefügt, dass davon in hohem Maße die Laune der Besatzung abhängen würde. Das bedeutete Lob, wenn die

Männer zufrieden waren, aber möglicherweise auch Flüche oder Schlimmeres, falls die Mahlzeiten ungenießbar waren. Moses war jedenfalls entschlossen, sein Bestes zu geben. Er griff sich zwei Ledereimer, die an der Feuerstelle bei den Hinterpätschen standen, sprang an Land und ging zu dem Wasserkasten, den er in der Nähe entdeckt hatte

Bald war das Verladen der Mühlsteine beendet, die Schricken wurden heraufgezogen, und die Fahrt ging weiter.

Der rothaarige Christoff trat zu Moses und seufzte: »Wenn wir nur erst die Brauden hinter uns hätten!«

Moses, der gerade dabei war, Mohrrüben und Lauch zu putzen, hob den Kopf. »Die Brauden, ist das nicht die schwierige Furt hinter Heidenau?«

»Genau die! Die Durchquerung der Brauden ist unsere nächste Herausforderung. Dort gibt es gefährliche Strudel. Passt ein Schiffer nicht auf, kann sein Schiff gegen einen Häger geschleudert werden, wo es zerschellt«, erklärte Christoff.

Moses schauderte. Jeder, der den Fluss befuhr, musste sich vor Hägern, angeschwemmten Untiefen aus Sand oder Steinen, hüten. Die Schwierigkeit, so hatte ihm der alte Hans erklärt, bestand darin, dass die Häger sich durch das Hochwasser im Frühjahr und Herbst stetig veränderten. Nie konnte man sich ganz sicher sein, wo man auf ein Hindernis stoßen würde.

Christoff schien ihm seine Ängste anzusehen. »Aber keine Sorge, Bruder, unser Floß ist viel schwerer als jeder Kahn. Ärgerlich wäre es allerdings schon, wenn es uns an einen Häger treiben würde. Es würde uns viel Zeit und Kraft kosten, von dort wieder loszukommen.«

Zu Moses' Erleichterung durchquerten sie auch die Brauden ohne Schwierigkeiten. Allerdings beobachtete er, wie der Floßmeister mit gespannter Aufmerksamkeit auf den Fluss starrte. Einige der Flößer murmelten sogar das Vaterunser, und manche tasteten nach Schutzamuletten unter ihren Hemden.

Als sie Dresden erreichten, sank bereits die Dämmerung herab.

Moses fiel auf, dass der Floßmeister kurz vor der Brücke am Schloss immer unruhiger wurde. Wiederum breitete sich Nervosität unter den Männern aus. Jeder stand erneut auf seinem Platz, bereit, jede Gefahr abzuwenden.

Moses hatte Mühe, die Brückenpfeiler auszumachen, denn das Tageslicht schwand zusehends. Wie eine dunkle Masse kam das Bauwerk im Fluss auf sie zu. Plötzlich gab es einen heftigen Ruck, Holz splitterte, Wasser spritzte, jemand schrie. Moses wurde von den Füßen gerissen, schlug schmerzhaft auf den Stämmen auf und spürte, wie sich das Floß unter ihm drehte. Gerade wollte er sich aufrappeln, da sah er den Brückenpfeiler auf sich zukommen. Er klammerte sich an eine der Wieden und drückte sich platt auf das Holz. Ein junger Kerl, der vor ihm gestanden hatte, wurde nach vorn geschleudert, als das Floß gegen den Pfeiler prallte. Moses wollte nach ihm greifen, doch da rutschte der Mann bereits über die Stämme in den Fluss. Moses kam auf die Knie, erblickte einen Kopf und zwei wild rudernde Arme. Gleich begriff er, dass der Mann, wie fast alle Flößer, nicht schwimmen konnte.

Er erhob sich schwankend, stolperte zum Rand des Floßes, das noch immer quer zwischen zwei Brückenpfeilern klemmte, und sprang in das schwarze Wasser. Im ersten Augenblick raubte ihm die Kälte den Atem, dann spürte er, wie ihn seine schweren Stiefel und die vollgesogene Kleidung nach unten zogen. Entschlossen kämpfte er die aufsteigende Angst nieder, trat Wasser, tauchte mit dem Kopf auf und blickte sich um. Da sah er eine Armlänge entfernt etwas aus dem Wasser kommen. Ohne zu zögern, griff er zu, erwischte nasses, glitschiges Haar und krallte sich darin fest. Mit aller Kraft zog er den Ertrinkenden zu sich heran. Doch der Mann war offenbar nicht mehr Herr seiner Sinne, er wehrte sich heftig und drohte, seinen Retter mit in die Tiefe zu ziehen. Moses blieb nichts anderes übrig, als den tobenden Flößer unter Wasser zu drücken, bis dessen Widerstand erlahmte. Dann legte er dem Bewusstlosen den Arm um den Hals und sah sich um. Er spürte, dass seine Kräfte rasch schwanden. Bis zum Floß, das noch immer an derselben Stelle lag, waren es nur wenige Schwimmzüge, aber Moses bezweifelte, dass er es schaffen würde. Plötzlich erhielt er einen Schlag gegen die Schulter, der seinen Arm augenblicklich taub werden ließ. Er ahnte, dass er mit einem der Stämme, die sich aus der Bindung gelöst hatten, zusammengeprallt war. Verzweifelt strampelte er sich ab, um sich und den Verletzten über Wasser zu halten. Immer stärker spürte er den Sog der Tiefe, Panik stieg in ihm auf.

Da klatschte es neben ihm im Wasser, und er hörte Christoffs tiefen Bass: »Schnell, nimm das Seil! Wir ziehen euch rüber!«

Moses versuchte, nach dem Seil zu greifen, doch seine gefühllosen Finger verweigerten ihm den Dienst. Mit zusammengebissenen Zähnen gelang es ihm beim dritten Versuch endlich, das nasse Tau zu packen. Helfende Hände reckten sich ihm entgegen, griffen nach dem Ohnmächtigen und hievten endlich auch Moses aus dem Fluss.

Später hockte er, in eine Decke gehüllt, neben der Bretterbude. Er hörte die scharfen Kommandos des Floßmeisters und sah, wie die Männer über das Floß liefen und mit ihren Haken hier schoben und dort zerrten. Vom Dresdner Ufer waren zwei Boote gekommen, deren Besatzung ebenfalls mit langen Stangen half, das Floß so weit zu drehen, dass es die Brücke passieren konnte. Moses war nicht in der Lage, etwas beizutragen. Er befürchtete, dass er sich beim Zusammenprall mit dem Stamm den Arm ausgekugelt hatte, der inzwischen höllisch schmerzte. Wahrscheinlich hatte ihm die raue Rinde auch die Haut aufgerissen, denn Blut lief ihm über den Arm und tropfte von seinem Handgelenk. Mit zusammengebissenen Zähnen versuchte er, sich aufrecht zu halten. Er sagte sich, dass es dem Mann, den er gerettet hatte, noch schlechter ging. Aber bevor das Floß nicht fest vertäut am Ufer lag, würde niemand Zeit haben, sich um die Verletzten zu kümmern.

25. Kapitel

An der Kirche war Sophia abgewiesen worden. Nein, der Superintendent sei ganz gewiss nicht mehr drinnen, hatte der Zimmermann am Portal ihr versichert. Und ohnehin dürfe jetzt niemand hinein, weil gerade ein neues Gerüst für eine weitere Säule errichtet werde. Da beschloss sie, keine weitere Zeit mit der Suche nach Pfarrer Lauterbach zu verlieren und es allein an der Fronfeste zu versuchen.

Der Weg von der Kirche dorthin war nur kurz, und Sophia stand schon bald vor dem schmalen Gebäude. Grau und abweisend erhob sich die Fassade mit den winzigen Fenstern vor ihr. Sie musste dreimal klopfen, bevor endlich ein vergittertes Fensterchen im Tor geöffnet wurde und einer der Fronknechte sie mürrisch nach ihrem Begehr fragte.

»Ich bin die Fuchsin, das Eheweib von Magister Heinrich Fuchs. Ich will zu Maria Fennigen, der Königin der Bomätscher«, verlangte sie mit energischer Stimme. Niemand sollte bemerken, wie angreifbar sie sich in Wahrheit fühlte.

»Wartet!« Der Knecht verriegelte das Fenster wieder.

Sophia trat ein paar Schritte zurück, verschränkte die Arme über dem Bauch und starrte auf das verschlossene Tor. Es war aus massiven Eichenbohlen gezimmert, fest und solide. Ihre Blicke glitten über die Sandsteinfassade. Im unteren Stock gab es keine Fenster. Nur ein paar schmale Schlitze waren in die Mauer eingelassen, und die lagen in einer Höhe, die Sophia, selbst wenn sie sich auf die Zehenspitzen gestellt hätte, nicht mit der Hand erreichen konnte. Im zweiten Stock dagegen gab es Fenster, die sogar verglast waren. Sophia wusste, dass dort Hans Frost, der Fronmeister seine Wohnung hatte.

Zwölf Monate waren erst vergangen, seit sie Niklas nach dem Schwertkampf mit dem Stadtschreiber hier besucht hatte. Aber so viel hatte sich seither ereignet, dass Sophia das Gefühl hatte, es müssten schon etliche Jahre vergangen sein.

Eine Magd mit zwei Ledereimern am Joch eilte an Sophia vorbei zum nahen Röhrkasten. Das Klappern ihrer Holzpantinen wurde von den Hauswänden zurückgeworfen.

Sophia beobachtete einige magere Hühner, die in einem Misthaufen scharrten. Es roch nach Kuhdung, faulem Stroh und Urin.

Endlich öffnete sich das Fensterchen im Tor der Fronfeste erneut, und Hans Frosts quadratischer Schädel erschien.

»Fuchsin?«

»Die bin ich.« Sophia trat auf die Tür zu.

»Was wollt Ihr?«

»Die Maria will ich sprechen, Fronmeister!«

Frost kniff die Augen zusammen. »Euch kenne ich doch!« Dann grinste er unverschämt. »Jetzt erinnere ich mich, nu klar! Ihr seid das Weib, das im letzten Jahr dem jungen Maler so eifrige Besuche abgestattet hat. Dorndorf hieß er. Wegen ungebührlichen Betragens auf dem Fechtboden hat er hier eingesessen, der Bursche. Hat ein paar lustige Zeichnungen an der Wand seiner Zelle hinterlassen. Jammerschade, dass ihn kurz darauf die Fische gefressen haben.«

Sophia spürte, wie ihr das Blut aus dem Gesicht wich. In ihren Ohren begann es zu rauschen.

Frosts Grinsen verschwand. »Na, na, gute Frau, Ihr werdet mir doch nicht hier vor der Tür in Ohnmacht fallen!« Er öffnete das Tor, trat heraus und nahm sie am Ellenbogen. »Nichts für ungut, Fuchsin. Dann kommt mal rein!«

Schaudernd folgte Sophia ihm in den dunklen, kalten Gang, der zu den Zellen führte. Gleich bei der ersten Tür blieb er stehen und entriegelte das Schloss.

»Aber nur so lange, bis ich mein Feierabendbier ausgetrunken habe, verstanden!« Ohne auf eine Antwort zu warten, verschloss Frost die Tür hinter der Besucherin wieder.

»Sophia, was tust du hier!« Marias Stimme schwankte zwischen Freude und Entsetzen.

Sophias Augen mussten sich zunächst an das Dämmerlicht in der Zelle gewöhnen. Sie vernahm ein schleifendes Klirren und sah dann, dass ihre Freundin mit einer Kette an die Wand gefesselt worden war.

»Ich stehe besser auf, denn wenn du dich zu mir auf den Fußboden setzt, kommst du nicht wieder hoch, fürchte ich«, sagte Maria.

Sophia ging nicht auf den scherzhaften Ton ein, stattdessen umarmte sie ihre Freundin. Deutlich nahm sie den Geruch der Angst an Maria wahr.

»Stimmt es, dass dir der Mord an Hinz zur Last gelegt wird?«, fragte sie mit belegter Stimme.

»Ja. Jemand muss mich an diesem Tag an der Scheune beobachtet haben. Ich hab gesagt, es wäre Notwehr gewesen, der Kerl hätte mir Gewalt antun wollen. Stimmt ja auch, irgendwie.« Sie verzog die Mundwinkel.

»Aber stell dir vor, Schumann meinte, eine Zeugin hätte gesehen, wie ich die Scheune mit der Börse von Hinz verlassen hätte.« Auf Marias Gesicht wechselten Ratlosigkeit und Zorn.

»Was für eine Börse? Das kann doch gar niemand gesehen haben, weil es nicht so war!«, empörte sich Sophia. »Aber keine Sorge, morgen bist du wieder frei. Ich gehe gleich anschließend aufs Rathaus und erzähle dort, was wirklich geschehen ist!«

»Bist du närrisch? Da ist irgendetwas im Gange, und ich will auf keinen Fall, dass du auch noch mit hineingezogen wirst!« Maria packte ihre Freundin so fest am Arm, dass Sophia leise aufschrie.

»Was heißt hier hineingezogen? Du hast den Kerl erstochen, um mich zu retten!« Sophia machte sich energisch los und trat einen Schritt zurück.

Die Bomätscherin hob beschwörend die Hände, ihre Ketten rasselten laut. »Sophia, du musst jetzt vor allem an dein Kind denken! Was ist, wenn sie dich auch einsperren? Willst du dein Kind etwa hier zur Welt bringen?« Maria deutete auf das schmutzige Stroh am Boden und die nackten Wände.

»Natürlich will ich das nicht. Aber ich werde auch nicht zulassen, dass du noch länger hier sitzt! Schumann kennt mich, er wird mir glauben!«

Maria zog die Augenbrauen hoch. »Ach ja, meinst du wirklich?«

Sophia waren selbst Zweifel gekommen, kaum dass sie die Worte ausgesprochen hatte. Aber sie streckte trotzig ihren Bauch vor. Sie würde nicht aufgeben, ohne wenigstens einen Versuch gemacht zu haben.

»Ja, das meine ich!«, sagte sie fest.

»Du machst einen Fehler, Sophia!«, sagte Maria eindringlich. »Statt mir zu helfen, bringst du dich selbst in Gefahr mit einer solchen Aussage. Besser wäre es, wenn du herausfinden könntest, wer diese angebliche Zeugin ist. Dann erfahren wir bestimmt auch, warum sie das tut.«

Sophia kaute an ihrer Unterlippe. Vielleicht hatte Maria recht, denn dass die Zeugin log, lag auf der Hand.

»Sie hat dich also damals an der Scheune beobachtet, das mag sein. Aber weshalb erzählt sie erst jetzt davon? Warum nicht schon damals im Winter oder im Frühjahr, als man Hinz' Leiche auf dem Werder gefunden hat?« Sophia starrte auf die Sandsteinquader der Wand, ohne sie bewusst wahrzunehmen.

»Eben, das frage ich mich schon seit Stunden«, war Marias Stimme zu vernehmen. »Weißt du noch, Schumann hat mich danach aufs Rathaus kommen lassen. Jemand hatte Hinz erkannt und ausgesagt, dass der sich vor einigen Jahren für eine Saison bei den Bomätschern verdingt hatte. Der Stadtschreiber wollte wissen, ob ich Hinz in den letzten Monaten am Fluss gesehen oder etwas über ihn gehört hätte. Spätestens da hätte diese angebliche Zeugin doch den Mund aufmachen müssen, oder?«

»Hm.« Irgendein Zusammenhang ist uns bisher entgangen, dachte Sophia.

Draußen rasselte der Schlüssel, dann erschien Hans Frost in der Tür. »Ihr müsst gehen, Fuchsin!«

»Nur noch einen Augenblick«, bat Sophia und wandte sich noch einmal an Maria: »Was ist eigentlich mit Jonas? Soll ich ihn zu mir nehmen?«

»Schluss jetzt! Ich habe längst Feierabend, und Ihr werdet auch brav nach Hause gehen und Eurem Ehemann das Abendessen richten, Weib«, knurrte Frost ungehalten.

Maria drückte Sophias Hand. »Jonas ist bei Doro. Sie wird sich um ihn kümmern, mach dir keine Sorgen.«

Beim Verlassen der Fronfeste entleerte Sophia den ganzen Inhalt ihrer Börse in die ausgestreckte Hand des Fronmeisters. »Sorgt dafür, dass Maria eine warme Decke und ordentliches Essen bekommt«, verlangte sie.

Frost grinste. »Aber, aber, Ihr solltet Euch doch daran erinnern, dass ich die Gefangenen stets aufs Beste versorge. Ganz im Sinne des hochwohllöblichen Rates übrigens. Die Herren schätzen es nämlich gar nicht, wenn ein Delinquent wegen Schwäche unter der Folter wegstirbt. Womöglich noch ohne Geständnis!«

Benommen trat Sophia aus dem düsteren Gebäude auf die Gasse. Sie blinzelte ins helle Nachmittagslicht und fragte sich einen Augenblick, ob das, was sich eben in der Fronfeste abgespielt hatte, wirklich geschehen war. Maria, ihre beste Freundin, saß unter Mordanklage in einer Zelle! Dass ihr womöglich gar die Folter drohen könnte, darüber wollte Sophia jetzt auf keinen Fall nachdenken. Trotzdem hatte sie auf der Stelle das Bild ausgerenkter, verstümmelter Glieder vor Augen.

»He da, aus dem Weg!«, erscholl plötzlich eine derbe Stimme. Zeitgleich vernahm Sophia das Rumpeln eines Fuhrwerks.

Erschrocken drückte sie sich gegen eine Hauswand auf der anderen Seite der Gasse, um nicht von einem Ochsenkarren umgefahren zu werden, der, mit Strohballen beladen, fast die ganze Straßenbreite einnahm.

Ein rotgesichtiger Bauer führte den Ochsen. Er sah sie im Vorbeigehen kopfschüttelnd an. »Andere Leute können nicht am hellen Tag herumstehen und dem Herrn die Zeit stehlen. Andere müssen arbeiten«, brummte er.

Dem Karren folgten kurze Zeit später einige Zimmerleute, die Bretter und Werkzeuge trugen. Sophia schloss kurz die Augen, als ihr der frische Duft von Kiefernharz in die Nase stieg.

Sie raffte ihren Rock und eilte die Gasse hinauf, Richtung Obertor. Es würde Maria kein bisschen nützen, wenn sie noch länger herumstand und sich ihren Ängsten hingab. Sie musste nach Hause, um dort gemeinsam mit Heinrich in Ruhe zu überlegen, was als Nächstes zu tun sei. Dieser Gedanke ließ sie gleich ein wenig leichter atmen. Da fiel ihr ein, dass der Magister heute gar nicht nach Hause kommen würde. Einen Moment war sie versucht, umzudrehen und zum Kloster zu gehen. Doch was, wenn sie dort jemand sah, wie sie nach ihrem Mann suchte, der inzwischen schon zu Hause sein müsste. Sie könnten beide in Schwierigkeiten geraten, vor allem jedoch könnte sich die Suche nach dem Codebuch dadurch auf unbestimmte Zeit verzögern. Nein, das Gespräch mit Fuchs musste bis morgen warten!

Der Nachmittag war mittlerweile fortgeschritten, und wie üblich musste sich Sophia am Obertor zunächst in die Schlange aus Bauern, Handwerkern, Hausierern und allerlei anderem Volk einreihen.

Während sie darauf wartete, das Tor zu passieren, spürte sie einen leisen Schmerz in ihrem Bauch, eine Art Ziehen. Doch da er rasch wieder verschwand, richtete sie ihre Aufmerksamkeit erneut darauf, wie sie Maria so schnell wie möglich aus der Fronfeste befreien konnte. Wenn wenigstens Marten hier wäre! Doch es würde sicher noch ein paar Tage dauern, bis er aus Meißen zurückkäme. Da fiel Sophia ein, wie Meister Arnold sie im letzten Jahr bei der Suche nach dem Mörder von Onkel Anton und Thomas Bockewirth unterstützt hatte. Der Bader war ein einfallsreicher Mann und ein guter Freund.

Sophia drehte sich um und drängte sich durch die Wartenden. Sie eilte die Obere Burggasse zurück, bog nach links in die Schlossgasse ein, überquerte den Markt, wo bereits die ersten Stände abgebaut wurden, und erreichte bald schwer atmend die Badergasse.

Vor dem Baderhaus schüttete Meister Arnolds Badeknecht eben das Wasser aus einem großen Holzzuber. Strudelnd und blubbernd suchte sich das Rinnsal seinen Weg die Gasse hinab. Doch lange, bevor es die Elbe erreichen konnte, vermischte es sich mit Straßenstaub und Unrat zu einem braunen Brei. Sophia machte große Schritte, um beim Überqueren der Badergasse möglichst nicht so viel davon an ihren Schuhen mitzuschleppen.

»Gott zum Gruß, Fuchsin! Der Meister ist in der Badestube, geht nur hinein. Gebt mir Eure Schuhe, ich werde sie reinigen!«, begrüßte sie Arnolds Knecht. Dann ging er, ohne sich weiter um die Besucherin zu kümmern. Schließlich war sie im letzten Jahr wochenlang ein Mitglied des Haushaltes gewesen und kannte sich aus.

Auf Strümpfen durchquerte Sophia die Halle und betrat die Badestube durch Arnolds Behandlungszimmer. Feuchte, warme Luft, durchdrungen von Seifen- und Kräuterduft, schlug ihr entgegen.

Die Badezeit war bereits vorbei, zwei Mägde waren dabei, die Badestube zu reinigen. Eine von ihnen bemerkte Sophia und deutete in den hinteren Teil des Gewölbes. »Der Meister nimmt gerade selbst ein Bad. Er wird sich freuen, Euch zu sehen, Sophia.«

Sophia bahnte sich ihren Weg durch die dampfgeschwängerte Luft und entdeckte Arnold endlich hinter einem Vorhang aus Laken. Der Bader hockte in einem der Zuber. Dabei sah seine lange Gestalt aus, als habe er sie zusammengeklappt. Eine der Bademägde schrubbte dem Meister hingebungsvoll den Rücken.

Arnold wischte sich das Wasser aus dem Gesicht und wies einladend auf einen Schemel. »Sophia, wie schön!«

Er musterte sie aus seinen klugen, grauen Augen, dann wandte er sich an die Magd: »Trine, sei so gut und bring unserem Gast einen Becher Most. Aber den kühlen, aus dem Keller!«

Kaum war das Mädchen fort, fragte er: »Ihr seht besorgt aus, Sophia. Was ist geschehen?«

Sophia seufzte: »Das ist eine lange Geschichte, Valentin. Aber ich werde versuchen, mich kurz zu fassen.« Mit knappen Worten berichtete sie, wie sie damals in der Scheune an der Elbe auf Maria gewartet hatte und zwei ehemalige Landsknechte versucht hatten, sie zu vergewaltigen. Maria war dazugekommen, hatte den einen mit ihrem Messer getötet, der andere entkam. Zunächst hatten sie die Leiche unter dem Heu in der Scheune versteckt, später hatte Maria den Toten mithilfe einiger Bomätscher in den Fluss geworfen. Leider war der Leichnam im Schilf am Copitzer Werder hängen geblieben und nach der Schneeschmelze im Frühjahr von einem Bauern entdeckt worden. Nun, über ein Jahr nach dem Fund der Leiche, war eine Zeugin aufgetaucht, die behauptete, Maria beobachtet zu haben, wie sie die Scheune mit gezücktem Messer betreten und mit der Börse des Toten wieder verlassen habe.

»Wenn wir wüssten, wer die Frau ist, die Maria beschuldigt, könnten wir vielleicht herausfinden, warum sie lügt. Das würde helfen, Marias Darstellung des Geschehens zu bestätigen.« Sophia hielt erschöpft inne und presste die Hände gegen den Bauch, denn das schmerzhafte Ziehen kehrte zurück.

Der Bader sah sie besorgt an. »Geht es Euch gut, Sophia?«

Da kehrte Trine mit einem Becher zurück. Während Sophia trank, begann die Bademagd, Arnolds Schultern zu walken.

Sophia hatte ihren Becher geleert und horchte in sich hinein. Das Ziehen war wieder verschwunden.

»So geht das nicht, Meister!« Die ungehaltene Stimme Trines unterbrach Sophias Innenschau. »Wie soll ich Eure Schultern kneten, während Ihr die Fäuste ballt?« Sie hatte ihre runden Arme in die Hüften gestemmt und sah ihn strafend von oben herab an. »Man könnte meinen, Ihr wolltet gleich eine Prügelei anfangen, anstatt die Wohltaten des Bades zu genießen!«

»Nicht jetzt!« Arnold schüttelte mit einer ungehaltenen Bewegung die Hände der Magd von seinen Schultern. »Geh lieber und säubere den Behandlungsraum.«

Trine wischte sich die nassen Hände an ihrem ohnehin schon feuchten Hemd ab und murrte: »Wie Ihr wollt, aber rechnet nicht mit meiner Hilfe, wenn Ihr wieder einen Hexenschuss bekommt, wie im vergangenen Winter!«

Der Bader ignorierte sie und wandte sich an Sophia: »Es ist mir natürlich eine Ehre, dass Ihr meinen Rat in dieser Sache sucht, aber was sagt eigentlich der Magister dazu?«

Sophia überlegte kurz, ob sie Arnold von der Suche nach dem Codebuch erzählen sollte. Doch der Bader hatte ihr letztes Jahr selbst geraten, möglichst keinem etwas über das geheimnisvolle Buch zu erzählen, das bereits so viel Unheil verursacht hatte. Also antwortete sie: »Der Magister kommt erst morgen wieder nach Hause. Er ist, äh, er musste nach Dresden. Wegen eines Teils für seine Uhr. Das kann ihm nämlich in Pirna niemand fertigen.«

»Ach so?« Arnold warf ihr einen langen Blick zu. Dann lehnte er sich in seinem Zuber zurück und schwieg eine Weile.

»Ihr solltet jetzt trotzdem nach Hause gehen, Sophia«, sagte er schließlich. »Überlegt, ob Euch jemand einfällt, mit dem Maria in letzter Zeit Streit hatte. Eine neidische Nachbarin vielleicht? Und Ihr solltet Marten eine Nachricht schreiben. Er muss so schnell wie möglich zurückkommen. Ich schicke Jakob morgen zum Hafen. Er findet sicher einen Schiffer, der in Meißen anlegt und Euren Brief mitnimmt«, versicherte der Bader.

Am Obertor war das Gedränge inzwischen noch größer geworden, und Sophia musste länger warten. Sie hatte es gerade passiert, als sie erneut den ziehenden Schmerz verspürte. Der

Schweiß brach ihr aus, als ihr der Gedanke kam, ob dies etwa die ersten Anzeichen der Geburt sein könnten. Aber dann ebbte der Schmerz ebenso schnell ab, wie er gekommen war. Sophia setzte ihren Weg langsam fort. Sie versuchte, sich zu beruhigen. Ganz sicher waren das noch keine Wehen, überlegte sie. Dafür war es noch zu früh. Die alte Gertrud hatte ihr bei ihrem Besuch vorgestern angekündigt, dass sich das Kind in ihrem Bauch in den nächsten Tagen senken würde. Natürlich, dachte Sophia, das mussten die Senkwehen sein, von denen Gertrud gesprochen hatte.

26. Kapitel

einrich Fuchs tauchte mühsam aus einem unruhigen Dämmerschlaf auf. Als Erstes nahm er den bohrenden Schmerz in seinem Rücken wahr, dann den dumpfen Geruch von feuchtem Stein. Die Glockenschläge von St. Marien drangen in sein Bewusstsein. Er versuchte mitzuzählen: »… acht, neun?« Nein, unmöglich, es musste schon elf oder zwölf sein, denn draußen war es bereits vollkommen dunkel und still.

Mit steifen Gliedern erhob er sich von seinem Lager. Er beugte sich vor, um den Rücken zu entlasten. Seine Arme und Beine fühlten sich an, als wären sie aus Holz. Vorsichtig versuchte er, die Schultern kreisen zu lassen. Das laute Knacken, das dabei entstand, ignorierte er. Für eine Nacht auf dem Steinboden einer Klosterzelle war er eindeutig zu alt geworden. Aber für Selbstmitleid blieb jetzt keine Zeit! Im spärlichen Mondlicht, das durch eine winzige Fensteröffnung an der Rückseite der Zelle fiel, tastete er sich zur Tür, schob den Riegel zurück und spähte in den Kreuzgang.

Vom Klosterhof und den angrenzenden Gebäuden nahm er keinen Lichtschimmer wahr. Er roch die feuchte Erde des nahen Beetes, und ein schwacher Wind trug den honigschweren Duft der Lindenblüten von der Klosterkirche herüber. Nichts regte sich, und abgesehen vom Zirpen der Grillen war es vollkommen still in dem kleinen Geviert um das Gärtchen des Kantors. Ganz anders als vor ein paar Stunden, da hätten ihn die drei kleinen Buben seines Kollegen bei ihrem Versteckspiel beinah entdeckt. Fuchs konnte wirklich von Glück sagen, dass der Riegel an der Tür der

Zelle dem wilden Zerren der Kinderhände standgehalten hatte. Und Gott sei Dank war auch keiner der Knaben so schlau gewesen, sich zu fragen, wieso eine leere Zelle von innen verriegelt sein konnte.

Er ließ die Tür offen, um mehr Licht zu haben, und suchte das Werkzeug zusammen, das er gestern Morgen hinter ein paar wurmstichigen Brettern versteckt hatte. Er fand auch das Talglicht wieder, das er zur Zunderbüchse in die Tasche seines Talars steckte. Bevor Heinrich Fuchs die Zelle verließ, lauschte er abermals in die Dunkelheit. Irgendwo regte sich ein Vogel, Fuchs hörte einen Flügelschlag und vernahm ein kurzes Trällern. Ob Vögel wohl auch träumten?

Langsam trat er hinaus in den Kreuzgang, seine Finger umklammerten den Hammer und das kurze Brecheisen. Nach wenigen Schritten stand er vor der zugenagelten Zelle, in der Pater Johannes, der letzte Subprior, gewohnt hatte. Fuchs legte das Werkzeug auf den Boden und tastete mit beiden Händen die Bretter und Nägel ab. Trotz der kleinen Splitter, die sich dabei in seine Haut bohrten, fuhr er mit den Fingern an den Fugen zwischen dem Holz entlang. Endlich stieß er auf das lose Brett, das er vorgestern entdeckt hatte. Behutsam schob er das Brecheisen in den Spalt und drückte es langsam nach oben. Das Brett machte ein knarzendes Geräusch, als sich die Nägel aus dem Türrahmen lösten.

Sofort hielt der Magister inne, mit angehaltenem Atem verharrte er reglos, lauschte abermals. Die Grillen hatten aufgehört zu zirpen, nun war es absolut still im Kreuzgang. Modergeruch wehte ihm aus dem Inneren der Zelle entgegen. Vorsichtig lehnte Fuchs das Brett an die Wand zu seinen Füßen. Jetzt würde es leicht sein, zwei, drei weitere Bretter zu entfernen und durch die entstandene Öffnung zu schlüpfen.

Kurze Zeit später stand er schwer atmend im Inneren der Zelle. Er kramte Lampe und Zunderbüchse aus seiner Tasche. Wenn er hier nach einem Versteck suchen wollte, brauchte er

Licht. Als die Talglampe rußend und blakend brannte, sah er sich um. Die Zelle des Subpriors glich der, in der er sich am späten Nachmittag, als der Unterricht zu Ende war, verborgen hatte. Bis auf faulige Strohreste und modrige Stofffetzen in einer Ecke war auch dieser Raum vollkommen leer.

Der Magister beschloss, zuerst den Boden zu untersuchen, der ein fast perfektes Quadrat bildete. Stück für Stück leuchtete er die Sandsteinplatten ab und beklopfte sie sachte mit dem Brecheisen. Er hoffte, so eventuell verborgene Hohlräume zu entdecken. Sogar in dem modrigen Stroh stocherte er umher, bis er sich überzeugt hatte, dass auch dort nichts Ungewöhnliches zu finden war.

Anschließend hielt Fuchs die Lampe höher und betrachtete die Wände: Sandsteinquader, sauber zusammengefügt, unverputzt. Gerade wollte er damit beginnen, die Wände ebenfalls systematisch abzuklopfen, da entdeckte er in der linken Wand, etwa in Brusthöhe, eine Nische. Er trat näher, um die Stelle besser auszuleuchten, und erkannte am Rand kleine Vertiefungen. Offenbar war dort früher eine Tür befestigt gewesen, dachte er. Es könnte eine Art Wandschrank gewesen sein, für Bücher vielleicht oder Schriftstücke. Immerhin war der Mönch, der hier gewohnt hatte, der Stellvertreter des Priors gewesen, das würde einen besonderen Schrank in seiner Zelle erklären.

Heinrich Fuchs spürte, wie sich sein Herzschlag beschleunigte, er war also wirklich auf der richtigen Spur. Während er die qualmende Lampe mit der linken Hand hielt, tastete seine Rechte über jeden einzelnen Stein in der Wandnische. Da fühlte er, dass einer der Steine locker lag. Er versuchte, seine Fingerspitzen in den schmalen Spalt zwischen diesem und dem nächsten Stein zu zwängen. Dabei schürfte er sich die Haut an den Fingerknöcheln und brach sich einen Nagel ab. Fuchs achtete nicht auf den Schmerz, sondern ruckelte und zerrte verbissen, bis es ihm endlich gelang, den Stein zu lösen. Er legte ihn auf den Boden und leuchtete mit seiner Lampe in das entstandene Loch.

Als er das Papier erblickte, durchzuckte ihn ein freudiger

Schreck. Er wechselte die Lampe in die rechte Hand, um zu vermeiden, dass er den Fund mit seinem Blut befleckte. Doch bereits in dem Augenblick, als seine Finger das Papier zu fassen bekamen, wurde ihm klar, dass dies keineswegs ein Büchlein war, sondern nur ein einfaches gefaltetes Blatt, ziemlich brüchig noch dazu. Behutsam hob er es empor. Dann betrachtete er seinen Fund im trüben Licht der Lampe. Tatsächlich begann das Papier an den Falzen schon zu zerfallen. Aufgrund der Faltung vermutete Fuchs, dass es sich um einen Brief handelte, einen, der hier bereits seit vielen Jahren lag.

Unschlüssig betrachtete er das stark vergilbte Blatt. Würde er es jetzt entfalten, riskierte er, dass es zerfiel. Um den Brief lesen zu können, falls es tatsächlich einer war, reichte das Licht der Lampe womöglich nicht aus. Es war also besser, wenn er seine Neugier bezwang und das Fundstück zunächst einmal sicher verwahrte. Nur wo? Da fiel ihm das Bändchen mit den Cicero-Briefen ein, das seit den Lektionen am Nachmittag noch immer in der linken Tasche seines Talars steckte. Er setzte die Lampe ab und fingerte das Büchlein aus dem Mantel. Da er den Brief nicht aus der Hand legen wollte, löste er mit den Zähnen das Lederbändchen, welches das zerlesene Buch daran hindern sollte auseinanderzufallen. Er klappte es auf und legte den Brief vorsichtig zwischen die Seiten. Aufatmend umwickelte er das Ganze wieder mit dem schmalen Lederband und verstaute es in seiner Tasche.

Dann griff er nach Lampe und Brecheisen und verfuhr mit den Wänden, wie zuvor mit dem Fußboden. Aber das Ergebnis war das Gleiche, überall gediegener Stein, nirgends ein weiterer Hohlraum, kein Versteck.

Als der Magister die Lampe löschte und die Zelle verließ, verkündete ein einzelner Glockenschlag die erste Stunde des neuen Tages. Kurz darauf ertönte der Singsang des Nachtwächters direkt von der anderen Seite des Kreuzgangs, wo die Dohnaische Gasse lag. Fuchs lehnte sich gegen die Mauer der Zelle. Müde und fröstelnd wartete er ab, bis die Stimme des Nachtwächters in der Ferne verhallte.

Dann machte er sich daran, die losen Bretter wieder anzubringen, wobei er den Hammer mit einem Lumpen umwickelte, um die Schläge abzudämpfen. Dennoch hielt er immer wieder inne, um zu lauschen. Glücklicherweise blieb alles ruhig, niemand schien von seinem nächtlichen Treiben Notiz zu nehmen.

Zurück in seinem Versteck streckte sich Heinrich Fuchs wieder auf dem harten Boden aus. Die alte Decke, die ohnehin nichts abfedern konnte, knüllte er zusammen und schob sie sich unter den Kopf. So liegt wenigstens der edlere Teil von mir einigermaßen weich, dachte er.

Eigentlich hatte er vorgehabt, die Stunden bis zum Morgengrauen zu verschlafen, doch daran war nicht zu denken. Lag es an dem harten Lager oder daran, dass er sich immer wieder vorstellen musste, wie sich Sophias Augen aufgeregt und entzückt weiten würden, wenn er ihr mittags den Brief zeigte? Natürlich konnte es sich bei dem Blatt Papier auch um etwas vollkommen Belangloses handeln, das war sogar wahrscheinlich. Aber wer weiß? Immerhin kam er von dieser ersten Suche nicht mit leeren Händen nach Hause zu seinem Weib.

Fuchs schob die Arme unter den Kopf, lauschte dem Rascheln kleiner Tiere in der Finsternis und dachte an den Kuss, den er Sophia gegeben hatte, bevor er ging. Natürlich war sie viel zu überrascht gewesen, um ihn zu erwidern oder überhaupt darauf zu reagieren, aber er spürte noch ihren Mund unter seinen Lippen und roch den Duft nach frischem Brot und Honig, der sie am Morgen umgeben hatte. Ob Sophia eigentlich ahnte, was er für sie empfand? Manchmal schalt er sich einen Feigling und Narren, weil er ihr nicht bereits damals, als er ihr die Ehe anbot, gestanden hatte, dass er sie liebte. Doch er hatte sich schon so sehr daran gewöhnt, sie ohne jede Hoffnung zu verehren, dass es ihm einfach unmöglich gewesen war, auf einmal darüber zu sprechen. Und außerdem hatte sie um Dorndorf getrauert, der vor ihren Augen umgebracht worden war.

Das hatte sie damals fast das Leben gekostet, erinnerte sich Fuchs. Er sah Sophia wieder vor sich, wie sie blass und reglos mit offenen Augen in ihrem Bett lag, nachdem sie tagelang an hohem Fieber gelitten hatte. Nur ihr Körper hatte in diesem Bett gelegen, ihr Geist war weit weg gewesen und erst langsam wieder zurückgekehrt in seine leibliche Hülle. Er hatte damals stundenlang an ihrem Bett gesessen, ihr vorgelesen oder einfach nur zu ihr gesprochen. Das könnte helfen, hatte Arnold gesagt. Und tatsächlich, eines Tages hatte sie ihn angeblickt, klar und wach, und dann hatte sie erklärt, sie hätte Hunger.

Unruhig bewegte sich Heinrich Fuchs auf dem Steinboden. Vielleicht hätte er doch besser zu Hause bleiben sollen heute Nacht?

27. Kapitel

Sophia erwachte aus einem unruhigen Schlaf. Das Ziehen in ihrem Bauch, das sie am Abend noch ein paarmal verspürt hatte, war wieder da. Diesmal war der Schmerz kräftiger und hielt länger an. Sie stand auf, schlang sich ein Tuch um die Schultern und tastete sich zur Tür. Vorsichtig ging sie die Treppe hinunter und suchte den Abtritt im Hinterhof auf. Das Gehen tat gut, merkte sie, und der Schmerz ließ nach.

In der Küche brauchte sie einige Zeit, bis sie das Herdfeuer angefacht hatte. Sie wollte sich einen Melissentee kochen. Als sie das Wasser in den Kupferkessel gefüllt hatte, war auch der Schmerz wieder da. Keuchend stützte sie sich auf die Platte des Küchentischs. Wenn sie in den Bauch atmete, wurde der Schmerz erträglicher, stellte sie fest.

Ihr Blick fiel auf den Brief für Marten. Sie hatte ihn noch geschrieben, bevor sie zu Bett gegangen war, damit sie ihn sofort griffbereit hatte, wenn der Gehilfe des Baders am Morgen kam. Sicherlich würde Marten nicht zögern und sofort nach Pirna zurückkehren. In zwei bis drei Tagen könnte er hier sein, überschlug Sophia.

Endlich begann das Wasser zu kochen. Sophia gab getrocknete Melissenblätter in einen Becher und fügte noch ein wenig Lavendel hinzu. Während sie wartete, bis das Getränk so weit abgekühlt war, dass sie es zu sich nehmen konnte, überrollte sie eine neue Schmerzwelle. Wieder beugte sie sich über die Tischplatte, atmete und wartete, dass es vorbeiginge. Wie heftig die Senkwehen waren, hatte Gertrud nicht erzählt!

Sie trank den heißen Tee in langsamen Schlucken und dachte über ihr Gespräch mit Meister Arnold nach. Kannte sie jemanden, der Maria schaden wollte? Natürlich hatte Maria nicht nur Freunde in der Schifftorvorstadt. Sie war die Anführerin der Bomätscher, das bedeutete, sie musste Tag für Tag dafür sorgen, dass die fünfzehn Männer ihren Anweisungen folgten. Das war nicht immer leicht, denn die Schiffszieher waren ein bunt zusammengewürfelter Haufen. Junge Burschen waren darunter, die kein Handwerk erlernen konnten, weil sie unehrlicher Herkunft waren, aber auch ehemalige Schiffer, die ihr Handwerk nicht mehr ausüben konnten. Gab es viel zu tun, verdingten sich bei den Bomätschern auch Fremde, wie die zwei ehemaligen Landsknechte Hinz und Kunz vor Jahren. Doch die beiden waren dem Schnaps weitaus mehr zugeneigt gewesen als ehrlicher Arbeit. Maria hatte erzählt, dass sie sich den strengen Regeln der Bomätscher widersetzt und immer wieder Streit angezettelt hatten. So hatte Marias Vater, der damals noch König bei den Schiffsziehern gewesen war, die beiden schließlich davongejagt. Auch Maria durfte solches Verhalten nicht dulden, denn das Bomätschen war nicht nur eine harte Arbeit, es barg auch so manche Gefahr. Dann war es notwendig, dass die Männer Disziplin hielten und sofort auf die Kommandos reagierten. Immer wieder kam es beim Schiffziehen zu Unfällen, von denen manche tödlich endeten.

Sophia hatte den Becher geleert und merkte, dass sie schon wieder zum Abtritt musste. Seufzend hockte sie kurz darauf auf dem Holzsitz über der Senkgrube, die in der milden Frühsommerluft ihre übel riechenden Dämpfe stets besonders heftig abzusondern schien. Aber, auch wenn der Gestank unangenehm war, bemerkte Sophia sofort, dass ihr die hockende Haltung durchaus guttat, als der Schmerz in ihrem Leib wieder aufbrandete. Also blieb sie sitzen, bis die Welle vorüberging. Sie wusch sich Hände und Gesicht am Brunnen und spürte, dass an Schlaf nicht mehr zu denken war. Eine Unruhe hatte von ihr Besitz ergriffen, die nicht nur mit der Sorge um Maria zusammenhing.

Das Sternenlicht wies ihr den Weg zu der wackligen, kleinen Gartenbank. Sie ließ sich darauf nieder und lauschte den nächtlichen Geräuschen. Ob Maria heute Nacht in ihrer Zelle Schlaf fand? Nein, dachte Sophia, viel wahrscheinlicher würde ihre Freundin ebenfalls darüber nachdenken, wer ihr schaden wollte. Maria musste sich täglich in einer Männerwelt behaupten. Aber die Bomätscher hatten sie nicht ohne Grund zu ihrer Anführerin gewählt.

Sie achteten und respektierten sie, weil sie anpacken konnte wie ein Mann, aber auch, weil sie lesen, schreiben und rechnen konnte. Das war ein großer Vorteil, wenn sie mit den Schiffern über den Lohn für ihre Männer verhandelte. Allerdings, überlegte Sophia, war es ja auch kein Mann gewesen, der Maria des Mordes und Raubes bezichtigt hatte.

Plötzlich fiel ihr ein, wie sie Maria vor einigen Monaten auf dem Markt begegnet war. Sie hatten Hannes, den Büttel der Bomätscher getroffen und dessen Verlobte. Sophia erinnerte sich daran, dass das hübsche, füllige Mädchen Maria geradezu boshaft angestarrt hatte. Oh ja, Eifersucht konnte durchaus eine Quelle für Hass und Verleumdungen sein.

Sophia fühlte eine neue Welle des Schmerzes herannahen. Sie stand auf und umklammerte mit den beiden Händen die Lehne der Bank. Diesmal waren die Schmerzen so heftig, dass sie laut aufstöhnte. Dabei fühlte sie, wie in ihrem Becken etwas ins Rutschen geriet. Gleichzeitig wurde ihr bewusst, dass das auf keinen Fall nur Senkwehen sein konnten, denn auf einmal verspürte sie auch den Drang, zu pressen. Der Schreck fuhr ihr in die Glieder, als sie begriff, dass sie kurz davor stand, ihr Kind zur Welt zu bringen. Sie brauchte Hilfe, sofort!

Als Sophia aus der Haustür trat, sah sie, dass die Vorstadt bereits in tiefstem Schlaf lag. Inzwischen waren Wolken aufgezogen, sodass es in der Gasse vollkommen dunkel war. Wenn sie auf die andere Seite wollte, um an das Tor des Schmiedemeisters zu klopfen, benötigte sie Licht. Aber noch in der Tür wurde sie von einer neuen Wehe erfasst. Nein, wenn sie jetzt hinausging, lief sie Gefahr, ihr Kind mitten auf der Gasse zu gebären.

Sie kehrte in die Küche zurück und überlegte hastig, was sie bisher von anderen Frauen über Geburten gehört hatte. Dies war zum Glück ein Thema, über das Frauen gern und oft sprachen, zumal mit einer Schwangeren. Allerdings waren die Erfahrungen, die sich Sophia anhören musste, recht unterschiedlich gewesen. Eines hatte sie allerdings immer wieder gesagt bekommen, nämlich, dass es beim ersten Kind für gewöhnlich lange dauerte. Zu dumm, dachte Sophia, dass mein Kind da wohl eine Ausnahme macht. Sie lauschte in sich hinein, versuchte zu erspüren, wie es ihrem Kind ging. Da fühlte sie, dass sich die nächste Wehe ankündigte. Sie atmete schneller, wie es ihr Gertrud empfohlen hatte, um dem Schmerz nicht hilflos ausgeliefert zu sein. Die zierliche Köchin hat zwei ihrer Kinder ganz allein entbunden, während ihre Familie draußen auf dem Feld die Ernte einbrachte. Da werde ich das auch irgendwie schaffen, versuchte Sophia, sich selbst Mut zu machen.

Erleichtert stellte sie fest, dass das Feuer im Herd noch glühte. Sie goss mehr Wasser in den Kupferkessel und suchte dann in der Truhe auf der Diele nach ein paar Tüchern. Sie überlegte, was sie noch benötigen würde. Ein Messer, fiel ihr ein, denn sie würde die Nabelschnur durchtrennen müssen, und einen Faden, um den Nabel abzubinden. Wo genau band man den ab? Und würde das Durchtrennen der Nabelschnur schmerzhaft sein? Sophia konnte sich nicht erinnern, etwas zu diesem Thema gehört zu haben. Egal, es musste sein. Ihr fiel ein, dass sie als Kind miterlebt hatte, wie eine Hündin ihre Jungen gebar. Das Tier hatte die Nabelschnur einfach durchgebissen und die Nachgeburt hinterher aufgefressen.

Die nächste Wehe erfasste Sophia. Der Drang, das Kind herauszupressen, war jetzt übermächtig. Sie biss vor Schmerz die Zähne zusammen und stöhnte laut. Was sollte sie tun? Sich auf den Boden legen? Vorsichtig ging sie in die Hocke und stellte fest, dass diese Stellung geeignet war, dem Kind den Weg nach draußen zu erleichtern. Sie zerrte mit einer Hand ihr Hemd hoch, mit der anderen angelte sie die Tücher vom Tisch und breitete sie unter sich aus. Mit einer Mischung aus Staunen und Schreck sah sie, dass zwischen ihren Beinen etwas hervorgetreten war. Als sie danach tasten wollte, packte sie die nächste Wehe. Sie presste mit aller Kraft nach unten, und in einem Schwall aus Wasser und Blut rutschte das Kind aus ihr heraus, direkt in ihre ausgestreckten Hände. Ihre Knie zitterten und drohten, unter ihr nachzugeben. Dennoch durchströmte Sophia warmes Glücksgefühl, als sie erkannte, dass es ein kleiner Junge war. Niklas' Sohn!

Vorsichtig legte sie das Kind auf die durchweichten Tücher und griff nach dem Messer. Mehrfach entglitt es ihren glitschigen Fingern. Erst nachdem sie sich das Blut von den Händen gewischt hatte, konnte sie es fest genug fassen. Doch als sie nach der Nabelschnur griff, erstarrte sie. Das Kind, das eben noch mit seinen dünnen Armen und Beinen gerudert hatte, lag nun reglos vor ihr auf den blutgetränkten Tüchern, seine Augen waren geschlossen. Sophia konnte nicht erkennen, dass sich die kleine Brust hob und senkte. War es überhaupt noch am Leben? Sophias Herz hämmerte angstvoll, in ihren Ohren begann es zu rauschen, dann wurde ihr schwarz vor den Augen. Das Messer fiel mit einem dumpfen Klirren auf die Sandsteinfliesen.

28. Kapitel

Noch bevor der Morgen dämmerte, erhob sich Heinrich Fuchs von seinem unbequemen Lager. Er versteckte die Decke unter dem alten Stroh in der Ecke der Zelle – dort, wo er gestern bereits Hammer und Brecheisen verborgen hatte. Anschließend legte er, der Morgenkälte zum Trotz, seinen Talar ab, fischte den zerlesenen Cicero mit der empfindlichen Beute der vergangenen Nacht aus der Tasche und schüttelte den Mantel aus. Vor allem an den Ärmeln und am Saum klopfte er das schwarze Gewand gründlich aus, denn dort, so meinte er, könnten sich am ehesten Spuren seiner nächtlichen Unternehmung festgesetzt haben.

Nachdem er das letzte Brot aus Sophias Verpflegungspaket im Stehen hinuntergeschlungen und mit dem Rest Bier aus der Tonflasche nachgespült hatte, öffnete er behutsam die Tür seiner Mönchszelle. Bevor er in den Kreuzgang trat, vergewisserte er sich noch einmal mit einem Griff in seine linke Tasche, dass er die Cicero-Briefe auch wieder eingesteckt hatte.

Obwohl es im Kreuzgang noch stockfinster war, nahm der Himmel über dem Gärtchen des Kantors bereits jenen Perlmuttschimmer an, der den Sonnenaufgang an einem wolkenlosen Frühsommerhimmel ankündigt. Fuchs konnte den Schatten des Bohnengatters ausmachen. Der dunkle Block in der Mitte des Gevierts aus Beeten musste der kleine Brunnen sein. In der Hoffnung, dass in dem Eimer, der gewöhnlich danebenstand, noch ein wenig Wasser war, tastete sich der Magister an der Umrandung der Beete entlang. Blätter und Pflanzenstiele streiften den Saum seines Gewandes. Neben dem Geruch feuchter Erde nahm er intensive Düfte von Minze, Salbei und anderen Kräutern wahr.

Er hatte Glück, denn er fand noch zwei Handvoll Wasser vor, mit denen er sich Gesicht und Hände säubern konnte. Den Eimer im Brunnen zu füllen, hätte er nicht gewagt, denn zu leicht wären dabei verräterische Geräusche entstanden. Fuchs nahm seine schwarze Kappe ab und fuhr sich mit den feuchten Händen durchs Haar, das bereits wieder auf seinem Kragen aufstieß. Es war wohl an der Zeit, am Nachmittag einen Besuch in der Barbiergasse zu machen. Vielleicht würde er sich anschließend noch ein, zwei Stunden in der Badestube gönnen. Die Aussicht auf ein heißes Bad war ihm schon lange nicht mehr so verlockend erschienen.

Doch zunächst musste er den letzten Teil seines Planes in Angriff nehmen. Er hatte beschlossen, sich bis kurz vor sechs in dem leeren Kapitelsaal zu verbergen. Dann würde es auf dem Klosterhof das übliche Gewimmel von Schülern geben, in das er unbemerkt eintauchen konnte, um so zu tun, als käme er geradewegs von zu Hause.

Der Magister lehnte sich an die Wand neben dem zerbrochenen Fenster des Kapitelsaals. Aufmerksam lauschte er dem anschwellenden Stimmengewirr im Klosterhof. Es erschien ihm heute noch aufgeregter und lärmender als gewöhnlich zu sein. Jetzt, entschied er, war der richtige Moment, in dem er sich unauffällig unter die wartende Schülerschar mischen sollte. Niemand bemerkte, wie er aus der Tür schlüpfte. Die Knaben standen in kleineren und größeren Grüppchen herum und redeten eifrig aufeinander ein. Während Fuchs betont langsam in Richtung Schulhaus schlenderte, beschlich ihn ein ungutes Gefühl. Irgendetwas war anders heute Morgen, eindeutig!

Die ernsten, besorgten Gesichter von Rektor Richter und Kantor Weißenberger, die an der Schultür beieinanderstanden, schienen das zu bestätigen. Blitzschnell überlegte Heinrich Fuchs, wie er sich verhalten sollte. Er konnte unmöglich nach etwas fragen, was die ganze Stadt bereits zu wissen schien, denn damit hätte er verraten, dass er die heutige Nacht nicht zu Hause verbracht hatte. Ihm blieb wohl nichts anderes übrig, als so zu tun, als sei auch er eingeweiht. In der Hoffnung, sich aus den Äußerungen der anderen möglichst bald die Hintergründe der morgendlichen Aufregung zusammenreimen zu können, trat er auf seine beiden Kollegen zu.

»Gott zum Gruß, die Herren! Ich wünsche einen gesegneten Morgen«, sagte er ein wenig zurückhaltender als sonst.

Rektor und Kantor unterbrachen ihr Gespräch und warfen sich fragende Blicke zu.

»Ähm … Herr Magister … Gott zum Gruße«, brachte der korpulente Rektor schließlich heraus. »Wir hatten bereits überlegt, ob Ihr heute …« Er sandte Weißenberger einen hilfesuchenden Blick, doch der schaute seinen Vorgesetzten nur ratlos an und zuckte mit den Schultern.

Fuchs, der die beiden Männer verwirrt musterte, bemerkte, dass jetzt auch einige der Schüler ihre Gespräche unterbrochen hatten und zu ihnen hinüberschauten. Was war hier los?

Inzwischen schien sich Richter einigermaßen gefasst zu haben. Er räusperte sich und sagte dann mit beinah normaler Stimme: »Nun gut, da Ihr einmal hier seid, wollen wir auch mit dem Unterricht beginnen.« Er gab dem dürren Schuldiener, der bereits mit seiner Glocke vor der Tür stand, einen Wink, nickte Fuchs noch einmal kurz zu und begab sich als Erster ins Schulhaus. Die Knaben der ersten Klasse, von denen manche schon wie Männer aussahen, folgten ihm.

Die Besorgnis des Magisters wuchs, als sich die Jungen seiner zweiten Klasse beinah lautlos in ihre Bänke schoben, Schreibzeug und Papier auspackten und ihn schweigend und aufmerksam ansahen, noch bevor er das Zeichen zum Beginn der Stunde gegeben hatte. Da er es hasste, seine Schüler mit der Rute zu züchtigen, und sich diese Strafe für den alleräußersten Notfall aufzuheben gedachte, ging es in seinem Unterricht meist deutlich unruhiger zu. Einmal hatte Rektor Richter ihn bereits darauf angesprochen, doch Fuchs hatte sich höflich, aber bestimmt gegen eine Einmischung in seine Unterrichtsmethoden verwahrt. Der Schulleiter hatte zwar die Stirn gerunzelt, es jedoch dabei bewenden lassen.

Erst als sich seine Schüler in der ersten Stunde gegenseitig die Lateinvokabeln der gestrigen Lektion abhörten, begannen einige wie üblich zu tuscheln. Dabei trafen den Magister immer wieder spekulierende Blicke.

Fuchs grübelte, was in der Stadt geschehen sein könnte. Ein Brand vielleicht? Nein, ausgeschlossen, das Läuten der Sturmglocke hätte er auch hier vernommen. Gab es womöglich einen erneuten Ausbruch der Pest? Nach solch einem warmen Frühjahr konnte das durchaus schon zu Beginn des Sommers geschehen und nicht erst in der späteren Gluthitze. Aber nein, die Knaben hatten nicht verängstigt gewirkt. Sie hatten ihn eher zurückhaltend und neugierig angesehen, beinah so, als würden sie auf eine Reaktion von ihm warten, eine Erklärung oder etwas in der Art. Nun gut, das war bei ungewöhnlichen Ereignissen vielleicht normal, schließlich war er ihr Lehrer.

Der Magister nahm seine Kappe ab und legte sie auf das Pult. Frustriert fuhr er sich durch das Haar. Wenn er doch nur eine Ahnung hätte, was passiert war! Andererseits fürchtete er sich auch vor dem Moment, wo sich einer der Knaben überwand und ihn darauf ansprach. Schließlich hatte er ja nicht die geringste Ahnung, was die Gemüter derart aufwühlte. Was sollte er ihnen antworten?

Doch niemand fand den Mut zu fragen, und die ersten drei Stunden schlichen dahin. Als die Glocke um neun Uhr endlich das Ende des Vormittagsunterrichts verkündete, musste Fuchs sich zusammenreißen, um nicht als Erster aus dem Schulgebäude zu eilen. Er wollte so schnell wie möglich nach Hause, um zu erfahren, was sich über Nacht ereignet hatte, und vor allem, um sich zu vergewissern, dass es Sophia gut ging. Als er mit langen Schritten durch das Torhaus des Klosters ging, wäre er beinah gegen einen dünnen Jungen mit störrischem dunklem Haar geprallt, der ihm vage bekannt vorkam. Einer seiner Schüler war dieser Knabe jedoch nicht, da war der Magister sich sicher.

»Magister Fuchs!« Der Junge fasste ihn vertraulich am Ärmel. »Ich soll Euch sagen, dass Ihr ganz schnell nach Hause kommen müsst und dass Ihr Euren Nachmittagsunterricht absagen sollt!«

Sophia und das Kind! Der Schreck schoss Fuchs siedend heiß durch den Körper. Er packte den Jungen an den Schultern. »Was ist geschehen!«, stieß er alarmiert hervor.

»Weiß ich nicht, soll es Euch nur so ausrichten.« Der Knabe versuchte, sich dem festen Griff zu entwinden, doch Fuchs hielt ihn fest.

»Wer schickt dich?«

»Meine Stiefmutter.«

»Und wer ist deine Stiefmutter?«, fragte Fuchs entnervt.

»Aber Ihr müsst mich doch kennen«, empörte sich der Junge. »Ich bin der Älteste von Schmiedemeister Idermann, Eurem Nachbarn. Und Ihr sollt gleich nach Hause kommen. Das hat meine Stiefmutter gesagt, als der Bader sie zu Eurer Hausfrau rübergeholt hat.«

»Was?« Fuchs erschrak, und seine Hände sanken kraftlos herab. Es musste etwas mit Sophia und dem Kind sein. Hatten womöglich die Wehen verfrüht eingesetzt? Sofort lieferten ihm seine medizinischen Kenntnisse die fürchterlichsten Szenarien. Da spürte er eine Hand auf seiner Schulter.

Hinter ihm stand Rektor Richter. »Geht es Euch nicht gut, Magister?«

»Ich, ich weiß nicht. Ich fürchte, mit meinem Weib stimmt etwas nicht. Kann ich heute Nachmittag freibekommen?«

Richter sah ihn mitleidig an. »Schon gut, ich suspendiere Euch vom heutigen Nachmittagsunterricht, Magister, und werde Eure Klasse mit meiner gemeinsam unterrichten. Ihr solltet Euch jetzt wirklich um Euer Hauswesen kümmern, Herr Kollege, dort werdet Ihr nötiger gebraucht.« Er nickte ihm im Gehen zu.

Fuchs sah ihm einen Augenblick nach, dann stürmte er die Barbiergasse hinauf, sodass der Junge Schwierigkeiten hatte, an seiner Seite zu bleiben.

»Ich hätte bei ihr sein müssen heute Nacht!«, murmelte der Magister und presste die Lippen zusammen.

Rücksichtslos drängte er sich durch die Marktbesucher, die die Stände am Rathaus umlagerten. Als er eine dicke Frau mit einer Gans unter dem Arm anrempelte und statt einer Entschuldigung nur »Aus dem Weg!« rief, schrie das Weib ihn wütend an: »So eine Frechheit! Aber was will man erwarten von einem, dessen Weib es mit einer Mörderin hält!«

Ruckartig blieb Fuchs stehen. »Was soll das denn heißen?« Sofort bildete sich ein Pulk aus Schaulustigen um die beiden.

»Jetzt tut nicht so, als ob Ihr von nichts wüsstet!«, höhnte das Weib. »In der ganzen Stadt wird davon geredet, dass Euer Weib gestern nichts Eiligeres zu tun hatte, als die Rote Maria in der Fronfeste zu besuchen. Eine Mörderin und Räuberin!« Als würde sie die Entrüstung ihrer Besitzerin teilen, begann die Gans, wie wild zu schnattern.

Sprachlos sah der Magister die beiden an. Maria wegen Raubes und Mordes in der Fronfeste? Das konnte doch gar nicht sein!

»Sie soll im letzten Jahr einen ehemaligen Landsknecht erstochen haben, in einer Scheune unten am Fluss«, sagte ein Schiffsknecht.

»Eine Zeugin hat sich auf dem Rathaus gemeldet«, ergänzte eine Marktfrau.

Den Magister überlief es eiskalt. Niklas Dorndorf hatte ihm irgendwann von diesem unglückseligen Zwischenfall erzählt, bei dem Maria einen der beiden Männer getötet hatte, die Sophia vergewaltigen wollten. Der zweite, Kunz, konnte fliehen und brachte den Maler später bei einem Kampf auf dem Fluss um. Doch Fuchs war sich auch sicher, dass Dorndorf ihm damals nicht alles erzählt hatte. Jetzt bereute er, dass er Sophia bisher nie danach gefragt hatte. Schwebte sie selbst womöglich auch in Gefahr?

Inzwischen redeten mehrere Leute auf einmal. »Das musste ja irgendwann so kommen! Ein Weib, das Männerarbeit verrichtet und über Männer bestimmen will, ist unnatürlich!«, rief ein stämmiger Kerl mit Fleischerschürze.

»Genau, wenn der Herrgott das so gewollt hätte, hätte er Adam aus Evas Rippe gemacht statt umgekehrt«, pflichtete ihm ein anderer bei.

»Einer, die ein Kind hat, wer weiß woher und keinen Mann dazu, der ist alles zuzutrauen«, zischte die Frau mit der Gans.

»Ihr solltet besser darauf achten, mit wem Euer Weib Umgang hat, Mann«, mischte sich ein Schuster ein.

Fuchs blickte in die Gesichter ringsum. Aus den meisten sprach unverhohlene Sensationslust, aus manchen Schadenfreude. In einigen Augen las er jedoch auch Mitgefühl. Mit einer fahrigen Bewegung strich er sich eine Haarsträhne aus der Stirn. Er merkte, dass seine Hände zitterten, und schob sie in die Taschen seines Talars. Dabei bekam er den Cicero zu fassen, und sein erster Impuls war, das Buch mit dem Brief aus der Tasche zu zerren und wegzuwerfen. Kein Geheimnis der Welt war es wert, Sophias Leben dafür zu riskieren!

»Kommt!« Der Sohn des Schmieds zerrte den Magister am Arm. »Ihr müsst nach Hause!«

»Ja, geht heim und sorgt dafür, dass sich Euer Weib nicht mehr mit Gesindel einlässt!«, rief die Frau mit der Gans. Schweigend gaben die Marktbesucher den Weg frei.

29. Kapitel

Von der Ratstreppe aus hatte der Stadtschreiber den Auflauf um Magister Fuchs interessiert verfolgt. Jedes Wort hatte er verstanden, immerhin hatten die Leute recht laut gesprochen. Doch Fuchs, der hatte gar nichts gesagt. Zuerst hatte er verwirrt gewirkt, und als von der Anklage gegen die Rote Maria die Rede gewesen war, wurde er leichenblass unter seiner schwarzen Kappe. Schumann war sich sicher, dass der Magister von den Vorgängen, die seit gestern Nachmittag die halbe Stadt in Atem hielten, noch nichts gehört hatte. Aber wieso nicht? War er denn nicht daheim gewesen? Und weshalb hatte er es vorhin so eilig gehabt, dass er die einfachsten Regeln der Höflichkeit missachtet hatte? Das war doch sonst nicht seine Art, im Gegenteil!

Nachdenklich schloss Schumann die Tür der Kämmerei auf und setzte sich hinter seinen Schreibtisch. Doch anstatt die Ledermappe mit den Protokollen und Dokumenten des vergangenen Tages aufzuschlagen, stützte er das Kinn in die Hand und starrte auf die dunkle Tischplatte. Die Szene auf dem Markt ging ihm nicht aus dem Sinn. Dass im Fuchs'schen Hause Dinge vor sich gingen, von denen er keine Ahnung hatte, wurde ihm mehr und mehr zum Ärgernis und zu einem Quell diffuser Ängste. Wie sollte er die Übersetzung des geheimnisvollen Buches überwachen, wenn er nicht einmal davon erfuhr, dass der Magister die Nacht außer Haus verbrachte! Doch dann musste Schumann lachen. Natürlich, dass er nicht gleich darauf gekommen war! Sophia war hochschwanger, würde sicher bald entbinden. Aber auch ein Mann wie der Magister hatte seine Bedürfnisse, die er zurzeit unmöglich zu Hause befriedigen konnte. Was lag also näher, als dass Fuchs irgendein loses Weib besucht hatte. Selbstverständlich war er dabei diskret vorgegangen, vielleicht hatte er ein Liebchen auf einem der Dörfer.

Schumann öffnete die Tür und rief nach einem der Ratsdiener. Er befahl dem Mann, den Gassenmeister der Obertorvorstadt zu holen. Dessen Aufgabe war es schließlich, Bescheid zu wissen über das, was die Bewohner seiner Gegend so trieben. Und falls Gassenmeister Idermann es nicht wusste, würde er es eben herausfinden müssen!

Zufrieden mit seinen vorläufigen Überlegungen, wandte sich Schumann nun endlich seinen Akten zu. Doch er hatte noch nicht einmal die ersten Schriftstücke gesichtet und sortiert, als er von wütendem Gezeter draußen auf dem Markt abgelenkt wurde. Kurz darauf betrat Alex Walter mit hochrotem Gesicht die Kämmerei. Er schnaufte und fuchtelte empört mit den Armen. Der Ärmelaufschlag seiner Schaube war mehlbestäubt, und in seinem Bart hingen Brotkrümel. Das bedeutete, dass er den Brotbänken bereits seinen Besuch abgestattet hatte.

»Es ist kaum zu glauben, aber eben haben der Kadner und ich den Nikel Hasse schon wieder dabei erwischt, wie er zu leichtes Brot feilbieten wollte. Zum zweiten Mal in diesem Quartal!« Walter schlug mit der linken Hand auf den Tisch, sodass das Tintenglas darauf ins Wanken geriet, während er dem verblüfften Stadtschreiber zwei gespreizte Finger seiner Rechten unter die Nase hielt. »Zwei Mal! Welche Dreistigkeit!«

Neben dem Amt des Kämmerers oblag Walter als Brotwäger auch die Aufsicht über die Bäcker Pirnas, und die damit verbundenen Pflichten nahm der Ratsherr besonders ernst.

Schumann griff an Walters Hand vorbei nach dem Tintenglas und verkorkte es sorgfältig. »Ich nehme an, der Pranger wird ihn heute lehren, was es bedeutet, Euch zu betrügen, Meister Walter.«

Der Kämmerer ließ sich auf den breiten Sessel fallen, der für ihn unter dem Fenster bereitstand. »Die Fronknechte haben ihn offenbar bereits angekettet und ihm eins seiner schlechten Brote ins Maul geschoben.«

Schumann lauschte nach draußen. Tatsächlich war das Gezeter inzwischen verstummt. Dafür drangen jetzt begeistert johlende Rufe in die Stille der Kämmerei. »Dafür haben die Marktbesucher heute mal wieder ihren Spaß«, bemerkte er. »Nur der Marktmeister wird weniger begeistert sein, wenn er heute Abend die Sauerei beseitigen muss.«

»Ach was! Ob er seine Knechte das faulige Gemüse, die Schlachtabfälle und das Fischgekröse unter den Marktbänken auffegen lässt oder vorm Pranger, ist doch ganz egal.« Walter machte eine wegwerfende Handbewegung.

»Stimmt auch.« Schumann grinste. »Und wenigstens liegt das ganze Zeug dann schon auf einem Haufen.«

Walter, dessen Laune sich offensichtlich langsam besserte, schmunzelte. Dann faltete er die Hände über dem beachtlichen Bauch und betrachtete Schumann wohlwollend.

»Wie sieht's denn aus, junger Freund? Sollten wir jetzt nicht endlich den genauen Tag für Eure Hochzeit mit Amalia festlegen?«

Schumann, der zunächst erschrocken die Luft angehalten hatte, stieß sie lautstark wieder aus. Walters Aufforderung traf ihn nicht gänzlich unvorbereitet, und eigentlich wäre es sogar an ihm gewesen, den Kämmerer darauf anzusprechen. Bei seiner Verlobung hatten sie sich darauf geeinigt, dass die Hochzeit noch diesen Sommer gefeiert werden solle. Nun war es also endgültig so weit – er würde auch die letzten Schritte gehen müssen.

»Nun gut«, stimmte er seufzend zu. »Lasst uns überlegen, welcher Tag passen könnte. Ich werde dann später zu Lauterbach gehen und das Aufgebot bestellen.«

Der Kämmerer lachte und schlug sich auf die Schenkel. »Brav so, Schumann, brav!«

Der Stadtschreiber biss die Zähne zusammen und lächelte.

30. Kapitel

Sophia verspürte eine sanfte Berührung und schlug die Augen auf. Sie blickte in ein vertrautes Gesicht.

»Wie fühlst du dich?«, fragte ihre Mutter.

Sophia überlegte. War sie krank? Saß die Mutter deshalb an ihrem Bett? Sie horchte in sich hinein, verspürte aber keinen Schmerz. Nein, alles war gut, bis auf das leichte Ziehen im Bauch und in ihren Brüsten.

Auf dem Gesicht der Mutter lag nun ein besorgter Ausdruck. »Kind, was ist mit dir?«

Sophia betastete ihren Bauch, er war flach wie ein Brett. »Kind? Was ist mit meinem Kind, Mutter! Wo ist mein Sohn!« Sie versuchte, sich aufzurichten.

»Sophia, mach die Augen auf!« Das war eine andere Stimme, die eines Mannes. War es ihr Vater? Nein, die Stimme passte nicht.

»Sophia, ich bin es! So wach doch endlich auf, du hast einen Albtraum.«

Heinrich? Sophia gelang es, die Augen zu öffnen. Ihr Mann kniete vor ihrem Bett, er sah blass und übernächtigt aus, das Haar hing ihm wirr in die Stirn. Sie griff nach seiner Hand. »Heinrich, was ist mit meinem Kind?«, fragte sie voller Angst. Das Letzte, woran sie sich erinnern konnte, war der leblose kleine Körper auf dem Boden der Küche.

Fuchs lächelte und knöpfte seinen Talar auf. Um seine Brust hatte er ein Tuch geschlungen, aus dem oben einige flaumige dunkle Haare hervorschauten. Er zog das Tuch ein wenig zur Seite, und Sophia blickte in das schönste Gesichtchen, das sie jemals gesehen hatte. Wie ein Engel wirkte der Säugling mit seinen rosigen Lippen, dem winzigen Näschen und den Augenlidern, die wie Perlmutt schimmerten. Lange dunkle Wimpern langen auf den blassen Wangen. Sophia streckte die Hand aus und streichelte vorsichtig über die perfekte Rundung des Köpfchens, es fühlte sich warm an unter ihren Fingern. Das Kind lebte!

Sie ließ sich in die Kissen zurücksinken, Tränen schossen ihr in die Augen. Der Magister ließ sie weinen, nur ab und an gab er ein paar beruhigende Laute von sich, und Sophia fragte sich, ob die ihr oder dem Kind galten. Nach einer Weile versiegten die Tränen. Sophia schnüffelte und wischte sich übers Gesicht.

»Was ist geschehen?«, fragte sie. »Und warum trägst du ihn vor der Brust wie eine Bäuerin?«

Statt zu antworten, holte er das Kind aus dem Tuch und hielt es ihr hin. »Hier, leg ihn an deine Brust. Er hat schon ein paarmal getrunken, während du geschlafen hast. Aber er nimmt immer nur wenig zu sich, dann schläft er wieder ein.«

Sophia setzte sich auf, entblößte ihre Brust und nahm das Kind entgegen. Ihr Mann schob ihr ein Kissen unter den Arm, auf dem das Kind lag. Mit zwei Fingern griff sie nach ihrer Brustwarze, aus der sofort die Milch zu tropfen begann, und drückte sie dem Kind in das winzige Mäulchen. Gierig schob sich die spitze Oberlippe nach vorn, dann spürte Sophia ein Ziehen. Noch war sie sich nicht ganz im Klaren, ob sie das Gefühl in ihrer Brust angenehm finden sollte oder nicht. Sie spürte, wie die Milch auch auf der anderen Seite einschoss, und dann bildete sich auch schon ein feuchter Fleck auf ihrem Hemd.

»Lass ihn auch von der anderen Brust trinken«, sagte Fuchs. Aber da ließ das Kind die Brustwarze auch schon fahren und schlief wieder ein. Fuchs versuchte, es mit Krabbeln an den Füßen, leichtem Zwicken in die Wangen und Kitzeln an der Oberlippe wieder zu wecken, doch vergebens. Mit gefurchter Stirn starrte der Magister auf Mutter und Kind herab.

»Was ist?«, fragte Sophia.

Er räusperte sich. »Er ist sehr klein und schwach«, sagte er dann leise. »Es, es könnte sein, dass er …«

»Dass er stirbt?«, vollendete Sophia den Satz mit zittriger Stimme.

Fuchs nickte. Aber dann hob er den Kopf. »Das könnte sein, aber noch gibt es einiges, was wir tun können!« Er begann, geschäftig in der Stube auf und ab zu gehen, dabei verschränkte er die Arme hinter dem Rücken. »Als Erstes ist es äußerst wichtig, dass wir ihn warm halten, deshalb hatte ich ihn mir auch vor die Brust gebunden, während du geschlafen hast. Wir werden uns dabei abwechseln.« Er blieb kurz stehen und nickte Sophia beruhigend zu. »Außerdem musst du versuchen, ihn so oft wie möglich dazu zu bringen, dass er trinkt.« Er lächelte. »Dabei können wir uns leider nicht abwechseln. Aber ich werde dafür sorgen, dass du viel Ruhe hast. Ich werde Rektor Richter bitten, meinen Unterricht in der nächsten Zeit zu übernehmen!«

Ein Gefühl von Zärtlichkeit und Dankbarkeit durchströmte Sophia. Zwar drückte sie die Sorge um ihr Kind noch immer, aber sie empfand die Last nun als geteilt. Sie streckte die Hand nach ihrem Mann aus.

Er setzte sich zu ihr auf das Bett, nahm ihre Hand in seine und streichelte dem Kind mit der anderen über den Kopf. »Du weißt doch, Weib, Gott hilft denen, die sich selbst zu helfen wissen! Also lass uns auf die Gnade des Herrn vertrauen, aber alles tun, was uns selbst möglich ist.«

Die Hilfe Gottes würden sie dennoch brauchen, dachte Sophia, und dann schrak sie zusammen.

»Hilfe, das ist es, Heinrich, was Maria jetzt ebenfalls dringend benötigt. Du musst wissen, man hat sie gestern in die Fronfeste gebracht!«, stieß sie hastig hervor.

»Ich habe auf dem Markt davon gehört, Sophia«, unterbrach Fuchs sie. »Und Valentin Arnold hat mir vorhin erzählt, dass du gestern deswegen noch bei ihm warst.«

»Der Bader war hier?«

Fuchs nickte. »Ihm haben wir es wahrscheinlich zu verdanken, dass ihr beide noch am Leben seid.« Er drückte Sophias Hand und streichelte das Kind erneut. »Er hat sich Sorgen gemacht. Er wusste ja, dass du allein zu Hause bist. Und so ist er, nachdem er in der Nacht noch zu einem Patienten hier in der Vorstadt gerufen worden war, an unserem Haus vorbeigegangen, um sich zu überzeugen, dass es dir gut geht. Er fand dich ohnmächtig in der Küche, das Neugeborene vor dir auf dem Boden. Nachdem er dich und das Kind versorgt hatte, holte er die Schmiedin von gegenüber, damit sie auf Euch achtgibt, bis ich wieder da bin.«

Sophia schloss die Augen. Sie musste an die anatomischen Zeichnungen von dem Kind im Mutterleib denken, die sie letztes Jahr bei Arnold entdeckt hatte. Dass sie noch lebte, lag wohl nicht nur daran, dass der Bader sie rechtzeitig gefunden hatte, sondern auch an seinem unbändigen Wissensdurst. Es war nicht üblich, dass ein Bader sich mit Entbindungen befasste, das war Frauensache. Damals hatte Sophia sich bei der Vorstellung, dass Arnold seine Kenntnisse gewonnen hatte, indem er heimlich Tote aufschnitt, gegraust. Nun musste sie ihm dafür dankbar sein. Dann entsann sie sich der Unterhaltung, die sie gestern mit Arnold in der Badestube geführt hatte. »Hidwigk!«, rief sie.

»Wer?«, fragte der Magister verwirrt.

»Die Verlobte von Hannes, dem Büttel der Bomätscher«, sagte Sophia mit Nachdruck.

»Ach, diese Hidwigk!« Fuchs zog die Augenbrauen nach oben.

»Kennst du sie?«, fragte Sophia erstaunt.

»Oh ja, ich habe die zweifelhafte Ehre. Das ist ein Weibsbild, das ein Mann nicht geschenkt haben möchte! Wäre es nicht Hannes' freier Wille, sie zu ehelichen, könnte man ihn beinah bemitleiden.« Knapp erzählte der Magister davon, wie die eifersüchtige Jungfer vor einigen Wochen in der »Blauen Schürze« aufgetaucht war und Hannes eine Szene gemacht hatte. »Ich habe dort ein Bier getrunken und musste mit anhören, wie Hidwigk Maria als Hure und Hexe beschimpft hat«, erinnerte er sich.

»Na, siehst du! Genau deshalb denke ich, dass Hidwigk diese angebliche Zeugin sein könnte, die Maria an der Scheune gesehen haben will«, verkündete Sophia.

Zwischen den Augenbrauen des Magisters bildete sich eine steile Falte. »Das wäre durchaus möglich«, sagte er. »Sie scheint mir die Sorte Frau zu sein, die vor nichts zurückschreckt.«

»Ich muss mit ihr reden. Sie muss ihre Aussage zurücknehmen!« Sophia hielt Fuchs das Kind hin und machte Anstalten aufzustehen.

Der Magister verschränkte die Arme vor der Brust und blickte finster auf sie herab. »Das kommt gar nicht infrage! Du hast erst vor ein paar Stunden entbunden, du brauchst Ruhe!«

»Mir geht es gut! Aber Maria, die sitzt jetzt ganz allein in ihrer Zelle. Ihr droht vielleicht sogar die Folter. Und das alles nur, weil sie mich damals in der Scheune gerettet hat.« Sophia legte das schlafende Kind auf das Kissen und erhob sich.

Heinrich Fuchs packte sie an den Oberarmen und schüttelte sie leicht. »Hast du mir nicht zugehört? Dein Kind braucht dich, wenn es überleben soll!«

Schuldbewusst schaute Sophia auf das winzige Bündel herab. Sie fühlte sich innerlich zerrissen. Natürlich, Heinrich hatte recht, sie hatte jetzt nicht nur die Verantwortung für sich selbst. Und sie war bereit, alles zu tun, damit Niklas' Sohn überlebte. Aber Maria hatte keine Sekunde gezögert, die eigene Sicherheit zu riskieren, um sie, Sophia, zu schützen! Sie sah ihrem Mann in die Augen. »Was für eine Freundin wäre ich, wenn ich nichts unternehmen würde, um Maria so schnell wie möglich da rauszuholen? Sie braucht meine Hilfe jetzt, verstehst du das, Heinrich?«

Da gab er sie frei. »Natürlich verstehe ich das.«

»Ich werde das Kind mitnehmen«, entschied sie. »Ich kann ihn mir um die Brust binden so wie du vorhin.«

Der Magister schüttelte den Kopf. »Wenn ich sage, dass ich dich verstehe, bedeutet das nicht, dass ich gutheiße, was du vorhast. Du überschätzt deine Kräfte!«

»Mir geht es gut«, wiederholte Sophia und versuchte, das aufkommende Schwindelgefühl zu unterdrücken, während sie sich im Zimmer nach ihren Kleidern umschaute. Sie brauchte nur etwas zu essen, dann würde sie sich bestimmt schon kräftiger fühlen.

»Sophia, sei doch vernünftig! Du kannst heute nicht in die Schifftorvorstadt gehen«, insistierte Fuchs. »Warte noch ein paar Tage, bis du wieder kräftiger bist. Maria wird das verstehen. Ein paar Tage in der Fronfeste bringen sie nicht um, sie ist stark.«

Sophia schüttelte den Kopf. Sie hielt sich am Bettpfosten fest und kämpfte gegen das aufkommende Schwindelgefühl an. Maria war stark, natürlich. Aber auch sie kannte Momente abgrundtiefer Verzweiflung, wie Sophia wusste. Der Schwindel ließ allmählich nach, und Sophia traute sich, den ersten Schritt zu machen.

Aber als sie zur Truhe hinübergehen wollte, spürte sie plötzlich, wie ihr ein Schwall Blut an den Beinen herablief. Entsetzt sah sie die rote Flüssigkeit auf den Boden tropfen, dann wurde ihr schwarz vor Augen, genauso wie unmittelbar nach der Geburt.

31. Kapitel

Schmiedemeister Idermann fühlte sich sichtlich unwohl in der holzgetäfelten Ratsstube. Er stand vor dem langen Tisch, an dem sonst der Rat zu tagen und zu tafeln pflegte, und blickte immer wieder nervös von Schumann zu den dunklen Porträts verflossener Ratsherren an den Wänden ringsum.

Der Stadtschreiber lehnte sich in seinem Amtssessel zurück und verschränkte die Arme. Er war zufrieden mit seiner Entscheidung, den Gassenmeister hierher zu bestellen statt in die nüchterne Kämmerei. Hier in der Amtsstube, würden seine Fragen ein ganz anderes Gewicht erhalten und die Erinnerungen des schwerfälligen Schmieds hoffentlich beflügeln.

»Ihr wisst, dass es Eure Pflicht ist, dem hochwohllöblichen Rat unserer blühenden Stadt stets wahrheitsgetreu von den Vorgängen zu berichten, von denen Ihr in Ausübung Eures Amtes als Gassenmeister Kenntnis erhaltet?«, begann er.

Idermann nickte, wobei sich sein Doppelkinn zu einem Dreifachkinn faltete.

»Und Euch ist klar, dass Ihr dabei besonderes Augenmerk auf solches Tun zu richten habt, das unserer Stadt und insbesondere dem ehrbaren Rat Schaden zufügen könnte?«

Wieder ein ergebenes Nicken.

»Nun denn, wie wir erfahren haben, war Euer Nachbar, Magister Fuchs, letzte Nacht nicht daheim. Was wisst Ihr darüber?« Beim letzten Satz richtete sich Schumann in seinem Sessel auf.

Unwillkürlich zuckte Idermann zurück. Er hustete und kratzte sich den speckigen Nacken. Dann sagte er bedächtig: »Na ja, es war kurz vor dem Morgengrauen, da schlug Arnold, der Bader, an unsere Tür. Ich dachte schon, in der Gasse wäre ein Feuer ausgebrochen. Aber er sagte, mein Weib solle rasch mitkommen, die Fuchsin habe entbunden und brauchte Hilfe.«

Überrascht zog Schumann die Augenbrauen hoch. Deshalb war Fuchs heute auf dem Markt so in Eile gewesen!

»Meine Frau ist dann also rüber zur Fuchsin. Später hat sie nach meinem Ältesten gerufen. Der sollte den Magister von der Schule holen. Warum der nicht daheim war, weiß ich nicht.« Idermann zuckte mit den Schultern, kehrte die Handflächen nach außen und zog die Mundwinkel nach unten.

Was für ein Einfaltspinsel, dachte Schumann. Wer hat den bloß zum Gassenmeister gemacht?

Er fragte dennoch weiter: »Was hat denn Euer Weib erzählt, als sie zurückkam? Über irgendwas muss sie doch geredet haben mit der Wöchnerin?«

Wieder kratzte sich Idermann im Nacken. »Ich glaub nicht, dass die Fuchsin viel geredet hat. Es ging ihr nicht so gut, sagt meine Frau. Das Kind ist auch ein Mickerling, wird wahrscheinlich nicht lang leben, sagt die Barbara.«

Dem Stadtschreiber schien es, als wäre der Magister in puncto Nachkommen nicht eben von Gott gesegnet. Er empfand deshalb nicht unbedingt Mitleid, und überhaupt war das vollkommen nebensächlich.

»Und die Mutter? Wird sie es überleben?«

Der Gassenmeister nickte. »Wenn sie kein Fieber kriegt, sagt mein Weib, wird sie bald wieder auf den Beinen sein.«

Gut, dachte Schumann. Sophia ist wichtig, sie muss mit Fuchs das Buch entschlüsseln.

»Aber das kann man vorher nie genau wissen, das mit dem Fieber. Meine erste Frau hat die Geburt von unserem Jüngsten auch gut überstanden, und drei Tage später war sie tot. Da kann man nix machen, das ist das Los der Weiber!« Idermann schien sich plötzlich für das Thema zu erwärmen.

Der Stadtschreiber wollte ihn schon unterbrechen, da fügte der Schmied noch hinzu: »Fieber hat sie noch keins gehabt, die Fuchsin, bis mein Weib gegangen ist. Aber sie wäre sehr unruhig gewesen und hätte im Schlaf immer von der Roten Maria geredet und von einem Pater Johannes.«

Schumann zuckte zusammen, als hätte Idermann ihn geschlagen. Was hatte Sophia mit Pater Johannes zu schaffen! Sie konnte den Mann, der sein leiblicher Vater gewesen war, doch unmöglich gekannt haben. Soweit Schumann sich erinnerte, hatte sie viele Jahre in Leipzig, beim Bruder ihres Vaters gelebt, und davor war sie noch viel zu jung gewesen, um Kontakte zum Kloster zu haben.

Der Stadtschreiber zerrte an seinem Kragen. Wie immer, wenn er an Pater Johannes dachte, sah er ihn wieder in der Blutlache am Boden liegend vor sich. Obwohl er inzwischen glaubte, das Grauen jener Nacht, als er seinen leiblichen Vater im Kloster zur Rede gestellt hatte, sei vorbei, spürte er erneut, wie sich die Angst in ihm festkrallte.

»Ratsherr, geht es Euch nicht gut?« Die Stimme des Schmiedes drang in Schumanns abdriftendes Bewusstsein. Er rieb sich mit beiden Händen übers Gesicht und richtete sich auf.

»Nein, es ist nichts! Ihr könnt jetzt gehen, Gassenmeister.«

Als Idermann schon in der Tür war, rief der Stadtschreiber ihn noch einmal zurück: »Es ist im Interesse dieses hochwohllöblichen Rates, dass Ihr die Vorgänge im Hause Fuchs weiter im Auge behaltet, Meister Idermann. Macht mir sofort Meldung, wenn Euch etwas verdächtig erscheint, mag es noch so unbedeutend sein. Habt Ihr mich verstanden?«

Der Schmied nickte bedächtig, und dann schien ihm doch noch etwas einzufallen: »Wo Ihr das nun sagt, Ratsherr, da gibt es tatsächlich manchmal seltsame Dinge, die sich im Fuchs'schen Haus ereignen.«

Sofort wurde Schumann hellhörig. »Welche Dinge?«

»Na ja, die Leute machen sich halt so ihre Gedanken, wenn es dort nachts plötzlich zischt und knallt. Manchmal steigt auch

Rauch aus dem Schornstein, der nicht so aussieht, wie er sollte.« Idermann sprach immer leiser, sodass der Stadtschreiber die Ohren spitzen musste.

»Wie sieht der Rauch denn aus?«

»Einmal, da war er gelb und ein anderes Mal rot. Die Leute in der Vorstadt fangen an zu reden, wisst Ihr. Man munkelt, der Magister könnte vielleicht ein Zauberer sein.«

»Habt Ihr das überprüft?«, fragte Schumann.

»Wie jetzt? Von Zauberei, da versteh ich nix, und damit will ich auch gar nichts zu tun haben!« Idermann klang empört.

Der Stadtschreiber verdrehte die Augen. Er hatte ohnehin den Eindruck, dass in besonders großen Köpfen eher kleine Gehirne saßen. »Ihr seid der Gassenmeister, Euch obliegt der Brandschutz in der Obertorvorstadt! Es ist Eure Pflicht, nachzuschauen, wenn Ihr so was bemerkt, verdammt noch mal!«

Nun war der Schmied wirklich beleidigt. Er verschränkte die Arme vor seiner breiten Brust. »Selbstverständlich habe ich den Kamin überprüft und mich umgesehen, welche brandgefährlichen Waren bei den Fuchsens lagern.«

»Ja, und?«

»Nichts. Alles war, wie es sein sollte. Sie hatten nicht mehr Holz, Stroh, Heu oder Flachs im Haus, als vom Rat erlaubt. Neben der Tür stand ein gefülltes Wasserfass. Der Schinder hatte die Esse ordnungsgemäß gekehrt.«

»Ist ja gut«, Schumann winkte ab. »Ich habe nicht wirklich daran gezweifelt, dass Ihr Euer Amt so verseht, wie es sein soll. Ihr könnt gehen.«

Grußlos schob Schmiedemeister Idermann seine schwere Gestalt durch die Tür nach draußen.

Schumann stützte die Arme auf den Eichentisch und verfiel ins Grübeln. Sophia und Pater Johannes – wo war da der Zusammenhang? Doch dann durchzuckte ihn die Erleuchtung wie ein Blitz: Natürlich, das Buch! Das war die einzige Verbindung, die es zwischen beiden gab. Aber warum war das gerade jetzt so wichtig für Sophia? Dass sie in Sorge um Maria war, konnte Schumann nachvollziehen. Die beiden hielten zusammen wie Pech und Schwefel, das wusste er, auch wenn er es zutiefst missbilligte. Wäre Sophia damals sein Weib geworden, hätte er ihr den Umgang mit einer Tagelöhnerin, die ein uneheliches Balg hat, längst verboten. Doch das war nun Sache des Magisters, mochte der sehen, wie er damit fertigwurde!

Der Stadtschreiber erhob sich und begann, in der Ratsstube auf und ab zu gehen. Welche Beziehung gab es zwischen dem verrückten toten Pater und der Fuchsin? Er brauchte einfach mehr Informationen, zum Teufel! Dieser tumbe Gassenmeister würde allenfalls zufällig etwas Nützliches aufschnappen, aber wahrscheinlich war er selbst dazu viel zu stumpf. Wieder begann Schumann, sich darüber zu ärgern, dass er es nicht geschafft hatte, den Fuchsens die Magd unterzuschieben, die er im Auge gehabt hatte. Warum hatte er das damals bloß nicht geschickter eingefädelt!

Wenn er doch nur eine Möglichkeit hätte, ungesehen zu belauschen, was der Magister und sein unbotmäßiges Weib gerade planten! Lapidius kam ihm wieder in den Sinn. Auch so eine vertane Chance, schalt sich Schumann. In letzter Zeit passierte ihm das zu oft. Er blieb stehen und presste die Hand auf den Magen, weil er mit einem Mal wieder dieses Stechen verspürte, das er seit jener Nacht, in der Carlowitz in seinem Haus aufgetaucht war, nicht mehr loswerden konnte.

Seitdem war Schumanns Leben nicht mehr dasselbe, auch wenn es für einen Außenstehenden so wirken mochte, als sei er nach wie vor vom Glück begünstigt. Gewiss, er war nun der jüngste Ratsherr, den Pirna je hatte, auch seine anderen Geschäfte liefen gut und brachten ihm zunehmenden Wohlstand ein. Aber gerade in der Sache, die ihm am wichtigsten war, schien er keinen Deut voranzukommen! Einmal ganz abgesehen davon, dass ihm im Ringen um das Buch und sein Geheimnis in Carlowitz ein beinah übermächtiger Gegner erwachsen war. Immer wieder gab es

Momente, in denen Schumann an seinen eigenen Fähigkeiten zweifelte, und das war ihm früher nie passiert.

Er zerrte das Fläschchen mit der Magentinktur, das er seit einiger Zeit ständig bei sich trug, aus seinem Wams und nahm einen kräftigen Schluck. Die geringe Menge, die der Medicus in Dresden ihm verordnet hatte, half längst nicht mehr. Eigentlich war er ja schon immer der Ansicht, dass auch die studierten Ärzte gegen Krankheiten machtlos waren, nichts als Quacksalber allesamt.

Schumann war inzwischen davon überzeugt, dass er die Unterstützung eines Mannes brauchte, der in den alchemistischen Künsten bewandert war. Nicht nur, um in den Besitz des Buches zu gelangen, sondern auch für die Zeit danach, denn mit Sicherheit war das Rezept für ein ewiges Leben nichts, was jeder Dahergelaufene so ohne weiteres an seinem heimischen Herd zusammenbrauen konnte. Nach den Schilderungen des Gassenmeisters war der Stadtschreiber sich nun vollkommen sicher, dass im Fuchs'schen Hause entsprechende Experimente durchgeführt wurden. Mit welchem Ziel? Hatten sie bereits etwas mit den Rezepten zu tun, die das Buch aus dem Kloster zu enthalten schien? Wie weit waren die Fuchsens mit der Entschlüsselung inzwischen gekommen? Carlowitz war der Meinung gewesen, dass die beiden schon bald erkennen würden, dass sich der Text des Buches nicht mit den herkömmlichen Methoden enträtseln ließ. Der herzogliche Rat wusste, dass dazu ein besonderes Codebuch erforderlich war, das der Prior irgendwo im Kloster versteckt hatte. Konnte es sein, dass Fuchs und Sophia das Codebuch inzwischen gefunden hatten? Schumann musste sich Gewissheit verschaffen! Aber wie?

Wütend trat Schumann gegen ein Bein des altehrwürdigen Ratsherrntisches. Das Möbel knarrte empört. Verdammt, er brauchte Lapidius! Doch der hatte neulich deutlich gemacht, dass Schumann ihm nichts Interessantes bieten könne. Plötzlich blieb der Stadtschreiber stehen. Natürlich hatte er etwas zu bieten, etwas, dem kein Alchemist widerstehen konnte. Das Buch, die

Aussicht auf das Geheimnis des ewigen Lebens! Schumann rümpfte die Nase. Lästig daran war, dass er sich später, wenn Lapidius ihm zum Erfolg verholfen hatte, etwas einfallen lassen müsste, wie er den unerwünschten Mitwisser wieder loswurde. Aber damit konnte er sich befassen, wenn es so weit war.

32. Kapitel

»Hee, Moses, aufwachen! Zeit fürs Frühstück!«

Moses spürte, wie Melchior ihn an der Schulter rüttelte. Er hörte die Worte des Freundes gedämpft wie durch eine dicke Decke und bemühte sich, die verklebten Augen zu öffnen. Als er schwerfällig versuchte, sich aufzurichten, brach ihm am ganzen Körper kalter Schweiß aus. Durch die Wunde an seiner Schulter zuckte ein pulsierender Schmerz, der ihm den Atem raubte. Keuchend sank er zurück auf sein Lager. Nachdem ihm Hans in Dresden die Schulter mit ein paar raschen, wenn auch äußerst schmerzhaften Handgriffen wieder eingerenkt hatte, war es ihm zunächst gut gegangen. Er musste den Arm zwar noch schonen, konnte aber mit der rechten Hand weiterhin leichte Arbeiten verrichten. So hatte der Floßmeister beschlossen, dass er die Fahrt mit den anderen fortsetzen durfte. Aber vorgestern hatte die Wunde an seiner Schulter zu eitern begonnen. Obwohl Hans sie mit Knoblauchsud ausgewaschen und mit Honig und Thymian bestrichen hatte, bevor er sie erneut verband, hatte Moses gestern Abend Fieber und Schüttelfrost bekommen.

»Hans!« Moses hörte die Angst in Melchiors Stimme. »Hans, komm schnell! Ich glaube, Moses geht es schlechter.«

Moses musste wieder kurz eingenickt sein. Als er aufwachte, saß Hans an seinem Lager und sah ihn mit besorgtem Blick an. Der Alte stellte ihm eine Frage, doch Moses' fieberumnebeltes Hirn war nicht in der Lage, den Sinn der Worte zu erfassen. Hans schüttelte seufzend den Kopf, dann stützte er Moses und flößte ihm einen Aufguss ein. Obwohl Moses sich alle Mühe gab, das bittere Zeug zu schlucken, floss das meiste davon daneben und durchfeuchtete sein schweißnasses Hemd noch mehr. Doch das war ihm egal, er fühlte sich sterbenselend. Warum ließ der Alte ihn nicht endlich zufrieden, damit er wieder schlafen konnte?

Er schrak auf, als ein heftiger Ruck das Floß erzittern ließ. Sofort setzte der Schmerz in seiner Schulter wieder ein.

Der alte Hans erschien in der Tür des Unterschlupfs, hinter ihm schob Melchior seinen Kopf herein. »Wir haben jetzt in Wittenberg angelegt. Willst du ihn wirklich hierlassen?«

»Was sollen wir in Magdeburg mit ihm anstellen, wenn er bis dahin nicht wieder auf den Beinen ist? Was, wenn wir diesmal nicht das Glück haben, uns einem Kaufmannszug anzuschließen?«, fragte Hans zurück.

Melchior schüttelte den Kopf. »Du hast recht, wir können ihn nicht nach Hause tragen.«

»Ich kenne einen Apotheker in Wittenberg. Der wird Moses aufnehmen und sich um ihn kümmern, da bin ich mir sicher«, erklärte Hans entschieden.

Moses hörte das Gespräch. Diesmal war sein Verstand ein wenig klarer, und er begriff, dass seine Gefährten ihn hierlassen wollten, in einer fremden Stadt bei fremden Menschen. Zuerst wollte er protestieren, doch dann merkte er, dass er sich für ein Streitgespräch viel zu schwach fühlte. Und außerdem war es ihm letzten Endes auch egal. Er würde überall fremd sein, solange er sich nicht erinnern konnte, wer er war und wo er hingehörte. Resigniert schloss er die Augen und dämmerte ein.

Als er wieder zu sich kam, lag er festgeschnürt unter einer Decke auf einer hölzernen Planke, die Melchior, Christoff, Caspar und Hans zwischen sich trugen. Moses starrte in den verhangenen Himmel hinauf. Der feine Sprühregen fühlte sich auf seinem erhitzten Gesicht angenehm kühl an. Aus dem dumpfen Klang, den die schweren Stiefel der Flößer erzeugten, schloss Moses, dass sie gerade über eine Art hölzernen Damm gingen. Wenn er nach vorn schaute, sah er die Stadtmauern von Wittenberg, die sich unmittelbar aus der flachen Landschaft der Elbauen erhoben. Mehrere hohe Türme überragten die wehrhaften Mauern. Linker Hand musste das Schloss liegen, mit seiner berühmten Kirche, an deren Tür Martin Luther vor vielen Jahren seine Thesen genagelt haben soll. Moses fielen die Augen wieder zu, und er träumte von Doktor Luther, der vor der Tür der Schlosskirche mit dem Teufel kämpfte, der ihm immer wieder den Hammer entreißen wollte.

Von seiner Ankunft im Hause des Wittenberger Apothekers bemerkte Moses kaum etwas, und auch die kommenden Tage verbrachte er in einer Art Dämmerzustand.

Dann erwachte er eines Morgens und fand sich in einer kleinen, weiß getünchten Kammer wieder. Er lag auf einem schmalen Bett. Durch das Butzenglasfenster, das nur angelehnt war, drang Vogelgezwitscher in die Kammer, aber auch das Rumpeln schwerer Räder, Stimmengewirr, Hundegebell und Hühnergackern, Hammerschläge und Axthiebe. Es waren die Geräusche der Stadt, und sie kamen Moses vertraut und beruhigend vor. Er wollte aufstehen, um aus dem Fenster zu sehen, doch er schaffte es kaum, sich aufzusetzen.

Da öffnete sich die Kammertür, und ein Mann, etwa in seinem Alter, trat herein. Er war blass und hatte fast weißblondes Haar, das an der Stirn bereits zurückging. Seine hellen Augen blinzelten kurzsichtig. Er trug ein schlichtes dunkles Wams, die Ärmel seines Leinenhemdes waren mit allerlei Spritzern und Flecken versehen. Seine langen Finger, in denen er eine Phiole und einen Löffel hielt, waren ebenfalls voller brauner und grüner Flecken.

»Ihr dürft noch nicht aufstehen«, sagte er mit einer krächzenden Stimme, die gar nicht zu seinem jugendlichen Aussehen passen wollte. »Hier, nehmt das, es wird Euch stärken.«

Er hielt Moses den Löffel vor die Nase, in dem eine ölige grüne Flüssigkeit schwamm. Gehorsam öffnete der Kranke den Mund und schluckte. Es roch streng und schmeckte bitter.

Der junge Mann beäugte Moses einen Augenblick kritisch. »Schmeckt wohl nicht so gut, wie?«

Moses verzog den Mund und zuckte mit den Schultern. Erleichtert bemerkte er, dass seine linke Schulter zwar noch schmerzte, aber längst nicht mehr so stark wie auf dem Floß. »Erwartet man das nicht bei einer Medizin, wenn sie wirken soll?«

Der Apotheker hob seinen dünnen fleckigen Zeigefinger und wedelte damit energisch in der Luft. »Oh nein! Ich denke, das ist ein weitverbreiteter Irrglaube. Auf die Wirkstoffe kommt es an, nicht auf den Geschmack.« Er legte den Löffel beiseite. »Na ja, zu wirken scheint es, am Geschmack muss ich dann wohl noch arbeiten.«

Dann grinste er und entkorkte die Phiole. »Nehmt lieber noch einen Schluck davon, das vertreibt den üblen Geschmack.«

Wieder schluckte Moses brav und wurde angenehm überrascht. Ein süßer, aromatischer Geschmack breitete sich in seinem Mund aus, zusammen mit einem wohligen Brennen in seinem Magen.

»Pomeranzenlikör, selbst angesetzt, eine weitaus angenehmere Medizin«, krächzte der junge Mann. Dann verbeugte er sich leicht. »Ich bin übrigens Julius Weinhold, der hiesige Apotheker.«

»Und ich bin Anna, die Tochter des Apothekenbesitzers.«

Überrascht blickte Moses auf ein schlankes, rotblondes Mädchen, das in diesem Augenblick ins Zimmer trat. Dann sah er zu Julius und runzelte die Stirn. Anna war schon beinah eine junge Frau, sie konnte unmöglich die Tochter des Apothekers sein. Anna schien den fragenden Blick zu bemerken.

»Meinem Vater, dem Maler Lucas Cranach, gehört die Apotheke, und Julius führt sie für ihn«, erklärte sie.

Julius nickte. »Und darüber hinaus schenke ich für den ehrwürdigen Meister Cranach auch noch den Wein aus und kaufe die Farben ein, die er für seine Werkstatt benötigt.« Er grinste und verbeugte sich erneut.

Moses schwirrte der Kopf. Außerdem merkte er, dass er gewaltigen Hunger hatte.

»Angenehm«, sagte er schwach. »Ich bin Moses, der Flößer. Könnte ich vielleicht etwas zu essen haben?«

Anna und Julius sahen einander an, dann lachten sie.

»Was ist daran so lustig?«, fragte Moses verwirrt.

»Als der alte Hans Euch vor ein paar Tagen herbrachte, waren wir uns nicht sicher, ob Ihr den beginnenden Wundbrand an Eurer Schulter überstehen würdet. Der Doktor von der Universität, den ich holen ließ, meinte jedenfalls, es sei aussichtslos und lohne nicht einmal mehr, Euch zur Ader zu lassen«, sagte Julius.

Moses dachte sich, dass es sich für einen gelehrten Doktor von der Universität wohl generell nicht lohne, einen armen Flößer zu behandeln.

»Wir haben Euch dann halt verabreicht, was wir für richtig hielten. Julius experimentiert in seinem Labor mit allerlei Kräutertinkturen, müsst Ihr wissen. Wie es scheint, hat es geholfen«, plauderte Anna drauflos.

»Da bin ich aber froh«, murmelte Moses. Er fragte sich, ob der alte Hans wirklich wusste, was er tat, als er ihn hier zurückließ – in den Händen eines halben Kindes und eines Apothekers, der nicht zögerte, seine obskuren Tinkturen an einem Schwerkranken auszuprobieren. Andererseits hatte er wohl keinen Grund zum Klagen, denn immerhin lebte er noch und fühlte sich sogar besser als bei seiner Ankunft – und hungriger.

»Wie sieht es mit etwas zu essen aus?«, erkundigte er sich noch einmal vorsichtig.

»Anna wird gleich in die Küche gehen und Euch etwas holen«, sagte Julius.

»Wenn es keine Umstände macht.«

»Oh nein!« Anna zupfte an ihrer Schürze. »In so einem großen Haushalt wie unserem wird immer gerade irgendwas gekocht. Schließlich muss ja nicht nur die Familie versorgt werden, sondern auch noch die Gesellen, Lehrlinge und Helfer aus der Werkstatt von Vater und Lucas, dann Julius und sein Gehilfe und alle Knechte und Mägde.« Anna bog ihre Finger um und murmelte vor sich hin, bis sie schließlich zu einem Ergebnis gelangte. Sie strahlte Moses an. »Das sind fast fünfunddreißig Leute!«

»Anna, du wolltest das Essen holen«, erinnerte der Apotheker sie.

»Ja, stimmt!« Das Mädchen machte auf dem Absatz kehrt und fegte aus dem Zimmer. Moses hörte, wie sie die Treppe hinuntersprang.

»Sie ist manchmal eine rechte Plage«, sagte Julius schmunzelnd. »Aber wahrscheinlich war sie es, die Euch das Leben gerettet hat. In den ersten Tagen ist sie kaum von Eurem Bett gewichen, hat Euch gewaschen und versorgt. Anna ist eben hartnäckig, wenn sie sich mal was in den Kopf setzt.«

Moses war ein wenig unwohl bei dem Gedanken, dass dieses Kind all die intimen Handreichungen an ihm verrichtet hatte, die nötig waren, um einen Mann zu versorgen, der im Fieber lag und sich nicht selbst helfen konnte. Nun, zum Glück hatte er nichts davon mitbekommen, und jetzt wurde es höchste Zeit, dass er wieder auf die Beine kam.

Am nächsten Tag war Moses nicht wenig überrascht, als Anna mit Melchior erschien. Der junge Flößer wirkte verlegen. Er knetete seine Filzkappe in den rauen Händen und entspannte sich erst, als das Mädchen die Kammer wieder verlassen hatte.

Moses, der inzwischen schon aus eigener Kraft sitzen konnte, rückte ein Stück an die Wand und klopfte einladend auf die Matratze. »Setz dich, dann muss ich nicht die ganze Zeit zu dir hochschauen. Konntet ihr das Holz in Magdeburg zu einem guten Preis losschlagen?«, erkundigte er sich.

Melchior nickte. »Zu einem sehr guten Preis sogar. Der Floßmeister war ungemein zufrieden. Ich bin hier, weil ich dir deinen Anteil geben will. Du wirst das Geld für die Heimreise brauchen.«

Heimreise, dachte Moses sarkastisch, wohin denn bitte? Aber er rang sich ein Lächeln für seinen Freund ab und sagte: »Das ist gut. Obwohl es für mich im Moment schon ein Erfolg wäre, wenn ich es allein auf den Nachttopf schaffen würde.« Er grinste schief.

»Der Apotheker meint, es wird noch eine Weile dauern, bis ich reisen kann.«

»Ja, klar, Mann. Es ist nur so, dass ich nicht so lange bleiben kann. Großvater, Caspar und Christoff warten am Elbtor auf mich.« Melchior zupfte wieder an der Kappe, die er auf den Knien hielt. »Aber ich soll dir sagen, dass wir dir deinen Platz in unserer Hütte freihalten und dass du in Krummhermsdorf immer willkommen bist.«

»Selbstverständlich, das weiß ich. Und ich bin auch froh, dass ihr mich hergebracht habt. Wahrscheinlich wäre ich sonst Fischfutter gewesen, noch ehe ich Magdeburg erreicht hätte.« Moses lachte und griff sogleich nach seiner Schulter. Sie tat ihm noch immer weh, aber längst nicht mehr so stark.

»Am besten schließt du dich einem Kaufmannszug an, wenn es so weit ist. Du weißt ja, dass die sächsischen Straßen dann sicherer sind.« Melchior sah Moses besorgt an.

»Mach dir keine Gedanken, Melchior. Ich komme schon zurecht. Ich passe auf mich auf«, versicherte Moses.

Eine verlegene Stille breitete sich in der kleinen Kammer aus. Hier, in der ungewohnten Umgebung unter diesen merkwürdigen Umständen, kamen sich die Freunde mit einem Mal fremd vor. Keiner von ihnen wusste etwas zu sagen, und schließlich erhob sich Melchior steifbeinig. Einen Augenblick schien es so, als wolle er Moses zum Abschied umarmen, doch dann schlug er ihm nur auf die gesunde Schulter und murmelte: »Na, dann, Gott mit dir, Bruder!«

Moses nickte. »Mit dir auch! Eine gute Reise! Grüße mir die anderen. Und noch mal danke.«

33. Kapitel

Sophia blieb vor einem zweistöckigen ziegelgedeckten Haus stehen. Es wirkte deutlich neuer und solider als die meisten Gebäude in der Vorstadt. Das musste das Haus des Schiffhändlers Blantz sein, zumindest hatte Doro es ihr so beschrieben. Trotz der sommerlichen Hitze waren alle Fenster und die Vordertür geschlossen, sodass es einen abweisenden Eindruck machte. Langsam umrundete sie das Gebäude und fand auf der Rückseite eine Wiese, die mit frisch gewaschenen Laken belegt war. Daneben stand ein kleines Mädchen mit einem Stecken in der Hand und starrte feindselig auf einige Hühner, die ein Stück weiter im Sand scharrten. Sophia nickte ihr freundlich zu.

»Ich will zu Hidwigk, der Tochter des Schiffhändlers Blantz. Weißt du, ob sie daheim ist?«

Geräuschvoll zog das Mädchen die Nase hoch. »Ne, die is nisch da.«

Sophia lächelte. »Kannst du mir dann sagen, wo ich sie finden kann?«

Die Kleine wischte sich mit einem Zipfel des zerlumpten Rocks über die Nase. Dann nuschelte sie: »Se is Wasser holn.« Sie ruckte mit dem Kopf in Richtung Schifftor.

»Und du passt so lange auf die Wäsche auf?«, erkundigte sich Sophia in der Hoffnung, dass Hidwigk in der Zwischenzeit wieder auftauchen würde.

»Nu, so isses«, sagte die Kleine. Sie fügte mit einem gewissen Stolz hinzu: »Da kriegsch ene halbe Semmel für, hat se gesacht.« Mit einem Wutschrei schlug sie nach einem Huhn, das sich auf seiner Suche nach Fressbarem zu nah an die Wäschestücke gewagt hatte. Sie schüttelte triumphierend die schmutzige Faust, als das Federvieh flatternd und gackernd das Weite suchte.

»Das hast du gut gemacht. Dafür kriegst du zu der halben Semmel noch einen Becher Milch. Geh hintenrum in die Küche und sag, ich hätte dich geschickt«, vernahm Sophia eine Stimme hinter ihrem Rücken.

Die Kleine warf den Stock beiseite, raffte den schmuddeligen Rock bis über die Knie und verschwand augenblicklich.

»Was habt Ihr hier zu suchen, Fuchsin?« Hidwigk stellte die Eimer neben den Laken ab und starrte Sophia abweisend an.

»Ich möchte mit Euch reden, Hidwigk«, antwortete Sophia so freundlich, wie es ihr möglich war. Nichts war gewonnen, wenn sie das Gespräch im selben Ton wie ihr Gegenüber fortsetzte.

»Dann müsst Ihr warten!« Hidwigk nahm ein kleines Reisigbund, tauchte es ins Wasser und begann, die Wäsche zu besprengen.

Obwohl sie innerlich alles andere als gelassen war, wartete Sophia geduldig. Sie schaute auf Hidwigks Rücken und beobachtete, wie die Sonne goldene Funken auf den blonden Zöpfen der Schiffhändlerstochter spielen ließ. Ein liebreizender Anblick, dachte Sophia, zumindest von hinten. Denn die geschwollene Wange und der blaue Fleck unter dem Auge waren ihr keineswegs entgangen, obwohl Hidwigk versucht hatte, ihn mit Bleiweiß zu überschminken. Sophia fragte sich, wer Hidwigk geschlagen hatte. Sie dachte an Hannes, mit dem sie sich gestern unter vier Augen unterhalten hatte. Der Büttel der Bomätscher hatte damals geholfen, die Leiche des toten Landsknechts aus der Scheune zu schaffen. Hannes fragte sich genauso wie Sophia, wer der angebliche Augenzeuge war, der Maria des Mordes und Raubs beschuldigte. Als sie vorsichtig andeutete, seine eifersüchtige Verlobte könne womöglich dahinterstecken, war Hannes zuerst blass und dann rot geworden. Seine nächste Begegnung mit Hidwigk dürfte nicht besonders harmonisch verlaufen sein. Sophia verspürte Gewissensbisse. Zwar hielten viele Leute es für selbstverständlich, ja, gar angemessen, dass Männer Frauen züchtigten, wann immer es ihnen nötig erschien. Aber Sophia verabscheute das aus tiefstem Herzen. Was, wenn Hidwigk am Ende doch keine Schuld an Marias Verhaftung trug? Zweifel verstärkten den Druck auf Sophias Gewissen.

Während Hidwigk das letzte Laken befeuchtete, hatte die Tochter des Schiffhändlers offenbar einen Entschluss gefasst. Sie warf das Reisigbündel in den halb vollen Eimer und richtete sich auf. »Kommt mit!«, sagte sie zu Sophia und ging ihr voraus in Richtung Gartentor.

»Und jetzt sagt, was Ihr von mir wollt, Fuchsin«, forderte Hidwigk, kaum dass sie sich im Schatten eines Rosenspaliers gegenübersaßen.

Das Summen der Bienen in den Rosenblüten klang so feindselig wie Hidwigks Stimme. Sophia suchte nach den richtigen Worten.

»Na, was ist! Ich hab nicht ewig Zeit«, schnarrte die Schiffhändlerstochter.

»Ihr habt sicher von Marias Verhaftung gehört«, begann Sophia vorsichtig.

Hidwigk lachte. »Wer nicht? Die Sache ist doch Stadtgespräch!«

»Jemand hat sie beim Rat beschuldigt, einen Landsknecht ermordet und ausgeraubt zu haben.«

»Ja, und?«

»Ihr könnt Maria nicht leiden. Ihr seid auf sie eifersüchtig, wegen Hannes.«

»Nicht leiden, nicht leiden!«, äffte Hidwigk Sophia nach. »Ich hasse diese Schlampe! Und das kann jeder wissen, jawohl!« Ihr Gesicht wurde so rot, dass das Veilchen unter ihrem Auge kaum noch auffiel. »Die Riesenkuh macht dem Hannes schöne Augen, wann immer sie will, und lässt ihn nicht vom Haken! Kann einfach nicht genug kriegen, das geile Mannweib! Aber der Hannes ist mit mir verlobt, und ich werde seine Frau sein, nicht diese läufige Hündin, die jedem Schwanz nachhechelt!«

Sophia war der Unterkiefer heruntergefallen. Doch als Hidwigk Luft holte, warf sie dazwischen: »Maria will Hannes nicht, sie wird Marten heiraten.«

»Ach ja?«, fuhr Hidwigk sie an. »Und wo ist er, ihr feiner Verlobter? Ein Kaufmannssohn, der ein Weib mit einem unehelichen Balg heiratet? Eine Tagelöhnerin, die Männerarbeit macht, um nicht zu verhungern? Der hat es sich doch längst anders überlegt und ist deshalb weg!«

Sophia sah, dass sie so nicht weiterkam. Sie beschloss, den Stier bei den Hörnern zu packen. »Ihr wollt Maria aus dem Weg haben. Deshalb habt Ihr sie einfach so beim Rat beschuldigt, nicht wahr?«

Als Hidwigk aufsprang, erhob sich Sophia ebenfalls. Doch sie wich nicht zurück, als die Schiffhändlerstochter so dicht an sie herantrat, dass sie von deren Speicheltröpfchen getroffen wurde.

»Das habt Ihr dem Hannes also gestern weisgemacht, dass ich die Schlampe aus purer Eifersucht besagt hätte!«, keifte Hidwigk. »Hier, schaut her!« Sie wischte sich das Bleiweiß von der Wange und deutete auf den Bluterguss. »Das hab ich Euch zu verdanken, Fuchsin!« Sie spuckte aus.

Sophia sah Mordlust in Hidwigks Augen blitzen und wollte nun doch einen Schritt zurückweichen. Doch sie stieß mit den Kniekehlen gegen die Kante der Bank und plumpste unsanft auf ihr Hinterteil.

Hidwigk beugte sich drohend über Sophia. »Dass Lügen eine Sünde ist, hat er gesagt, und ich soll meine Aussage widerrufen.« Ihre kornblumenblauen Augen verengten sich zu gefährlich funkelnden Schlitzen.

Sophia klammerte sich an die Kante der Bank und überlegte einen Augenblick, ob sie es mit der kräftigen jungen Frau aufnehmen konnte, falls die beschloss, ihr an die Kehle zu gehen.

Da richtete sich Hidwigk auf, trat einen Schritt zurück und

verschränkte die Arme unter ihrem Busen. »Aber im Gegensatz zu Euch, Fuchsin, hab ich nicht gelogen! Was ich gesehen hab, hab ich gesehen, so wahr mir Gott helfe!«

Dieser jähe Wechsel in Hidwigks Verhalten alarmierte Sophia beinah noch mehr als ihr vorheriger Wutausbruch. »Was habt Ihr gesehen, Hidwigk?«, fragte sie mit trockenem Mund.

»Die Rote Maria hab ich gesehen, vor der Scheune unten am Fluss, im vorletzten Winter. Sie hat ihren Dolch im Schnee abgewischt. Rot wie Blut war es hinterher an der Stelle, wo sie stand, jawohl!« Hidwigk zog die Augenbrauen nach oben und sah Sophia triumphierend an. »Und dann seid Ihr aus der Scheune gekommen, Fuchsin!«

Ein eiskalter Schreck durchzuckte Sophia. Aber dann schob sie alle Bedenken und Ängste beiseite und erhob sich. Sie sah Hidwigk direkt in die Augen und verschränkte die Arme ebenfalls unter der Brust.

»Ihr wart also wirklich dort. Nun, dann wisst Ihr auch ganz genau, dass die Börse, die Ihr in Marias Hand gesehen haben wollt, niemals existierte. Die habt Ihr Euch ausgedacht, um Maria zu schaden. Ihr habt aus Eifersucht gelogen und Euch damit versündigt, Hidwigk!«

Hidwigk schien zu schwanken und hob abwehrend die Hände. »Das ist nicht wahr! Ich hab die Börse sehr wohl gesehen. Das hab ich, ja!« Sie schob die Unterlippe vor. »Sie war aus rotem Leder mit einer silbernen Spange. Ein auffälliges Stück, das mir sofort ins Auge fiel.« Ihre Stimme hatte einen seltsam leiernden Tonfall angenommen.

Sophia stutzte. Dann kam ihr die Erkenntnis: Hidwigk sagte etwas auf, das sie auswendig gelernt hatte!

»Ach ja? Wer hat dir das gesagt?«, fragte sie blitzschnell.

»Er … ich, äh … Gesagt? Wieso?«, stammelte Hidwigk.

»Jemand hat dir gesagt, dass du genau das behaupten sollst, stimmt's?«, hakte Sophia nach.

»Niemand hat mir was gesagt! Es war alles genau so, wie ich es vor dem Rat geschworen hab«, fauchte Hidwigk. »Und wenn Ihr mich nicht in Ruhe lasst, Fuchsin, und weiter solche Fragen stellt, dann geh ich hin und erzähle den Ratsherren, dass ich Euch damals auch gesehen hab. Dann könnt Ihr Euch bald die Zelle mit der roten Schlampe teilen!«

Sophia schluckte, aber dann fragte sie: »Und warum hast du beim Rat nicht gleich gesagt, dass ich dabei war?«

»Weil er es nicht …«, Hidwigk schnappte nach Luft und begann erneut. »Weil es mir nicht eingefallen ist, jawohl! Hab erst heute wieder dran gedacht, als ich Euch gesehen hab. Und jetzt hab ich zu tun!« Sie drehte sich um und marschierte zum Gartentor.

Sophia war klar, dass sie Hidwigk nicht dazu bewegen konnte, ihre Aussage zurückzunehmen. Aber sie hatte von der Schiffhändlerstochter einiges gehört, über das sie weiter nachdenken wollte.

34. Kapitel

Sophia wusste bereits, wie sich ein Mensch veränderte, wenn er tagelang in der Fronfeste saß. Trotzdem erschrak sie, als sie die Zeichen an ihrer Freundin entdeckte: das verfilzte Haar, die fahle Haut, den strengen Geruch und vor allem die Angst, die sich in ihren Augen eingenistet hatte.

Maria streckte die Hand aus, soweit die Kette, die sie noch immer trug, es ihr gestattete. »Bitte, lass ihn mich anschauen!«

Sophia zog das Tuch beiseite, mit dem sie den Säugling um ihre Brust geschnürt trug. Das Kind schlief, wie fast immer. Aber es lebte noch, und Sophia schien es seit ein paar Tagen, als habe es sogar an Kraft gewonnen. Allmählich wuchs in ihr die Gewissheit, dass es Gottes Wille war, ihr Niklas' Sohn nicht auch noch zu nehmen.

»Wie winzig er ist«, sagte Maria, während sie dem Kind die Wange streichelte.

»Deshalb konnte ich nicht eher kommen. Es stand zu befürchten, dass er nicht überleben würde«, entgegnete Sophia leise.

»Ich weiß. Doro war hier, mit Jonas. Sie hat mir erzählt, dass du das Kind in der Nacht nach meiner Verhaftung ganz allein zur Welt gebracht hast und dass es dich beinah das Leben gekostet hätte. Es tut mir so leid!«

Sophia schüttelte den Kopf. »Das ist übertrieben. Meister Arnold kam hinzu, und so ist alles gut gegangen.« Sie wollte auf gar keinen Fall, dass sich Maria um sie sorgte. Die Freundin würde all ihre Kraft brauchen, um das hier durchzustehen.

»Ich habe herausgefunden, wer die Zeugin ist, die dich beim Rat angeklagt hat«, sagte sie rasch. »Es war Hidwigk!«

»Das dachte ich mir schon, hatte ja genug Zeit, drüber nachzugrübeln. Sie ist rasend vor Eifersucht, das einfältige Ding.«

Sophia nickte traurig. »Ich war gestern bei ihr. Ich wollte sie dazu bewegen, ihre Aussage zurückzunehmen, zumindest den Teil, wo sie behauptet hat, sie hätte dich mit der Börse des Mistkerls aus der Scheune kommen sehen. Schließlich weiß ich, dass sie das nicht gesehen haben kann, weil es nicht so war.«

Maria lachte rau auf. »Mir scheint, du hattest damit keinen Erfolg!«

»Nein, und dabei war ich nicht die Einzige, die versucht hat, sie zur Vernunft zu bringen.«

»Wer noch?« Maria hob die Augenbrauen.

»Hannes. Hidwigk hatte ein blaues Auge, und ihre rechte Wange war geschwollen.«

Maria rümpfte die Nase. »Schon deshalb hätte ich ihn nicht geheiratet. Er gehört zu den Männern, die es als ihr gottgegebenes Vorrecht ansehen, Frauen zu züchtigen.«

Sophia nickte, denn sie dachte genauso. Trotzdem kamen ihr die Worte wie von allein über die Lippen: »Aber sie hat es verdient!«

»Oh nein!« Maria schüttelte nachdrücklich den Kopf. »Keine Frau verdient es, dass ein Mann Gewalt über sie hat, nicht einmal so ein dämliches Biest wie Hidwigk!«

Sophia schlug die Augen nieder. »Sie hat mich auch gesehen, damals an der Scheune. Sie hat gedroht, das beim Rat noch anzuzeigen. Vielleicht sollte ich nun doch meine Aussage machen. Ich könnte bezeugen, dass Hinz keine Börse bei sich hatte«, sagte sie zögernd.

Marias Gesicht versteinerte. »Du wirst das auf gar keinen Fall tun! Solltest du trotzdem so dumm sein, werde ich es abstreiten und behaupten, du wolltest mich nur schützen.«

Sophias Tränen tropften auf das Köpfchen ihres Kindes herab.

Sie hatte das Gefühl, Maria zu verraten. Dennoch, das Leben des Kindes hing noch immer am seidenen Faden, die Fronfeste würde es womöglich nicht überleben.

Sie ließ es geschehen, als Maria sie vorsichtig in den Arm nahm. Eng umschlungen standen sie eine Weile, das Kind zwischen sich geborgen.

»Konntest du Marten eine Nachricht schicken?«, fragte Maria schließlich.

»Ja, Jakob versicherte, er habe meinen Brief noch am Morgen nach deiner Verhaftung einem Schiffer mitgegeben, der Sandsteinquader nach Meißen bringen musste.«

»Dann ist das schon über eine Woche her. Bist du sicher, dass er die Nachricht auch überbringen konnte? Vielleicht hat der Schiffer es vergessen oder den Brief verloren«, zweifelte Maria.

»Ich werde gleich heute noch ins Badehaus gehen und Jakob fragen«, versicherte Sophia.

»Ja, tu das. Aber wer weiß, Marten ist nun schon über einen Monat fort, vielleicht …« Maria sprach den Satz nicht zu Ende, aber ihre Stimme klang auf einmal trostlos. Dann hob sie den Kopf und lächelte schief. »Stell dir vor, was mir ein paar Tage, nachdem Marten weg war, passiert ist! Am Abend, als ich in der Dämmerung völlig erledigt vom Fluss kam, stand auf einmal ein Kerl vor mir. Sagt, er müsse dringend was Geschäftliches mit mir besprechen. Ich dachte schon, der wollte mir an die Wäsche.«

Erstaunt über die unerwartete Wendung der Unterhaltung, blickte Sophia ihre Freundin an.

»Da sagte er, sein Herr habe ihn beauftragt, mir einen Handel vorzuschlagen.«

»Welcher Herr?«, fragte Sophia.

»Das wollte er nicht sagen. Aber nachdem ich gehört hatte, was das für ein Handel war, konnte ich es mir auch so denken.«

»Was hat er dir denn vorgeschlagen?«, fragte Sophia beunruhigt.

»Er bot mir zwanzig Taler dafür, dass ich noch vor Martens

Rückkehr nach Pirna mit Jonas die Stadt verlasse und mich irgendwo weit weg niederlasse.«

»Was?« Sophia konnte nicht fassen, was sie gehört hatte. Doch dann begriff sie. »Der kam im Auftrag von Martens Vater!«

»Davon gehe ich aus«, bestätigte Maria.

»Was hast du ihm zur Antwort gegeben?«

»Na, was schon? Ich nehm das Geld und pfeif auf den Kerl, den ich liebe!« Maria lachte unglücklich.

»Du hast ihn zum Teufel geschickt.«

Maria senkte den Blick. »Weißt du, deswegen frage ich mich, warum Marten noch nicht wieder da ist. Er muss doch inzwischen gemerkt haben, dass sein Vater gar nicht auf Versöhnung aus ist. Der Meißner Kaufmann wird mich niemals akzeptieren. Na ja, vielleicht löst sich sein Problem ja ohnehin bald.« Maria ließ den Kopf hängen.

»Sag so was nicht!«, rief Sophia. »Du glaubst doch nicht etwa, Marten würde jetzt, nachdem er sich bereits monatelang gegen seinen Vater aufgelehnt hat, plötzlich einen Rückzieher machen! Er wird zurückkommen, vielleicht schon morgen. Und wir werden einen Weg finden, dich hier rauszuholen!« Sie versuchte, zuversichtlich zu klingen, obwohl ihr ebenso wenig danach zumute war wie ihrer Freundin. Wenn Hidwigk nicht bereit war, ihre Aussage zurückzunehmen, dann drohte Maria unweigerlich die Folter. In Sophias Innerem verkrampfte sich alles vor Angst, wenn sie nur daran dachte.

»Natürlich, du hast recht, er wird kommen.« Maria lächelte, aber ihre Lippen zitterten dabei. »Ich glaube auch nicht wirklich, dass Marten sich auf einmal entschieden hätte, seinem Vater zu Willen zu sein. Der fremde Kerl ist nämlich am Abend vor der Johannisnacht noch einmal aufgetaucht. Meinte, er hätte sich umgehört in der Stadt. Ihm sei da so einiges zu Ohren gekommen über mich, von dem ich sicher nicht wollte, dass es rauskäme. Und wenn er an meiner Stelle wäre, würde er das Geld nehmen und verschwinden.«

Sophia merkte auf. »Das bestätigt, was ich vermute. Sicher, Hidwigk hasst dich. Aber der Einfall, dich beim Rat zu besagen, stammt nicht von ihr. Jemand hat sie darauf gebracht. Gibt es womöglich einen Zusammenhang zwischen diesem Kerl und Hidwigk?«

Maria zuckte mit den Schultern. »Ich weiß nicht. Eigentlich habe ich gedacht, er hat einfach nur versucht, im Trüben zu fischen. Ich meine, viele Menschen haben irgendein Geheimnis, von dem sie nicht wollen, dass es an die große Glocke gehängt wird, oder?«

»Sicher, aber warum hat Hidwigk sich gerade jetzt entschlossen, dich zu besagen?«

»Ich denke, weil ihre Eifersucht inzwischen jedes Maß überstiegen hat. Beim Johannisfeuer, da hat Hannes mich aufgefordert, mit ihm zu tanzen. Zuerst hab ich mir nichts weiter dabei gedacht, aber dann hab ich Hidwigks Blick gesehen. Sie ist anschließend weggerannt und den ganzen Abend nicht mehr aufgetaucht, soweit ich weiß. Ich hab mir gleich gedacht, dass das noch Ärger geben wird«, schloss Maria ihre Überlegungen.

Doch Sophia war voller Zweifel. Sie hatte immer mehr das Gefühl, dass ihnen etwas Wichtiges entgangen war.

Schon wollte sie weitere Fragen stellen, aber da drängte Maria sie zu gehen. »Die Luft hier drin, die ganzen Miasmen von Krankheit und Tod, das ist nicht gut für dein Kind.«

Einer der Fronknechte brachte Sophia hinaus. Bevor er das Tor hinter ihr schloss, sagte er hämisch: »Nun wird die Wahrheit ja bald ans Licht kommen. Der Stadtschreiber war gestern hier und hat sie noch mal befragt. Dann hat er gesagt, dass er jetzt nach dem Meister aus Dresden schicken wird!«

35. Kapitel

Der Stadtschreiber hockte in seinem Sessel und starrte auf die gläserne Phiole in seiner Hand. Im unruhig flackernden Kerzenlicht schimmerte ihr Inhalt mal bläulich, mal grünlich, und dann wieder schien er rötliche Reflexe zu werfen. Schumann fröstelte, obwohl die Sommerhitze auch nach Sonnenuntergang noch immer wie eine Glocke über dem Markt hing.

Er stand auf, um das Fenster seiner Schreibkammer zu schließen, dabei vernahm er Lachen und Geschrei. Die letzten Zecher aus dem Ratskeller strebten ihren Betten zu, die Bierglocke hatte schon vor einer Weile geläutet. Schumann war heute nicht nach seinem üblichen Feierabendtrunk zumute gewesen, denn für das, was er heute Nacht plante, wollte er einen klaren Kopf bewahren.

Seine letzte Amtshandlung hatte am späten Nachmittag darin bestanden, einen Boten mit dem Brief an den Henker nach Dresden zu schicken. Meister Hans wurde benötigt, um sich der verstockten Bomätscherin in der Fronfeste anzunehmen. In seiner letzten Sitzung war sich der Rat darüber einig geworden, dass die Untersuchung dieser leidigen Angelegenheit vorangetrieben werden sollte. Schließlich kostete jeder Tag, den ein Delinquent in der Fronfeste saß, die Stadt gutes Geld. Auch bei ihrer zweiten Vernehmung gestern war die Gefangene dabei geblieben, dass sie in Notwehr gehandelt habe und von einer gestohlenen Börse nichts wisse. Der Stadtschreiber hatte selbst einige Zweifel daran, ob Folter wirklich das geeignete Mittel war, einem Menschen die Wahrheit zu entlocken, aber so schrieb es das Gesetz nun einmal vor. Überdies fand Schumann, dass es ihm durchaus Genugtun verschaffen würde, zu sehen, wie der Roten Maria ihre vollkommen unangemessene Selbstsicherheit aus dem Gesicht gewischt würde, sobald der Meister bei ihr Hand anlegte.

Schumann verriegelte das Fenster und nahm wieder Platz. Er bemühte sich, die Gedanken an sein Tagwerk endlich zu verbannen und seine Konzentration auf das zu richten, was vor ihm lag, denn das war von ungleich größerer Bedeutung. Außerdem musste er es heute tun, denn übermorgen würde er Walters Nichte heiraten und unter den wachsamen Augen einer Hausfrau hätte er sich kaum der aufwendigen Vorbereitung unterziehen können, die die Einnahme des Elixiers erforderte – zumindest nicht, ohne eine Erklärung abzugeben. Amalia aber, in ihrer naiven Frömmigkeit, würde die Segnungen der alchemistischen Wissenschaft ganz gewiss für Teufelswerk halten. Nein, sein künftiges Weib – da machte er sich nichts vor – besaß nun einmal nicht die Neugier, mit der Margaretha oder Sophia die Welt betrachteten. Aber dafür würde sie mit Sicherheit gehorsam sein. Man konnte nun einmal nicht alles haben, dachte er seufzend, schon gar nicht bei einem Weib.

Er nahm die Phiole erneut zur Hand und goss den Inhalt in ein Glas Wein. So solle er es anwenden, hatte Lapidius ihm letzte Woche versichert, und er dürfe vorher zwei volle Tage keine feste Nahrung zu sich nehmen. Dies sei nötig, um den Körper zu reinigen und die Bindung des Geistes an seine fleischliche Hülle zu lockern. Auch die Stellung der Gestirne müsse er unbedingt beachten, denn er benötige für sein Vorhaben deren energetische Schwingungsebene, ja, diese mache es überhaupt erst möglich, dass ein Geist sich aus dem erdgebundenen Körper lösen könne. Doch er habe Glück, denn vor allem die Konjunktion von Mond und Venus sei in einigen Tagen ausgesprochen günstig.

Schumann griff nach dem Glas. Auf dem Wein schwamm eine ölige Pfütze. Ihn ekelte bei der Vorstellung, dass er dies nun trinken müsse – noch dazu auf einen mehr als nüchternen Magen, der auch ohne irgendwelche zweifelhaften Substanzen schon empfindlich reagierte! Er schüttelte sich. Aber Lapidius hatte ihm versichert, dass es funktionieren würde, ja, dass er es selbst bereits mehrfach ausprobiert habe, ohne jemals Schaden zu erleiden. Nur allzu weit dürfe der Ort nicht entfernt sein, zu dem er die Geistreise unternehmen wolle. Aber bis in die nahe Vorstadt könne er es mit Sicherheit schaffen.

Eigentlich hatte Schumann sich ja erhofft, der Alchemist würde über Mittel verfügen, die etwas weniger körperlichen Einsatz von ihm verlangten. Doch Lapidius hatte gemeint, nein, dies sei die einzig sichere Methode. Außerdem war er der Ansicht, Schumanns chronischer Magenschmerz sei eine Art Gottesgeschenk, ein läuterndes Fegefeuer bereits auf Erden, das ihn geradezu prädestiniere für eine Gabe wie Geistheilfähigkeit, Hellsicht oder eben Geistreisen. Der große Paracelsus habe dieses Phänomen in seinen Werken beschrieben. Deshalb wäre es nur logisch, dass Schumann den Prozess selbst durchmache. Er wisse schließlich auch am besten, worauf er zu achten habe, wenn sein Geist erst einmal ins Fuchs'sche Haus eingedrungen sei.

Der Stadtschreiber war noch immer erstaunt darüber, wie rasch sich sein ehemaliger Kommilitone bereiterklärt hatte, ihm zu helfen, nachdem er angedeutet hatte, es gehe um nichts Geringeres als ein Buch, das seinem Besitzer Zugang zum Geheimnis des ewigen Lebens gewähren würde. Allein die Tatsache, dass das Buch einst gehüteter Schatz der hiesigen Klosterbibliothek war und dass es nun mehrere Parteien gab, die sich den Inhalt des Buches zunutze machen wollten, hatte gereicht, die Begehrlichkeit des Alchemisten zu wecken.

»Die Existenz eines solchen Buches ist in Alchemistenkreisen allgemein bekannt«, hatte er versichert. »Es gibt auch Gerüchte, die besagen, es sei vor Jahrzehnten aus Italien in die sächsischen Lande gekommen und werde seitdem in einem Kloster versteckt.« Er kicherte und gestand: »Ja, ich habe selbst in den vergangenen Jahren jedes verflixte Buch in der äußerst umfangreichen Bibliothek der Augustiner in die Hand genommen, in der albernen Hoffnung, es könne ausgerechnet hier sein.«

Schumann merkte, dass er noch immer in das Glas starrte. Was das Mittel denn enthalte, hatte er Lapidius beim Abschied noch gefragt.

Der hatte gegrinst und geflüstert: »Lauter wahrhaft wirkkräftige Zutaten: Mumia, pulverisierte Fledermauszungen, Bilsenkraut, Stechapfel, Weihrauch und noch einiges andere.«

Nun gut, zerstoßene Mumien und Fledermauszungen waren nicht gerade appetitlich, aber Bilsenkraut, Stechapfel und Mutterkorn konnten in der falschen Dosierung tödlich sein. Das wusste sogar Schumann als einer, der weder in der Alchemie noch in der Medizin sonderlich bewandert war. Außerdem waren das Hexenkräuter.

»Mein lieber Schumann, um noch einmal den großen Paracelsus zu bemühen: Die Dosis erst macht das Gift! Glaubt mir, ich kenne mich damit aus! Außerdem, was sollte mir daran liegen, dich zu vergiften, jetzt, da du mich zu dem führen könntest, was ich am meisten ersehne?«, hatte Lapidius seine Einwände weggewischt.

Schumann wurde klar, dass er jetzt nicht länger zögern durfte. Was nützte es, in Geistform in ein Haus einzudringen, dessen Bewohner in tiefem Schlaf lagen? Nein, er wollte ihr Tun, ihre Gespräche belauschen, wenn sie sich allein wähnten. Entschlossen kippte er den Inhalt des Glases in einem Zug hinunter.

Zunächst nahm er nichts wahr außer einem öligen, scharfen Nachgeschmack. Dann stellte sich rasch ein berauschtes Gefühl ein. Gut, das mochte am Wein auf nüchternen Magen liegen, dachte Schumann. Er war erwartungsvoll und zugleich ängstlich. Wie es wohl sein mochte, wenn sich sein Geist aus seinem Körper löste? Würde er sich selbst hier in diesem Sessel sitzen sehen? Würde er die Welt von oben betrachten können, gleich einem Vogel, der am Himmel dahinsegelte?

Und genau so kam es dann auch, doch zuerst fühlte er ein Brennen in seinen Eingeweiden, dass er glaubte, der verfluchte Alchemist habe ihn tatsächlich vergiftet. Er krümmte sich auf dem Sessel und begann zu stöhnen. Doch gerade als er dachte, es nicht mehr aushalten zu können, spürte er in seinem Inneren einen Ruck, und dann begann er tatsächlich zu schweben. Er sah seine Schreibkammer von oben, sah sich zusammengesunken im Sessel hocken, das leere Glas lag zerbrochen am Boden. Übermütig kichernd – der Geist war also auch ohne Körper in der Lage, sich zu belustigen – drehte er noch eine Runde über seinem eigenen Kopf und drang dann einfach durch das Fensterglas nach draußen in die laue Luft über dem Marktplatz. Er umschwebte soeben den Dachreiter auf dem Rathaus, als die Glocke von St. Marien zu schlagen begann. Elf, zählte er, höchste Zeit, Richtung Obertor zu fliegen.

Er hatte die Stadtmauer erreicht, als er bemerkte, dass er nicht allein war. Neben ihm war ein anderer Geist aufgetaucht, ein Schatten mit riesigen Pranken. Die streckte er aus und kriegte Schumann zu fassen.

»Wo willst du hin, Nichtsnutz!« Dem Stadtschreiber dröhnte die Stimme von Schmiedemeister Schumann in den Ohren. »Willst wohl wieder heimlich unter der Treppe lesen? Denkst du etwa, ich wüsste nicht, was du so treibst! Aber ab heute ist Schluss mit deinen Mätzchen, ab heute wirst du in der Schmiede arbeiten, wie ich das von meinem Sohn verlangen kann.«

Wolf Schumann duckte sich. Er war wieder zwölf und dürr wie ein Zaunstecken. Sein Vater, genauer der Mann, den er damals noch für seinen Vater hielt, schubste ihn vor sich her über den Hof. Wolf wollte nicht in der Schmiede arbeiten, das Feuer ängstigte ihn, und er wusste nur allzu gut, wie rasch seine Kräfte erlahmten, wenn er den Blasebalg bedienen musste, während der Vater auf dem Amboss arbeitete.

So kam es auch heute, schon bald schmerzten seine Arme, und er hatte das Gefühl, glühende Drähte würden in seinen Rücken geschoben. Ermattet hielt er inne und richtete sich auf. Die Ohrfeige seines Vaters traf ihn so unvermittelt, dass er hinfiel und sich den Kopf am Wasserfass stieß. Als er sich benommen aufrichten wollte, traf ihn der nächste Schlag. Er rollte sich auf dem Boden zusammen, schmeckte Ruß und Blut auf seiner Zunge.

Der Schmied schlug wieder zu. Er brüllte: »Was fällt dir ein, das Feuer ausgehen zu lassen? Das ganze Werkstück ist verdorben! Wie konnte Gott mir das nur antun, mir solch einen Schwächling und Taugenichts als Erstgeborenen zu schenken!«

Wolf spürte, wie ihm das Blut aus der Nase schoss, und er versuchte, seinen Kopf mit den Armen zu schützen.

Der Vater trat nach ihm und tobte: »Nichts, aber auch gar nichts hast du von mir! Schau dir deinen Bruder an, aus dem wird mal ein tüchtiger Schmied. Doch du, du taugst zu gar nichts!«

Wolf dröhnte der Kopf, sein ganzer Körper schmerzte. Schluchzend warf er sich hin und her, um weiteren Schlägen zu entgehen, doch die blieben plötzlich aus.

Stattdessen zischte eine andere Stimme ganz nah an seinem Ohr: »Tu Buße, Sohn der Sünde, tu Buße!«

Als Wolf vorsichtig unter seinem Arm hervorblinzelte, erblickte er eine hohe Gestalt im schwarz-weißen Habit der Dominikaner. Eine klauenartige Hand schoss hervor, packte ihn und zerrte ihn hoch. Wie gelähmt starrte Schumann in das hagere Gesicht von Pater Johannes, das sich zu einer hasserfüllten Grimasse verzog.

»Du bist schuld, dass ich in der Hölle brenne! Aber gleich wirst du mit mir brennen und die Schuld gegenüber dem Vater und dem Sohne büßen!«

Auf einmal hielt der Pater einen Säugling im Arm. Das Kind war tot, sein winziges Gesicht bläulich verfärbt. Es musste unmittelbar nach der Geburt erstickt worden sein, Schumann sah den blutigen Rest einer Nabelschnur an dem aufgedunsenen Bäuchlein baumeln.

»Erkennst du ihn etwa nicht, deinen Erstgeborenen?«, höhnte der Pater.

Der Stadtschreiber hob abwehrend beide Hände. Nein, das

konnte nicht sein! Er hatte das Kind, das die unglückselige Katrina geboren hatte, niemals als das seine angesehen. Er hatte niemals einen Sohn gehabt!

Plötzlich fühlte Schumann unerträglich sengenden Schmerz unter seinen Fußsohlen. Da sah er, dass er auf glühenden Kohlen stand, Flämmchen begannen, an seinen Beinen heraufzuzüngeln, der Saum seiner Schaube fing Feuer. Obwohl Schumann nun mit aller Kraft versuchte, davonzulaufen, kam er nicht das kleinste Stück voran. Voller Entsetzen begriff er, dass er an den Boden geschmiedet war. Die eisernen Reifen um seine Fußgelenke glühten inzwischen, unter Zischen und Gestank fraßen sie sich in sein Fleisch. Brüllend wand sich der Stadtschreiber in seinen Fesseln, aber das grässliche Lachen des Schmiedemeisters und des Paters übertönte seine Schreie noch.

36. Kapitel

In dem Maße, in dem sich Moses von seiner Verletzung und dem Fieber erholte, lebte auch sein Unternehmungsgeist wieder auf. Obwohl Anna und Julius ihn ermahnten, sich zu schonen, hielt er es bald nicht mehr im Bett und in der engen Kammer aus. Vorgestern hatte er sich zum ersten Mal drei Stockwerke nach unten in die Apotheke gewagt. Der große Verkaufsraum war bis unter die Decke vollgestopft mit Regalen, in denen Hunderte von Ton- und Glasgefäßen aufgereiht standen. Jedes Gefäß war säuberlich beschriftet, doch die lateinischen Wörter sagten Moses nichts. Der Geruch von Kräutern und Gewürzen war so intensiv, dass ihm davon schwindlig wurde. Im unteren Teil der Regale waren kleine Schubladen eingelassen, auf denen ebenfalls in Latein stand, was darin zu finden sei. Den vorderen Teil des Ladens nahm ein langer Verkaufstresen ein, auf dem verschiedene Waagen standen, außerdem einige große Gläser, bei deren Anblick Moses unwillkürlich zurückzuckte. Doch sogleich übermannte ihn die Neugier.

Obwohl es ihn Überwindung kostete, trat er näher, um sie genauer zu begutachten. In einem der Gläser befand sich eine tote Schlange. Ihr bleicher Körper ringelte sich in zahlreichen Windungen. Die trüben toten Augen starrten Moses gleichgültig entgegen. Sie war deutlich größer als eine Ringelnatter oder Kreuzotter. In einem anderen Glas schwamm ein Tier, das wie eine Eidechse aussah, nur viel größer war und eine Haut hatte, die mit lauter Hornplatten besetzt war. In seiner langen Schnauze saßen unzählige spitze Zähne, und auf seinem Rücken hatte es ein paar zusammengefaltete Flügel. Während sich Moses sicher war, dass er so eine Echse noch nie gesehen hatte, erinnerten ihn die Flügel jedoch stark an die einer Fledermaus. Gerade als er das Glas ein wenig drehte, um sich das obskure Tier näher zu betrachten, ertönte hinter ihm ein helles Lachen.

»Na, fragt Ihr Euch, woher der junge Drache stammen könnte? Vielleicht aus so einem Ei?« Anna hielt ihm mit beiden Händen ein Ei entgegen, das mindestens die hundertfache Größe eines Hühnereis hatte.

In diesem Augenblick öffnete sich die Ladentür, wobei die Glöckchen, die über der Tür angebracht waren, laut bimmelten.

»Komme sofort!«, ertönte Julius' heisere Stimme aus dem Hintergrund.

Anna legte das Ei auf die Theke und wandte sich der kräftigen, energischen Frau zu, die ihren Henkelkorb auf den Ladentisch stellte.

»Gott zum Gruß, Lutherin! Kann ich Euch vielleicht inzwischen dienen?«

»Gott zum Gruß, Anna. Ich möchte ein halbes Pfund von dem Rosenkonfekt kaufen, das Meister Weinhold seit kurzem in der Apotheke führt. Und dann will ich noch ein Fass Malvasier bestellen. Ich brauche es bis übermorgen«, antwortete die Frau mit tiefer, angenehmer Stimme.

Moses hatte sich in den Schatten zwischen zwei hohen Regalen zurückgezogen, während Anna eine der Schubladen öffnete, eine Holzkiste herausnahm und das Konfekt abwog. Er konnte sich nicht überwinden, den Raum zu verlassen, und musterte die Frau verstohlen. Das war also das Eheweib des berühmten Doktor Luther, die entlaufene Nonne Katharina von Bora. Eigentlich sah sie recht gewöhnlich aus, fand er, eine durchschnittliche Frau, weder auffallend schön noch unansehnlich. Sie hatte breite Hüften und ein rundes Gesicht, das dunkle Haar war zum größten Teil ordentlich unter einer weißen Haube verborgen. Ihre braunen Augen blitzten wach und aufmerksam. Jetzt hatte sie ihn entdeckt und schaute neugierig in seine Richtung. Ihre schmalen Lippen kräuselten sich amüsiert, als hätte sie seine Gedanken erraten. Moses begann zu schwitzen. Doch er wurde erlöst, als Julius den Apothekenraum betrat, um die Weinbestellung der Lutherin aufzunehmen. Erleichtert schlüpfte Moses ins Treppenhaus und durch die Hintertür in den Hof.

Gestern hatte er nur einen kurzen Blick in den Hof werfen können, denn durch das große Tor war ein hochbeladener Wagen mit Weinfässern und allerlei Kisten und Ballen gerattert. Sogleich wimmelte es auf dem Hof von zahlreichen Helfern, die die Pferde abschirrten und Waren abluden. Ein breitschultriger Mann übernahm ganz selbstverständlich das Kommando, wies einem jeden seine Aufgabe zu, bestimmte, wohin Fässer und Kisten gebracht werden sollten, und entlohnte den Kutscher. Er war etwa im selben Alter wie Moses. Sein Haar und Bart hatten das gleiche Rotblond wie Annas Zöpfe, und so vermutete Moses, dass das ihr Bruder Lucas war, der mit seinem Vater zusammen die Malerwerkstatt führte.

Heute lag der Hof verlassen in der Nachmittagssonne. Die Tür zur Werkstatt war verschlossen, und vor dem Pferdestall scharrten ein paar Hühner im Sand. Moses setzte sich auf eine kleine Mauer neben dem Brunnen. Er hielt das Gesicht in die Sonne, schloss die Augen und lauschte dem Plätschern des Wassers.

Nach einer Weile hörte er hinter sich Schritte, die ihm inzwischen vertraut waren. Anna setzte sich neben ihn in die Sonne.

Ohne die Augen zu öffnen, sagte er: »Der Drachen ist nicht aus dem Ei geschlüpft. Er ist eine Fälschung.«

Befriedigt vernahm er, wie Anna überrascht Luft holte. »Woran habt Ihr das erkannt?«

Moses schwieg einen Augenblick, denn eigentlich war es eher eine Vermutung gewesen. Dann sah er Anna an und sagte vorsichtig: »Die Flügel, die sehen aus, als ob sie einer großen Fledermaus gehört hätten.«

Anna grinste. »Deswegen hat Vater das Tier gekauft. Es hat ihn an sein Wappentier erinnert, die Schlange mit den Fledermaus-flügeln. Übrigens hat er in seinem Kabinett hinter der Werkstatt noch viel mehr solcher Kuriositäten. Er sammelt sie. Willst du sie mal sehen?«

»Wird er es denn erlauben?«, fragte Moses.

Anna sprang auf und winkte ab. »Er ist gar nicht da. Der Kur-fürst hat ihn und Luc auf das Schloss beordert. Unsere Werkstatt soll wieder die Ausgestaltung eines hochherrschaftlichen Festes übernehmen. Das wird eine Menge zusätzliche Arbeit geben. Deshalb hat Vater den Gesellen und Lehrlingen heute Nachmit-tag freigegeben. Es ist also niemand da, der uns stören könnte.«

Ein wenig widerstrebend ließ sich Moses von Anna zum Ein-gang der Werkstatt ziehen. Schließlich war er hier nur ein gedul-deter Fremder, er musste damit rechnen, dass Meister Cranach ihn vor die Tür setzte, wenn er in irgendeiner Weise gegen die Regeln im Haus verstieß. Andererseits war er neugierig auf die wunderlichen Dinge, die Anna ihm zeigen wollte, und noch mehr erregte ihn die Vorstellung, die Malerwerkstatt von innen zu sehen. Die Gerüche in dem großen hellen Arbeitsraum überwäl-tigten ihn sofort. Abrupt blieb er stehen, um den verschiedenen Aromen nachzuspüren. Er roch Leinöl und Terpentin, Farben, Kreide und Papier. Doch Anna ließ ihm keine Zeit, sich zu besin-nen. Sie nahm ihn bei der Hand und führte ihn zu einer Tür, die hinter einer abgedeckten Staffelei verborgen war. Die winzige Kammer, in die sie traten, war bis in den letzten Winkel mit einer Unmenge Krimskrams vollgestopft. Staub kitzelte Moses in der Nase, und seine Augen hatten Mühe, sich in dem Durcheinander auf ein einzelnes Stück zu konzentrieren. Doch dann sah er selt-sam geformte Steine, ausgestopfte Vögel, verschiedene Waffen, Tierschädel, Muscheln, Teile exotischer Pflanzen und einen riesi-gen gebogenen Stoßzahn. Es juckte ihn in den Fingern, einige der eigenartigen Stücke zu zeichnen. Er schaute sich nach Anna um. »Ob ich mir wohl ein Stück Papier und Holzkohle nehmen dürfte, um die Muscheln zu zeichnen?«

Anna sah ihn ein wenig überrascht an, doch dann zuckte sie die Schultern. »Warum nicht? Papier und Stifte liegen genug herum. Als Kinder haben wir oft in der Werkstatt gesessen und gemalt. Meine Schwester Ursula hat fast so viel Talent gezeigt wie Hans und Luc, aber ich war nie besonders gut darin«, erklärte sie, während sie in die Werkstatt zurückgingen.

Moses legte die Muscheln auf einen Tisch. Anna gab ihm Papier und Zeichenkohle. Seine ersten Striche waren, wie immer, ein wenig unsicher, so als müsse er sich erst an die Form, die er vor sich sah, herantasten. Doch bald vergaß er alles um sich herum. Er bemerkte nicht, dass Anna ihn eine Weile fasziniert beobachtete und die Werkstatt dann auf Zehenspitzen verließ.

Zwei Stunden später war die Tischplatte fast vollständig unter seinen Skizzenblättern verschwunden. Außer den Muscheln hatte Moses noch aus dem Gedächtnis die Gesichter von Anna und Julius gezeichnet und das der Lutherin.

Plötzlich vernahm er hinter sich eine Stimme: »Hans?« Noch bevor er sich umdrehen konnte, spürte Moses eine schwere Hand auf seiner Schulter. Er erstarrte, denn er fühlte sich ertappt. Gleich würde der andere den Irrtum erkennen und ihn fragen, was er hier zu suchen hatte.

»Du bist zurückgekommen, Junge?« Die Stimme brach und ging in ein trockenes Schluchzen über.

Erschrocken drehte sich Moses um und blickte in das Gesicht eines untersetzten, breitschultrigen Mannes. Obwohl Haar und Bart des Fremden bereits ergraut waren, wirkte seine Gestalt noch immer stattlich und kraftvoll. Ein tiefer Kummer hatte sich in seine kantigen Züge eingegraben. In den Augen des Mannes sah Moses einerseits ungläubiges Staunen, aber andererseits auch das Aufglimmen von Hoffnung. Moses wollte aufstehen, doch die Hand des Mannes lag immer noch auf seiner Schulter und nagelte ihn auf seinem Schemel fest.

Da betrat Annas Bruder Luc die Werkstatt. Als er Moses erblickte, blieb er stehen, und in rascher Folge wechselten auf seinem

Gesicht Erstaunen, Unglaube und Entsetzen. Dann kniff er die Augen zusammen, wie jemand, den ein jäher Schmerz überfällt. Als er sie wieder öffnete, sah er Moses mit unbewegter Miene an. »Wer seid Ihr?«

Moses zuckte unbehaglich mit den Schultern. »Moses, der Flößer«, erklärte er.

Die Finger des Alten gruben sich in seine Schulter. »Hast du das gemalt?« Er deutete mit einer Kopfbewegung auf Moses' Skizzen.

»Ja. Bitte verzeiht, ich wollte nicht …«

»Halte mich nicht zum Narren!«, schnauzte der alte Mann ihn an. Sein Gesicht wurde puterrot, und an seiner Stirn schwoll eine Zornesader.

Der Meister schüttelte Moses so heftig an der gerade verheilten Schulter, dass ihn der Schmerz durchzuckte und er laut aufstöhnte.

Doch Cranach schien nichts davon zu bemerken. »Wo warst du die ganzen Jahre über? Antworte!«, fragte er mit unsicherer Stimme.

»Vater!« Der junge Cranach machte zwei rasche Schritte auf den Alten zu und legte ihm begütigend die Hand auf den Arm. Doch als sein Blick auf den Tisch fiel, drehte er sich ruckartig zu Moses um und starrte ihn erneut an.

»Verdammt! Wer seid Ihr wirklich, und was wollt Ihr hier? Nennt mir sofort Euren Namen!«, forderte er mit einem gefährlichen Unterton in der Stimme.

Moses begriff nicht, was die beiden von ihm wollten. Sicher, er war in ihre Werkstatt eingedrungen, hatte, ohne den Meister zu fragen, ihr Material benutzt. Aber warum nahmen sie ihn wegen ein paar Blatt Papier und ein wenig Zeichenkohle dermaßen ins Gebet? Und was sollte er ihnen antworten, wo er doch selbst nicht einmal wusste, wer er war? Moses spürte, wie sich Schmerz und Frustration in Wut wandelten. Er schüttelte die Hand des alten Meisters ab und sprang auf. Dabei fiel der Schemel um. »Das kann ich nicht«, stieß er hervor. »Ich habe meine Erinnerungen bei einem Unfall im letzten Jahr verloren. Die Flößer nennen mich Moses, weil sie mich aus dem Fluss gezogen haben.« Er rieb sich die schmerzende Schulter.

Vater und Sohn wechselten einen kurzen Blick. Dann schüttelte der Jüngere energisch den Kopf. »Das ist der Mann, den Anna und der Apotheker gesund pflegen. Er sagt die Wahrheit, Vater. Ich habe selbst gesehen, wie sie ihn vor zwei Wochen ins Haus trugen.«

Der alte Cranach schüttelte ebenfalls den Kopf. »Na und? Hast du denn nicht gehört, was er gesagt hat? Er hat sein Gedächtnis verloren!«, sagte er beschwörend.

Moses blickte von einem zum anderen, und mit einem Mal begann sein Herz, heftig zu klopfen. Konnte es sein, dass die beiden etwas über seine Vergangenheit wussten? Kannten sie ihn womöglich? Konnte es sein, dass er tatsächlich jener Hans war, von dem der Meister gesprochen hatte? Hans – Moses spürte dem Klang des Namens nach, während er die beiden Männer intensiv musterte.

»Vater!« Der junge Meister klang nun ebenso eindringlich wie der Alte eben. »Schau doch einmal genauer hin! Sieh ihn dir mit deinem unbestechlichen Malerauge an und nicht mit dem verklärten Blick des trauernden Vaters.« Er deutete auf Moses. »Es stimmt, er sieht Hans erschreckend ähnlich, das gebe ich zu. Aber Hans hatte in etwa deine Größe. Der Mann ist eher so groß wie ich. Du erinnerst dich doch noch, wie es Hans geärgert hat, als ich ihm über den Kopf wuchs, obwohl er der Ältere war.«

Aufmerksam musterte der Alte Moses. Dann sackten seine Schultern herab, seine Augen wirkten auf einmal erloschen, und er schlurfte wortlos aus der Werkstatt.

Auch Moses' Hoffnung, hier etwas über seine Vergangenheit zu erfahren, schwand. Er fühlte sich kraftlos und ausgelaugt, seine Schulter schmerzte. Plötzlich begannen seine Beine zu zittern, sodass er sich am Tisch festhalten musste, um nicht umzufallen.

»Ich bringe Euch in Eure Kammer hinauf, Flößer. Ihr habt Eure Kräfte überschätzt«, sagte der junge Cranach. Dann schob er seine Schulter unter die gesunde von Moses, bugsierte ihn über den Hof und die Treppe hinauf.

Moses war schweißgebadet und vollkommen erschöpft, als der Maler ihn in die Kammer unter dem Dach schob. »Wer ist Hans?«, fragte er trotzdem.

Luc verfrachtete Moses ins Bett. Dann setzte er sich auf die Bettkante und schaute nachdenklich auf seine langgliedrigen Finger. »Hans war mein älterer Bruder, der Liebling meines Vaters«, sagte er leise. Er schwieg eine Weile, bevor er fortfuhr: »Vor sechs Jahren schickte Vater Hans nach Italien. Er sollte dort den letzten Schliff als Maler bekommen, um dann Vaters Werkstatt zu übernehmen. Ein Jahr später kam die Nachricht, Hans sei in Bologna an einem Fieber gestorben. Vater brach es das Herz. Monatelang aß und schlief er kaum. Mich nahm er in dieser Zeit gar nicht mehr wahr.« Der junge Cranach lachte bitter und schüttelte den Kopf. »Erst sein Freund Martin Luther musste ihn daran erinnern, dass er noch einen zweiten Sohn hatte, der ebenso malen konnte.« Er erhob sich und blickte auf Moses herab, der kaum noch die Augen offen hielt. »So, nun wisst Ihr vermutlich mehr, als Ihr erfahren wolltet«, sagte er mit einem schiefen Lächeln und verließ die Kammer.

Der Duft von Hühnersuppe weckte Moses. Draußen dämmerte es bereits, und an seinem Bett stand Anna mit einem Tablett in der Hand. Sie wartete, bis Moses sich aufgesetzt hatte, dann reichte sie es ihm. »Vater will Euch morgen gleich nach dem Frühstück sehen. Und falls Ihr noch mehr Zeichnungen habt, sollt Ihr sie mitbringen.«

37. KAPITEL

Mit welcher Begründung hat der Rektor dir den Urlaub verweigert?«, fragte Sophia aufgebracht.

Fuchs breitete die Hände aus. »Er hat gesagt, dass er mich nun schon seit einem Monat vertritt, und jetzt wäre es für mich wieder an der Zeit, mein Amt selbst zu versehen. Außerdem hätten sie in den nächsten Tagen zwei halbe und eine ganze große Leiche, da wäre es unerlässlich, dass ich die Knaben zum Singen begleite.«

»Er denkt an die zusätzlichen Einnahmen, die ihm entgehen, wenn ihr nicht vollzählig auf dem Friedhof erscheint!«, schimpfte Sophia.

Der Magister zuckte mit den Schultern. »Das kann man ihm nicht verdenken. Außerdem meinte er, ich sei noch in der Probezeit, und dafür hätte er mir bereits sehr großzügig Urlaub gewährt.«

»Hast du ihm erklärt, dass Marias Leben auf dem Spiel steht?« Sophia konnte nicht verhindern, dass ihr die Tränen in die Augen traten.

Ihr Mann nahm sie in den Arm und streichelte ihr über den Rücken. »Natürlich. Aber du musst verstehen, dass Rektor Richter diese Dinge ein wenig anders beurteilt als wir.«

Sie machte sich los und schüttelte schniefend den Kopf. »Das kann ich nicht! Marten muss erfahren, was hier vor sich geht, und wir müssen herausbekommen, ob vielleicht sein Vater hinter all dem steckt.«

Fuchs fuhr sich mit der Hand durchs Haar, das danach noch

um einiges wirrer aussah. »Meinst du nicht, dass es ein recht drastisches Mittel wäre, eine unerwünschte Schwiegertochter gleich dem Henker zu überantworten?«, gab er vorsichtig zu bedenken.

»Vielleicht. Aber es ist die einzige Spur, der wir zurzeit folgen können. Außerdem braucht Maria Marten jetzt! Wenn du nicht darfst, muss ich eben nach Meißen fahren«, sagte sie entschlossen.

»Nein, das werde ich nicht zulassen! Du weißt genau, dass das Kind für eine solche Reise noch nicht kräftig genug ist.« Der Magister trat einen Schritt auf sie zu. In seinen Augen konnte sie sehen, dass es ihm ernst war.

Sie wusste ja selbst, dass sie das Kind damit in Gefahr bringen würde. Aber sie hatte keine Wahl. »Es wird ihm nichts geschehen«, versuchte sie, mehr sich selbst zu überzeugen. »Ich steige in Pirna auf einen Kahn, lasse mich den Fluss hinunterfahren und gehe ein paar Stunden später in Meißen wieder an Land. Der Kleine wird gar nichts davon merken.«

Fuchs schüttelte nachdrücklich den Kopf. »Und dann? Du würdest mindestens eine Nacht über dortbleiben müssen, wenn nicht gar länger. Willst du mit dem Kind in irgendeinem verlausten Gasthaus schlafen, in Betten, die jede Nacht ein anderer benutzt hat? Wir haben Sommer, irgendwo geht mit Sicherheit wieder die Pest um.«

Sophia zuckte zusammen, als hätte er sie geschlagen. »Vielleicht könnte ich auch bei Martens Eltern wohnen«, antwortete sie kleinlaut.

Der Magister sah sie entgeistert an. »Du willst mit Leuten unter einem Dach wohnen, die du einer mörderischen Intrige gegen Maria verdächtigst und denen du das, wie ich dich kenne, auf den Kopf zusagen wirst? Du bist wohl von Gott und allen guten Geistern verlassen, Weib!«

Sophia schluckte und blickte zu Boden.

Heinrich Fuchs nahm ihr Gesicht in beide Hände und zwang

sie, ihn anzusehen. »Wofür hältst du mich, dass du denkst, ich würde dem zustimmen?«

Sie wusste, dass er in jeder Hinsicht recht hatte, ihr war aber auch klar, dass sie zurzeit Marias einzige Hoffnung auf Rettung war. Mit einer Mischung aus Scham, Wut und Frustration starrte sie ihren Ehemann an.

»Du bleibst hier, ich werde fahren«, sagte er sanft, aber bestimmt.

Sie atmete auf, doch dann griff sie nach seinen Händen. »Aber der Rektor!«

Er lächelte. »Meinst du nicht, dass wir es überleben werden, wenn sie mich entlassen? Ich kann jedenfalls nicht behaupten, dass mir die Aussicht, die Schule nie wieder von innen sehen zu müssen, schlaflose Nächte bereiten würde.«

»Und was wird aus dem Codebuch?«, fragte Sophia leise.

Der Magister hob die Augenbrauen. »Das Codebuch oder Marias Leben? Es scheint so, als müsstest du dich entscheiden.«

Sophia schüttelte den Kopf. Diese Entscheidung war bereits viel früher gefallen. Wahrscheinlich schon in ihrer Kinderzeit, als Maria sie gegen die Lausbuben aus der Schifftorvorstadt verteidigt hatte. Spätestens aber an jenem verhängnisvollen Tag in der Scheune, als die Freundin sie mit ihrem Messer vor der Vergewaltigung durch zwei Landsknechte gerettet hatte. »Fahr und hole Marten heim!«

Erschöpft, aber auch erleichtert lehnte sie sich an ihn. Er streichelte ihr übers Haar. »Wir werden sie retten«, flüsterte er.

Da regte sich das Kind an ihrer Brust und begann zu plärren. Es war das erste Mal, dass es sich so lautstark äußerte. Sophia musste lachen.

»Na, siehst du, er ist derselben Meinung! Kluger Junge!« Fuchs fuhr mit einem Finger unter das Tuch und streichelte dem Kind sacht über die Wange.

Trotz ihrer drückenden Sorge um Maria empfand Sophia auf einmal so viel Zärtlichkeit, dass es ihr fast das Herz zu sprengen drohte. Am liebsten hätte sie ihren Mann auf der Stelle geküsst. Doch stattdessen blieb sie, irritiert von ihren eigenen Gefühlen, reglos stehen und sah ihn an.

Er lächelte, und um seine dunklen Augen bildeten sich kleine Fältchen. »Was ist?«

Sophia schob ihre verwirrenden Empfindungen beiseite und versuchte, sich auf das Naheliegende zu konzentrieren. »Du solltest zum Hafen gehen und dich erkundigen, wann ein Schiffer nach Meißen fährt, der dich mitnehmen kann«, sagte sie.

Der Magister nickte. »Und du gehst gleich zu Agnes Lauterbach und fragst sie, ob sie sich inzwischen nach einer zuverlässigen Magd umgehört hat.«

Sophia kaute auf ihrer Lippe. »Können wir uns das überhaupt leisten, wenn du nicht mehr als Schulmeister arbeiten darfst?«

»Wir werden es schon irgendwie schaffen. Notfalls bitte ich den Rat um einen weiteren Vorschuss, schließlich wird die Uhr bald fertig sein. Du brauchst jemanden, der dich bei der Arbeit im Haus und Garten unterstützt, wie wir es besprochen haben«, sagte Fuchs mit Nachdruck.

Als Sophia am späten Nachmittag aus der Oberen Burggasse zurückkehrte, fand sie den Magister schlafend im Garten. Zu dieser Tageszeit lag die Bank, die er ihr gezimmert hatte, bereits im Schatten. Doch es war ein warmer Tag, und er hatte die Verschnürungen seines Hemdes gelöst, sodass sein dunkles Brusthaar sichtbar wurde. Seinen Kopf hatte er an den Stamm des Kirschbaums gelehnt. Auf seinem sonst eher blassen Gesicht lag eine leichte Röte, das Haar im Nacken war feucht und ringelte sich ein wenig.

Sophia verharrte neben der Tür und betrachtete ihn einen Augenblick versonnen. Er entsprach wirklich nicht dem kraftstrotzenden, bärtigen Typus, der landläufig als das Idealbild eines Mannes galt. Auch hatte er weder die jugendliche Geschmeidigkeit und natürliche Eleganz, die Niklas ausgezeichnet hatten, noch dessen lebhafte Ausstrahlung. Schließlich war ihr Mann auch gut zehn Jahre älter als der Maler, den sie geliebt hatte. Trotzdem fühlte Sophia sich immer stärker zu Heinrich Fuchs hingezogen, während das leuchtende Bild von Niklas allmählich zu verblassen drohte. Es war das erste Mal, dass sie sich dessen bewusst wurde. Aber noch bevor sie sich mit diesem beunruhigenden Gedanken näher befassen konnte, schlug der Magister die Augen auf und war sofort hellwach.

»Ich habe einen Schiffer gefunden, der in zwei Tagen Steine nach Meißen bringen wird. Er nimmt mich für ein paar Groschen mit«, sagte er. »Hat Frau Agnes dir eine Magd empfehlen können? Setz dich und erzähl!«

Er rückte ein Stück zur Seite, und Sophia nahm vorsichtig Platz, wobei sie darauf bedacht war, ihn nicht zu berühren. Sie holte das Kind aus dem Tuch und legte es an ihre Brust.

Während der Magister fasziniert beobachtete, wie der Kleine sofort heftig zu saugen begann, berichtete sie: »Leider nicht. Sie will sich aber weiter umhören und auch noch andere Bekannte fragen. Und weißt du was? Sie will den Superintendenten bitten, dass er sich bei Rektor Richter dafür einsetzt, dass du nach deiner Rückkehr wieder als Schulmeister arbeiten kannst.« Sie strahlte ihren Mann an, der seinen Blick kaum vom Mund des Kindes losreißen konnte.

Heinrich Fuchs seufzte, und Sophia wusste nicht recht, wie sie seine Reaktion deuten sollte. »Ist dir die Schule inzwischen so verhasst?«, fragte sie.

»Wie, was? Ach so, die Schule.« Er rieb sich mit den Händen über das Gesicht. »Nein, nein«, versicherte er rasch. »Möge Gott die Frau segnen für ihre gute Seele.«

Sophia nickte und schob dem Kind den Zeigefinger in den Mund, um sein gieriges Mäulchen von ihrer Brust zu lösen. Dabei konnte sie einen leisen Schmerzenslaut nicht unterdrücken, denn seit einigen Tagen waren ihre Brustwarzen etwas entzündet. Dem besorgten Blick ihres Mannes begegnete sie mit einem beruhigenden Kopfschütteln. Sie versuchte, den erneuten Schmerz zu ignorieren, der sie durchfuhr, als sich das Kind an ihrer anderen Brust festsaugte, und konzentrierte sich stattdessen wieder auf das unterbrochene Gespräch mit Fuchs. Ihr fiel ein, was sie nach dem Besuch bei Agnes Lauterbach auf dem Markt erfahren hatte. Etwas wirklich Unerhörtes!

»Stell dir vor, was heute auf dem Markt das Stadtgespräch war!«

»Na, was denn?«, fragte Fuchs nachsichtig.

»Den Stadtschreiber soll in der Nacht der Leibhaftige persönlich heimgesucht haben!«

»Nein!«

»Doch!« Sophia nickte vehement. »Seine Köchin soll erzählt haben, dass ihr Herr in seiner Schreibkammer derart getobt und gewütet hätte, dass das gesamte Gesinde davon wach wurde. Und als sie hinaufgingen, um nachzusehen, fanden sie das Zimmer vollkommen verwüstet.«

»Und Schumann?«, fragte der Magister fassungslos.

Sophia senkte ihre Stimme. »Der lag am Boden und riss sich die Kleider vom Leib. Er soll geschrien haben, dass er verbrennen würde.«

Ungläubig schüttelte Heinrich Fuchs den Kopf. »Sie haben doch nicht etwa den Pfarrer geholt, diese Narren?«

»Die Köchin und ein paar andere wollten das schon, aber am Ende hat der Hausknecht doch Meister Arnold geholt«, erzählte Sophia. »Der hat dem Stadtschreiber ein Brechmittel eingeflößt.«

»Sehr vernünftig!«, sagte Fuchs. »Das hört sich an, als hätte Schumann sich mit irgendwas vergiftet. Wie geht es ihm jetzt?«

Sophia zuckte mit den Schultern. »Er hätte den ganzen Tag geschlafen, hieß es.«

Der Magister machte eine zustimmende Handbewegung. »Ist wohl am besten so.«

Sophia nickte. Dann berichtete sie weiter. »Dabei sollte übermorgen seine Hochzeit mit der Nichte des Kämmerers stattfinden. Daraus wird nun nichts werden. Die Braut, so erzählten sich die Leute, sei der Meinung, der Teufel habe ihrem Zukünftigen nicht nur einen Besuch abgestattet.« An dieser Stelle konnte sie das Lachen kaum noch unterdrücken. »Sie glaubt, er habe Besitz von ihm ergriffen, um in der Hochzeitsnacht über sie, die ihr halbes Leben als Nonne verbracht habe, herzufallen!« Sie prustete vor Lachen.

Doch ihr Ehemann blieb ernst. »Wer weiß, was sie den armen Dingern dort erzählt haben, um ihnen die Lust auf einen Mann zu nehmen«, sagte er. »Außerdem kann ich mich erinnern, dass dir die Aussicht auf eine Hochzeitsnacht mit dem Stadtschreiber seinerzeit auch nicht gefiel. Nicht jedes Mädchen hat eben den Mut, so deutlich Nein zu sagen.« Nun schmunzelte er doch ein wenig.

Sophia war das Lachen trotzdem vergangen, und sie schämte sich. Heinrich hatte recht, und man konnte der unglücklichen Braut eigentlich nur wünschen, dass sie es schaffte, sich erfolgreich gegen ihre Verheiratung mit Schumann zu wehren. Egal, wie!

»Ob ihn vielleicht jemand umbringen wollte?«, überlegte sie nach einer Weile.

»Warum denn das? Viel wahrscheinlicher ist, dass er ein Mittel geschluckt hat, das ihm irgendein Quacksalber aufgeschwatzt hat. Du weißt doch, wie leicht sich die Menschen zu allen möglichen obskuren Therapien überreden lassen«, gab Fuchs zu bedenken.

»Schumann gehört aber nicht gerade zur Sorte der Leichtgläubigen«, wand Sophia ein.

»Auch der größte Skeptiker kann einem Scharlatan auf den Leim gehen, wenn ihm dessen Versprechungen verlockend genug erscheinen.«

»Das stimmt wohl«, sagte Sophia und schnürte ihr Mieder zu. Sie drückte Fuchs das Kind in den Arm. »Lass ihn sein Bäuerchen machen. Ich gehe das Abendessen vorbereiten.«

Geschickt lehnte der Magister den Säugling gegen seine Schulter und klopfte ihm auf den Rücken.

38. Kapitel

Im Gegensatz zum vorangegangenen Tag glich die Cranach'sche Werkstatt jetzt einem geschäftigen Ameisenhaufen. Gleich am Eingang hämmerten zwei Lehrlinge ein Tuch an einen großen Rahmen aus Holz. Daneben zerrieb ein anderer mit gleichmäßigen Bewegungen blaue Klumpen zu Farbpulver. Zwei Gesellen standen mit dem jungen Lucas vor einer Staffelei mit der Skizze eines großen Saales. Obwohl alle laut miteinander stritten und dabei immer wieder auf die Skizze deuteten, verstand Moses kein Wort, denn zur gleichen Zeit rollten zwei Jungen in Lederschürzen ein Fass an ihnen vorbei.

Suchend ließ Moses seinen Blick über den Wirrwarr aus Menschen und Material schweifen und entdeckte endlich im hinteren Teil des Raumes den alten Meister, der einem der Lehrlinge über die Schulter sah und ungeduldig mit den Händen in der Luft herumfuchtelte. Moses überlegte gerade, ob er besser später noch einmal wiederkommen sollte, da hob Cranach den Kopf. Als er Moses entdeckte, winkte er ihn ungeduldig heran.

»Schaut Euch das an!« Mit angewiderter Miene hielt der Meister ihm die Palette des Lehrlings entgegen, auf der eine krümelige grünliche Pampe klebte. »Michel lernt jetzt schon drei Jahre bei mir, ist aber immer noch nicht in der Lage, Ölfarbe richtig anzumischen.«

Der schlaksige Jüngling stand mit hochgezogenen Schultern da und starrte auf seine Füße. Das Rot seiner Wangen biss sich mit der Karottenfarbe seiner Strubbelhaare. Moses konnte die Scham des Lehrlings nachempfinden, als wäre es seine eigene.

Cranach drückte ihm die Palette in die Hand. »Hier, erklärt Ihr dem Burschen, was er falsch gemacht hat. Ich muss mich jetzt um die Leinwände für den Festsaal des Kurfürsten kümmern.« Er drehte sich um und strebte zum Eingang der Werkstatt.

Einen Augenblick stand Moses verdutzt da, die Palette fühlte sich wie ein Fremdkörper in seiner Hand an. Er warf dem Jungen einen mitfühlenden Blick zu, doch der hatte die Unterlippe trotzig vorgeschoben und fixierte weiter seine Schuhe. Vorsichtig stippte Moses in den grünen Brei. Er zerrieb die ölige Substanz zwischen Daumen und Zeigefinger und schloss die Augen. Das wohlbekannte Ziehen im Nacken, das sich schmerzhaft zur Schädeldecke hin ausbreitete, kündigte an, dass etwas aus der verschlossenen Tiefe seines Gedächtnisses nach oben drängte. Es brannte hinter seinen Augäpfeln und kribbelte in seinen Fingerspitzen.

»Was ist mit Euch?«, vernahm er eine helle Stimme. Moses öffnete die Augen und bemerkte den Lehrling, der ihn verstört musterte.

Er schüttelte den Kopf, als würde er eine Fliege verscheuchen, dann sagte er heiser: »Das Pigment wurde nicht lange genug mit dem Leinöl verrieben, deshalb bindet die Farbe nicht richtig.«

Ohne zu zögern, griff Moses nach Reibestein und Spachtelmesser. Mit gleichmäßigen Bewegungen fuhr er über die Palette, schob die Farbpaste mit dem Messer zusammen und ließ den Reibestein erneut kreisen. Als die Farbe allmählich die gewünschte Konsistenz annahm, nickte er zufrieden. Die Gegenwart des Lehrlings hatte er nach wenigen Augenblicken vollkommen vergessen.

Er war so in seine Arbeit versunken, dass er nicht bemerkte, wie Cranach wieder zu ihnen trat. »Genau so geht das, Michel. Schreib dir das ein für alle Mal hinter deine ungewaschenen Ohren, verdammter Bengel! Lieferst du mir noch mal so eine schlampige Arbeit, setzt es was!« Trotz der barschen Worte klang die Stimme des Malers höchst zufrieden.

Er griff nach der Mappe mit Moses' Skizzen und machte ein Zeichen in Richtung Tür. Moses gab dem verdutzten Lehrling die Palette zurück und folgte dem Maler auf den Hof. Dort entluden gerade zwei Fuhrknechte unter der gestrengen Aufsicht von Frau Barbara einen Wagen mit Weinfässern, aber der alte Cranach führte Moses zu einer Bank an der Seite der Werkstatt.

»Na, dann wollen wir mal schauen, Junge!«

Moses begriff noch immer nicht ganz, was sich eben in der Werkstatt abgespielt hatte. Klopfenden Herzens beobachtete er, wie Cranach Blatt für Blatt mit zusammengekniffenen Augen betrachtete. Moses hatte sich gestern selbst davon überzeugen können, dass die Bilder aus Cranachs Werkstatt von außerordentlicher Kunstfertigkeit waren. Dagegen kamen ihm seine eigenen Zeichnungen plump und ungelenk vor. Eigentlich erwartete er jeden Augenblick, dass der Maler sie mit einem abschätzigen Kopfschütteln aus der Hand legen würde.

Cranach ließ sich Zeit. Er musterte jedes Blatt genau. Nachdem er alle gesehen hatte, kramte er noch einmal Moses' Skizzen von der halbnackten Marthe hervor. Anschließend sah er den jungen Flößer nachdenklich an.

Moses begann zu schwitzen und wand sich unbehaglich auf seinem Platz.

»Nun, ich hatte schon schlechtere Gesellen hier in meiner Werkstatt«, brummte Cranach. Dabei strich er sich über den üppigen dunklen Bart, in dem sich schon einiges Grau zeigte.

Moses richtete sich auf. Was wollte der Alte damit sagen? Taugten seine Bilder nun etwas, oder waren sie nur Gekrakel?

»Natürlich würde ich Euch erst einmal auf Probe einstellen, denn immerhin habt Ihr keinerlei Zeugnis vorzuweisen, wo und bei wem Ihr gelernt habt.«

Moses glaubte, seinen Ohren nicht zu trauen. Bot der Meister ihm gerade eine Arbeit in seiner Werkstatt an?

»Und ich bin bereit, Euch das Gleiche zu zahlen wie den anderen Gesellen, Kost und Logis inbegriffen. Wenn Ihr Euch als anstellig erweist und tüchtig, dann nehme ich Euch Ende Herbst fest unter Vertrag. Was meint Ihr?« Cranach sah Moses in die Augen und streckte ihm seine farbverschmierte Hand entgegen.

»Aber ich, ich bin nur ein einfacher Flößer und Holzfäller«, stammelte Moses.

Der Meister stand auf. Er lachte und deutete auf die Mappe mit den Skizzen. »Die da erzählen etwas anderes. Ihr seid nicht einfach nur ein Naturtalent, Euch hat ein Maler ausgebildet. Nun, wahrscheinlich kein Albrecht Dürer oder Lucas Cranach, aber immerhin ein solider Handwerker. Woher sollte ein Flößer denn wissen, wie man Ölfarben anmischt, hm?«

Moses hockte auf der Bank und starrte auf die Kieselsteinchen zu seinen Füßen. Er war wie gelähmt und unfähig, etwas zu erwidern. Hatte Cranach recht? War er in seinem früheren Leben tatsächlich Maler gewesen? Und war das die Erklärung für seinen ständigen Drang zu zeichnen und zu schnitzen?

»Du kannst natürlich auch wieder zurück in den Wald und den Rest deines Lebens Holz hacken. Denk darüber nach, Junge! Aber nicht zu lange, schließlich haben wir viel zu tun!« Cranach nickte Moses zu und ging dann zurück in die Werkstatt.

Moses merkte nicht, wie die Zeit verrann. Als er wieder aufblickte, waren der Wagen und die Fuhrknechte verschwunden. Der Hof lag verlassen im Sonnenlicht, die Hühner dösten in ihren Sandkuhlen, selbst der Arbeitslärm aus der Werkstatt war verstummt.

Da öffnete sich die Tür zum Wohnhaus, und Anna steuerte mit vorsichtigen Schritten auf die Bank zu. Dabei balancierte sie ein Tablett, auf dem eine dampfende Schüssel und ein Becher standen, ein Kanten Brot lag daneben. Sie stellte ihre Last auf die Bank, zog einen Löffel aus der Schürzentasche und hielt ihn Moses hin.

»Da, iss!« Sie setzte sich neben ihn und sah zu, wie er schweigend die Suppe zu löffeln begann. »Die anderen sitzen alle in der Küche und zerreißen sich das Maul darüber, dass der Meister einen wildfremden Kerl aus dem Busch als Gesellen in seine Werkstatt aufnehmen will. Simon, unser Altgeselle, meint gar, Vater wäre aus Kummer über Hans' Tod übergeschnappt.«

Moses warf dem Mädchen einen finsteren Blick zu und tauchte den Löffel wieder in die dicke Suppe. Was die Meisterin ihrem Hauswesen vorsetzt, ist nahrhafter, dachte er, und auch wohlschmeckender als das, was gewöhnlich bei den Flößern auf den Tisch kam.

»Mein Bruder Luc meint, es wäre dein Aussehen, das den Vater behext hätte. Weil du dem Hans so ähnlich wärst«, plapperte Anna unbeirrt weiter.

Moses wischte die Suppenschüssel mit dem Brot aus und stellte sie zurück auf das Tablett.

»Was ist denn nun?«, drängte Anna. »Wirst du Vaters Angebot annehmen und in seiner Werkstatt arbeiten? Ich würde mich jedenfalls darüber freuen!«

Sie lächelte ihn so strahlend an, dass Moses' Herz einen Sprung machte. Ein warmes Gefühl breitete sich in seiner Brust aus, und zu seinem eigenen Erstaunen hörte er sich sagen: »Ja, warum eigentlich nicht!«

Womöglich bin ich tatsächlich Maler, dachte er. Und wenn sich meine Hände erinnern können, dann können es eines Tages vielleicht auch mein Kopf und mein Herz?

39. Kapitel

Nachdem er sich von dem Schiffer verabschiedet hatte, betrat Heinrich Fuchs die Stadt durch das Wassertor. Die Fahrt elbabwärts hatte, wie üblich, sechs Stunden gedauert, und nun war es Mittag. Der Magister hatte in den vergangenen zwei Tagen mit seinem Weib viel darüber diskutiert, wie er vorgehen solle, wenn er erst einmal in Meißen war. Schließlich waren sie übereingekommen, dass es wohl das Beste sei, die Sache ganz direkt anzugehen.

Also ging Fuchs zunächst in Richtung Markt, wo Martens Elternhaus lag. Dabei geriet er rasch ins Schwitzen, denn die Mittagssonne brannte vom Himmel. Außerdem hatte er den Eindruck, dass in dieser Stadt sämtliche Gassen irgendwie bergauf führten. Er blickte hinauf zu den spitzen Türmen des Schlosses, das neben dem Dom über den Dächern der Stadt thronte. Mehr als sechzig Jahre waren vergangen, seitdem die Brüder Ernst und Albrecht aus dem sächsischen Herrschergeschlecht Wettin den Neubau begonnen hatten, und noch immer war das Schloss nicht fertig. Natürlich lag das vor allem daran, dass sie sich zuerst in einem Bruderkrieg entzweit und sich dann entschlossen hatten, die sächsischen Lande unter sich aufzuteilen. Meißen fiel damals mit den Gebieten um Dresden und Leipzig an Albrecht, den Herzog von Sachsen. Ernst behielt die Kurfürstenwürde, die Gegend um Wittenberg und die thüringischen Gebiete. Er wählte Wittenberg zu seiner Residenzstadt, während Albrecht und seine Nachfolger in Dresden Hof hielten. Das Schloss in Meißen wurde eigentlich nicht mehr gebraucht, und die Stadt selbst hatte dadurch an Bedeutung verloren. Fuchs dachte, dass die Meißner angesichts des raschen Aufstiegs der Residenz Dresden wahrscheinlich noch mehr Groll empfinden mussten als die Pirnaer.

Am Markt fand der Magister sofort das Haus, das Sophia ihm beschrieben hatte. Es strahlte Wohlstand und Gediegenheit aus, das Sitznischenportal aus feinem Pirnschem Sandstein erinnerte ihn an Sophias Vaterhaus. Fuchs schlug den Türklopfer aus Messing gegen die Tür und wartete.

Eine ältliche Magd öffnete und fragte nach seinem Begehr.

»Der junge Herr Marten ist nicht mehr in der Stadt, den könnt Ihr nicht sprechen!«, erklärte sie.

Der Magister runzelte die Stirn. Konnte es sein, dass sich Marten inzwischen schon wieder auf dem Heimweg befand und alle Sorge unbegründet war?

»Ist er nach Pirna zurückgekehrt? Wann denn?«, fragte er hastig, bevor die Magd die Tür wieder schließen konnte.

Das Gesicht der Magd bekam einen verwunderten Ausdruck. »Nach Pirna?«

Fuchs bekam das Gefühl, dass die Frau ein wenig begriffsstutzig war. Gut, dann musste er sich seine Auskünfte eben woanders holen.

»Dann möchte ich mit Eurem Herrn sprechen, mit Martens Vater!«, verlangte er energisch.

»Das geht nicht! Der Herr ist krank.« Wieder machte die Magd Anstalten, die Tür zu schließen. Für den Magister wurde klar, dass sie Anweisung hatte, Fremden gegenüber vorsichtig zu sein.

»Dann melde mich eben deiner Herrin! Sie kennt mich.« Er sah, dass dieser Fakt der Magd zu denken gab. Tatsächlich hatte er Martens Mutter letztes Jahr flüchtig kennengelernt, als sie ihren Sohn besuchte, der sich im Haus des Baders von seinen schweren Brandverletzungen erholte.

Obwohl ihr Gesicht nun deutlich freundlicher wurde, hob die Magd bedauernd die Schultern. »Die Herrin ist ausgegangen, und ich weiß auch nicht, wann sie zurückkommt.«

Der Magister beschloss, einen letzten Versuch zu machen, mehr aus ihr herauszubekommen. »Und du weißt nicht, wohin der junge Herr gefahren ist?«

»Natürlich weiß ich das.« Ihre Stimme klang ein wenig empört.

»Nämlich!« Fuchs biss die Zähne zusammen. Er spürte, dass sein ohnehin geringer Vorrat an Geduld nun endgültig erschöpft war, und er musste sich beherrschen, das Weib nicht anzufahren.

Sie starrte ihn beleidigt an. »Auf Handelsreise ist er! Weil der Herr doch krank ist.«

Der Magister hatte das Gefühl, ihm würde auf einmal der Boden unter den Füßen weggezogen. Marten auf Handelsreise! Unter Umständen würden bis zu seiner Rückkehr Wochen vergehen.

»Sag deiner Herrin, dass ich morgen in der Frühe wiederkomme. Ich muss sie dringend sprechen!«, japste er. Dann drehte er sich um und ging mit weichen Knien über den Markt zurück.

Als er wieder klar denken konnte, blieb er stehen und atmete tief durch. Er überlegte, dass ihm jetzt nichts anderes übrig blieb, als sich nach einem Mittagsmahl und anschließend nach einer Bleibe für die Nacht umzuschauen. Auf keinen Fall konnte er zu Sophia zurückkehren, ohne dass er wenigstens herausgefunden hatte, ob die Intrige gegen Maria tatsächlich hier in Meißen ihren Anfang genommen hatte.

Auf der anderen Seite kam ihm die Vorstellung, Martens Eltern könnten, nur um die Heirat ihres Sohnes mit einer unpassenden Frau zu verhindern, deren Inhaftierung und Hinrichtung betreiben, irgendwie aberwitzig vor. Zwar hatte ihn das Gespräch mit der Magd in der Ansicht bestärkt, dass die Kaufmannsfamilie tatsächlich etwas verbarg, aber das? Falsches Zeugnis und Mord, das wäre gleich eine doppelte Todsünde in den Augen Gottes und der Welt! Ganz zu schweigen, was Marten dazu sagen würde, wenn er es erführe. Denn selbst wenn sie ihn noch so weit weggeschickt hatten, irgendwann würde er zurückkommen, und dann würde er nicht eher ruhen, bis er die Wahrheit herausgefunden hatte.

Heinrich Fuchs machte sich auf den Weg zur Dresdner Handelsstraße, wo es, wie ihm der Schiffer versichert hatte, etliche Gasthäuser gab, in denen Reisende preiswert essen und übernachten konnten. Er stellte sich dabei vor, wie Marten sich fühlen würde, wenn er nach Pirna zurückkommen und dort hören würde, dass Maria unter solch fürchterlichen Umständen zu Tode gekommen wäre. Obwohl der Magister schon wieder schwitzte, überlief ihn ein eiskalter Schauer.

40. Kapitel

Vorsichtig schob Sophia die hölzerne Latte unter den Rand der Sandsteinfliese, dann zog sie das obere Ende des Hebels zu sich heran und drückte die Fliese hoch. Darunter lag ein kleiner Hohlraum im Boden der Alchemistenkammer, sorgfältig mit Sandstein ausgekleidet, sozusagen ein Versteck im Versteck. Dies war der sicherste Ort im Hause, und hier hatte sie kurz nach ihrem Einzug, gemeinsam mit dem Magister, das verschlüsselte Buch versteckt.

Sophia nahm das verschnürte Päckchen an sich und wickelte es aus. Das Buch, das zum Vorschein kam, war nicht besonders groß und schwer. Es war kaum breiter als eine Handspanne und etwa eine und eine halbe Spanne hoch. Die Pergamentseiten waren in einen unscheinbaren Ledereinband gebunden, dessen einstmals grüne Farbe inzwischen verblichen war.

Sophia setzte sich auf einen Schemel und rückte das Kind in seinem Tuch zurecht. Der Säugling, den sie noch immer vor die Brust gebunden trug, schlief. Im Hause war es still, und die Geräusche der Gasse drangen nur gedämpft in die hinteren Räume.

Das erregende, fiebrige Gefühl, das Sophia jedes Mal befiel, wenn sie das Buch öffnete, mischte sich heute mit tiefer Niedergeschlagenheit. Vor ein paar Wochen, als der Magister losgegangen war, um in der Zelle von Pater Johannes nach dem Codebuch zu suchen, hatte sie sich schon fast am Ziel ihrer sehnlichsten Wünsche gewähnt. Sie hatte gehofft, das Buch schon bald lesen und verstehen zu können, das ersehnte Rezept gegen den Schwarzen Tod endlich in den Händen zu halten! Mit der Entlassung ihres Mannes aus dem Schuldienst würde die Möglichkeit, weiterhin auf dem Klostergelände nach dem Codebuch zu suchen, wieder in unerreichbare Ferne rücken. Außerdem raubte ihr die nagende Sorge um Maria nun, da sie nach Heinrichs Abreise ganz allein im Hause war, fast den Verstand. So hatte sie sich entschlossen, das Buch wenigstens noch einmal anzusehen, bevor sie es wieder verbergen und vorerst vergessen musste.

Sie legte es auf ihren Schoß und begann zu blättern. Auf den ersten Seiten ging es unübersehbar um Pflanzenkunde. Die unterschiedlichsten Blumen und Kräuter waren so detailgetreu gezeichnet, dass Sophia wie immer glaubte, sie müsse sie alle schon einmal gesehen haben. Ähnelte diese hier mit den behaarten Blättern und den körbchenartigen Blüten nicht der Ringelblume? Aber bei genauer Betrachtung hatte sie immer wieder Unterschiede entdeckt. Entweder war die Anordnung der Blätter anders, oder der abgebildete Wurzelstock stimmte nicht überein. Weder die Kräuter, die sie bisher in ihrem Garten angebaut hatte, noch die Abbildungen der selteneren aus den Kräuterbüchern, die der Magister ihr besorgt hatte, hatten bisher vollkommen mit den Pflanzen aus diesem Buch übereingestimmt. Es war einfach zum Verzweifeln!

Sophia blätterte weiter und kam zu den ausklappbaren Tafeln, die an astrologische Bilder erinnerten. Tatsächlich waren auf diesen Zeichnungen immer wieder Sterne zu sehen, die in beinah perfekten Kreisen angeordnet waren. Wenn Sophia das Buch drehte, bildeten sie vor ihren Augen ineinander verschlungene, endlose Spiralen. Sie hatte nur geringe Kenntnisse auf dem Gebiet der Astronomie und Astrologie, doch der Magister, der sich darin weit besser auskannte, hatte ihr versichert, dass auch er in diesen Bildern keinen Sinn entdecken konnte.

Dann kamen die Abbildungen, die Sophia schon immer am meisten fasziniert hatten. In grünen Teichen oder Bottichen liefen und schwammen nackte Frauen mit dicken Bäuchen. Waren sie schwanger? Und was taten sie eigentlich? Die Badebehältnisse waren untereinander mit Leitungen verbunden wie die Röhrkästen in Pirna. Doch schienen sie nicht an eine Quelle angeschlossen zu sein, sondern wiederum an seltsame riesige Blütenstände. Als Sophia Niklas das Buch gezeigt hatte, hatte der gemeint, für ihn sehe es ganz so aus, als würden die Frauen Wein keltern und die Blütenstände sollten in Wirklichkeit Trauben darstellen. Heinrich Fuchs dagegen war der Meinung, dieser Teil des Buches könne ein Hinweis darauf sein, dass die zuvor gezeigten Pflanzen dem Zwecke der Abtreibung unerwünschter Leibesfrucht dienten. Die Tötung eines Kindes im Mutterleib war verdammenswert, und alle, die davon wussten oder daran beteiligt waren, mussten selbst mit dem Tode rechnen. Aber Sophia wusste, dass dies nichtsdestotrotz immer wieder vorkam, und etliche Frauen Wissen von solchen Kräutern hatten. Wollte man dieses Wissen weitergeben, wäre es sinnvoll, es zu verschlüsseln.

Im hinteren Teil des Buches, da war sich Sophia vollkommen sicher, befanden sich zahlreiche Rezepturen. Zunächst kamen Seiten, auf denen Teile unterschiedlicher Pflanzen gemeinsam abgebildet waren. Es sah beinah aus wie auf Sophias Küchentisch, wenn sie das Gemüse für einen Eintopf putzte oder verschiedene Kräutertinkturen auf einmal herstellen wollte. Die letzten Seiten waren ausschließlich mit Schrift bedeckt. Vor jeder Zeile stand ein Sternchen. Der alte Professor in Leipzig, der Vater ihrer Tante, hatte ihr gezeigt, dass die Buchstaben sowohl an das lateinische Alphabet als auch das hebräische und an die Schriftzeichen der Araber erinnerten, jedoch keinem davon wirklich entsprachen. Als Heinrich Fuchs im letzten Jahr mit dem Buch aus Zwickau zurückgekehrt war, hatte er die Überzeugung geäußert, es müsse sich um ein frei erfundenes System von Zeichen handeln, mit dem der Verfasser den Text verschlüsselt hatte. Die Erzählung des alten Elias über das Codebuch hatte sie in diesem Glauben bestärkt. Nur wer den Code hatte, würde die Texte lesen können.

Sophia schrak auf, als sie ein Klopfen an der Haustür vernahm. Mit fliegenden Fingern verschnürte sie das Buch wieder, stopfte es in sein Versteck zurück und rückte die Sandsteinplatte an ihren alten Platz. Als sie von draußen die Stimme Meister Arnolds vernahm, der jetzt laut nach ihr rief, atmete sie erleichtert auf. Sie machte sich nicht erst die Mühe, die Regaltür zur Alchemistenkammer zu schließen, sondern eilte in die Diele, um dem Bader zu öffnen.

Besorgt musterte er sie von Kopf bis Fuß. »Seid Ihr wohlauf? Geht es dem Kind gut?«

Sophia brachte ein Lächeln zustande. »Ja, es geht uns gut. Ich war nur gerade in der Alchemistenkammer, als Ihr geklopft habt, Valentin.« Dass sie sich heute schon den ganzen Tag wie zerschlagen fühlte und ihr Kopf wehtat, verschwieg sie dem Bader. Sie schob es darauf, dass sie zurzeit schlecht schlief.

»Möchtet Ihr einen kühlen Trunk, vielleicht frische Buttermilch?« Sie ging ihm voran in die Küche.

»Bitte!« Der Bader nickte.

Während Sophia die Buttermilch in zwei Becher goss, die Kanne wieder abdeckte und in den Vorratsschrank stellte, ließ Arnold sich am Küchentisch nieder und streckte seine langen Beine aus.

»Was führt Euch zu mir?«, erkundigte sich Sophia. »Wollt Ihr wieder einmal das Marienbad benutzen oder den Alembik!«

Der Bader schüttelte den Kopf. »Diesmal nicht. Aber ich habe dem Magister versprochen, regelmäßig nach Euch zu sehen, solange er unterwegs ist. Ihr habt noch keine Nachricht von ihm?« Er schaute sie fragend an.

»Nein, dazu ist es noch zu früh. Selbst wenn alles gut geht und er Marten sofort sprechen kann, wäre doch frühestens morgen mit ihrer Rückkehr zu rechnen«, entgegnete sie.

»Ja, wenn alles gut geht«, murmelte Arnold skeptisch.

Sophia wechselte rasch das Thema, denn sie wollte mit ihm jetzt auf keinen Fall darüber diskutieren, was bei dieser Unternehmung alles schieflaufen könnte. Darüber machte sie sich schon genug Gedanken, wenn sie allein war. »Warten wir es ab. Erzählt mir lieber, was Ihr neulich im Hause des Stadtschreibers erlebt habt. In der Stadt gehen noch immer die absurdesten Geschichten um.« Sie stellte ihren Becher auf den Tisch und blickte ihn an.

Der Bader nahm einen Schluck, wischte sich über den Mund und grinste. »Das kann ich mir vorstellen. Es war ja auch eine reichlich absurde Situation, in der ich Schumann vorfand.«

Erwartungsvoll lehnte sich Sophia nach vorn.

»Ich hörte den Stadtschreiber bereits auf der Gasse schreien und toben und machte mich auf das Schlimmste gefasst. Vorsichtshalber bat ich den stämmigen Hausknecht, der mich geholt hatte, mit nach oben. Als ich die Tür zur Schreibkammer öffnete, stand Schumann vornübergebeugt splitterfasernackt im Raum und zerkratzte sich die Fußgelenke. Seine Finger und die Dielen unter seinen Füßen waren bereits blutbefleckt, aber er ließ nicht davon ab und gebärdete sich wie ein Tobsüchtiger.«

Sophias Augen weiteten sich ungläubig. Es gelang ihr beim besten Willen nicht, sich den beherrschten Stadtschreiber in einer solchen Verfassung vorzustellen.

»Er schrie abwechselnd gotteslästerliche Verwünschungen gegen einen Pater Johannes oder jammerte, man möge ihn endlich losmachen, damit er nicht bei lebendigem Leibe verbrenne«, berichtete Arnold kopfschüttelnd.

»Was habt Ihr getan?«, fragte Sophia fassungslos.

Arnold zuckte mit den Schultern. »Ich sagte dem Knecht, er solle einen Eimer Wasser über seinen Herrn schütten. Danach wurde Schumann ein wenig ruhiger, und es gelang uns mit vereinten Kräften, ihn in seine Schlafkammer zu verfrachten, wo wir ihn ans Bett fesselten. Ich vermutete eine Vergiftung und kehrte in die Schreibkammer zurück, um zu sehen, was er genommen haben könnte.«

Sophia nickte, denn das war die Vermutung, die sie und Heinrich auch sofort gehabt hatten.

»Auf dem Boden neben dem Tisch fand ich die Scherben eines Glases. Die Reste, die noch daran hafteten, verrieten mir, dass er Wein versetzt mit etwas Öligem getrunken haben musste. Also ging ich zurück und verabreichte ihm Brechwurz. Die Wirkung trat umgehend ein, danach wurde er langsam ruhiger, und als der Morgen graute, schlief er endlich.«

Der Bader schwieg, und auch Sophia wusste nicht, was sie dazu sagen sollte. Als sie ihre Becher geleert hatten, fragte sie: »Wie geht es ihm inzwischen?«

»Er hat sich erholt, wie mir scheint«, sagte Arnold.

»Konntet Ihr herausfinden, was er zu sich genommen hatte?«

Der Bader verzog den Mund. »Er behauptet, es sei ein Mittel gegen seine Magenschmerzen gewesen, das er bei einem wandernden Medicus in Dresden gekauft habe.«

Sophia blickte ihn aufmerksam an. »Und Ihr glaubt, das stimmt nicht?«

»Ich weiß es nicht. Als ich ihm empfahl, die Sache beim Dresdner Rat zur Anzeige zu bringen, damit dem Scharlatan das Handwerk gelegt würde, meinte er, das habe doch keinen Zweck, der sei sicher längst über alle Berge«, sagte Arnold nachdenklich. »Ich hatte den Eindruck, dass er mich so schnell wie möglich wieder loswerden wollte.«

»Na ja, wenn man bedenkt, wie Ihr ihn erlebt habt in jener Nacht, wundert mich das nicht.« Sophia schämte sich ein wenig, weil sie ihre Schadenfreude so gar nicht unterdrücken konnte. »Es wird ihm peinlich gewesen sein.«

Arnold schnaubte verächtlich. »Glaubt mir, meine Liebe, dem ist gar nichts peinlich!«

»Na, immerhin glaubt seine Braut – und mit ihr inzwischen die halbe Stadt –, er wäre vom Teufel besessen«, sagte Sophia.

»Ach was!« Arnold zuckte mit den Schultern. »Schumanns Hochzeit wurde zwar verschoben, bis er wieder vollständig genesen ist, aber sie findet statt. Ich habe das erst gestern selbst im Hause Nack gehört, als ich einen Furunkel am Hintern des Ratsherrn aufgestochen habe. Und die Leute haben inzwischen auch schon wieder was anderes gefunden, worüber sie tratschen können.«

Erst nachdem Valentin Arnold sie wieder verlassen hatte, fiel ihr noch etwas anderes ein. Der Bader hatte berichtet, dass Schumann in seiner Umnachtung einen Pater Johannes verflucht hatte. Handelte es sich dabei vielleicht um den letzten Subprior des Pirnaer Klosters? Und falls ja, welche Verbindung gab es zwischen dem Mann, der das Codebuch versteckt hatte, und dem Stadtschreiber?

41. Kapitel

Ist Eure Herrin jetzt zu sprechen?«, fragte Fuchs ungehalten. In ihm brodelte es, denn er war an diesem Tag bereits zweimal abgewiesen worden. Am Morgen hatte die Hausfrau dringend zu einer erkrankten Verwandten gemusst, und nach dem Mittag war sie angeblich zum Markt gegangen. Er hatte inzwischen den Verdacht, dass Martens Mutter das Gespräch mit ihm umgehen wollte.

Zu seiner Überraschung machte die Magd diesmal keinerlei Ausflüchte. »Kommt herein«, sagte sie. »Die Herrin erwartet Euch!«

Sie führte Heinrich Fuchs in die Halle. Die Türen zum Kontor und zum Keller standen offen, es roch nach Wein und Gewürzen. Erneut überkam den Magister die Erinnerung an Sophias Vaterhaus, in dem auch er zwei Jahre lang gewohnt hatte. Aber schließlich war Martens Vater ebenfalls ein wohlhabender Wein- und Gewürzhändler. Er war ein Geschäftsfreund von Sophias Vater gewesen und hatte seinen einzigen Sohn zu ihm in die Lehre geschickt. Es war üblich, die eigenen Söhne in einem fremden Geschäft lernen zu lassen, damit sie ihren Horizont erweitern und neue Kontakte knüpfen konnten. Wenn Fuchs sich hier so umschaute, konnte er beinah verstehen, warum Martens Vater es seinem Sohn nicht verzeihen konnte, dass er bereit war, all das aufzugeben, um eine Tagelöhnerin zu ehelichen und sich als Schankwirt in Pirna niederzulassen.

Da erschien auf dem oberen Treppenabsatz Martens Mutter. »Willkommen in unserem Hause, Herr Magister!« Sie wandte sich an die Magd. »Ursel, bring uns eine Kanne Rheinwein, der Magister wird sicher durstig sein.«

Fuchs folgte ihr in die Stube im ersten Stock, wo sie ihn aufforderte, Platz zu nehmen.

»Ich hoffe, Eurem Weibe geht es gut, Magister Fuchs. Wie ich hörte, ist sie gesegneten Leibes.«

Fuchs fand es bemerkenswert, dass sie sich nicht zuerst erkundigte, was er eigentlich wolle, doch er ging auf das höfliche Geplauder ein und berichtete von der Geburt des Kindes. Er entschloss sich jedoch, Marias Verhaftung vorerst zu verschweigen, denn ihm war gerade ein triftiger Grund für sein Kommen eingefallen.

Zwischendurch brachte die Magd die Becher und den Wein.

»Und da es jetzt scheint, als würde der Herrgott das Kindlein nicht gleich wieder zu sich nehmen, haben wir uns entschlossen, es feierlich taufen zu lassen. Sophia bestand darauf, dass ich Marten persönlich bitte, Pate unseres Sohnes zu werden«, sagte er, nachdem er seinen Becher wieder auf den Tisch gestellt hatte. In Wahrheit hatten sie in den letzten Wochen andere Sorgen gehabt, als über die feierliche Kindstaufe nachzudenken. Doch unter normalen Umständen wäre das vermutlich so gewesen.

»Es wird ihm sicher eine Ehre sein. Er hat Eurer Frau schließlich sein Leben zu verdanken. Wer weiß, ob er sich von den Brandwunden erholt hätte, wenn sie ihn nicht so aufopferungsvoll gepflegt hätte.« Fuchs sah Dankbarkeit im Gesicht der Frau aufleuchten. Doch dann schüttelte die Kaufmannsgattin bedauernd den Kopf. »Nur müsst ihr wohl noch ein paar Wochen mit der Feier warten.«

Der Magister ahnte schon, was jetzt kommen würde.

»Leider ist mein Ehegemahl, Martens Vater, vor einigen Tagen schwer erkrankt. Da er aber eine wichtige Handelsreise geplant hatte, deren Aufschub ihm einen beträchtlichen Verlust eingebracht hätte, hat er Marten gebeten, das für ihn zu übernehmen«, erklärte die Frau.

Fuchs wusste nicht, was er davon halten sollte. Es klang plausibel, zumindest, solange man außer Acht ließ, dass Marten seine Braut daheim mit keiner Silbe davon benachrichtigt hatte. Der Marten, den er kannte, würde Maria nicht über Wochen im Ungewissen lassen. Allerdings konnte ein Brief verloren gehen. Nur, der Weg von Meißen nach Pirna war nicht eben weit, und das machte es wahrscheinlicher, dass die Botschaft Maria erreicht hatte.

»Wohin ist er denn gereist, und wann erwartet Ihr ihn zurück?«, erkundigte sich Fuchs.

»Er ist ins Böhmische unterwegs. Ich denke, so in vier bis fünf Wochen können wir seine Rückkehr erwarten, wenn alles gut geht.«

Fuchs erschrak. Das war zu lang, um Maria vor der Folter bewahren zu können! Wenn das stimmte, konnte er nicht auf Martens Hilfe zählen.

»Ihr werdet ja ganz blass, Magister, ist Euch nicht wohl?«, fragte die Kaufmannsfrau und füllte ihm seinen Becher nach.

»Nein, das heißt doch, ja. Mir fehlt nichts, es ist nur die Hitze.«

Um Zeit zu gewinnen, nahm er den Wein und begann, langsam zu trinken. In seinem Kopf überschlugen sich die Gedanken. War es jetzt vielleicht doch das Beste, die Frau mit seinem Verdacht zu konfrontieren? Ihre Reaktion würde ihm womöglich zeigen, ob er richtig lag. Doch eventuell hatte sie sich besser im Griff. Und dann wäre sie gewarnt und könnte ihn darin behindern, die Wahrheit auf andere Weise zu erfahren. Fuchs kannte niemanden in Meißen, von dem Hilfe zu erwarten gewesen wäre.

Dann entsann er sich des dankbaren Ausdrucks auf dem Gesicht von Martens Mutter, als sie davon gesprochen hatte, wie Sophia ihren Sohn gepflegt hatte. Er umklammerte das Glas, sodass seine Knöchel weiß hervortraten. Verdammt noch eins, diese Leute standen bei seinem Weib in der Schuld – und nun war es an der Zeit, sie daran zu erinnern! Denn sollte der Henker es schaffen, Maria unter der Folter zu brechen, war Sophia ebenfalls in Gefahr. Er musste Martens Mutter begreiflich machen, dass hier weit mehr auf dem Spiel stand als eine scheinbare Mesalliance ihres Sohnes.

Der Magister stellte das Glas auf den Tisch und sah der Frau direkt in die Augen. »Die Taufe unseres Kindes ist nicht der eigentliche Grund meines Kommens«, begann er mit fester Stimme.

Martens Mutter zuckte kaum merklich zusammen, ihre Pupillen weiteten sich.

»An dem Tag vor Sophias Niederkunft wurde Martens Braut, Maria Fennigen, unter Mordanklage gestellt und in die Fronfeste gebracht. Nun drohen ihr Folter und Hinrichtung für eine Tat, die so niemals geschehen ist. Und nicht nur Marias Leben steht auf dem Spiel. Es könnte durchaus sein, dass auch mein Weib in die Sache hineingezogen wird, obwohl sie vollkommen unschuldig ist«, fuhr Fuchs fort, ohne die Frau aus den Augen zu lassen.

Das Erschrecken, das sich nun in ihren Zügen spiegelte, war tief. »Aber, aber«, stammelte sie, verzweifelt bemüht, die Fassung zu wahren. »Wie kann das sein? Ich dachte, die Bomätscherin hätte die Stadt verlassen!«

»Was immer Ihr beabsichtigt habt, es ist gründlich misslungen. Und nun scheint es so, als würde Marias Blut bald an Euren Händen kleben!«, dräute der Magister.

Die Kaufmannsgattin war leichenblass. Sie rang die Hände. »Bitte«, flehte sie, »erzählt mir ganz genau, was geschehen ist. Vielleicht können wir noch verhindern, dass dieses Unheil seinen Lauf nimmt!«

»Nichts wünsche ich mir sehnlicher, gute Frau. Nun, dann hört also!« Der Magister begann, von jenem verhängnisvollen Wintertag in der Scheune zu berichten, als die beiden Landsknechte versucht hatten, Sophia Gewalt anzutun. Er erzählte vom Verschwinden und Wiederauftauchen der Leiche, von der eifersüchtigen Hidwigk und ihrer Falschaussage vor dem Richtherrn. »Vor vier Tagen hat der Stadtschreiber nach dem Henker aus Dresden geschickt. Meister Bolz kann stündlich in Pirna eintreffen und mit dem ersten

Grad der peinlichen Befragung beginnen«, schloss er seinen Bericht. Er hatte den Eindruck, die Frau ihm gegenüber würde jeden Augenblick in Ohnmacht fallen.

Doch die Kaufmannsgattin griff nach ihrem Glas und stürzte den Wein auf einmal hinunter. Dann erhob sie sich leicht schwankend. »Wartet hier, Magister! Ich hole meinen Gemahl.«

Martens Vater war ein kleiner hagerer Mann mit blasser Gesichtsfarbe und stechendem Blick. Wie Fuchs schon vermutet hatte, wirkte er keineswegs todkrank. In bemerkenswert wenigen Worten setzte seine Frau ihn ins Bild. Die Nachricht von Marias Verhaftung schien den Kaufmann keineswegs so zu berühren wie seine Frau. Erst als sie davon sprach, dass Sophia, die Tochter seines ehemaligen Geschäftsfreundes, dadurch ebenfalls in Gefahr schwebe, schlug er die Augen nieder.

»Das habe ich nicht gewollt«, sagte er leise. »Allerdings fürchte ich schon seit ein paar Tagen, dass mein Gehilfe, den ich nach Pirna geschickt habe, um die Bomätscherin abzufinden, ein doppeltes Spiel getrieben hat.«

»Was!« Seine Gattin starrte ihn aufgebracht an.

Der Kaufmann breitete die Hände aus und zuckte mit den Schultern. »Wir hatten vereinbart, dass er sofort zurückkehren sollte, wenn er die Sache erledigt und sich vergewissert hätte, dass Maria fort sei. Nach dem, was ich nun höre, vermute ich, dass ihn die Aussage dieser Hidwigk auf die Idee gebracht hat, mit dem Geld, das ich Maria zukommen lassen wollte, falls sie auf die Heirat mit Marten verzichtet, zu verschwinden.«

Fuchs und Martens Mutter sahen ihn schweigend an.

»Nun ja, es war keine kleine Summe. Niemand kann mir vorwerfen, dass mir die Zukunft meines einzigen Sohnes nichts wert wäre!«, fügte der Kaufmann hinzu.

Seine Frau trat auf ihn zu, packte ihn an den Armen und begann, ihn zu schütteln. »Und nun werden wir ihn ganz verlieren, Mann«, schrie sie unter Tränen. »Was denkst du, wird Marten tun, wenn er erfährt, was du angerichtet hast mit deinem verfluchten Geld! Und wie soll der Herrgott uns jemals vergeben, wenn Maria und Weyners Tochter tatsächlich zu Schaden kommen?«

Schwankend stand der Mann da, als sein Weib endlich von ihm abließ. Der Magister hatte den Eindruck, dass Martens Vater die Tragweite seiner Handlung nun allmählich begriff. Aber ihnen lief die Zeit davon, deshalb musste die Reue vorerst warten.

»Wenn wir noch verhindern wollen, dass der Henker Maria hochnotpeinlich angreift, müssen wir sofort etwas tun!«, mahnte er.

Martens Vater erwachte aus seiner Erstarrung. Er eilte zur Tür, und Fuchs konnte hören, wie er seinen Bediensteten mit scharfer Stimme Anweisungen erteilte.

Dann kehrte der Kaufmann in die Stube zurück, in seinem Schlepptau eine Magd mit Schreibzeug und Papier. »Ich schreibe Marten eine Botschaft, er soll sich ein schnelles Pferd nehmen und umgehend nach Pirna reiten. Mein Pferdeknecht ist ein geübter Reiter, der hat den Handelszug bis morgen eingeholt, sie haben nur einen Tag Vorsprung.« Er setzte sich an den Tisch.

Ein Tag, dachte der Magister frustriert, wäre ich einen Tag eher hier gewesen, hätte ich Marten noch angetroffen! Er überschlug die Zeit, die Marten brauchen würde, um nach Pirna zu gelangen, und biss die Zähne zusammen. Drei bis vier Tage, das war zu lang!

»Wir brauchen einen Beweis, den wir dem Richtherrn in Pirna vorlegen können, damit er die hochnotpeinliche Befragung aufschiebt«, sagte er gepresst.

Martens Mutter nickte heftig. »Selbstverständlich! Mein Mann wird Euch einen Brief mitgeben, in dem er bezeugt, dass er seinem Gehilfen eine große Summe Geld anvertraut hat, die dieser offenbar nicht dem bestimmten Zweck zugeführt hat«, sagte sie entschieden.

Ihr Eheherr, der soeben das Schreiben an Marten beendet hatte, blickte sie mit gerunzelter Stirn an.

Ungerührt fuhr die Frau fort: »Er wird darlegen, dass er den Verdacht hegt, sein Gehilfe könne jene Hidwigk zu einer Falschaussage überredet haben, um Maria aus dem Weg zu räumen, weil sie davon erfahren hat. Und er wird den hochwohllöblichen und ehrenwerten Rat zu Pirna bitten, seine künftige Schwiegertochter, die selbstverständlich niemals die ihr zur Last gelegte Tat begangen haben kann, weil ihre Ehre über jeden Zweifel erhaben ist, umgehend aus der Haft zu entlassen. Nicht wahr, mein Lieber!« Ihre letzten Worte waren nicht als Frage gemeint.

Der Kaufmann holte tief Luft, dann nickte er. »So soll es geschehen.«

Heinrich Fuchs schickte ein Stoßgebet zu seinem Schöpfer, dass der Richtherr die Sache auch so sehen möge, und vor allem, dass das Schreiben Pirna noch vor dem Dresdner Henker erreichte!

»Könnt Ihr mir morgen in aller Frühe ein schnelles Pferd leihen?«, fragte er.

Martens Vater musterte ihn kurz, dann sagte er: »Wenn Ihr es reiten könnt!«

»Kann ich«, behauptete der Magister mit mehr Sicherheit, als er wirklich empfand. Zwar war er in seiner Studentenzeit ein recht passabler Reiter gewesen, doch es war etliche Jahre her, dass er zum letzten Mal auf einem Pferd gesessen hatte. Egal, Hauptsache, er und der Gaul würden Pirna einigermaßen heil, vor allem aber schnell erreichen!

42. Kapitel

Obwohl die Sonne so früh am Morgen ihre volle Intensität noch nicht erreicht hatte, rann Sophia der Schweiß zwischen den Brüsten herab, als sie das Schifftor passierte. Die Körperwärme des Kindes, die sie sonst als angenehm empfand, schien ihr mit einem Male lästig. Sie fragte sich, ob sie den Tag mit ihrem Sohn nicht besser daheim im Garten verbringen sollte, statt ihn durch die heißen, staubigen Gassen zu schleppen, zumal sie sich auch heute nicht viel besser fühlte. Andererseits fürchtete sie, allein zu Hause ihren Ängsten vollkommen ausgeliefert zu sein. Sie besaß schon immer eine lebhafte Einbildungskraft, und die gaukelte ihr zurzeit stündlich neue Schreckensbilder von den Qualen vor, denen Maria ausgesetzt sein würde, wenn der Henker erst einmal Hand an sie legte.

Sie strich sich das feuchte Haar aus der Stirn und steuerte auf den Röhrkasten am Steinplatz zu. Nein, sie würde nicht tatenlos abwarten, bis das geschah! Wenn es auch nur die kleinste Möglichkeit gab, etwas herauszufinden, das Maria helfen konnte, dann musste sie diese ergreifen. Gestern Abend war ihr eingefallen, dass es in der Vorstadt vielleicht Zeugen geben könnte, die Hidwigk dabei beobachtet hatten, wie sie sich mit einem Fremden unterhielt. Sollte sich herausstellen, dass es sich dabei um denselben Mann handelte, der Maria im Auftrag von Martens Vater Geld angeboten hatte, würde das den Richtherrn vielleicht nachdenklich stimmen. Wahrscheinlich ließ er den Mann dann vorladen. Sophia hoffte, damit Zweifel an Marias Schuld säen zu können.

Aber zuerst musste sie jemanden finden, der den Kontakt zwischen dem Mann und Hidwigk beobachtet hatte.

Wie immer war der Röhrkasten auch heute dicht umlagert: Mägde mit Holz- und Ledereimern, die Wasser zum Kochen, Putzen oder Waschen holen wollten, Knechte mit großen Zubern, die Wasser zum Tränken des Viehs oder für die Werkstatt ihres Meisters besorgten. Auch wenn es geschäftig zuging, einem kleinen Schwatz, als Unterbrechung eines harten Tagwerks, waren die meisten nicht abgeneigt. Als Sophia an die Reihe kam, trank sie gierig von dem kühlen Wasser und netzte sich Gesicht und Hände.

Anschließend setzte sie sich auf einen Stein ein Stück entfernt und begann, ihr Kind zu stillen. Die Schmerzen, die sie in den letzten Tagen dabei verspürte, hatten zugenommen, und ihre linke Brust fühlte sich heute heiß und fest an. Trotzdem lächelte Sophia einer älteren Magd freundlich zu, die kurz stehen geblieben war, um ihr Kopftuch neu zu binden.

»Wird wieder ein heißer Tag heute«, sagte Sophia mit Blick zum wolkenlosen Himmel.

»Hm, Ihr solltet mit dem Kleinen nicht zu lange in der Sonne bleiben, ist ja noch so ein Winzling.« Neugierig kam die Frau näher, um einen Blick auf den Säugling zu werfen. Dann sah sie Sophia ins Gesicht. »Tut es weh, wenn er saugt?«, fragte sie unvermittelt.

Sophia nickte verlegen.

»Ist Euer Erstes, nicht wahr?«

»Ja.«

Die Frau winkte ab. »Macht Euch keine Sorgen, das geht vielen Frauen beim ersten Kind so. Kühlt Eure Brust zu Hause mit Quark und salbt die Brustwarzen mit Johanniskrautöl, davon wird es besser.«

Dankbar lächelte Sophia die Magd an. Sie würde den Rat sicher beherzigen, aber sie freute sich auch, dass ihr Plan, über das Kind mit den Frauen hier ins Gespräch zu kommen, geglückt war.

Doch als sich die Frau von ihr verabschiedete, hatte Sophia nichts Verwertbares erfahren. Zwar kannte die Magd Hidwigk, und sie hatte auch keinen Hehl daraus gemacht, dass sie sie für ein zänkisches, hochnäsiges Geschöpf hielt, aber mit einem Fremden hatte sie die junge Frau in letzter Zeit nicht gesehen.

Auch eine andere Frau äußerte sich ähnlich.

Bei ihrer dritten Gesprächspartnerin, einem Mädchen von höchstens dreizehn Jahren, hatte Sophia mehr Glück.

»Doch, da war mal ein Fremder, der hat ihr vor ein paar Wochen geholfen, die vollen Eimer nach Hause zu tragen«, erzählte das Mädchen, während es Sophias Kind mit der Spitze seines braunen Zopfes an der Nase kitzelte. »Hab noch gedacht, so ein Glück möchte ich auch mal haben!«

»Sah er denn gut aus, der Fremde?«, fragte Sophia mit einem Lächeln.

»Weiß nicht.« Das Mädchen zuckte mit den Schultern. »Ein Handwerksbursche halt, hatte einen Ranzen dabei und einen Wanderstab.«

»Welche Farbe hatten seine Haare und seine Augen? Hatte er einen Bart?«, bohrte Sophia weiter.

»Seine Haare? Keine Ahnung, er hatte einen Hut auf. Die Augen hab ich nicht gesehen. Einen Bart hatte er aber, glaube ich.« Sie schien sich nicht gerade sicher zu sein.

Nach der Unterhaltung mit fünf weiteren Frauen hatte Sophia nicht viel mehr erfahren. Aber immerhin, es war vielleicht ein Anfang. Inzwischen ging es auf Mittag zu, und Sophias Magen begann zu knurren. Sie hatte keine Lust auf ein weiteres einsames Mahl in ihrer stillen Küche, und außerdem hatte sie Maria bei ihrem letzten Besuch versprochen, nach Doro und Jonas zu schauen. Also machte sie sich auf den Weg flussabwärts zur »Blauen Schürze«.

Die Bänke unter den Linden vor der Schänke, auf denen die Gäste im Sommer saßen, füllten sich gerade mit hungrigen und durstigen Männern. Doros Mägde eilten zwischen den Handwerkern und Schiffern umher, nahmen Bestellungen entgegen, wischten noch einmal über die Tische. Sophia nickte den Mädchen grüßend zu und ging durch den Schankraum zur Küche.

Doro rührte in einem ihrer legendären Eintöpfe, und Sophia begann bei dem satten Duft nach Hammel, Karotten und Zwiebeln das Wasser im Mund zusammenzulaufen. Die alte Schankwirtin warf nebenbei einen Blick auf das Kind, lobte sein Wachstum und schöpfte Sophia eine Schüssel voll Eintopf.

»Ihr müsst tüchtig essen, Kindchen!«, mahnte sie. »Ihr seid viel zu dünn.«

Sophia fühlte sich sofort an Gertrud erinnert. Sie nahm sich vor, der alten Köchin ihres Vaters im Spital möglichst bald mit dem Kleinen einen Besuch abzustatten. Sie schämte sich, dass sie die Alte in den letzten Wochen vernachlässigt hatte, aber bisher war immer etwas anderes dringlicher gewesen.

Sie nahm die Schüssel und berichtete Doro von ihrer Befragung am Röhrkasten.

Die Schankwirtin blickte sie kummervoll an und wackelte mit dem Kopf. »Was versprecht Ihr Euch davon, wenn Ihr jemanden findet, der die garstige Hidwigk mit einem Fremden gesehen hat? Pirna ist eine Handelsstadt, da gibt es so viele Fremde wie Kiesel am Elbstrand.«

»Schon«, entgegnete Sophia und pustete in die heiße Suppe. »Aber wenn Marten bestätigt, dass dieser Fremde für seinen Vater arbeitet, dann sieht die Sache schon ganz anders aus.«

»Ihr sucht nach einem Fremden, der mit Hidwigk zusammen war?« Bärbel, die zierlichere der beiden blonden Schankmägde, hatte gerade mit einem Stapel schmutziger Teller die Küche betreten.

»Misch dich nicht ein!«, wies Doro sie zurecht. »Kümmere dich lieber um die Gäste.«

Das Mädchen zog einen Schmollmund. »Aber ich hab Hidwigk, die dumme Ziege, beim Johannisfeuer mit einem Fremden gesehen!«, sagte sie.

Sophia warf Doro einen fragenden Blick zu. Als diese nickte, zog sie Bärbel mit sich in den leeren Schankraum. Sie setzten sich an einen der Tische, und während Sophia langsam ihren Eintopf aß, berichtete die Schankmagd von ihrer Beobachtung abseits der Festwiese.

»Ich bin mir sicher, die haben sich nicht zum ersten Mal getroffen«, sagte sie. »Zuerst haben sie nur geredet und getrunken, aber dann hat er sie sogar geküsst.« Bärbel riss empört die runden Augen auf.

Sophia blickte von ihrer Schüssel auf.

»Hab schon überlegt, ob ich das dem Hannes erzähl, damit er weiß, was das für eine ist! Dabei führt sie sich auf wie besessen, wenn der Hannes eine andere nur mal freundlich anguckt«, ereiferte sich Bärbel.

»Konntest du den Mann genauer beobachten? Wie sah er aus?«, fragte Sophia aufgeregt.

»Na ja, so genau hab ich ihn nicht gesehen, war schließlich Nacht«, gab das Mädchen zu.

Sophia stöhnte enttäuscht auf.

»Aber der Mond hat geschienen an dem Abend! Ein bisschen was konnte ich schon erkennen. Er war groß, aber nicht so groß wie Hannes. Seine Haare waren braun und lockig, und er hatte Ranzen und Wanderstab dabei, wie ein fahrender Geselle«, erklärte Bärbel.

Sophias Wangen begannen zu glühen, nicht nur von der Wärme im Raum und dem heißen Eintopf. Offenbar hatte Bärbel Hidwigk mit dem gleichen Mann beobachtet, den das Mädchen am Röhrkasten beschrieben hatte.

»Was hast du noch gesehen? Versuch, dich zu erinnern, alles könnte wichtig sein!«, drängte Sophia und schob den restlichen Eintopf beiseite. Sie ließ das Mädchen dabei nicht aus den Augen.

Bärbel runzelte die Stirn und tippte sich mit der Zungenspitze an die Oberlippe. Dann hellte sich ihr Gesicht schlagartig auf. »Bevor er Hidwigk geküsst und ins Gras gezogen hat, da hat er ihr noch etwas hingehalten und es dann um ihren Hals gebunden. Ich denke, es war eine Kette oder so.«

»Das hast du gut gemacht!« Sophia ergriff die Hände der Schankmagd und drückte sie dankbar.

Sie verabschiedete sich von Doro und trat aus dem Dämmerlicht des Schankraums in den Sonnenschein hinaus. An dem langen Tisch neben der Tür nahm gerade ein Trupp Steinmetzgesellen Platz. Die Männer in den staubigen Schürzen redeten aufgeregt durcheinander. Während einige dabei finstere Mienen zur Schau trugen, glitzerte in den Augen der meisten die Sensationsgier.

»Und der Henker ist sofort zur Fronfeste gefahren, sagst du?«, erkundigte sich ein pockennarbiger älterer Mann.

»Aber ja, ich hab ihn mit eigenen Augen gesehen, in seinem roten Umhang auf seinem Karren«, bestätigte ein blonder Geselle.

Ein anderer reckte den Hals und verkündete: »Meister Bolz wird der Roten Maria noch heute die Instrumente zeigen, hieß es auf dem Markt!«

Sophias Knie begannen zu zittern. Sie drückte das Kind an sich und schob sich zwischen den Bänken hindurch. Sie wollte so schnell wie möglich weg von hier.

Trotzdem hörte sie noch, wie einer der Männer sagte: »Dann wird er schon morgen mit der Tortur beginnen.«

Sophia stolperte vorwärts, als hätte sie einen Stoß in den Rücken bekommen. Dann begann sie zu rennen. Sie musste aufs Rathaus, um eine Aussage zu machen und zu berichten, was sie in der Vorstadt über Hidwigk erfahren hatte! Unterwegs kamen ihr Zweifel, ob das, was sie herausgefunden hatte, den Richtherrn überzeugen und veranlassen würde, die Tortur abzusagen.

Außer Atem und mit zitternden Beinen erreichte sie den Marktplatz, auf dem jetzt zur Mittagszeit nur wenige Menschen zu sehen waren.

»Sophia!« Der Ruf kam vom Röhrkasten neben dem Rathaus.

Sie blickte sich suchend um und entdeckte ihren Ehemann, der ihr bereits entgegeneilte. Erleichterung durchflutete Sophia. Sie begann zu rennen, wobei sie den Säugling mit ihren Händen stützte. Heinrich Fuchs fing sie auf, drückte sie und das Kind an sich. Ungeachtet seiner triefend nassen, schmutzigen Kleidung und seiner unrasierten Wangen, schmiegte sie sich an ihn und umschlang seinen Nacken mit ihren Armen.

Ganz von allein fanden sich ihre Lippen und vereinten sich zu einem verzweifelten Kuss. Für einen Augenblick vergaß Sophia ihre Erschöpfung und Angst. Doch dann gewann die nagende Sorge in ihrem Herzen wieder die Oberhand. Sie löste sich von ihrem Mann und trat einen Schritt zurück, wobei sie sich suchend umblickte.

»Wo ist Marten?«

Fuchs holte tief Luft. Dann kniff er die Augen zusammen und musterte sie besorgt.

»Was ist geschehen?« Er zog sie in den Schatten des Rathauses.

»Der Henker!«, stieß sie hervor. »Er ist heute eingetroffen, und Maria wird ihm eben vorgeführt.«

»Deshalb wurden Rische und Schumann also in die Fronfeste gerufen«, stellte Fuchs fest. »Der Ratsdiener sagte mir das, als ich im Rathaus vorsprechen wollte.«

»Sie werden sie hinauf in die Folterkammer schleppen und ihr all diese fürchterlichen Instrumente vorführen.« Sophias Augen weiteten sich voller Entsetzen. »Stell dir vor, wie sie sich dabei fühlen wird und schon morgen …«

»Scht!«, fiel Fuchs ihr ins Wort und legte ihr sanft die Hand auf den Mund. »Morgen wird Maria vermutlich schon auf freiem Fuß sein«, sagte er und zog sie erneut an sich.

»Dann hast du Marten also mitgebracht! Ist er bereits zur Fronfeste gegangen?«, fragte sie sogleich hoffnungsvoll.

Der Magister schüttelte den Kopf, und dann berichtete er ihr von seinen Erlebnissen in Meißen.

Während er sprach, verfinsterte sich Sophias Gesicht wieder. »Welch eine gefährliche Dummheit!«, rief sie, als er geendet hatte. »Ich hätte Martens Vater wahrlich für klüger gehalten.«

»Wenn Eltern davon überzeugt sind, sie müssten ihre Kinder vor einem Fehler bewahren, greifen sie in ihrer Verzweiflung mitunter zu schrecklichen Mitteln«, sagte Fuchs. Er legte seine Hand auf den Kopf des schlafenden Kindes und murmelte: »Hoffentlich wirst du uns nicht eines Tages der Dummheit zeihen, Sohn.«

Sophia lächelte, und am liebsten hätte sie ihn auf der Stelle noch einmal geküsst, aber Fuchs war unter seinen dunklen Bartschatten auf einmal sehr blass geworden und wankte einen Augenblick.

Sophia fürchtete, er würde ihr vor die Füße fallen, und griff erschrocken nach seinem Arm.

»Heinrich, was ist mit dir!«

Aber er hatte sich bereits wieder im Griff und streifte ihre Hand ab. »Nichts, ich brauche nur etwas zu essen«, sagte er. »Ich bin die fünf Meilen von Meißen bis hierher beinah ohne Pause durchgeritten. Wahrscheinlich werde ich den morgigen Tag mit wundem Hintern auf dem Bauch verbringen.« Er lächelte verlegen.

»Lass uns nach Hause gehen, du musst dich ausruhen!«, entschied sie. »Wir können jetzt ohnehin nichts tun. Am Nachmittag kommen wir wieder her, und du legst Schumann den Brief vor.«

43. KAPITEL

ch bin mir sicher, hochverehrter Meister Rische, dass dieses Schreiben ein vollkommen neues Licht auf die Anklage gegen Maria Fennigen werfen wird«, sagte Fuchs, während er dem Richtherrn den Brief von Martens Vater über den Tisch reichte.

Sophia beobachtete, wie Schumann, der neben Rische saß und Protokoll führte, mitten im Wort die Feder sinken ließ und überrascht aufschaute. Doch er sah nicht zu dem greisen Ratsherrn, der das Schreiben umständlich auffaltete und es dann weit von sich hielt, um besser lesen zu können. Stattdessen blickte er den Magister an, als sähe er ihn zum ersten Mal. Sophia war froh, dass sie Heinrich genötigt hatte, statt des abgetragenen Talars, in den er sich normalerweise kleidete, ein fast neues Wams und ein frisches Hemd anzuziehen. Auch wenn das Gesicht ihres Mannes noch immer von den Anstrengungen des Gewaltrittes gezeichnet war, erwiderte er den Blick des Stadtschreibers voller Selbstsicherheit und Kampfeslust. Sophias Herz weitete sich vor Stolz und Zärtlichkeit. Zwar war auch Schumann wie immer makellos gekleidet, aber die Blässe seiner Wangen und das leichte Zittern seiner Hände verrieten Sophia, dass er die Folgen der Vergiftung noch nicht vollständig überwunden hatte. Sie bemerkte auch den gequälten Zug um seinen Mund und empfand dabei fast so etwas wie Mitleid.

Der Richtherr schob Schumann den Brief zu, der ihn rasch überflog. »Nun, zweifellos ist dies eine unschöne Angelegenheit für den Meißner Kaufmann. Ich bin mir sicher, der Rat wird das

Verschwinden dieses treulosen Gehilfen auf der Stelle untersuchen lassen und ihn, sollte man ihn in den Mauern unserer Stadt ergreifen, unverzüglich der Meißner Gerichtbarkeit überstellen.«

Schumann lehnte sich zurück, und Sophia bemerkte die Schweißperlen, die sich auf seiner Stirn bildeten. »Ich verstehe allerdings nicht, was das alles mit der Mordanklage gegen die Bomätscherin zu tun haben soll.« Er wandte sich Rische zu. »Seht Ihr da womöglich einen Zusammenhang, hochverehrter Meister Rische, der mir mit meiner weitaus geringeren Erfahrung entgangen sein könnte?«

Der Richtherr schüttelte den Kopf. Er nahm seinen Hut ab und legte ihn neben sich auf den Tisch. »Ich fürchte, dem Herrn Magister ist nicht bewusst, dass er hier unsere Zeit verschwendet.« Seine Stimme klang gereizt.

Sophia schnappte empört nach Luft. Doch Heinrich drückte warnend ihre Hand. »Das, verehrte Herren, würde ich niemals wagen. Ich verstehe jedoch, dass Ihr momentan keinen Zusammenhang sehen könnt, da Ihr noch nicht alle Fakten kennt.« Seine Stimme klang ruhig und gelassen.

Schumann zuckte unwillig mit den Schultern. »Dann nennt sie uns endlich«, verlangte er.

»Hört Euch an, was mein Weib heute in der Schifftorvorstadt erfahren hat.« Fuchs legte Sophia die Hand auf die Schulter und schob sie nach vorn.

»Dann sprecht, Fuchsin!«

Während sich das Gesicht des Stadtschreibers verdüsterte, blickte Rische Sophia aufmunternd an. Der alte Richtherr war früher oft Gast im Hause von Sophias Vater gewesen und kannte sie von Kindheit auf.

Zuerst stockend, doch dann immer flüssiger berichtete sie von den Beobachtungen des Mädchens am Röhrkasten und denen der Schankmagd Bärbel beim Johannisfeuer.

Als sie geendet hatte, herrschte einen Augenblick Schweigen in der stickigen Ratsstube. Sophia vernahm nur noch das Kratzen von Schumanns Feder und den rasselnden Atem des alten Richters.

Dann sah Rische sie erneut an. »Ihr glaubt also, an den Anschuldigungen von Hidwigk, der Schifferstochter, sei nichts Wahres? Hat sie sich das nach Eurem Dafürhalten alles nur ausgedacht, um Maria, die sie als ihre Nebenbuhlerin betrachtet, aus dem Weg zu räumen?« In seiner Stimme schwangen deutlich Zweifel mit.

Sophia schluckte. Zwar hatte sie mit dieser Frage gerechnet, aber noch immer gehofft, sie würde ihr nicht gestellt werden. Daheim hatte Fuchs ihr noch einmal deutlich davon abgeraten, in irgendeiner Weise zuzugeben, dass sie über den Vorfall, der Maria zur Last gelegt wurde, mehr wusste als jeder andere. Aber jetzt, da sie vor dem Richter und dem Stadtschreiber stand, war sie auf einmal fest davon überzeugt, doch die ganze Wahrheit sagen zu müssen, um Marias Glaubwürdigkeit zu stärken.

Aus dem Augenwinkel bemerkte sie, wie Fuchs die Zähne zusammenbiss, als sie von dem Januartag in der Scheune zu sprechen begann. Sie staunte selbst, wie ruhig und sachlich sie darüber berichten konnte, wie sie die beiden ehemaligen Landsknechte Hinz und Kunz in deren Unterschlupf überrascht hatte und wie beide dann versucht hatten, ihr Gewalt anzutun.

An dieser Stelle entglitt Schumann die Feder. Sie hinterließ einen hässlichen schwarzen Fleck auf dem sonst tadellosen Protokoll. Dem Stadtschreiber entfuhr ein Fluch. Doch statt das Missgeschick zu beseitigen, starrte er Sophia aufgewühlt an. Einen Augenblick schwieg sie überrascht, denn so viel Anteilnahme hätte sie dem aalglatten Schumann gar nicht zugetraut. Auch Rische und Fuchs wirkten überrascht. Aber dann fasste sich der Stadtschreiber, murmelte eine Entschuldigung und griff hastig nach der Sandbüchse.

»Fahrt fort, Fuchsin«, sagte Rische begütigend.

Sophia schilderte Marias Eingreifen, den Tod von Hinz und die Flucht von Kunz. Sie erzählte, wie sie die Leiche schließlich unter dem Stroh in der Scheune versteckt hatten und dass Maria es übernommen hatte, sie im Fluss verschwinden zu lassen, um Sophias Ruf zu schützen.

»Ihr könnt Euch sicher vorstellen, verehrte Herren, dass weder Maria noch ich in dieser Situation die Kaltblütigkeit aufbringen konnten, dem Toten seine Börse abzunehmen, wenn er denn überhaupt eine besessen hat«, erklärte Sophia mit Nachdruck.

Sie sah, wie Rische nachdenklich seine Nasenwurzel massierte und die Hand des Stadtschreibers einen Augenblick über dem Papier verharrte, bevor er weiterschrieb.

Da fiel ihr noch ein Detail ein, das ihre Aussage unterstützen konnte. »Ich kann mich noch entsinnen, dass die beiden über irgendeine Arbeit sprachen, die sie sich von einem Herrn aus der Stadt erhofften. Es klang so, als wären sie ziemlich nötig darauf angewiesen«, schloss sie ihren Bericht.

Erneut hob Schumann den Kopf und starrte sie mit einem Ausdruck an, den sie nicht deuten konnte. War das Angst, was sie in seinen Augen las? Jedenfalls zitterten seine Hände nun so stark, dass er die Feder beiseitelegen musste.

Der Richter schien das ebenfalls zu bemerken. »Ist Euch nicht wohl, Schumann?«

Der Stadtschreiber verbarg seine Hände unter dem Tisch, sein Blick flackerte, und seine Stimme klang, als würde sie ihm jeden Moment versagen. »Nein, nein, das geht vorbei. Bitte, fahrt fort.«

Rische wandte sich erneut an Sophia. »Ich bewundere Euren Mut, Fuchsin. Euch ist doch wohl klar, dass Ihr Euch in dieser Mordsache eben selbst belastet habt?«

Sophias Mund fühlte sich auf einmal staubtrocken an, sodass sie nicht sprechen konnte. Also nickte sie stumm und versuchte, die Angst, die mit Macht in ihr aufstieg, so gut zu beherrschen, wie es ihr möglich war. Da spürte sie, wie Heinrich, der ganz dicht an sie herangetreten war, ihre Hand unauffällig drückte.

»Hochverehrter Meister Rische, ich darf Euch daran erinnern, dass jener Kunz, in dessen Gesellschaft sich der Tote damals befand, ein teuflischer Mordbube war!«, sagte er mit fester Stimme.

»Er hat hier in der Stadt mehrere angesehene Bürger getötet und um ein Haar einen Stadtbrand verursacht, als er in das Haus des seligen Kaufmanns Weyner einbrach. Ihr selbst habt ihn dafür zum Tod auf dem Scheiterhaufen verurteilt!«

Der Richtherr nickte zögerlich. »Sicher, sicher«, murmelte er.

»Dann frage ich mich, wieso Ihr den boshaften Anschuldigungen einer eifersüchtigen Xanthippe mehr Glauben schenkt als der Aussage zweier unbescholtener Frauen!«, fuhr der Magister nun mit unterdrücktem Zorn fort.

Sophia spürte, dass er mit seiner Geduld und Selbstbeherrschung am Ende war. Nun war sie es, die ihm warnend die Finger drückte. Fuchs holte tief Luft und presste dann die Lippen zusammen, doch über seinem Haupt schien nach wie vor eine blitzgeladene Gewitterwolke zu schweben.

Rische sah zu Schumann, doch der kauerte eigenartig teilnahmslos auf seinem Stuhl und schien nicht willens oder in der Lage, seinem Ratsgenossen beizuspringen.

Der Richter räusperte sich und versuchte, seine Würde zu retten, indem er seinen Hut wieder auf das nahezu kahle Haupt stülpte. Er bedachte Fuchs mit einem gereizten Blick. »Ihr unterstellt mir da etwas, was ich so nicht gesagt habe, verehrter Magister!«

Dann wandte er sich an Sophia: »Selbstverständlich glaube ich Euch, Fuchsin, denn ich weiß, dass Ihr eine ehrbare Frau seid, die aus einer angesehenen Pirnaer Familie stammt.«

Sein Blick wanderte wieder zu Fuchs, und seine Stimme hatte jetzt einen tadelnden Unterton: »Allerdings halte ich Maria, die Bomätscherin, keineswegs für ein unbescholtenes Weib. Ihr Lebenswandel entspricht nicht eben dem, was man von einer ehrbaren Frau erwarten darf. Weder beträgt sie sich, wie es ihrem Stande zukommt, noch, wie es ihrem Geschlecht geziemt. Demut und Gehorsam sind ihr fremd, und auch sonst würde ich sie niemals als schwaches Weib bezeichnen.« Er hüstelte, um ein Lachen zu verbergen. Dann fuhr er in väterlichem Ton fort: »Ihr tätet gut dran, Euer Weib zum Umgang mit Frauen ihres Standes zu ermutigen, Magister Fuchs!«

Sophia merkte, wie Zorn gegen den selbstgerechten alten Mann in ihr aufstieg, doch sie biss sich auf die Zunge, denn leider lag Marias Schicksal noch immer in dessen Hand. Auch Fuchs schwieg, obwohl Sophia am Zucken seiner Wangenmuskeln erkannte, wie schwer ihm das fiel.

Trotzdem schien Rische zu bemerken, dass er zu weit gegangen war, denn er hob begütigend die Hände. »Dennoch bin ich bereit zu glauben«, sagte er deshalb rasch, »dass Maria Fennigen an jenem Tag ausschließlich in Notwehr gehandelt hat, genau wie Ihr es uns geschildert habt, Sophia. Allerdings geht es hier nicht um meine persönliche Überzeugung.« Der Richter straffte die Schultern. »Der hochwohllöbliche Rat dieser Stadt hat mir ein Amt anvertraut, das von mir verlangt, nach Fakten zu urteilen statt nach Meinungen. Daher bleibt Maria Fennigen zunächst in Haft, bis wir den Marten Klingner, Kaufmannssohn aus Meißen, in dieser Angelegenheit vernommen haben. Sollte er bezeugen, dass es sich bei dem Fremden, mit dem die Schifferstochter gesehen wurde, tatsächlich um den flüchtigen Gehilfen seines Vaters handelt, wird Hidwigks Aussage nichtig und die Bomätscherin kommt frei.«

Er holte kurz Luft, dann wandte er sich erneut an den teilnahmslosen Schumann. »Hidwigk ist auf der Stelle gefänglich einzuziehen und in die Fronfeste zu bringen. Nicht, dass sie auch noch die Stadt verlässt. Ihr sorgt mir dafür, Stadtschreiber! Und lasst nach diesem Jörg suchen, dem Gehilfen des alten Klingner!«

Schumann raffte sich zu einem Nicken auf. »Soll ich den Meister wieder nach Dresden zurückschicken?« Seine Stimme klang matt.

»Vorerst«, sagte Rische düster. »Doch richtet ihm aus, es ist gut möglich, dass wir ihn in Pirna noch einmal brauchen werden, sobald Klingner seine Aussage gemacht hat.«

Sophia klammerte sich an den Arm ihres Mannes, als sie das Rathaus verließen. Sie fühlte sich vollkommen zerschlagen und fragte sich, ob es daran lag, dass sie eigentlich gehofft hatte, der Richter würde Marias sofortige Freilassung anordnen.

Fuchs schien ihre Gedanken zu erraten. »Sobald Marten in Pirna eintrifft, kommt sie frei, das weißt du. Und Schumann schickt den Henker nach Dresden zurück. Maria ist in Sicherheit, wir haben es geschafft!«

Sophia fühlte, dass sie ihrem Ehemann gegenüber undankbar war. Er hatte sie bei ihren Bemühungen, Maria zu retten, vorbehaltlos unterstützt.

Sie riss sich zusammen und schenkte ihm ein Lächeln. »Ja, ich weiß, und du ahnst gar nicht, wie dankbar ich dir für alles bin, Heinrich! Wahrscheinlich brauche ich nur ein wenig Zeit, um mich an den Gedanken zu gewöhnen, dass jetzt bald alles gut wird.«

44. Kapitel

un geht hinauf zu Eurer Braut, beackert sie ordentlich und pflanzt ihr dann einen strammen Sohn in den Bauch, Stadtschreiber!« Unter dem trunkenen Jubel einiger Ratsherren, die es sich zur Aufgabe gemacht hatten, Wolf Schumann nach dem festlichen Hochzeitsmahl im Rathaus bis zur Schwelle seines Hauses zu begleiten, schlug Alex Walter dem neuen Mitglied seiner Familie auf die Schulter. »Und übers Jahr will ich gefälligst bei seiner Taufe Pate stehen!« Der Kämmerer lachte dröhnend, während seine Ratskollegen grölten und klatschten. Dann schob er Schumann durch die Tür, die der Hausknecht bereits geöffnet hatte.

Auf der Schwelle drehte der Bräutigam sich noch einmal um. Wie stets hatte er wesentlich maßvoller getrunken als die anderen – genau genommen sogar fast gar nichts, denn jede Form von Kontrollverlust versetzte ihn noch immer in Aufruhr. Aber es war gut, dass sich heute das halbe Viertel auf seine Kosten betrank und belustigte. Mit dieser prachtvollen Hochzeit, die am Morgen mit dem Zusammensprechen vor dem Portal von St. Marien begonnen hatte und auch noch morgen und übermorgen andauern würde, wollte er der Stadt beweisen, dass er wieder im Vollbesitz seiner Kräfte war und dass all die Gerüchte, die es seit dem unglücklichen Zwischenfall mit Lapidius' Elixier gegeben hatte, vollkommen haltlos waren.

Am schwierigsten war es gewesen, Amalia davon zu überzeugen, dass er keineswegs vom Teufel besessen, sondern lediglich krank gewesen war. Doch nach einem langen Gespräch mit Agnes

Lauterbach, die Amalia als ehemalige Nonne und Ehefrau des Superintendenten besonders vertrauenswürdig erscheinen musste, hatte seine Braut dann doch eingewilligt, sich heute mit Schumann trauen zu lassen. Gemeinsam mit der Lauterbachin und Walters Hausfrau hatte sie bereits vor einer Stunde das Fest verlassen. Inzwischen würden die Frauen sie wohl zu Bett gebracht und auf das Kommende eingestimmt haben. Zumindest hoffte der Stadtschreiber das, während er die Arme hob, um seinen Ratskollegen zu danken.

»Wenn es nach mir geht und unser Herrgott das auch will, werdet Ihr im nächsten Frühjahr Pate stehen, Walter. Und Euch, liebe Ratsfreunde, werde ich dann sicher in den kommenden Jahren auch für diese Aufgabe benötigen!«, rief er.

»Hört, hört!«, brüllte Balthasar Kittel, der kaum noch stehen konnte und von Tenler und Borschbergk gestützt werden musste. »Wenn Ihr elf Söhne zeugen wollt, dann solltet Ihr mal langsam damit anfangen, statt nur zu reden!«

Zustimmendes Gelächter setzte ein, und dann begannen die Ratsherren auch schon, ihrem jüngsten Kollegen die üblichen Ratschläge mit auf den Weg ins Brautbett zu geben. Schnell drehte Schumann sich um und schloss die Tür hinter sich. Es reichte, wenn er diese Art von Späßen morgen weiter über sich ergehen lassen musste, wenn sich die Hochzeitsgesellschaft zum Tanz im Ratssaal treffen würde.

»Auch meinen Glückwunsch, Herr!« Geschickt half der junge Hausknecht dem Stadtschreiber aus Jacke und Schuhen, bevor er ihm einen Leuchter reichte.

Schumann nickte gnädig und stieg dann die Treppe zu seiner Schlafkammer hinauf. Ab jetzt werde ich sie also mit einem Weib bewohnen, sinnierte er. Zu seiner Erleichterung schienen die Frauen, die seine Braut begleitet hatten, schon wieder fort zu sein. Er hoffte, sie hatten die ehemalige Nonne einigermaßen auf ihre Pflichten als Eheweib vorbereitet. Denn ob es ihm künftig behagte, Haus und Bett mit einem Weib zu teilen, würde zu einem großen Teil auch davon abhängen, wie sich Walters Nichte als Beischläferin anstellte.

Oben in der Kammer fand er Amalia bereits im Bett. Sie hatte die Decke bis zur Nasenspitze hochgezogen, und ihre Augen wirkten im Kerzenschein riesengroß und dunkel. Bei Tag, das wusste er inzwischen, waren sie fast so hellblau wie die Margarethas. Ihr glattes goldenes Haar lag zum Zopf geflochten oben auf der Bettdecke, und ihre runden Wangen glühten förmlich vor Verlegenheit.

Wie immer sagte sie kein Wort, sondern wartete, dass er zu sprechen anhob. Doch das störte ihn im Augenblick weniger, schließlich war er jetzt nicht hier, um zu reden, wie Ratsherr Kittel vorhin so schön bemerkt hatte. Schumann stellte den Leuchter zu der Kerze, die auf dem kleinen Tisch am Fenster brannte, und begann, sich auszuziehen. Sorgfältig legte er seine Sachen auf den Stuhl, über dessen Lehne schon Amalias Rock und Mieder hingen.

Mit Wohlgefallen bemerkte er dabei, dass bereits heftige Erregung durch seine Adern pulsierte, obwohl er seine Braut noch nicht einmal berührt hatte. Aber schon die Aussicht darauf, dass er sich bei ihr gleich mit Fug und Recht Befriedigung verschaffen durfte, reichte. Nun, im Grunde war es kein Wunder, denn um seine Vermählung nicht zu gefährden, hatte er seit etlichen Wochen enthaltsam gelebt.

Als er sich umdrehte und nackt auf das Bett zuging, entfuhr Amalia ein Schluchzen.

»Na, na!« Er hob den Zeigefinger zu einem scherzhaften Tadel. »Ist das denn eine Art, Euren Bräutigam im gemeinsamen Ehebett zu empfangen?« Trotz seiner immer drängender werdenden Lust war er gewillt, heute langsam und vorsichtig zu Werke zu gehen – umso mehr, da er es hier weder mit einem kleinen Küchenmädchen noch mit einer Vorstadthure zu tun hatte. Amalia würde die Mutter seiner Kinder sein, da schuldete er ihr einen gewissen Respekt. Überdies war sie die Nichte des Mannes, der ihm zu einem Sitz im Rat verholfen hatte, auch das galt es zu bedenken.

Er beugte sich über sie, ergriff ihren seidigen Zopf und ließ ihn durch seine Finger gleiten, dabei wollte er ihr tief in die Augen schauen, um sie dann zärtlich zu küssen. Frauen mochten so etwas, das wusste er. Doch daraus wurde nichts, denn seine Braut kniff plötzlich die Augen zu und hielt die Luft an, sodass ihr ohnehin schon rotes Gesicht einen noch bedenklicheren Farbton annahm. Schumann ließ den Zopf fahren und zuckte zurück. Er spürte, dass er ärgerlich wurde. So hatte er sich das nicht vorgestellt! Aber dann dachte er daran, dass das Mädchen in einem Kloster erzogen worden war, von Papisten, die ihr gewiss allerlei Unsinn über die ganz normalen körperlichen Bedürfnisse von Männern in den Kopf gesetzt hatten. Alex Walter hatte selbst einmal etwas in dieser Richtung geäußert. Vielleicht hatte sie ja auch nicht richtig verstanden, was die Lauterbachin und Walters Weib ihr vorhin über ihre Pflichten erklärt hatten?

Er setzte sich seufzend auf die Kante des Bettes und beschloss, nun doch erst zu reden. Er würde ihr nochmals auseinandersetzen, was sie zu tun hatte, und dann würde sie sich gewiss beruhigen.

»Hört mir zu, Amalia! Sicher hat man Euch schon gesagt, dass es die göttliche Bestimmung des Weibes ist, Kinder zu gebären. Ist es an dem?«

Amalia nickte und holte Luft. Aber offenbar war sie noch nicht bereit, ihn anzusehen. Gut, dann würde er also noch ein bisschen reden. »Doch dazu muss sie das Kind erst einmal empfangen«, betonte er. »Und soweit ich weiß, ist die Jungfrau Maria die einzige weit und breit, die das ohne den Samen eines Mannes geschafft hat.« In diesem Augenblick kam ihm ein verstörender Gedanke. »Ihr …« Er schluckte. »Ihr glaubt doch nicht womöglich, Ihr könntet irgendwie auserwählt sein?«

Sie riss erschrocken die Augen auf und starrte ihn misstrauisch an. »Auserwählt?«, krächzte sie. »Wie die Jungfrau Maria?«

Er nickte stumm. Was wusste er schon davon, was im Kopf eines Weibes vorgehen mochte, das in einem Kloster aufgewachsen war?

»Wie könnt Ihr so was denken?« Jetzt wirkte sie ehrlich empört. »Ich bin doch nicht verrückt!« In ihrer Verblüffung hatte sie die Bettdecke losgelassen, die sie die ganze Zeit über mit den Fingern umkrallt hatte.

»Na, dann ist es ja gut.« Er war wirklich erleichtert. »So werde ich mich jetzt mal daranmachen, Euch ein Kind zu schenken. Aber dazu solltet Ihr mich zunächst ins Bett steigen lassen.« Entschlossen zog er die Decke beiseite und erstarrte. Fassungslos blickte er auf das Bild, das sich ihm bot.

Nach all dem hatte er natürlich nicht zu hoffen gewagt, seine Braut bereits im Evaskostüm vorzufinden. Er hatte angenommen, dass sie ihr Hemd noch tragen würde – aber das hier … Er blinzelte, um die Ungeheuerlichkeit aus steifem, weißem Leinen dann noch einmal genauer ins Auge zu fassen. Am liebsten hätte er sich dazu den Leuchter vom Tisch geholt.

Für gewöhnlich ging man sommers nackt zu Bett – nur im Winter, bei großer Kälte, behielten Männer und Frauen das Hemd an, das man unter der Oberbekleidung trug. Es reichte vorn im Allgemeinen bis zum Oberschenkel und bedeckte rücklings den Hintern. Am Hals konnte man es schnüren. Aber ein Hemd wie das, welches seine Braut hier trug, hatte er noch nie gesehen! Schumann rieb sich die Augen und schaute noch einmal genauer hin. Tatsächlich wirkte das sackartige Gewand so, als sei es eigens für den Zweck angefertigt worden, es während eines Beischlafs zu tragen. Aber während es Amalia einerseits vom Hals bis zu den Zehenspitzen wie ein Zelt verhüllte, befand sich in der Mitte, genau an der Stelle, wo ihre Scham war, ein langer Schlitz. Schumann schnappte nach Luft und beugte sich vor, um im Halbdunkel der Kammer besser sehen zu können. Die Öffnung war ringsum säuberlich mit einem hellblauen Garn bestickt, und goldenes Schamhaar schaute daraus hervor. Obwohl er ahnte, dass das alles nicht dazu gedacht war, Amalias Weiblichkeit auf schamlose Weise zu betonen, fand er den Anblick ungeheuer anstößig.

»Herr im Himmel!«, entfuhr es ihm, während er wie vom Blitz getroffen zurücktaumelte und sich dann ratlos den Nacken kratzte. Schließlich ging er zum Stuhl am Fenster, fegte die Kleidungsstücke herunter und setzte sich. In seinem Magen rumorte es, und nebenbei bemerkte er, dass ihm jegliche Lust schlagartig abhandengekommen war.

»Was ist das für ein Ding, das du da am Leibe trägst, Weib?«, krächzte er und wedelte kraftlos mit der Hand.

Amalia richtete sich auf, wobei sie rasch die Bettdecke über das ungeheuerliche Gewand zog.

Schumann atmete auf. Er begriff allerdings nicht, weshalb seine Braut ihn jetzt so vorwurfsvoll ansah. »Dieses Hemd wurde eigens für den vollkommen sündenfreien Beischlaf während der Ehe angefertigt. Nur so können Mann und Weib sichergehen, dass sie sich ausschließlich darum fleischlich vereinigen, um die Pflicht gegenüber Gott zu erfüllen, von der Ihr spracht.« Sie machte eine Pause, zog ihre Hand unter der Bettdecke hervor und streckte den Zeigefinger nach ihm aus. »Und nicht etwa zum Zwecke schnöder Wollust!« Es klang, als habe sie die Worte irgendwann auswendig gelernt.

Der Stadtschreiber schüttelte benommen den Kopf. Er hatte auf einmal eine Art Sausen in den Ohren. Dann richtete er sich kerzengerade auf, denn die ganze Ungeheuerlichkeit ihrer Botschaft war nun bei ihm angekommen.

»Wollt Ihr damit sagen, dass Ihr dieses …« Er verschluckte sich und musste husten. »Dieses unerhört anstößige Hemd jedes Mal zu tragen gedenkt, wenn ich Euch beiwohnen will?«

»Aber selbstverständlich!« Amalia reckte ihr Kinn. »Nur so können wir eine Ehe führen, ohne dabei den Versuchungen des

Teufels zu erliegen.« Sie zeigte erneut mit dem Finger auf ihn. »Daran muss Euch doch auch gelegen sein, besonders nach dem, was Euch in den letzten Wochen widerfahren ist.«

In Schumanns Hals kratzte es. Stumm griff er nach dem Weinkrug, füllte eines der Gläser, die auf dem Tisch bereitstanden, bis zum Rand und stürzte es in einem Zug herunter, nur um diesem sogleich ein zweites folgen zu lassen. Dann wischte er sich über den Mund, lehnte sich zurück und fasste sein Weib scharf ins Auge. »Und jetzt erzählt Ihr mir augenblicklich, ob man Euch diesen papistischen Schwachsinn womöglich in Eurem Kloster beigebracht hat!«

Amalia schüttelte den Kopf so heftig, dass ihr die blonden Zöpfe um die Ohren flogen. »Aber nein, das ist keineswegs so! Das hat mir die Hausfrau von Pfarrer Fink erklärt, in dessen Haus ich in den letzten Jahren gelebt habe«, beteuerte sie. »Und der Herr Pfarrer war so gut evangelisch wie der Herr Luther in Wittenberg selbst, sonst hätte mein Onkel mich dort gar nicht hingeschickt.«

Ein kalter Schauer lief Schumann über den Rücken. »Wohl kaum«, murmelte er entsetzt. Das alles war noch viel schlimmer, als er befürchtet hatte! Wer weiß, welcher ketzerischen Strömung dieser Fink anhing – vielleicht war er gar ein heimlicher Wiedertäufer? Schumann hatte davon gehört, dass es bei diesen Ketzern Hochzeiten geben sollte, bei denen die Partner vollkommen willkürlich zusammengegeben wurden. Sinn und Zweck dessen sollte es tatsächlich sein, in einer Ehe jede Art von Wollust zu vermeiden, um das eigene Seelenheil nicht zu gefährden. Wenn es sich herumsprechen sollte, dass sein Weib derartige Gedanken verbreitete, wäre er in Pirna endgültig geliefert! Er griff nach dem Krug und füllte sein Glas erneut. Zur Hölle noch mal, bis gestern hätte all das noch in der Verantwortung des verdammten Kämmerers gelegen! Einen Augenblick überlegte der Stadtschreiber, ob er unter diesen Umständen nicht besser von einem Vollzug der Ehe absah, um gleich morgen deren Aufhebung zu verlangen. Nach dem Gesetz war das möglich. Doch würde es natürlich einen ungeheuren Aufruhr verursachen und ihm selbst ebenso schaden wie Alex Walter. Welche Auswirkungen das auf ihrer beider Zukunft im Rat haben konnte, ließ sich schwer abschätzen.

Er warf einen Blick auf Amalia, die noch immer kerzengerade im Bett saß. Dadurch, dass sie die Bettdecke inzwischen losgelassen hatte, sah er sich erneut mit ihrem ungeheuerlichen Brauthemd konfrontiert.

Nein, eine Aufhebung seiner Ehe war mit allerlei unwägbaren Risiken verbunden. Dazu hatte es ihn zu viel Mühe gekostet, überhaupt so weit zu kommen. Außerdem brauchte er seinen Einfluss in der Stadt für die Auseinandersetzung mit Carlowitz. Das war schließlich das Einzige, was er ins Feld führen konnte, wenn es jemals so weit kommen sollte, dass er in der Lage wäre, den herzoglichen Rat in die Enge zu treiben. So erhob er sich, entschlossen, seine Hochzeitsnacht endlich zu einem erfolgreichen Abschluss zu bringen.

Amalia, die offenbar in seinem Gesicht las, was nun folgen würde, warf ihm einen panischen Blick zu. Dann ließ sie sich auf das Kissen zurücksinken, schloss ergeben die Augen und begann, leise vor sich hin zu flüstern.

Er spitzte die Ohren. Betete sie etwa? Tatsächlich, sie sprach das Vaterunser – auf Latein! Er schüttelte den Kopf. Sollten die Heimsuchungen dieser Nacht für ihn denn gar kein Ende nehmen? Gut, dachte er erschöpft, er würde ihr so weit entgegenkommen, dass sie ihr abstruses Gewand heute Nacht anbehalten durfte. Morgen beim Hochzeitstanz konnte er schließlich nicht mit einer verheulten Braut im Rathaus erscheinen.

Doch unter diesen Gegebenheiten würde er für das Kommende eindeutig mehr Wein benötigen. Er griff nach dem Krug, schüttelte ihn kurz und setzte ihn dann einfach an die Lippen. Nach dem Ende der Hochzeitsfeierlichkeiten, das erkannte er nun deutlich, musste er ihr so schnell wie möglich beibringen, dass er allein bestimmte, was in seinem Haus und seinem Bett geschah. Und falls es sich dabei als notwendig erweisen würde, sie zu züchtigen, so würde er das ohne Zögern tun. So wie die Dinge lagen, war das nicht nur sein gutes Recht, sondern auch seine verdammte Pflicht!

45. Kapitel

ier, schaut her!« Luc wies auf die Staffelei. »Wie Ihr sehen könnt, habe ich alles schon vorbereitet. Ihr müsst das Bild nur noch entsprechend meinen Anweisungen ausführen. Und trödelt nicht! Ihr wisst, der Auftraggeber drängt uns!«

Moses trat näher an die kleine Lindenholztafel heran. Sie war mit einem gleichmäßigen Gitter von Quadraten überzogen, woran er erkannte, dass der junge Cranach wohl eine kleinere Vorlage genutzt hatte. Auf der Imprimitur aus Bleiweiß befand sich bereits eine Vorzeichnung, die Moses recht detailliert zeigte, wie er das Gemälde auszuführen hatte. Kritisch prüfte er den Malgrund. Das Holz war mit einem eiweißhaltigen Leim bestrichen worden, um die Saugkraft zu reduzieren. Darauf hatte einer der Lehrlinge einen hellen Leim-Kreide-Grund aufgebracht, den er dann sorgfältig geglättet hatte. Das Motiv, der Sündenfall mit Adam, Eva und der Schlange, war anscheinend gerade sehr beliebt, Moses hatte in der Werkstatt schon mehrere Zeichnungen des alten und des jungen Meisters davon gesehen und auch ein fertiges Gemälde. Mit einem dunklen Kreidestift hatte Luc die Umrisse der nackten Körper, des Baumes und der Schlange gezeichnet. Während Bäume, Landschaft und Wolken im Hintergrund nur mit einigen Schwüngen angedeutet waren, hatte der junge Maler auf die Hände und Gesichter mehr Sorgfalt verwandt. Auch die Farbgebung hatte er bereits bestimmt und gleich auf dem Untergrund notiert.

»Habt Ihr noch Fragen, Moses Flößer?«

Die ungeduldige Stimme Luc Cranachs riss Moses aus seinen Betrachtungen. Er war noch nicht dazu gekommen, sich die Notizen zu den Farben vollständig durchzulesen, aber er schüttelte den Kopf. Es war unübersehbar, dass Luc ihn auf die Probe stellen wollte. In den Wochen, seit Moses in der Werkstatt arbeitete, hatten die Spannungen zwischen ihm und Cranachs Sohn zugenommen. Moses bedauerte das, denn er bewunderte die Kunstfertigkeit des jungen Meisters. Er wusste, dass er von dem Gleichaltrigen viel lernen konnte, aber aus irgendeinem Grund lehnte Luc ihn ab. Moses war jedoch entschlossen, sich auch ohne dessen Unterstützung einen Platz in der Cranach-Werkstatt zu erarbeiten, denn er war sich inzwischen sicher, dass Lucs Vater recht hatte. Eine Malerwerkstatt war genau der Ort, an den er gehörte. Er war ein Maler! Dass er diesen wichtigen Teil seines früheren Lebens zurückgewonnen hatte, gab ihm Halt und Zuversicht.

»Dann macht Euch an die Arbeit«, rief Luc ihm im Weggehen zu. »Ich muss jetzt aufs Schloss.«

Der junge Meister hatte tatsächlich alle Hände voll zu tun, das musste Moses zugeben, denn der Auftrag für die künstlerische Ausgestaltung des Festes auf dem Schloss war nur eine von unzähligen Arbeiten, zu denen der alte Cranach sich verpflichtet hatte. Die Werkstatt des kurfürstlichen Hofmalers war ein florierendes Unternehmen, deren Erzeugnisse über die Landesgrenzen hinaus begehrt waren.

Moses wandte sich wieder Lucs Vorzeichnung zu. Er notierte die Pigmente, die er benötigen würde, auf einem Zettel. Plötzlich stutzte er und trat näher an die Staffelei. »Smalte«, stand dort auf dem Hintergrund an der Stelle, wo später ein Stück Himmel zu sehen sein würde. Moses konnte mit diesem Begriff nichts anfangen, und er war sich sicher, dass das nichts mit seinem Gedächtnisverlust zu tun hatte. Schließlich waren in den letzten Wochen beinah alle Erinnerungen, die mit seiner Profession zu tun hatten, zu ihm zurückgekehrt.

Er hastete hinter Luc her auf den Hof, wo er noch sah, wie der junge Maler aus der Toreinfahrt ritt. Dabei wäre er beinah mit einem der älteren Gesellen zusammengestoßen, der sich mit einer Rolle Tuch unter dem Arm an ihm vorbeidrängte.

»Was steht Ihr hier im Weg rum und haltet Maulaffen feil, Moses Flößer? Habt Ihr nichts zu tun!«, schnauzte der Mann.

»Kümmert Euch um Euren eigenen Kram, Martin.« Moses wusste, dass der Geselle, dessen Fingerfertigkeit zwar zum Kopieren reichte, der jedoch nie einen eigenen Gedanken zu einer Bildidee beizusteuern hatte, ihm die Aufmerksamkeit des alten Meisters neidete. Daher ließ Martin keine Gelegenheit aus, Moses zu zeigen, dass er ihn für einen dilettantischen Hinterwäldler hielt, den der Alte nur aus Mitleid eingestellt hatte. Ihn konnte Moses unmöglich fragen, was es mit diesem Smalte auf sich hatte. Er machte sich auf die Suche nach Julius, in der Hoffnung, dass der ihm weiterhelfen konnte.

Er fand den Apotheker in seinem Laboratorium beim Pillendrehen.

»Ihr seht aus, als hätte Euch einer die Butter vom Brot geklaut, Flößer«, witzelte Julius.

Moses winkte ab, aber der Apotheker ließ nicht locker. »Martin macht Euch das Leben schwer, und Luc betrachtet Euch als Konkurrenz bei seinem Vater, nicht wahr?«

»Das ist mir herzlich egal«, sagte Moses, der keine Lust hatte, seine Energien auf die täglichen Reibereien mit den Mitarbeitern der Werkstatt zu verschwenden. »Ich will nur meine Arbeit machen. Leider habe ich keine Ahnung, um welches Pigment es sich bei Smalte handelt.«

Julius hob seine Augenbrauen. »Smalte? Also hat Euch Luc eine seiner Arbeiten übergeholfen, nicht wahr?«

»Woher wisst Ihr das?« Moses war überrascht.

»Der Alte verwendet kein Smalte. Er traut diesem neumodischen Kram nicht, wie er sagt.« Julius grinste. »Aber Luc war ganz versessen darauf, das neue Blau auszuprobieren, das sie seit kurzem in Oberschlema im Erzgebirge herstellen.«

»Ein neues Pigment für Blau!« Moses' Interesse war geweckt. »Kein Wunder, dass Luc es testen will. Azurit ist teuer, Ultramarin fast unerschwinglich. Woraus machen sie das Smalte?«

»Zuerst wird ein Glas aus Kobalterzen geschmolzen. Wenn man das abschreckt, zerfällt es in blaue Körner, die dann weiter zu Pulver vermahlen werden. Es ergibt ein intensives, leuchtendes Blau. Luc hat es von der letzten Messe in Leipzig mitgebracht«, erklärte Julius.

Moses war begeistert. »Was für eine Entdeckung! Ich werde mir das gleich genauer ansehen.«

Julius lachte. »Ich begreife langsam, warum Luc Euch nicht hier haben will. Ihr seid euch zu ähnlich.«

Gegen Abend hatte Moses den größten Teil des Hintergrundes fertiggestellt. Er war vollkommen in seine Arbeit vertieft und hatte nicht bemerkt, dass die beiden Meister vom Schloss zurückgekehrt waren.

»Eine interessante Technik habt Ihr da bei den Bäumen angewendet. Die hingetupften Blätter wirken sehr licht.« Lucas Cranach trat einen Schritt näher und kniff die Augen zusammen. »Habt Ihr für den Himmel Smalte benutzt?«

»Es war der Einfall Eures Sohnes. Ich finde, das moderne Blau lässt sich sehr gut verarbeiten und hat eine intensive Leuchtkraft«, sagte Moses, während er den Pinsel auswusch.

»Hm, mag sein.«

Moses hatte den Eindruck, dass der Alte nicht zugeben wollte, dass die Neuerung seines Sohnes etwas taugte.

Luc, der eben die Werkstatt betrat, musste die letzten Worte seines Vaters gehört haben, denn er schnaubte ungehalten. Doch dann wandte er sich an Moses. »Wenn Ihr den Hintergrund nach dem Abendessen noch beendet, könnt Ihr morgen mit dem Baum im Vorderrund beginnen.«

»Nein«, Lucas Cranach hob die Hand. »Ihr müsst nicht mehr beweisen, dass Ihr hart arbeiten könnt, Moses. Das haben wir in den letzten Wochen gesehen. Auch wenn die Werkstatt zurzeit vor Aufträgen fast aus den Nähten platzt, solltet Ihr Euch mal einen Abend freinehmen.«

Moses sah, wie Luc verärgert die Stirn runzelte. Die Situation war ihm unangenehm. »Ich würde gern heute noch weitermachen«, sagte er. »Was soll ich schließlich sonst tun.«

»Na, was junge Männer in Eurem Alter halt so tun, wenn sie freihaben: in die Schänke gehen, Bier trinken, Menschen kennenlernen«, polterte der alte Meister.

Da öffnete sich die Tür zur Werkstatt, und Barbara, Lucs Ehefrau, trat ein. Sie wirkte erschöpft, der kleine Lucas auf ihrem Arm heulte und strampelte.

Der junge Maler warf Moses einen finsteren Blick zu. »Na ja, zumindest wenn sie sonst keine Verpflichtungen haben«, brummte er und ging hinüber zu Weib und Kind.

Der Alte versetzte Moses einen Klaps auf die Schulter. »Schluss für heute, Flößer! Und dann geht endlich mal unter die Leute!«

Moses lehnte sich mit dem Rücken an die Wand und nahm noch einen Schluck des süffigen dunklen Biers, das sie in der Schänke neben dem Elbtor anboten. Es schmeckte ihm zunehmend besser, je mehr er davon trank, und die Gesellschaft der Studenten war ihm auch angenehm. Durch einen Schleier aus Bierseligkeit und Müdigkeit hörte er seinem Tischnachbarn Matthias zu, der ihm soeben einen ganz neuen Blick auf die Umlaufbahnen der Planeten eröffnen wollte.

»Und daher geht Kopernikus davon aus, dass die Sonne im Zentrum steht, das heißt also, alle anderen Planeten, auch die Erde, umkreisen sie.«

Moses nickte mit schwerem Kopf. Ja, das erschien zwar sonderbar, aber er hatte schon einmal davon gehört, da war er sich sicher. Dann wurde das blasse runde Gesicht seines Gegenübers auf einmal von den hageren Zügen eines älteren Mannes mit schwarzem

Haar und dunklen, scharfsinnigen Augen überlagert. Er sprach beinah dieselben Worte und malte dazu die Planetenkonstellationen mit Bier auf die Tischplatte. Moses kniff die Augen zusammen, um ihn besser sehen zu können. Er kannte den Mann ganz genau, und gleich würde ihm auch der Name einfallen.

»Magister!«, rief er.

»Pst! Nicht so laut, Maler«, flüsterte Matthias gepresst. »Außerdem verwechselt Ihr ihn. Das ist kein Magister, das ist Professor Melanchthon, bei dem ich wohne. Wenn der mich hier erwischt, setzt es wieder eine Strafpredigt.«

Verwirrt schaute Moses in die Richtung, in die der Student starrte. Sein Blick klärte sich, und er erblickte einen dürren, kleinen Mann mit schütterem Bartwuchs und dünnem Haar. Das war Philipp Melanchthon? Den berühmten Gelehrten und Freund Luthers hatte er sich wahrhaftig anders vorgestellt – auf jeden Fall größer. Doch dann bemerkte er die wachen, hellen Augen unter der hohen Stirn. Augen, denen nichts zu entgehen schien.

»Matthias!«

Als Melanchthon in seinem schwarzen Mantel mit schnellen Schritten auf seinen Studenten zustrebte, wirkte er wie ein kampflustiger Rabe. Moses steckte die Nase in den Bierkrug, um das belustigte Zucken seiner Mundwinkel zu verbergen.

Matthias duckte sich, als erwartete er sogleich einen Schnabelhieb. Stattdessen packte Melanchthon ihn am Ohr und zog ihn hoch. »Marsch nach Hause, junger Freund! Und falls du morgen wieder die Absicht haben solltest, den Tag auf den Elbwiesen und den Abend in der Schänke zu verbringen, statt mit deinen Studien, dann werde ich deinem Vater schreiben, damit er seine Zuwendungen kürzt.« Seine Stimme war leise, aber sehr akzentuiert. Matthias warf dem Maler einen mitleiderregenden Blick zu, bevor er den Kopf einzog und sich trollte.

Moses, der nun bemerkte, dass sein Krug schon wieder leer war, wollte der vorbeikommenden Schankmagd ein Zeichen geben. Doch Melanchthon baute sich mit verschränkten Armen direkt zwischen ihm und dem Mädchen auf. »Ihr solltet nun ebenfalls nach Hause zu Meister Cranach gehen, junger Maler. Es ist gesünder für Geist und Körper, in allem Mäßigung zu halten – vor allem im Trinken.« Dann drehte er sich um und verließ die Schänke mit wehendem Mantel.

Moses fragte sich, woher der Gelehrte ihn kannte, doch dann fiel ihm ein, dass Philipp Melanchthon, ebenso wie Luther, ein Freund Lucas Cranachs und häufiger Gast in dessen Haus war. Gut möglich, dass der Professor ihn dort schon gesehen hatte. Als er sich leicht schwankend erhob, merkte Moses, dass Melanchthon mit seiner Einschätzung durchaus recht hatte. Es war eindeutig ein Bier zu viel gewesen, vielleicht auch zwei oder drei. Er warf ein paar Münzen auf den Tisch und trat hinaus in die frische Nachtluft.

Ein wenig später glaubte er, hinter sich Schritte zu hören, aber als er sich umdrehte, war niemand zu sehen. Er schob die Sinnesverwirrung auf das Bier und ging weiter. Als er in eine kleine Seitengasse einbog, traf ihn ein heftiger Schlag zwischen die Schulterblätter. Er stolperte nach vorn und fiel über einen Kehrichthaufen. Benommen kam er auf die Knie und schrie sogleich vor Schmerz auf. Ein schwerer Stiefel nagelte seine rechte Hand am Boden fest und hinderte ihn daran aufzustehen.

»Säuft wie ein Alter und verträgt's wie ein Kleinkind, dein Maler aus dem Wald«, höhnte eine tiefe Stimme.

Moses zuckte zusammen, als ihn erneut ein Knüppel auf den Rücken traf. »Der wird nicht mehr länger Maler sein, wenn wir mit ihm fertig sind!«, rief ein anderer höhnisch.

»Martin?« Moses hatte die Stimme erkannt. Aber mehr konnte er nicht sagen, denn in diesem Augenblick knackte einer seiner Finger unter dem Absatz des Stiefels, und der Schmerz nahm ihm die Luft. Nackte Angst durchzuckte ihn, als ihm klar wurde, was Martin und sein Spießgeselle beabsichtigten. Wenn sie ihm die Hand brachen, konnte es durchaus sein, dass er nie wieder malen würde! Mit einem Schlag wich die Trunkenheit von ihm. Er drehte den Kopf und versuchte, den anderen ins Bein zu beißen. Doch er erwischte nur den Stiefelschaft, an dem seine Zähne sofort abglitten. Hinter ihm ertönte Martins gemeines Lachen.

»Sollten Meister Cranachs Gesellen einen Streit nicht eher mit dem Pinsel austragen, statt mit einem Knüppel?«

Moses erkannte Melanchthons leise Stimme.

»Und überdies erscheint mir ein Kampf zwei gegen einen auch nicht besonders ehrenvoll.« Der Professor kam näher.

»Verdammt«, zischte Martin. Er ließ den Knüppel fallen und verschwand blitzschnell zwischen zwei Häusern. Sein Kumpan nahm den Fuß von Moses' Hand und folgte ihm hastig.

Moses rappelte sich auf, die malträtierten Finger fest umklammert.

»Danke, Professor, das war knapp«, murmelte er.

»Zeigt mal her!« Melanchthon griff nach Moses' Rechter und befühlte vorsichtig die einzelnen Finger.

Moses zog die Luft zwischen den zusammengebissenen Zähnen ein.

»Womit habt Ihr die denn so verärgert?«, fragte der Gelehrte.

»Mit meiner bloßen Anwesenheit in der Werkstatt«, sagte Moses matt.

»Ihr seid der Mann, dem sein Gedächtnis abhandengekommen ist, nicht wahr?«

»Ja, Professor.«

»Nun, in der Tat ein äußerst interessanter Kasus«, bemerkte Melanchthon und gab Moses' Hand frei. »Ich glaube nicht, dass etwas gebrochen ist. Dennoch könntet Ihr ein paar Tage beeinträchtigt sein, denn Eure Hand wurde ordentlich gequetscht. Lasst Euch gleich, wenn Ihr heimkommt, von Julius Arnikatinktur geben. Macht kühlende Umschläge damit.«

Moses staunte. Der Mann schien sich nicht nur auf Theologie, Rhetorik, Griechisch und Latein bestens zu verstehen. »Danke!«, wiederholte er.

»Gern geschehen«, sagte Melanchthon. »Und ich würde mich

freuen, wenn Ihr mich in den nächsten Tagen einmal in meinem Haus aufsuchen würdet, junger Maler. Die Sache mit Eurem Gedächtnisverlust beschäftigt mich, seit Meister Cranach mir davon berichtete. Es müsste doch mit dem Teufel zugehen, wenn Euch in einer gelehrten Universitätsstadt wie unserem Wittenberg keiner helfen könnte.«

Moses hatte da seine Zweifel, denn er glaubte nicht, dass ihn hier jemand von früher kannte. Aber er nickte artig und sagte: »Gern, wenn Ihr es wünscht, Professor Melanchthon.« Schaden konnte es sicher nicht.

46. Kapitel

Wie geht es ihr heute?«, fragte Valentin Arnold, noch ehe er das Haus betreten hatte.

Fuchs nahm seinem Freund den Filzumhang ab, den der sich zum Schutz gegen den strömenden Regen umgelegt hatte, und schloss die Tür, bevor er antwortete. »Besser. Das Fieber ist gesunken, und ich habe den Eindruck, dass die Entzündung abklingt.«

Er hörte, wie Arnold erleichtert die Luft ausstieß, und bedeutete dem Bader, ihm in die Küche zu folgen. Erst gestern hatten sie dort gesessen und die Möglichkeiten erörtert, einen Brustabszess zu öffnen. In den Tagen nach Fuchs' Rückkehr aus Meißen hatte sich Sophia zunehmend schlechter gefühlt. Er hatte beobachtet, dass ihr das Stillen des Kindes starke Schmerzen bereitete. Doch weder die kühlenden Quarkwickel, die ihr eine Frau in der Schifftorvorstadt empfohlen hatte, noch die Kräuterkompressen, die ihr die Hebamme verordnete, brachten dauerhafte Besserung. Dann hatte sich ihre linke Brust entzündet, war rot und heiß geworden, und vor zwei Tagen hatte sie hohes Fieber bekommen. Nachdem die Hebamme erklärt hatte, sie sei nun am Ende ihrer Kunst, da könne nur noch Gott der Herr helfen, hatte Fuchs den Bader geholt. Arnold hatte Sophia untersucht und war zu dem gleichen Schluss gekommen, den der Magister auch schon gezogen hatte: Wenn es nicht gelang, die Entzündung zu stoppen, würde sich in Sophias Brust ein Abszess bilden, der sie in Lebensgefahr brachte.

Ohne seinen Freund zu fragen, holte Fuchs eine Kanne Wein aus dem Keller und schenkte ihnen zwei Becher voll.

Erst als sie beide getrunken hatten, ergriff der Bader das Wort: »Dem Herrn sei Dank! Du weißt, ich hätte es getan, weil es trotz des Risikos einer Wundinfektion ihre einzige Chance gewesen wäre. Aber wenn sie es nicht überlebt hätte …«

Er sprach nicht zu Ende, doch Fuchs wusste auch so, was sein Freund fühlte. Dankbar lächelte der Magister ihn an. »Ja, Valentin, ich weiß. Und ich bin froh, dass du da warst.« Er merkte, wie ihm die Stimme versagte.

Arnold nickte ihm zu, und Heinrich Fuchs wusste, dass es nicht nötig war, mehr zu sagen. Er nahm noch einen Schluck aus seinem Becher und spürte, dass der Wein ihn in eine angenehme Benommenheit versetzte. Für einen Moment schloss er die Augen.

»Wann hast du das letzte Mal etwas gegessen?«, holte ihn Arnolds Stimme aus seinem Dämmerzustand. Fuchs riss erschrocken die Augen auf. »Ich, ich weiß nicht«, murmelte er peinlich berührt. Er war sich nicht einmal sicher, ob er überhaupt noch etwas Essbares im Haus hatte, außer vielleicht Mehl und Salz. Das letzte trockene Brot hatte er vorgestern gegessen, entsann er sich, und Sophia hatte ohnehin kaum etwas hinuntergekommen. Zeit, auf den Markt zu gehen, hatte er nicht gehabt. Die letzten Tage – und Nächte – waren für ihn mit dem Wechseln von Windeln sowie kühlenden und warmen Umschlägen, dem Zubereiten fiebersenkender Mittel, dem Anlegen und Umhertragen des schreienden Säuglings und der angsterfüllten Wache am Bett seiner Frau erfüllt gewesen.

»Und hast du in letzter Zeit einmal geschlafen?«, hakte der Bader nach.

»Äh, doch, geschlafen habe ich. Heute früh!«, entgegnete Fuchs und richtete sich auf. Tatsächlich war er heute Morgen, nachdem Sophias Fieber endlich gesunken war, für eine Weile neben ihrem Bett eingenickt. Bis ihn das hungrige Geschrei des Kindes geweckt hatte. Das brachte ihn auf seine nächste Sorge. »Das Kind«, begann er.

»Was ist mit dem Kind?«, fragte Arnold beunruhigt.

»Ich habe das Gefühl, dass der Kleine nicht mehr richtig satt wird. Er schreit seit ein paar Tagen häufiger«, sagte Fuchs.

»Vielleicht bekommt er Zähne?«, mutmaßte der Bader.

Fuchs zog tadelnd die Augenbrauen in die Höhe. »Valentin, er ist kaum zwei Monate alt!«

Arnold zuckte mit den Schultern. »Woher soll ich das wissen, ich war niemals Vater und werde es auch nie sein. Bitte entschuldige, wenn ich nicht über deine Erfahrungen verfüge!«

Der Magister schüttelte genervt den Kopf. »Nein, das kannst du natürlich nicht wissen. Aber meine Erfahrung«, er betonte das Wort, »sagt mir, dass er zu wenig Milch bekommt, und das wäre dann ein neues Problem.«

»In der Tat!« Der Bader goss sich mehr Wein ein, doch statt zu trinken, behielt er seinen Becher in der Hand und starrte hinein. Dann stellte er ihn ab und blickte Fuchs an. »Da kommen wir nicht weiter, mein Freund. Wir brauchen eine Frau, und zwar schnell!«

Fuchs sah ihn einen Moment verwirrt an, dann schnaubte er belustigt. »Ich habe bereits ein Weib, falls dir das entgangen sein sollte, und du …« Er machte eine wegwerfende Handbewegung.

»Nicht dafür, sondern eine Frau, die dem Kleinen die Brust geben kann!«, rief Arnold mit einem Anflug von Empörung. »Denk mal nach, ob es hier in der Gasse Frauen gibt, die gerade einen Säugling stillen. Die musst du fragen!«

»Hm.« Der Magister griff zögernd nach seinem Becher. Daran hatte er auch schon gedacht. Bisher hatte er jedoch gehofft, der Herr würde ihnen doch noch ein Wunder bescheren und die Milch seines Weibes wieder reichlicher fließen lassen. Schon vor drei Tagen hatte die Frau des Schmiedemeisters an seine Tür geklopft und ihre Hilfe sowie zahlreiche obskure Mittelchen angeboten, die angeblich bei der Frau ihres Vetters ganz schnell Linderung bewirkt hatten. Er hatte sich überschwänglich bedankt, aber trotzdem abgelehnt. Die Frau hatte ein wenig beleidigt gewirkt, als sie wieder gegangen war.

»Du hast gar keine Wahl«, stellte Arnold trocken fest.

Fuchs nickte geknickt, so war es wohl. »Aber wenn ich mir vorstelle, das Kind aus dem Haus zu geben, zu einer dieser Frauen, die ihren Kindern heimlich Nussschalen mit lebenden Spinnen darin um den Hals hängen, als Amulette gegen den bösen Blick, und die geweihte Kerzen in der Kirche klauen, weil sie denken, die würden ihr Haus bei Gewitter schützen!« Er schwieg erschrocken, als er merkte, dass seine Stimme immer lauter geworden war. Hastig trank er einige Schlucke Wein.

»Jetzt übertreibst du aber gewaltig!«, sagte Arnold und schüttelte den Kopf. »Die meisten dieser Frauen kriegen ihre Kinder trotzdem groß, irgendwie.«

Der Magister stellte seinen Becher so heftig auf den Tisch, dass der restliche Wein überschwappte, und sprang auf. »Irgendwie!«, rief er und zeigte mit dem Finger auf den Bader. »Du sagst es selbst, irgendwie! Dabei weißt du genau, dass die Hälfte der Kinder, die in dieser Gasse geboren werden, das erste Lebensjahr nicht erreicht!«

Arnold kam um den Tisch herum, legte seinem Freund begütigend die Hände auf die Schultern und drückte ihn wieder auf seinen Schemel zurück.

Fuchs vergrub sein Gesicht in den Händen. »Ganz abgesehen davon«, stöhnte er, »wie ich meinem Weib beibringen soll, dass ich ihr Kind weggeben will!« Er spürte, wie der Bader seine Schulter fester drückte, und schüttelte die Hand des Freundes mit einer unwirschen Bewegung ab. »Verflucht, dabei ist sie doch selbst schuld an dem ganzen Schlamassel! Wenn sie sich mehr auf ihre mütterlichen Pflichten konzentriert hätte, anstatt herumzulaufen und alle möglichen Leute auszufragen ...« Er brach ab, als er Arnolds skeptischen Blick sah. Am liebsten hätte er seine Worte zurückgenommen, aber er fühlte sich auf einmal so hilflos und zornig.

»Du hast Angst, sie könnte denken, dass du das Kind nicht in dem Maße liebst, wie es ein leiblicher Vater täte?«, sagte Arnold leise.

»Vielleicht.« Der Magister rieb sich über das Gesicht. »Ich weiß es nicht. Ich fürchte, im Moment kann ich überhaupt nicht besonders klar denken.«

»Du brauchst etwas zu essen und Schlaf!«, entschied der Bader. »Du legst dich jetzt hin, ich bleibe so lange hier.«

»Nein, nein«, versuchte Fuchs zu protestieren. »Du hast Kranke, die auf dich warten. Ich komme schon zurecht!«

»Die Krankenbesuche hat Jakob heute alle übernommen, und in der Badestube kommen die Mägde auch mal gut einen Tag ohne mich aus. Du schläfst jetzt, und später suchen wir eine stillende Frau, zu der wir das Kind bringen können.« Er zog den Magister von seinem Schemel hoch.

Widerstrebend drehte sich Fuchs zur Tür um und erschrak. Er hörte noch, wie Arnold hinter ihm scharf Luft holte. Bleich wie ein Geist stand Sophia in ihrem langen weißen Hemd in der Tür, das Haar nassgeschwitzt und strähnig, die Lippen aufgesprungen und unnatürlich gerötet. Wie lange wartete sie schon dort?

»Mein Kind? Heinrich, du kannst mir doch mein Kind nicht wegnehmen!«, stammelte sie und klammerte sich mit einer Hand am Türrahmen fest.

Schneller, als Fuchs reagieren konnte, löste sich der Bader aus seiner Erstarrung. Mit ausgestreckter Hand ging er auf Sophia zu. »Niemand will dir dein Kind wegnehmen, Mädchen! Aber durch die Krankheit wird deine Milch versiegen. Du willst doch nicht, dass dein Sohn verhungert«, sagte er sanft.

Sophias Augen weiteten sich vor Schreck. Sie blickte ihren Mann an, dem es bei ihrem stummen Schrei nach Hilfe beinah das Herz zerriss.

»Aber er hat doch jedes Mal getrunken, wenn du ihn mir gebracht hast«, flüsterte sie fassungslos.

Der Magister brachte noch immer kein Wort heraus. Er schüttelte den Kopf und wäre am liebsten im Boden versunken. Vor allem fragte er sich, ob sie seine vorschnellen Worte vorhin mit angehört hatte. Ihm war aber auch bewusst, dass er ihr im Augenblick nichts Tröstliches sagen konnte. Mit hängenden Schultern stand er da und beobachtete durch die offene Tür, wie sein Weib von Arnold fürsorglich die Treppe hinaufgeleitet wurde.

Als er die Tür zu Sophias Schlafkammer zufallen hörte, sackte er auf den Schemel am Küchentisch und vergrub das Gesicht in seinen Händen.

Dort saß er noch immer wie betäubt, als Arnold einige Zeit später zurückkehrte und ihn an der Schulter rüttelte.

»Sie schläft jetzt, ich habe ihr ein wenig Mohnsaft gegeben«, sagte der Bader.

»So hätte sie das nicht erfahren dürfen!«, stöhnte Fuchs.

»Daran lässt sich nun nichts mehr ändern«, entgegnete Arnold in seiner pragmatischen Art. »Sie wird später schon begreifen, dass es der einzige Ausweg ist, um das Kind am Leben zu erhalten. Sie ist schließlich ein vernünftiges Weib.«

Der Magister war sich nicht so sicher, ob Vernunft bei einer jungen Mutter das Einzige war, was zählte. Nach seinen Erfahrungen war eine Frau in dieser Zeit eher hochemotional und reagierte mitunter in einer Weise, die Männer nur schwer nachvollziehen konnten. Vor allem Männer, die selbst nie Kinder gehabt hatten, dachte er mit einem düsteren Blick auf den Bader, der sich ihm gegenüber an den Tisch setzte.

»Du solltest jetzt ebenfalls schlafen, mein Freund. Wenn du wieder wach bist und etwas gegessen hast, überlegen wir, wie wir eine Amme für das Kind finden können. Und falls Sophia nachher ansprechbar ist, erklärst du ihr alles noch einmal in Ruhe. Ich habe, nebenbei, auch eine gute Nachricht für sie«, sagte Arnold mit einem Lächeln, das seinem hageren Gesicht die Schärfe nahm.

Fuchs sah seinen Freund fragend an.

»Marten ist heute früh zurückgekehrt, ich habe ihn getroffen, als er vom Rathaus kam. Er war auf dem Weg zur Fronfeste, um Maria abzuholen. Rische hat sofort ihre Freilassung befohlen, nachdem Marten seine Aussage gemacht hat.«

47. Kapitel

Sophia klammerte sich an Marias Arm, damit sie die Freundin im Gedränge auf dem Markt nicht verlor. Zwar waren die Wochen in der Fronfeste an der starken Frau nicht spurlos vorübergegangen, und sie war deutlich schmaler geworden, doch aufgrund ihrer Körpergröße konnte sie noch immer mühelos über die Köpfe der meisten Marktbesucher hinwegsehen.

Jetzt zog sie Sophia mit sich. »Komm mit! Wenn du etwas von dem Spektakel sehen willst, müssen wir näher zum Rathausportal.«

Sophia hatte auf einmal das Gefühl, dass die Stimmung auf dem Markt umgeschlagen war. Wie die Fliegen sammelten sich die Menschen, die eben noch ihren unterschiedlichen Geschäften nachgegangen waren, aufgeregt summend, und strebten einem gemeinsamen Ziel zu. Eine dralle Magd drängte sich vorbei. Schweißgeruch stach Sophia in die Nase und überlagerte für den Augenblick alle anderen Dünste.

Sophia und Maria ließen sich vom drängenden Strom der Marktbesucher mitreißen und standen kurz darauf vor dem hellen Sandsteinportal des Rathauses. Das Sonnenlicht blendete Sophia, als sie den Blick zur überdachten Ratstreppe hob. Dort wartete bereits einer der Gerichtsdiener und entrollte ein Dokument mit dem roten Ratssiegel.

»Bist du dir immer noch sicher, dass du das hier mit ansehen willst?« Skeptisch blickte Maria auf ihre Freundin herab.

Obwohl sich Sophias Eingeweide krampfhaft zusammenzogen

und sie Mühe hatte, normal zu atmen, nickte sie. »Ja!« Ihre Stimme klang trotzig.

»Erinnere dich an die Verbrennung von Kunz im letzten Jahr«, sagte Maria. »Damals dachte ich auch, ich würde mich besser fühlen, wenn ich sehe, wie der Mistkerl für seine Sünden büßen muss. War aber nicht so, wie du weißt.«

Sophia schüttelte den Kopf. »Das ist etwas anderes heute. Sie wird ja nicht verbrannt. Hidwigk hat das hier verdient! Hätte sie ihre verleumderische Zunge im Zaum gehalten, hättest du nicht Wochen in der Fronfeste sitzen müssen und wärst nicht beinah gefoltert worden. Und ich hätte mein Kind heute bei mir.«

Die letzten Worte hatte Sophia so leise gesprochen, dass Maria sie kaum verstehen konnte, obwohl das Schwatzen und Murmeln ringsum langsam abebbte, während die Menschen vor dem Rathaus eine Gasse bildeten.

Maria entgegnete nichts, und auch Sophia schwieg nun verbissen. Ja, sie gab Hidwigk die Schuld dafür, dass ihr Sohn jetzt bei einer Frau weit draußen vor den Toren Pirnas lebte. Sie schluckte die Tränen hinunter, die ihr beim Gedanken an das Kind sofort in die Augen schießen wollten. Natürlich hatte Fuchs mit seiner Entscheidung, den Kleinen wegzugeben, das einzig Richtige getan. Unwillkürlich legte Sophia eine Hand auf ihre Brust. Die Milch war nach dem Fieber versiegt, und ihre Brüste kamen ihr so leer und nutzlos vor wie die eigene Seele. Um das Leben des Kleinen zu retten, hatte der Magister in aller Eile nach einer Frau gesucht, die in der Lage war, neben ihrem noch ein zweites Kind zu stillen. Da er hohe Ansprüche an die Sauberkeit, Zuverlässigkeit und den, wie er es nannte, gesunden Menschenverstand der Amme gestellt hatte, war er erst auf einem Vorwerk weit draußen vor der Stadt fündig geworden. Wollte Sophia ihr Kind besuchen, war sie beinah den ganzen Tag zu Fuß unterwegs. Sie hatte ihren Sohn in den letzten Wochen nur einmal gesehen, und vielleicht war das auch gut so, grübelte sie. Das Kind war gediehen, es hatte rosig und zufrieden an der Brust der fremden Frau gesaugt, doch Sophia war bei diesem Anblick das Herz gebrochen. Nun wollte sie wenigstens die Genugtun erleben, mitanzusehen, wie die lästerliche Zunge Hidwigks, die dieses Unglück verschuldet hatte, an den Schandpfahl vor dem Rathaus genagelt wurde!

Hans Frost, der Fronbote, strebte der Ratstreppe zu. Ihm folgten seine beiden Knechte. Der Ältere zerrte Hidwigk in ihrem grauen Büßergewand an den gefesselten Händen hinter sich her, der Jüngere hielt einen Hammer und einen Stock bereit.

Auf der Balustrade erschien jetzt ein Mann in schwarzem Wams mit federbesetztem Samtbarett und goldener Amtskette.

Maria stieß Sophia mit dem Ellenbogen an. »Schau nur, wie er sich spreizt, unser Stadtschreiber und jüngster Ratsherr! Gleich wird er platzen vor lauter Stolz und Wichtigkeit!«

Sophia fand, dass sich der Stadtschreiber seit ihrer Begegnung in der Amtsstube vollkommen erholt hatte. Keine Spur mehr von Blässe, Zittern oder Unsicherheit, der Mann schien wieder ganz der Alte zu sein.

»Die Ehe scheint ihm deutlich besser zu bekommen als seiner jungen Frau«, bemerkte Maria. »Die habe ich letzte Woche ganz blass und verweint in der Marienkirche gesehen.«

Sophia zuckte mit den Achseln und verfolgte weiter das Geschehen vor dem Rathaus.

Wolf Schumann ließ sich von dem Gerichtsdiener das Dokument reichen. Er wartete noch einen Augenblick, bis es auf dem Marktplatz so still war wie zur Sonntagsmesse in der Kirche und sich alle Augen gebannt auf ihn richteten. Dann las er mit kräftiger Stimme: »Hidwigk, Tochter des Schiffhändlers Hans Blantz aus der Schifftorvorstadt von Pirna, wird verurteilt wegen Falschaussage vor dem hochwohllöblichen Rat dieser Stadt und übler Nachrede wider die Bomätscherin Maria Fennigen. Auf Beschluss dieses ehrbaren, hohen Rates soll sie heute vor dem Rathaus dafür büßen. Das zänkische Weib ist mit der Zunge an den Schandpfahl zu nageln! Diese Strafe wird sie solange erdulden, bis es ihr gelingt, sich aus eigener Kraft loszureißen.«

Vereinzelt wurden Stimmen laut: »Verleumdung aus Eifersucht, wie abscheulich!« »Sie sollten ihr die Zunge gleich abschneiden!« »So jung und schon so verdorben, pfui!« »Wollte man alle zänkischen Weiber der Stadt hier annageln, wäre der Marktplatz bald überfüllt.« »Genau! Es würde auch reichen, ihr ordentlich den Arsch zu versohlen.«

»Fronbote, vollstreckt nun den Willen des hohen Rates!«, rief Schumann ungerührt.

Sophia sah, wie die Fronknechte Hidwigk, die am ganzen Leib zitterte, an den Schandpfahl neben dem Rathaus schubsten. Ihre großen blauen Augen waren weit aufgerissen, die blonden Haare hingen ihr wirr ins Gesicht. Sie biss die Zähne zusammen und presste die Lippen aufeinander, sodass sie weiß wurden.

Trotz ihrer Wut auf die Schifferstochter musste Sophia eine jähe Regung des Mitleids unterdrücken. Aber es war ja nicht das erste Mal, dass sie dem Vollzug einer Leibstrafe beiwohnte, und Recht und Ordnung mussten eben sein!

Wie ein verängstigtes Reh, das sich plötzlich von einer Horde Jäger umstellt sah, schien die Verurteilte einen Ausweg zu suchen. Doch den gab es nicht.

Der Fronbote hielt ihr jetzt den Stock vors Gesicht. »Entweder machst du dein Schandmaul freiwillig auf, oder wir öffnen es dir mit Gewalt. Allerdings wirst du dabei ein paar Zähne einbüßen, Mädchen.«

Hidwigk warf den Kopf hin und her und verzog das Gesicht zu unglaublichen Grimassen. Sie schleuderte die gebundenen Hände so heftig nach oben, dass der überraschte Fronknecht den Strick fahren ließ.

»Die ist vom Satan besessen! Der Herr sei uns gnädig!«, schrie eine Frau neben Sophia erschrocken.

»Verdammt, haltet sie gefälligst fest!«, wies der Fronbote seine Knechte zurecht. Die drei Männer hatten Mühe, das zierliche

Mädchen unter Kontrolle zu bringen. Sie zerrten und stießen sie grob vor sich her und fesselten sie schließlich mit den Händen an den Pfahl.

»Das arme Kind!«, sagte eine alte Frau leise. »Wenn sie das überlebt, wird sie nie wieder richtig sprechen können. Welcher Mann wird sie dann noch zur Frau nehmen?«

»Oh, ich täte es auf der Stelle, gute Frau.« Ein Fuhrknecht in hohen Stiefeln drehte sich lachend zu der Alten um. »Ein stummes Weib mit einem hübschen Gesicht und einem runden Arsch! Was kann ein Mann mehr von seinem Schöpfer verlangen!« Ringsum wurde gelacht.

»Dabei war sie schon vorher nicht sehr gesprächig, erzählt man sich. Sie mussten den Henker erneut aus Dresden holen, damit er ihr die Instrumente zeigt«, mischte sich eine dicke Frau mit einem ängstlich quiekenden Ferkel unter dem Arm ein. »Und selbst dann hat sie noch nicht gestanden. Erst als er sie auf die Streckbank gebunden hat, da soll sie auf einmal alles zugegeben haben.«

Sophia spürte, wie ihr übel wurde. Doch dann erinnerte sie sich daran, welche Angst Maria ausgestanden haben musste, als man sie dem Henker vorführte. Bisher hatten sie darüber noch nicht gesprochen, und Sophia fragte sich, ob ihre Freundin vielleicht beschlossen hatte, die Wochen in der Fronfeste ganz in sich zu begraben, um den ausgestandenen Ängsten keinen Platz mehr in ihrem Leben zu geben. Sie biss die Zähne zusammen, dachte an ihren kleinen Sohn weit draußen vor der Stadt und zwang sich, ihren Blick wieder auf den Schandpfahl zu richten.

Inzwischen hatte Hidwig die Gegenwehr eingestellt. Sie hing mehr an dem Pfahl, als dass sie stand, und als der Fronbote ihr diesmal befahl, den Mund zu öffnen und die Zunge herauszustrecken, folgte sie sofort.

Einer der Knechte hielt ihr den Kopf fest, während der andere mit einem Stück Sackleinen die rosige Zunge ergriff. Der erste Knecht drückte den Kopf des Mädchens näher an den Pfahl, sodass ihr Kinn nun gegen das Holz gepresst wurde.

Der Verurteilten entfuhr ein Stöhnen, als ihr die Zunge so weit aus ihrem Mund gezerrt wurde, dass die Unterseite auf dem Holz zu liegen kam. Sie war nicht mehr in der Lage, sich zu bewegen, denn der Knecht, der ihren Kopf festhielt, drückte sie von hinten mit der ganzen Wucht seines schweren Männerkörpers gegen den Pfahl.

In Sophia krampfte sich alles zusammen. Am liebsten wäre sie nach vorn gestürzt, hätte die Männer beiseitegestoßen und das Mädchen befreit. Sie presste ihre Hände so fest, dass sich die Fingernägel schmerzhaft in ihre Handballen gruben, und ermahnte sich, ruhig zu atmen. Sie erinnerte sich daran, was das selbstsüchtige, verleumderische Biest Maria und ihr angetan hatte. Sie führte sich vor Augen, dass Hidwigk wahrscheinlich seelenruhig zugesehen hätte, wie man Maria gehängt hätte. In dem Maße, in dem Sophias Wut zurückkehrte, wich die Beklemmung von ihr.

Meister Frost riss den Hammer hoch, dann ertönte ein dumpfer Schlag, gefolgt von einem langgezogenen, kehligen Heulen, das Sophia durch Mark und Bein ging. Die Anspannung der Menschen auf dem Markt machte sich in einem vielstimmigen Aufstöhnen Luft.

Die Fronknechte traten beiseite, und Sophia konnte Hidwigk wieder sehen, die mit offenem Mund und nach hinten gebogenem Kopf vor dem Schandpfahl stand, während ihr Spucke und Blut vom Kinn tropften und Rotz und Tränen über ihr kreidebleiches, verzerrtes Gesicht rannen.

Einer der Knechte gab der Verurteilten einen Stoß. »Am besten nimmst du gleich deinen Mut zusammen und reißt dich los, dann hast du das Schlimmste hinter dir!«

Das Mädchen gab ein ersticktes Gurgeln von sich und rollte verzweifelt mit den Augen.

»Komm!« Sophia drehte sich entschlossen um und fasste Maria am Arm. »Das muss ich nicht auch noch mit ansehen. Außerdem kann ich nicht mehr stehen.« Sie drängte sich durch die Menschen, die bereitwillig Platz machten, in der Hoffnung, dadurch selbst einen besseren Blick auf das Schauspiel zu ergattern.

Maria schimpfte leise vor sich hin. »So eine dämliche Gans aber auch, diese Hidwigk! Den Teufel unterm Rock und kein bisschen Verstand im Kopf! Verdammter Mist, das alles!«

Kurz vor der Frongasse hatten sie sich endlich aus der Menge der Gaffer herausgewühlt. Am Röhrkasten hielt Sophia an, um ein wenig Wasser zu trinken und sich das Gesicht zu kühlen. Einige Jungen hatten die hölzerne Umrandung erklommen, um von oben einen Blick auf die Szenerie vor dem Rathaus zu erhaschen. Auf den Treppenstufen hockten ein paar Bettler und streckten ihre Hände aus, in der Hoffnung, ihren Anteil an dem Spektakel zu ergattern.

»Der Fronmeister geht jetzt ins Rathaus, seine Knechte bleiben da, um aufzupassen«, verkündete einer der Jungen auf dem Brunnenrand seinen Kameraden unten am Boden.

»Und das Schandmaul hat es noch nicht geschafft, sich loszureißen!«, fügte ein anderer hinzu.

»Weiber! Die sind eben feige, hab ich euch doch gleich gesagt!«, rief ein kleiner stämmiger Blondschopf zu den beiden herauf.

Maria versetzte ihm einen Katzenkopf, dass er von der Treppe fiel und heulend wegrannte. Murrend folgten ihm seine Freunde. »Rotzbengel, verdammte! Macht, dass ihr heimkommt zur Mutter, ihr halben Hähne«, schimpfte sie.

Sophia sank auf die Stufen vor dem Röhrkasten, verbarg ihr Gesicht in den Händen und begann, bitterlich zu weinen. Sie hatte das Gefühl, als würde sie in ein großes schwarzes Loch gesaugt, und brachte keine Kraft mehr auf, dagegen anzukämpfen.

48. Kapitel

Schumann legte die Feder beiseite, hob die Arme über den Kopf und streckte den Rücken. In der Kämmereistube stand die Luft. Dem Stadtschreiber klebte das Hemd am Leibe, obwohl er sein Wams bereits am Morgen abgelegt hatte. Statt der erhofften Kühlung wehte durch das offene Fenster nur der Lärm des geschäftigen Markttreibens.

Schumann seufzte und wandte sich erneut der Akte auf seinem Tisch zu. Der Fall, um den es darin ging, war ausgesprochen unerfreulich und nicht für die Ohren der Öffentlichkeit geeignet. Zumindest hatte der Rat sich auf seiner letzten Sitzung gemeinsam mit Superintendent Lauterbach darauf geeinigt. Schumann wusste, dass der Pfarrer die Sache sehr persönlich nahm, ja, sie als eigenes Versagen empfand.

Es ging um einen der niederen Gerichtsschreiber und dessen Schwester. Nach dem Tode ihres Vaters lebten die Geschwister allein in einem Häuschen in der Dohnaischen Vorstadt. Vor einigen Wochen war aufmerksamen Nachbarn aufgefallen, dass das Mädchen in anderen Umständen war. Von einer Hochzeit oder einem Ehemann wurde jedoch nichts bekannt. Also machte der Gassenmeister den Pfarrer darauf aufmerksam, dass möglicherweise ein Schäfchen aus seiner Herde vom Pfade der Tugend abgekommen war. Lauterbach nahm das Mädchen ins Gebet. Das bekannte schließlich unter Tränen, ihr eigener Bruder nötige sie seit dem Tod des Vaters regelmäßig, das Bett mit ihm zu teilen. Der empörte Gottesmann informierte den Richter, und der schickte die Stadtwachen los, um den schändlichen Frevler in die

Fronfeste zu bringen. Doch anscheinend hatte der widerliche kleine Schreiber schon zuvor davon Wind bekommen und die Stadt auf Nimmerwiedersehen verlassen. Die geschändete Schwester blieb allein zurück und belastete seitdem das Gewissen der braven Bürger.

Schumann setzte die Registraturnummer auf das Deckblatt und trug die Akte mit spitzen Fingern zu der Truhe unter dem Fenster. Dann fiel ihm wieder ein, dass Rische ihm vor einigen Tagen ein Beutelchen mit Münzen anvertraut hatte. Die sollte der Stadtschreiber dem Mädchen überbringen. Der alte Richter fühlte sich aus unerfindlichen Gründen ebenfalls für die Angelegenheit verantwortlich. Er hatte Schumann gesagt, das Geld solle dazu dienen, wenigstens die gröbste Not der jungen Frau zu lindern, jetzt, da sie ihr widernatürliches Kind geboren habe. Schumann hatte leider keine Möglichkeit gesehen, diesen Auftrag abzulehnen.

So hatte er zunächst überlegt, ob er nicht sein eigenes Weib mit der Überbringung des Geldes beauftragen sollte. Vermutlich hätte sie es sogar gern getan, denn seit ihrer Hochzeit verging kaum eine Woche, in der sie nicht wenigstens einen Tag ins Spital ging, um dort bei der Versorgung der frommen alten Weiber zu helfen. Aber vor einigen Tagen hatte sie ihm gestanden, dass sie glaubte, gesegneten Leibes zu sein. Schumann konnte es noch immer kaum glauben. Doch dann lächelte er selbstgefällig vor sich hin – offenbar hatte der Herr ihn dafür gesegnet, dass ihn die widrigen Umstände in seiner Hochzeitsnacht nicht von der Erfüllung seiner Pflicht abgehalten hatten. Aber dass sein Weib nun mit seinem Kind im Leibe ins Haus einer solchen Sünderin ging, kam gar nicht infrage! Jeder wusste schließlich, dass das, was eine werdende Mutter während der Schwangerschaft sah, leicht auf das Ungeborene abfärben konnte. Die meisten Missbildungen bei Neugeborenen waren bekanntlich auf mangelnde Vorsicht der Frauen in dieser gefährlichen Zeit zurückzuführen.

Er seufzte. Auch wenn er nicht die geringste Lust auf den Besuch bei der unglückseligen Wöchnerin verspürte, bot ihm dieser Auftrag wenigstens einen Vorwand, die überhitzte Schreibstube für heute zu verlassen. Also begann er zügig, seinen Schreibtisch aufzuräumen. Während er die Schreibfedern säuberte und das Tintenfass zustöpselte, sinnierte er darüber, dass sein Arbeitstag auch schon mit einem Gespräch über die Schwierigkeiten der Mutterschaft begonnen hatte.

Am Vormittag hatte ihn Gassenmeister Idermann aus der Obertorvorstadt aufgesucht. Der Schmied berichtete ihm, dass die Fuchsin untröstlich sei, weil der Magister ihr Kind zu einer Amme auf ein entferntes Vorwerk geschafft habe. Die vereinsamte Mutter würde kaum noch das Haus verlassen. Fuchs beginne, sich ernstlich Sorgen um die Gesundheit seines Weibes zu machen. Auch Pfarrer Lauterbach und dessen Ehefrau, die der Verzweifelten den Trost des Herrn bringen wollten, hätten kaum etwas ausrichten können.

Der Stadtschreiber wusch sich die Hände in einer Kupferschüssel, kippte das Wasser aus dem Fenster und rollte seine Hemdsärmel herunter. Eheweiber und Kinder, befand er, brachten unterm Strich eindeutig mehr Ärger als Nutzen ein. Der Magister und sein Weib sollten sich gefälligst um die Entschlüsselung des Buches kümmern! Doch wenn sich Sophia nun der Schwermut hingab, nur weil sie ihr Balg nicht bei sich hatte, konnte sich die Erledigung dieser Aufgabe auf unbestimmte Zeit hinauszögern. Sofort musste Schumann wieder an Christoph von Carlowitz denken und jene scheußliche Nacht, in der der herzogliche Rat bei ihm aufgetaucht war wie Luzifer aus der Hölle. Carlowitz hatte damals prophezeit, dass sich die Entschlüsselung des Buches über Jahre hinziehen könne. Er hatte den Stadtschreiber aufgefordert, sich in Geduld zu üben. Schumann musste sich eingestehen, dass ihm diese Tugend weiß Gott nicht im Übermaß zur Verfügung stand. Frustriert zog Schumann sein Wams über, steckte Risches Geldbeutel ein und verließ das Rathaus. In seinem Magen verspürte er schon wieder ein lästiges Brennen.

Das Haus, in dem das blutschänderisch entehrte Weib nun allein wohnte, lag am hinteren Ende der Landstraße, die weiter nach Dohna und Dresden führte. Die Anwesen standen dort weit auseinander und ähnelten eher Bauerngehöften als städtischen Wohnhäusern. Dazwischen quetschten sich kleine Felder, Gärten und Obstbaumwiesen. Die Vorstadt zeigte hier ihr dörfliches Gesicht, das Schumann von Herzen verabscheute.

Der Stadtschreiber fand das Haus, das Rische ihm beschrieben hatte, und trat durch einen kleinen Torbogen in den verlassenen Hof. Ein paar Hühner scharrten in der Sonne, vor einer heruntergekommenen Scheune lag ein Haufen Gerümpel.

Verächtlich musterte Schumann das kleine Wohnhaus gegenüber. An einigen Stellen war der Lehmverputz abgebröckelt, das kahle Flechtwerk trat hervor. Trotz der Wärme waren Fenster und Türen geschlossen, nichts regte sich. Der Stadtschreiber vermutete bereits, er sei umsonst gekommen, klopfte aber trotzdem kräftig an die Vordertür. Als niemand öffnete, wollte er sich schon erleichtert abwenden und den Heimweg antreten. Da vernahm er aus dem Inneren des Hauses ein Geräusch. Er trat näher an das niedrige Fenster und lauschte aufmerksam. Wieder erklang der merkwürdige Laut, und Schumann überlief ein Schauder. Irgendetwas stimmte hier nicht, das spürte er sofort! Als Angehöriger der städtischen Obrigkeit war es seine Pflicht, dem nachzugehen, ob er wollte oder nicht.

Mit einem Griff an die Hüfte vergewisserte er sich, dass er sein Schwert, wie üblich, bei sich trug. Sollte der Schandbube von einem Schreiber zurückgekehrt sein, so würde es ihm ein Vergnügen sein, den Kerl dingfest zu machen. Um seine eigene Sicherheit war der Stadtschreiber kaum besorgt, die regelmäßigen Übungen auf dem Fechtboden würden sich auszahlen.

Rasch umrundete er das Gebäude. Dahinter lag ein kleiner Garten. Im Gegensatz zum Rest des Anwesens machte er einen überraschend gepflegten Eindruck. Wie erhofft fand Schumann die Hintertür offen. Er trat ein und gelangte direkt in die Küche des Hauses. Die Glut im Herd war erloschen. Der Stadtschreiber erkannte auf einen Blick, dass heute noch niemand dort gekocht hatte.

Als er die Küchentür öffnete und in die winzige Diele trat, vernahm er das Geräusch wieder. Es war ein hoher, klagender Laut, und er kam aus dem oberen Stockwerk. Schumann stieg leise die Treppe hinauf, eine Hand am Geländer, die andere am Schwertgriff. Er erreichte die letzte Treppenstufe und blickte in eine kleine Schlafkammer. Auf dem Bett saß eine Frau. Sie hatte die Arme um ihren Oberkörper geschlungen und schaukelte monoton vor und zurück. Ihr Gesicht war der Tür zugewandt. Eigentlich hätte sie Schumanns Kommen bemerken und reagieren müssen, doch ihr Blick ging einfach durch ihn hindurch, als wäre er ein Geist. Der Stadtschreiber schaute sich rasch um. Erst als er sicher sein konnte, dass sie allein in der Kammer war, trat er näher. Er fragte sich, wer oder was das Weib derart verstört haben mochte.

Äußerlich schien sie unversehrt zu sein, auch wenn sie jetzt, am frühen Nachmittag, noch immer im Hemd dasaß. Sie war sehr jung, Schumann schätzte sie auf höchstens vierzehn, fünfzehn Jahre, hatte ein rundes Gesicht, eine noch kindliche Stupsnase und ungewöhnlich dichte dunkelblonde Haare, die ihr in einem dicken Zopf über die Schulter fielen. Obwohl der Stadtschreiber nun unmittelbar vor ihr stand, schien sie ihn noch immer nicht wahrzunehmen. Sie schaukelte weiter, blickte mit leeren Augen auf einen Punkt an der Wand und stieß plötzlich dieses Heulen aus, das er bereits in der Diele gehört hatte. Schumanns Nackenhaare sträubten sich.

Da entdeckte er auf dem Bett neben dem Mädchen ein Bündel und erstarrte. Aus den Tüchern schaute das winzige Gesicht eines Säuglings hervor, die Lippen bläulich, die Augen geschlossen. Mit einem Schritt stand der Stadtschreiber vor dem Bett und griff nach dem Kind. Es atmete nicht mehr, seine Haut fühlte sich bereits kalt an.

Vorsichtig legte Schumann das Kind wieder auf dem Bett ab.

Dann packte er das Mädchen fest an den Schultern und schüttelte sie mit aller Kraft. »Weib, was hast du getan!«, herrschte er sie an. Willenlos wie eine Puppe ließ sie sich von ihm beuteln, während sie weiter geradeaus starrte.

Angewidert ließ der Stadtschreiber schließlich von ihr ab. Er trat einen Schritt zurück, brachte sein Wams in Ordnung und sagte barsch: »Nun gut. Ich werde eine Hebamme kommen lassen und den Bader. Mögen sie herausfinden, wie das Kind zu Tode kam. Dich nehme ich mit! Du wirst solange in der Fronfeste eingeschlossen, bis die Angelegenheit durch eine gerichtliche Untersuchung zweifelsfrei geklärt ist.«

Als er nach dem Arm der jungen Frau griff, um sie hochzuziehen, schrie sie plötzlich auf. Sie wich ihm aus, rutschte vom Bett und umklammerte sein Knie. »Nein, Herr, bitte nicht! Das dürft Ihr nicht, ich habe nichts Unrechtes getan!«

»Und wie erklärst du das hier?« Schumann wies auf den toten Säugling.

»Als ich heute früh aufwachte, lag er einfach so da und atmete nicht mehr. Er war ganz kalt und rührte sich nicht«, rief sie verzweifelt.

»Und das soll ich dir glauben?«

»Das müsst Ihr mir glauben, Herr, denn ich sage die Wahrheit. Gott ist mein Zeuge!«

»Und du hast nicht ein wenig nachgeholfen?« Schumann hob das Kissen vom Bett. »Hiermit vielleicht?«

Sie starrte ihn verständnislos an. Dann begriff sie und wurde noch eine Spur blasser. An ihrem Hals bildeten sich hektische rote Flecken. »Ich würde mich doch niemals derartig versündigen und mein Kind töten!«, schrie sie.

»Ach nein?« Der Stadtschreiber ließ das Kissen fallen. »Obwohl dieses Kind, das du von deinem leiblichen Bruder empfangen hast, in den Augen Gottes und der Menschen ein Gräuel ist?«

Sie schlug die Augen nieder und murmelte: »Es ist dennoch ein Kind, und Gott der Herr hat zugelassen, dass es zur Welt kam.«

Schumann zerrte sie an den Handgelenken hoch. Er stieß sie aber sogleich wieder von sich, als er sah, wie sich vorn auf ihrem Hemd zwei nasse Flecken bildeten.

Sie bemerkte es ebenfalls, versuchte aber nicht, sich zu bedecken, sondern blickte ihn nur mit ausdruckslosen Augen an.

Voller Abscheu starrte der Stadtschreiber auf die dunklen Flecken, die sich rasch ausbreiteten. Die Luft in der Kammer war stickig, erfüllt vom Geruch nach nassen Windeln, abgestandenem Schweiß und Angst. Schumann riss das kleine Fenster auf und holt tief Luft. Im Stillen verfluchte er den alten Rische, der ihn mit seiner übertriebenen Nächstenliebe in diese Lage gebracht hatte.

Wäre er nicht hergekommen, um dem Mädchen die Münzen des Richters zu bringen, hätte ein anderer das tote Kind und diese halb Verrückte mit ihren tropfenden Brüsten entdeckt! Der Stadtschreiber schüttelte sich, als er sich vorstellte, dass er jetzt gleich mit der Frau den ganzen Weg zurück bis zur Fronfeste gehen musste. Er blickte auf die Hühner, die unten im Hof ungerührt im Sand scharrten, und überlegte, ob er es wagen konnte, sie hierzulassen und die Stadtwache zu schicken, um sie abzuholen. Doch in diesem Fall müsste er zumindest den toten Säugling mitnehmen, denn der war das Beweisstück in diesem Fall. Ihm wurde klar, dass ihm dies noch mehr widerstrebte.

Er drehte sich um und sah die Frau, die jetzt wieder auf der Bettkante hockte, finster an. Sie starrte zurück, und einen Moment lang fragte er sich, ob sie wirklich nicht mehr bei Troste war. Bei manchen Menschen, besonders bei schwachen Weibspersonen, versagte der Verstand, wenn Gott sie hart prüfte. Aber der Blick des Mädchens wirkte nicht irr, nur irgendwie hoffnungslos. Und was sie vorhin gesagt hatte, zeugte durchaus davon, dass sie begriff, worum es für sie ging. Unter ihrem feuchten Hemd zeichneten sich ihre straffen, milchschweren Brüste deutlich ab.

Plötzlich merkte Schumann, wie sich in seinem Kopf ein Einfall regte. Sein Herz schlug heftiger, und seine Lippen verzogen sich unwillkürlich zu einem Lächeln.

Alarmiert sprang das Mädchen auf und suchte Schutz hinter einem Bettpfosten.

Der Stadtschreiber hob begütigend die Hand. »Warte! Vielleicht habe ich eine Lösung für das alles hier!« Seine rechte Hand beschrieb einen Kreis, der das Mädchen, den toten Säugling und die ärmliche Kammer umriss.

Die junge Frau sah ihn ungläubig an.

»Setz dich und hör mir zu!« Schumann deutete auf das Bett.

Sie hockte sich auf die Bettkante, ohne ihn dabei aus den Augen zu lassen.

Schumann blickte auf sie herab. »Ich könnte bezeugen, dass ich hier war, als Gott dein Kind zu sich nahm. Schließlich wollte ich dir ja gerade eine milde Gabe unseres geschätzten Richtherrn, Meister Rische, bringen.« Er zog die Geldbörse aus seinem Wams und ließ sie einen Augenblick vor der Nase des Mädchens baumeln, bevor er sie in ihren Schoß warf.

Fassungslos schaute sie zuerst auf das lederne Beutelchen und dann wieder zu Schumann.

»Es gehört dir«, sagte er, als er sah, dass sie nicht wagte, das Geld zu berühren. »Du könntest deinem Kind damit eine christliche Beerdigung bezahlen.«

Ganz langsam schlossen sich ihre dünnen Finger nun um die Börse. Der Stadtschreiber konnte beobachten, wie sich ein Fünkchen Hoffnung in ihren stumpfen Augen entzündete und gleich wieder erlosch. Mit hängendem Kopf hockte sie auf der Bettkante.

»Ich verstehe«, sagte Schumann. »Auch wenn dein Kind anständig unter die Erde käme und du nicht in die Fronfeste müsstest, würdest du immer noch allein in diesem heruntergewirtschafteten Hof sitzen. Dein Bruder ist fort, du hast keinen Ernährer mehr.« Er ließ seine Worte einen Augenblick wirken. »Über welche Talente verfügst du?«

»Talente?« Sie schien die Frage nicht zu verstehen.

»Was hast du gelernt?«, rief Schumann ungeduldig. Er fragte sich, ob seine Idee wirklich so gut war, wie er im ersten Moment geglaubt hatte. Das Mädchen schien nicht sonderlich helle zu sein.

Sie zuckte mit den Schultern. »Ich habe meinem Vater und meinem Bruder den Haushalt geführt in den letzten Jahren.«

Schumann warf einen skeptischen Blick auf die blinden Fensterscheiben und den schmutzigen Boden. Der muffige Geruch von Bettwäsche und Matratze setzte sich sogar noch gegen die anderen üblen Ausdünstungen in der Kammer durch. Er schlug die Hände vor das Gesicht und stöhnte.

»Und ich kann schreiben und lesen«, erklang die leise Stimme des Mädchens.

Abrupt hob der Stadtschreiber den Kopf, er vergaß Schmutz und Gestank. »Du kannst also lesen und schreiben, Hanna. So heißt du doch, nicht wahr?« Er erinnerte sich, den Namen in der Akte gelesen zu haben.

Die junge Frau nickte.

»Dann habe ich eine durch und durch ehrbare Arbeit für dich, Hanna«, sagte Schumann.

Sie riss die Augen auf. Offenbar hatte sie Schwierigkeiten, der Veränderung ihrer Situation auch nur annähernd zu folgen. »Ihr werdet mir eine Arbeit geben, Herr?«, brachte sie mühsam hervor.

»Nein, aber ich werde dir sagen, wie du eine bekommst«, entgegnete der Stadtschreiber lächelnd.

Hanna sah ihn an, ihre Lippen bewegten sich, aber es dauerte eine Weile, bis sie den nächsten Satz formten: »Und Ihr werdet bezeugen, dass das Kind vor Euren Augen starb?« Es klang nicht so, als würde sie daran glauben.

»Das werde ich.« Schumann sah ihr fest in die Augen. »Aber dann stehst du in meiner Schuld.«

Hanna nickte langsam. Wieder brauchte sie eine Weile, um die Worte des Stadtschreibers zu verarbeiten. »Was soll ich für Euch tun, Herr?«, fragte sie schließlich.

Schumann hob erfreut die Augenbrauen. Sie schien doch noch zu begreifen. Gut so!

»Du wirst mir über alles berichten, was in dem Haus geschieht, in welchem du deinen Dienst antrittst. Über alles! Verstanden?«

»Ja, Herr, das werde ich«, flüsterte Hanna ergeben.

49. KAPITEL

Sophia saß neben Gertrud auf einer Bank im Garten des Spitals. Zwischen den beiden Frauen stand ein Weidenkorb, in dem der kleine Justus friedlich schlummerte. Gertruds leise schnorchelnde Atemgeräusche verrieten Sophia, dass die alte Köchin ebenfalls eingeschlafen war.

Sophia lächelte. Sie ließ ihre Augen durch den spätsommerlichen Garten schweifen, und ihr Herz weitete sich vor Glück. Es war lange her, dass ihr so zumute gewesen war. Doch seit Agnes Lauterbach vor vierzehn Tagen mit Hanna im Schlepptau bei ihr erschienen war, hatte sich alles zum Guten gewendet. Der Magister hatte den kleinen Justus zurück nach Hause geholt, und Sophia, die ihr Kind nun wieder den ganzen Tag um sich hatte, war aufgeblüht.

Der einzige Wermutstropfen war, dass der Säugling nachts bei Hanna schlief, damit sie ihm die Brust geben konnte, wenn er aufwachte und schrie. In den ersten Tagen, nachdem Hanna als Amme für Justus bei ihnen eingezogen war, hatte Sophia so etwas wie Eifersucht auf die fremde Frau verspürt. Aber das hatte sich rasch gelegt, denn Hanna, die nur sprach, wenn sie etwas gefragt wurde, erledigte ihre Aufgaben an dem Kind und im Haus so still und unauffällig, dass Sophia mitunter fast vergaß, dass das Mädchen überhaupt da war. Außerdem empfand sie starkes Mitgefühl für die junge Frau, deren Leben bisher alles andere als glücklich verlaufen war. Die Lauterbachin hatte den Fuchsens in wenigen Sätzen erzählt, was Hanna widerfahren war. Sophia hatte sich anschließend dafür geschämt, dass sie sich so hatte gehen lassen, seit ihr Kind auf dem Vorwerk lebte. Selbst an die Taufe ihres Sohnes, bei der Marten und Valentin Arnold Pate gestanden hatten, konnte sie sich nur verschwommen erinnern. Zu sehr war sie in ihrer Trauer und ihrem Selbstmitleid gefangen gewesen.

Auch ihre gute Gertrud hatte sie lange Zeit vernachlässigt. Wie hatte die Alte sich heute gefreut, als Sophia sie endlich mit dem Kleinen besuchte. Aufgeregt wie eine Glucke, die ihr erstes Ei ausgebrütet hat, war Gertrud von Kammer zu Kammer gelaufen, um den Säugling allen Insassen des Spitals vorzuführen. Nur Elias, der frühere Klostergärtner, hatte ihn noch nicht zu Gesicht bekommen. Er sei auf den nahen Friedhof gegangen, hieß es.

Sophia beobachtete eine rot-weiß gestreifte Katze, die sich ins Gras duckte. Das Tier lag vollkommen reglos da und starrte auf einen Punkt neben dem Stamm des Apfelbaums, nur seine Schwanzspitze zuckte vor Erregung.

Ob es sich lohnte, Elias noch einmal auf das Codebuch anzusprechen? Es war das erste Mal seit der Geburt von Justus, dass Sophia an das geheimnisvolle Buch dachte. Doch sofort stellte sich wieder jenes Kribbeln in ihren Fingerspitzen ein, und ihr Herz begann, rascher zu schlagen. Ungeachtet dessen, was ihr in den letzten Wochen widerfahren war, ungeachtet der heftigen Gefühle, die sie dabei durchlebt hatte, das Verlangen, das Buch lesen und verstehen zu können, war noch immer da.

Justus regte sich im Schlaf und ließ ein leises Quäken hören. Er hatte die Stirn in Falten gezogen und bewegte seine Fäustchen. Mit einem Finger strich Sophia ihm sanft über das Köpfchen. Schon nach kurzer Zeit entspannte sich das Kind wieder. Sie betrachtete sein perfektes, kleines Gesicht, und auf einmal wurde ihr klar, dass die Entschlüsselung des Buches jetzt für sie sogar noch wichtiger geworden war als vor der Geburt ihres Sohnes.

Auch wenn der Tod eines oder gar mehrerer Kinder für die meisten Mütter zum Alltag gehörte, glaubte sie, es nicht ertragen zu können, sollte ihrem Sohn etwas zustoßen. Überhaupt sollte keine Mutter diesen Schmerz erleben müssen! Es war einfach nicht richtig, wenn Kinder starben oder wenn ihnen die Mutter vor der Zeit genommen wurde. War es darum nicht ihre wichtigste Aufgabe, alles zu tun, was in ihrer Macht stand, wenn sie eine Chance hatte, das zu verhindern?

»Hast du etwa Ärger mit deinem Ehemann, Kindchen?«, vernahm Sophia plötzlich Gertruds brüchige Altweiberstimme.

Sie blickte ihre ehemalige Köchin verwirrt an. »Was, wieso?«

Gertrud kicherte. »Na, du schaust auf einmal so grimmig.«

Sophia schüttelte den Kopf. »Nein, es ist alles in Ordnung. Heinrich ist ein guter Mann.«

Das stimmte natürlich. Ärgerlich war nur, dass er sein Amt als zweiter Schulmeister nicht zurückbekommen hatte, trotz der Intervention von Anton Lauterbach. Beim Rat war inzwischen ein anderer geeigneter Bewerber vorstellig geworden. Außerdem waren die Ratsherren der Ansicht gewesen, Magister Fuchs solle sich lieber auf die Fertigstellung der Rathausuhr konzentrieren. Man war ihm sogar mit einem weiteren Vorschuss entgegengekommen, in Rücksicht auf die Vergrößerung seiner Familie. Sophia seufzte.

»Gertrud, was meinst du, könnte ich Justus kurz hier bei dir lassen? Ich möchte rasch hinüber zum Nikolaifriedhof gehen, um noch ein paar Worte mit Elias zu wechseln. Ich habe ihn schon so lange nicht mehr gesehen.«

Gertrud nickte heftig, und ihre runzligen Apfelbäckchen leuchteten. »Aber sicher, Kindchen, sicher! Der Kleine ist bei mir gut aufgehoben. Geh nur, der alte Elias wird sich freuen.«

Es waren nur wenige Schritte vom Spital zum Nikolaifriedhof, denn beide Grundstücke grenzten unmittelbar aneinander.

Sophia fand den alten Klostergärtner bei einigen verwilderten Gräbern an der Friedhofsmauer unweit der Stelle, an der auch die Gräber ihrer Mutter und ihres Bruders lagen. Er war damit beschäftigt, Unkraut zu jäten. Als er Sophias Schritte hörte, drehte er sich um. Über sein bärtiges Gesicht ging ein Leuchten.

»Sophia! Wie schön, Euch wieder einmal zu sehen.« Er erhob sich mühsam und wischte sich die Erde von den Händen. Sein

Blick glitt an ihr herab. »Ihr seid inzwischen Mutter geworden?«, fragte er vorsichtig.

»Schon vor etlichen Wochen«, bestätigte Sophia. »Gott hat mir einen Sohn geschenkt.«

Elias lächelte breit und entblößte dabei seine letzten Zahnstummel. »Da gratuliere ich Euch und Eurem Herrn Gemahl von Herzen!« Er ging voraus zu einer Sandsteinbank unter einer großen Linde.

»Habt Ihr Verwandte hier auf dem Friedhof, deren Gräber Ihr pflegt?«, fragte Sophia.

»Nein, nein!« Elias winkte ab. »Ich hab Euch doch erzählt, dass ich als Findelkind zu den Mönchen ins Kloster kam. Ich habe keine Gräber hier. Und diese Gräber da«, er deutete zur Friedhofsmauer, wo er eben noch gearbeitet hatte, »die haben offenbar auch keinen mehr, der sich um sie kümmert. So tu ich das eben. Ich muss hin und wieder die Erde unter meinen Händen spüren und das frische Grün riechen.« Er lächelte. »Aber Ihr, Sophia, habt sicher Verwandte, die auf diesem Friedhof ruhen.«

Sophia zeigte auf zwei Sandsteintafeln, die rechts vor der efeubewachsenen Mauer standen. Eine davon zeigte das Bildnis einer betenden Frau mit hochgeschlossenem Kleid und strenger Haube. Sie kniete vor einem Kruzifix. Die andere Tafel war niedriger und schlichter. Die beiden Rosensträucher davor, der eine rot, der andere weiß, standen in voller Blüte. Bienen und Schmetterlinge umschwirrten die Blüten.

»Dort liegen meine Mutter und mein kleiner Bruder. Er war gerade fünf, als er an der Pest starb«, sagte sie leise.

»Ah, anno 1532, das große Sterben. Ja, es gibt wohl kaum eine Familie in der Stadt, die in jenem Jahr kein Grab hier schaufeln ließ.« Elias blickte auf die beiden Sandsteinplatten, an denen sich bereits Moos abzusetzen begann. Dann sah er Sophia an. Wieder funkelten seine blauen Augen so wach und scharf, als würden sie einem viel jüngeren Mann gehören. »Ist das der Grund, weshalb Ihr ein Mittel gegen die Pest finden wollt?«

Sophia schaute ihn erschrocken an.

»Das habt Ihr gesagt, als wir uns zum ersten Mal unterhielten. Deshalb beschäftigt Ihr Euch mit Kräutern.«

»Dass Ihr Euch noch daran erinnert!« Sophia schüttelte verwundert den Kopf.

Elias lachte. »Wisst Ihr, es kommen nicht oft junge Frauen ins Spital, die so hochfliegende Träume haben.«

Sophia merkte, wie sie errötete. Doch dann ergriff sie die Gelegenheit. »Meint Ihr, in jenem Buch, von dem Ihr mir damals erzählt habt, dem mit den vielen Pflanzen und den Frauen in den grünen Seen, könnte es auch um Mittel gegen Krankheiten gegangen sein?«

Elias dachte einen Moment nach. »Mag schon sein«, sagte er langsam. »Zumindest die letzten Seiten erinnerten mich an Rezepturen.« Er breitete die Hände aus. »Schade, dass ich sie nicht entziffern konnte, sonst wäre ich heute vielleicht ein gemachter Mann!« Er kicherte.

Sophia ging auf seinen scherzhaften Ton ein. »Tja, wenn Ihr das Codebuch gehabt hättet, sicher. Habt Ihr in all den Jahren eigentlich mal darüber nachgedacht, wo der Prior und der Subprior es versteckt haben könnten?«

Elias zuckte mit seinen buckligen Schultern. »Nein, warum sollte ich. Außerdem – das Kloster bot mannigfaltige Möglichkeiten, etwas zu verbergen. Die vielen Gebäude, der Kreuzgang, die Kirche.«

Sophia fiel es schwer, ihre Enttäuschung zu verbergen. »Ihr habt wohl recht«, sagte sie leise.

Der Alte zwinkerte ihr zu. »Und eine hübsche junge Frau, wie Ihr, sollte sich ohnehin nicht hinter Büchern vergraben. Der Herrgott hat Euch nicht dazu geschaffen, dass Ihr zwischen Staub und Papier vertrocknet, mein Kind!«

Der Wechsel des Themas gefiel Sophia überhaupt nicht. Und außerdem, was verstand so ein alter Klostergärtner schon von Frauen.

Elias kicherte erneut. »Schaut nicht so abfällig, schönes Kind! Auch ich war mal jung, und die eine oder andere Maid war mir hold. Leider konnte ich mich nie für eine entscheiden, sie waren ja alle so reizend. Hätte ich eine bevorzugt, wären die anderen betrübt gewesen, versteht Ihr?«

»Natürlich, das kann ich gut verstehen«, versicherte Sophia und bedauerte ihre Worte schon im nächsten Augenblick, denn der Alte begann, ihr nun weitschweifig die Vorzüge seiner einstigen Angebeteten zu schildern. Da beschränkte sie sich darauf, hin und wieder zustimmende Laute von sich zu geben, und überlegte stattdessen, wie sie wieder auf den Verbleib des Codebuchs zu sprechen kommen konnte.

So bemerkte sie nicht, dass der ehemalige Klostergärtner inzwischen schwieg und sie aufmerksam betrachtete.

»Wo seid Ihr eigentlich mit Euren Gedanken, Kind?«, erkundigte er sich.

Sophia schrak aus ihren Überlegungen. Doch dann ergriff sie ihre Chance. »Ich muss nur immer an das rätselhafte Buch denken und an das Codebuch. Wisst Ihr«, sie schenkte ihm ihr schönstes Lächeln, »ich kann Rätseln einfach nicht widerstehen.«

»Oh«, der Alte hob seinen grün- und braunbefleckten Zeigefinger. »Dann könnte es mit Euch ein schlimmes Ende nehmen! So wie mit der Bäckerstochter, die vor hundert Jahren immer das Brot ins Kloster brachte. Wollt Ihr hören, was aus ihr wurde?«

Sophia seufzte. Ihr wurde klar, dass sie heute nichts Brauchbares mehr aus Elias herausbekommen würde. Nun gut, dann konnte sie ihm wenigstens noch den Gefallen tun und sich seine Geschichte anhören. »Erzählt!«

»Wisst Ihr, meine Liebe, es ist eine alte Geschichte, die man sich immer wieder im Kloster erzählte, und natürlich weiß niemand, ob sie wahr ist«, begann Elias gemächlich.

Sophia machte ein interessiertes Gesicht und dachte daran, dass sie auf dem Markt noch Lauch kaufen musste, bevor sie nach Hause ging.

»Damals, so erzählt man sich, gab es einen Bäcker, der das Kloster mit Brot belieferte. Er schickte seine Tochter jeden Tag mit der vereinbarten Anzahl Brote zu den Mönchen. Eines Tages jedoch kam das Mädchen von diesem Botengang nicht zurück. Der besorgte Vater kam ins Kloster und fragte die Mönche, wo sein Kind geblieben war. Die antworteten, sie habe das Geld genommen und sei dann gegangen, wie immer. Wenn sie nicht daheim angekommen sei, so könne das nur bedeuten, dass sie mit dem Geld davongelaufen sei. Der Bäckermeister wollte das nicht glauben. Er wusste nämlich, dass seine Tochter ein braves, ehrliches Mädchen war. Sie hatte nur einen einzigen Fehler, und das war ihre unbezähmbare Neugier. Erst ein paar Tage zuvor hatte sie ihrem Vater berichtet, dass einer der Mönche ihr erzählt habe, im Kloster gebe es einen geheimen Gang, den er ihr gern einmal zeigen wolle. Der Bäckermeister verlangte also vom Prior, er solle seine Mönche dazu befragen. Aber der Prior lachte nur, meinte, das wären die Fantasien eines überreizten Frauenhirns, und wies dem Bäcker die Tür. Der betrübte Vater konnte leider nichts anderes beweisen, und so schickte er sich drein.« Der kurzatmige Elias musste eine Pause einlegen.

Sophia gähnte verstohlen und lauschte hinüber zum Spitalgarten, ob Justus nicht etwa wach geworden war und schrie. Doch sie hörte nur das Zwitschern der Vögel und das Rauschen der Blätter.

»Kurz darauf kam ein fahrender Geselle, ein Zimmermann, in die Klosterkirche, um zu beten. Er schlief aber, unbemerkt von den Mönchen, ein. Um Mitternacht wurde er von Männerstimmen geweckt, und er vernahm auch eine klagende weibliche Stimme. Da sah er, wie zwei Mönche ein gefesseltes Mädchen durch einen geheimen Gang in die Kirche schleppten, sich an ihr vergingen und sie dann erwürgten. Die Leiche ließen sie in einer Falltür hinter dem Altar verschwinden. Vor lauter Angst, selbst Opfer der grausamen Mönche zu werden, wagte der Geselle nicht, sich zu rühren. Am nächsten Morgen ging er jedoch aufs Rathaus und berichtete von den nächtlichen Gräueln. Der empörte Prior verweigerte den Männern des Rates die Durchsuchung der Kirche, und so verlief die Sache im Sande.«

»Was für eine grausige Geschichte!«, rief Sophia und schüttelte sich. »Man kann sich kaum vorstellen, dass sie wahr ist.« Doch dann erwachte ihr Interesse. »Gibt es den Geheimgang und die Falltür hinter dem Altar eigentlich, oder sind die auch bloß erfunden?«

»Ich habe selbst danach gesucht, als ich die Geschichte zum ersten Mal hörte, und weder einen geheimen Gang noch eine Falltür in der Kirche gefunden. Unter dem Boden hinter dem Altar muss sich allerdings tatsächlich ein großer Hohlraum befinden. Denn dort klangen die Sandsteinfliesen, die ich damals abklopfte, anders«, sagte Elias.

Gern hätte Sophia ihn noch weiter ausgefragt, aber aus dem Spitalgarten ertönte inzwischen das ungehaltene Schreien eines Säuglings. Sie sprang auf. »Entschuldigt mich, Elias, aber ich glaube, mein Sohn bekommt langsam Hunger. Ich muss ihn rasch nach Hause zu seiner Amme bringen.«

50. Kapitel

Martin Luther lehnte sich zurück und rülpste genüsslich. »Wem eine tüchtige Frau beschert ist, die ist viel edler als die köstlichsten Perlen. Ihres Mannes Herz darf sich auf sie verlassen, und Nahrung wird ihm nicht mangeln.« Er hob sein Glas und lächelte sein Weib an, das als einzige Frau an der Tafel saß. »Das Essen war wieder einmal vorzüglich, meine liebe Käthe!« Katharina von Bora hob das Glas und zwinkerte ihrem Gatten zu.

Luther hielt nun sein Glas der gesamten Tischrunde entgegen. »Und die Gespräche mit euch sind wie immer erbaulich und erhellend, meine Freunde.«

Die Tischgäste prosteten dem Hausherrn und seiner Frau zu, und Philipp Melanchthon ergriff für sie alle das Wort: »Wir danken Euch, dass Ihr uns heute dazu eingeladen habt, Martinus! Der Mensch ist schließlich von seiner Natur her dazu bestimmt, in Austausch mit anderen Menschen zu treten. Und dieses dringend notwendige Vergnügen habt Ihr uns hier an Eurer Tafel einmal mehr verschafft.« Allgemein setzte zustimmendes Gemurmel ein, dann widmeten sich die Gäste wieder ihren vorherigen Unterhaltungen. Zwei Mägde brachten Kannen mit neuem Wein.

Moses, der zwischen einigen Studenten saß, wunderte sich über den lockeren Umgangston. Als Meister Cranach Moses am Morgen eröffnete, die Einladung zum heutigen Essen gelte ausdrücklich auch für ihn, hatte der junge Maler sich äußerst unwohl gefühlt. Was hatte er an einer Tafel mit den gescheitesten Köpfen des Landes zu suchen, und worüber sollte er sich dort mit seinen

Tischnachbarn unterhalten? An den hochgezogenen Augenbrauen Luc Cranachs hatte er deutlich gesehen, dass der Sohn des Meisters dasselbe dachte.

Inzwischen hatte Moses sich in seiner Ecke zwischen den Studenten, die im Hause Luthers wohnten und für die solche Tischgespräche offenbar zum Alltag gehörten, einigermaßen entspannt. Er beobachtete Luc Cranach, der sich ohne die geringste Scheu in die Unterhaltung zwischen einem jungen Juristen und einem Doktor der Medizin einmischte. Der Malersohn schien schon oft Gast bei Luthers Tischgesellschaften gewesen zu sein und kannte die Mehrzahl der Anwesenden. Es irritierte ihn auch nicht, dass sein Tischnachbar versuchte, jede Äußerung des Hausherrn mitzuschreiben, und das gute Essen nur nebenher in sich hineinstopfte.

»Das ist also Moses Flößer, Euer neuer Geselle, dem das Gedächtnis abhandengekommen ist«, wandte sich Luther nun mit seiner sonoren Stimme an Lucas Cranach, der ihm gegenübersaß.

Moses zuckte zusammen, als er seinen Namen hörte. Zahlreiche Köpfe drehten sich in seine Richtung, und neugierige Augen musterten ihn. Sogar Lucs Tischnachbar ließ die Feder sinken und starrte ihn an. Moses wand sich unbehaglich auf seinem Stuhl. Die allgemeine Aufmerksamkeit der Wittenberger Elite war wirklich das Letzte, was er sich wünschte.

»Nun, zumindest ein Teil seiner Erinnerung ist inzwischen zurückgekehrt«, entgegnete Meister Cranach. »An alles, was mit dem Malerhandwerk zu tun hat, erinnert er sich vorzüglich, das kann ich Euch versichern, mein Freund.«

»Oh, ein Lob aus berufenem Munde!« Luther wandte sich nun direkt an Moses. »Darauf könnt Ihr stolz sein, junger Mann, dergleichen hörte ich bisher nicht oft von Meister Cranach.«

Moses wusste nicht, was er darauf erwidern sollte. Er begann zu schwitzen, als er bemerkte, dass man offenbar darauf wartete, dass er eine Antwort gab. Mit feuchten Fingern griff er nach seinem Glas. Seine Kehle war staubtrocken. Die Gesichter um ihn herum verschmolzen zu einer einzigen hellen Masse.

»Ich danke Gott, unserem Herrn, täglich, dass er mich zu Meister Cranach geführt hat«, krächzte er und stürzte den Rest Wein hinunter wie ein Verdurstender.

»So ist es denn wahr, dass Ihr zwar Euer Handwerk wieder ausüben, Euch jedoch an nichts weiter aus Eurem früheren Leben entsinnen könnt, junger Mann?«, fragte Luther und kniff die flinken kleinen Äugelein zusammen.

»Wenn Ihr gestattet, genau darüber wollte ich heute mit Euch sprechen, Martinus«, mischte sich Philipp Melanchthon ein. »Es könnte nämlich durchaus sein, dass Ihr dieser gequälten Seele helfen könnt.«

Moses stieß erleichtert die Luft aus, als der Hausherr seine Aufmerksamkeit Melanchthon zuwandte. Wieder einmal kam die Rettung aus höchster Not von dem kleinen Professor!

»Ach ja, Ihr batet mich, einen Brief herauszusuchen.« Luther erhob sich. »Dann lasst uns in meine Studierstube gehen.« Er beugte sich zu seiner Frau herab. »Wir sind zurück, sobald du die Nachspeise auftragen lässt, mein Lieb.«

Katharina zog die Augenbrauen hoch. »Nun, das will ich doch stark hoffen. Ich habe schließlich nicht den ganzen Tag mit den Mädchen in der Küche zugebracht, um am Ende zuzuschauen, wie die Krapfen mit Himbeerfüllung vor den hungrigen Augen der Gäste erkalten, während der Hausherr in seiner Gelehrtenkammer disputiert«, entgegnete sie spitz.

Beinah vergaß Moses sein eigenes Unbehagen, als er hörte, wie die Lutherin ihren Mann abkanzelte. Er spitzte die Ohren, um zu hören, was der Hausherr, nach dessen Worten sich ganze Fürstenhöfe richteten, darauf erwidern würde.

Luther faltete die Hände vor der Brust und richtete die Augen gen Himmel. »Sie tut ihren Mund auf mit Weisheit, und auf ihrer Zunge ist gütige Weisung.« Dann drehte er sich zu Melanchthon um. »Ihr habt meine Hausfrau gehört, Philippus, sputen wir uns!«

Melanchthon zuckte ergeben mit den Schultern, schob seinen Stuhl zurück und gab Moses ein Zeichen, ihm zu folgen. Lucas

Cranach schloss sich ihnen mit der Selbstverständlichkeit eines alten Freundes des Hauses an, Luc folgte seinem Vater so unauffällig wie ein Schatten.

Luther führte seine Gäste in einen kleinen holzgetäfelten Raum, wo sie auf den Bänken in einer Fensternische Platz nahmen. Der Hausherr öffnete die Platte seines Stehpults und nahm einige eng beschriebene Blätter heraus.

»Das ist der Brief unseres Freundes Lauterbach, den Ihr noch einmal sehen wolltet, Philippus.« Luther setzte sich und glättete das Papier mit der Seite seiner fleischigen Hand.

Melanchthon nickte Moses aufmunternd zu. »Ihr habt mir neulich berichtet, dass Ihr in Euren Träumen immer wieder in einer Kirche seid. Erzählt noch einmal ganz genau, was Ihr dabei seht«, verlangte er. »Schließt die Augen und versetzt Euch in Euren Traum zurück!«

Moses atmete tief ein und tat wie geheißen. Jetzt, in der kleinen Runde mit dem freundlichen, klugen Professor Melanchthon und Meister Cranach, war es ihm weniger unangenehm, ausgefragt zu werden. Er entspannte sich zunehmend.

»Die Kirche ist groß, der Innenraum sehr hoch. Schlanke Sandsteinsäulen streben hinauf in den Himmel und verzweigen sich dort zu einem kunstvollen Netz zarter Rippen«, begann er. »An einigen Stellen wird noch gebaut, weshalb Gerüste dastehen. Ich selbst befinde mich auf einem dieser Gerüste und habe einen Pinsel in der Hand. Zu meinen Füßen stehen Töpfe mit Farben.« Er öffnete seine Augen und sah sich fragend um.

»Sehr gut«, lobte Melanchthon. »Ihr erinnert Euch also daran, dass Ihr in einer Kirche als Maler gearbeitet habt.«

»Offenbar in einer großen Hallenkirche, in der noch gebaut wird, nicht wahr?«, resümierte Luther. Er massierte seine Nasenwurzel mit Daumen und Zeigefinger und sah Melanchthon nachdenklich an. Der nickte lebhaft, sprang auf, verschränkte die Hände hinter dem Rücken und begann, in der kleinen Kammer umherzulaufen.

Die Aufregung des Professors übertrug sich auf Moses, der erneut zu schwitzen begann. Er schielte unauffällig zu dem Brief, der auf Luthers Pult lag. Stand dort tatsächlich etwas, das ihm dabei helfen konnte, sein früheres Leben wiederzuerlangen? Und falls ja, was hatte der Absender des Briefes zu berichten gehabt? Moses rieb sich die feuchten Handflächen an seiner Hose ab. Da spürte er, wie ihm Lucas Cranach die Hand auf die Schulter legte. Der kurze kräftige Druck gab ihm das Gefühl, nicht vollkommen verloren zu sein in diesem Augenblick, in dem sich mit der Enthüllung seiner Vergangenheit womöglich auch seine gesamte Zukunft entschied.

Direkt vor Luther blieb Melanchthon stehen und wippte ungeduldig auf den Zehenspitzen. »Nun erzählt es ihm endlich, Martinus!«, forderte er.

Luther nickte bedächtig, dann räusperte er sich und sagte: »Mein Freund, der Superintendent Anton Lauterbach, beklagt in diesem Brief aus dem Herbst anno 1543 den Verlust seines Malers. Er hatte den Mann, den er als recht begabt bezeichnet«, Luther warf Cranach einen kurzen Blick zu, »damit beauftragt, die Kirche Sankt Marien zu Pirna mit einem Katechismus in Bildern auszugestalten. Doch dann wurde der Mann in einen Kampf mit einem Erzbösewicht und Brandstifter auf der Elbe verwickelt. Der Maler versank schwer verletzt in den Fluten, und in Pirna ging man davon aus, dass der Fluss ihn verschlungen hätte. Allerdings hat man seinen Leichnam wohl niemals gefunden.«

Moses, der den Atem angehalten hatte, stieß die Luft aus und riss die Augen auf. Ein Maler, der einen Auftrag in einer Kirche erfüllt, ein Kampf mit einer schweren Verletzung, ein Mann, der in der Elbe versinkt – all das konnte ohne Zweifel auf ihn zutreffen.

»Der Name des Mannes war Niklas Dorndorf, schreibt Lauterbach.«

Moses merkte, dass ihn alle anschauten und auf eine Reaktion warteten. Melanchthon zupfte an seinem spärlichen Bärtchen,

Cranach runzelte die Stirn, und Luther strich sich über sein feistes Kinn.

»Niklas. Dorndorf.« Moses ließ den Namen auf seiner Zunge zergehen und horchte in sich hinein, ob der Klang ihm in irgendeiner Form vertraut war. Er durchforstete seinen Geist nach der winzigsten Spur einer Erinnerung. Dabei dachte er nicht nur daran, was die Wiederentdeckung seiner Identität für ihn selbst bedeuten würde, sondern er spürte auch, wie stark die Menschen in Luthers Studierstube seinen Erfolg herbeiwünschten. Doch schließlich sackten seine Schultern herab, er stützte die Arme auf die Knie und vergrub sein Gesicht in beiden Händen. Nein, nicht der kleinste Funke des Erkennens leuchtete aus der Finsternis seiner Erinnerungen herauf. Niklas Dorndorf – das war für ihn ein Name wie jeder andere, beliebig, nichtssagend.

»Wir müssen ihm Zeit lassen«, sagte Martin Luther schließlich.

»Zeit? Wofür denn?« Entgegen seinen sonstigen Gewohnheiten sprach Melanchthon jetzt gar nicht leise. Doch seine Schlussfolgerungen klangen wie immer präzise und einleuchtend. »Wir sollten uns an die Fakten halten, meine Herren! Wir haben da einen jungen Mann ohne Gedächtnis, der im Herbst letzten Jahres hinter Pirna aus der Elbe gezogen wurde. Er hatte Verletzungen, die auf einen Kampf schließen lassen. Wir wissen inzwischen, dass er ohne jeden Zweifel ein Maler ist.« Zustimmung heischend sah der Professor in die Runde.

»So ist es«, brummte Cranach, und Luther nickte. Moses hob den Kopf und schluckte.

»Wir wissen alle, dass die Wege des Herrn unergründlich sind«, fuhr Melanchthon fort. Er erhob seinen Zeigefinger. »Aber was denkt Ihr, meine Freunde, wie groß ist die Wahrscheinlichkeit, dass es in der Pirnaer Gegend zwei junge Maler gibt, denen zur selben Zeit Ähnliches widerfährt?« Melanchthon schwieg und ließ seinen Blick über die Gesichter der Anwesenden schweifen.

Der junge Cranach lachte. »Ihr habt vollkommen recht, Philippus, bei einem solchen Zufall müsste schon der Teufel seine Hand im Spiel haben!«

Luther hob sofort die Hand. »Unterschätzt niemals Satans Macht und sein widerliches Ränkespiel! Er begegnet uns immer wieder und in mannigfaltiger Gestalt. Und stets will er uns täuschen und verwirren, um uns vom Weg des Herrn abzubringen.«

Luc zog den Kopf ein, doch sein Vater sprang ihm bei. »Ich bitte Euch, alter Freund! Natürlich, wir wissen, wie oft Euch Satan schon heimgesucht hat. Aber Moses ist nur ein einfacher Maler! Philippus' Ausführungen erscheinen mir durchaus schlüssig.«

»Nun, dann ist die Lösung naheliegend.« Ermutigt durch die Unterstützung des Vaters ergriff Luc erneut das Wort. »Moses Flößer, oder sollten wir ihn nun nicht besser Niklas Dorndorf nennen, muss nach Pirna zurückkehren und seine Arbeit in Sankt Marien erneut aufnehmen. Wo, wenn nicht dort könnten seine Erinnerungen vollständig zurückkehren?«

Moses blickte verwirrt von Melanchthon zu Lucas Cranach. Man wollte ihn nach Pirna schicken? Auf einmal ging ihm alles viel zu schnell. Eben begann er, hier in Wittenberg Fuß zu fassen, begriff sich wieder als Maler, ging mit wachsender Freude seinem Handwerk nach, und schon sollte er wieder weg? Fort von Meister Cranach, bei dem er täglich etwas Neues lernte, seine Kunst vervollkommnen konnte?

»Nun, wenn man es so betrachtet«, brummte Luther. »Da könnte was dran sein.«

»Selbstverständlich!« Luc warf einen selbstbewussten Blick in die Runde. »Es muss in Pirna außer Anton Lauterbach noch mehr Menschen geben, die Dorndorf kennen. Wahrscheinlich hat er Freunde dort, Familie. Er muss zurückkehren, wo er hingehört. Das ist das Beste für ihn!«

Moses war unsicher, ob Luc Cranach dabei wirklich sein Wohl im Sinn hatte oder nur hoffte, auf diese Weise einen unliebsamen Konkurrenten um die Gunst des Vaters loszuwerden. Moses spürte, wie ihm schwindlig wurde, und er schüttelte den Kopf, um wieder klar denken zu können. Da fühlte er erneut Lucas Cranachs Hand auf seiner Schulter.

»Ja, mein Sohn, da hast du sicher recht.«

Moses sah, wie der Meister seine andere Hand auf Lucs Arm legte.

»Aber ich frage Euch, meine Freunde, hat es denn damit wirklich solche Eile? Rom wurde schließlich auch nicht an einem Tag erbaut.« Cranach blickte seinen Sohn liebevoll an. »Luc, du weißt am besten, wie die Dinge in der Werkstatt zurzeit stehen. Der Kurfürst bindet mit seinen Wünschen für die Ausgestaltung des Festes auf dem Schloss wieder einmal einen Großteil unserer Kräfte. Aber all die anderen Aufträge, die wir bereits zuvor angenommen haben, müssen auch erledigt werden.«

Luc nickte – widerstrebend wie es Moses schien.

»Und dafür benötigen wir Fachkräfte, keine Hilfsarbeiter, mein Sohn. Der Ruf unserer Werkstatt steht auf dem Spiel, wenn wir es nicht schaffen, jeden zufriedenzustellen, dem wir uns verpflichtet haben«, mahnte Cranach.

Moses sah, wie sich die Haltung des Sohnes veränderte, als der alte Meister von »wir« und »unserer Werkstatt« sprach. Luc hob den Kopf und blickte seinem Vater in die Augen.

»Ich verstehe, Vater. Ihr meint also, wir sollten uns der Dienste eines fähigen Mitarbeiters versichern, solange wir sie benötigen.«

»Genau!« Der alte Cranach drückte sowohl Lucs Arm als auch Moses' Schulter. Dann verschränkte er die Arme unter der Brust und verkündete: »Also werden wir darauf bestehen, dass Moses Flößer, den wir nun tatsächlich besser Niklas Dorndorf nennen sollten, bis zum Ende seiner Probezeit bei uns in der Cranach-Werkstatt arbeitet. Anschließend werden wir ihn auf die Reise nach Pirna zu Anton Lauterbach schicken.«

»Soweit ich weiß, kann der Vertrag, den Ihr mit dem jungen Maler geschlossen habt, von beiden Seiten gelöst werden, solange die Probezeit dauert«, warf Melanchthon mit leiser Stimme ein.

Moses sah, wie sich erneut alle Augen auf ihn richteten. Was der Professor gesagt hatte, stimmte. Wie sollte er sich also entscheiden? Innerhalb der letzten halben Stunde hatte er beständig zwischen Hoffnung und Verzweiflung, Zustimmung und Ablehnung geschwankt. Er fühlte sich erschöpft und ausgelaugt. Wenn er Klarheit gewinnen wollte, musste er nach Pirna, daran bestand kein Zweifel. Aber Cranachs Vorschlag würde ihm noch eine Gnadenfrist von einigen Wochen einräumen. Zeit, in der er sich an seinen neuen Namen gewöhnen konnte und an den Gedanken, seiner Vergangenheit wiederzubegegnen, was immer das auch heißen mochte.

Moses erhob sich. »Ich bin Euch für Eure Unterstützung zu großem Dank verpflichtet, Professor Melanchthon, und Euch ebenso, Doktor Luther.« Er verbeugte sich vor den beiden Gelehrten. »Aber bevor ich nach Pirna reise, werde ich meine Probezeit in der Cranach-Werkstatt beenden, um zumindest einen kleinen Teil dessen zurückzugeben, was ich beiden Meistern schulde.« Er sah Wohlwollen in Lucas Cranachs hellen Augen aufblitzen und zuerst Erstaunen und dann Anerkennung in denen von Luc.

Melanchthon wandte sich an Luther: »Vielleicht solltet Ihr inzwischen unserem Freund Antonius einen Brief nach Pirna schicken, in dem Ihr ihm von unserer Entdeckung berichtet.«

»Das werde ich tun«, versicherte der Hausherr. »Doch nun lasst uns zu den anderen an die Tafel zurückkehren, bevor die Befürchtungen meines Herrn Käthe wahr werden.« Er sog geräuschvoll die Luft durch seine knollige Nase ein. »Ich wittere bereits den Duft von frischem Schmalzgebäck!«

51. Kapitel

ch fasse es nicht. Wie kann ich das tun«, flüsterte Heinrich Fuchs, während er sich mühte, sein Weib in der Dunkelheit nicht aus den Augen zu verlieren. Die Wolken, die über den nächtlichen Himmel am Fluss jagten, verhüllten die meiste Zeit den Mond und die Sterne. Ein Gewitter lag in der Luft, der Magister konnte es deutlich spüren. Er wünschte, er hätte mehr Charakterstärke bewiesen und seinem verrückten Weib Einhalt geboten. Dann säße er jetzt daheim in seiner Kammer und würde an seiner Uhr tüfteln, anstatt zum zweiten Mal innerhalb weniger Monate wie ein Dieb durch die Nacht zu schleichen. Weshalb nur hatte er sich dazu überreden lassen!

Aber nach ihrem Besuch im Spital hatte Sophia an nichts anderes mehr denken können als an eine Durchsuchung der Klosterkirche. Im Stillen verfluchte der Magister den alten Elias mit seinen Geschichten. Bisher hatte das Geschwafel des ehemaligen Klostergärtners ihnen jedenfalls nichts als Schwierigkeiten eingebracht! Mit dem Argument, dass er in seinen Wochen in der Knabenschule niemals etwas über eine Gruft in der Klosterkirche gehört habe, hatte Fuchs sein Weib nicht überzeugen können. Sie würde erst Ruhe geben, so viel war ihm klar geworden, wenn sie sich mit eigenen Augen überzeugt hatte, dass es im Kloster keine Gruft und kein Codebuch gab.

Der Magister war so mit sich beschäftigt, dass er um ein Haar Sophia umgerannt hätte, die auf einmal stehen geblieben war. Haltsuchend klammerte sie sich an ihn, und er umfasste ihre Taille, um sich und sie vor dem Fall zu bewahren. Diese jähe, intensive Nähe traf ihn vollkommen unvorbereitet. Er schloss kurz die Augen und spürte der Wärme ihres Körpers nach. Ihr Atem streifte seine Wange, ihr Haar, das sich schon wieder unter ihrer Haube hervorgestohlen hatte, kitzelte sein Ohr. Er hörte sie leise lachen und zog sie noch etwas näher an sich. Verdammt, er liebte und begehrte sie so heftig und unbeholfen wie ein Jüngling! Ihm wurde klar, dass genau dies der Grund war, weshalb er sich auf die törichte Unternehmung eingelassen hatte, obwohl sein Verstand ihm davon abriet. Und er war glücklich darüber, dass er ihre Seele endlich wieder erreichen konnte, nachdem das Kind nach Hause zurückgekehrt war.

»Da vorn ist die Pforte, Heinrich«, wisperte sie und griff nach seiner Hand. »Lass uns nachschauen, ob der Wächter wirklich so betrunken ist, wie Hannes sagt.«

Leicht benommen ließ er sich von ihr weiterziehen. Er spähte angestrengt nach vorn, konnte aber nur die dunkle Masse der Stadtmauer linker Hand ausmachen. Sophia musste Augen wie eine Katze haben, wenn sie das Tor bereits entdeckt hatte. »Du solltest lieber beten, dass Hannes recht hat, sonst können wir gleich umkehren«, flüsterte er. Das wäre, seiner Ansicht nach, ohnehin das Beste.

»Hier!« Sophia zog ihn nach links. Er hörte am Klang ihrer Schritte, dass sie die schmale Holzbrücke betreten hatte, die über den Stadtgraben zu der Pforte führte, die hinter der Mauer in die Badergasse mündete. Im Falle eines Brandes bot das kleine Tor den schnellsten Zugang zum rettenden Elbwasser, mit dem die mannshohen Löschfässer gefüllt wurden. Sobald die Sturmglocke läutete, musste der Wächter das Tor für die Wasserschlitten öffnen. Hannes hatte Sophia erzählt, dass Martin, der heute am Elbtor stand, sich die langweiligen Wachtstunden gern mit einigen Kännchen Pirnschem Bier verkürzte. Aber weil er dann irgendwann einschlief und fürchtete, dass ihn nicht einmal die Sturmglocke wecken konnte, ließ er das Tor meist unverschlossen. Ob das stimmte, würde sich sogleich zeigen.

Fuchs' Hoffnung, das nächtliche Abenteuer könne hier ein Ende finden, erfüllte sich nicht. Die Elbpforte ließ sich problemlos öffnen und gab ihnen den Weg in die Stadt frei. Aus einer Nische in der Mauer tönte das bierselige Schnarchen des Wächters. Ergeben trabte der Magister neben seinem Weib die dunkle Badergasse hinauf. Er verbiss sich einen derben Fluch, als er im feuchten Matsch vor der Badestube beinah ausrutschte. Es wurde höchste Zeit, dass ein ordentlicher Regenguss mal wieder die Gassen spülte. Fuchs hoffte jedoch, dass der erst dann kommen möge, wenn er und Sophia wieder daheim waren.

In der Barbiergasse vernahm er vom Markt her den Ruf des Nachtwächters. Die Mitternacht war bereits vorbei. Fuchs fasste Sophia bei der Hand und beschleunigte seinen Schritt. Es hätte gerade noch gefehlt, dass sie dem Mann in die Arme liefen!

Sophia zuckte heftig zusammen, als ein schwarzer Schatten vor ihnen in die Gasse sprang.

Fuchs hielt unwillkürlich die Luft an. »Nur eine Katze«, sagte er dann und atmete einmal tief durch. »Schnell, lass uns weitergehen!«, drängte er und wechselte den Sack, in dem er Fackeln, eine Schaufel, ein Seil und eine kurze Eisenstange trug, von einer Schulter auf die andere.

Seit das ehemalige Dominikanerkloster als Schule, Lager, Getreideboden und Pferdestall diente, hatten auch einige Bürger ihre Wohnungen auf dem Gelände. Deshalb stand das Tor zur Dohnaischen Gasse immer offen. Der Magister und seine Frau gelangten ohne Schwierigkeiten hinein, sie wandten sich nach links zur Kirche. Hier stießen sie auf das erste Hindernis. In der Klosterkirche wurden schon seit einigen Jahren keine Gottesdienste mehr abgehalten. Stattdessen wurde sie neuerdings von Kaufleuten und Handwerkern als Warenlager genutzt, das man nachts selbstverständlich verschlossen hielt.

Aber damit hatte Heinrich Fuchs gerechnet. Er setzte den Sack ab und kramte aus der Tasche seines Wamses einen starken, gebogenen Eisendraht sowie eine kleine Zange.

»Soll ich das Licht anzünden?«, flüsterte Sophia.

»Auf keinen Fall«, zischte er. »Das kriege ich auch so hin.«

Er tastete das grobe Schloss ab und führte den Eisendraht vorsichtig in das Schlüsselloch ein. In seinen Fingerspitzen spürte er den Widerstand der Bolzen im Inneren des Schlosses. Er bewegte den Draht ein paarmal hin und her, dann zog er ihn heraus und bog ihn ein wenig weiter auf. Als ein klapperndes Geräusch über den Klosterhof schallte, hätte er die Zange jedoch um ein Haar fallen gelassen.

Eilig drängte er Sophia in den Schatten der Kirchenmauer. Sie stand dicht bei ihm, sodass er ihren raschen Atem hören konnte.

Ein Poltern ertönte und dann die schrille Stimme einer Frau: »Verdammte Mistviehcher, jetzt kriechen sie einem schon ins Bett! Nu mach doch endlich hinne, Albert!«

Eine Männerstimme fluchte, dann hörte Fuchs ein leises Klatschen, als würde etwas im Hof landen. Noch einmal erklang die Stimme des Mannes: »Schon gut, Weib, ich hab sie. Und nu mach das Fenster zu und komm ins Bette!«

Das Fenster schloss sich, im Klosterhof herrschte erneut Stille.

Fuchs, der einen Arm um die Schultern seiner Frau geschlungen hatte, spürte, wie ihr Körper bebte, so sehr unterdrückte sie ein Lachen.

»Kantor Weißenberger und sein Weib bei der nächtlichen Mäusejagd!«, japste sie.

Auch der Magister musste sich das Lachen verbeißen. »Scheint ganz so. Aber jetzt lass mich endlich das verflixte Schloss öffnen.«

Erneut stocherte er mit dem Draht, und dann verriet ihm ein Klicken, dass das Hindernis überwunden war. Langsam, um ein mögliches Quietschen der Türangeln zu dämpfen, drückte er die massive Holztür auf.

In der Kirche war es kalt und stockfinster. Fuchs öffnete den Sack, holte Öllampe, Feuerstein und Lunte hervor und machte sich an die mühsame Arbeit, einen Funken zu erzeugen. Nach mehreren Versuchen gelang es ihm, die Lampe zu entzünden. Im flackernden Schein bemerkte er, wie Sophia ihn mit großen Augen ansah.

»Was ist?«

»Dass du das Schloss so einfach öffnen konntest!« Ihre Stimme klang ein wenig atemlos.

Er lachte überrascht. »Das hab ich dir ja gesagt! Und du weißt auch, dass es mir die Mechanik nun mal angetan hat.«

»Ja, aber dass das so unmittelbar praktischen Nutzen haben kann …«

Der Magister fragte sich einen Augenblick, ob seine Frau ihn auf den Arm nehmen wollte, doch in ihren Augen las er nichts als aufrichtige Bewunderung. »Nicht umsonst habe ich vor Jahren etliche Monate ohne Bezahlung bei Schlossermeister Patzer gearbeitet«, sagte er. Es sollte beiläufig klingen, aber eine angenehme Wärme erfüllte ihn, als Sophia ihm zulächelte.

Sie nahm ihm das Licht ab und beleuchtete den Weg zum Altar. Sie mussten über Kisten, Ballen und Körbe steigen. Neben einer der Säulen standen Fässer mit Pelzen, denen ein strenger Gerbergeruch entstieg. Sophia hob die Lampe und leuchtete nach oben.

»Schau mal, Heinrich, die Kapitelle der Säulen sind beschädigt. Sieht so aus, als hätte jemand das mit Absicht getan.«

Fuchs versuchte, sich zu erinnern, was er über die Klosterkirche gehört hatte. Dann fiel ihm ein, was der alte Weyner ihm einmal beim Bier im Ratskeller berichtet hatte. »Anno 1539 soll es hier im Kloster den Versuch eines Bildersturms gegeben haben.«

»Bilderstürmer? In Pirna?« Sophia sah ihn fassungslos an.

»Es war einen Tag, nachdem der alte Herzog Heinrich die Stadt besucht und die Reformation der Kirche im Sinne Luthers verkündet hatte. Ein Mob zog durch die Gassen zum Kloster und randalierte. Die Kapitelle haben sie mit Pflastersteinen beworfen, erzählte dein Vater. Aber der Bürgermeister und die Stadtwachen hätten dem ein rasches Ende bereitet«, berichtete Fuchs. »Doch lass uns jetzt endlich mit der Suche beginnen.«

Dabei musste er sich eingestehen, dass sie nicht einmal so richtig wussten, wonach sie eigentlich suchten. Nach dem, was der greise Klostergärtner Sophia erzählt hatte, könnte es unter dem Altar einen Hohlraum geben. Darin könnte etwas versteckt sein – im Idealfall das verdammte Codebuch. Aber für den Geschmack des Magisters waren das entschieden zu viele Eventualitäten.

Seufzend setzte er den Sack neben dem Altar ab und holte die Eisenstange heraus. Dann begann er, die Sandsteinplatten ringsum abzuklopfen, eine nach der anderen. Sophia leuchtete ihm dabei, und gemeinsam lauschten sie, ob sich der Klang veränderte. Es dauerte nur kurze Zeit, dann verkündete ein dumpfer Ton, dass sie tatsächlich einen Hohlraum gefunden hatten.

Sophia stieß einen triumphierenden Schrei aus, aber der Magister beeilte sich, ihre Erwartungen zu dämpfen. »Das heißt noch gar nichts! Und selbst wenn da ein Hohlraum ist, wissen wir noch nicht, wie wir uns Zutritt verschaffen sollen.«

Statt einer Antwort entwand Sophia ihm mit einem schnellen Griff die Stange und machte sich daran, weitere Platten abzuklopfen. Es stellte sich heraus, dass der Hohlraum in etwa die Größe einer normalen Tür hatte.

»Und nun?« Fuchs' Frage war rein rhetorisch gemeint, denn an der Art, wie sein Weib ihn ansah, erkannte er, dass sie ihm inzwischen zutraute, für jedes Problem eine Lösung zu finden. Gleichzeitig wurde ihm bewusst, dass er sie auf keinen Fall enttäuschen wollte.

Er holte eine zweite Lampe aus dem Sack und drückte sie Sophia in die Hand. »Du leuchtest die Spalten zwischen den Platten ab und schaust, ob es eine Möglichkeit gibt, sie auszuhebeln oder sonst wie zu öffnen. Ich sehe mir den Altar an.«

»Du vermutest einen verborgenen Mechanismus?«, fragte sie sogleich.

»Wer weiß. Es könnte sein.«

Der Altar bestand aus einem massiv behauenen Sandsteinblock. Der Magister umrundete ihn, beleuchtete jede Stelle, fand jedoch nichts, was nach einem Hebel, einem Druckpunkt oder etwas Ähnlichem aussah. Trotzdem befühlte er den Stein zusätzlich mit der Hand, um keine Möglichkeit außer Acht zu lassen. Nichts! Gerade wollte er Sophia das enttäuschende Ergebnis seiner Untersuchungen mitteilen, als zwei Sachen gleichzeitig geschahen.

Sein Weib rief aufgeregt seinen Namen, und etwas Großes glitt beinah lautlos von oben aus der Dunkelheit auf ihn zu. Abwehrend riss Fuchs die Arme nach oben, die Lampe fiel zu Boden und zerschellte. Noch ehe er reagieren konnte, bildete das Öl auf dem Boden eine brennende Lache. Die Flammen loderten auf und erfassten einen der Wollballen, die vor dem Altar gestapelt lagen.

Sophia schrie auf. Panisch suchte Fuchs nach etwas, womit er die Flammen ersticken konnte, bevor sie die Wolle vollends in Brand setzten. Er entdeckte leere Säcke und warf sie auf den brennenden Ballen. Mit beiden Händen drückte er auf den groben Jutestoff, um dem Feuer die Luft zu nehmen. Nach einigen bangen Herzschlägen stellte er fest, dass er es geschafft hatte. Er atmete auf und musste sofort husten. Es stank nach Rauch und versengtem Stoff, doch das Feuer war erloschen.

Fuchs drehte sich zu seiner Frau um, die noch immer zur Salzsäule erstarrt neben dem Altar stand. Ihre Augen waren weit aufgerissen, und ihre Lippen bebten. Er ging zu ihr und griff nach ihren Händen, sie waren kalt und feucht. »Sophia, es ist alles gut! Es ist nichts weiter passiert«, sagte er.

Ein Schauder überlief sie, dann sah sie ihn an, Bestürzung im Blick. »Heinrich, es tut mir leid!«, sagte sie mit dünner Stimme. »Ich hätte dir helfen sollen, stattdessen habe ich dagestanden wie eine dumme Gans!«

»Du bist erschrocken. Das geht vielen Menschen so, wenn sie sehen, wie Feuer außer Kontrolle gerät«, sagte er und streichelte ihren Arm. Dann fiel ihm ein, dass sie so was nicht zum ersten Mal sah. Natürlich, dachte er betroffen, die Erinnerung an den Brand ihres Vaterhauses stand ihr vor Augen. Fuchs war damals in Zwickau gewesen. Er wusste aus Sophias und Martens Erzählungen, was sich in jener Nacht abgespielt hatte. Kein Wunder, dass sie so verstört war.

Doch Sophia schien sich rasch von ihrem Schreck zu erholen. Sie machte sich los und sah sich suchend um. »Was ist eigentlich geschehen, bevor du die Lampe durch die Kirche geworfen hast?«

»Ich weiß nicht«, sagte er. »Ich hatte das Gefühl, dass sich etwas auf mich stürzen wollte, etwas Großes. Es kam von oben.« Er deutete ein wenig betreten in die Dunkelheit des Kirchendaches hinauf.

In diesem Augenblick drang der helle Streifen eines Mondstrahls durch eins der Kirchenfenster. Sophia begann zu lachen. »Etwas Großes also!« Sie zeigte in eine Mauernische auf der rechten Seite. Dort saß eine junge Schleiereule. Sie blickte aus dunklen Augen vorwurfsvoll auf die Menschen herab, die es gewagt hatten, in ihr Refugium einzudringen.

»Ich finde sie nicht besonders groß. Und außerdem sieht sie recht friedlich aus«, bemerkte Sophia. »Es sei denn, du hängst diesem abergläubischen Unsinn an, wonach Eulen Unglücksbringer und Todesboten sind, die man am besten umbringt und zur Abwehr des Bösen an Türen nagelt.«

Der Magister räusperte sich vorwurfsvoll. Er ließ sich jedoch nicht zu einer Antwort herab. »Aber bevor dieser verwirrte Vogel mich mit einer Maus verwechselte«, sagte er stattdessen, »hast du nach mir gerufen. Warum?«

Sophias Augen leuchteten. »Ich habe etwas gefunden, komm mit!« Sie zog ihn hinter den Altar und beleuchtete eine der Sandsteinplatten. An einer Ecke war die Platte abgesplittert. Sophia schob mit dem Fuß ein wenig Sand in das kleine Loch. Der Magister hörte, wie die Sandkörnchen in der Tiefe leise prasselnd aufschlugen.

»Der Raum darunter muss ziemlich hoch sein, meinst du nicht?«, fragte Sophia aufgeregt.

Er nickte. Ihm wurde klar, dass in der Erzählung des alten Elias offenbar doch ein Fünkchen Wahrheit steckte. Nun war auch seine Neugier geweckt.

»Aber wie kriegen wir die Platte hoch?«, überlegte Sophia.

Fuchs ging zu dem Sack hinüber. Er holte das gebogene Brecheisen hervor, das ihm bereits bei seiner Suche in der Zelle von Pater Johannes gute Dienste geleistet hatte, und hielt es hoch. »Hiermit!« Der Magister verbiss sich ein Grinsen und hoffte auf einen jener bewundernden Blicke, mit denen sein Weib ihn heute Abend schon mehrfach bedacht hatte. Er wurde nicht enttäuscht.

Beflügelt eilte er mit dem Brecheisen hinter den Altar. Er hakte es an der abgesplitterten Stelle ein und versuchte, die schwere Sandsteinfliese hochzustemmen. Mit seinem ganzen Gewicht drückte er auf den eisernen Hebel. Der Schweiß brach ihm aus, und er spürte, wie die Adern an seiner Stirn vor Anstrengung hervortraten. Nach schier endlosem Mühen gab die Platte ein Knirschen von sich, rührte sich aber nicht von ihrem Platz. Schon wollte Fuchs aufgeben, da legte Sophia ihre Hände auf die seinen, und gemeinsam drückten sie mit aller Kraft. Nun gab der Stein nach, die Platte löste sich aus ihren Fugen und glitt zur Seite.

Ein modriger Geruch schlug ihnen aus der Unterwelt der Kirche entgegen.

Sophia verzog das Gesicht, nahm aber sogleich die Lampe, um nach unten zu leuchten.

»Nicht!« Fuchs hielt ihre Hand fest.

»Warum denn?«

»Ich vermute, wir haben tatsächlich die Gruft geöffnet, in der man vor Jahrhunderten die verstorbenen Mönche beigesetzt hat. Ich habe gelesen, dass sich in solch abgeschlossenen Räumen mitunter giftige Dämpfe bilden. Lass uns lieber noch ein wenig warten«, sagte er.

Sophia stellte die Lampe hin und setzte sich auf den Boden. Sie schien auszuruhen, doch ihre Finger spielten unablässig mit den Falten ihres Rockes. Der Magister ahnte, wie schwer ihr das Warten fallen musste. Obwohl er versuchte, seine Erwartungen zu zügeln, fieberte inzwischen auch er dem Moment entgegen, in dem sie die Gruft untersuchen konnten.

Sein Blick fiel auf den angekohlten Ballen und die Rußflecke auf dem Boden vor dem Altar. Diese Spuren müssen wir nachher beseitigen, dachte er.

»Sie werden morgen gleich merken, dass jemand hier war«, sagte Sophia, die offenbar seinem Blick gefolgt war.

»Das darf nicht geschehen«, antwortete Fuchs entschieden. »Niemand darf vermuten, dass in der Kirche nach etwas gesucht wurde.«

»Diese Rußflecken werden wir nicht so ohne weiteres von den Steinen bekommen. Und der Ballen ist auch zu schwer, um ihn fortzuschaffen. Außerdem, wohin damit?«, gab Sophia zu bedenken.

Der Magister schwieg. All das war ihm auch schon durch den Kopf gegangen.

»Wir könnten es als Einbruch tarnen«, schlug Sophia vor. »Wir nehmen einfach etwas Leichteres mit. Dann wird man vermutlich denken, dass der Raub das Ziel des nächtlichen Besuchs war und das Feuer dabei versehentlich ausbrach.«

Fuchs sah sie an. »Manchmal machst du mir Angst, Weib!« Er grinste, doch dann wurde er rasch wieder ernst. »Aber meinst du nicht auch, dass es ein wenig zu weit geht, ehrbaren Kaufleuten ihre Waren zu stehlen? Kannst du das mit deinem Gewissen vereinbaren?«

Sophia nagte an ihrer Unterlippe. »Mal sehen«, sagte sie und erhob sich. Sie ging in der Kirche umher und besah sich im Lampenlicht die verschiedenen Kisten, Ballen, Fässer und Körbe.

»Schau mal hier!« Sie deutete auf das Brandzeichen auf einem kleinen Fässchen. »Das gehört Meister Kohlstrunk.«

Fuchs kannte den Mann. Der stiernackige Tuchmacher, der eher wie ein Rossschlächter aussah, war ein übler Schinder, der seine Lehrlinge oft wegen geringer Vergehen grün und blau schlug. Erst letzte Woche war wieder einer der Jungen weggelaufen.

Noch ehe Fuchs etwas sagen konnte, hatte Sophia das Fass mit dem Brecheisen aufgehebelt und ihre Hand hineingesteckt. Sie förderte graugrüne, krümelige Kugeln von der Größe einer Säuglingsfaust zutage und beäugte sie misstrauisch.

»Waidballen«, sagte der Magister, der hinzugetreten war. »Damit wird Leinen blau gefärbt.«

Sophia sah ihn einen Augenblick irritiert an.

»Ich komme eben aus einer Tuchmacherfamilie«, bemerkte Fuchs und zuckte die Achseln.

Sie lachte. »Natürlich, wie konnte ich das vergessen! Dann werden wir also Waidballen stehlen.«

Der Magister glaubte, sich verhört zu haben. »Du willst was?«

»Den Inhalt dieses Fasses mitnehmen, um einen Raub vorzutäuschen.« Sie schaute auf die Waidballen und dann zu ihm. »Oder ist das nicht wertvoll genug?«

Fuchs zuckte nochmals die Achseln. »Wertvoll? Na ja, schon, schließlich steckt eine Menge Arbeit in der Herstellung der unscheinbaren Dinger. Wahrscheinlich kommen sie aus dem Thüringischen.« Er fischte eins der Bällchen heraus, befühlte es und roch daran. »Beste Qualität jedenfalls. Aber was willst du damit anfangen?«

»Wir geben sie Hannes. Du weißt doch, dass bei den Bomätschern hin und wieder ein wenig geschmuggelt wird?«

Der Magister nickte. Selbstverständlich wusste er, dass die Schiffszieher in schlechten Zeiten darauf angewiesen waren, ihren ausbleibenden Lohn irgendwie zu ersetzen oder aufzubessern. Und wenn die Not groß ist, kann es sich der kleine Mann nun mal nicht leisten, ständig alle zehn Gebote einzuhalten.

»Hannes soll den Erlös an die Witwen und Waisen seiner Leute verteilen«, erklärte Sophia. »So kommt das Geld des Leuteschinders Kohlstrunk denen zugute, die es brauchen können. Das kann ich dann ganz gut mit meinem Gewissen vereinbaren.« Sie warf die Waidbällchen in das Fass zurück und wischte sich die Hände an ihrem Rock ab.

Heinrich Fuchs begann zu lachen. »Weib, du bist wirklich einmalig!« Nun gut, wenn sie damit leben konnte, sollte es ihm ebenfalls recht sein. Schließlich hatte er zu der Zeit, als er bei den Wiedertäufern in Münster gelebt hatte, auch der Idee vom Gemeineigentum allen Privatbesitzes angehangen. »Nachdem das geklärt wäre, lass uns endlich die Gruft untersuchen, denn auch diese Nacht währt nicht ewig.«

Nach einigen Überlegungen kamen sie überein, dass Sophia in die Gruft hinabsteigen musste. Sie würde es jedenfalls nicht schaffen, Fuchs wieder nach oben zu ziehen, und das mitgebrachte Seil war zu kurz, um es irgendwo zu befestigen.

52. KAPITEL

Der Stadtschreiber hob die Hand, um die Schankmagd auf seinen leeren Becher aufmerksam zu machen. Zwar gab es in dieser einfachen Schänke am Elbufer nur den sauren einheimischen Wein, und Schumann bevorzugte eindeutig den süffigen Rebensaft aus Ungarn, aber dafür gefiel ihm das dralle Mädchen, das die Getränke ausschenkte, mit jedem Becher mehr.

Als sie an seinen Tisch kam und ihm ein neckisches Lächeln zuwarf, während sie seinen Becher bis zum Rand füllte, legte er seine Hand besitzergreifend auf ihr Hinterteil. Es fühlte sich gut an – weich und üppig –, genau wie er es mochte.

»He, das gehört Euch nicht, also nehmt die Finger weg!« Mit einer Drehung ihrer Hüfte entwand sie sich aus seinem Griff. Doch dabei lächelte sie noch immer, und statt sofort wieder zu gehen, ließ sie sich auf der Tischkante nieder. Scheinbar zufällig öffnete sich dabei ihr Hemd, dessen Zugband nicht geschlossen war, noch ein Stück weiter und gab neben dem Ansatz ihrer fülligen Brüste auch noch ihre linke Schulter frei.

Schumann lehnte sich zurück und grinste. Also waren die Gerüchte, die er in Altendresden über diese Schänke gehört hatte, wahr. Es hatte geheißen, der Wirt würde hier einige Mädchen mit lockerer Moral beschäftigen, die interessierten Gästen weit mehr anboten als Speis und Trank. Er leckte sich über die Unterlippe, wobei er das Mädchen nicht aus den Augen ließ. Für die Rückkehr nach Pirna war es inzwischen sowieso zu spät, und diese kleine Dirne war genau das, was er jetzt brauchte! Er würde morgen einfach behaupten, dass die Geschäfte, wegen der Carlowitz ihn nach Dresden beordert hatte, mehr Zeit in Anspruch genommen hätten, und was er heute Nacht in dem Städtchen vor den Toren Dresdens trieb, würde in Pirna niemand erfahren.

»Wenn ich hier übernachten wollte«, erkundigte er sich, »würdest du mir dann wohl Gesellschaft leisten?«

»Na, Ihr seid mir vielleicht einer! Kommt gleich ohne jede Umschweife zur Sache, wie?« Sie lachte, dabei warf sie ihren langen schwarzen Zopf in den Nacken. Schumann nahm wohlgefällig zur Kenntnis, dass ihr nur wenige Zähne fehlten. Sie roch nach Wein, gebratenen Zwiebeln, frischem Schweiß und Weib.

Gierig legte er seine Hand auf ihren Oberschenkel und kniff zu. »Oh ja, und das kann ich dir auch gleich beweisen.«

Sie schlug ihm auf die Finger und sprang auf, denn ein Fischer winkte sie an einen Tisch in der Ecke, den er sich mit einem Schuster und zwei Zimmerleuten teilte.

»Damit müsstet Ihr noch warten, bis die Schankstube geschlossen wird«, flüsterte sie Schumann beim Gehen ins Ohr.

»In Ordnung, du findest mich hier«, rief er ihr hinterher. Er griff nach seinem Weinbecher, beschloss jedoch nach einem weiteren Schluck, ihn nicht auszutrinken. Schließlich wollte er diese Nacht nicht im Rausch verbringen, sondern nach langer Zeit mal wieder ein Weib beschlafen, das er härter herannehmen konnte als seine brave Amalia. Zwar hatte er ihr keusches Nachthemd inzwischen im Kamin verbrannt, aber nach wie vor lag sie angststarr unter ihm, wenn er sie bestieg, und atmete erleichtert auf, sobald er sein Geschäft beendet hatte.

Nein, da hatte er sich heute wirklich etwas anderes verdient, nach dem entnervenden Tag im Schloss. Während er beobachtete, wie die rundliche Schankmagd flink und behände zwischen den Tischen umherlief, wanderten seine Gedanken erneut zu den unerfreulichen Stunden zurück, die er in einem Vorzimmer der Kanzlei zugebracht hatte.

Es war das erste Mal gewesen, dass Carlowitz Schumann aufs Dresdner Schloss beordert hatte. Natürlich gab es einen offiziellen Grund für die Reise nach Dresden. Er wolle den Stadtschreiber und Ratsherrn Wolf Schumann wegen der Beschwerde des hohen Rates zu Pirna gegen den Bischof von Meißen sprechen. Schumann dachte allerdings nicht, dass sich in der Angelegenheit mit den Geldern für den Verkauf des Terminierhauses wirklich etwas bewegen würde. Stattdessen vermutete er, Carlowitz habe ihn rufen lassen, um von ihm Rechenschaft in einer ganz anderen Angelegenheit zu fordern. Das allein war schon unangenehm genug. Darüber hinaus plagten den Stadtschreiber aber auch diffuse Ängste, Carlowitz könnte Wind davon bekommen haben, dass Schumann sich inzwischen regelmäßig mit Margaretha von Bünau traf, um Informationen auszutauschen. Während er der Edelfrau darüber berichtete, welche Meinung die einflussreichsten Bürger Pirnas zu den Entscheidungen hatten, die am Dresdner Hof getroffen wurden, erzählte sie ihm, was sie über die gegenwärtigen Reisepläne und Unternehmungen des herzoglichen Rates in Erfahrung gebracht hatte.

Carlowitz verbrachte seit einigen Wochen wieder die meiste Zeit in seiner Amtshauptmannschaft Leipzig. Dort kümmerte er sich unter anderem um die finanzielle Absicherung der Universität. Für die Studiosi sollte ein Convictorium eingerichtet werden – ein gemeinsamer Tisch. Darüber hinaus sollten im ehemaligen Paulinerkloster Unterkünfte für ärmere Studenten entstehen. Die Zuständigkeiten für die eingezogenen Klostergüter waren mitunter sehr verwickelt, zumal in einigen Fällen auch Kurfürst Johann Friedrich dabei ein Mitspracherecht hatte, dem der Rat dabei natürlich gelegentlich auf die Füße treten musste. Das waren Nachrichten, die Schumann hoffnungsvoll stimmten. Aber es gab auch anderes.

Hastig zog er das Fläschchen mit der Medizin aus der Tasche seines Mantels. Während er unauffällig einen Schluck des bitteren Gebräus nahm, überlegte er, wie er die spärlichen Fakten und

Vermutungen, die Hanna ihm bisher berichtet hatte, für den herzoglichen Rat ein wenig aufbauschen konnte.

Dann dachte er daran, dass ihm Margaretha bei ihrer letzten Unterhaltung vom immer wieder aufflammenden Jähzorn des jungen Herzogs berichtet hatte. Insbesondere dann, wenn er glaubte, jemand würde ihm nicht den nötigen Respekt entgegenbringen, konnte Moritz von Sachsen sehr ungemütlich werden. Erst jüngst habe er bei einer Jagd befohlen, einen ertappten Wilderer an einen lebenden Hirsch zu ketten, der dann wieder in den Wald getrieben worden war. Dieses schaurige Bild war Schumann in der letzten Nacht in einem Albtraum erschienen – nur dass er dabei derjenige war, der hilflos auf dem Rücken des Hirsches hing und einem grausamen Ende entgegenraste.

Während der Stadtschreiber weiterhin wartete, versuchte er, sich trotz seiner Sorgen und Nöte zu entspannen. Doch kaum hatte die besänftigende Wirkung seines Magentrankes eingesetzt, flog die Tür auf und Christoph von Carlowitz kam mit schlammbespritzten Reitstiefeln herein.

Er warf einem Diener seinen Hut und den staubigen Umhang zu und eilte, ohne einen Blick auf die Wartenden in seinem Vorzimmer zu werfen, in sein Arbeitskabinett. Im Vorbeigehen gab er Schumann einen Wink, ihm zu folgen.

»Schließt die Tür, Stadtschreiber!«

Schumann zog die Tür ins Schloss, nahm seinen Hut ab und blieb schweigend vor dem riesigen Arbeitstisch des herzoglichen Rates stehen, der mit Papieren und Büchern übersät war.

Carlowitz setzte sich, schaute seinen Besucher an und strich sich über den gepflegten rotblonden Bart.

»Sagt mir, Schumann, was habt Ihr eigentlich in den letzten Monaten so alles getrieben?«, fragte er gedehnt.

Dem Stadtschreiber wurde heiß und kalt zugleich, er begann zu schwitzen und spürte, wie der Schmerz in seinem Magen mit voller Wucht zurückkehrte. Ihm war klar, dass sich die Frage des Rates nicht auf den Pirnschen Rechtsstreit mit dem Meißner

Bischof bezog. Wusste Carlowitz womöglich längst über seine Besuche in Pillnitz Bescheid? Schumann atmete ein paarmal vorsichtig ein und aus. Er ermahnte sich, bei seinem ursprünglichen Plan zu bleiben und seine Bemühungen um das Buch in ein vorteilhaftes Licht zu rücken.

»Hanna, die Amme der Fuchsin, ist mir verpflichtet. Sie vermutet, dass es im Haus der Fuchsens eine geheime Kammer gibt, in der das Buch versteckt ist«, sagte er, wobei er hoffte, dass seine Stimme fest und sicher klang.

»Wollt Ihr mich veralbern, Stadtschreiber!« Carlowitz' Faust krachte auf die Tischplatte, dass das Tintenglas ins Wanken geriet und ein Bücherstapel umkippte. »Wenn ich Euch meine äußerst knapp bemessene Zeit widme, will ich kein Gewäsch von Euch hören! Was diese Hanna vermutet, ist mir egal. Ich habe Euch gewarnt – berichtet mir gefälligst etwas, das Substanz hat!«

Schumann versuchte, die feuchten Hände unauffällig an seiner Hose abzuwischen. Die Sache lief viel schlechter, als er befürchtet hatte.

»Vor ein paar Tagen belauschte die Amme ein Gespräch, bei dem die Fuchsin den Magister bat, ihr bei der Suche nach irgendetwas in der ehemaligen Kirche des Klosters behilflich zu sein«, sagte er hastig.

»Dann schaffen sie es vielleicht endlich, den Schlüssel zu finden. Und ausgerechnet jetzt bringt Ihr Schwachkopf von einem Schreiberling das gesamte Unternehmen in Gefahr!« Der Rat verzog missbilligend das Gesicht.

Schumann zuckte zusammen, und vor seinem inneren Auge erschien wieder das Bild des Hirschs, auf dessen Rücken er geschmiedet lag.

»Welcher Teufel hat Euch eigentlich geritten, diesem Winkelalchemisten Lapidius von der Existenz des Buches zu erzählen!«, donnerte Carlowitz.

Ungläubig sah Schumann ihn an. Woher wusste er davon? Der

Mann musste der Teufel persönlich sein, anders ließ sich das alles nicht mehr erklären!

»Ihr solltet Eure Helfer wirklich sorgfältiger auswählen, Schumann. Euer ehemaliger Kommilitone hat nämlich eine Schwäche für billige Huren, denen er dann im Bett so manches erzählt, um seine Männlichkeit aufzuwerten.« Carlowitz machte ein abfälliges Geräusch.

Der Stadtschreiber wusste nicht, was er sagen sollte. Er hatte vorausgesetzt, dass der eigenbrötlerische Alchemist, der sein Laboratorium mit einem Labyrinth selbstgebauter Fallen umgab, mit niemandem über seine Angelegenheiten sprechen würde. Welch verhängnisvoller Irrtum!

»Ihr werdet das wieder in Ordnung bringen, Stadtschreiber! Ihr werdet dafür sorgen, dass dieser herumhurende Zauberlehrling künftig seinen Mund hält!«, verlangte Carlowitz. »Habt Ihr mich verstanden?«

»Natürlich«, versicherte Schumann rasch. Er hatte zwar keine Ahnung, wie er das anstellen sollte, aber darüber konnte er sich später noch Gedanken machen.

»Euch ist doch hoffentlich klar, dass Ihr ausgespielt habt, sobald der Magister und sein Weib begreifen, dass Ihr derjenige seid, der hinter dem Buch her ist? Und glaubt ja nicht, Ihr könntet der Hand des Gesetzes dann noch einmal entwischen.« Carlowitz musterte Schumann voller Widerwillen.

Dem Stadtschreiber lief es eiskalt über den Rücken. »Ja, aber Ihr werdet doch sicher …«

Mit einer Handbewegung unterbrach der Rat das Gestammel. »Ich werde gar nichts, mein Lieber. Und das nicht nur, weil der Herzog mich derzeit so mit Aufgaben überhäuft, dass ich gar nicht weiß, was ich zuerst tun soll.« Er deutete auf die Schriftstücke auf dem Schreibtisch, und ein zufriedener Glanz trat in seine Augen. »Seit Beginn dieses Jahres versuche ich ununterbrochen, meine Geschäfte als Amtmann von Zörbig und Leipzig mit den diplomatischen Missionen für den Herzog und seinen Wün-

schen bezüglich der Bildung in Sachsen in Einklang zu bringen.«
Carlowitz schwieg einen Augenblick. Dann schien er sich wieder
an Schumann und den eigentlichen Anlass des Gespräches zu
erinnern. »Ihr solltet also besser dafür sorgen, dass Ihr mir weiterhin nützen könnt, Stadtschreiber!«

Mit einem stummen Wink entließ ihn Carlowitz, und Schumann taumelte hinaus.

Anschließend war er mehrere Stunden ziellos umhergelaufen und
schließlich in dieser Schänke auf der anderen Elbseite gelandet,
die er bereits von seinem letzten Besuch bei Lapidius kannte. Obwohl der Stadtschreiber vorgehabt hatte, den restlichen Wein stehen zu lassen, griff er noch einmal zu seinem Becher. Angst
schnürte ihm die Kehle zu. Er verfluchte die Stunde, in der er die
Idee gehabt hatte, Lapidius um Hilfe zu bitten. Nichts als Ärger
hatte ihm dieser leichtfertige Entschluss eingebracht! Erneut bedachte er seine Optionen. Wenn er verhindern wollte, dass der
Alchemist weiter Geschichten über das Buch in die Welt setzte,
musste er bald und entschlossen handeln. Da Schumann über
keinerlei Druckmittel verfügte und Lapidius auch nicht an Geld
interessiert war, schien es nur eine Möglichkeit zu geben – der
Alchemist musste sterben! Bei diesem Gedanken begann Schumanns Herz zu rasen. Doch dann sah er, dass er inzwischen der
letzte Gast in der Schankstube war und die appetitliche Dirne
sich gerade mit wiegenden Hüften seinem Tisch näherte. Da sagte
er sich, dass er sich mit der Frage nach dem baldigen Ableben seines ehemaligen Studienkollegen frühestens am nächsten Morgen
befassen musste.

53. Kapitel

In dem Moment, als Sophia über dem finsteren Abgrund schwebte, verfluchte sie ihre Neugier. Mit verschwitzten Händen umklammerte sie das Seil, an dem der Magister sie in die Gruft hinabließ. Der modrige Geruch legte sich wie ein feuchtes Tuch auf ihr Gesicht. Sie hatte das Gefühl, nicht genug Luft zu bekommen. Doch schon nach wenigen Augenblicken spürte sie festen Boden unter ihren Füßen und zerrte an dem Knoten, mit dem das Seil um ihre Hüfte geschlungen war. Kaum hatte sie ihn gelöst, reichte ihr Fuchs, der bäuchlings am Rande der Öffnung lag, die Lampe herunter.

Sophia hielt das Licht wie einen Schild vor sich und wagte den ersten Schritt. Der unterirdische Raum war größer, als es zunächst ausgesehen hatte, und reichte bis weit unter den Altar. Obwohl sie darauf vorbereitet war, schnappte Sophia vernehmlich nach Luft, als ihr Blick auf die Wände ringsum fiel. Darin befanden sich flache, gemauerte Nischen, in denen sie die Überreste von unzähligen Mönchen entdeckte. Ursprünglich waren sie wohl im schwarz-weißen Habit der Dominikaner beerdigt worden, doch inzwischen waren die Kutten größtenteils zerschlissen und zerfallen und gaben den Blick auf fahl schimmernde Knochen frei. Einige der Leichname waren noch mit lederartigen Überresten vertrockneter Haut überzogen, und auf ihren Schädeln befanden sich Büschel von Haaren. Die Öllampe in Sophias Hand zitterte. Die toten Mönche bleckten die Zähne und grinsten die ungebetene Besucherin boshaft an, wobei schwarze Schatten in ihren leeren Augenhöhlen lauerten.

»Was siehst du?«, rief ihr der Magister von oben zu.

Sophia holte tief Luft. Trotzdem klang ihre Stimme recht dünn. »Jede Menge Skelette. Heinrich, mich graust es!«

Der Magister seufzte, dann rief er betont heiter: »Keine Angst! Die sind schon tot, die beißen nicht!«

Beinah hätte Sophia die Lampe fallen lassen, als sich direkt vor ihr eine dicke schwarze Spinne von der Decke der Gruft abseilte.

Ihre Stimme klang nun noch ein wenig verzagter. »Nein, die nicht, aber die fetten Spinnen hier vielleicht schon.« Vor Spinnen hatte sie fürchterliche Angst! Allein bei dem Gedanken, eine von ihnen könnte auf ihr herumkrabbeln, brach ihr am ganzen Leib der Schweiß aus.

»Nicht doch«, versuchte Heinrich Fuchs, sie aufzumuntern. »Die Spinnen hierzulande beißen keine Menschen.«

»Bist du dir da sicher?« Sophia schüttelte sich. »Trotzdem will ich nichts mit ihnen zu tun haben! Sie gelten immerhin als Pest-dämonen.«

»Das ist ebenso ein Aberglaube wie der, dass Eulen Unglück brächten. Du siehst, es gibt nicht den geringsten Grund zu erschre-cken!«, erklärte der Magister.

Sophia fragte sich, ob sie sich den spöttischen Unterton in seiner Stimme nur einbildete.

Doch da mahnte er sie schon zur Eile. »Los jetzt! Sieh nach, ob du irgendwelche Nischen finden kannst, in die ein Buch hinein-passen könnte.«

Aber sie ging zurück und hielt die Hand nach oben. »Gib mir einen Stock oder etwas Ähnliches«, forderte sie mit Nachdruck. »Ich stecke meine Hand auf gar keinen Fall in Nischen, in denen Spinnen hocken!«

Fuchs reichte ihr das Brecheisen. »Aber bitte versuche nicht, damit die Spinnen zu erschlagen.«

»Wieso eigentlich nicht? Mir gefällt der Gedanke!«

Er konnte es natürlich nicht lassen, sie noch ein bisschen zu rei-zen. »Es könnte das Gewölbe destabilisieren, und du möchtest doch sicher nicht dort unten verschüttet werden, mit all diesen haarigen, dämonischen Spinnen.«

Sophia gab ein unweibliches Schnauben von sich und tastete sich wieder in den hinteren Teil der Gruft vor. Dort stocherte sie zaghaft in der ersten Nische herum. Da sie aus Angst vor den Spinnen das Brecheisen mit spitzen Fingern hielt, streifte sie damit aus Versehen das Skelett. Mit einem trockenen Klappern fiel der Arm der Toten ab, und die Knochen landeten vor Sophias Füßen. Erschrocken ließ sie das Brecheisen fallen und kniete nieder. Panisch versuchte sie, die Knochen aufzuklauben, doch dabei richtete sie noch mehr Schaden an, denn nun löste sich auch noch die Hand vom Arm, und die Fingerknöchelchen kollerten wie Murmeln über den Boden der Gruft.

Sophia musste wohl einen Schrei ausgestoßen haben, denn sogleich vernahm sie die besorgte Stimme des Magisters.

»Was ist passiert?«

Sie sah auf und erblickte ihren Eheherrn kopfüber mit dem halben Oberkörper in der Öffnung hängend. Er unterzog sie einer raschen Musterung.

Sophia schaute verzweifelt auf die verstreuten Knochen. Was sie hier tat, war Störung der Totenruhe – eine schwere Sünde!

»Sophia?« Die Stimme des Magisters klang nun eher ungehalten.

Sie schniefte aufgeregt. »Einer der Mönche ist auseinandergefallen. Ich, ich suche gerade nach seinem Arm.«

Der Magister stemmte sich wieder hoch. »Lass das!«, sagte er unwirsch. »Du vergeudest nur Zeit. Ein fehlender Arm wird der Auferstehung des Mannes beim Jüngsten Gericht nicht im Wege stehen. Such endlich das verdammte Codebuch!«

Sophia konnte deutlich hören, was er nicht gesagt hatte. Sie wusste, dass er diese Suche für nutzlos hielt und nur ihr zuliebe mitgekommen war. Das rechnete sie ihm hoch an, aber gerade jetzt fühlte sie sich durch seine Ungeduld und seinen Pragmatismus unter Druck gesetzt. Sie presste die Lippen zusammen und griff zu, um Elle und Speiche des toten Mönches wieder an Ort und Stelle zu legen. Dabei hörte sie, wie der Magister oben umherging und die Kirchentür öffnete. Selbst hier unten, in der Gruft, vernahm sie das Heulen des Windes, der um die Kirche pfiff. Sophia fegte eilig mit beiden Händen die Fingerknöchelchen zusammen und legte sie neben den ehemaligen Besitzer. Dann ergriff sie erneut die Eisenstange und arbeitete sich verbissen von einer Nische zur nächsten vor.

»Sophia, beeile dich! Es beginnt zu regnen!«

»Ich bin gleich fertig.« Allmählich verspürte sie eine gewisse Ernüchterung und fürchtete, der Magister könnte recht behalten. Wahrscheinlich war das Ganze tatsächlich sinnlos, denn hier unten gab es nur alte Knochen und diese scheußlichen Spinnen. Sie hörte, wie ihr Mann im Kirchenschiff hin und her ging und hantierte. Vermutlich war er dabei, ihre Spuren zu verwischen.

Lustlos stocherte sie in der vorletzten Nische, da spürte sie plötzlich einen Widerstand. Ihr Atem beschleunigte sich, und sie setzte das Brecheisen noch einmal in einem anderen Winkel an. Dann hatte sie keine Zweifel mehr: In dieser Nische befand sich hinter dem Skelett ein Gegenstand! Sie knabberte an ihrer Unterlippe, und ihre Gedanken überschlugen sich. Mit dem Brecheisen würde sie ihren Fund nicht herausbekommen, es sei denn, sie warf zuvor den Toten aus seiner letzten Ruhestätte. Das konnte sie auf keinen Fall tun! Sie holte tief Luft. Es würde ihr nichts anderes übrig bleiben, als mit der Hand in die Nische zu greifen.

Mit fest zusammengekniffenen Augen tastete sie sie sich vor, wobei sie fortwährend damit rechnete, das Krabbeln haariger Spinnenbeine auf ihrem Handrücken zu spüren oder mit ihren Fingern auf den fetten Leib eines dieser widerlichen Tiere zu treffen. Sie würgte. Aber noch bevor sich ihr Abendessen weiter ihre Speiseröhre hinaufarbeiten konnte, fühlte sie staubigen Stoff und griff beherzt zu. Im flackernden Lampenlicht betrachtete sie den Fund einen Augenblick lang. Es war ein schmales, in Leinen eingeschlagenes Päckchen, umschnürt mit einem Lederbändchen.

Durchaus möglich, dass es das Codebuch war. Ja was zum Teufel sollte es auch sonst sein! Immerhin war der Stoff, mit dem es eingewickelt war, in einem viel besseren Zustand als die Kutten der toten Mönche. Es war also erst viel später in die Gruft gebracht worden.

»Heinrich!« Ihr Schrei hallte in ihren eigenen Ohren wider, während sie mit der Lampe und dem Päckchen in den Händen zurück zur Öffnung stürzte.

Ihr aufgeregtes Keuchen ging in ein Kichern und dann in ein lautes Lachen über. »Ich hab es!« Sie reckte ihre Hände triumphierend nach oben, wo sie das entgeisterte Gesicht ihres Mannes erblickte.

Der Magister brauchte offenbar einen Augenblick, ehe er begriff, dass sie tatsächlich etwas gefunden hatte. Dann nahm er ihr Lampe und Päckchen ab. Sophia knotete sich mit fliegenden Fingern das Seil um die Hüfte und warf ihm das andere Ende zu. Sie atmete noch immer heftig, ihr Herz hämmerte. Wieso brauchte er denn so lange, um sie heraufzuziehen? Ungeduldig zerrte sie an dem Seil.

»Weib, wenn du nicht sofort still hältst, lasse ich dich dort unten bei den Skeletten und Spinnen!«, schimpfte er. Sie sah, wie er schwitzend vor Anstrengung an dem Seil zerrte. Seine Füße rutschten über die Sandsteinplatten. Bebend vor Ungeduld, bemühte sie sich, ganz still zu halten, bis er sie endlich so weit heraufgezogen hatte, dass sie nach dem Rand der Öffnung fassen und ihn unterstützen konnte.

Kaum war sie oben, fiel sie ihm um den Hals und jauchzte: »Heinrich, wir haben es!«

Er legte die Arme um sie und küsste ihre Wange. »Das wissen wir erst sicher, wenn wir deinen Fund richtig angesehen haben«, murmelte er dann.

Sofort ließ sie ihn los und hob das Päckchen vom Boden auf. Ihr Mann hielt die Lampe, während Sophia vorsichtig das Lederbändchen löste. In dem Moment, als sie, atemlos vor Spannung, den staubigen Stoff auseinanderschlug, flammte hinter den hohen Fenstern der Kirche ein Blitz auf und warf helles Schlaglicht auf ein kleines, in altes Pergament gebundenes Heftchen. Mit bebenden Fingern schlug Sophia es auf. Der Magister hob die Lampe, um die Seiten zu beleuchten. Sophias Herz geriet ins Stolpern, als sie die verschlungenen Zeichen aus dem geheimnisvollen Buch wiedererkannte. Der Donnerhall, der jetzt durch das Gewölbe der Kirche rollte, dröhnte in ihren Ohren. Sie sah zwar, wie Heinrich seine Lippen bewegte, konnte ihn aber nicht verstehen. Sie richtete ihren Blick wieder auf das Heft in ihrer Hand. Es hatte nur wenige Seiten, die allesamt in zwei Spalten unterteilt waren. Links standen die Schriftzeichen aus dem Buch, rechts daneben jeweils ein lateinischer Buchstabe. Durch das Rauschen des Regens konnte Sophia den heftigen Atem ihres Mannes hören. Er hatte eine Hand auf seine Brust gepresst und schwankte leicht, sein Gesicht wirkte gespenstisch bleich.

Sie griff nach seinem Arm. »Was ist mit dir?«

Heinrich Fuchs schüttelte den Kopf und sah sie entgeistert an. »Nichts. Aber das da …« Er stockte und zeigte auf das Büchlein. »Ich habe nicht wirklich daran geglaubt, dass es existiert, geschweige denn, dass wir es heute finden.«

Sophia lachte. Sie wusste nicht, wohin mit dem Ansturm von Gefühlen, der über sie hereinbrach, und fiel ihm erneut um den Hals. Er stand da wie eine Statue und rührte sich nicht. »Aber wir haben es gefunden! Danke, dass du mitgekommen bist, auch wenn du mich für übergeschnappt gehalten hast. Danke, Heinrich!« Sie küsste sein Gesicht.

Endlich schien er aus seiner Erstarrung zu erwachen. Während er mit einer Hand noch immer die Lampe hielt, umfing er sie mit der anderen. Einen Herzschlag lang sah er ihr in die Augen. Sie erkannte die Freude in seinem Blick, aber auch Angst und eine Sehnsucht, die ihr Innerstes in Aufruhr versetzte. Dann suchten seine Lippen ihren Mund. Sophia erwiderte seinen Kuss so heftig, dass ihre Zähne gegeneinanderstießen. Sie mussten gleichzeitig lachen, und Sophia wurde bewusst, dass das nicht der richtige Zeitpunkt war, die verwirrenden Gefühle zu erkunden, die Heinrichs Gegenwart in ihr auslöste.

Er schien ähnlich zu empfinden, denn er ließ sie mit einem bedauernden Schulterzucken los und räusperte sich. Mit beiden Händen deutete er auf die ausgehebelte Platte und die umherliegenden Werkzeuge. »Wir sollten aufräumen und dann schnell verschwinden.«

Sophia nickte schweigend. Sie steckte das Büchlein in die Tasche ihres Rockes, dann klaubte sie die Stoffverpackung und das Lederbändchen vom Boden auf. Obwohl der Regen noch immer auf das Kirchendach prasselte und vereinzelte Blitze aufleuchteten, schien sich das Grollen des Donners allmählich zu entfernen. Das Gewitter zog vorbei.

54. KAPITEL

ophia biss sich in die Hand, um nicht vor Ungeduld zu
schreien, während Heinrich Fuchs vorsichtig die Stein-
platte in der Alchemistenkammer anhob. Gleich würde
er das Buch aus seinem Versteck holen, und ihre Nerven befanden sich seit dem Fund des Codebuches in einem Zustand
fiebriger Erregung.

In den wenigen Stunden, die ihr nach der Rückkehr aus der
Kirche bis zum Morgen geblieben waren, hatte sie keinen Schlaf
finden können. Unruhig hatte sie sich in dem viel zu großen Bett
gewälzt und den Magister beneidet, der seelenruhig unten in seiner Arbeitskammer schnarchte. Am Morgen konnte sie sich kaum
dazu überwinden, einen Löffel des Hirsebreis zu essen, den
Hanna gekocht hatte. Die Zeit, bis die Amme endlich mit Justus
zu ihrem täglichen Spaziergang aufbrach, war ihr endlos lang
erschienen, und sie war nicht in der Lage gewesen, sie mit sinnvol-
len Beschäftigungen zu füllen.

»Hier, nimm!« Heinrich reichte ihr das Buch, und sie legte es
auf den Arbeitstisch neben das Codebuch.

Sie hatten beschlossen, das Buch ausschließlich hier, in der verborgenen Alchemistenkammer zu studieren, wo sie es jederzeit
rasch verstecken konnten. Und sie wollten es nur hervorholen,
wenn sie garantiert allein im Haus waren. Der Magister hatte auf
diesen Vorsichtsmaßnahmen bestanden, da sie noch immer nicht
wussten, in wessen Auftrag Kunz das Buch im letzten Jahr hatte
stehlen sollen.

Fuchs rückte einen zweiten Schemel an den Tisch, während

Sophia das Buch aufschlug und es neben das Codebuch legte. Er reichte ihr Papier und Tinte.

Mit angehaltenem Atem schrieb sie die Entschlüsselung des ersten Wortes auf ein Blatt. Sie stutzte, überprüfte das Geschriebene noch einmal und runzelte die Stirn. Dann zuckte sie mit den Schultern und machte sich an das nächste Wort. Obwohl der Magister ständig versuchte, über ihre Schulter einen Blick auf den Text zu werfen, und sich mehrfach ungeduldig räusperte, hielt sie erst inne, nachdem sie den gesamten ersten Satz zu Papier gebracht hatte. Mit einem bedauernden Seufzen schob sie ihm das Blatt zu.

»Zuerst dachte ich, es wäre vielleicht doch eine alte Form von Latein. Aber ehrlich gesagt, ich verstehe kein Wort davon.«

Der Magister lächelte nachsichtig. »Vielleicht ist es ein italienischer Dialekt. Ich habe während meines Studiums in Bologna ein paar davon erlernt. Lass mal sehen.« Er hielt das Papier ein Stück von sich weg, um besser lesen zu können.

Sophia sah ihn von der Seite an. All ihre Hoffnung ruhte nun auf ihrem Ehemann, vor dessen Gelehrsamkeit sie die größte Hochachtung hatte. Gleich würde sie erfahren, worum es in dem ersten Satz des Buches ging, das sie bereits seit ihrer Kindheit so sehnsüchtig zu lesen wünschte. Sie dachte an ihre Zeit in Leipzig, als sie mit dem alten Professor, dem Vater ihrer Tante, versucht hatte, den Text zu entschlüsseln, und an die vielen Stunden in den vergangenen Monaten, in denen sie die Abbildungen mit Pflanzen aus der Natur verglichen hatte. Alle Mühen waren bisher vergeblich gewesen. Aber heute hatte sie das Codebuch! Heute würde sie endlich erfahren, ob sie mit ihrer Vermutung, das Buch könne ein Rezept gegen die Pest enthalten, auf der richtigen Spur war.

Sie sah, wie das zuversichtliche Lächeln auf dem Gesicht ihres Ehemanns erlosch und einem Stirnrunzeln Platz machte. Seine Schultern sackten herab, und sein Mundwinkel zuckte unwillig. Sophia hatte nervös die Hände ineinander verschlungen, ihr Herz machte einen unsicheren Hüpfer. Sie wusste es bereits, bevor der Magister es aussprach.

»Es tut mir leid, meine Liebe, aber ich kann damit auch nichts anfangen«, gestand er und warf ihr einen betretenen Blick zu. »Hier gibt es nur ein einziges Wort, das ich verstehen kann. Hier, das könnte Sonne heißen.«

Aber Sophia schüttelte den Kopf, sie war noch nicht bereit aufzugeben. Sie nahm ihm das Blatt aus der Hand, griff nach der Feder und zog die Bücher wieder zu sich heran.

»Wahrscheinlich brauchst du einfach mehr Material und mehr Zeit.« Sie begann, den nächsten Satz entsprechend dem Schlüssel aufzuschreiben.

»Ich weiß nicht.« Der Magister klang nicht überzeugt. Aber als sie fünf Sätze beieinanderhatte, langte er nach dem Blatt. »Dann zeig mal her.«

Wieder las er mit gerunzelter Stirn, wobei er die Wörter vor sich hin murmelte. Dann schüttelte er den Kopf, und seine Augen kehrten noch einmal an den Anfang des letzten Satzes zurück.

Sophia bemühte sich, still zu sitzen, aber unter dem Tisch knetete sie ihre Finger. Es schien ihr eine Ewigkeit zu dauern, bis ihr Ehemann von dem Papier aufsah.

»Und?« Ihre Stimme klang gepresst.

Fuchs zog skeptisch die Mundwinkel nach oben. »Ich weiß nicht recht.«

Gespannt wartete Sophia, dass er sich genauer erklärte.

»Ein paar wenige Wörter kann ich übersetzen. Bei ein paar anderen kann ich vermuten, was sie bedeuten.« Er zuckte mit den Schultern. »Ich kann mich natürlich auch irren. Aber bei der Hälfte habe ich nicht die geringste Ahnung, ehrlich«, gab er zu.

»Aber du könntest es doch trotzdem schaffen.« Sophia wollte keine Zweifel zulassen. Sie sah, wie es im Gesicht des Magisters arbeitete.

Schließlich sagte er mit einem ergebenen Seufzen: »Also gut, ich werde es versuchen.«

Sophia wollte ihm um den Hals fallen, doch er hielt sie zurück. »Es wird sehr lange dauern. Außerdem brauche ich noch ein paar Bücher dazu. Ich habe einen Freund in Mailand, der sie mir vielleicht besorgen könnte. Aber das wird Geld kosten, das wir eigentlich nicht haben.«

Sophia atmete tief ein. Sie versuchte, die Enttäuschung nicht zuzulassen, die sie überwältigen wollte, denn sie war sich so sicher gewesen, das Buch nun bald lesen und nutzen zu können. Doch es war nichts gewonnen, wenn sie nun wegen einer weiteren Verzögerung den Kopf hängen ließ. Schließlich war sie der Entschlüsselung mit dem Fund des Codebuches einen entscheidenden Schritt näher gekommen, genau genommen sogar den alles entscheidenden Schritt. Der Rest war nur noch eine Frage der Zeit!

Sie spürte Heinrichs Hand auf ihrem Nacken.

»Nun, geht es dir besser?«, fragte er besorgt.

Sie lächelte ihn an und merkte, dass sie sich tatsächlich besser fühlte. Sie hatte das Codebuch, sie hatte einen Plan, und vor allem hatte sie einen Ehemann, auf den sie sich vollkommen verlassen konnte.

Er hob ihr Kinn mit seinen Fingerspitzen und schaute ihr in die Augen. Ein warmes Lächeln erschien auf seinem stoppelbärtigen Gesicht. »Es geht dir besser!«, stellte er fest.

Sophia blickte ihn an und erkannte die grenzenlose Zuneigung in seinen Augen. Sie fragte sich, weshalb sie nicht schon viel eher begriffen hatte, dass er sie liebte. Und sie? Wie stand es eigentlich um ihre Gefühle für diesen wunderbaren, treuen Mann? Aber ehe sie sich die Frage beantworten konnte, zuckte Fuchs zusammen und ließ sie los.

»Hanna ist wieder zurück«, flüsterte er und griff hastig nach dem Buch.

Jetzt hörte Sophia ebenfalls Schritte in der Diele, gleichzeitig vernahm sie von fern das Schlagen der Kirchturmuhr. Sie hatten nicht bemerkt, wie die Zeit verstrichen war!

Sophia raffte die Blätter zusammen und legte sie in das Codebuch. Dann reichte sie es dem Magister, der bereits neben der losen Bodenplatte stand. Noch bevor Hanna die Küchentür öffnete, hatten sie es geschafft, die Alchemistenkammer zu verlassen und die Regaltür zu schließen.

55. Kapitel

Als die Sonne hinter dem Copitzer Elbufer versank, wurden auf dem Festplatz vor der Schänke die ersten Fackeln entzündet. Sophia stellte sich auf die Zehenspitzen und hielt Ausschau nach ihrem Ehemann. Ringsum saßen Marias und Martens Hochzeitsgäste an langen Tischen und schmausten. Obwohl das Hochzeitsmahl schon seit Stunden andauerte, waren die Feiernden begeistert, als die beiden Mägde jetzt mit einem breiten Holzbrett voller Teller mit dampfender Suppe auftauchten. Neben den Tischen waren zwei große Fässer aufgebockt, aus denen ein Knecht unablässig roten Wein in Tonkrüge zapfte, die ihm von den durstigen Gästen beinah aus der Hand gerissen wurden. Sophia entdeckte Jonas, der an einem der Fässer lehnte und mit dem Finger eine Schüssel ausschleckte. Zu seinen Füßen hockte ein kleiner Hund, der offenbar darauf hoffte, dass der Junge ihm etwas abgab.

Sophia hörte, wie unten am Fluss ein Dudelsack quietschte und das Rasseln eines Schellenkranzes ertönte, gefolgt vom Kreischen der Fiedel. Die Musiker begannen, sich für den Hochzeitstanz einzuspielen. Sophia raffte den Rock ihres neuen Kleides und kletterte auf eine der Bänke, ohne sich darum zu scheren, ob einer der Gäste an ihrem Verhalten Anstoß nahm. Von ihrem erhöhten Aussichtspunkt konnte sie nun den gesamten Festplatz überblicken. Sie zählte insgesamt neun Tische und überschlug rasch im Kopf, dass Marten dafür etwa fünf Gulden Strafe würde zahlen müssen. Die herzogliche Verordnung erlaubte bei einer bürgerlichen Hochzeit nämlich nur vier Tische mit je zehn Personen. Aber sie nahm an, dass dies ihrem Freund, ebenso wie den meisten Pirnaern, herzlich egal war. Als Schankwirt kannte er eine Menge Leute, ganz zu schweigen von den Bomätschern und Schiffern, die Maria eingeladen hatte. Außerdem hatte Marten inzwischen seinen Teil am väterlichen Handelsgeschäft ausgezahlt bekommen, und jeder in der Stadt sollte sehen, dass er kein Knauser war. Obwohl Martens Eltern die Hochzeit ihres Sohnes mit Maria letztendlich akzeptiert hatten, waren sie nicht zum Fest geladen. Dass Marten sie heute nicht dabeihaben wollte, verstand Sophia. Noch konnte er ihnen nicht verzeihen, was sie seiner Braut angetan hatten.

Sophia sah ihre Freundin am Eingang der Schänke stehen, wo sie sich mit Hannes unterhielt. Morgen würde er Maria als König der Bomätscher ablösen. Von einer Heirat mit Hidwigk hatte er nichts mehr wissen wollen, obwohl deren Vater ihm einen sofortigen, gleichberechtigten Einstieg in seinen Handel angeboten hatte. Sophia vermutete, dass der Schiffshändler auch weiterhin Schwierigkeiten haben würde, seine Tochter an den Mann zu bringen. Ihre Zungenspitze würde – als Folge des Losreißens vom Schandpfahl – für immer gespalten bleiben. Mitleid konnte sie deshalb nicht empfinden, auch wenn sich ihre Wut auf Hidwigk inzwischen gelegt hatte.

Maria lachte über etwas, das Hannes gerade sagte. Sophia fand, dass man ihrer Freundin die Strapazen der Haft nicht mehr ansah. Strahlend und ungemein weiblich wirkte sie in ihrem grünseidenen Kleid. Das lange rote Haar umwallte ihre Schultern, auf dem Kopf trug sie einen Blumenkranz über einem dünnen Schleier. Sie sah aus wie das blühende Leben selbst, und Sophia wusste auch warum. Maria hatte es ihr am Vormittag in einem unbelauschten Augenblick erzählt: Ihre Freundin erwartete ein Kind.

Soeben trat Marten zu seiner Frau. Er schlug Hannes freundschaftlich auf die Schulter, wobei er sich strecken musste, denn der Bomätscher überragte ihn um einen ganzen Kopf. Dann ergriff Marten Marias Hand und zog sie zum Ufer. Dort wurden sie bereits von zahlreichen Gästen erwartet, die im Takt zur Musik klatschten. Es war Tradition, dass das Hochzeitspaar zunächst mit dem Lobetanz gewürdigt wurde, bevor sich auch die anderen Gäste dem Tanzvergnügen hingaben. Sophia suchte noch immer vergebens nach ihrem eigenen Eheherrn. Gerade noch hatte Heinrich Fuchs am Nachbartisch mit Meister Arnold und Jakob getrunken und geredet, doch nun schien er wie vom Erdboden verschluckt.

Da fühlte sie plötzlich, wie zwei Hände ihre Taille umfassten. Ehe sie reagieren konnte, wurde sie von der Bank gezogen. Sie landete in den Armen ihres Ehemanns, der sie fest umschlang und herzhaft küsste. Ein wenig atemlos sah sie in sein erhitztes Gesicht. Obwohl er sich am Morgen sorgfältig rasiert hatte, lag schon wieder ein dunkler Bartschatten auf seinen Wangen.

Er lachte sie an und sagte: »Du dachtest wohl, du kannst dir einen der jungen Kerle für den Tanz ausgucken, Weib?«

Sie schüttelte den Kopf, doch bevor sie etwas erwidern konnte, küsste er sie schon wieder. Seine Lippen schmeckten nach Wein.

»Vergiss die anderen!«, flüsterte er. »Du gehörst mir.«

Sophias Herz flatterte wie ein Schmetterling, während sie Hand in Hand mit ihrem Mann zum Ufer hinabging. Der Tanz war nun bereits im vollen Gange, Männer und Frauen hatten sich an überkreuzten Händen gefasst. Auf Dudelsack, Flöten, Fiedel und Schellen spielten die Stadtpfeifer eine flotte Melodie, und immer mehr Tänzer vergrößerten den Kreis um das Brautpaar. Auch Sophia und der Magister reihten sich ein.

Bald schon wurden die Melodien rascher, der Tanz ausgelassener. Sophia stellte überrascht fest, dass ihr Mann vielleicht nicht unbedingt zu den elegantesten Tänzern zählte, es aber an Ausdauer durchaus mit einigen der Jüngeren aufnehmen konnte. Während so mancher, der bereits gründlich dem Essen und Trinken zugesprochen hatte, erschöpft aufgab, wirbelte Heinrich Fuchs sein Weib immer wilder im Kreis herum.

»Genug!«, bat Sophia schließlich, glücklich und außer Atem. »Ich muss unbedingt etwas trinken, sonst falle ich um.«

Der Magister führte sie zu einer der Bänke und kam bald mit zwei Bechern zurück. Als sie ausgetrunken hatte, zog er sie hoch und sah ihr in die Augen.

»Meinst du nicht auch, wir sollten nun nach Hause gehen, Weib?«, sagte er leise und legte eine Hand in ihren Nacken.

Angenehme Schauder rieselten über ihren Rücken, während sie sich ihm neigte. »Ja«, hauchte sie dicht an seinem Mund. Dann lagen seine Lippen warm und fest auf ihren. Sie öffnete den Mund, um seiner Zunge Einlass zu gewähren, und dachte: So ist das also, wenn man den eigenen Mann verführt. Doch als er seinen Kuss vertiefte und seine Hände ganz langsam über ihren Rücken nach unten glitten, war sie sich nicht mehr so sicher, wer wen verführen würde.

Als könne er ihre Gedanken lesen, murmelte Fuchs an ihrem Mund: »Wenn wir uns nicht sofort auf den Weg machen, werde ich dich gleich hier in irgendein Gebüsch zerren.«

»Und wenn schon«, flüsterte sie. »Es ist finster, und ringsum sind alle mit Tanzen und Trinken beschäftigt.«

Er schob sie seufzend ein Stück von sich, was ihr gar nicht gefiel. Sie versuchte, ihn wieder an sich zu ziehen, doch er hielt ihre Hände fest.

»Nein, so habe ich mir das nicht vorgestellt!« Seine Stimme klang etwas belegt, aber entschlossen.

»Ach nein! Wie dann?«

Er nahm Sophias Hand und deutete hinauf in Richtung Stadt. »Ich möchte meinen ehelichen Pflichten ganz traditionell in unserem Ehebett nachgehen, wenn du nichts dagegen hast, geliebtes Weib«, erklärte er würdevoll. »Also, lass uns nach Haus gehen.«

Sophia entzog ihm lachend ihre Hand.

»Was ist daran so lustig, hm?«

»Für einen würdevollen Ehemann hast du es ziemlich eilig«, sagte sie.

»Ich habe ja auch mehrere Monate nachzuholen«, sagte er mit einem Grinsen, während er nach ihrer Hand haschte.

»Vielleicht sollten wir uns doch zuerst höflich vom Brautpaar verabschieden«, schlug Sophia vor. Sie hatte bemerkt, dass Maria und Marten zu ihnen herüberkamen.

Der Magister stöhnte leise und verdrehte die Augen. »Nun, mit der Hilfe des Herrn werde ich gewiss auch noch diese letzte Prüfung bestehen.«

Sophia begann, haltlos zu kichern, doch ihr Eheherr wandte sich mit einer formvollendeten Verbeugung an Marten. »Wir wünschen euch noch ein schönes Fest, verehrte Freunde, denn uns rufen jetzt eigene Pflichten.«

Während Marten nickte und leicht verwirrt von ihm zu Sophia blickte, zog Maria ihre Freundin rasch beiseite und küsste sie auf beide Wangen. »Ich bin ja so glücklich«, flüsterte sie. »Und ich wünsche mir, dass du …« Doch bevor Sophia erfahren konnte, was Marias Wunsch war, reckte diese den Hals. »Oh, oh! Ich fürchte, so schnell kommst du hier nicht weg.«

Sophia drehte sich um und erblickte Anton Lauterbach. Der Superintendent hatte den Magister, der ihr einen hilfesuchenden Blick zuwarf, am Arm gegriffen und führte ihn davon.

»Ich habe bemerkt, dass er deinen Mann schon den ganzen Abend beobachtet. Er schien ständig auf die Gelegenheit für ein vertrauliches Gespräch zu warten«, sagte Marten. »Es muss wohl sehr dringend und wichtig sein«, fügte er hinzu, als Sophia frustriert schnaubte.

»Männer haben einfach kein Gespür für den richtigen Zeitpunkt«, bemerkte Maria und griff nach Martens Arm. »Komm jetzt, Ehemann! Sophia wird schon wissen, was sie zu tun hat.« Sie zwinkerte ihrer Freundin zu und zog Marten hinüber zu den Tanzenden.

Sophia schob die Unterlippe vor und ging mit entschlossenen Schritten hinter ihrem Mann und dem Superintendenten her, die gerade ins Dunkel am Rande der Festwiese eintauchten.

Deutlich vernahm sie die eindringliche Stimme Lauterbachs: »Gestern erhielt ich einen Brief aus Wittenberg, von meinem teuren Freund Martin Luther. Er schrieb es zwar nicht ausdrücklich, doch ich denke, ich sollte Euch darauf vorbereiten, dass …«

»Was es auch sei, Superintendent, bitte verschiebt es auf später«, unterbrach ihn Sophia. Sie biss sich auf die Lippe, weil ihr plötzlich bewusst wurde, wie ungeheuerlich ihr Verhalten im Grunde war. Aber sie hielt dem erstaunten Blick des Superintendenten stand und fügte hinzu: »Im Augenblick benötige ich meinen Ehemann ganz dringend.«

Sie sah, dass sich Heinrich das Lachen verkneifen musste, als er ihre Worte mit einem heftigen Nicken bestätigte. »Oh ja, Superintendent, verzeiht die Kühnheit meines Weibes, aber sie hat recht. Es ist in der Tat überaus dringend!«

Lauterbach schnappte empört nach Luft, doch dann kniff er die Augen zusammen und blickte nachdenklich von einem zum anderen. Seine Mundwinkel begannen, sich zu kräuseln, er faltete die Hände über seinem Bauch. »Wie mir scheint, hat der Herr in seiner unerschöpflichen Weisheit etwas anderes für Euch beschlossen. Nun denn, ich sollte mich nicht beklagen. Schließlich habe ich um Einsicht in dieser Sache zu ihm gebetet, und hiermit hat er sie mir gewährt. Magister, Fuchsin«, er verneigte sich höflich in ihre Richtung. »Ich wünsche Euch eine gesegnete Nacht! Der Wille des Herrn möge geschehen.« Er breitete die Hände aus, als wolle er sie segnen.

Verdutzt blickten Sophia und ihr Ehemann dem Superintendenten nach, der sichtlich zufrieden auf die Festwiese zurückkehrte, wo er sogleich eine der Mägde zu sich winkte, die mit dem Ausschenken des Bieres beschäftigt waren.

»Jetzt wüsste ich trotzdem gern, was er dir eigentlich sagen wollte«, sagte Sophia und nagte an ihrer Unterlippe.

Heinrich Fuchs schüttelte lachend den Kopf. »Das ist dank deiner Einmischung zu einer Sache zwischen dem Superintendenten und dem Herrn persönlich geworden. Und so soll es auch sein, Weib, denn nichts wird mich jetzt noch davon abhalten, dich gleich daheim in unserem Ehebett zu lieben!« Er küsste sie noch einmal, bevor er sie den Hang hinauf zum Steinplatz zog.

Etwas außer Atem kamen sie an der Tür ihres Hauses an, wo sie auf Zehenspitzen die Treppe zur Schlafkammer hinaufschlichen, um Hanna und Justus nicht zu wecken.

Als Sophia dem Magister dann im Kerzenschein neben dem riesigen Bett gegenüberstand, fühlte sie sich dennoch befangen. Sie lebte nun schon so lange freundschaftlich mit ihm unter einem Dach, dass sie der Gedanke an das, was sie gleich miteinander tun würden, auf einmal erschreckte. Dabei hatte sie den Augenblick seit Tagen herbeigesehnt, und noch vor einer halben Stunde hätte sie nichts dagegen gehabt, wenn er sie gleich am Fluss in einem Gebüsch geliebt hätte. Es war auch nicht hilfreich, dass sich ihr ausgerechnet jetzt die Erinnerung an ihre erste Liebesnacht mit Niklas aufdrängte. Sie hatte sich ihm hingegeben, während der Magister nebenan in der Kammer geschlafen hatte.

Heinrich schien ihre Verwirrung zu bemerken, denn er berührte sie nicht, sondern drehte sich zur Tür um und sagte: »Ich bin gleich wieder da, geh nicht weg!« Er zwinkerte ihr zu.

Kaum war er fort, schob sie die Gedanken an Niklas energisch beiseite. Dies war ihr Leben, und Heinrich war der Mann, der sie nun liebte. Er hatte alles getan, um ihre Liebe zu verdienen. Sie würde nicht zulassen, dass ihre Erinnerung an einen Toten sich ihrem neu gefundenen Glück in den Weg stellte.

Als ihr Mann mit zwei Bechern Wein zurückkehrte, lag sie bereits nackt auf dem Bett und lächelte ihn an. Er blieb in der halb offenen Tür stehen und betrachtete sie liebevoll. Dann stellte er die Becher vorsichtig ab und begann, sich schweigend auszuziehen.

Sophia sah ihn nicht zum ersten Mal nackt. Er hatte die merkwürdige Angewohnheit, sich bei jedem Wetter morgens am Brunnen mit mehreren Eimern Wasser zu übergießen. Angeblich wäre das gut für die Gesundheit, behauptete er. Vielleicht war das einer der Gründe, weshalb sein Körper schlank war und nur wenige Alterserscheinungen aufwies, auch wenn er ständig etwas anderes behauptete.

Mit einem faunischen Lächeln auf den Lippen glitt er zu ihr auf das Laken. Seine tiefe Stimme jagte ihr Schauer über die Haut.

»Und jetzt, Weib, bin ich bereit, dich nach allen Regeln der Kunst zu lieben«, verkündete er.

Sophia sah das Verlangen in seinen Augen, aber auch das amüsierte Glitzern. Ihre Anspannung löste sich allmählich, und sie begann zu lachen.

»Bereit?« Sie richtete ihren Blick auf das Körperteil zwischen seinen Beinen, das sich ihr begehrlich entgegenreckte. »Oh ja, das sehe ich.«

Seine Hand, die er soeben auf ihre Brust legen wollte, erstarrte. Drohend zog er seine dunklen Brauen zusammen. Dann war er über ihr, packte ihre Handgelenke und drückte sie mit dem ganzen Gewicht seines Körpers auf die Matratze. Seine Stimme bekam einen grollenden Unterton. »Du wagst es, dich über mich lustig zu machen, Weib, während ich mich hier redlich mühe, meinen heiligsten ehelichen Pflichten nachzukommen?«

»Ach ja? Nun, allzu viel Mühe habt Ihr Euch bisher noch nicht gegeben, mein werter Eheherr«, stieß Sophia kichernd hervor.

»Abwarten«, flüsterte er nah an ihrem Mund. Dann begann er, sie zu küssen, gründlich und systematisch, wie alles, was er tat.

Sophia schnappte nach Luft, als er endlich von ihr abließ. Doch als er seine Zunge über ihre Halsbeuge hinab zu ihren Brüsten gleiten ließ, stockte ihr Atem erneut. Derweil strichen seine Fingerspitzen in quälender Langsamkeit über ihren Bauch, ihre Hüften und tiefer hinab über ihre Beine, die sie unwillkürlich öffnete. Sie spürte, wie seine Hand zärtlich die Innenseiten ihrer Oberschenkel streifte und sich auf ihre Scham legte, während sein Mund sich erneut auf ihre Lippen senkte.

Sie schlang die Arme um seinen Nacken und zog ihn näher zu sich heran. »Schon besser«, hauchte sie zwischen zwei Küssen.

56. Kapitel

Zögernd betrat Niklas das hohe Kirchenschiff. Diesmal hatte ihm niemand den Eintritt verwehrt, denn der Nachmittag war bereits weit fortgeschritten, die Handwerker hatten ihr Tagwerk beendet und packten ihre Werkzeuge zusammen. Keiner der Männer beachtete ihn, wie er langsam von einer Säule zur nächsten ging und an den Wänden nach möglichen Spuren seiner vergangenen Tätigkeit in dieser Kirche suchte. Er war entschlossen, heute endlich das Versprechen zu erfüllen, das er zuerst Marthe und später noch einmal Professor Melanchthon gegeben hatte.

Vor fünf Tagen hatte er sich in Wittenberg von ihm und Cranach verabschiedet. Der alte Meister hatte dafür gesorgt, dass sich Niklas einem Zug böhmischer Kaufleute anschloss, die, von Magdeburg kommend, elbaufwärts in ihre Heimat zurückkehrten. Niklas wusste, dass Cranach ihn nur widerstrebend freigegeben hatte. Und er gestand sich ein, dass er selbst ebenfalls keine große Lust auf die Reise verspürte. Aber er wusste, dass er sich der Begegnung mit seiner Vergangenheit endlich stellen musste, egal, wie sie ausgehen würde. Aus dem Antwortbrief des Pirnaer Superintendenten hatte Luther entnommen, dass es sich bei dem Schützling seines Freundes Cranach mit hoher Wahrscheinlichkeit um den totgeglaubten Maler Niklas Dorndorf handelte. Absolute Sicherheit konnte Anton Lauterbach selbstverständlich erst haben, wenn er dem Mann Aug in Auge gegenüberstand. Und nun war Niklas, wie ihn in Wittenberg inzwischen alle nannten, hier, um den Superintendenten zu treffen. Ob sich seine Erinnerungen anschließend einstellten oder nicht, in jedem Fall würde ihn Meister Cranach in Wittenberg wieder mit offenen Armen empfangen. Das hatte er bei ihrem Abschied ausdrücklich betont. Für Niklas gab es aber auch einen zweiten Ort, an dem man ihn jederzeit willkommen heißen würde. Er war entschlossen, den Flößern von Krummhermsdorf in den nächsten Tagen einen Besuch abzustatten. Er wollte Melchior und den anderen erzählen, wie es ihm seit ihrer letzten Begegnung ergangen war, und sich davon überzeugen, dass es seinen Freunden gut ging.

Niklas spürte, wie sein Herz heftig zu klopfen begann, als er an der Nordwand der Kirche das Bild eines feisten Mönchs erblickte, der auf einem garstig dreinschauenden borstigen Schwein ritt. In seiner linken Hand hielt der Mönch etliche Ablassbriefe, auf denen übergroß das päpstliche Siegel prangte. Mit seinem rechten Arm presste er krampfhaft eine eiserne Geldtruhe gegen seinen fetten Wanst. Auf sorgfältig gemalten Spruchbändern waren über dem Bild Spottverse auf den allseits verhassten Ablassprediger Johann Tetzel zu lesen.

Es war nicht so sehr das gesamte Bild als vielmehr der boshafte Blick aus den winzigen Schweinsäuglein, der sich Niklas ins Hirn zu brennen schien. In seinen Ohren begann es zu rauschen, ihm wurde schwindlig. Als mit einem Mal eine wahre Sturzflut von Bildern über ihn hereinbrach, ging er in die Knie, kniff die Augen zu und griff sich mit beiden Händen an den Kopf. Doch er war den Bildern, die in immer rascherer Folge durch sein gepeinigtes Hirn zuckten, hilflos ausgeliefert und krümmte sich stöhnend am Boden zusammen.

Er sah sich vor dem Wandbild auf einem Gerüst stehen, vernahm ein Geräusch und drehte sich um. Am Fuß des Gerüsts stand das Mädchen aus seinen Träumen und strahlte zu ihm herauf. »Sophia!«, schrie er, als das Gerüst krachte und zu wanken begann. Ohne nachzudenken, warf er sich hinab, in dem Bestreben, seine Liebste vor den herabstürzenden Balken zu schützen. Der Aufprall presste ihm den Atem aus dem Leib. Verzweifelt schnappte er nach Luft wie ein Fisch auf dem Trockenen. Er schmeckte Blut, und Sand knirschte zwischen seinen Zähnen.

Keuchend und hustend kam er wieder auf die Knie. Neue Bilder verdrängten die Szene vom Einsturz des Gerüstes: Er sah, wie er in der väterlichen Werkstatt voller Abneigung die Druckerpresse bediente und später begeistert bei Meister Hannes die Kunst des Holzschnitts erlernte. Dann war er wieder in den Gassen Pirnas, und das boshafte Schwein, das er soeben noch auf dem Wandbild gesehen hatte, stürzte sich mit schrillem Quieken auf ihn. Er schrie vor Schmerz, als es ihm seine Hauer ins Bein rammte. Dann stand plötzlich wieder Sophia vor ihm. Während er noch hörte, wie sie ihn wegen seines Leichtsinns schalt, spürte er, dass ihn jemand kräftig an der Schulter rüttelte.

»Dorndorf? Mann, Ihr seid es wirklich!« Fassungslosigkeit und aufrichtige Freude schwangen in der Stimme.

Schwankend kam Niklas auf die Beine. Sophia war fort, stattdessen stand ein untersetzter Mann mit dunkelblondem Bart und schwarzem Mantel vor ihm in der Kirche.

»Pastor Lauterbach!«

»So seid Ihr also wahrhaftig von den Toten auferstanden, Niklas Dorndorf. Gelobt sei der Herr!«

Es schien Niklas, als sei der Superintendent fast genauso erschüttert wie er selbst. Einige Augenblicke standen sich die Männer gegenüber, ohne dass einer von ihnen weitere Worte fand.

Niklas blickte Lauterbach an, doch dann verschwamm das Gesicht des Pastors zu einer weißen Fläche, und Sophias Züge erschienen erneut vor seinen Augen. Sophia, wie sie beim Tanz im Rathaus in seinen Armen lag und lachte, Sophia, der er unter einer Weide am Ufer des Flusses einen Heiratsantrag machte, Sophia, die an seiner Brust über den Tod ihres Vaters weinte, Sophias Gesicht, während sie sich liebten.

»Über ein Jahr haben wir Euch für tot gehalten«, drang Lauterbachs Stimme erneut in Niklas' Bewusstsein. »Wir haben Euch betrauert, aber das Leben ist natürlich weitergegangen. Es gibt da einiges, was ich Euch erzählen muss, Dorndorf.«

Die Erkenntnis durchzuckte Niklas mit schmerzhafter Klarheit: Sophia glaubte noch immer, er sei tot. Er musste zu ihr, sofort!

»So wartet doch, Mann!« Lauterbach griff nach dem Arm des Malers.

Aber Niklas riss sich los und rannte aus der Kirche. Während er im Sturmschritt den Kirchplatz überquerte, hörte er den Pastor hinter sich rufen. Er hatte jetzt keine Zeit, mit Lauterbach zu sprechen. Sophia brauchte ihn!

Als er kurz darauf vor ihrem Vaterhaus stand, glaubte er, sein unzuverlässiges Gedächtnis würde ihn erneut zum Narren halten. Anstelle des stolzen Bürgerhauses klaffte eine verkohlte Ruine wie eine hässliche Wunde in der Straßenfront. Der Dachstuhl war vollkommen eingebrochen. Es schien, als habe sich ein gewaltiges Feuer seinen Weg vom Kaufmannskontor unten in den oberen Stock gefressen. Niklas konnte durch die eingefallenen Wände bis nach hinten in den verlassenen Hof sehen. Von dem Anbau mit der hölzernen Galerie, in dem er einmal seine Kammer und seinen Malraum gehabt hatte, war nur noch ein Haufen geschwärzter Ziegel übrig.

Was war hier geschehen, und wo war Sophia? Lebte sie, oder war sie bei dem Brand umgekommen? War es das, was ihm der Pastor vorhin in der Kirche hatte erzählen wollen? Für einen Augenblick setzte Niklas' Herzschlag aus, und eisige Kälte stieg in ihm auf. Er starrte auf die verkohlten Mauern, ohne sie wirklich wahrzunehmen. Es konnte doch nicht sein, dass Gott ihn gerettet und ihm seine Erinnerungen zurückgegeben hatte, nur um ihm im selben Augenblick das Liebste zu nehmen, was er auf Erden hatte!

»Geht es Euch nicht gut? Braucht Ihr Hilfe, Herr?«

Niklas schrak zusammen und hob den Kopf. Neben ihm stand ein schlaksiger junger Bursche in Lehrlingskleidung und betrachtete ihn mit einer Mischung aus Mitleid und Faszination.

»Die Leute, die hier gewohnt haben, leben sie noch?«, keuchte er. Als der Junge nicht sofort antwortete, ergriff er ihn bei den Schultern und schüttelte ihn. »Jetzt red endlich!«

»Ist ja gut, Mann, alles in Ordnung! Kein Grund, sich aufzuregen«, erwiderte der Lehrling und trat vorsichtshalber einen Schritt zurück, als Niklas ihn losließ. »Keiner ist bei dem Brand umgekommen, nur den Gehilfen vom alten Weyner, den hat's damals übel erwischt. Hat sich aber wieder berappelt, obwohl anfangs niemand daran geglaubt hat.«

»Die junge Frau, Sophia, wo ist sie!«, unterbrach ihn Niklas barsch.

»Ach ja, die Tochter vom alten Weyner, Gott hab ihn selig. Die lebt jetzt in der Vorstadt vor dem Obertor, im alten Schulmeisterhaus. Sie hat …«

»Ja, ja, schon gut! Und danke!« Niklas drückte dem verdutzten Jungen einen Groschen in die Hand und rannte los. Sophia lebte, und gleich würde er sie in die Arme schließen, ihren vertrauten Duft einatmen, ihre Lippen wieder auf seinen spüren.

57. Kapitel

Schumann hatte mehrere Tage gegrübelt, auf welche Weise er sich des geschwätzigen Alchemisten wohl am besten entledigen könnte. Zunächst hatte er erwogen, sich irgendwo in einer der ärmeren Vorstädte von Dresden einen Handlanger zu dingen, der den Mord für ihn erledigen würde. Doch dann hatte er sich daran erinnert, dass Kunz – den er im vergangenen Jahr für ähnliche Dienste bezahlt hatte – sich am Ende als ziemlich unzuverlässig erwiesen hatte. Daher hatte sich der Stadtschreiber schließlich dazu durchgerungen, die Angelegenheit mit seinen eigenen Händen zu erledigen, obwohl das ebenfalls gefährlich werden konnte.

Schumann war ein geübter Fechter, er kannte die Punkte, an denen man einen Menschen tödlich treffen konnte. Aber Lapidius war nicht nur ein kräftiger, gewandter Mann, er war auch äußerst misstrauisch. Der Stadtschreiber wusste, dass er nur dann eine Chance hatte, den Alchemisten zu überwältigen, wenn er ihn mit seinem Angriff überraschte. Misslang der erste Versuch, würde er selbst noch am heutigen Tag seinem Schöpfer gegenübertreten. Schumann atmete tief ein, bemühte sich, die Furcht zu bezwingen. Er brauchte einen klaren Kopf, denn er musste wohlüberlegt handeln. Er betete, dass dem Alchemisten noch nicht zu Ohren gekommen war, wie sehr er sich durch die verheerende Wirkung des Seelenwanderungstranks in Pirna zum Gespött gemacht hatte.

Der Stadtschreiber hatte den Eindruck, dass das Gelände des ehemaligen Klosters in Altendresden noch heruntergekommener wirkte als bei seinem letzten Besuch vor ein paar Monaten. Er dirigierte sein Pferd um einen Schutthaufen herum und beglückwünschte sich zu seinem Entschluss, Lapidius nicht erst in der Nacht aufzusuchen. Ein Treffen bei Tageslicht, ganz offen und arglos, würde dem misstrauischen Alchemisten Sicherheit vorgaukeln.

Vor dem baufälligen Brauhaus band Schumann sein Pferd an. Er tastete noch einmal nach seinem Schwertgurt, dann öffnete er das Tor und trat ein.

»Lapidius? Ich bin's, Schumann!« Er zuckte zusammen, als seine Stimme hallend von den Wänden des riesigen Gewölbes zurückgeworfen wurde. Obwohl es zunächst schien, als habe der Alchemist ihn nicht gehört, blieb Schumann am Eingang stehen. Er hatte keine Lust, wieder in eine der ausgeklügelten Fallen zu laufen, die der Kerl überall versteckt hatte. Von seinem letzten Besuch wusste Schumann, dass er Lapidius am ehesten überraschen konnte, wenn dieser ihn mit in sein Laboratorium nahm.

»Der Stadtschreiber und Ratsherr aus Pirna. Was verschafft mir denn die Ehre dieses hohen Besuchs?« Wie aus dem Boden gewachsen stand Lapidius Schumann gegenüber.

Obwohl der Stadtschreiber auf diesen Auftritt gefasst gewesen war, schrak er dennoch zusammen, was Lapidius nicht entging. Der Alchemist grinste seinen ehemaligen Kommilitonen spöttisch an. Wie immer stank Lapidius nach Schwefel, Bier und Zwiebeln, und sein Wams war noch fleckiger als beim letzten Mal.

Schumann schluckte Furcht und Ekel hinunter und sagte so gelassen wie möglich: »Wir haben Fortschritte gemacht in der Sache mit dem Buch. Doch nun benötige ich mehr von Eurem Trank.«

Lapidius strich sich das fettige lange Haar aus dem Gesicht und starrte Schumann einen Augenblick ungläubig an. »Dann hat der Trank also gewirkt?«

»Wie Ihr's mir versichert habt. Es gelang mir ohne Schwierigkeiten, körperlos ins Haus der Fuchsens einzudringen und sie bei ihrem Treiben zu beobachten. Der Magister und sein Weib haben den Code bereits geknackt und eine Übersetzung der ersten Seiten angefertigt«, fabulierte Schumann drauflos. Dabei ließ er Lapidius nicht aus den Augen, denn das Gelingen seines Plans hing zu einem großen Teil davon ab, dass der Alchemist ihm die dreiste Lüge abnahm.

Doch Schumanns nächtliche Raserei schien sich tatsächlich nicht bis nach Dresden herumgesprochen zu haben. Lapidius' Gesicht überzog sich mit hektischer Röte, und ein gieriger Glanz trat in seine Augen. »Und? Was steht darin? Erzählt schon!«

Beinah hätte Schumann erleichtert aufgelacht. Sollte es wirklich so einfach sein, diesen argwöhnischen Mistkerl hinters Licht zu führen? Er biss sich auf die Lippen und zog ein betrübtes Gesicht.

»Leider verflog die Wirkung Eures Trankes, bevor ich genauer Einsicht in die Übersetzung nehmen konnte. Ihr müsst mir mehr davon geben, dann kann ich Euch bei meinem nächsten Besuch sicher schon einige Geheimnisse des Buches enthüllen«, versicherte er eifrig.

Lapidius nickte. »Ja, mein Freund, Ihr sollt mehr davon haben! Ich werde mich sogleich daranmachen, die Mixtur herzustellen. Glücklicherweise habe ich alle Bestandteile noch in meinem Laboratorium vorrätig.« Er packte Schumann am Arm und zog ihn mit sich. »Folgt mir und passt auf, wo Ihr hintretet!«

Schumann tappte hinter Lapidius die lange steile Treppe in die unterirdischen Kellergewölbe hinab. Hier hatten die Mönche früher ihr Bier gelagert. Im ersten der tonnenförmig überwölbten Räume standen noch einige geborstene Fässer. Je weiter sie in den labyrinthischen Keller vordrangen, desto wärmer wurde es. Als Lapidius die schwere Tür zu seinem Laboratorium aufstieß, schlug ihnen eine geradezu infernalische Hitze entgegen. Überall in dem fensterlosen Raum standen brennende Kerzen, damit der Alchemist bei seinen Experimenten ausreichend Licht hatte. Aber die stärkste Hitzequelle war ein runder Ofen in der Mitte des Laboratoriums. Schumann wusste, dass dies der Athanor war, der philosophische Ofen, ohne den kein Alchemist, der etwas auf sich hielt, auskam.

Der Stadtschreiber war froh, dass die Wärme hier unten ihm einen Vorwand lieferte, seinen Umhang abzulegen, denn so würde er im entscheidenden Augenblick schneller nach seinen Waffen greifen können.

Lapidius grinste. »Mollig warm, nicht wahr? Schaut mal hier!« Der Alchemist zog einen Schieber an der Wand des Ofens hoch. »Das ist meine neueste Erfindung, Stadtschreiber. Dieser kleine Umbau ermöglicht es mir, den Ofen stundenlang bei konstanter Temperatur zu betreiben, ohne dass ich ständig Holzkohle nachlegen muss«, erklärte er stolz.

Schumann nickte eifrig, obwohl er gar nicht zuhörte. Die Muskeln seines Körpers waren gespannt wie die Federn eines Uhrwerks. Seit er mit Lapidius in diesem Raum stand, wurde er nur noch von dem Gedanken beherrscht, dass er auf keinen Fall den einen Moment verpassen durfte, in dem er handeln musste.

Aber noch war der Augenblick nicht gekommen. Lapidius wuselte in seinem Laboratorium umher, griff hier nach einem Fläschchen, zog da eine Schublade auf und wandte sich dabei immer wieder seinem Besucher zu, um ihm zu erklären, welche Substanz er gerade in der Hand hielt und wie er sie hergestellt hatte. Seine Worte rauschten an Schumann vorbei wie das stete Plätschern eines Wasserfalls. Am liebsten hätte der Stadtschreiber seinen ehemaligen Studienkollegen angebrüllt, er solle endlich das Maul halten. Aber stattdessen ließ er hin und wieder ein »Hm« oder »Ah, ja« fallen, während er sich umsah und fieberhaft überlegte, wie er am besten vorgehen sollte. Der Raum war vollgestellt mit mehreren Arbeitstischen, auf denen Lapidius seine Versuche aufgebaut hatte. An den Wänden reihten sich Regale mit Gläsern, Flaschen, Tiegeln und allerlei alchemistischen Gerätschaften.

»Und hier haben wir das Mumia – wie Ihr wisst, eine der wichtigsten Zutaten des Trankes.« Lapidius hielt Schumann eine braune knorrige Wurzel entgegen.

Der Stadtschreiber fuhr zurück, als er erkannte, dass dies keineswegs ein Stück Holz, sondern eine klauenartig verkrümmte, ledrig vertrocknete menschliche Hand war. Er hatte soeben entschieden, seinen Dolch zu benutzen, wenn es so weit war. In der drangvollen Enge hier unten würde er mit dem Schwert nicht richtig ausholen können. Außerdem konnte er die kleine Stichwaffe schneller und unauffälliger ziehen.

»Nun noch das Mutterkorn und das Bilsenkraut«, rief der Alchemist aufgekratzt und pflückte zwei Pflanzenbündel von einer Schnur zwischen den Regalen. Er trug alles zu einem Tisch, nahm ein Messer und begann, Krümel von der bräunlichen Klauenhand zu schaben. Dabei drehte er seinem Besucher den Rücken zu.

Blitzschnell zog Schumann seinen handlangen Dolch, warf sich nach vorn und rammte Lapidius den Stahl unter die letzte Rippe. Ein gezielter Stich in die Nieren, so hatte der Fechtmeister ihm erklärt, und dein Gegner fällt um wie ein Baum und stirbt auf der Stelle.

Doch Lapidius dachte gar nicht daran umzufallen. Einem verwundeten Bären gleich fuhr er zu Schumann herum. Immer wieder stach er mit seinem Messer nach dem Stadtschreiber, der sich fluchend duckte und verzweifelt nach einer Waffe Ausschau hielt, denn sein Dolch steckte noch immer in Lapidius' Rücken. In dem Augenblick, in dem der Alchemist erneut ausholte, riss Schumann den rechten Arm hoch und trat seinem Gegner gleichzeitig gegen das Bein. Beide stürzten zu Boden, doch Lapidius verlor das Messer. Brüllend packte er den Stadtschreiber am Hals und begann, ihn zu würgen. Miteinander ringend rollten sie über den Boden und stießen gegen ein Regal, dessen Inhalt sich klirrend und splitternd über sie ergoss. Schumann krallte seine Finger in Lapidius' Hände, konnte sie aber nicht lösen. Ihm wurde schwarz vor Augen, in seinen Ohren begann es zu rauschen. Als seine rechte Hand kraftlos herabsank, traf sie auf eine Glasscherbe. Der jähe Schmerz mobilisierte die letzten Kräfte des Stadtschreibers. Er schloss seine Finger um die lange, spitze Scherbe und rammte sie seinem Gegner seitlich in den Hals.

Lapidius brüllte auf. Er ließ Schumann los, versuchte, die Scherbe zu fassen und zu entfernen.

Obwohl sich noch immer rote Kreise vor Schumanns Augen drehten, kam er schwankend auf die Beine. Er zerrte sein Schwert aus der Scheide und schlug halb blind in die Richtung, in der er Lapidius' Hals vermutete. Er sprang zurück und hörte, wie der Alchemist einen pfeifenden Atemzug von sich gab. Dann klärte sich Schumanns Blick endlich, und er sah erstaunt, dass Lapidius langsam nach hinten kippte. Blut sprudelte aus der aufgeschlitzten Kehle des Alchemisten. Der Stadtschreiber warf sein Schwert weg und starrte voller Entsetzen auf die schwarze Pfütze, die sich rasch auf den Sandsteinfliesen des Laboratoriums ausbreitete. Und plötzlich stand er wieder in der Zelle des Dominikanerklosters zu Pirna und sah den sterbenden Pater Johannes vor sich. So stand er eine ganze Weile, bis er sich schließlich würgend über dem Leichnam des Alchemisten erbrach.

Als Schumanns Verstand allmählich wieder zu arbeiten begann, stellte er fest, dass er selbst ebenfalls von oben bis unten verschmiert war. Er hatte verdammtes Glück gehabt, denn nur der geringste Teil des Blutes war sein eigenes. Noch immer benommen machte er sich auf die Suche nach Wasser. Dabei dankte er dem Herrn, dass er seinen Umhang vorhin abgenommen und sogar Kleidung zum Wechseln eingepackt hatte.

Nachdem er sich gereinigt, umgezogen und seine Waffen eingesammelt hatte, beschloss Schumann, das Laboratorium mit der Leiche in Brand zu setzen. Es würde so aussehen, als hätte Lapidius bei seinen Experimenten einen Unfall verursacht. Bei den vielen Feuerquellen und brennbaren Materialien hier würde niemand auf den Gedanken kommen, etwas anderes könne zum Tod des Alchemisten geführt haben. Schumann warf seine blutbesudelten Kleider neben die Leiche, goss einige Flaschen mit hochprozentigem Alkohol über alles, verteilte den beträchtlichen Vorrat an Holzkohle auf dem Boden und warf ein paar Kerzen um. Noch während er die Treppen hinaufeilte, hörte er das Feuer hinter sich auflodern.

Draußen kletterte er auf sein Pferd, lenkte es zur Elbe hinunter und ritt über die Brücke zurück nach Dresden. Vor den Toren der Stadt, auf der Landstraße nach Pirna, hielt er an und atmete tief die klare, kühle Herbstluft ein. Er spürte, wie sich die Beklemmung in ihm löste und einem geradezu euphorischen Gefühl Platz machte. Er verspürte keinerlei Schuldgefühle. Lapidius mit seiner Unfähigkeit und seiner schwatzhaften Prahlsucht hatte sich das Geschehene selbst zuzuschreiben. Am Ende war es für Schumann ohnehin ums nackte Überleben gegangen. Und er hatte überlebt!

58. KAPITEL

Völlig außer Atem erreichte Niklas das alte Schulmeisterhaus in der Obertorvorstadt. Einen Augenblick musste er sich an der Hauswand abstützen, bevor er in der Lage war, an die Tür zu klopfen.

Alles blieb ruhig, und niemand öffnete. Schwer atmend sah sich Niklas um. Damit, dass Sophia um diese Zeit vielleicht gar nicht daheim war, hatte er nicht gerechnet.

»Die Magd ist noch unterwegs, aber die Hausherrin findet Ihr abends meist hinten im Hof«, vernahm Niklas eine Stimme hinter sich. Auf der gegenüberliegenden Straßenseite saß eine alte Frau vor dem Haus und flocht an einem Korb.

»Scheint wohl ein dringender Besuch zu sein, so wie Ihr gerannt seid, junger Mann.« Sie zwinkerte und nickte ihm aufmunternd zu. »Geht nur hinein. Sie wird wohl gerade das Vieh füttern.«

Zögernd betrat Niklas die kleine Diele. Er sah gleich, dass die Alte recht hatte. Die Hintertür stand offen, und vom Hof her hörte er Sophias Stimme.

Sie stand mit dem Rücken zu ihm und redete auf ein seltsam schwarz geflecktes Schwein ein, das ihr aus der Hand fraß. Im nächsten Augenblick vernahm Niklas das Schreien eines Säuglings.

Als Sophia sich umdrehte und nach ihrem Sohn sah, der in einem Weidenkorb auf der Bank lag, erblickte sie den Mann an der Hintertür und schrak zusammen. Sie hatte ihn nicht kommen hören. Wer war er? Und was wollte er? Sie kniff die Augen zusammen,

443

um sein Gesicht im schwindenden Licht besser erkennen zu können. Irgendwie schien ihr der Fremde vertraut. Seine große kräftige Gestalt und die sonnenverbrannte Haut zeugten davon, dass er Arbeit unter freiem Himmel gewohnt war. Sein blondes Haar war kurz geschnitten, ebenso der Bart. Über seiner Schulter hing ein lederner Reisebeutel, wie Sophia ihn schon oft bei den Flößern unten an der Elbe gesehen hatte.

»Sophia?«

Seine Stimme traf sie wie ein Blitz. Als sie wankte, war er sofort bei ihr, zog sie in seine Arme. Jetzt erkannte sie auch seine Augen, tiefblau, wie ein wolkenloser Sommerhimmel.

»Oh, mein Gott! Sophia«, stammelte Niklas. Dann lag sein Mund auf ihrem, warm und voller Sehnsucht. Die Zeit schien sich rückwärts zu drehen.

Das Schreien des Kindes, das sich inzwischen zu einem zornigen Brüllen gesteigert hatte, riss sie aus ihrer Versenkung.

Mit zittrigen Händen schob Sophia Niklas von sich, ging zur Bank hinüber und hob Justus aus seinem Korb. Das solide kleine Gewicht auf ihrem Arm half ihr, bei Sinnen zu bleiben. Sie spürte eine schwebende Leere in sich und fürchtete, die Welt um sie herum würde sogleich zerstört, wie eine Spiegelung im Wasser.

Die Gedanken und Fragen überschlugen sich in Niklas' Kopf. Er ahnte, dass es Sophia ähnlich gehen musste. Er hatte bis vor einer Stunde nichts von ihr gewusst, und sie hatte ihn bis zu diesem Augenblick für tot gehalten. Da es ohnehin keine Worte gab, die einer solchen Situation angemessen waren, sagte er einfach, was ihm in den Sinn kam.

»Ich weiß, du hast gedacht, ich sei tot. Und eigentlich war ich das auch, denn bis heute konnte ich mich nicht an dich erinnern.«

Er sah ihr ins Gesicht, suchte ihren Blick. Warum schaute sie so sonderbar? Hatte sie ihn am Ende gar nicht wiedererkannt? Aber ihr Körper hatte eindeutig etwas anderes signalisiert, als er sie geküsst hatte. Sie war ihm entgegengekommen, hatte sich an ihn geschmiegt, ihre Lippen für ihn geöffnet, ihn eindeutig willkommen geheißen. Niklas wartete auf ein Wort, auf ein weiteres Zeichen, doch Sophia schwieg und betrachtete ihn weiterhin mit diesem eigentümlich entrückten Blick.

Seine Worte ergaben keinen Sinn für Sophia. Das war ihr aber egal, denn dieses Trugbild würde sich gleich in Nichts auflösen. Sie überlegte, ob es an irgendetwas liegen konnte, das sie heute gegessen oder getrunken hatte. Vielleicht war etwas dabei gewesen, das sie nicht vertrug oder das gar nicht hineingehörte. Ob das Brot nicht in Ordnung gewesen war? Eine Mutterkornvergiftung konnte zu Halluzinationen führen. Obwohl Müller und Bäcker harte Strafen fürchten mussten, wenn sie nicht auf die Reinheit des Mehls achteten, gab es immer wieder solche Fälle. So eine Vergiftung ist eine ernste Sache, dachte Sophia, und kann tödlich enden. Eigentlich sollte ich etwas dagegen tun. Aber sie konnte die Augen einfach nicht von der vertrauten und doch so veränderten Gestalt ihres Geliebten abwenden. Seine Schultern sind breiter geworden, dachte sie. Niklas war schon immer groß und gewandt, doch jetzt wirkte er ausgesprochen kraftvoll. Unter dem Leinenhemd zeichneten sich deutlich die Muskeln seiner Oberarme ab. Das kurze Haar machte sein Gesicht kantiger, und der Bart ließ ihn älter aussehen. Das verwirrte sie für einen Augenblick. Müsste ihr verwirrter Verstand ihr nicht eher eine Vision von Niklas bescheren, die so aussah, wie sie ihn in Erinnerung behalten hatte? Aber da sie noch niemals halluziniert hatte, konnte sie das natürlich nicht richtig beurteilen.

Niklas sah, wie sie ihn weiter geistesabwesend anstarrte. Langsam wurde ihm klar, dass sie offensichtlich nicht in der Lage war, etwas zu sagen oder zu tun. Sie wirkte wie eine Schlafwandlerin, und allmählich machte ihm das Angst. Vorsichtig trat er auf sie zu und berührte ihren Arm. »Sophia, ich kann mir vorstellen, wie verwirrend das alles für dich ist. Glaub mir, mir geht es nicht anders.«

In diesem Moment hörte der Säugling, den Sophia die ganze Zeit in ihren Armen schaukelte, zu schreien auf und fixierte ihn mit seinen runden, himmelblauen Augen. Da Niklas all seine Sinne bisher vollständig auf Sophia gerichtet hatte, nahm er das Kind erst jetzt richtig wahr. Er hatte wenig Erfahrung mit Kindern. Wie alt mochte es sein? Ein paar Monate höchstens. Eine Ahnung stieg in Niklas auf.

»Wessen Kind ist das, Sophia?«, fragte er und dachte unwillkürlich daran, wie sich Sophia ihm, im Vertrauen auf ihre baldige Heirat, hingegeben hatte. Er spürte ihre seidige Haut unter seinen Fingerspitzen und roch den Rosmarinduft ihres Haares. Wie lange war das her? Hastig versuchte er nachzurechnen.

Konnte es sein, dass Sophia in jenen Nächten, die sie sich von einer Zukunft geborgt hatten, die nie eingetroffen war, ein Kind von ihm empfangen hatte? Niklas fühlte sich, als hätte ihm jemand mit einem Brett vor den Kopf geschlagen. Dann durchzuckte ihn ein anderer Gedanke: Wie war es ihr ergangen, als Mutter mit einem unehelich geborenen Kind!

Nun gut, dachte Sophia, vielleicht ist es eine Vergiftung, vielleicht werde ich auch ganz einfach wahnsinnig, aber es fühlt sich so echt an und so wunderbar. Niklas stand nun unmittelbar vor ihr, sodass sie neben dem zarten Säuglingsduft auch seinen herben, männlichen Geruch wahrnehmen konnte. Und wie früher reagierte ihr Körper darauf sofort sehnsuchtsvoll. In Niklas' Gesicht entdeckte sie eine anrührende Mischung aus Unsicherheit und Besorgnis. Das ließ seine kantigen Züge weicher wirken und erinnerte sie stärker an den Mann, den sie geliebt hatte.

Für einen Augenblick schwankte Sophia zwischen dem Drang, hemmungslos zu schluchzen, und dem dringenden Bedürfnis, in hysterisches Lachen auszubrechen. Sie schloss die Augen und atmete tief ein. Gut, dachte sie, vergiftet oder verrückt, das ist doch im Grunde egal, bei solch einer herrlichen Illusion. Vorsichtig blinzend öffnete sie ihre Augen. Niklas stand noch immer unmittelbar vor ihrer Nase, und Sophia begann zu lächeln.

Schließlich hatte sie immer davon geträumt, ihn noch einmal sehen und ihm seinen Sohn zeigen zu können. Sie streckte ihm das strampelnde Kind entgegen.

»Das ist unser Sohn, Niklas. Ich habe ihn Justus genannt, nach deinem Vater. Ich hoffe, das gefällt dir.«

»Unser Sohn?« Niklas schwankte zwischen Lachen und Weinen. Also stimmte es wirklich! Und er hatte heute nicht nur sein gesamtes Leben zurückerhalten, sondern auch noch einen Sohn, von dessen Existenz er nichts geahnt hatte. Er verdrängte die Gewissensbisse, die heftig in ihm aufwallten. An der Vergangenheit konnte er nichts mehr ändern, an der Zukunft dagegen schon. Er würde Sophia endlich zu seiner Frau machen und sie und das Kind mit nach Wittenberg nehmen. Er würde alles wiedergutmachen! Seine Liebe würde eine Brücke zu Sophia und seinem Sohn schlagen über all die verlorene Zeit und all den Schmerz hinweg, dessen war er sich auf einmal ganz sicher.

Er streckte die Arme aus. »Gib ihn mir!«

Sophia legte ihm das Kind in die Arme, langsam und vorsichtig, als fürchtete sie, er könne es fallen lassen.

Niklas hatte noch nie ein so kleines Kind auf dem Arm gehabt, er hielt es behutsam und ein wenig ängstlich. Ein überwältigendes Glücksgefühl durchströmte ihn, als er den warmen kleinen Körper an seinem spürte. Er hob das nun freudig glucksende Kind in die Höhe und rief: »Das ist mein Sohn!«

»Und das ist mein Weib!« Die Worte wurden laut und mit Nachdruck gesprochen, und Niklas erkannte die Stimme sofort.

»Heinrich Fuchs«, entfuhr es ihm, als er sah, wie der Magister neben Sophia trat und seine Hand auf ihre Schulter legte.

Sophia spürte, wie Heinrichs Finger sich in ihre Schulter gruben. Sie starrte Niklas an, der ihren Sohn in den Armen hielt. Herr, steh uns bei, betete sie stumm, denn ihr wurde schlagartig klar, dass Niklas keine Illusion war, sondern wirklich lebendig vor ihr stand. Das Letzte, was sie sah, waren Niklas' Augen, die sich entsetzt weiteten, als er den Sinn von Heinrichs Worten begriff.

Mit kalkweißem Gesicht sackte Sophia gegen den Magister, der zwar verhindern konnte, dass sie auf den Boden stürzte, es aber nicht schaffte, sie aufzuheben.

Entschlossen kämpfte Niklas gegen den Schock an. Mit all dem konnte er sich später beschäftigen.

»Nehmt ihn und lasst mich helfen«, sagte er, reichte Fuchs das Kind und hob Sophia auf seine Arme, um sie ins Haus zu tragen.

»Bringt sie in meine Arbeitskammer, da gibt es ein Bett«, sagte der Magister. Niklas folgte ihm in den kleinen Raum gegenüber der Küche. Vorsichtig ließ er seine Last auf das schmale Spannbett gleiten und trat zur Seite, um dem Magister Platz zu machen.

Niklas beobachtete, wie Fuchs den Säugling mit einem Arm hielt, während er aus einer Schublade des Arbeitstischs ein Fläschchen hervorkramte. Er verspürte den Stich des Neides, als er die Vertrautheit zwischen dem Magister und seinem Sohn bemerkte.

»Dann ist es also wahr, was mir Pastor Lauterbach eben erzählte. Ihr seid am Leben«, sagte Fuchs. Er blickte Niklas forschend in die Augen, als müsse er sich trotzdem noch einmal davon überzeugen. Dann nickte er grimmig, gab Niklas das Kind zurück und beugte sich über Sophia.

Ein stechender Geruch breitete sich in der Kammer aus, der Kleine begann wieder zu weinen.

Ungeschickt schaukelte Niklas seinen Sohn hin und her. »Ist ja schon gut, alles gut«, murmelte er.

Sophia schlug die Augen auf und hob den Kopf. Sie blickte ihren Mann an und dann den Vater ihres Kindes. Beide Männer sahen besorgt und gleichzeitig ratlos auf sie herab.

»Was für ein verdammter Schlamassel!«, flüsterte sie.

Am liebsten wäre sie auf der Stelle wieder in die schützende Dunkelheit der Ohnmacht zurückgeglitten. Doch sie wusste, dass ihr nichts übrig blieb, als sich der Wirklichkeit zu stellen, so verwirrend und schmerzhaft diese auch sein mochte. Sie setzte sich auf und wehrte die helfenden Hände ihres Mannes ab, als sie aufstand und in die Küche ging. Ihre Knie waren weich, und ihr Kopf war vollkommen leer.

Hanna, die inzwischen vom Markt zurückgekehrt war, sah Niklas, der noch immer das weinende Kind an seine Brust drückte, erstaunt an. Diesmal war Sophia dankbar über die Schüchternheit der jungen Frau, denn sie hätte nicht gewusst, wie sie der Amme die Situation erklären sollte.

Stattdessen sagte sie rasch: »Stille den Kleinen und leg ihn schlafen. Dann kannst du dir den Rest des Abends freinehmen. Du kannst ausgehen, wenn du magst.«

Hanna riss die Augen noch weiter auf, nickte jedoch artig und verbiss sich jeden Kommentar.

Als Hanna ihm das Kind abnehmen wollte, zögerte Niklas einen Augenblick. Sein Herz zog sich schmerzhaft zusammen, während er ihr den Jungen widerstrebend überließ. Es fühlte sich so verkehrt an!

Er blickte zu Sophia und sah in ihren Augen einen ähnlichen Schmerz, bevor sie sich mit übertriebenem Eifer dem Wasserkessel und dem Herdfeuer zuwandte.

»Wir sollten uns setzen und reden«, sagte Magister Fuchs mit der selbstverständlichen Autorität des Hausherrn.

Niklas nahm Platz und sah Heinrich Fuchs in die Augen. Nein, der Magister war alles andere als selbstsicher. Er wirkte bis ins Innerste erschüttert. Was mochte ihn bewogen haben, Sophia, die das Kind eines anderen erwartete, zu heiraten? Nicht einen Augenblick glaubte Niklas, Sophia könnte ihren Ehemann in diesem Punkt belogen haben. Das war nicht ihre Art, und außerdem hatte sie dem Magister stets große Hochachtung entgegengebracht.

Er entsann sich der aufregenden Wochen, in denen jeder in der Stadt geglaubt hatte, der Bruder von Sophias Patin und deren Ehemann hätten sich selbst entleibt. Nur Sophia hatte das damals bezweifelt. Und so hatte sie alles unternommen, um herauszufinden, was wirklich mit den beiden Männern geschehen war. Damals hatten Niklas und der Magister gemeinsam versucht, Sophia vor ihrer eigenen Unbesonnenheit zu bewahren und sie vor dem hinterhältigen, brutalen Kunz zu schützen. Der Magister wusste, dass Niklas Sophia liebte, weil er es ihm selbst gesagt hatte. Fuchs hatte ihn damals gewarnt, die Tochter ihres gemeinsamen Hauswirts nicht ins Unglück zu stürzen. Niklas erinnerte sich noch an den finsteren Blick, den der Ältere ihm dabei zugeworfen hatte.

Beinah denselben warnenden Ausdruck sah Niklas auch jetzt wieder in den dunklen Augen des Magisters. In diesem Augenblick traf ihn die Erkenntnis wie ein Fausthieb in den Magen: Fuchs liebte Sophia ebenfalls, und er war noch immer fest entschlossen, sie vor jeder Gefahr zu schützen!

Bestürzt wandte Niklas den Blick ab. Er sah zu Sophia, die mit gestrafften Schultern am Herd hantierte. Was empfand sie für ihren Ehemann? Die Stimme des Magisters riss ihn aus seinen Grübeleien.

»Pastor Lauterbach erzählte mir, Flößer hätten Euch im letzten Jahr aus der Elbe gezogen, nach Eurem Kampf mit Kunz. Ihr hättet eine lange Zeit bei ihnen verbracht, ohne dass Ihr Euch an Euren Namen oder Eure Vergangenheit erinnern konntet?«

»Ja«, bestätigte Niklas. »Es ist sogar so, dass sich meine Erinnerungen erst heute in der Marienkirche wieder vollständig eingestellt haben.«

Sophia stellte Becher mit Bier und Teller mit dampfender Suppe vor die Männer auf den Tisch. Sie vermied es, einen der beiden dabei zu berühren. In ihrem Kopf und ihrem Herzen tobte ein unerträgliches Gewitter aus Gedanken und Gefühlen. Sie fürchtete, dass sie verrückt würde, wenn es ihr nicht gelänge, Ordnung in dieses Chaos zu bringen. Langsam und vorsichtig wie ein altes Weib ließ sie sich auf ihrem Schemel nieder. Während die beiden Männer schweigend ihre Teller leerten, konnte sie kaum einen Löffel hinunterbringen.

Niklas hatte nicht geglaubt, dass er jetzt etwas essen könne. Doch schon nach dem ersten Bissen merkte er, wie hungrig er war. Ohne zu schmecken, was er in sich hineinlöffelte, aß er seinen Teller leer. Kaum war er damit fertig, verlangte Sophia: »Erzähl!«

Er schob den Teller zurück und nahm einen Schluck Bier, während er überlegte, womit er beginnen sollte. Die Erinnerung an seinen letzten Tag in Pirna stieg in ihm auf, so frisch und beängstigend, als wäre alles erst gestern geschehen.

»Ich hatte meine Arbeit an diesem Tag früher beendet. Du hattest mir ein Briefchen überbringen lassen, in dem stand, dass du mich auf dem Copitzer Werder treffen wolltest, weil der Herbsttag noch einmal so sonnig sei.«

»Ich habe keinen Brief geschrieben!«, rief Sophia. Sie atmete heftig, und Niklas ahnte, dass auch ihr die Erinnerung an diesen Tag noch lebhaft vor Augen stand.

»Natürlich nicht. Das wurde mir schon bald klar. Der bucklige Bettler, der mich am Fluss ansprach, sagte, du hättest ihn dafür bezahlt, dass er mich hinüberrudert zum Werder. Aber mitten auf dem Fluss sprang er plötzlich auf und ging mit dem Ruder auf mich los.«

»Der Kerl, der immer vor dem Friedhofstor hockte, wenn ich vom Grab meiner Mutter kam«, unterbrach Sophia ihn erneut. »Das war gar kein Bettler, sondern Kunz. Ich habe ihn sofort erkannt, als er auf dem Fluss mit dir kämpfte.«

»Du warst dort?«, fragte Niklas verwirrt. Sophia nickte, und er begriff erschüttert, dass sie mit angesehen hatte, wie er in den Fluss gestürzt und nicht wieder aufgetaucht war.

»Er wollte mich wirklich umbringen, der verdammte Schweinehund. Er drosch mit aller Gewalt auf mich ein.« Niklas schüttelte den Kopf und breitete die Hände aus. »Ich habe keine Ahnung, warum. Aber nachdem ich ihm das Ruder aus der Hand geschlagen hatte, zog er plötzlich ein Messer und stach zu. Er erwischte mich unterhalb der Rippen, die Wunde blutete sofort stark. Ich wusste, dass ich ihm nicht mehr lange Widerstand leisten konnte. Von dem Augenblick an hatte ich nur noch einen Gedanken. Ich musste dich vor ihm beschützen. Er hatte dir nachgestellt und sich bereits einmal fast an dir vergangen. Ich musste verhindern, dass er sich erneut eine Gelegenheit dazu verschaffte. Als ich merkte, dass mir die Sinne schwanden, packte ich den Mistkerl, um ihn mit mir in den Fluss zu ziehen und ihn zu ertränken. Wie es scheint, ist mir das nicht gelungen, denn ich hörte, er kam zurück und zündete dein Haus an.« Er warf Sophia einen beschämten Blick zu und gestand sich ein, dass er in dem entscheidenden Moment, in dem es darauf ankam, versagt hatte.

Sophia keuchte entsetzt auf. »Du hast dich geopfert, weil du dachtest, der Kerl wäre hinter mir her?«

Der Magister hob seine Hand, um sie auf Sophias zu legen, besann sich dann aber und warf ihr einen unergründlichen Blick zu, bevor er sprach. »Natürlich. Dorndorf konnte ja nicht wissen, dass es Kunz in Wahrheit um das Buch ging.« Er sah Niklas an. »Deshalb ist es umso unbegreiflicher, weshalb der Kerl Euch töten wollte.«

»Vielleicht hat sein Hintermann ihn damit beauftragt.« Sophia nagte an ihrer Unterlippe. »Vielleicht dachte der, Kunz würde leichter an das Buch herankommen, wenn Niklas aus dem Weg war?«

»Was für ein Buch? Welcher Hintermann? Wovon sprecht ihr?« Verwirrt blickte Niklas abwechselnd Sophia und den Magister an.

Es war längst dunkel geworden, durch das offene Küchenfenster drang der elfte Glockenschlag von St. Marien in die kleine Küche. Sophia fühlte sich vollkommen ausgelaugt. Als sie sah, dass Niklas ein Gähnen unterdrückte und sich vor Müdigkeit kaum noch auf dem Stuhl halten konnte, erhob sie sich.

»Es war ein langer Tag. Wir sollten zu Bett gehen.« Sie zögerte einen Augenblick und suchte den Blick ihres Ehemanns. »Niklas könnte heute vielleicht in deiner Arbeitskammer schlafen.«

»Äh, ja. Natürlich!« Fuchs nickte und sah Niklas an, der bereits seinen Stuhl zurückgeschoben hatte. »Ich nehme an, Ihr hattet noch keine Gelegenheit, Euch nach einer Bleibe umzuschauen, Dorndorf.«

Niklas hob die Hände. »Nein. Aber macht Euch deswegen keine Gedanken. Ich werde in dem Gasthof unterkommen, in dem die Flößer hier gewöhnlich übernachten.«

»Aber es ist schon spät«, wandte Sophia ein.

»Keine Sorge, der Wirt kennt mich und wird mich trotzdem noch einlassen.« Niklas schenkte ihr ein erschöpftes Lächeln und streckte dem Magister seine Hand entgegen. »Danke für alles!«

Fuchs zog kurz die Augenbrauen hoch, bevor er die Hand des Malers ergriff.

»Ich bin todmüde, aber ich glaube trotzdem nicht, dass ich jetzt schlafen kann.« Sophia saß auf der Kante des Bettes und rieb sich die Augen. Ein paar weiche Locken hatten sich aus ihrer Frisur gelöst und ringelten sich um ihren Hals, als sie das Schultertuch abnahm.

Heinrich Fuchs lehnte noch immer mit dem Rücken an der Tür ihrer Schlafkammer. Er fuhr sich mit beiden Händen durch die Haare und schüttelte den Kopf. Doch die Benommenheit, die er verspürte, seit Lauterbach ihm am Nachmittag von Niklas' Rückkehr berichtet hatte, wollte nicht weichen. Inzwischen merkte er jeden Muskel seines Körpers, fast so wie nach einer heftigen Prügelei.

Sophia hatte Rock und Mieder ausgezogen. Wie jeden Abend bürstete sie ihre Haare. Fuchs liebte es, ihr dabei zuzusehen. Aber heute waren ihre Bewegungen fahrig und ungeduldig. Sie zerrte so heftig an den langen rotbraunen Strähnen, dass ihr die Tränen in die Augen traten. Heinrich trat hinter sie, nahm die Bürste aus ihren verkrampften Fingern und legte sie beiseite.

Sophia drehte sich um. Ihr Gesicht war blass, und im Kerzenlicht wirkten ihre Augen riesig und dunkel. »Ich …«

»Pst!« Sanft drückte Heinrich ihr einen Finger auf den Mund. »Für heute haben wir genug geredet.«

Sie ließ ihren Kopf gegen seine Schulter sinken, und er umfing sie fest mit seinen Armen. Ich sollte sie zu Bett bringen, dachte er, sie braucht Ruhe und Schlaf. Doch dann spürte er durch das dünne Hemd die Wärme ihres Körpers, roch ihren vertrauten berauschenden Duft. Ihre Haare streiften seine Wange, ihre Hände suchten Halt an seinen Armen. Das Verlangen nach ihr schoss so plötzlich durch seinen Körper, dass er aufstöhnte. Dies ist nicht der rechte Zeitpunkt, mahnte er sich. Doch als er versuchte, ein Stück von ihr abzurücken, hob Sophia den Kopf und schlang ihre Hände um seinen Nacken. Ihr Mund kam ihm entgegen, und seine Selbstbeherrschung schwand, als ihre Lippen auf seine trafen. Ihr Kuss war heftig und hitzig. Eher schien sie ihn zu einem Kräftemessen herausfordern zu wollen anstatt zum Liebesspiel.

Er nahm die Herausforderung an, packte sie an den Schultern und drängte sie auf das Bett. Ohne ihren Mund von seinem zu lösen, zog sie an den Verschnürungen seines Hemdes, suchte seine nackte Haut. Er hörte Stoff reißen und atmete heftig ein, als sie rücksichtslos seine Hose nach unten zerrte. Während er sie kurz losließ, um sich endgültig von seinem Beinkleid zu befreien, zog sie sich das Hemd über den Kopf. Sie öffnete ihre Schenkel und ließ sich nach hinten sinken.

Das Blut rauschte durch seine Adern wie ein glühender Strom, sein Herz hämmerte, seine Muskeln spannten sich an. Er schloss die Augen, rang um Beherrschung. Als er glaubte, sich wieder unter Kontrolle zu haben, ließ er seine Hände sanft über ihren Körper gleiten, berührte ihre Brüste mit seinem Mund, um sie langsam zu erregen. Aber sie wand sich ungeduldig unter ihm, schlang ihre Beine um seine Hüften und hob ihr Becken. Da wurde ihm klar, dass sie heute keine Zärtlichkeit von ihm erwartete. Das verwirrte ihn, denn es entsprach nicht der Art, in der er seinen ehelichen Pflichten normalerweise nachzukommen pflegte. Und zu spüren, wie sehr ihn ihre wilde Herausforderung erregte, ängstigte ihn. Er zögerte. Einen Augenblick schien es, als würden sie beide miteinander ringen. Dann gab er nach und drang mit einem einzigen heftigen Stoß so tief in sie ein, dass sie aufschrie. Ihre Nägel krallten sich in die empfindliche Haut seines Rückens, und er hieß den Schmerz willkommen.

59. Kapitel

Jch habe dir doch gesagt, dass du nur hierherkommen darfst, wenn sich im Fuchs'schen Haus etwas wirklich Außerordentliches ereignet«, fuhr der Stadtschreiber die junge Frau an, die mit niedergeschlagenen Augen vor seinem Tisch stand und fahrig ihre Schürze knetete. »Hast du wenigstens darauf geachtet, dass niemand gesehen hat, wie du durch diese Tür gingst?«

Hanna nickte hastig und sah kurz zu ihm hin. »Ja, Herr. Ich hab zuerst oben bei den Tuchhändlern ein Stück Stoff gekauft, aus dem ich ein Jäckchen für das Kind nähen will. Es war niemand auf der Treppe, als ich die Kämmerei betrat.«

Schumann atmete erleichtert auf, legte den Federkiel beiseite und lehnte sich zurück. »Ich bin froh, dass du dich an unsere Vereinbarungen hältst, Hanna. Aber du weißt schließlich, was geschieht, wenn du mich enttäuschst, nicht wahr?« Er lächelte dünn.

Hanna zog die Schultern hoch und nickte erneut. Diesmal wagte sie es nicht, ihn dabei anzusehen.

»Also, was ist so wichtig, dass ich es sofort erfahren muss?«, fragte Schumann sanft.

»Als ich gestern Abend vom Markt kam, saß ein Gast mit dem Magister und Frau Sophia in der Küche. Ich wusste sofort, dass da etwas nicht stimmte. Die Fuchsens schienen den Mann gut zu kennen, denn er hielt das Kind auf seinem Schoß. Aber sie wirkten alle irgendwie durcheinander.«

Sofort war das Interesse des Stadtschreibers geweckt. Als Hanna endlich den Blick hob, sagte er ungeduldig: »Sprich weiter!«

»Niemand stellte mir den Gast vor, stattdessen befahl die Herrin, dass ich das Kind nehmen und gehen soll. Ich könnte den Rest des Abends freinehmen und ausgehen. Dabei weiß sie, dass ich niemals abends ausgehe. Wo sollte ich schließlich hin?«

»Sie wollte dich aus dem Weg haben«, schlussfolgerte Schumann. »Was hast du dann getan?«

»Nachdem ich das Kind versorgt hatte, verließ ich das Haus. Aber ich ging durch das Gartentor nach hinten auf den Hof. Das Küchenfenster stand offen, und ich konnte jedes Wort hören, das drinnen gesprochen wurde«, versicherte Hanna.

Zuerst ungläubig, dann fassungslos und schließlich voller Wut lauschte Schumann ihrem Bericht. Als Hanna fertig war und schwieg, merkte er, dass seine Zähne schmerzten, weil er sie die ganze Zeit fest zusammengebissen hatte, und dass seine Fingernägel blutige Abdrücke auf seinen Handflächen hinterlassen hatten. Er spürte, dass sein Hass auf Dorndorf gemeinsam mit dem verfluchten Maler wieder auferstanden war. Dieser Schmierfink war schuld daran, dass Sophia ihn, den einflussreichen Stadtschreiber, abgewiesen hatte! Schumann war fest davon überzeugt, dass das Buch und Sophia heute ihm gehören würden, hätte sie sich damals nicht in den dahergelaufenen Habenichts verliebt. Aber nun musste er auch noch hören, dass sie sich dem Maler heimlich hingegeben hatte! Das Kind war ganz offenbar die Frucht dieser Unzucht. Und der Magister wusste davon! Schumann massierte seine Handflächen und dachte nach. Viel wahrscheinlicher war doch, dass Sophia ihren Ehemann ebenso behext hatte wie ihn selbst. Anders konnte der Stadtschreiber sich seine Besessenheit von einem Weib, das abgrundtief verdorben und dazu noch nicht einmal eine Schönheit war, jedenfalls nicht erklären. Er hatte geglaubt, die Gefühle, die er für Sophia gehegt hatte, überwunden zu haben. Seine Reaktion auf die Rückkehr des verhassten Rivalen belehrte ihn eines Besseren.

Schumann vernahm ein Rascheln und entsann sich seiner Informantin, die noch immer vor seinem Schreibtisch stand und wartete. Obwohl Hanna ihre Augen sofort niederschlug, als er sie ansah, entging ihm nicht, dass sie ihn nachdenklich und forschend gemustert hatte. Dabei wirkte sie weder ängstlich noch unterwürfig. Aber welche Schlüsse Hanna aus seinen Reaktionen zog, konnte ihm gleichgültig sein. Er hatte die junge Amme vollkommen in der Hand. Trotzdem bemühte sich Schumann, seinen Zorn zu unterdrücken, denn er musste nachdenken, was jetzt zu tun sei. Zuallererst war es wichtig zu erfahren, welche Auswirkungen Dorndorfs Rückkehr auf die Entschlüsselung des Buches haben könnte.

»Ist der Maler noch im Fuchs'schen Haus?«, fragte er.

Hanna schüttelte den Kopf. »Er wollte sich ein Zimmer in einer Schänke in der Nikolaivorstadt mieten.«

»Das heißt also, er will in der Stadt bleiben?«, erkundigte sich Schumann.

»So scheint es«, antwortete Hanna.

Der Stadtschreiber griff nach dem Federkiel und fingerte geistesabwesend an der Spitze herum. Sein erster Impuls war, den Maler aus dem Weg zu räumen, das zu vollenden, was Kunz vor einem Jahr nicht gelungen war. Nicht nur, dass Dorndorf ein schwer kalkulierbares Risiko für die Entschlüsselung des Buches darstellte, Schumann hasste den Mann auch aus tiefster Seele. Er dachte an den Nachmittag auf dem Fechtboden, an dem er schon einmal kurz davor gestanden hatte, dem Maler seine Klinge in die Brust zu stoßen. Allerdings würde sich so eine günstige Gelegenheit wohl nicht so schnell wieder ergeben, und Dorndorf war auch nicht Lapidius. Den eigenbrötlerischen Sonderling hatte niemand vermisst.

»Habe ich das richtig verstanden, dass der Maler aus Wittenberg hierherkam?«, hakte er noch einmal nach.

»Ja, Herr. Er hat dort bei einem berühmten Meister gearbeitet, hat er gesagt. Der wollte ihn gar nicht fortlassen, aber Doktor Luther persönlich hat ihn nach Pirna geschickt«, bestätigte Hanna.

»So, Luther persönlich.« Schumann warf den Federkiel auf den Tisch und versuchte vergeblich, seine tintenverschmierten Finger sauber zu reiben. Nein, er konnte es sich nicht leisten, Dorndorf sofort zu beseitigen. Zuerst brauchte er mehr Informationen. Er beschloss, Pastor Lauterbach einen Besuch abzustatten.

Schumann sah zu Hanna, die wieder auf die Spitzen ihrer abgetragenen groben Schuhe schaute. »Ich will alles wissen, was sich zwischen dem Maler und der Fuchsin tut«, sagte er. »Geh also zurück und halte weiter Augen und Ohren für mich offen, Hanna.«

60. Kapitel

Sophia beobachtete, wie Niklas der Zeichnung von Justus' pausbackigem Säuglingsgesicht hier und da noch ein paar Striche hinzufügte. Schließlich legte er sein Skizzenheft und den Silberstift beiseite, blieb aber weiter neben der Wiege sitzen, den Blick unverwandt auf seinen schlafenden Sohn gerichtet.

So hätte es sein können, dachte sie, wenn die Vorsehung ihnen nicht ein anderes Schicksal beschieden hätte. Auch wenn es bisher weder Niklas noch Heinrich angesprochen hatten, wusste sie, dass sie jetzt erneut an einer Kreuzung ihres Lebensweges stand und dass beide Männer eine Entscheidung von ihr erwarteten.

Niklas wohnte nun in dem Gasthof in der Nikolaivorstadt. Jeden Tag kam er ins Schulmeisterhaus, um seinen Sohn zu sehen, wie er sagte. Sophia wusste, dass er natürlich auch ihre Nähe suchte. Sie war froh, ihn am Leben zu wissen, und es wärmte ihr Herz, wenn sie ihn mit ihrem Kind sah. Aber manchmal wünschte sie sich, er wäre niemals hier aufgetaucht. Die Liebe, die sie und Heinrich füreinander empfanden, war für Sophia zu einer beruhigenden Gewissheit und zu einem Versprechen auf die Zukunft geworden. Mit Heinrich hatte sie in den letzten Monaten wieder Glück und Zuversicht empfunden, und sie wusste, dass es ihm genauso ging. Nun brachte Niklas' Rückkehr das Gefüge ihres Lebens erneut ins Wanken, und das machte Sophia mehr Angst, als sie sich eingestehen wollte.

Niklas schien diese Angst zu spüren. Er verhielt sich ihr gegenüber zurückhaltend und sprach seit jenem ersten Abend nicht mehr über das Vergangene. Stattdessen erzählte er ihr täglich ein wenig mehr über sein Leben mit den Flößern und in der Malerwerkstatt der Cranachs. Er stellte unzählige Fragen nach den Ereignissen seit seinem Verschwinden und bemühte sich so, eine Brücke zwischen ihnen zu schlagen, die ihr heutiges Leben mit dem früheren verband.

Der Magister dagegen ließ sich in den letzten Tagen immer seltener zu Hause sehen. Er entschuldigte sich damit, dass die Montage der großen Uhr auf dem Dachboden des Rathauses seine ganze Aufmerksamkeit beanspruche. Da er inzwischen eine Sondergenehmigung des Rates besaß, mit der er das Obertor auch nach der Sperrstunde passieren durfte, kam er oft spät in der Nacht nach Hause. Weil er sie um diese Zeit, wie er sagte, nicht mehr stören wolle, hatte er seither in seiner Arbeitskammer genächtigt. Ein paarmal hatte Sophia versucht, ihn darauf anzusprechen, doch er war ihr immer ausgewichen. Sie vermisste es, nachts seine Wärme neben sich zu spüren, und noch mehr vermisste sie die Zärtlichkeit und Leidenschaft, die sie in den letzten Wochen mit ihrem Ehemann geteilt hatte.

Fröhliches Glucksen aus der Wiege zeigte an, dass der Kleine erwacht war. Niklas kitzelte seinen Sohn am Bauch und schnitt Grimassen, um ihn zu weiteren Freudenausbrüchen zu animieren. Schließlich nahm er ihn aus den Kissen und schwenkte ihn übermütig in der Stube herum.

»Sei vorsichtig!«, mahnte ihn Sophia. »Er ist noch so klein und zart.«

Niklas drückte das Kind an seine Brust und strahlte sie über das flaumige Köpfchen hinweg an. »Aber er wird mal so groß und stark werden wie sein Vater! Und wer weiß, vielleicht wird er eines Tages auch Maler.«

Die Tür öffnete sich, und Hanna kam herein. Wie üblich wagte sie kaum, den Blick zu heben, wenn ein Mann im Raum war. »Es ist Zeit für das Bad des Kindes, Herrin. Ich habe in der Küche alles vorbereitet«, sagte sie leise.

Niklas reichte ihr den Jungen und schaute ihm sehnsuchtsvoll nach, als die Amme ihn aus dem Zimmer trug.

Wie üblich wird er sich nun gleich verabschieden, dachte Sophia.

»Pastor Lauterbach hat mir angeboten, wieder für ihn in der Marienkirche zu arbeiten«, sagte Niklas. Er sah Sophia dabei in die Augen.

»Das ist schön für dich«, sagte sie nach kurzem Zögern. »Und? Wirst du das Angebot annehmen?«

Niklas hob die Augenbrauen. »Vielleicht. Ich bin mir noch nicht sicher. Du musst wissen, dass Meister Cranach mir zum Abschied sagte, ich könnte jederzeit in seine Werkstatt zurückkehren.«

Sophia hielt die Luft an. Sollte das heißen, er würde dann wieder aus ihrem Leben verschwinden? Dieser Gedanke versetzte ihr einen heftigen Stich. Sie atmete tief ein und schalt sich selbst eine dumme Gans. Wenn Niklas nach Wittenberg zurückkehrte, so wäre das wahrscheinlich sogar die beste Lösung für ihr Dilemma.

»Weißt du, hier in Pirna, da war ich als Maler ein passabler Handwerker. Ich beherrschte, was meine bisherigen Meister mir beigebracht hatten, und war zufrieden, wenn meine Kunden es waren.« Niklas trat einen Schritt auf Sophia zu und blickte sie eindringlich an. Es schien ihm wichtig, dass sie ihn verstand. »Aber in Wittenberg, bei Meister Cranach, da habe ich allmählich begriffen, was der Unterschied zwischen einem guten Handwerker und einem Künstler ist.«

Sophia konnte ihm nicht ganz folgen. Seine Bilder hatten ihr immer gefallen, und Pastor Lauterbach hatte ihn stets gelobt. Seit Niklas nicht mehr da war, hatte kein anderer Maler vor den strengen Augen des Superintendenten Gnade gefunden.

»Wie meinst du das?«, fragte sie.

»Nun, ein Maler, der sein Handwerk beherrscht, der kann gut kopieren, was er irgendwo gesehen hat, bei einem anderen Maler oder auch in der Natur. Ein Maler, der ein Künstler ist, der malt nicht nur, was er sieht, sondern er hat eine einzigartige Idee, die er auf seinem Bild darstellen will.« Niklas begann zu gestikulieren, um seine Gedanken zu veranschaulichen. »Er entwickelt dazu zum Beispiel eine neue Perspektive oder verwendet besondere Farben, um seine ganz eigene Sicht auf die Schöpfung zu zeigen.«

Niklas stand nun ganz dicht vor Sophia, und seine Augen strahlten, als habe Gott selbst ein Licht darin entzündet. »Ein Künstler malt nicht nur, was er sieht, er malt, was er fühlt.«

Den Sinn seiner Worte hatte sie zwar nicht vollkommen begriffen, aber die Leidenschaft, mit der er sprach, war wie ein Funke auf sie übergesprungen. Sie erinnerte sich daran, dass es unter anderem diese Leidenschaftlichkeit war, die sie früher unwiderstehlich zu ihm hingezogen hatte.

»Und nun, da ich das begriffen habe, würde ich am liebsten weiter bei den besten Künstlern arbeiten und lernen, mich immer mehr vervollkommnen, verstehst du!«, fuhr Niklas fort. Er schwieg einen Augenblick und suchte nach den rechten Worten. »Aber ich weiß auch, dass die Kunst nicht das Einzige ist, was in meinem Leben zählt.« Er griff nach ihren Händen. »Die Liebe ist das andere, was ich brauche, um leben zu können. Ich brauche dich, Sophia!«

Sophias Herz begann, bei seinen Worten zu rasen. Vergeblich versuchte sie, ihm ihre Hände zu entziehen. Sein Geruch, erdig und metallisch nach Farbpigmenten und scharf nach Terpentin und Schweiß, stieg ihr unvermittelt in die Nase. Sie hatte seinen besonderen Duft immer genossen, und ihre Sinne erinnerten sich sofort. Das, wovor sie sich seit Tagen fürchtete, war eingetreten. Sie wusste, dass ihre Gefühle für Niklas nicht gestorben waren. Die Ereignisse des vergangenen Jahres hatten sie beide verändert, aber sie liebten und begehrten einander noch immer.

Niklas beugte den Kopf, bis sein Gesicht ganz nah an ihrem war. Er suchte und fand ihre Lippen. Dieser Kuss war ganz anders als der, den Sophia an jenem Abend empfangen hatte, als er unvermittelt im Hof stand und sie ihn für eine Ausgeburt ihrer Fantasie gehalten hatte. Diesmal legte er es bewusst darauf an, in ihr die Erinnerung an die vielen Küsse zu wecken, die sie getauscht hatten, nachdem sie sich ihre Liebe gestanden hatten. Das spürte sie. Und sie konnte nicht anders, als diesen Kuss mit derselben verzweifelten Sehnsucht zu erwidern.

Als sie, ein wenig atemlos, voneinander abließen, sagte Niklas: »Bitte, komm mit mir nach Wittenberg!«

Überwältigt von ihren Gefühlen und unfähig zu einer Antwort, schüttelte sie den Kopf.

Niklas legte ihr einen Finger auf die Lippen. »Nein, du musst dich nicht jetzt entscheiden. Denk in Ruhe darüber nach.« Er ließ sie los. »Ich werde morgen hinauf ins Kirnitzschtal wandern, um meinen Freunden Lebewohl zu sagen und ihnen für all das zu danken, was sie mir Gutes getan haben. Wenn ich zurückkomme, werde ich dich erneut fragen.«

Er griff nach seinem Skizzenbuch, drehte sich zur Tür um und verharrte plötzlich in seiner Bewegung.

Sophia blickte auf und sah Heinrich Fuchs in der geöffneten Tür stehen. Das Gesicht des Magisters wirkte ausdruckslos, doch in seinen Augen glitzerte es gefährlich. Sophia presste ihre Hand auf den Mund, sie fürchtete auf einmal, ihr Ehemann könne etwas Schreckliches tun.

Niklas schien nicht zu merken, dass der Magister kurz davorstand, die Beherrschung zu verlieren. Er schaute den Älteren herausfordernd an. Dann sagte er: »Es ist gut, dass Ihr es mit angehört habt, Magister. Ich weiß, Ihr liebt Sophia. Aber das tue ich auch, und Ihr wisst, dass sie heute mit mir verheiratet wäre, wenn die Dinge anders verlaufen wären. Mein Anspruch ist der ältere, und Justus ist mein Sohn.«

Sophia begriff, dass Niklas sehr wohl wusste, was er tat, und dass er ihren Ehemann mit voller Absicht provozierte. Aber warum? Soeben hatte er noch gesagt, sie solle in aller Ruhe nachdenken. Er hatte sich offensichtlich bemüht, sie nicht zu sehr zu bedrängen, und jetzt das?

Heinrich Fuchs blieb in der Tür stehen, sodass Niklas nicht an ihm vorbeikam. Sophia sah, wie er die Fäuste ballte, seine Lippen waren zu einem schmalen Strich zusammengepresst. Sophia, die ihren Ehemann inzwischen gut genug kannte, merkte, wie viel Kraft es ihn kostete, ruhig zu bleiben. Wie lange hatte er schon dort gestanden?

Als Niklas einen weiteren Schritt auf Heinrich zu machte, wollte sie unwillkürlich dazwischentreten, dem unwürdigen Spiel ein Ende bereiten.

Doch der Magister, der ihre Bewegung aus dem Augenwinkel bemerkt hatte, hob die Hand, während er Niklas weiter fixierte. »Bleib da, Weib! Das ist eine Sache zwischen Dorndorf und mir!«

Sophia schnaubte empört und öffnete den Mund.

Aber bevor ihr eine passende Entgegnung einfiel, sagte Niklas in eisigem Ton: »Da stimme ich Euch voll und ganz zu, Magister!« Seine Augen verengten sich zu blau funkelnden Schlitzen. »Wir sollten das unter uns ausmachen, auf die eine oder andere Weise.«

»Was?!« Sophias Stimme klang selbst in ihren eigenen Ohren viel zu laut und schrill. Sie stürzte nach vorn, warf sich zwischen die beiden Männer und blitzte zuerst Niklas, dann Heinrich wütend an. »Wollt ihr euch jetzt hier auf der Stelle prügeln, oder möchtet ihr das lieber draußen auf der Gasse erledigen, wo es mehr Zuschauer gibt?«

Sie versetzte Niklas einen Stoß vor die Brust. Seine Muskeln waren so fest und kompakt, dass sie ebenso gegen eine Wand hätte schlagen können. Niklas wich kein Stück, sondern schaute sie nur verwundert und ein wenig belustigt an. Das brachte ihren Ärger endgültig zum Überkochen.

Sie drehte sich zu Heinrich um, packte ihn an den Armen und begann, ihn zu schütteln. »Hör sofort damit auf, mich wie ein unmündiges Kind zu behandeln, Heinrich Fuchs! Ich bin dein Eheweib und kann selbst denken und entscheiden!« Sie spürte, wie sich seine Oberarmmuskeln unter ihren Fingern weiter verhärteten. Mit Schrecken beobachtete sie, dass sich seine Augen noch bedrohlicher verdunkelten. Er gab ein Knurren von sich, befreite sich mit einer raschen Drehung und packte ihre Handgelenke. Was hatte er vor?

Sie taumelte gegen Niklas, als Heinrich sie abrupt losließ und seine Arme vor der Brust verschränkte. Ihr Ehemann schloss kurz die Augen, danach schien er sich wieder vollständig in der Gewalt zu haben.

»Ihr habt sie gehört, Dorndorf«, sagte er ruhig. »Sie ist mein Eheweib, vor Gott und der Welt mit mir verheiratet.«

Sophia spürte, wie sich Niklas' Hände, die sie zuvor aufgefangen hatten, fester um ihre Taille legten. Entschlossen entzog sie sich seinem Griff und trat einen Schritt zur Seite.

Der Magister stand noch immer in der Tür. »Ihr solltet auch wissen«, fuhr er scheinbar gelassen fort, »dass im Taufregister von St. Marien mein Name als der des Kindsvaters eingetragen wurde. Dadurch ist Euer Anspruch hinfällig geworden.«

Niklas biss die Zähne so fest zusammen, dass die Muskelstränge an seinem Unterkiefer und Hals deutlich hervortraten. Sophia wollte sich schon an ihn klammern, um zu verhindern, dass er doch noch auf Heinrich losging. Aber dann atmete er tief ein, drehte dem Magister den Rücken zu und wandte sich ihr zu. Sie war nicht in der Lage, seinem intensiven Blick auszuweichen, und starrte wie gebannt in seine Augen.

»Ich komme bald zurück, Sophia. Dann hole ich dich und den Jungen ab, und wir gehen gemeinsam nach Wittenberg. Vergiss das nicht!«, sagte er lauter als nötig. Danach trat er entschlossen auf Heinrich Fuchs zu, der genau einen Schritt zur Seite ging, um die Tür frei zu machen.

Die Haustür fiel hinter Niklas ins Schloss, und Sophia war allein mit ihrem Ehemann.

Heinrich ließ sich auf einen Stuhl fallen und sah sie schweigend an.

Sophia wäre es lieber gewesen, er hätte ihr Vorwürfe gemacht, herumgebrüllt oder seiner Wut in einer anderen Form Luft gemacht.

»Heinrich, wir müssen miteinander reden«, brach sie das unerträgliche Schweigen.

Der Magister schüttelte vehement den Kopf. »Da gibt es nichts zu reden, Sophia. Du weißt, dass ich dich liebe und unser Eheversprechen für mich heilig ist.« Er blickte sie an und biss sich auf die Lippen. »Doch keine Angst, ich werde dich nicht zwingen, daran festzuhalten, falls du dich anders entscheiden solltest.« Dann erhob er sich mit einer kantigen Bewegung. »Bis Dorndorf zurückkehrt, werde ich bei Meister Arnold wohnen.« Er verließ die Stube, bevor Sophia den Sinn seiner Worte ganz begriffen hatte.

Sie ballte die Fäuste so fest, dass sich ihre Nägel schmerzhaft in die Handflächen bohrten. Schon wieder lief er davon, anstatt mit ihr zu sprechen!

61. KAPITEL

loßmeister Häntschels glasiger Blick glitt immer wieder links und rechts an Niklas' Gesicht vorbei, während seine schwere Zunge die Worte mühsam zusammensuchte. »Nun erzählt mal, Maler. Wie isser denn so? Der berühmte Doktor Luther! Und stimmt das? Hat sein Weib ihn unterm Pantoffel?«

Niklas musste ein Lachen unterdrücken. Also hatte Floßmeister Johann Häntschel den Weg von Hermsdorf bis in ihren kleinen Weiler nicht nur wegen des guten Freibergischen Bieres gemacht, das der ehemalige Flößerknecht Moses heute auf seinem Abschiedsfest spendierte. Immerhin hatte Niklas auch einen halben Monatslohn für das Fass gegeben und zwei zusätzliche Reisetage für den umständlichen Transport ins Tal hinauf in Kauf genommen. Hannes, der frischerkorene König der Pirnaer Bomätscher, hatte ihm geholfen, den begehrten Hopfensaft zu erwerben. Dass dieser Handel nicht ganz legal gewesen war, ahnte Niklas, denn dafür war der Preis ein wenig zu günstig gewesen. Doch er hatte seinen Freunden mit dem seltenen Genuss heute einen unvergesslichen Abend bescheren wollen. Und wenn er in die geröteten Gesichter ringsum schaute und die Flößer sah, wie sie sich zuprosteten, schmausten, scherzten und lachten, dann wusste er, dass es ihm gelungen war. Zufrieden nahm er einen weiteren Schluck des herb-würzigen Gebräus.

Der beleibte Floßmeister tat es ihm gleich, wischte sich den Schaum vom Bart und rülpste genüsslich. Niklas fragte sich, ob es dem herrschaftlichen Verwalter wohl den Genuss verderben würde, wenn er wüsste, dass er sich an Pascherware labte.

»Na, was'n nu, stimmt's oder stimmt's nich?« Häntschel stieß Niklas mit dem Ellenbogen an und riss erwartungsvoll die Augen auf. Jemand hatte dem Floßmeister also zugetragen, dass der einstige Flößerknecht inzwischen in Wittenberg Umgang mit den angesehensten Bürgern der Stadt pflegte. Niklas wunderte sich mal wieder, wie rasch sich manche Neuigkeiten im Elbtal verbreiteten.

Er grinste und beschloss, dass der gute Mann auch auf seine Kosten kommen sollte. »Ihr habt ja keine Ahnung!«, flüsterte er düster, während er sich zu ihm hinüberbeugte.

Häntschel fasste seinen Humpen fester und sah ihn gebannt an.

»Noch immer kämpft der Doktor in Wittenberg seinen heldenhaften Kampf mit dem Teufel persönlich. Tag für Tag belästigt ihn der Leibhaftige und führt ihn in seinem eigenen Heim unter den Augen von Frau Katharina in Versuchung!«

»Nein!« Die wässrigen Augen des Floßmeisters weiteten sich entsetzt.

»Doch!« Niklas blickte ihm mit allem Ernst, den er aufbringen konnte, ins Gesicht. »Als ich bei Doktor Luther zu Gast war, habe ich selbst in jeder Ecke des Hauses die schwefligen Fürze des Satans gerochen.« Geräuschvoll zog er die Luft ein und krauste die Nase.

»Ne, nor!«, murmelte Häntschel ungläubig, dann fielen ihm urplötzlich die Augen zu, sein Kopf sackte auf die Brust, und er begann zu schnarchen.

Erleichtert atmete Niklas auf.

»Unser Floßmeister hat offenbar genug«, sagte Melchior, der auf einmal an Niklas' Seite stand. »Ist aber kein Grund, das gute Freibergische zu verschütten.« Der junge Flößer zwinkerte seinem Freund zu, bevor er dem bierselig Schnarchenden den halb vollen Humpen aus der Hand nahm.

Dann packte er Niklas am Arm und zog ihn hoch. »Hast nun lang genug mit der Obrigkeit schöngetan, mein Freund! Jetzt kommst du zu uns und erzählst ganz genau, wie es dir ergangen ist, seit wir uns in Wittenberg das letzte Mal gesehen haben.« Melchior deutete zum Feuer, an dem es sich Caspar, Christoff, der alte Hans und noch ein paar andere gemütlich gemacht hatten.

Als Niklas sich setzte, hielt ihm Caspar statt einer Begrüßung seine Tonflasche hin, aus der es scharf nach Alkohol roch. »Na, nimmst du einen Schluck Pflaumenschnaps mit uns, oder süffelst du nur noch das feine Freibergische, seitdem du wieder ein Städter und Pinselkleckser bist?«

Niklas griff sich die Flasche und nahm einen großen Schluck. Der scharfe böhmische Schnaps nahm ihm die Luft und trieb ihm Tränen in die Augen, doch er trank noch einmal, bevor er Caspar die Flasche zurückgab. Der schlug Niklas mit seiner rotbehaarten Pranke auf den Rücken. »Bist halt immer noch einer von uns, Bruder! Jawoll!«, brüllte er.

»Das bin ich!«, stieß Niklas keuchend hervor. »Und ich werde es immer bleiben, egal, wohin ich gehe.« Er blickte in die vertrauten bärtigen Gesichter, und hatte plötzlich das Gefühl, zu Hause zu sein. Einen Augenblick spürte er dieser Erkenntnis nach. Erstaunt begriff er, dass er zum ersten Mal, seit er in der Marienkirche seine Erinnerungen zurückbekommen hatte, Ruhe und Zufriedenheit empfand. Als er bemerkte, dass alle um ihn ganz still geworden waren und ihn anschauten, lachte er und hob die Hände. »Ich will Euch danken, meine Freunde! Ohne Euch würde ich heute nicht hier sitzen und feiern.«

»Ne, dann wärste jetzt Futter für die Fische!«, rief Christoff.

»Aber zum Glück biste nicht hiergeblieben«, sagte Caspar und zog einen kleinen Gegenstand aus dem Beutel an seinem Gürtel. »Sonst würdest du noch immer diese kleinen Scheußlichkeiten schnitzen.« Er hielt ein angekohltes Holzschwein in die Höhe. Beim Anblick des grotesken Tieres klatschten sich die Flößer auf die Schenkel und lachten, dass ihnen die Tränen in die Augen traten.

Niklas erkannte das Figürchen sofort, er hatte es im Frühjahr geschnitzt, auf dem Heimweg nach dem ersten Flößen. Er stimmte in das Gelächter ein, dann hob er erneut die Hände und sagte: »Du hast ja so recht, Caspar. Aber ich kann wirklich nichts dafür, ich schwöre es! Mein Vertrauen in Schweine wurde nämlich von dem berüchtigten Pirnaer Stadtschwein gründlich zunichtegemacht. Das Vieh hatte den Teufel im Leib, kann ich Euch sagen!«

»Erzähl!«, rief Caspar.

»Ja, erzähl uns die Geschichte von dir und diesem Teufelsvieh«, forderte ein anderer.

Jemand reichte Niklas einen vollen Bierhumpen, aus dem er einen großen Schluck nahm, bevor er in die Runde sah. »Also«, begann er, »Ihr müsst wissen, dass diese Sau so blutrünstig und hinterhältig war wie Satan selbst und niemand in der Stadt vor ihr sicher war. Aber mir, mir hat sie regelrecht aufgelauert, wenn ich in den Gassen um den Markt unterwegs war.«

»Aufgelauert, hä?«, »Hört, hört!«, »Ja, wieso denn ausgerechnet dir?« Erneut machte sich Heiterkeit unter den Zuhörern breit.

Niklas hob in gespieltem Erstaunen die Hände. »Tja, ich weiß auch nicht, warum. Das könnt ihr mir glauben!«

»Na, warum schon?« Caspars alte Mutter, die kaum noch einen Zahn im Mund hatte, kicherte anzüglich. »Schaut ihn euch doch nur an, unseren Maler. Ist ein stattlicher, fescher Kerl! Das goldblonde Haar, die blauen Augen und dazu noch seine ganzen Muskeln!«

»Genau, die Sau war verliebt in dich, mein Freund!«, rief Melchior und schlug Niklas so heftig auf den Rücken, dass er sich an seinem Bier verschluckte.

Die Zuhörer am Feuer lachten und grölten.

»Warum hat man das Vieh eigentlich nicht geschlachtet? Dazu ist ein Schwein doch da!«, fragte Christoff und blickte tiefsinnig in seinen leeren Bierhumpen.

»Ich weiß nicht.« Keuchend und prustend rang Niklas nach Atem. »Vielleicht hat sich keiner an das Vieh herangewagt.« Er hustete ein weiteres Mal. »Ich hab's mal versucht, hatte sogar mein Schwert dabei. Und das ist dabei rausgekommen!« Niklas streifte sein Hosenbein hoch und präsentierte die lange gezackte Narbe an seinem Unterschenkel.

»Hab ich's nicht schon immer gesagt!« Der alte Hans lachte und schlug sich aufs Knie. »Die Narbe stammt vom Hauer eines Schweins!«

»Ja!« Niklas nahm den Alten bei der Schulter und drückte ihn. »Und dein Meister Arnold hatte mich damals wieder zusammengeflickt.«

»Dann kennst du Valentin Arnold, den Pirnaer Bader?« Melchior schüttelte den Kopf. »Wenn ich dich also im Frühjahr zu ihm gebracht hätte, hätten wir viel eher erfahren, wer du bist!«

»Wahrscheinlich.« Niklas zuckte mit den Achseln. Das war jetzt nicht mehr wichtig. Er fuhr mit seiner Erzählung fort. »Für Meister Arnold war die Sache mit dem blutrünstigen Schwein jedenfalls ein lohnendes Geschäft, denn der Rat zahlte ihm zwanzig Groschen für die Behandlung eines jeden Schweinebisses. Also«, Niklas warf einen vielsagenden Blick in die Runde, »falls jemand diese Sau geliebt hat, dann mit Sicherheit er!«

»Was willst du damit sagen, du besoffener Grünschnabel, hä?«, brummte der alte Hans empört. »Man kann Arnold ja einiges nachsagen, aber mit einer Sau …? Ne!«

Wieder brachen die Männer am Feuer in dröhnendes Gelächter aus. Dann erzählte einer von ihnen, wie sein Vetter als Kind beim Pinkeln auf der Wiese von einem Ganter in den Schwanz gebissen worden war. Niklas grinste, denn er kannte den Vetter und wusste, dass der Mann vor ein paar Monaten geheiratet hatte. Wie erwartet erging sich die feucht-fröhliche Runde sofort in anzüglichen Vermutungen darüber, welche Auswirkungen dieser Angriff für den Frischverheirateten bei der Ausübung seiner ehelichen Pflichten haben könnte.

Schmunzelnd nahm Niklas noch ein paar Züge von seinem Bier. Ihm war so leicht und frei zumute, wie schon seit – ja, seit wann hatte er sich eigentlich das letzte Mal am rechten Platz gefühlt, unter Menschen, die ihn kannten und mochten? Und auf einmal überlegte er, ob es wirklich so schlimm gewesen wäre, wenn er sein Gedächtnis nicht wiedererlangt hätte. Er konnte sich gut vorstellen, weiterhin das einfache, harte, aber kameradschaftliche Leben dieser Männer zu teilen. Vielleicht hätte er dann Marthe zum Weib genommen. Die Erinnerung an den warmen, hingebungsvollen Leib der Köhlertochter ließ es in seinen Lenden kribbeln. Er blickte sich um. Wo war das Mädchen eigentlich?

»Und?«, vernahm Niklas plötzlich die leise Stimme des alten Hans, der näher an ihn herangerückt war. »Hast du sie gefunden?«

»Nein, Marthe scheint heute nicht hier zu sein.«

»Die Köhlertochter?« Hans schüttelte den grauen Kopf. »Nein, ich meine die Frau aus deinen Träumen. Die mit den Locken und den Sommersprossen!«

Niklas seufzte: »Du meinst Sophia!«

»So heißt sie also.«

»Ja, so heißt sie, und ich habe sie gefunden.« Niklas' Kehle fühlte sich auf einmal ganz trocken an. Hastig stürzte er den letzten Rest Bier herunter.

»Und?« Hans blickte ihn erwartungsvoll an.

Niklas tat, als habe er nicht gehört. Heute Abend wollte er nicht über Sophia sprechen und auch nicht darüber grübeln, was passieren würde, wenn er nach Pirna zurückkehrte. Mit wackligen Beinen erhob er sich. »Ich hole mir einen Schluck Bier!«

»Ja, falls wir dir noch was übrig gelassen haben, Bruder!«, grölte Christoff. Er kam eben mit einem frischen Humpen zurück ans Feuer, und das Bier darin schwappte gefährlich über den Rand.

Während Niklas seinen Humpen an dem Fass erneut füllte, stimmten die Flößer eines ihrer berüchtigten Sauflieder an. Ein wenig später ließ Niklas sich zwischen Melchior und Caspar nieder und stimmte aus voller Kehle in den Gesang ein.

Niklas erwachte mit schmerzendem Kopf. Er hatte höllischen Durst. Als er sich auf die Suche nach dem Wassereimer machte, hatte er den Eindruck, auf seiner Zunge wäre über Nacht ein nasser, klebriger Pelz gewachsen. Er fand den hölzernen Bottich neben der Tür. Die wenigen Schlucke, die Melchior und der alte Hans darin zurückgelassen hatten, reichten kaum, um Niklas' trockene Lippen zu benetzen. Er öffnete die Tür, um den Eimer am Brunnen zu füllen, kniff aber sofort die Augen zusammen, weil das Morgenlicht in sein Hirn stach wie tausend Nadelspitzen. Halb blind schleppte er sich hinaus auf den menschenleeren Platz zwischen den Holzhütten. Stöhnend haspelte er den ledernen Eimer aus dem Brunnenloch herauf und hob ihn an, um das Wasser in den Holzbottich zu gießen. Doch dann kippte er sich den Inhalt einfach über den Kopf, ohne Rücksicht auf sein Hemd. Der Schock des eiskalten Wassers, verbunden mit der Frische der morgendlichen Herbstluft, half ihm, seine Sinne zu klären. Er fragte sich, wie es Hans und Melchior am Morgen geschafft hatten, noch vor dem Morgengrauen aus dem Bett und in den Wald zu kommen. Oder hatte er bei ihrem Wiedersehensfest gestern Abend so viel mehr von dem böhmischen Pflaumenschnaps getrunken als die beiden?

Niklas schüttelte sich wie ein Hund, sodass das Wasser aus Haar und Bart spritzte. Dann füllte er den Eimer ein zweites Mal und trug ihn zurück zur Hütte. Er zog sich an und überlegte gerade, ob er seinem Magen bereits ein wenig Speck und Brot zumuten könnte, als es an die Tür klopfte. Niklas öffnete, und Johanna, die Kräuterfrau, stand auf der Schwelle, mit einem dampfenden Becher in der Hand.

»Ich schätze, diesen Aufguss kannst du jetzt ganz gut gebrauchen, Moses – Niklas«, sagte sie lachend.

Niklas nahm den Becher und schnupperte misstrauisch. »Was ist da drin?«

»Och, so dies und das. Weidenrinde hauptsächlich gegen den Brummschädel, aber auch Kamille und Minze, um den Magen zu beruhigen. Den Geschmack verbessert das allerdings nur geringfügig, du solltest es also zügig trinken.«

Das klang überzeugend, und Niklas stürzte den Becher in einem Zug hinunter. Anschließend atmete er mehrfach tief durch, um den Drang, sich zu übergeben, loszuwerden. »Sagtest du nicht, es würde den Magen beruhigen?«

Johanna kicherte. »Das tut es auch«, versicherte sie. »Natürlich vorausgesetzt, du kannst es so lange bei dir behalten, bis es wirkt.«

Niklas presste die Hand auf den Mund und unterdrückte einen Rülpser. »Hm.«

»Komm, lass uns nach draußen an die frische Luft gehen, Maler. Das wird die Wirkung des Trankes unterstützen«, sagte Johanna. »Es ist doch immer das Gleiche mit euch Männern«, murmelte sie im Hinausgehen, »erst sauft ihr wie die Großen, und dann jammert ihr wie die Kleinen.«

Die Kräuterfrau ordnete umständlich ihre Röcke, während Niklas neben ihr auf der Bank Platz nahm.

Sie schwiegen eine Weile einträchtig, und Niklas erinnerte sich daran, wie er vor einem halben Jahr mit Johanna ebenfalls an dieser Stelle gesessen hatte.

Wie immer schien die weise Frau seine Gedanken zu kennen. »Ich hörte, du hast inzwischen gefunden, wonach du damals gesucht hast.«

»Ich habe einen Sohn, er heißt Justus«, sagte Niklas. Als er Johannas fragenden Blick sah, sprang er auf, nur um gleich wieder innezuhalten und sich an seinen Brummschädel zu fassen. »Himmel!«, zischte er zwischen zusammengebissenen Zähnen. Während hinter ihm Johannas tiefes Lachen ertönte, ging er langsam zurück in die Hütte und kramte das Skizzenbuch aus seinem Bündel.

Lange betrachtete Johanna die Zeichnung des Kindes. Dann blätterte sie weiter. Sie hob die Augenbrauen, als sie auf die Skizzen von Marthe stieß.

»Marthe«, murmelte Niklas ein wenig verlegen. »Sie war gestern nicht hier, und ich habe überlegt, ob ich sie noch besuche, bevor ich nach Pirna zurückkehre.«

Johanna legte ihm eine Hand auf den Arm. »Du hast getan, worum Marthe dich gebeten hat, nicht wahr?«

Niklas nickte. Ja, er war in die Marienkirche gegangen und hatte seine verlorenen Erinnerungen vollkommen zurückerlangt.

»Sie wusste genau, dass du nicht für sie bestimmt warst«, sagte Johanna leise. »Kurz nachdem du fort warst, hat sie den Knecht des Floßmeisters zum Mann genommen und ist zu ihm nach Schandau gezogen.«

Niklas wusste nicht, ob er es bedauerte, dass er Marthe hier nicht mehr antreffen würde oder ob er darüber eher erleichtert war.

»Sie bat mich, dir zu sagen, dass du ihr mehr gegeben hast, als du ahnst«, sagte Johanna und lächelte fein.

Niklas fragte sich, was sie damit wohl meinte, denn die Wahrheit war, dass die Köhlertochter ihm Trost geschenkt hatte, als er ihn nötig brauchte, und dafür kaum etwas von ihm verlangt hatte.

Doch Johanna sprach schon weiter: »Und die Mutter deines Sohnes, wie hat sie deine Rückkehr aufgenommen?«

Niklas seufzte. »Sophia ist inzwischen das Weib eines anderen Mannes. Aber ich weiß, dass sie mich noch immer liebt. Deshalb hoffe ich, dass sie mit mir gehen wird, wenn ich nach Pirna zurückkomme.«

»Sophia heißt sie also. Hast du auch eine Zeichnung von ihr?«, fragte Johanna.

Niklas blätterte in seinem Skizzenbuch und zeigte ihr ein Porträt von Sophia, das er noch in Wittenberg gemalt hatte, als sie für ihn nur eine Gestalt aus seinen Träumen gewesen war.

Die weise Frau blickte auf das Bild, dann schloss sie die Augen und begann zu summen.

Niklas spürte, wie er schläfrig wurde. Er versuchte, die Augen offen zu halten, aber Johannas tiefe Stimme zog ihn immer weiter hinab in die Dämmerung.

»Lass es zu«, flüsterte sie. »Wehr dich nicht dagegen.«

Er musste wirklich kurz eingenickt sein, denn als er die Augen öffnete, stand Johanna vor ihm. Sie hatte ihren Sammelkorb geschultert und reichte ihm das Skizzenbuch.

»Diese Frau, Sophia, sie schwebt in großer Gefahr. Es gibt jemanden, der entweder sie selbst oder etwas, das in ihrem Besitz ist, so sehr begehrt, dass er dafür tötet. In diesem Punkt war meine Vision nicht ganz eindeutig. Aber ich sah ganz klar, dass Sophia ihr Heim und ihren Ehemann verlassen wird«, sagte Johanna.

Niklas sprang auf. Sein Herz begann zu galoppieren. »Dann wird sie also mit mir nach Wittenberg kommen?«, rief er.

»Das konnte ich nicht unmittelbar sehen«, erwiderte Johanna und machte eine vage Handbewegung. »Aber ich weiß, dass du schließlich bekommen wirst, was du am meisten ersehnst. Und nun lebe wohl, Maler!«

Sie drehte sich um und ging mit raschen Schritten den Weg hinauf, der in den Wald führte.

Ohne nachzudenken, lief Niklas in die Hütte und stopfte seine wenigen Habseligkeiten in seinen Flößersack. Brot und Speck nahm er einfach in die Hand und biss im Laufen abwechselnd davon ab. Er hatte jetzt keine Zeit mehr, er musste sofort zurück zu Sophia und seinem Sohn.

62. Kapitel

Sophia wartete, bis der Sand die überschüssige Tinte von der frisch beschriebenen Seite gesaugt hatte. Dann schüttelte sie die feinen Körner sorgfältig zurück in die Streusandbüchse und legte das Blatt zu den anderen in die Ledermappe. Sie wickelte Buch und Codebuch wieder in das Wachstuch und verbarg das Päckchen zusammen mit der Mappe in der Aushöhlung unter den Sandsteinfliesen der Alchemistenkammer. Nachdem sie die Regaltür verschlossen hatte, wusch sie sich in der Küche gründlich die Tinte von den Fingern. Kaum war sie damit fertig, klappte die Vordertür und Hanna kam mit Justus auf dem Arm herein.

Sophia nahm ihr das Kind ab, herzte und küsste es.

»Ihr solltet morgen wirklich einmal mitkommen, Herrin«, sagte die junge Amme. »Es tut Euch nicht gut, wenn Ihr Euch im Haus vergrabt. Ihr seht von Tag zu Tag blasser aus. Die Sonne und die frische Luft werden Euch auf andere Gedanken bringen.« Hanna hielt erschrocken inne und errötete, bevor sie den Blick senkte.

Sehe ich wirklich so schlimm aus, dass Hanna sich traut, mir einen solchen Vortrag zu halten, dachte Sophia betroffen. Sie musterte die junge Frau, die nun wieder in ihrer üblichen schüchternen Art den Blick auf den Boden geheftet hatte.

»Ich weiß es zu schätzen, dass du dir Sorgen um mich machst, Hanna«, sagte sie lächelnd. »Und ich werde deinem Rat folgen.« Sie reichte der Amme das Kind. »Ich gehe in die Schifftorvorstadt und besuche meine Freundin Maria.«

»Das ist gut, Herrin. Ihr solltet wirklich mit jemandem sprechen.« Hanna wurde rot bis unter die Haarspitzen. »Verzeiht mir, Herrin, ein solcher Rat steht mir überhaupt nicht zu!« Sie knickste hastig und lief mit Justus auf dem Arm aus dem Zimmer.

Sophia sah ihr nach und schüttelte den Kopf. So oft schon hatte sie Hanna verboten, sie »Herrin« zu nennen. Freundlich und geduldig hatte sie versucht, der schüchternen jungen Frau ein wenig mehr Sicherheit zu geben. Doch nach wie vor verhielt sich Hanna so ängstlich und vorsichtig, als erwartete sie jederzeit, wegen irgendeines Vergehens zur Rechenschaft gezogen zu werden. Dabei versah sie ihre Aufgaben im Haus mit Fleiß und Umsicht und pflegte Justus mit einer Hingabe, als sei der Kleine ihr eigenes Kind. Sophia erinnerte sich daran, was Hanna zugestoßen war. Kein Wunder, dass sie kein Vertrauen fassen kann, dachte sie betrübt.

Sophia schlang sich ein warmes Tuch um die Schultern und machte sich auf den Weg zu Maria. Den Besuch hatte sie heute ohnehin geplant. Aber die Zeit nach dem Mittagessen, wenn Hanna mit Justus spazieren ging, nutzte Sophia lieber dazu, sich mit der Entschlüsselung des Buches zu befassen. Auch wenn sie den Text, den sie sorgfältig niederschrieb, nicht verstehen konnte, bereitete es ihr doch Freude, den kleinen Blätterstapel in der Ledermappe allmählich wachsen zu sehen. So hatte sie das Gefühl, etwas Nützliches zu tun und sich dem Geheimnis des Buches ein Stück zu nähern. In den letzten Tagen hatte sie begriffen, dass die Arbeit an dem Buch überhaupt der wichtigste Fixpunkt in ihrem Leben war. Von Justus einmal abgesehen war es das, was sie unter gar keinen Umständen aufgeben würde.

Sophia hatte gedacht, der Nachmittag wäre am günstigsten für einen Besuch bei Maria. Weil die Gäste vom Mittag schon weg waren und die vom Abend noch nicht da, würde die Freundin sicher Zeit für ein Gespräch unter Frauen finden. Doch als Sophia die »Blaue Schürze« betrat, erkannte sie, dass das ein Irrtum war.

Maria, der man ihre Schwangerschaft inzwischen schon ansehen konnte, stand hinter dem Schanktresen und dirigierte die

Mägde und Knechte mit der gleichen Selbstverständlichkeit und Stimmgewalt, mit der sie früher ihre Bomätscher kommandiert hatte.

»Bärbel, warum sind die Tische noch nicht gescheuert? Nein, Conz, diese Kisten kommen nicht in die Küche. Schaff sie in den Keller!«

Sophia blieb unschlüssig bei der Tür stehen, und der Knecht, der hinter seinen Kisten kaum etwas sehen konnte, hätte sie beinah umgerannt.

Aus der Küche ertönte lautes Scheppern. Maria fuhr herum. »Elsa, verdammt noch mal, wie oft muss ich dir noch sagen, du sollst die Teller nicht so hoch stapeln! Das zieh ich dir das nächste Mal vom Lohn ab. Verstanden?« Dann erst erblickte Maria die Freundin.

»Sophia!« Sie kam eilig hinter dem Tresen vor, um die Besucherin in ihre kräftigen Arme zu ziehen. »Wie schön, dich zu sehen!« Sie schob Sophia ein Stück von sich und musterte sie gründlicher. »Du siehst aus wie Braunbier und Spucke. Wie kann ich dir helfen?«

»Ich kann später wiederkommen«, versicherte Sophia mit einem Blick auf das umhereilende Gesinde. »Du hast zu tun, wie ich sehe.«

»Das habe ich immer. Aber eine Weile kommen die auch ohne mich aus«, versicherte Maria. »Bärbel, wenn du mit den Tischen fertig bist, streu frische Sägespäne auf den Boden. Martha, hol noch mehr Wasser!«

Als die neue Wirtin einen letzten scharfen Blick in die Küche warf, konnte sich Sophia das Grinsen nicht verkneifen.

Maria bemerkte zum Glück nichts davon. Sie zog ihre Freundin mit sich in den hinteren Teil des Gebäudes, in dem sie nun mit Marten, Jonas und der alten Doro wohnte.

Sie führte Sophia in die gemütliche kleine Stube, verfrachtete sie auf eine gepolsterte Bank und eilte noch einmal hinaus, um gleich darauf mit einem Krug und zwei Bechern zurückzukehren.

»Frische Buttermilch von unseren Kühen! Es gibt keine bessere in der Stadt.« Sie goss die Becher voll und setzte sich Sophia gegenüber.

»Und? Weißt du schon, was du tun willst?«, fragte Maria und ergriff Sophias Hand. Gleich am Tag nach Niklas' Rückkehr war Sophia völlig verstört bei ihr in der Schänke erschienen und hatte ihr erzählt, was geschehen war.

Sophia schüttelte den Kopf. »Weißt du, Pastor Lauterbach ist der Ansicht, Niklas' Rückkehr grenze an ein Wunder. Aber für mich fühlt es sich inzwischen eher wie ein Ausflug in die Hölle an«, sagte sie niedergeschlagen.

»Kann ich mir vorstellen.« Maria hielt inne und kniff die Augen zusammen. »Nein, kann ich ehrlich gesagt nicht!« Sie öffnete die Augen wieder und sah Sophia mitfühlend an. »Wie geht es dem Magister eigentlich?«

»Nicht gut, natürlich.« Sophia spürte, wie ihr die Tränen in die Augen stiegen, und schniefte wütend. Sie würde jetzt nicht wegen einem dieser sturen Mannsbilder heulen! »Aber so genau weiß ich das eigentlich gar nicht, denn er hat inzwischen seine Werkzeuge, ein paar Bücher und die Teile für die Rathausuhr eingepackt und ist zu Meister Arnold ins Baderhaus gezogen.«

»Was?« Maria beugte sich so heftig vor, dass sie gegen die Tischkante stieß und die Buttermilch aus den noch immer unberührten Bechern schwappte. »Das kann doch nicht wahr sein!« Sie sah Sophia fassungslos an.

»Und weißt du, wie er das begründet hat?« Sophia stieß ein zorniges Lachen aus. »Er wolle mich zu nichts drängen und bräuchte den Abstand, um nachzudenken.«

»Aber er ist dein Ehemann, und er hat gesagt, dass er dich liebt«, stieß Maria hervor und ließ sich wieder zurücksinken. »Ich habe ihn wahrhaftig für kämpferischer gehalten, und vor allem habe ich gedacht, er würde mehr von Frauen verstehen.«

»Ich auch.« Sophia schniefte noch einmal und wischte sich mit dem Ärmel über die Nase. Dann griff sie nach dem tropfenden

Becher und nahm einen großen Schluck. Sie fühlte sich ein wenig besser, als die Buttermilch kühl und frisch durch ihre Kehle rann.

»Dann wirst du also mit Niklas gehen, wenn er wiederkommt?«, fragte Maria.

»Ich weiß es nicht«, gestand Sophia.

»Aber du hast gesagt, dass du ihn noch liebst. Er liebt dich jedenfalls, und er ist der Vater deines Kindes.« Es schien Maria nicht klar zu sein, dass sie jetzt ebenso selbstverständlich Niklas' Partei ergriff, wie sie zuvor für den Magister gesprochen hatte.

»Du wirst dich entscheiden müssen, so oder so«, fasste sie zusammen.

Sophia merkte, wie Zorn in ihr aufstieg. »Wieso muss ich mich überhaupt entscheiden? Meine Lage ist alles andere als gewöhnlich, und ich hab mir das nicht ausgesucht!«

»Hast du nicht«, gab Maria zu. »Es scheint stattdessen, als wolle Gott dich damit prüfen. Euch alle drei vielleicht.«

»Was bitte soll denn das für eine Prüfung sein?«, fragte Sophia aufgebracht. »Was sollen wir ihm beweisen?«

Maria zuckte mit den Schultern. »Was wissen wir schon über die Wege des Herrn. Für uns Sterbliche sind und bleiben sie unergründlich.«

Sophia wollte schon aufbegehren gegen diese übliche Redewendung, doch dann kam ihr ein anderer Gedanke. Was, wenn es stimmte, was Maria sagte – wenn das wirklich eine Prüfung Gottes war? Es ging dabei um Liebe, ganz eindeutig! Und stand die Liebe nicht stets an erster Stelle?

»Womöglich soll ich mich ja gar nicht entscheiden«, sagte sie.

»Wie meinst du das?«

»Ich liebe sie beide, und sie lieben mich. Warum können wir damit nicht alle glücklich werden?«

Mit offenem Mund starrte Maria ihre Freundin an. »Das wäre Bigamie«, stotterte sie. »Und damit eine Sünde!«

»In Sachsen vielleicht«, räumte Sophia ein. »Aber es gibt auch Orte, an denen Menschen nach anderen Glaubensgrundsätzen und Moralvorstellungen leben.« Sie erzählte der fassungslosen Freundin von Nikolaus Storch und seiner Bruderschaft in Mähren, in der die Frauen den Männern gleichgestellt waren.

»Und du glaubst ernsthaft, dort dürfte eine Frau zwei Männer zur gleichen Zeit haben?«, fragte Maria ungläubig.

»Warum denn nicht? Im Morgenland darf ein Mann schließlich auch ganz offiziell mehrere Frauen haben. Und nicht nur dort«, rief Sophia, der in diesem Augenblick sogar ein noch besseres Beispiel einfiel. »Denk nur an Landgraf Philipp von Hessen, den Schwiegervater unseres Herzogs! Als der vor vier Jahren neben seiner ersten Frau, Christina von Sachsen, noch das Edelfräulein Margarethe zum Weibe nahm, wurde das nicht nur von Luther gebilligt. Melanchthon nahm gar persönlich an der Hochzeit teil! Inzwischen hat Philipp zehn Kinder von seiner Landgräfin, und Margarethe hat ihm gerade das vierte Kind geboren, erzählt man sich.«

»Du bist verrückt«, erklärte Maria kurz und bündig.

»Weil ich es endgültig satthabe, zu tun, was Männer von einer Frau erwarten?«

»Weil du eben eine Frau bist, noch dazu eine bürgerliche, und kein Fürst mit politischem Einfluss! Und Bigamie verstößt noch immer gegen das kirchliche und weltliche Recht. Es steht unter Umständen sogar die Todesstrafe darauf!«, erklärte Maria mit Nachdruck.

»Theoretisch«, entgegnete Sophia. »Aber sogar hier in Sachsen, wo man es damit strenger nimmt, werden solche Urteile nicht allzu häufig vollstreckt.«

Maria warf ihr einen verständnislosen Blick zu. Doch plötzlich änderte sich ihr Gesichtsausdruck, und sie begann zu grinsen. »Und überhaupt, wie stellst du dir das genau vor, mit zwei Ehemännern unter einem Dach zu leben? Nimmst du sie beide zugleich mit in dein Bett, oder sollen sie sich Nacht für Nacht abwechseln?«

Zu ihrem Ärger spürte Sophia, wie sie errötete. Über diese

Frage hatte sie noch gar nicht nachdenken können. »Darum geht es doch erst mal gar nicht!«, sagte sie.

»Ach nein?« Maria lachte. »Und ich dachte immer, genau darum ginge es bei einer Ehe, besonders, wenn sie aus Liebe geschlossen wird!«

Entschlossen verdrängte Sophia ein paar Bilder, die ihr bei Marias Worten unwillkürlich in den Sinn kamen. Hier ging es tatsächlich nicht um Wollust. Es ging vielmehr darum, dass sie ihr Leben sowohl mit Heinrich als auch mit Niklas teilen wollte. Beide liebten sie, und was genauso viel zählte – beide liebten auch ihren Sohn. Unmöglich könnte sie einem von beiden den Umgang mit dem Kind untersagen.

»Eben darin besteht ja Gottes Prüfung!«, sagte sie deshalb mit Nachdruck.

»Worin? In einer Ehe, die aus Liebe geschlossen wird?«, fragte Maria verdutzt.

»Genau!«, rief Sophia. »Ich wollte unbedingt eine Ehe aus Liebe schließen. Zunächst sah es so aus, als ob daraus nichts würde, doch jetzt sehe ich, dass der Herr mich zweifach beschenkt hat. Da kann er doch unmöglich wollen, dass ich eins seiner Geschenke zurückweise!«

Maria schüttelte energisch den Kopf. »Also, das wird mir jetzt zu wirr! Und es klingt auch ausgesprochen ketzerisch.« Sie blickte Sophia scharf an. »Außerdem – was, glaubst du, werden Heinrich und Niklas zu deiner Auffassung von der Gnade Gottes sagen?«

Sophia seufzte, denn in Wahrheit konnte sie sich auch nicht vorstellen, dass einer der beiden sich für eine solche Lösung ihres Problems erwärmen würde. »Tja«, erwiderte sie deshalb spitz, »im Augenblick kann ich weder den einen noch den anderen danach fragen, wie du weißt.«

»Dann werde ich darum beten, dass der Herr dir statt Liebe Vernunft schenkt, bevor du Niklas oder den Magister wieder zu Gesicht bekommst!«, beschloss Maria das Gespräch.

63. Kapitel

einrich Fuchs beugte sich über die tellergroßen Zahnräder des Uhrwerks und musterte erneut den Waagbalken. Er hängte die Gewichte ab, um sie nochmals zu überprüfen und neu zu justieren. Das hatte er heute schon mehrmals getan, bisher ohne Erfolg. Auch diesmal sah es nicht so aus, als würde die Uhr nun reibungslos und zuverlässig funktionieren.

Der Magister kehrte zu dem kleinen Holztisch zurück, auf dem er seine Bauskizzen und Berechnungen ausgebreitet hatte. Auf der Suche nach einem Detail, das er übersehen haben musste, ließ er die Augen immer wieder über das Papier wandern. Dabei fuhr er sich mit beiden Händen durchs Haar, bis es so struppig von seinem Kopf abstand wie ein Haufen Reisig. Aber obwohl er jede Zahl und jedes Komma erneut prüfte, einen Fehler konnte er nicht finden.

»Es ist zum Mäusemelken!«, schimpfte er und ließ sich auf einen der wackligen Schemel neben dem Tisch fallen, der bedrohlich ächzte und schwankte. »Die Pläne sind richtig, meine Berechnungen stimmen, sonst hätte das Modell nicht funktioniert. Und das hat es, verflucht noch eins!«

Der Fehler musste also ganz klar bei den Bauteilen der großen Uhr liegen. Warum nur war er nicht in der Lage, ihn zu finden! Fuchs schloss die brennenden Augen und presste seine Handballen auf die Augenlider. Er wär einfach nicht richtig bei der Sache, gestand er sich ein.

Wie auch, wenn er in der Kammer im Baderhaus nächtelang

wach lag und an sein Weib dachte! Sophia fehlte ihm, und manchmal, in den dunkelsten Stunden der Nacht, wurde die Angst, sie ganz zu verlieren, so übermächtig in ihm, dass er in seiner Brust eine Enge verspürte, die ihm alle Luft aus den Lungen presste. Dann setzte er sich auf, schöpfte mühsam Atem und fühlte sich wie ein alter, einsamer Hund. Er verabscheute sich dafür und kam sich jämmerlich vor! Bei seiner Heirat mit Sophia war er davon überzeugt gewesen, dass sie ihn braucht und den Schutz seines Namens für das ungeborene Kind. Doch nun erkannte er ganz klar, dass es in Wahrheit umgekehrt war: Er brauchte sie! Er brauchte ihr freundliches Wesen, ihren wachen Geist, der eine Herausforderung für den seinen war, weil sie nichts als gegeben hinnahm und ständig alles infrage stellte. Und er brauchte ihre Wärme und Zärtlichkeit! Heinrich Fuchs sehnte sich maßlos danach, wieder mit und neben seinem Weib zu schlafen, in ihrem gemeinsamen Ehebett.

Als er heute Morgen auf der schmalen Schlafstatt im Baderhaus aus einem unruhigen Schlummer aufgeschreckt war, hatte er für einen Augenblick geglaubt, Sophias Körper neben sich zu spüren. Wie oft hatte er morgens, noch halb im Schlaf, seine Hand zwischen ihre nackten Schenkel gleiten lassen und sie sanft gestreichelt, bis sie sich für ihn öffnete. Meist hatte sie dabei ihre Augen geschlossen gehalten und so getan, als schliefe sie noch. Aber er wusste, dass das nicht stimmte, denn sie hatte dabei gelächelt, und wenn er schließlich in sie eindrang, hatte sie seinen Kopf zu sich herabgezogen, ihre Lippen hatten seinen Mund gesucht, und sie war ihm mit wachsender Leidenschaft entgegengekommen. Doch heute früh waren seine tastenden Finger nur auf die unnachgiebig kalte Wand gestoßen, neben der das Bett stand. Seiner morgendlichen Erregung war er danach durch ein paar Eimer eisiges Brunnenwasser Herr geworden. Darin hatte er schließlich Übung!

»Verdammt noch mal!« Fuchs sprang auf, fegte mit einer einzigen Armbewegung die Zeichnungen vom Tisch und gab dem

Hocker einen Tritt. Dann begann er, auf dem Dachboden auf und ab zu marschieren. Er musste von den Gedanken an Sophia loskommen und sich wieder auf seine Arbeit konzentrieren, sonst würde er auch noch die Nächte hier oben verbringen. Der Rat saß ihm im Nacken, da Fuchs die Fertigstellung der Uhr bis zum Ende der Woche zugesichert hatte. Für Sonntag, Schlag zwölf Uhr, hatten die Herren eine große Einweihungsfeier geplant. Speisen und Getränke waren bestellt worden, die Stadtpfeifer sollten spielen, und sogar ein Vertreter des herzoglichen Hofes war eingeladen worden.

»Zeit!«, rief der Magister und warf die Arme in die Höhe. »Das ist das Einzige, was ich überhaupt nicht mehr habe!« Nach seiner zehnten Runde auf dem Dachboden hob er die Pläne auf, strich sie sorgfältig glatt und machte sich wieder ans Werk.

»Dachte ich mir doch, dass ich Euch hier oben finde, mein Freund!«, erschallte eine Stunde später eine fröhliche Stimme von der Treppenstiege her.

Der Magister, inzwischen wieder ganz vertieft in seine Arbeit, schrak zusammen und prallte mit dem Kopf gegen das eiserne Gestell, in dem das Uhrwerk hing.

»Verdammt, Valentin! Was macht Ihr denn hier?« Er warf dem Bader einen ungehaltenen Blick zu, richtete sich auf und rieb sich die schmerzende Stelle.

»Tut mir leid, dass ich Euch erschreckt habe. Zeigt mal her!«

Obwohl der Magister sich unwillig wegdrehte, zog Arnold die Hand seines Freundes beiseite, um den Schaden zu begutachten. Der Bader hatte damit keine Schwierigkeiten, denn er überragte Heinrich Fuchs beinah um Haupteslänge.

»Das wächst sich zu einer hübschen Beule aus. Aber ich habe das Richtige dabei.« Arnold öffnete den Holzkasten, den er an einem Lederriemen über der Schulter getragen hatte, und nahm ein Fläschchen heraus. »Arnikatinktur«, murmelte er, während er ein Läppchen mit der alkoholisch riechenden Flüssigkeit tränkte, das er Fuchs reichte. »Kräftig draufdrücken, Ihr wisst schon!«

Dann blickte er sich neugierig um. »Das sieht ja so aus, als ob die Uhr fast fertig wäre.«

»Ha, von wegen! Fertig ist sie, wenn das Uhrwerk funktioniert«, entgegnete Fuchs frustriert. »Und danach sieht es im Moment überhaupt nicht aus. Womöglich müssen einige Teile noch einmal ausgebaut und beim Feinschmied nachbearbeitet werden.« Er drückte sich den Lappen auf die schmerzende Beule und kniff die Augen zusammen. »Ich habe wirklich keine Ahnung, wie ich es schaffen soll, das Teufelsding bis Sonntag in Gang zu setzen.«

Valentin Arnold hatte seinem Freund gar nicht richtig zugehört. Er war noch nie auf dem Dachboden des Rathauses gewesen und stöberte nun neugierig in allen Ecken herum. Schließlich deutete er auf das große Zifferblatt und die beiden Zeiger, die noch nicht mit dem Räderwerk verbunden waren und an einer Wand lehnten. Daneben lagen die Zahnräder, die Fuchs benötigte, um zwei Zeiger gleichzeitig am Laufen zu halten.

»Hier kann man die Stunden ablesen, das versteht sich von selbst.« Seine Augen wanderten zu dem inneren Ring, auf dem golden die römischen Ziffern von eins bis zwölf prangten. »Aber dafür würde auch ein Zeiger genügen, oder?«

»Eigentlich schon«, stimmte Fuchs zu. »Obwohl es natürlich auch Uhren gibt, die außer den Stunden noch die Minuten anzeigen. Die haben dafür auch einen zweiten Zeiger. In Stendal in der Marienkirche haben sie solch eine Uhr.«

»Wozu braucht ein gewöhnlicher Mensch einen Minutenzeiger?«, fragte Arnold verblüfft.

»Ihr habt recht, niemand muss für sein Tagewerk die Zeit auf die Minute genau wissen. Das ist eher was für astronomische Berechnungen«, räumte Fuchs ein. »Außerdem sind diese Minutenanzeigen furchtbar ungenau und müssen ständig nachgestellt werden. Deswegen habe ich auch darauf verzichtet.«

»Wozu soll der zweite Zeiger dann dienen?«

»Während der Stundenzeiger sich an einem Tag zweimal um das Zifferblatt dreht, braucht der andere Zeiger für eine Umrundung genau 27 Tage, 7 volle Stunden und eine Dreiviertelstunde«, erklärte der Magister.

»Ah, ich verstehe! Er zeigt die Bahn des Mondes um die Erde an. Hier sind ja auch die verschiedenen Phasen zu erkennen.« Er tippte mit dem Finger auf einen goldenen Halbmond, der auf dem äußeren Ring des Zifferblattes leuchtete. »Das ist in der Tat sehr nützlich. Dann müssen die guten Leute in unserer Stadt keinen Mondkalender mehr kaufen, um zu wissen, wann die günstigste Zeit zum Haareschneiden, für das Zahnziehen oder ein Bad ist«, lobte Arnold.

»So ist es. Schließlich können sie den exakten Stand des Mondes täglich an der Rathausuhr ablesen«, sagte Fuchs stolz. Das Interesse des Freundes ließ den Magister fast vergessen, dass das Wunderwerk der Zeitmessung sich noch immer weigerte, seine Arbeit vorschriftsmäßig aufzunehmen. Darüber hinaus forderte sein Geruchssinn gerade seine ganze Aufmerksamkeit. »Was riecht denn hier so köstlich?« Er hob die Nase und schnupperte.

»Ach, deshalb bin ich doch hier!« Arnold stellte einen kleinen Korb auf den Tisch. »Ursel, die gute Seele, hat sich Sorgen gemacht, weil Ihr nicht am Mittagstisch erschienen seid. Sie meinte, Ihr würdet ohnehin zu wenig essen und ich sollte Euch was vorbeibringen, bevor ich meine Patienten am Markt besuche.«

Der Magister griff nach dem Löffel, den Arnold ihm hinhielt, und machte sich hungrig über den dicken Eintopf her, den er in einem der Tongefäße fand. »Danke! Ich war heute Morgen bei Pastor Lauterbach, und dann wollte ich vor dem Mittag eigentlich nur schauen, ob das Uhrwerk, das ich gestern aufgezogen hatte, noch funktioniert«, nuschelte er zwischen zwei Mundvoll. »Da bemerkte ich den Fehler an der Waaghemmung. Darüber habe ich wohl die Zeit aus dem Blick verloren.«

Arnold lachte über den unfreiwilligen Witz, dann schaute er den Magister prüfend an.

Fuchs wusste, welche Frage dem Bader auf der Zunge lag, und er war seinem Freund dankbar, dass der ihn zuerst fertig essen ließ.

»Nun sagt schon, was hat Lauterbach zu Eurer Eheangelegenheit gesagt!«, forderte Arnold, kaum dass der Magister den letzten Bissen hinuntergeschluckt hatte.

»Er bescheinigte mir, was ich im Grunde bereits wusste. Ein Verlöbnis, das vor der Ehe bestand, ist kein Grund für eine Ehescheidung. Anders wäre es, wenn Sophia mit Dorndorf verheiratet gewesen wäre. Dann würde in einem solchen Fall, da ein totgeglaubter Ehepartner zurückkehrt, die zweite Ehe für ungültig erklärt.« Fuchs wischte sich über den Mund und stellte den leeren Topf zurück in den Korb. »Sollte sie sich entscheiden, mit dem Maler zu gehen, wäre dies böswilliges Verlassen. Solch ein Verhalten berechtigt mich, nach sieben Jahren die Scheidung zu beantragen. Rascher ginge es, so erläuterte der Pastor mir, wenn ich meinem Weib Ehebruch nachweisen könnte. Dann ist nämlich, laut Doktor Luther, eine Ehe ohnehin vor Gott geschieden.« Er stieß ein unfrohes Lachen aus, weil ihm sofort wieder die Szene vor Augen stand, die er bei seiner Heimkehr vor einigen Tagen beobachten musste: Sophia und der Maler, versunken in einen leidenschaftlichen Kuss!

Der Magister biss die Zähne zusammen, denn für einen Moment spürte er wieder dieses Gefühl brennender Wut und eiskalter Eifersucht, das ihn damals angefallen hatte wie ein wildes Tier. Beschämt erinnerte er sich daran, wie kurz er davor gewesen war, den Maler von Sophia wegzureißen, sich auf ihn zu werfen und ihm die Faust ins Gesicht zu dreschen. Irgendwie war es ihm dann doch gelungen, sich zu beherrschen, aber es war äußerst knapp gewesen. Heinrich Fuchs knirschte mit den Zähnen, während er daran dachte.

Arnold beobachtete seinen Freund ungläubig. Besorgt beugte er sich vor und fragte: »Aber das wollt Ihr nicht tun, oder?«

Der Magister starrte ihn erschrocken an. »Was?«

»Euer Weib des Ehebruchs bezichtigen?«

»Natürlich nicht!«, entgegnete Fuchs empört. »Das würde ich selbst dann nicht tun, wenn sie tatsächlich mit Dorndorf gehen würde.«

Der Bader rieb sein Kinn. »Hm, selbst wenn Ihr Sophia nicht wegen Ehebruchs beklagt, dürfte es für sie schwierig werden, wenn sie sich dafür entscheidet. Denn eine neue Ehe könnte sie unter diesen Umständen nicht wieder eingehen.«

»Wer weiß, vielleicht erhofft sich Dorndorf in der Sache Unterstützung von Luther oder gar von Kurfürst Johann Friedrich. Meister Cranach, in dessen Werkstatt er gearbeitet hat, ist Hofmaler. Wie man hört, ist der Kurfürst ihm geneigt«, spekulierte Fuchs lustlos. Er schrak zusammen, als Arnold mit der flachen Hand auf den Tisch schlug.

»Verdammt, Magister, ich hätte von Euch wirklich mehr Kampfgeist erwartet! Geht nach Hause und überzeugt Euer Weib, bei Euch zu bleiben!«, rief er aufgebracht.

Fuchs presste die Lippen aufeinander und schüttelte den Kopf. Kampfgeist! Pah! Der friedfertige Bader wäre vermutlich entsetzt, wenn er wüsste, welche Gewaltszenarien dem Magister durch den Kopf gingen, seit er seine Ehe mit Sophia bedroht sah. Aber selbst mit seinem Freund Valentin Arnold wollte er nicht darüber sprechen. Und ganz davon abgesehen ging es auch nicht um Überzeugung. Wenn Sophia bei ihm blieb, dann sollte sie das aus eigenem, freiem Willen tun, weil sie ihn liebte und nicht den Maler. Mit weniger wollte er sich inzwischen nicht mehr zufriedengeben. Er erhob sich und reichte Arnold den Korb.

»Wenn Ihr gestattet, werde ich mich nun wieder meiner Arbeit zuwenden, mein Freund. Wenn ich nicht herauskriege, warum die Uhr nicht ordentlich läuft, müssen die Pirnaer auch im nächsten Jahr noch im Mondkalender nachsehen, bevor sie Euch einen Besuch im Badehaus abstatten.« Er stieß ein gequältes Lachen aus. »Und mich werden die Herren vom Rat verklagen, damit ich ihnen die Auslagen für die ausgefallene Einweihungsfeier erstatte. Dann wäre ich wahrhaft in jeder Hinsicht ein ruinierter Mann!«

Arnold schüttelte den Kopf, nahm Korb und Kasten und ging zur Treppe. Doch auf der ersten Stufe der steilen Stiege blieb er noch einmal stehen. »Ihr sollt wissen, dass Ihr so lange in meinem

Haus wohnen könnt, wie es Euch notwendig erscheint, Heinrich. Ihr seid mein Freund. Aber wie Ihr wisst, bin ich auch Eurem Weib Sophia zugeneigt. Ich kenne sie, seit sie ein Kind war. Und daher glaube ich, dass Ihr Euch falsch verhaltet. Sie liebt Euch, das weiß ich.«

Der Magister stellte das Ölkännchen, mit dem er den Zahnrädern nochmals zu Leibe rücken wollte, ab. »Ach ja?«, sagte er und hob die Augenbrauen.

Der Bader stieg die Stufe wieder nach oben. »Ja. Natürlich hat sie die Rückkehr des Malers erschüttert und verwirrt. Aber sie wird sich durch Euer Verhalten verletzt fühlen. Was sie jetzt braucht, ist Euer Verständnis und Eure Fürsorge und vor allem die Versicherung Eurer Liebe«, sagte er eindringlich.

»Na, Ihr müsst es ja wissen, Valentin, bei Eurer Erfahrung in Ehedingen!«, sagte Fuchs spöttisch.

Arnold sah ihn einen Augenblick wütend an, dann drehte er sich um und polterte die Treppe hinunter.

Der Magister schaute ihm lange nach. Schließlich biss er sich auf die Lippe, schüttelte den Kopf und griff nach seinen Werkzeugen. Mit einem Seufzen wandte er sich erneut dem Uhrwerk zu.

Was er zu Arnold gesagt hatte, tat ihm leid. Und trotzdem, selbst wenn er es schaffen würde, seinen Stolz zu überwinden, wenn er ins Schulmeisterhaus zurückkehren und wieder mit Sophia unter einem Dach leben würde, wie würde dieses Leben aussehen? Was, wenn er es beim nächsten Anlass nicht schaffte, seine Eifersucht, seinen Zorn, sein Verlangen unter Kontrolle zu halten? Er würde es sich nie verzeihen, wenn er etwas täte, was Sophia Angst machen oder sie gar verletzen könnte!

Ein lautes Knacken riss den Magister aus seinen Gedanken. Unwillkürlich duckte er sich und verhinderte so, dass ihn das Metallteil, das sirrend auf ihn zusauste, im Gesicht traf. Er spürte etwas Warmes an seinem Hals herabrinnen. Er ignorierte es, ebenso wie das Brennen an seiner Wange, und begann hastig, den Holzboden abzusuchen. Er musste das Teil finden, um zu beurteilen, was gerade geschehen war. Unter einem der Dachfenster blinkte Metall. Fuchs griff danach und hielt das Stück einer Stahlfeder in der Hand. An der scharfen Bruchstelle klebte Blut.

»Nein, nicht auch noch das!«, stöhnte er.

Mit fliegenden Fingern untersuchte er das Uhrwerk und fand seine Befürchtung bestätigt. Eine der Federn war gebrochen! Dem Magister war sofort klar, was das bedeutete. Im Moment würde er hier nichts mehr ausrichten können, zuerst brauchte er eine neue Feder. Zähneknirschend machte er sich daran, das beschädigte Teil auszubauen. Er stopfte es in die Tasche seines Gelehrtenmantels und begab sich auf den Weg zu Schmiedemeister Hanisch, dessen Werkstatt gleich hinter der Fronfeste lag.

Ulrich Hanisch drehte die kaputte Feder in seinen verrußten Fingern und betrachtete sie kritisch von allen Seiten. Dann sog er lautstark Luft durch seine rote knollige Nase und runzelte die Stirn. »Wie ich Euch so kenne, braucht Ihr das neue Stück sofort, Herr Magister?«, brummte er.

»Selbstverständlich!«, stieß Fuchs aufgebracht hervor. »Ihr wisst genau, dass mir die Zeit davonläuft, Meister Hanisch! Spätestens Sonntagmorgen muss die Uhr funktionieren, oder ich gerate in Teufels Küche.« Ein flehender Ton hatte sich in seine Stimme geschlichen.

»Hm, verstehe.« Hanisch warf dem Magister einen mitfühlenden Blick zu. »Aber es wird ein bisschen dauern. Ich muss das Eisen ein paarmal erhitzen, bearbeiten und abkühlen lassen, damit es elastisch genug wird. Sonst passiert Euch dasselbe wieder.« Er schnipste mit einem Finger gegen die Bruchstelle.

»Ja, ja, ich weiß!« Ungeduldig wedelte der Magister mit den Händen. »Was denkt Ihr, wie lange es dauert?«

Der Schmied wiegte den Kopf. »So ein bis zwei Stunden wahrscheinlich.«

Fuchs nickte. »Dann bin ich in eineinhalb Stunden wieder hier und hole die neue Feder ab.«

»Seht zu, dass Ihr pünktlich seid, Magister Fuchs, denn heute schließe ich die Werkstatt eher.« Das breite Gesicht des Schmieds verzog sich zu einem zufriedenen Grinsen. »Meine Älteste feiert nämlich Verlobung mit dem Sohn von Meister Gänneweck«, fügte er hinzu.

»Ich komme auf jeden Fall zur rechten Zeit!«, versicherte der Magister. »Äh, und meinen herzlichen Glückwunsch«, fügte er ein wenig verspätet hinzu.

Dann trat er hinaus auf die Gasse und bemerkte erleichtert, dass der Regen, der seit dem Morgen in ermüdender Eintönigkeit vom Himmel geströmt war, aufgehört hatte. Für eineinhalb Stunden gab es also nichts, was Fuchs tun konnte, außer vielleicht ins Baderhaus zurückzukehren, um ein Bad zu nehmen oder in seiner Kammer eine Mütze Schlaf nachzuholen. Doch dann fiel ihm auf, dass er in die falsche Richtung unterwegs war. Statt nach links, war er nach rechts gegangen und stand jetzt unmittelbar vor dem breiten Turm des Obertors. Verwirrt blieb er stehen. Er merkte nicht einmal, dass er den Verkehr der Fuhrwerke behinderte.

»Sophia!«, flüsterte er. Er könnte jetzt gleich zu ihr gehen, um mit ihr zu reden. Vielleicht sollte er alle Bedenken in den Wind schlagen und ganz offen zu ihr sein, ihr von seinen Ängsten erzählen und davon, wie sehr er sie liebte und brauchte? Er gestand sich ein, dass er nicht mehr so weitermachen konnte wie in den letzten Tagen. Das ging über seine Kräfte, und er erkannte sich allmählich selbst nicht mehr wieder!

»He, was steht Ihr hier rum und haltet Maulaffen feil! Geht gefälligst beiseite, wenn Ihr nicht durchs Tor wollt!«, schimpfte ein Händler vom Bock seines Wagens herab.

»Der Mann hat recht, Herr Magister. Ihr steht im Weg! Wollt Ihr nun passieren oder nicht?« Die Stimme des Torwächters brachte Heinrich Fuchs zurück auf die laute Gasse.

»Ja, natürlich will ich!«, rief der Magister. »Was denkt Ihr, warum ich sonst hier stehe, hm?« Mit zielstrebigen Schritten eilte er durch das Tor und machte sich auf den Weg zu seinem Weib.

64. Kapitel

Als der Stadtschreiber an diesem trüb-feuchten Herbsttag das Obertor passierte, war er so in Grübeleien versunken, dass der ehrerbietige Gruß des Torwächters ihn zusammenzucken ließ, und statt einer Antwort brachte er lediglich ein gereiztes Knurren zustande.

Er beschleunigte seinen Schritt, bekam aber trotzdem noch einen Teil der Unterhaltung mit, die der Wachmann mit der nächsten Passantin begann. Schumann hatte die mütterlich wirkende Frau, die einen großen Korb mit allerlei Einkäufen trug, vorhin auf der Burggasse überholt.

»Dem ist wohl eine Laus über die Leber gelaufen?«

»Dem Stadtschreiber? Das müsst Ihr ihm nachsehen, sein Weib hat vor ein paar Tagen das Kind verloren, das sie trug.«

»Na und? Das kommt doch öfter vor, gute Frau. Der Herr gibt's, der Herr nimmt's! Und sie ist schließlich noch jung.«

»Gewiss. Er wird sie schon bald wieder in gesegnete Umstände bringen, unser Stadtschreiber!« Die Frau lachte.

Schumann stieß einen leisen Fluch aus und lief noch schneller. Er hasste es, Gegenstand des Stadtklatsches zu sein, aber noch mehr hasste er Amalia, die schuld daran war, dass er sich erneut in solch einer demütigenden Lage befand. Wie würde man sich auf den Gassen erst die Mäuler zerreißen, wenn sich herumsprach, was die Hebamme ihm anvertraut hatte: Es sei keineswegs sicher, dass sein Weib nach der Fehlgeburt – die überaus blutig und schmerzhaft gewesen war – überhaupt jemals wieder ein Kind empfangen könne. Was, so fragte Schumann sich seitdem ständig, nützte ihm ein Weib, das nicht einmal gebären konnte? Denn das war schließlich der Lebenszweck aller weiblichen Kreaturen, selbst Kühe oder Säue brachten es zustande, nur Amalia offenbar nicht!

»Gottverdammte Rotzlöffel!« Der Stadtschreiber fuhr herum und setzte zwei Gassenjungen nach. »Ich hau euch grün und blau, ihr Vorstadtmissgeburten!« Die Knaben hatten mit Steinen in eine der schlammigen Pfützen geworfen, und infolgedessen war Schumanns Schaube nun verunstaltet. Doch schon nach kurzer Zeit musste der Stadtschreiber erkennen, dass er keine Chance hatte, die flinken Jungen zu erwischen. Sie waren einfach über einen Zaun geklettert und in den verschachtelten Höfen und Gärten unterhalb des Hausbergs verschwunden. Schumanns Laune erreichte einen neuen Tiefpunkt, während er vergeblich versuchte, die graubraune Pampe vom schwarzen Samt seines Mantels zu wischen.

Innerlich wünschte er die Fuchsin, das sündige Weibsbild, und ihren Buhlen, diesen unverschämten Maler, zur Hölle. Die beiden waren schuld daran, dass er an einem Tag, den man am besten daheim am Kamin verbrachte, durch die drecküberfluteten Gassen der Vorstadt laufen musste!

Sein Klopfen an der Tür des Fuchs'schen Hauses fiel daraufhin deutlich lauter und länger aus als notwendig.

Mit einem ängstlichen Zwinkern, das sich noch verstärkte, als Hanna erkannte, wer da so ungehalten Einlass begehrte, öffnete die Amme die Tür.

»Herr?« Ihre Stimme zitterte.

Schumann atmete durch. Es half alles nichts, er musste seinen Ärger unter Kontrolle bekommen, bevor er das Haus betrat.

»Ich will deine Hausfrau sprechen! Sofort!«, verlangte er.

»Wenn Ihr dann bitte hereinkommen wollt.« Mit niedergeschlagenen Augen trat Hanna einen Schritt beiseite. Nachdem sie die Tür geschlossen hatte, ging sie voraus zur Treppe. »Frau Sophia ist in der Stube.«

Schumann folgte ihr nach oben. Er hätte es gern vermieden,

Hanna hier anzutreffen. Verunsichert, wie sie war, würde sie sich womöglich noch verraten. Aber er musste unbedingt Vorkehrungen treffen, dass der Maler, der jeden Tag zurückkehren konnte, Pirna nicht so rasch wieder verließ. Noch immer hatte Schumann keinen Plan, wie er verhindern konnte, dass Sophia am Ende vielleicht doch nach Wittenberg ging. Daher brauchte er unbedingt mehr Zeit!

Im Herrschaftsgebiet des sächsischen Kurfürsten wäre es für ihn und Carlowitz nämlich wesentlich schwieriger, Zugriff auf die Fuchsin und das Buch zu bekommen. Seit der Wurzener Fehde im letzten Jahr hatte sich das Verhältnis zwischen Herzog Moritz und seinem ernestinischen Vetter Johann Friedrich weiter verschlechtert. Begierig hatte Schumann in den letzten Monaten jede Nachricht, jedes noch so kleine Gerücht dazu aufgeschnappt. Wer weiß, was ihm irgendwann einmal in seinem Kampf gegen Carlowitz nützlich sein könnte. Schumann war jedenfalls sicher, dass der Kurfürst keine Übergriffe von herzoglichen Beamten auf seinem Territorium dulden würde – schon gar nicht, wenn dahinter ein Carlowitz steckte! Inzwischen pfiffen es im Meißner Land die Spatzen von den Dächern, dass der herzogliche Rat und dessen Onkel nach wie vor mit dem alten Glauben liebäugelten und den jungen Herzog Moritz in die Arme des katholischen Kaisers treiben wollten. Auch auf dem letzten Reichstag in Nürnberg hatte Carlowitz wieder in dieser Richtung intrigiert. Dabei konnte doch jeder aufrechte Sachse erkennen, dass ein Bündnis mit dem Kurfürsten, der nicht nur ein Verwandter des Herzogs, sondern auch dessen Glaubensbruder war, die einzige natürliche und gottgewollte Option darstellte! Schumann verzog die Lippen zu einem grimmigen Lächeln. Wenn es nach ihm ging, konnte Carlowitz ruhig weiter an dem Stuhl sägen, auf dem er saß. Er, Wolf Schumann, würde derweil Vorsorge treffen, dass der Rat, wenn er fiel, ihn nicht mit sich ins Verderben riss. Ganz im Gegenteil, Carlowitz' Schicksal sollte die Waagschalen des Glücks am Ende wieder zu Schumanns Gunsten füllen!

Hanna öffnete die Stubentür. »Herrin, der Herr Stadtschreiber ist hier«, flüsterte sie, und ihre Augen zuckten nervös.

Inzwischen hatte Schumann seine Schaube ausgezogen. Er drückte sie der Amme in die Hand. »Der Mantel muss gereinigt werden. Sieh zu, was du tun kannst!« Nun würde sie eine Weile beschäftigt sein, sodass er sein Gespräch mit der Hausfrau in aller Ruhe führen konnte. Entschlossen trat er in die kleine Stube.

»Stadtschreiber, was verschafft mir die Ehre Eures Besuchs?«, erkundigte sich Sophia ohne Umschweife. Sie stand kerzengerade aufgerichtet neben einem Tisch voller Wäsche, trug ein verbliches Kleid, ihr Zopf war nachlässig geflochten, und auf ihrer Wange war ein Schmutzfleck. Trotzdem starrte sie dem Stadtschreiber herausfordernd in die Augen.

»Ratsgeschäfte, Fuchsin, die keinen Aufschub dulden«, sagte Schumann mit Nachdruck. Jammerschade, dass der Magister nicht Manns genug ist, seiner Hausfrau ordentlich die Zügel anzulegen, dachte er. Wäre sie mein Weib geworden, dann hätte ich sie als Erstes Demut gelehrt.

»Dann setzt Euch und sagt, was so dringend ist.« Sie deutete auf einen der Stühle, machte aber keine Anstalten, den Tisch abzuräumen.

Schumann nahm Platz und schlug elegant die Beine übereinander. Er ließ seinen Blick über die Unordnung ringsum schweifen, bevor er die Augen erneut auf seine Gastgeberin heftete. Das Schweigen zog sich hin, und mit einem Gefühl von Genugtun registrierte der Stadtschreiber, wie Sophia ihre Schultern nach oben zog. Aber trotz ihres sichtlichen Unbehagens schwieg auch sie. Eine Zeitlang waren nur das Heulen des Windes und die undeutlichen Geräusche der Gasse in der kleinen Stube zu vernehmen. Schumann nahm sich Zeit, die Situation noch ein Weilchen zu genießen, bevor er das Wort ergriff.

»Wie ich hörte, ist der Maler Niklas Dorndorf, den wir alle für tot hielten, nach Pirna zurückgekehrt«, begann er langsam.

»So ist es«, bestätigte Sophia, ohne eine Miene zu verziehen.

»Ist Euch bekannt, wo er sich zurzeit aufhält?«

»Soweit ich weiß, ist er zu einer Flößersiedlung im Kirnitzschtal aufgebrochen.«

»Aber er wird nach Pirna zurückkehren?«

Sophia zuckte vage mit den Schultern. »Womöglich.«

»Nun, dann richtet ihm aus, dass er sich bei seiner Rückkehr unverzüglich auf dem Rathaus zu melden hat.«

»Ihr solltet das besser dem Wirt des Gasthofs an der Dresdner Straße bestellen. Niklas Dorndorf hatte dort Quartier genommen«, sagte Sophia und verschränkte die Arme unter der Brust.

Der Stadtschreiber gestattete sich ein Lächeln. »Fuchsin, wir wissen doch beide, dass Dorndorf mit Sicherheit Euch als Erstes aufsuchen wird«, sagte er sanft. »Also seid bitte so gut und sorgt dafür, dass er der Ladung aufs Rathaus Folge leistet!«

»Weshalb?«

Schumann holte tief Luft. Dieses Weib strapazierte seine Geduld wie immer aufs Äußerste. »So wie Ihr, war die halbe Stadt Zeuge, als der Erzbösewicht Kunz ihn auf dem Fluss niederstach. Kunz wurde dies als Mord zur Last gelegt. Nun stellt sich plötzlich heraus, dass der Mann noch lebt.« Der Stadtschreiber beugte sich vor. »Auch wenn dieser Umstand naturgemäß keine Auswirkungen mehr auf das Strafmaß haben kann, bin ich dennoch gehalten, die Akten zu dem Fall zu vervollständigen. Ich habe Fragen an den Maler. Ihr versteht?«

»Klar und deutlich, Stadtschreiber.«

»Sagt ihm, dass er die Stadt vorher nicht verlassen darf, Fuchsin.«

»Wenn Ihr es verlangt.«

»Das tue ich«, betonte Schumann, bevor er sich erhob.

Er hatte sein Bestes getan, trotzdem war er sich nicht sicher, ob das reichen würde. Sophia blieb, was sie immer gewesen war, widerspenstig und unberechenbar. Hochmütig stand sie da und starrte ihn an, als wäre er ein lästiges Insekt! In diesem Augenblick beschloss Schumann, dass er unbedingt noch einen zweiten Plan brauchte, um Dorndorf aufzuhalten. Zum Glück hatte er, wie üblich, vorgesorgt. Der Mann, den er beauftragt hatte, den Maler auf seinem Weg ins Kirnitzschtal im Auge zu behalten, würde spätestens morgen wieder in Pirna eintreffen.

Schumann wusste, er musste vorsichtig vorgehen, denn Lucas Cranach, der Hofmaler des Kurfürsten, wartete auf Dorndorfs Rückkehr. Das hatte Schumann von Pfarrer Lauterbach erfahren, der nach wie vor regelmäßig Briefe aus Wittenberg erhielt. Aber auch Luther und Melanchthon schienen sich für Dorndorfs Schicksal zu interessieren – warum auch immer. Falls ihrem Schützling in Pirna etwas zustieße, würden sie den Rat und womöglich sogar den Herzog persönlich auffordern, Nachforschungen anzustellen. Außerdem, auch das hatte der Stadtschreiber seiner Unterhaltung mit Lauterbach entnommen, stand der Pinselkleckser nach wie vor hoch in der Gunst des Pirnaer Superintendenten, der es am liebsten sähe, wenn Dorndorf wieder zu seiner Arbeit in der Marienkirche zurückkehren würde. Jeder Schritt, den Schumann gegen den verdammten Maler unternahm, führte somit auf äußerst dünnes Eis.

»Dann gehabt Euch wohl, Fuchsin.« Schumann deutete eine Verbeugung an und lächelte jovial. »Und grüßt mir den Herrn Gemahl!«

Mit Vergnügen bemerkte er, dass Sophia blass wurde und sich auf die Lippen biss. Vielleicht sollte er Lauterbach noch einmal besuchen und ihn anregen, der Fuchsin ins Gewissen zu reden. Seltsam, dass der Pfarrer sich in dieser Angelegenheit, über die sich inzwischen schon die ganze Stadt das Maul zerriss, derart zurückhielt. Schumann könnte sich jedenfalls einige Mühen ersparen, falls sich Sophia entschied, ihren Pflichten als gute Ehefrau auch weiterhin nachzukommen. Während er das Haus verließ, überlegte er jedoch schon wieder, ob die Genugtun, Dorndorf ins Jenseits zu befördern, den zusätzlichen Aufwand und das erhöhte Risiko nicht doch aufwiegen würde.

65. Kapitel

Sophia stand mit geballten Fäusten am Fenster und beobachtete, wie Schumann gemächlich in Richtung Obertor davonschlenderte. Er wirkte beunruhigend zufrieden. Dieser widerliche Wurm von einem Stadtschreiber! Schumann wusste gewiss, dass ihr Eheherr bereits die dritte Nacht im Baderhaus verbracht hatte.

Aber dann besann sie sich darauf, dass sie beschlossen hatte, jegliche Anspielungen und all die Blicke, von mitleidig bis schadenfroh, denen sie in den letzten Tagen ausgesetzt war, zu ignorieren. Sollten die Leute doch reden! Sie konnte ohnehin nichts dagegen machen, und sie hatte Besseres zu tun, als sich darüber zu ärgern.

Sie holte sich eines der Hemden vom Tisch und begutachtete kritisch die fadenscheinigen Stellen an den Ellenbogen. Wenn sie Flicken daraufsetzte, würde der Magister das gute Stück im nächsten Frühjahr wieder tragen können. Sie legte das Hemd in den Korb mit der Flickwäsche. Es wurde höchste Zeit, die Sommersachen einzumotten und die wärmeren Kleidungsstücke für die kalte Jahreszeit herauszusuchen.

Sie überlegte, ob sie ihrem Ehemann die Sachen zu Meister Arnold ins Baderhaus bringen sollte, entschied sich aber dagegen. Sollte der Magister doch selbst herkommen, wenn er wärmere Kleider benötigte! Schließlich war er es gewesen, der das Haus verlassen hatte.

Verdrossen griff sie nach dem letzten Kleidungsstück, einem leichten Sommerrock. Sie hatte ihn zuletzt an jenem Abend getragen, an dem Niklas plötzlich im Hof aufgetaucht war. Ihr Blick wanderte wieder aus dem Fenster. Der Regen hatte schon vor einer ganzen Weile aufgehört, das trübe Licht des herbstlichen Spätnachmittags sickerte in die Stube.

Niklas war nun schon über eine Woche fort. Was sollte sie ihm sagen, wenn er zurückkam? Letzte Woche hatte sie noch geglaubt, es wäre eine gute Idee, beiden Männern zu versichern, dass sie sie liebte und mit ihnen zusammenleben möchte. Sophia gab einen verächtlichen Laut von sich, als sie daran dachte, dass sich Niklas und Heinrich hier in der Stube gegenübergestanden hatten wie zwei Schafböcke, die gleich mit den Hörnern aufeinander losgehen würden. Sie hatten über sie gesprochen, als wäre sie gar nicht anwesend. Womöglich hätten sie sich die Köpfe eingeschlagen, wäre sie nicht dazwischengegangen. Männer! Und schließlich hatten beide Kerle sie allein gelassen mit der Forderung, sie solle sich nun entscheiden. Sophia spürte wieder, wie Wut in ihr aufstieg. Sie warf den Rock beiseite, schloss die Augen und lehnte ihre Stirn gegen das kühle Fensterglas.

Gerade wollte sie sich vom Fenster abwenden, um sich weiter dem Wäscheberg auf dem Tisch zu widmen, da löste sich aus dem Schatten der Toreinfahrt gegenüber die schwarze Gestalt eines Mannes. Sophia kniff die Augen zusammen, um in dem schwindenden Licht besser sehen zu können.

»Heinrich?«, flüsterte sie ungläubig. Ihr Herz tat einen freudigen Sprung, und sie presste die Hände gegen ihre erhitzten Wangen. Er kommt wieder nach Hause!

In diesem Augenblick begann die Glocke von St. Marien zu schlagen, und kurz vor ihrer Haustür blieb der Magister stehen. Dann riss er sich mit einer Hand die Kappe vom Kopf und fuhr sich mit der anderen hektisch durchs Haar. Unentschlossen drehte er sich einen Augenblick auf der Stelle. Aber beim letzten Glockenschlag machte er kehrt und eilte wie gehetzt die Gasse hinab. An der Ecke blickte er noch einmal zurück, bevor er endgültig aus Sophias Sicht verschwand.

Sie warf das Fenster zu, das sie bereits geöffnet hatte, um ihm hinterherzurufen.

»Feigling!«, schrie sie, während ihr die Tränen in die Augen stiegen. »Du feiger, verbohrter Mistkerl, du!«

Sie schniefte ein paarmal, dann wischte sie sich mit dem Zipfel ihrer Schürze über das Gesicht und kehrte zu ihrer Wäsche zurück. Sie schnappte sich das erstbeste Kleidungsstück und zerrte viel heftiger daran, als es nötig war, um die Festigkeit der Nähte zu prüfen. Da fühlte sie unter ihren Fingern das steife Knistern von Papier. Sie griff in die Rocktasche, förderte einen schmutzigen Zettel zutage, faltete ihn auf und erschrak. Heinrich und die verfahrene Situation ihrer Ehe traten sofort in den Hintergrund ihrer Gedanken, und Sophia sah alarmiert zur Tür. Doch dann entspannte sie sich. Schumann war fort. Er wusste nichts von diesem Papier, und selbst wenn er es gesehen hätte, hätte er nichts damit anfangen können. Erstens ahnte der Stadtschreiber gar nichts von Nikolaus Storchs heimlichem Besuch im Frühjahr, und außerdem waren die Zeilen in einer vollkommen fremden Sprache geschrieben, die nur wenige Menschen beherrschten.

Sophia lächelte, als sie an ihre Gespräche mit dem Wanderprediger dachte. Auch wenn Heinrich seinen Schwager verabscheute, sie hatte den Mann gemocht. Wie mutig und umsichtig er seinen verfolgten Glaubensbrüdern bei der Flucht half. Und wie schlau die Sache mit diesen Botschaften war! Sophia strich den Zettel glatt. Sie wollte das Papier damals verbrennen, wie Storch verlangt hatte. Irgendetwas musste wohl dazwischengekommen sein, und so hatte sie ihn in die Rocktasche gesteckt und dort vergessen. Sie ging hinaus in die Diele und öffnete die Klappe des Kachelofens, den Hanna heute zum ersten Mal angeheizt hatte. Im rötlichen Licht des Feuers blieb ihr Blick an den wenigen Worten hängen.

Sophias Hinterkopf begann zu kribbeln, ein störendes, leicht unangenehmes Gefühl, das unwillkürlich dazu führte, dass sie sich kratzen wollte. Doch aus Erfahrung wusste sie, dass es nichts nützen würde, denn die Quelle des Unbehagens befand sich nicht auf ihrer Kopfhaut, sondern unter ihrer Schädeldecke. Das Kribbeln suchte Sophia manchmal heim, wenn sie bei der Lösung eines Problems etwas Wichtiges übersehen hatte. Nur, dass ihr im Augenblick nicht einmal klar war, um welches Problem es überhaupt ging! Sophia knabberte an ihrer Unterlippe, während sie weiter auf das zerknitterte Papier starrte. An Problemen hatte sie zurzeit keinen Mangel, Lösungen waren dagegen rar. Deshalb durfte sie das Gefühl auf keinen Fall übergehen! Sie glättete den Zettel noch einmal, bevor sie ihn sorgfältig zusammenfaltete und in ihre Schürzentasche steckte. Sie wusste, dass es nicht half, ihn weiter anzustarren. Es war aber wichtig, ihn bei sich zu haben. Mit ein wenig Glück würde ihr Gedächtnis die verschüttete Erinnerung, die der Anblick der unverständlichen Zeilen bei ihr angesprochen hatte, irgendwann zutage fördern.

Nach dem Abendessen sichtete Sophia gemeinsam mit Hanna die Lebensmittel in ihrer kleinen Vorratskammer.

»Ihr solltet noch mehr Linsen und Bohnen kaufen, Herrin.« Die Amme warf einen Blick zum Fenster, an dessen Laden unablässig der Wind rüttelte und hob einen Finger. »Oktoberwind, glaub es mir, verkündet harten Winter dir.«

»Wie?«, erkundigte sich Sophia abwesend.

»Die alten Bauernregeln, Herrin, sie besagen, dass wir dieses Jahr einen strengen Winter kriegen«, antwortete Hanna.

»Ach, wirklich?«

»Aber selbstverständlich!«, beharrte die Amme mit ungewöhnlichem Nachdruck. »Ihr müsst es doch selbst gemerkt haben, als wir vor ein paar Wochen die Birnen geerntet haben.«

»Was?«

Hanna seufzte. »Sitzen die Birnen fest am Stiel, bringt der Winter Kälte viel«, zitierte sie eine weitere Bauernregel.

Sophia hob den Kopf und musterte die junge Frau verdutzt.

Wo hatte das Stadtkind Hanna nur diese Weisheiten aufgeschnappt?

»Woher weißt du das alles?«, fragte Sophia.

»Die Eltern meiner Mutter«, Hanna schaute auf ihre kräftigen Hände, »die hatten einen kleinen Bauernhof, draußen vor der Stadt. Nach Mutters Tod hab ich dort eine Zeit gelebt, bevor mein Vater mich holte, damit ich ihm und meinem Bruder den Haushalt führe.« Sie schluckte.

Ich hätte besser nicht fragen sollen, dachte Sophia betroffen. Andererseits, wie sollte Hannas Seele sich jemals von dem Erlebten befreien, wenn sie nie darüber sprach? Oder vertraute sich Hanna jemand anderem an? Vielleicht Pastor Lauterbach oder Frau Agnes? Beschämt erkannte Sophia, wie wenig sie eigentlich über die junge Frau wusste. Dabei war Hanna inzwischen ein Mitglied ihres Haushalts, und Sophia als Hausherrin trug Verantwortung für sie.

»Ja, du hast recht, für einen harten Winter sollten wir uns gut rüsten. Also kaufen wir am nächsten Markttag mehr Linsen und Bohnen!« Sophia lächelte die junge Amme an.

Hannas Augen weiteten sich erstaunt, bevor sie das Lächeln ihrer Herrin zaghaft erwiderte. Gleich danach leckte sie sich über die Lippen und zupfte an ihrem Kopftuch. »Dann werdet Ihr also hierbleiben, Herrin?«, fragte sie leise.

Sophia verschlug es die Sprache. Natürlich wusste die Amme, dass es zwischen ihrer Herrin und dem Magister seit der Rückkehr des totgeglaubten Malers nicht zum Besten stand. Aber offenbar wusste sie auch von Niklas' Wunsch, Sophia und Justus mit nach Wittenberg zu nehmen. Selbstverständlich machte Hanna sich deshalb Sorgen, denn als Amme des Jungen würde sie das ebenfalls betreffen! Sophia schüttelte den Kopf. Dies war ein deutliches Zeichen dafür, wie wenig Gedanken sie sich bisher um Hanna gemacht hatte! Und nun konnte sie der jungen Frau nicht einmal eine klare Antwort geben. Sophia spürte eine zaghafte Berührung an ihrer Schulter und blickte in Hannas bekümmertes Gesicht.

»Nicht weinen, Herrin!«

Sophia bemühte sich sofort, die Tränen wegzublinzeln und zu lächeln. »Schon gut, Hanna. Es ist spät, und wir sollten zu Bett gehen.«

In ihrer Kammer zog Sophia sich aus und begann, ihre Haare zu bürsten. Dabei schaute sie in die Flamme der Kerze neben ihrem Bett und dachte über Hannas Frage nach. Sie hatte die Möglichkeit in Betracht gezogen, Heinrich zu verlassen und mit Niklas nach Wittenberg zu gehen. Nicht sofort, nein, aber immer öfter, je länger sie ohne ihren Ehemann in diesem kalten, monströsen Ehebett schlief. Heinrichs Anblick auf der Gasse hatte in ihr für einen Augenblick noch einmal die Hoffnung entfacht, er könnte sie vor sich selbst retten. Sie stellte sich vor, wie es gewesen wäre, wenn er ins Haus gekommen wäre, sie in seine Arme genommen und geküsst hätte. Dann würden sie jetzt gemeinsam hier in diesem Bett liegen und sich lieben, zärtlich und langsam oder vielleicht auch wild und unbeherrscht wie in ihrer letzten gemeinsamen Nacht. Ganz egal, Hauptsache, es wäre ihr gelungen, die kalte Mauer aus Vernunft und Beherrschung zu durchbrechen, die ihr Ehemann seit Niklas' Rückkehr um sich errichtet hatte! Dann hätte sie aus seiner Liebe die Kraft ziehen können, Niklas endgültig zurückzuweisen. Es zerriss ihr das Herz, wenn sie daran dachte, welche Schmerzen sie dem Maler damit zufügen würde. Aber Heinrichs Liebe hatte ihr Herz schon einmal geheilt, er könnte es wieder schaffen! Wenn er nur wollte! Aber er wollte nicht. Sophia warf die Bürste weg und wischte die Tränen fort, die ihr schon wieder in die Augen traten. Sie sprang auf und riss dabei die Kleider zu Boden, die sie vorhin sorgfältig über die Lehne des Stuhls gehangen hatte. Wütend starrte sie auf den Wäschehaufen. Heinrich hatte ihr den Rücken gekehrt und war davongerannt! So war es gewesen, und damit musste sie sich nun abfinden, ob es ihr passte oder nicht! Sophia fuhr sich noch einmal mit dem Handrücken über die Nase, dann begann sie, ihre Sachen aufzuheben. Aus der Tasche ihrer Schürze fiel das zusammengefaltete Stück Papier.

Der Zettel! Den hatte sie inzwischen völlig vergessen. Dankbar für die kleine Ablenkung bückte sie sich und klaubte das Papier auf. Dann faltete sie den Fetzen auseinander und trat näher an die Kerze, um die Zeilen lesen zu können. Da war es wieder, das vertraute Kribbeln! Sophia spürte, wie ihre Hände feucht wurden und ihr Herz zu hämmern begann. Ungläubig schüttelte sie den Kopf. Nein, das konnte nicht sein, bestimmt irrte sie sich! Wahrscheinlich war es nur ihr dringendes Bedürfnis, das geheimnisvolle Buch endlich lesen zu können, das sie glauben machte, die Worte hier würden denen gleichen, die sie mithilfe des Codebuches zu Papier gebracht hatte.

Am liebsten wäre Sophia sofort barfuß und im Hemd in die Alchemistenkammer gerannt, um ihre Aufzeichnungen aus dem Versteck zu holen. Sie musste den Zettel unbedingt mit dem vergleichen, was dort stand! War es möglich, dass das Buch tatsächlich in derselben Sprache verfasst war wie diese Zeilen? Doch als Sophia ihre Kammertür öffnete, hörte sie von unten Justus' Weinen und Hannas Schritte. Offenbar war der Kleine noch einmal aufgewacht, das passierte gelegentlich. Dann stillte Hanna ihn noch einmal und wiegte ihn wieder in den Schlaf. Sophia musste sich also gedulden, bis Kind und Amme in festem Schlaf lagen. Sie zerknüllte den Zettel in ihrer Hand und biss sich auf die Fingerknöchel, um nicht zu schreien. Wie sollte sie es nur so lange aushalten?

Eine Weile marschierte sie unruhig im Zimmer umher, bis sie merkte, dass ihre Füße vollkommen kalt geworden waren. Ganz plötzlich beschlich sie das unheimliche Gefühl, dass sie dies alles schon einmal erlebt hatte. Die eisigen Füße, das schier endlose Warten, der drohende Verlust von Liebe.

Sophia war wieder zehn Jahre alt. Sie stand barfuß auf der Treppe vor der Kammer ihrer todkranken Mutter, presste den Kopf an Gertruds Bauch und schluchzte: »Ich habe solche Angst! Wird Gott jetzt auch noch Mutter zu sich holen? So wie er Basti geholt hat!« Die Angst schüttelte ihren mageren Körper.

»Das, mein Kind, entscheidet der Herrgott in seiner unendlichen Weisheit ganz allein. Alles, was wir tun können, ist beten. Wenn du deiner Mutter helfen willst, leg dich in dein Bett und bitte Jesus Christus, unseren Herrn, um Beistand!« Die Köchin sah dem Kind ernst und mahnend in die Augen.

Sophia zog die Nase hoch und versuchte zu nicken. »Ja, Gertrud. Ich werde den Herrn Jesus bitten. Gott hat ja schon den Basti.«

Getrud hob den Zeigefinger. »Gott handelt nicht mit dir, mein Kind. Er tut, was er für richtig hält. Bete um Einsicht in seinen Willen!«

Gott hatte es für richtig gehalten, nach ihrem kleinen Bruder auch noch ihre Mutter an der Pest sterben zu lassen sowie tausend andere Menschen in den Mauern Pirnas. Und Sophia hatte bis heute keine Einsicht in den Willen Gottes erlangen können!

Wieso war die schreckliche Erinnerung aus ihrer Kindheit gerade jetzt über sie gekommen? Sophia schlang die Arme um ihren Körper und kroch zitternd unter die warme Decke ihres Betts. Das Buch, grübelte sie, es musste daran liegen, dass sie womöglich den letzten Schlüssel gefunden hatte, den sie benötigte, um das Buch verstehen zu können. Und dann – dann würde sie endlich ein Mittel in der Hand haben, mit dem sie verhindern konnte, jemals wieder einen geliebten Menschen an den Schwarzen Tod zu verlieren!

Auf einmal begriff Sophia, dass dieser Wunsch sogar noch stärker war als ihre Sehnsucht, geliebt zu werden. Aber sie weigerte sich, über die Konsequenzen aus dieser Einsicht nachzudenken, bevor sie nicht mit Sicherheit wusste, dass die Sprache auf dem Zettel mit der in dem Codebuch identisch war.

Es war schon weit nach Mitternacht, als Sophia in der Alchemistenkammmer die Bestätigung ihrer Vermutung klar und deutlich vor Augen lag. Immer wieder hatte sie in der letzten Stunde Storchs Zettel und ihre Aufzeichnungen verglichen. Nun hatte sie keinen Zweifel mehr: Beide Texte waren tatsächlich in der gleichen Sprache verfasst worden!

Zunächst war Sophia von einem Glücksgefühl erfasst worden, das sie schwindlig werden ließ. Dann ergriff sie eine starke Unruhe. Sie erhob sich, verbarg die Ledermappe und den Zettel unter dem Fußboden und verließ die Kammer. Mit zitternden Fingern goss sie sich in der Küche einen Becher Wasser ein und stürzte ihn in einem Zuge herunter. Am liebsten wäre sie jetzt nach draußen gegangen und hätte einen langen Spaziergang unternommen, um ihre Gedanken zu sortieren. Aber daran war natürlich nicht zu denken, mitten in der Nacht und bei dem Regen, der seit einiger Zeit wieder heftiger gegen die Fensterscheiben trommelte.

Auf Zehenspitzen und unter Meidung der Stufen, die am meisten knarrten, schlich Sophia die Treppe zu ihrer Schlafkammer hinauf. Obwohl sie wusste, dass sie in dieser Nacht keinen Schlaf mehr finden würde, legte sie sich in das große Bett und schloss die Augen. Bis zum Morgengrauen hatte sie Zeit nachzudenken.

Sophia sagte sich, dass sie jetzt so rasch wie möglich nach Mähren reisen musste, um Storchs Bruderschaft zu finden. Dort lebte der Mann, der sie die Sprache lehren konnte, in der das Buch verfasst worden war. Dann würde sie es endlich übersetzen und seine Geheimnisse entschlüsseln können! Wenn sie hier in Pirna bliebe, könnte es noch Jahre dauern, bis sie mit Heinrichs Hilfe genug Wörter übersetzt hatte, um den Text zu verstehen. Sophia überlegte, ob sie ihren Ehemann vielleicht davon überzeugen konnte mitzukommen. Aber nein, so wie der Magister zu seinem Schwager und dessen Glaubensüberzeugungen stand, würde er auf keinen Fall zu Storch nach Mähren ziehen, nur um eine Sprache schneller zu lernen. Heinrich Fuchs hielt Storch und seine Glaubensbrüder für versponnene Narren, die eine Gefahr für sich selbst und alle, die mit ihnen zu tun hatten, darstellten. Ganz im

Gegenteil, dachte Sophia, wahrscheinlich wird Heinrich sogar alles versuchen, mich davon abzuhalten. Im Geiste konnte sie ihn bereits hören, wie er wortgewandt jede Menge logischer Argumente ins Feld führte. Gewiss, alles, was er sagte, würde vernünftig klingen, doch es würde nur einem Ziel dienen – sie aufzuhalten. Und das durfte sie nicht zulassen!

Auch von Niklas konnte sie bei ihrem Plan keine Unterstützung erwarten, denn er wollte sie ja mit nach Wittenberg nehmen. Sein größter Wunsch war es, in Cranachs Werkstatt zu lernen, um ein wahrer Künstler zu werden. Sophias Ziele standen dem nur im Weg. Nein, Niklas war ohne sie besser dran, davon war sie auf einmal fest überzeugt.

Das dunkelgraue Rechteck des Fensters verschwamm vor Sophias Blick, während ihr Tränen in die Augen traten. Ein schmerzhafter Druck legte sich auf ihr Herz. Ihr wurde klar, dass es nur eine Lösung für all ihre Probleme gab. Und sie würde dabei nicht nur einen der beiden geliebten Männer verletzen. Aber es gab keinen anderen Weg! Sie musste sie alle beide verlassen, um das zu tun, was sie am allermeisten wollte.

Aber sie musste so bald wie möglich handeln, wenn sie Mähren noch vor Einbruch des Winters erreichen wollte. Außerdem wusste sie, dass jede Diskussion mit Heinrich oder Niklas um dieses Thema ihre Entschlusskraft womöglich schwächen würde. Nein, wenn sie wirklich fortwollte, dann musste sie schnell und heimlich aus Pirna verschwinden!

Noch bevor die Morgendämmerung anbrach, war ein Plan in Sophia herangereift. Um ihn auszuführen, würde sie unbedingt Hannas Hilfe brauchen. Sophia hatte keine Ahnung, ob die Amme sich bereiterklären würde, sie zu unterstützen, denn Hannas Leben würde sich dadurch ebenso grundlegend verändern wie ihr eigenes.

66. Kapitel

ie Glocke von St. Marien verkündete die vierte Nachmittagsstunde, als Niklas sich von dem Schiffer verabschiedete, der ihn von Schandau bis Pirna mitgenommen hatte. Mit sicheren Schritten verließ er den Kahn über eine
hölzerne Planke und machte sich auf den Weg zum Schifftor. Er
wollte Sophia und seinen Sohn sehen, bevor er wieder sein Zimmer in der Herberge bezog. Es wird nicht für lange sein, dachte er
voller Zuversicht. Die Art, wie Sophia seinen Kuss erwidert hatte,
wie ihr Körper sich dabei gegen seinen gepresst hatte und wie sie
ihre Hände so vertraut um seinen Nacken geschlungen hatte, all
das waren für Niklas deutliche Signale dafür gewesen, dass ihre
Liebe zu ihm nicht gestorben war. Sie mochte vielleicht das Weib
des Magisters geworden sein, aber liebte sie ihn auch? Sicher,
Heinrich Fuchs war ein guter Mann, das musste Niklas zugeben,
obwohl er ihn natürlich trotzdem zum Teufel wünschte. Aber
Fuchs war so viele Jahre älter als Sophia. Herrgott, er könnte ihr
Vater sein! Na ja, vielleicht nicht ganz, räumte Niklas ein, wäh-
rend er sich in die Warteschlange vor dem Schifftor einreihte.
Aber beinah! Und er wusste, dass Sophia den besonnenen
Gelehrten eher als einen väterlichen Freund betrachtet hatte. Da
war es natürlich verständlich, dass sie ihn in ihrer ausweglosen
Lage zum Mann genommen hatte, denn sie kannte Fuchs und ver-
traute ihm. Aber Liebe? Niklas schüttelte entschieden den Kopf.
Das konnte und wollte er nicht glauben! Und außerdem war da
noch Johannas Prophezeiung.

»Ihr werdet jetzt mit mir kommen, Maler!«, riss ihn eine grobe

Stimme aus seinen Gedanken. Der hünenhafte Torwächter packte ihn fest am Arm. »Und macht keinen Aufstand, sonst ziehen wir andere Saiten auf!«

Entgeistert starrte Niklas den Mann an.

»Was, wie?«, stotterte er. »Was habt Ihr gesagt?« Irgendetwas lief hier schief, nur was? Niklas hatte das unangenehme Gefühl, dass er soeben etwas Wichtiges verpasst hatte. Widerstandslos folgte er dem Wächter, der ihn durch das Torhaus in die Stadt führte.

»Ihr habt mir ja überhaupt nicht zugehört!«, empörte sich der Mann. »Wir haben Anordnung, Euch in die Fronfeste zu bringen, sobald Ihr die Stadt betretet. Ihr seid doch der Maler Niklas Dorndorf, oder?« Er musterte Niklas misstrauisch von der Seite, ohne jedoch seinen Arm loszulassen. »Ihr habt genickt, als ich Euch vorhin gefragt habe«, ergänzte der Wachmann vorwurfsvoll.

»Ich habe genickt?« Niklas konnte sich nicht an eine Frage erinnern.

»Ja, Ihr habt genickt!« Der Torwächter blieb stehen. »Also seid Ihr nun dieser Maler oder nicht?«, fragte er aufgebracht.

»Ja, schon, aber …« Weiter kam Niklas nicht, denn der Mann zog ihn unerbittlich um die Ecke, in die Niedere Burggasse. Obwohl Niklas von Natur aus groß und kräftig war und die Arbeit als Holzfäller seine Muskeln weiter gestärkt hatte, kam er gegen diesen Baum von einem Kerl nicht an. Außerdem wollte er keinen Streit. Er wollte zu Sophia. Das alles musste ein verdammtes Missverständnis sein!

»Warum bringt Ihr mich in die Fronfeste?«, begann er erneut. »Was soll ich denn getan haben?«

»Ihr sollt gepaschtes Bier gekauft haben. Freibergisches!« Der Torwächter grinste und leckte sich die Lippen. »Ich kann Euch ja verstehen, Mann.« Er gab Niklas einen Knuff in den Rücken und zwinkerte ihm zu. »Das Zeug ist einfach höllisch gut! Nicht so ein labbriges süßliches Gesöff wie unser Pirnsches Bier.«

Benommen ließ Niklas sich quer über den Markt in die Frongasse führen. Verdammt, dachte er, wie konnte die Pirnaer Obrigkeit nur davon erfahren haben? Und vor allem so schnell? Das war genau genommen unmöglich!

»Nun schaut nicht so bedeppert drein!«, versuchte der Torwächter, ihn zu trösten. »Es ist zwar blöd, dass Euch jemand verpfiffen hat, aber es sind ja nur drei Tage, die Ihr dafür abbrummen müsst. Oder vielleicht habt Ihr auch genug Geld, um die Strafe gleich zu zahlen? Dann könnt Ihr noch heute Abend auf freiem Fuß sein.«

Niklas schüttelte den Kopf. Nein, er konnte es sich nicht leisten, gerade jetzt einen Großteil seines Geldes für das Begleichen dieser dämlichen Bierstrafe zu opfern. Schließlich wollte er Sophia und den Kleinen mit zurück nach Wittenberg nehmen. Er würde eine Schiffspassage für drei benötigen und zusätzlichen Proviant. Und die Amme? Verflixt, er hatte ganz vergessen, dass sie eine Amme für das Kind brauchen würden! Vielleicht würde diese Hanna sie ja begleiten? Niklas fuhr sich mit der freien Hand übers Gesicht. Dieses verfluchte Fass mit dem Freibergischen! Dabei hatte er sich so beeilt. Den langen, steilen Weg von Krummhermsdorf nach Schandau hinunter hatte er an einem halben Tag zurückgelegt. Doch nun würde ihm nichts anderes übrig bleiben, als seine Strafe im Bürgergewahrsam abzusitzen.

Niklas ballte die Faust und gab ein wütendes Knurren von sich. Der Wachmann verstärkte seinen Griff. »Ihr werdet doch keine Schwierigkeiten machen?«, erkundigte er sich misstrauisch.

»Nein, werde ich nicht«, erwiderte Niklas resigniert. Drei Tage, überlegte er, die werde ich schon irgendwie rumbringen. Seine Schultern sackten nach vorn, und er trabte brav neben dem Wachmann her in Richtung Fronfeste.

Vielleicht sollte er Sophia eine Nachricht zukommen lassen, dann könnte sie ihn besuchen, so wie damals, nach seinem Duell mit Schumann? Doch Niklas verwarf den Gedanken sofort wieder. Was würde sie von ihm denken, wenn sie erfuhr, wie leichtsinnig er gewesen war, nur um sich und seinen Freunden einen fröhlichen Saufabend zu bescheren? Dabei wünschte er sich nichts sehnlicher, als Sophia zu beweisen, dass er zurückgekommen war, um Verantwortung zu übernehmen für sie und ihr Kind!

Aber dann musste er an Johannas Worte denken. Sophia schwebt in Gefahr, hatte die weise Frau gesagt. Bitte, Herr!, betete er stumm. Halt deine schützende Hand weiter über sie! Bestrafe mich für meine Dummheit, aber bewahre sie! Beschämt musste er feststellen, dass er inständig hoffte, der Magister würde inzwischen ebenfalls alles tun, um Sophia vor Gefahren zu beschützen.

Nun standen sie vor dem eisenbewährten Hölztor der Fronfeste, und der Wachmann klopfte energisch an. Eigentlich war Niklas danach zumute, seinen eigenen Schädel heftig gegen die Mauer des massiven, düsteren Bauwerks zu schlagen. Aber er biss die Zähne zusammen und dachte, dass er später in seiner Zelle noch ausreichend Zeit und Gelegenheit haben würde, seinem Ärger auf sich selbst Luft zu machen.

»Wer da?« In der Fensterklappe erschien der kantige Schädel des Fronmeisters. Als er Niklas erblickte, verzog sich sein Gesicht zu einem breiten Grinsen. »Dorndorf! Es stimmt also, was man sich in den Gassen erzählt – Ihr seid wirklich am Leben. Nun, willkommen daheim, Maler!«

Heinrich Fuchs strich sich eine Haarsträhne aus dem Gesicht. Er merkte, dass seine Finger dabei eine ölige Spur auf der Stirn hinterließen, doch es war ihm egal. Er hatte beinah die ganze Nacht durchgearbeitet. Sein Rücken schmerzte, seine Augen brannten, er war müde und hungrig. Aber gleichzeitig durchströmte ihn eine Energie, die ihn unaufhörlich vorwärtstrieb. Er hatte endlich herausgefunden, weshalb die Uhr nicht funktionierte! In aller Frühe hatte er den schlaftrunkenen Meister Hanisch, seine Schmiedelehrlinge und den Gesellen aus dem Bett geklopft. Die beiden Lehrlinge, die Fuchs bereits beim Zusammenbauen des Uhrwerks zur Hand gegangen waren, hatte der Magister gleich mitgenommen, damit sie ihm halfen, alles wieder auseinanderzubauen und ihrem Meister die Teile zu überbringen, die überarbeitet werden mussten. Eifrig waren die Jungen zwischen Werkstatt und Rathaus hin- und hergelaufen. Immerhin bescherte ihnen diese Aufgabe eine willkommene Abwechslung von ihren sonstigen Pflichten. Jedes einzelne Teil brachten sie gleich nach der Fertigstellung in der Schmiedewerkstatt zu Fuchs auf den Dachboden zurück. Als der Magister die beiden bei Anbruch der Dunkelheit entlassen hatte, war die Uhr bereits wieder zur Hälfte zusammengebaut.

Fuchs befestigte noch ein Zahnrad, dann legte er sein Werkzeug auf den Tisch. Vor seinen Augen flimmerte es, und er war kaum noch in der Lage zu stehen. Auch wenn sein Wille ihn weiter vorantrieb, sein Körper signalisierte ganz eindeutig, dass es für heute genug war. Er musste jetzt dringend ein paar Stunden schlafen! Und vorher etwas essen, dachte er, als sein Magen unüberhörbar zu knurren begann. Der Magister säuberte seine Hände mit einem alten Lappen, dann stülpte er sich seine schwarze Kappe auf den Kopf, löschte die Lampen und verließ den Dachboden.

Als er das breite Treppenhaus betrat, hörte er Schritte. Er vermutete, dass der Ratsdiener noch damit beschäftigt war, alles für die morgige Ratssitzung vorzubereiten. Aber dann vernahm er eine Treppe tiefer eine bekannte Stimme.

»Oh, Magister Fuchs, so spät noch bei der Arbeit?«

Fuchs nickte erschöpft. »So wie Ihr, Stadtschreiber!«

»Werdet Ihr den Termin für die Einweihungsfeier am Sonntag denn überhaupt halten können? Ich habe gehört, Ihr hattet einige Schwierigkeiten in den letzten Tagen.« Schumann lächelte ironisch.

Der Magister biss die Zähne zusammen. Ihm war klar, dass der arrogante Kerl nicht nur auf die Probleme beim Zusammenbau des Uhrwerks anspielte.

»Aber sicher doch!«, entgegnete Fuchs. Es fiel ihm nicht schwer, gelassen zu klingen, denn für große Gefühlsausbrüche war er ohnehin zu müde. Er blickte Schumann an, der am Treppengeländer lehnte. »Ich kann Euch und dem hohen Rat versichern, dass die Uhr spätestens übermorgen, am Samstag, funktionieren wird.«

»Am Samstag schon!« Überrascht zog der Stadtschreiber seine dunklen Augenbrauen hoch. Sein Lächeln wirkte herzlich, doch Fuchs erinnerte es eher an einen Kater, der sich auf das Spiel mit einer Maus freute. »Wisst Ihr, das freut mich für Euch! Nicht nur wegen der Uhr.« Schumann machte eine Pause. Als der Magister nicht reagierte, sondern ihn nur weiter aus übermüdeten Eulenaugen anstarrte, fügte er hinzu: »Niklas Dorndorf ist nämlich heute nach Pirna zurückgehrt.«

»Heute schon!« Einen Augenblick schwankte Fuchs. Er musste sich am Geländer abstützen, um nicht die Treppenstufen hinabzustolpern. Sophia! Er hatte noch nicht mit Sophia gesprochen! Dabei hatte er sich fest vorgenommen, gleich am Samstag zu ihr zu gehen. Sobald die Uhr lief, wie sie sollte, wollte er seinem Weib sagen, wie sehr er sie liebte und brauchte. Dann würde er sie nach oben bringen, in ihre Schlafkammer und seinen Worten Taten folgen lassen. Nichts wollte er unversucht lassen, um ihr zu zeigen, dass er sie ein Leben lang glücklich machen würde, wenn sie nur bei ihm bliebe! Aber nun sah es so aus, als würde der verdammte Maler seine Abwesenheit nutzen, um Sophia von sich zu überzeugen. Verflucht noch mal! Fuchs warf dem Stadtschreiber einen gehetzten Blick zu. Ungeachtet aller Höflichkeit wollte er sich an dem Mann vorbeidrängen und nach unten zur Tür stürzen.

Doch Schumann packte ihn am Ärmel. »Was habt Ihr denn auf einmal, Magister? Ihr seht ja vollkommen durcheinander aus!« Der Stadtschreiber schüttelte den Kopf. »Ihr arbeitet einfach zu viel. Und vor allem müsst Ihr Euch wieder einmal gründlich ausschlafen.« Er klang aufrichtig besorgt.

Fuchs, der mit einem Schlag hellwach war, riss sich los. »Sagt Ihr mir nicht, was ich zu tun habe, Stadtschreiber!« Einen Moment erschrak er selbst über den Hall, den seine laute Stimme in dem riesigen, leeren Treppenhaus verursachte.

»Ihr habt keinen Grund, laut zu werden, Magister!«, sagte

Schumann pikiert. »Und Ihr solltet Euch vor allem nicht zu über-eilten Handlungen hinreißen lassen. Dorndorf sitzt seit seiner Ankunft in der Fronfeste, wo er auch noch bis Sonntag bleiben wird.«

»Wieso?«, fuhr der Magister auf und starrte Schumann miss-trauisch an.

»Der Kerl hat sich Schmuggler-Bier beschafft.« Schumann zuckte mit den Schultern.

Dem Magister hatte es die Sprache verschlagen. In seinem müden Hirn wirbelte es wild durcheinander, beinah so, als hätte er das Bier getrunken, das dem Maler gerade zum Verhängnis wurde. Doch dann begriff er plötzlich: Wenn er die Uhr pünktlich fertigstellte – und inzwischen gab es nichts mehr, was dagegen-sprach –, konnte er Dorndorf am Samstag zuvorkommen! Am liebsten wäre Fuchs dem Stadtschreiber um den Hals gefallen, aber er konnte sich gerade noch zügeln.

»Oh!«, sagte er stattdessen und verbiss sich ein Grinsen. »Wie dumm von ihm!« Er nickte Schumann höflich zu. »Aber Ihr habt tatsächlich recht, ich bin hundemüde. Ich wünsche Euch eine angenehme Nacht, Stadtschreiber!«

Dann trat er aus dem Rathaus auf den dunklen Markt. Gierig sog er die frische, kalte Abendluft in seine Lungen. Alles wird gut, dachte er, während er sich auf den kurzen Weg zum Baderhaus machte. Ganz bestimmt!

67. Kapitel

Jch glaube, er schläft jetzt«, sagte Sophia, als sie die Küche betrat.

Hanna, die eben die letzten Teller in das Küchenbord räumte, warf ihr einen Blick über die Schulter zu. »Mal sehen, wie lange. Er ist so unruhig heute.«

Sophia setzte sich an den blankgescheuerten Küchentisch. »Vielleicht spürt er unsere Aufregung«, sagte sie leise. Dann forderte sie: »Setz dich zu mir, Hanna! Wir sollten noch einmal besprechen, ob wir auch alles bedacht haben, was wichtig ist für solch eine weite Reise um diese Jahreszeit.« Sie lächelte, als eine Erinnerung in ihr aufstieg. »So hat es mein Vater auch immer gehalten, bevor er seine Handelsfahrten unternahm.«

»Ja, und Gott sei's gedankt, dass Ihr mit so was Erfahrung habt, Herrin!«, sagte Hanna, während sie sich ihr gegenübersetzte.

»Na ja, Erfahrung?« Sophia spürte, wie sie errötete. »So würde ich das nicht nennen. Aber ich war oft dabei, wenn mein Vater seine Fahrten nach Böhmen oder noch weiter plante.« Sie warf ihrer Amme einen prüfenden Blick zu. Würde Hannas Entschluss, mitzukommen, jetzt doch noch ins Wanken geraten?

Es war unabdingbar, dass Hanna mitkam. Ohne sie konnte Sophia ihren gesamten Plan vergessen, zumindest so lange, wie Justus noch auf die Milch der Amme angewiesen war. Außerdem hatte sie sich mit dem, was sie Hanna erzählt hatte, inzwischen ganz und gar in deren Hände begeben. Falls die junge Frau es wollte, konnte sie ihre Herrin mit diesem Wissen in ernste Schwierigkeiten bringen. Deshalb hatte Sophia heute Morgen auch innerlich gezittert, als sie Hanna ihre des Nachts geschmiedeten Pläne offenbarte. Sie hatte geschwitzt, und ihre Kehle war so zugeschnürt, dass sie kaum in der Lage gewesen war, den Frühstücksbrei hinunterzuschlucken. Aber sie war entschlossen, Hanna die ganze Wahrheit zu erzählen, denn das war der einzige Weg, den sie sich vorstellen konnte, die junge Frau zu überzeugen.

Hanna hatte genau dort gesessen, wo sie jetzt wieder saß, und Sophia mit großen Augen angestarrt. Aber dann hatte sie sich erstaunlich schnell gefasst. Nicht einen Moment hatte sie an der Existenz jenes geheimnisvollen Buches gezweifelt, im Gegenteil.

»Ihr glaubt wirklich, dass man mit den Rezepten aus diesem Buch jede Krankheit heilen kann, Herrin?«

»Ja, davon bin ich überzeugt! Oder denkst du, ich würde solch ein Wagnis wie diese Reise eingehen, wenn dem nicht so wäre?«

»Und Ihr würdet dieses Wissen dann auch mit anderen teilen und es nicht nur für Euch nutzen oder es für Geld und Macht hergeben?« Hannas Stimme hatte bei dieser Frage einen zornigen Unterton gehabt.

»Natürlich würde ich wollen, dass alle Menschen es nutzen! Kein Kind sollte seine Mutter vor der Zeit verlieren«, entgegnete Sophia heftig.

»Und keine Mutter ihr Kind«, flüsterte Hanna, der Tränen in die Augen stiegen.

Betroffen hatte Sophia die junge Frau angeschaut. Sie vermutete, dass damit der Ausschlag für die rasche Entscheidung ihrer Amme gegeben war.

»Gut, ich komme mit!«

»Wir wollten über die Reise sprechen, Herrin.« Hannas Stimme riss Sophia aus ihren Gedanken.

»Ja, genau!« Sie räusperte sich. »Ich war im Mietstall draußen vor dem Dohnaischen Tor.« Dort war die Lieblingsstute ihres Vaters untergebracht, ein ausdauerndes, artiges Tier, auf dem es selbst Niklas ohne jede Erfahrung mit dem Reiten einst bis

Grimma und zurück geschafft hatte. Sophia hatte sich nicht von dem Tier trennen können. Es war ein weiteres Hochzeitsgeschenk ihres Onkels, dass er seitdem für Futter und Unterbringung des Pferdes aufkam. Heute hatte Sophia einen zweiten wertvollen Besitz verkauft, um Geld für die Reise aufzutreiben – die Kette mit dem schweren Goldmedaillon, das eine Haarlocke ihrer Mutter enthielt.

»Ich habe dort auch ein braves Pferd für dich bekommen, Hanna.«

Sophia hatte nicht den Eindruck, dass diese Nachricht die junge Frau besonders erfreute.

Aber Hanna schluckte tapfer. »Und ich habe die Sachen zurechtgelegt, die wir unterwegs für den Kleinen brauchen werden, Herrin. Es wird in eine Satteltasche passen, wie Ihr es verlangt habt, und meine Sachen auch. Und oben in der Kammer liegen die Decken bereit, die Ihr wolltet.«

Sophia nickte. »Gut, die können wir zusammengerollt auf die Pferde schnallen. Das ist wichtig, denn in den Herbergen werden wir uns selten ein Zimmer leisten können, höchstens einen Platz im Stall oder in der Scheune.«

»Das macht bestimmt nichts. Ich hab gehört, in manchen Herbergen ist es da sauberer als auf den Zimmern«, sagte Hanna eifrig.

»Das hat mein Vater auch oft gesagt!« Sie lachte, und Hanna stimmte ein.

Sophia wurde bewusst, dass sie die Amme zum ersten Mal lachen sah, solange sie sie kannte. Überhaupt schien die junge Frau seit heute Morgen regelrecht aufzublühen. Dabei wusste Sophia ganz genau, dass auch Hanna ein bisschen Angst vor der weiten, unsicheren Reise hatte, da sie noch nie weiter als ein paar Meilen von Pirna weggekommen war.

»Und Ihr wollt es wirklich keinem erzählen, dass Ihr weggeht?«, erkundigte sich Hanna.

»Nein, je schneller und unauffälliger wir verschwinden, desto besser«, bekräftigte Sophia. »Wenn du nichts dagegen hast, sollten wir bereits morgen aufbrechen. Denn übermorgen, am Samstag, ist Markttag, da sind die Straßen um die Stadt schon vor dem Morgenrauen voller Menschen.«

»Morgen schon? Das ist gut!« Hanna strahlte, und Sophia fielen die hübschen Grübchen auf, die sich dabei in den rosigen Wangen der Amme bildeten. Sie sieht noch so jung aus, dachte Sophia. Wahrscheinlich hält sie alles für ein großes herrliches Abenteuer.

Sophia erhob sich. »Dann sollten wir jetzt schlafen gehen, damit wir morgen ausgeruht sind.«

68. Kapitel

Es wurde bereits dunkel, als Schumann an diesem Abend müde und hungrig die Halle seines Hauses betrat. Ratsgeschäfte hatten ihn am Morgen nach Dresden geführt und wieder einmal länger festgehalten, als er erwartet hatte. Trotzdem war es ein guter Tag gewesen, denn der Stadtschreiber hatte alles zur Zufriedenheit des Bürgermeisters und der Herren vom Rat regeln können. Und nicht nur das – er hatte überdies ein Gespräch mit einem Medicus gehabt, den sogar die herzogliche Familie gelegentlich zurate zog. Der Doktor hatte ihm schon für die nächste Woche einen Hausbesuch versprochen, um sich mit Amalia zu unterhalten und sie wenn nötig auch zu untersuchen. Für die Prophezeiung der Hebamme hatte der gelehrte Mann nur ein abschätziges Schnauben übrig gehabt. Bei einem so jungen Weib wie Amalia komme nach einer Fehlgeburt gewiss bald wieder alles ins Lot. Ganz im Gegenteil, nach der Erfahrung des Doktors verhalte es sich eher so, dass die Wahrscheinlichkeit einer erfolgreichen Empfängnis und Geburt danach wesentlich größer sei. Der Stadtschreiber solle seinem Weib also möglichst bald wieder regelmäßig beiwohnen, dann werde Gott seine Ehe erneut segnen. Schumann hatte beschlossen, diesen Rat gleich heute Abend in die Tat umzusetzen und sich auch nicht von Amalias Gejammer davon abhalten zu lassen.

Der Duft von gebratenem Fleisch drang aus der Küche, und Schumann überlegte, ob er sich zum Abendessen eine Kanne des guten ungarischen Weins aus dem Keller holen lassen sollte. Während er dem Hausdiener seine Schaube reichte, fragte er beiläufig: »Kamen heute irgendwelche Nachrichten, oder hat sich etwas ereignet, das ich wissen sollte?«

»Nichts von Bedeutung, Herr. Aber Gassenmeister Idermann aus der Obertorvorstadt war zweimal hier.« Der Diener bückte sich, um dem Stadtschreiber aus den Stiefeln zu helfen.

»Was wollte er?«

»Euch sprechen, Herr. Es ging um das Weib von Magister Fuchs.«

»Die Fuchsin! Was ist mit ihr?« In Schumanns Magen breitete sich ein unangenehmes Gefühl aus.

»Sie hat heute die Stadt verlassen, sagt Meister Idermann.«

»Was!« Schumann packte den Mann so heftig am Arm, dass der beinah den Stiefel fallen ließ, den er seinem Herrn eben vom Fuß gezogen hatte.

»Du schickst sofort den Knecht los, damit er Idermann herbringt! Oder – nein!« Schumann riss dem Diener den Stiefel aus der Hand und machte sich daran, ihn wieder über seinen Fuß zu streifen. »Ich gehe selbst in die Vorstadt.«

»Aber wollt Ihr nicht erst einmal etwas essen, Herr?«

»Das kann warten. Meine Schaube, rasch!« Schumann wedelte mit der Hand.

Kurze Zeit später stand Schumann mit Schmiedemeister Idermann vor dem Fuchs'schen Haus.

»Ich bin stehenden Fußes aufs Rathaus gelaufen, nachdem die Fuchsin meine Frau heute Morgen gebeten hat, das Schwein und die Hühner zu versorgen, bis der Magister zurückkommt. Und als ich Euch da nicht angetroffen hab, bin ich zu Eurem Haus gegangen«, lamentierte Idermann, während er die Tür aufsperrte und hinter Schumann in die kleine Diele trat. »Aber Euer Diener meinte, Ihr wärt nach Dresden geritten, in Amtsgeschäften. Da konnte ich nichts mehr machen, als zu warten, bis Ihr zurückkommt, nicht wahr?«

»Ja, ja«, unterbrach der Stadtschreiber ihn. »Nun bin ich ja hier, und Ihr könnt wieder zu Eurem Abendessen zurückkehren, Idermann. Ich bringe Euch den Schlüssel, sobald ich fertig bin.«

Er sah dem Schmied deutlich an, dass der zu gern gewusst hätte, wonach der Stadtschreiber im Haus der Fuchsens suchte. »Als ob ich das selber wüsste«, murmelte Schumann. Einen Hinweis eben, etwas, woraus er schlussfolgern konnte, wohin das verdammte Weib so plötzlich abgereist war. »Warum kann sie nicht innerhalb der Stadtmauern wohnen, wie es sich für anständige Bürger gehört!«, brummte er. Dann könnte er wenigstens die Wachen an den Toren fragen, welches Reiseziel sie angegeben hatte. Obwohl sie natürlich auch gelogen haben könnte, falls sie es darauf anlegte, dass sie niemand fand. Aber warum sollte sie? Schumann schüttelte den Kopf. Was war so dringend, dass Sophia mitten im Herbst mit einem Säugling auf Reisen ging? Das galt es, ebenfalls herauszufinden!

Er hielt die Lampe hoch, um sich in der finsteren Diele zu orientieren. Durch seine Besuche wusste er, dass im Erdgeschoss die Küche, die Vorratskammer, der Arbeitsraum des Magisters und Hannas Kammer lagen. Die Amme, diese gottverdammte, verräterische kleine Schlampe! Schumann knirschte mit den Zähnen. Sie hatte es doch tatsächlich gewagt, gemeinsam mit Sophia und dem Kind zu verschwinden, ohne ihm eine Nachricht zu hinterlassen. Was versprach sie sich davon? Glaubte sie allen Ernstes, sie könne ihm auf diese Weise entkommen!

Der Stadtschreiber blieb am Fuß der Treppe stehen, die hinauf zu Stube und Schlafkammer führte. Dann beschloss er, seine Suche dort oben zu beginnen. Er hastete die Stufen hinauf und schwor sich, nicht aufzugeben, bis er etwas Brauchbares gefunden hatte. Und wenn es die ganze Nacht dauern würde! Während Schumann sich in der aufgeräumten Stube umsah, Schränke öffnete und in Truhen schaute, überlegte er, dass es sinnvoll wäre, die Mietställe an den Landstraßen aufzusuchen. Irgendwoher musste Sophia die Pferde haben, von denen Idermann berichtet hatte.

Nachdem der Stadtschreiber in der Stube nichts von Belang

entdeckt hatte, öffnete er die Tür zur Schlafkammer. Das riesige Doppelbett war ordentlich gemacht, obendrauf lag eine bestickte Decke. Unter dem Fenster befand sich ein kleiner Tisch mit einer Waschschüssel und einem Krug. Vor dem Tisch stand ein Stuhl, weiter gab es keine Möbel. Vorsichtshalber leuchtete Schumann sogar unter das Bett, fand aber nichts außer dem Nachtgeschirr.

Im Schein der Öllampe stieg er wieder hinunter ins Erdgeschoss. Er entschied sich, seine Durchsuchung in der Kammer des Magisters fortzusetzen. Aber dann fiel ihm etwas ein. Bei seinem Besuch im Frühjahr hatte er in der Küche seltsame Geräusche vernommen. Zwar hatte die Fuchsin ihm damals weisgemacht, das kranke Schwein habe draußen vor dem Fenster gehustet. Doch zum Glück hatte Schumann ihr einen Tag später den Schinder ins Haus geschickt, damit der sich die Sau ansah. Und so hatte der Stadtschreiber erfahren, dass die Krankheit, an der das Tier litt, gar nicht existierte. Vielmehr hatte Sophia die Ohren ihres Schweins mit dem Saft von Roten Rüben eingerieben. Seitdem fragte sich Schumann, was sie damit bezweckt hatte. Jetzt ist die Gelegenheit, dem auf den Grund zu gehen, dachte er und drückte entschlossen die Küchentür auf.

Eine halbe Stunde später fiel er erschöpft auf einen der Schemel am Küchentisch. Er hatte jeden Fleck abgesucht, jeden Kasten geöffnet, in jeden Topf geschaut, ja, er war sogar in den Kamin gekrochen. Aber nichts unterschied diese verdammte Küche von jeder anderen! Zumindest, soweit der Stadtschreiber, der sich eher selten in Küchen aufhielt, das beurteilen konnte. Schumann rieb sich den Ruß von den Fingern und merkte auf einmal, wie hungrig und durstig er inzwischen war. Er erinnerte sich, dass er in der Vorratskammer einen Käse gesehen hatte, und das Wasserfass neben dem Herd war noch fast voll.

Auf der Suche nach einem Teller und einem Becher, tastete er das oberste Bord des riesigen Küchenregals ab. Da stießen seine Finger plötzlich auf einen Vorsprung, eine Art kleinen Hebel. Schumann stutzte. Dann versuchte er, an dem Hebel zu ruckeln.

Nichts geschah. Doch als er stattdessen drückte, gab es ein metallisches Klicken, und das gesamte Regal verschob sich, sodass an einer Seite ein Spalt entstand. Jetzt konnte er es aufziehen wie eine gewöhnliche Tür. Eigenartige Gerüche drangen in seine Nase, die ihn unangenehm an Lapidius' Alchemistenlabor erinnerten. Schumann zuckte zurück. Doch dann griff er nach der Öllampe und zwängte sich durch den Spalt hinter dem Regal.

Sein Geruchssinn hatte ihn nicht getäuscht. Tatsächlich befand er sich in einer Alchemistenküche! Glasfläschchen standen in dem Wandregal neben einem steinernen Mörser und einem bauchigen Kupferbehälter, über den ein helmartiger Deckel gestülpt war, mit einem schnabelartigen Rohr daran. Auch ein kleiner Ofen war vorhanden, obwohl Schumann auf den ersten Blick erkannte, dass der längst nicht über ein so ausgeklügeltes Befeuerungssystem verfügte wie der Ofen von Lapidius. Überhaupt, verglichen mit dessen Kellergewölbe war diese Alchemistenwerkstatt hier winzig! Aber Schumann vermutete, dass sie dennoch ihren Zweck erfüllte. Ein paar eingetrocknete Reste in einem Kessel, einige krümelige Pflanzenstängel und die Tatsache, dass die Fläschchen und Gerätschaften keinerlei Staub angesetzt hatten, verrieten ihm, dass hier jemand regelmäßig experimentierte. Sofort fielen dem Stadtschreiber die Gerüchte ein, die in der Stadt über Magister Fuchs im Umlauf waren. Farbiger Rauch würde von Zeit zu Zeit aus dem Schonstein des Schulmeisterhauses quellen, und seltsame Geräusche wären zu nachtschlafender Zeit zu hören, hatte Idermann vor ein paar Monaten berichtet. Schumann überlief ein Schauder. Seine jüngsten Erlebnisse mit Lapidius hatten seine Zweifel an der Existenz von Magie und Zauber weiter genährt, aber dennoch konnte der Stadtschreiber sich nicht ganz frei machen von seiner Furcht vor den Geheimnissen der Alchemie. Und außerdem war es ja möglich, dass Fuchs ein fähigerer Alchemist war als Lapidius. Immerhin schien dem Magister ja auch der Bau der Rathausuhr zu gelingen. Und ganz abgesehen von seiner sonstigen

Befähigung, Fuchs hatte das Buch! Wer weiß, wie viel er sich davon bereits nutzbar gemacht hatte?

Überhaupt, das Buch! Der Stadtschreiber setzte die Lampe auf dem Arbeitstisch ab und kratzte sich am Hals. Hatte Sophia es mitgenommen, oder war es ebenfalls hier im Haus? Das musste er unbedingt noch herausfinden.

Schumann riss sich vom Anblick der unheimlichen Gerätschaften los und konzentrierte sich wieder auf sein eigentliches Ziel. Aufmerksam musterte er das Regal, den Ofen und den kleinen Arbeitstisch. Dann bemerkte er das schmale Bett an der anderen Wand. Als er einen Schritt darauf zuging, spürte er, dass eine der Bodenplatten unter seinem Fuß nachgab.

Er ging in die Knie und fuhr mit den Händen am Rand der Platte entlang, bis er eine Stelle ertastete, an der er die Sandsteinfliese nach oben drücken konnte. Darunter verbarg sich ein kleiner Hohlraum. Schumann zog die Lampe näher heran und stieß einen triumphierenden Laut aus, als er den Brief entdeckte. Obwohl es ihn in den Fingern juckte, das Papier sofort zu entfalten, zügelte er seine Ungeduld. Die Erfahrung hatte ihn gelehrt, dass sich Geduld und Vorsicht weit mehr auszahlten als vorschnelles Handeln. Deshalb stellte er die Lampe wieder auf den Tisch, setzte sich auf einen der beiden Schemel und löste zunächst vorsichtig das einfache Siegel aus geschmolzenem Wachs. Dann entfaltete er den eng beschriebenen Bogen behutsam. Hastig überflog er die Zeilen. Am Ende ließ er das Blatt sinken, und seine Hände zitterten. In diesem Brief erklärte Sophia dem Magister ausführlich, wohin sie zu reisen gedachte. Schumann schüttelte entgeistert den Kopf. Nach Mähren, in eines dieser Wiedertäufernester, um irgendeine obskure Sprache zu erlernen? Das Weib war eindeutig verrückt! Offenbar hoffte sie auch noch, ihr Ehemann würde ihre Gründe früher oder später verstehen. Welche Gründe überhaupt? Schumann warf den Brief auf den Tisch und sprang auf. Wer Heim und Familie verließ, um sich bei den Wiedertäufern niederzulassen, tat dies in der Regel aus Glaubensgründen. Doch davon hatte Sophia nichts geschrieben. Sicher, manche nutzten derlei Gründe neuerdings auch als Vorwand, um aus einer unliebsamen Ehe zu entfliehen oder sich ganz allgemein ihren familiären Verpflichtungen zu entziehen. Aber in diesen Fällen gingen sie allein und nahmen nicht noch einen Säugling samt Amme mit. Unter diesen Umständen würde das Ganze nur dann einen Sinn ergeben, wenn sich Sophia entschlossen hätte, gemeinsam mit Dorndorf nach Mähren zu gehen. Die Wiedertäufer würden ihre Ehe mit dem Magister als nichtig erachten, und sie könnte dort in aller Öffentlichkeit mit ihrem früheren Verlobten zusammenleben. Aber sie schrieb ja in ihrem Brief an Fuchs, dass der Maler allein nach Wittenberg zurückkehren solle, um seiner wahren Berufung zu folgen. Sie schrieb, die Reise sei nötig, um eine seltene Sprache zu erlenen. Etwa Mährisch? Oder sprachen sie dort auch Böhmisch? Das ergab alles überhaupt keinen Sinn!

Wütend versetzte der Stadtschreiber der ausgehebelten Sandsteinplatte neben seinen Füßen einen Tritt. Mit einem schabenden Geräusch schlitterte die Fliese über den Boden und verschloss passgenau das flache Loch, in dem der Brief gelegen hatte. In diesem Augenblick schienen sich in Schumanns Kopf verschiedene Teile eines Bildes zu einem Ganzen zusammenzufügen. Er fiel auf die Knie und hob die Platte wieder ab. Dann tastete er mit beiden Händen in dem Versteck umher. Er fand ein kurzes Stück einer brüchigen Lederschnur und einen kleinen Fetzen Papier. Mit den wenigen Buchstaben darauf konnte Schumann nichts anfangen, aber er erkannte, dass es sich eindeutig um Sophias Handschrift handelte. Für ihn war das Beweis genug.

Sie hatte also das Buch und ihre Entschlüsselung des Textes in diesem Versteck aufbewahrt. Der Stadtschreiber war sich sicher, dass auch der Magister davon wusste. Doch jetzt hatte nur noch der Brief dort gelegen, alles andere hatte Sophia mit auf ihre Reise genommen. Es ging dabei weder um Glauben noch um Liebe, sondern einzig und allein um das Buch! Und diese Sprache, die Sophia in Mähren lernen wollte, musste der Schlüssel dazu sein.

Schumann begann zu lachen. Da hatte er befürchtet, Sophias Verschwinden würde seine Pläne, die Übersetzung des Buches in die Finger zu bekommen, womöglich vereiteln. Dabei war das Gegenteil der Fall! Sophia tat genau, was nötig war. Und die radikale Sturheit, mit der sie ihr Ziel verfolgte, spielte Schumann in die Hände. In Mähren war sie ganz allein unter Fremden! Zwar hoffte sie, dass Fuchs ihr irgendwann folgen könnte, doch das würde Schumann zu verhindern wissen! Sein erster Impuls war, den Brief zu vernichten, damit der Magister ihn niemals zu Gesicht bekam. Aber dann kam dem Stadtschreiber ein weitaus besserer Gedanke.

69. Kapitel

Sophia versuchte vorsichtig, ihren Rücken zu strecken und auf der harten Holzbank eine erträglichere Sitzposition zu finden. Aber das nächste Schlagloch, durch das der Wagen unweigerlich polterte, schleuderte sie unsanft gegen Agnes.

Die Kaufmannstochter schienen die unangenehmen Begleiterscheinungen der Reise nicht so zu stören. Zumindest wurde ihr Erzählfluss davon nicht gebremst. »Und dann frage ich mich, ob ich mir mein Hochzeitskleid aus dem schwarzen Samt schneidern lassen soll, den Vladislav in Leipzig gekauft hat, oder ob ich mich in Prag lieber nach einem dunkelblauen umschaue. Auf jeden Fall muss das Mieder mit der Goldborte verziert werden, die ich in Dresden gekauft habe.«

»Oh ja«, sagte Sophia mechanisch.

Sie mochte Agnes, vor allem weil das Schicksal des jungen Mädchens ein wenig ihrem eigenen ähnelte. Agnes hatte die letzten Jahre bei Verwandten in Sachsen verbracht, um den nötigen hausfraulichen Schliff zu bekommen, wie ihr Bruder sagte. Ihre Mutter war bereits verstorben. Sophia konnte es kaum glauben, dass sie erst vor zwei Jahren in einer ähnlichen Situation gewesen war wie Agnes heute. So viel war inzwischen geschehen. Nicht nur ihre Lebensumstände, auch sie hatte sich seitdem verändert. Allerdings wusste Sophia noch, dass sie selbst damals nicht halb so begeistert gewesen war bei dem Gedanken, demnächst eine Ehe einzugehen, deren hauptsächlicher Zweck es war, den Wohlstand und das Ansehen zweier Familien zu mehren.

»Unseren ersten Sohn werde ich dann Aloysius nennen oder

vielleicht auch Ambrosius. Obwohl Justus eigentlich auch ganz gut klingt.« Agnes warf einen Blick auf den Säugling, der in seinem Weidenkörbchen zu ihren Füßen lag und friedlich schlief.

»Oh ja«, sagte Sophia hastig. Sie musste wohl einiges verpasst haben, wenn Agnes schon bei den Kindern war, die ihrer zukünftigen Ehe entspringen sollten.

Dabei konnte Sophia dem Herrn wahrlich nicht genug danken, dass sie und Hanna auf der Teplitzer Landstraße dem kleinen Wagenzug des böhmischen Kaufmanns begegnet waren. Vladislav war so froh über eine weibliche Reisebegleitung für seine Schwester, dass er darauf bestand, in den Gasthäusern Unterkunft und Verpflegung für die beiden Frauen zu begleichen. Sophia hatte von Anfang an vorgehabt, sich unterwegs einem Kaufmannszug oder anderen Reisenden anzuschließen. Die Landstraßen zwischen Sachsen und Mähren waren nicht wirklich sicher, erst recht nicht für zwei junge Frauen. Schutz bot nur eine größere Gruppe, das wusste sie aus den Berichten ihres Vaters, der unzählige Kaufmannsreisen unternommen hatte, besonders in östliche Richtung. Daher hatte Sophia auch eine ungefähre Vorstellung von den Straßen, den Städten und Landschaften, durch die sie bei ihrer Reise nach Mähren ziehen mussten.

Ganz anders dagegen Hanna, die ihr gesamtes Leben bisher in Pirna verbracht hatte und alles Land außerhalb der Stadt für gefährlich und wild hielt. Außerdem hatte die Amme, im Gegensatz zu Sophia, noch nie auf einem Pferderücken gesessen. Obwohl Sophia für sie einen ausgesprochen braven Wallach ausgesucht hatte, dessen gemütliche Gangart das Tempo ihrer Reise nicht gerade förderte, hatte sich Hanna nicht daran gewöhnen können.

Das nächste Schlagloch ließ Sophia schmerzhaft auf die Sitzbank zurückplumpsen. Als hinter ihr ein unwilliges Grunzen ertönte, warf Sophia einen Blick über ihre Schulter. Noch eine, der diese verdammten Schlaglöcher nichts ausmachen, dachte sie neidisch, denn die Amme hatte sich nur eine andere Schlafposition gesucht, ohne dabei aufzuwachen.

Sophia erinnerte sich daran, wie glücklich Hanna war, als sie am zweiten Tag ihrer Reise vom Rücken des Wallachs auf die Ladefläche des Kaufmannswagens steigen durfte. Genau genommen war es eigentlich ein Wunder, dass die Amme nach dem ersten Schrecken Sophias Reiseplänen sofort zugestimmt hatte. Sophia war so froh gewesen, dass sie sich bisher gar keine Gedanken darüber gemacht hatte, wie merkwürdig das war. Hanna hatte sogar alles getan, um ihre Abreise zu beschleunigen. Und sie hatte auch keine Bedenken geäußert, als Sophia sie bat, niemandem etwas davon zu erzählen. Je länger Sophia darüber nachdachte, desto mehr schien es, als hätte Hanna nur auf eine solche Gelegenheit gewartet, trotz ihrer Angst vor der Fremde. Unterwegs war die Amme dann regelrecht aufgeblüht. Je weiter sie sich von Pirna entfernten, umso mehr legte sie ihre Schüchternheit ab. Mitunter lachte sie sogar. Sophia konnte sich nicht erinnern, dass die junge Frau in Pirna auch nur einmal gelächelt hätte.

»Und Ihr denkt, dass Ihr Euren Mann davon überzeugen könnt, dem Täufertum abzuschwören und mit Euch nach Hause zu kommen?«

Sophia schrak aus ihren Überlegungen auf. Es war das erste Mal, dass Agnes sich nach ihren Beweggründen für die Reise erkundigte. Sophia war es recht, dass sie sich dazu nicht äußern musste, denn es fiel ihr schwer, diese Lüge zu erzählen. Aber sie musste schließlich einen guten Grund dafür nennen, warum sie mitten im Herbst mit einem Säugling die lange Reise nach Nikolsburg unternahm. Und das war der beste, der ihr eingefallen war. Seit Storchs Besuch hatte sie alle Nachrichten über die Täufer und die Bruderschaften in Mähren wie ein Schwamm aufgesaugt. Sie wusste, dass in einigen Gegenden sowohl zahlreiche Männer als auch Frauen, mit oder ohne Kinder, ihre Ehepartner verließen, um bei den Täufern ein neues Leben zu beginnen. Da ein solches Verhalten die christlichen Werte in ihren Grundfesten untergrub und Täufer ohnehin als Ketzer galten, mussten sie dabei heimlich vorgehen. Wollte der Verlassene jedoch den abtrünnigen Partner zurückholen, so wurde das von der Obrigkeit ausdrücklich unterstützt.

»O ja«, sagte Sophia. »Schließlich wusste er noch nicht, dass er einen Sohn haben würde, als er mich verließ.«

Agnes nickte verständnisvoll. »Den süßen kleinen Kerl wird er sicher nicht mehr missen wollen. Ihr könntet keinen besseren Grund haben, ihn in Nikolsburg aufzusuchen!«

Sophia mühte sich mit einem Lächeln, dann gähnte sie demonstrativ und schloss die Augen. Diese Unterhaltung konnte sie einfach nicht fortsetzen. Wenn sie an Heinrich und Niklas dachte, die den Jungen beide schmerzlich vermissen würden, wurden ihre Schuldgefühle fast unerträglich. Wohl zum hundertsten Mal fragte sie sich, ob sie wirklich das Recht hatte, ihnen das Kind einfach wegzunehmen. Aber egal, wie sie sich entschieden hätte, einen von beiden hätte sie so oder so verletzt. Und obwohl sie mit einem Mann leben könnte, den sie liebte, wäre sie doch nicht frei gewesen, das zu tun, was sie am allermeisten wollte. Sie ging davon aus, dass ihr Verschwinden Heinrich auf lange Sicht härter treffen würde. Aber sie hatte ihm daheim in dem Versteck in der Alchemistenkammer einen Brief hinterlassen, in dem sie ihre Beweggründe erklärte und schrieb, wohin sie unterwegs war. Es würde bestimmt nicht lange dauern, bis Heinrich auf die Idee kam, dort nach einer Nachricht von ihr zu suchen. Sie hatte die schwache Hoffnung, dass er ihre Entscheidung vielleicht nach einiger Zeit verstehen und ihr verzeihen könnte. Vielleicht würde er sich dann sogar überwinden und ihr folgen.

70. Kapitel

Ihr habt Eure Strafe nun abgebüßt, Niklas Dorndorf.«
Meister Frost stand breitbeinig in der Tür der Zelle und
bleckte die Zähne.

Er scheint das für ein freundliches Lächeln zu halten, dachte
Niklas.

»Na, was ist?« Frost wedelte mit der Hand, als wolle er eine
Schar Hühner scheuchen. »Verschwindet endlich, Maler! Ihr seid
wieder ein freier Mann.«

Niklas erhob sich schwerfällig. Vom langen Sitzen, Grübeln
und Nichtstun kam er sich vor wie eingerostet.

Der Fronbote reichte ihm das Messer und den Flößersack, jene
Dinge, die Niklas abgenommen worden waren, als man ihn in die
Fronfeste gesteckt hatte. »Hier habt Ihr Eure sieben Sachen! Ihr
könntet wirklich etwas freundlicher gucken, Maler. Schließlich
habe ich drei Tage lang dafür gesorgt, dass es Euch an nichts
gemangelt hat!«

»Ja, außer an frischer Luft und Bewegungsfreiheit«, knurrte
Niklas.

Frost zuckte mit den Schultern. »Tja, bekanntlich sind alle
guten Dinge eben selten beisammen!«

Als Niklas auf die Gasse hinaustrat, stellte er fest, dass er nach
Schweiß, altem Stroh und Fäkalien roch. »Wasser und Seife!«,
schrie er, indem er sich umdrehte. »Daran mangelt es in Eurem
Logis ebenfalls, Meister Frost!« Doch der Fronbote hatte die
schwere Eichentür bereits hinter sich geschlossen.

In den letzten drei Tagen hatte Niklas sich stundenlang ausgemalt, wie er sofort und ohne Umwege zu Sophia eilen würde, wenn er die verfluchte Fronfeste erst wieder verlassen durfte. Nun wurde ihm klar, dass daraus nichts wurde, denn zuerst brauchte er Wasser, eine Rasur und frische Kleider.

Eine gute Stunde später war Niklas unterwegs in die Obertorvorstadt. Sein Haar war noch feucht und die Kleidung aus seinem Reisesack ziemlich zerknittert, aber daran konnte er nichts ändern. Je mehr er sich dem Schulmeisterhaus näherte, desto schneller schlug sein Herz. Er war zuversichtlich, dass er Sophia und seinen Sohn schon bald mit nach Wittenberg nehmen würde. Johanna hatte schließlich prophezeit, sein Wunsch würde sich erfüllen.

Sonntägliche Mittagsruhe lag über der kleinen Gasse. Der Geruch von Kohl und Braten erinnerte Niklas daran, dass die Bewohner der Vorstadt um diese Zeit zu Tisch saßen. Umso besser, dann ist Sophia garantiert daheim, dachte er und klopfte an die Tür. Im Haus blieb es still, und Niklas klopfte erneut – energischer diesmal. Er wollte seine Hand schon ein drittes Mal heben, da hörte er von drinnen Schritte. Die Tür öffnete sich, und Heinrich Fuchs stand vor ihm. Das Gesicht des Magisters sah müde und eingefallen aus.

»Kommt herein«, sagte Fuchs.

Seine Stimme klang ruhig, aber Niklas spürte sofort, dass etwas nicht stimmte. Er folgte dem Magister in die Küche. Beunruhigt blickte er sich um. Das Herdfeuer brannte nicht, und auf dem Tisch standen lediglich ein Teller mit Käse und eine Kanne Wein.

»Wo ist Sophia?«, fragte Niklas alarmiert.

»Fort«, sagte der Magister, während er zwei Becher aus dem Regal nahm. »Doch Ihr dürft gern mit mir zu Mittag essen, Maler.« Er deutete auf den Käse. »Brot ist keins da. Aber dafür Wein, mehr als genug.« Er ließ sich auf die Küchenbank fallen, goss die Becher voll und schob einen zu Niklas. »Da, trinkt!« Fuchs hob seinen eigenen Becher und ließ den Wein darin kreisen. »Es ist ein süßer Ungarischer, nicht das saure Zeug von den hiesigen Elbhängen. Die Herren vom Rat haben mir das Fässchen heute verehrt, anlässlich der feierlichen Einweihung der Uhr, die ich für ihr verdammtes Rathaus gebaut habe.« Der Magister stieß ein bitteres Lachen aus, bevor er seinen Becher in einem Zug leerte.

»Verflucht noch mal, Fuchs! Was ist mit Sophia und meinem Sohn geschehen?« Niklas schlug mit der Faust auf die Tischplatte. Er war gekommen, um mit Sophia zu sprechen, und das unsinnige Gerede des Magisters über Wein und Uhren machte ihn wütend. »Antwortet gefälligst!«

Fuchs verzog keine Miene. »Setzt Euch, Dorndorf, statt hier herumzuschreien«, sagte er. »Ich werde Euch alles erzählen. Aber davor werde ich essen.« Er säbelte sich eine Scheibe Käse ab und stopfte sie in seinen Mund, dann goss er sich Wein nach.

Am liebsten hätte Niklas den Mann von der Bank gezerrt und durchgeschüttelt. Aber dann sagte er sich, falls Sophia etwas zugestoßen war, würde Fuchs kaum hier sitzen und seelenruhig Käse essen. Ihm wurde klar, dass es keinen Sinn hatte, den Magister weiter zu bedrängen. Seufzend griff er nach dem Messer in seinem Gürtel, um sich an dem kargen Mahl zu beteiligen.

Der Käse war zäh und klebte unangenehm zwischen den Zähnen des Magisters. Trotzdem schnitt er sich eine weitere Scheibe ab und schob sie in seinen Mund. Käse war das Einzige in der Speisekammer gewesen, das er nicht erst kochen oder braten musste. Inzwischen bedauerte er, dass er die Einweihungsfeier für die Rathausuhr verlassen hatte, bevor die Ratsherren das Festmahl auftragen ließen. Obwohl die hohen Herren nicht mit Lob und Anerkennung gespart hatten, war Heinrich Fuchs nicht zum Feiern zumute gewesen. Nicht, nachdem er gestern anstelle seines Weibes die Schmiedin im Hof vorgefunden hatte, wie sie die Hühner fütterte. Die Nachbarin hatte ihm berichtet, dass Sophia vor zwei Tagen die Stadt verlassen hatte. Hanna und das Kind habe sie mitgenommen.

Der Magister nahm einen großen Schluck Wein und beobachtete dabei den jungen Maler, der ratlos und wütend auf seinem Bissen herumkaute. Er wusste genau, wie Dorndorf sich jetzt fühlte, denn er hatte das Gleiche gestern Abend empfunden. Auch Sophias Brief, den er endlich spät in der Nacht in der Alchemistenkammer entdeckt hatte, vermochte daran nicht viel zu ändern.

Fuchs hatte sogar kurz darüber nachgedacht, ins Rathaus zu gehen und die verfluchte Uhr zu zerschlagen. Wenn er am letzten Dienstag zu Sophia zurückgekehrt wäre, anstatt vor der Tür umzukehren, weil er unbedingt zuerst die Uhr fertigstellen wollte, dann hätte er sein Weib vielleicht davon überzeugen können, bei ihm zu bleiben. Aber dann hatte er es begriffen: Nicht die Uhr war schuld an seinem Versagen, sondern einzig und allein sein verdammter Stolz!

Und jetzt saß er hier mit dem Maler, der eine Erklärung von ihm hören wollte. Fuchs fragte sich, wie er etwas erklären sollte, das er selbst nicht wirklich verstand.

Niklas sah, wie Fuchs den Becher abstellte und sich zurücklehnte. Es schien, als wäre der Magister endlich satt. Auf dem hageren Gesicht des Mannes lag ein Ausdruck von Abscheu. Niklas wischte sein Messer mit den Fingern ab und steckte es ein.

»Erzählt!«, forderte er sein Gegenüber auf.

Fuchs räusperte sich. »Sophia ist vor drei Tagen mit ihrem Sohn und der Amme abgereist.«

»Was?« Niklas glaubte, er habe sich verhört. Er lehnte sich vor und starrte den Magister an, als wäre dem ein zweiter Kopf gewachsen.

»Sie hat mir einen Brief dagelassen.« Fuchs griff in die Tasche seines Mantels und zog ein zerknittertes Blatt Papier heraus. Er legte es auf den Tisch und begann, es mit dem Handballen zu glätten. Dann hielt er plötzlich inne und schob es zu Niklas hinüber.

»Da. Ihr könnt selbst lesen«, sagte er.

Niklas fühlte sich, als hätte der Magister ihm soeben ein Brett vor den Kopf geschlagen. Er hatte Mühe, das Zittern in seinen Fingern zu unterdrücken, während er nach dem Brief langte. Aber das Lesen wollte ihm nicht gelingen, die Buchstaben verschwammen vor seinem Blick und formten sich zu grotesken Figuren. Er legte das Blatt wieder auf den Tisch und rieb sich mit den Fingerspitzen über die geschlossenen Augenlider. Dann warf er einen unsicheren Blick zu Magister Fuchs hinüber. Der goss sich gerade einen weiteren Becher Wein ein und beachtete seinen Gast nicht weiter. Niklas griff nach seinem eigenen Becher und trank ihn leer. Schließlich fasste er erneut nach dem Brief.

»An den gelehrten Magister Heinrich Fuchs zu Pirna, meinen verehrten und geschätzten Eheherrn! Von Sophia Fuchsin, Tochter des Kaufmanns Simon Weyner, seinem liebenden Eheweib.«

Niklas spürte, dass ihm kalt wurde. Liebendes Eheweib? Das klang nicht so, als habe Sophia die Absicht, sich von Fuchs zu trennen. Aber wieso macht der Mann dann einen so niedergeschlagenen Eindruck? Offenbar hatte der Magister doch gewonnen? Niklas rief seine durcheinanderwirbelnden Gedanken zur Ordnung und las weiter.

»Mein lieber Heinrich, wie du sicher schon erfahren hast, habe ich unsere Nachbarin, das Weib von Gassenmeister Idermann, gebeten, in meiner Abwesenheit nach dem Haus und dem Vieh zu schauen. Aber nun wirst du wohl für eine Weile eine Haushälterin einstellen müssen, denn ich begebe mich mit Justus und Hanna nach Leipzig zu meinem Onkel, wo ich einige Zeit zu bleiben gedenke. Ich bitte dich inständig, mir nicht nachzureisen und auch nicht zu schreiben. Die unverhoffte Rückkehr von Niklas Dorndorf hat mich, wie du weißt, in große Verwirrung gestürzt, und ich fürchte, dass ich dir in den nächsten Monaten nicht das treusorgende Eheweib sein kann, das du erwartest und verdienst. Aber ich werde die Zeit nutzen und Gott unseren Herrn von ganzem Herzen um Hilfe bitten, damit er mich auf den rechten Pfad zurücklenkt! Und wenn es soweit ist, werde ich zu dir zurückkehren, um weiter getreulich meine Pflichten als Hausfrau und Eheweib an deiner Seite zu erfüllen.«

Niklas unterbrach die Lektüre erneut. Das klang irgendwie seltsam. Eigentlich gar nicht nach Sophia! Was wohl der Magister davon hielt? Er blickte wieder zu Fuchs hinüber, der konzentriert seinen Becher leerte. Anscheinend hatte der Mann den festen Vorsatz, sich möglichst rasch zu betrinken. Na ja, andererseits musste er ja glauben, Sophia würde nur zu ihm zurückkehren, »um ihre Pflicht zu erfüllen«. Unter diesen Umständen war es verständlich, dass Fuchs dem Wein am heiligen Sonntag bereits mittags in ungewohnter Menge zusprach. Vielleicht sollte ich mich ihm anschließen, dachte Niklas voller Selbstironie, denn wie es scheint, werde ich aus dieser Sache ebenso wenig als strahlender Sieger hervorgehen wie der Magister. Doch zuerst wollte er den merkwürdigen Brief zu Ende lesen. Ihm stockte der Atem, als er begriff, dass sich die nächsten Zeilen auf ihn selbst bezogen.

Heinrich Fuchs sah, wie der Maler erblasste. Ah, dachte er, jetzt kommt er an die Stelle, wo Sophia von seiner Berufung schreibt! Na ja, schließlich gibt es auch keinen Grund, warum der Kerl sich besser fühlen sollte als ich. Fuchs nahm einen weiteren Schluck Wein und verspürte endlich eine angenehme Benommenheit. Sein Plan war es, sich so weit zu betrinken, dass er den Rest dieses lausigen Sonntags und hoffentlich auch die ganze Nacht verschlafen würde. Schlaf hatte er ohnehin bitter nötig. Und anschließend konnte er sehen, wie es weitergehen sollte. Dank der hohen Herren vom Rat war genügend Wein da, damit er sich notfalls am Montagmorgen erneut betäuben konnte.

Niklas hob den Kopf. Schweigend schob er Fuchs seinen Becher hin, den dieser wortlos bis zum Rand füllte.

»Niklas muss mich vergessen«, hatte Sophia geschrieben. »Er muss nach Wittenberg zurückkehren und weiter bei Meister Cranach lernen. Er muss seiner Berufung folgen, ein wahrer Künstler zu werden. Davon würde ich ihn nur ablenken. Außerdem muss er begreifen, dass es seiner Laufbahn als großer Maler überhaupt nicht dienlich wäre, wenn er in Schande mit einem Weib leben würde, das er niemals ehelichen kann.«

Nachdem Niklas ausgetrunken hatte, fragte er: »Sagt mal, Magister, glaubt Ihr das eigentlich?«

»Was meint Ihr?« Fuchs' Stimme klang bereits ein wenig schleppend, da er mit dem Wein einige Becher Vorsprung hatte.

»Na, das alles hier!« Frustriert schleuderte Niklas den Brief von sich.

»Warum sollte ich es denn nicht glauben, hm?« Der Magister starrte seinen Gast aus glasigen Augen an.

»Weil es sich so gar nicht nach der Sophia anhört, die ich kenne«, entgegnete Niklas mit rauer Stimme. Obwohl er sich noch immer dagegen wehrte, dämmerte in ihm allmählich die Erkenntnis, dass er Sophia nun endgültig verloren hatte. Sie schrieb eindeutig, dass sie die Absicht hatte, zu ihrem Ehemann zurückzukehren. Für Niklas konnte es also vollkommen gleichgültig sein, was für eine Ehefrau sie dem Magister in Zukunft sein wollte!

Fuchs lachte unfroh. »Da habt Ihr vielleicht recht, Dorndorf. Aber Ihr müsst auch bedenken, in welche Verfassung sie Eure Rückkehr gestürzt haben muss. Ich weiß, sie hat versucht, tapfer zu sein und ihren Alltag zu bewältigen wie bisher.«

Niklas machte eine zustimmende Geste. »Ja, ich fand auch, dass sie erstaunlich gefasst reagiert hat, nach dem ersten Schrecken.«

»Aber Ihr habt keine Ahnung, was sie damals durchgemacht hat, nachdem sie glaubte, Ihr wäret umgekommen!« Fuchs umfasste seinen Becher mit beiden Händen. »Wir dachten eine Zeitlang, sie würde Euch ins Grab folgen.«

Beschämt starrte Niklas in seinen Becher. Das hatte er nicht gewusst. Aber er hatte auch nicht danach gefragt! Die ganze Zeit seit seiner Rückkehr nach Pirna hatte er nur daran gedacht, wie er

Sophia und seinen Sohn für sich gewinnen konnte. Selbstsüchtig war er gewesen und undankbar, das wurde ihm auf einmal klar. Ständig hatte er an das gedacht, was ihm genommen worden war, und blind hatte er danach getrachtet, es wiederzuerlangen. Um jeden Preis! Das, was Gott ihm geschenkt hatte, hatte er hingegen geringgeschätzt. Aber Sophia hatte klar erkannt, was das war, und nun forderte sie von ihm, endlich seiner Berufung zu folgen.

Heinrich Fuchs fragte sich, ob es am Alkohol lag oder vielleicht an ihren so ähnlichen, intensiven Gefühlen für dieselbe Frau. Denn er konnte mit einem Mal deutlich spüren, was in dem jungen Maler vorging. Er sah die Scham in Dorndorfs Blick, und plötzlich verflog die Wut, die er dem Mann gegenüber empfand.

Der Magister stieß einen tiefen Seufzer aus. »Anstatt ihr beizustehen, als sie uns am nötigsten brauchte, haben wir nur an unseren männlichen Stolz gedacht. Wir haben ihr die Verantwortung der Entscheidung aufgebürdet und sie dann damit allein gelassen.«

Der Maler sah ihn an, dann nickte er langsam. »Ja, Ihr habt recht, Magister. So ist es gewesen.«

»Das Einzige, was wir jetzt noch tun können, ist, ihre Wünsche zu respektieren«, sagte Fuchs mit Nachdruck. Vielleicht, so dachte er, konnte er die Zeit bis zu Sophias Rückkehr überstehen, wenn er sie als eine Art Buße annahm.

Dorndorf nickte erneut. »Hm, darauf sollten wir trinken!« Er hob seinen Becher und leerte ihn auf einen Zug.

Fuchs tat es ihm gleich, ohne zu zögern. Das hier ist immerhin besser, als sich mutterseelenallein zu besaufen, dachte er, zumal Dorndorf der einzige Mensch in dieser verdammten Stadt war, der die Gründe dafür nachvollziehen konnte. Doch als er ihre Weinbecher erneut füllen wollte, fand er den Krug leer. Er erhob sich schwankend und trug ihn zu dem Fässchen, das auf der Truhe neben der Tür stand. Als sich der Zapfhahn nicht sofort öffnen ließ, ruckelte er ungehalten daran herum.

»Lasst mich das machen!« Der Maler stand plötzlich neben

ihm und schob ihn unsanft zur Seite. »Entweder brecht Ihr den Hahn ab, oder Ihr zerschlagt den Krug. Wäre beides schlecht.«

Dorndorf langte nach dem Krug, den der Magister weiter fest umklammert hielt. Während sie kurz darum rangelten, taumelte Fuchs gegen die Truhe und brachte den Bücherstapel zum Einsturz, der neben dem Fass lag. Die Bücher purzelten zu Boden, und Dorndorf nutzte die Gelegenheit, den Krug an sich zu bringen.

»Räumt lieber die Bücher weg! Was haben die überhaupt in der Küche zu suchen?«, sagte er und begann, den Krug zu füllen.

Der Magister schüttelte benommen den Kopf. Was sollte er sagen – schließlich wusste er selbst nicht mehr genau, weshalb er die Bücher dort abgelegt hatte. Er bückte sich ächzend. »Möchte mal wissen, was das Euch angeht!«, murrte er und knallte das erste Buch auf den Tisch. »Wo ich in meinem Haus meine Bücher aufbewahre, ist schließlich ganz allein meine Sache. Versteht Ihr?« Er warf die restlichen Bücher auf den Tisch, wobei eins beinah den Weinkrug getroffen hätte, den der Maler gerade abstellen wollte.

»Sagt mal, habt Ihr jetzt völlig den Verstand verloren, Fuchs!« Dorndorf rettete den Wein, indem er das Buch abfing. Er legte es beiseite und füllte vorsichtig die beiden Becher.

Der Magister ließ sich auf seinen Schemel fallen und seufzte. »Nein, leider noch nicht!« Er griff nach dem Becher, den Dorndorf ihm hinschob. »Aber mit Gottes Hilfe wird das schon bald geschehen. Prost!«

Der Mann hatte recht – das konnte Niklas ganz klar erkennen, während er beobachtete, wie Fuchs hastig trank. Noch nie hatte er erlebt, dass der Magister mit Büchern derart respektlos umgegangen wäre. Traurig schaute er auf den wirren Haufen, der mehr als die Hälfte des Tisches bedeckte. Von einem besonders zerlesenen Exemplar hatte sich das Lederband gelöst, mit dem es umwickelt war. Einzelne Seiten waren herausgefallen, und Niklas streckte die Hand aus, um sie einzusammeln. Da bemerkte er, dass eines der Blätter überhaupt nicht zu den übrigen passte.

»Noch ein Brief?«, fragte er und deutete darauf.

Der Magister kniff die Augen zusammen und fixierte das vergilbte Papier. Verwirrt kratzte er sich den Nacken, doch dann begann er zu lachen.

»Oh ja – und was für einer!« Er fischte den Brief vom Tisch und faltete ihn auseinander, wobei das brüchige Papier an einer der Kanten auseinanderfiel. Fuchs wedelte mit den beiden Teilen und brach erneut in Lachen aus.

»Glaubt ja nicht, mein Freund, wir wären die einzigen Männer, die durch den Brief eines Weibes ins Grübeln geraten!« Er ließ das Papier auf den Tisch fallen und zeigte mit dem Finger darauf. »Ich wäre gern dabei gewesen, als der ehrwürdige Pater Johannes dieses Schreiben in seiner Mönchszelle geöffnet hat!«

»Wieso, was steht denn drin?«, fragte Niklas mehr aus Höflichkeit, denn aus Neugier. Was interessierte ihn dieser Pater Johannes, den er nicht einmal kannte. Er nahm noch einen Schluck von seinem Wein, während er wartete, dass Fuchs ihn aufklären würde. Aber vielleicht vergaß der Magister in seiner Trunkenheit die Geschichte auch sofort wieder. Doch den Gefallen tat er ihm nicht.

»Die Frau, die ihn geschrieben hat, berichtet, dass sie einen gesunden Knaben geboren habe.«

»Na und?«

»Der Junge sei zum Glück so klein und zart von Gestalt, dass ihr Ehemann keinen Verdacht geschöpft habe. Der Knabe werde also hinfort als der älteste Sohn eines Schmiedemeisters aufwachsen und zumindest vor der Welt als ehrbar gelten. Alles andere müsse der Pater dann wohl mit seinem Gewissen und seinem Herrn ausmachen.«

»Ach so!« Niklas grinste, als er den Sinn der Worte begriff. »Dann war der Pater wohl der Vater!«

Fuchs lachte und schlug mit der Hand auf den Tisch. »Damit bringt Ihr die Angelegenheit auf den Punkt.« Verwundert beobachtete er, wie der Maler plötzlich den Kopf sinken ließ und trübsinnig auf die Tischplatte starrte. »Was habt Ihr denn? Das ist doch nur ein alter Brief. Ich hatte ihn im Kloster in der ehemaligen Zelle des Paters gefunden und inzwischen längst wieder vergessen.«

»Und heute seid Ihr wahrscheinlich schon zu betrunken, um zu bemerken, wie sehr diese Geschichte der unseren ähnelt.« Der Maler räusperte sich und trank den Rest aus seinem Becher. »Der Pater wusste zwar, dass er einen Sohn hatte, doch ein anderer Mann, den die Mutter geheiratet hatte, um der öffentlichen Schande zu entgehen, zog das Kind auf.«

»Aber das kann man doch gar nicht vergleichen!«, erklärte Fuchs. »Im Gegensatz zu diesem Schmiedemeister wusste ich bei Sophia von Anfang an, woran ich war. Und Ihr seid auch kein Mönch, dem es verboten war, bei einem Weib zu liegen.« Er wunderte sich selbst, wie unbefangen er auf einmal mit Dorndorf darüber sprechen konnte. Vermutlich lag das an der fortgeschrittenen Trunkenheit, die er inzwischen erreicht hatte. Nachdenklich stierte er in den Wein in seinem Becher. »Stellt Euch mal vor, in welch einer schuldbeladenen Atmosphäre dieser arme Junge aufgewachsen sein muss!« Er schüttelte sich und nahm einen weiteren Schluck. »Und ob er wohl jemals die Wahrheit über seine Abstammung erfahren hat?«

»Na, ich hoffe, nicht!« Dorndorf hob den Kopf. »Und Justus sollte vielleicht auch besser nie erfahren, dass er nicht Euer Sohn ist.« Der Maler stand auf. »Ich werde jetzt gehen«, sagte er. »Gleich morgen reise ich nach Wittenberg zurück.« Er schien noch etwas hinzufügen zu wollen, holte aber nur tief Luft und presste die Lippen zusammen.

Fuchs wusste trotzdem, was dem Mann auf der Seele lag. »Justus ist Euer Sohn, genau so, wie ich ihn als den meinen betrachte. Wir werden einen Weg finden, damit Ihr an seinem Leben teilhaben könnt. Später.«

»Ja, vielleicht.« Der Maler nickte, dann drehte er sich um und ging.

Als Niklas die Treppe hinaufgehen wollte, die zu seiner Kammer unterm Dach der Herberge führte, rief ihn der Wirt in den Schankraum. Dort waren um diese Zeit keine Gäste, nur eine Magd scheuerte die Tische. Trotzdem führte der stämmige Mann Niklas in eine Ecke hinter dem Tresen und sprach mit leiser Stimme.

»Hier!« Er zog ein gefaltetes Papier unter seiner speckigen Lederschürze hervor. »Eine junge Frau war Anfang der Woche hier und hat das für Euch dagelassen. Rotbraunes lockiges Haar, graue Augen, Sommersprossen.«

»Sophia?«, flüsterte Niklas. Er griff hastig nach dem Papier, doch der Wirt hielt es weiter fest. »Ihr solltet wissen, dass der Stadtschreiber vorgestern zu mir kam und fragte, ob sie bei mir war und was für Euch hinterlassen hat.«

»Schumann?« Niklas zuckte zusammen.

»Unser jüngster Ratsherr, genau der«, bestätigte der Wirt.

»Und habt Ihr …«, Niklas kam nicht dazu, den Satz zu beenden.

»Nein!«, erklärte der Wirt entschieden. Dann grinste er. »Es ist schließlich nicht die Obrigkeit, die mich bezahlt, sondern meine Gäste.«

Niklas kramte ein Silberstück aus seinem Geldbeutel. Dann riss er dem Wirt den Brief aus der Hand und rannte, immer zwei Treppenstufen auf einmal nehmend, hinauf in seine Kammer. Er faltete das Blatt auf, noch bevor er die Tür ganz geschlossen hatte.

Enttäuscht ließ er den Brief kurze Zeit später sinken. Was dort stand, unterschied sich im Wesentlichen nicht von dem, was sie ihrem Ehemann geschrieben hatte. Sie sprach hauptsächlich von ihrer Hoffnung, dass Niklas seiner Berufung folgen möge. Aber der letzte Satz war merkwürdig: »Während du nach Wittenberg gehen musst, um dein Ziel zu erreichen, führt mein Weg mich in die entgegengesetzte Richtung.«

Nun gut, Leipzig lag westlich auf der anderen Elbseite, doch von Pirna aus musste man zunächst ebenso elbabwärts reisen wie nach Wittenberg. Um nach Leipzig zu gelangen, musste Sophia also keineswegs in die entgegengesetzte Richtung reisen.

Niklas überlegte, ob er noch einmal zu Magister Fuchs zurückkehren sollte, um ihm Sophias Nachricht zu zeigen und ihm von Schumanns Interesse daran zu erzählen. Konnte es sein, dass von dem Stadtschreiber eine Gefahr für Sophia ausging? Johannas Prophezeiung kam ihm wieder in den Sinn. Niklas stieß einen verächtlichen Laut aus. Nun, wenn der eine Teil von Johannas Vorhersage so gründlich danebengegangen war, dann würde es wohl eher so sein, dass der zweite Teil ebenso wenig zutraf. Irren war schließlich menschlich, das schloss auch weise Frauen ein. Nein, viel wahrscheinlicher war, dass Schumanns Interesse nicht Sophia gegolten hatte, sondern ihm, Niklas, selbst. In der Fronfeste hatte er nämlich erfahren, dass die Anordnung, ihn wegen des Bierfrevels festzunehmen, vom Stadtschreiber persönlich gekommen war. Offenbar sieht Schumann in mir noch immer den Rivalen, der ihn bei Sophia ausgestochen hat, dachte er traurig. Dabei hat sie sich längst für einen anderen entschieden!

Niklas stand auf und stopfte den Brief in seinen Flößersack. Er würde die Stadt verlassen, wie Sophia es wollte. Er würde nicht zurückblicken! Und jetzt würde er zum Hafen hinuntergehen, um sich nach einem Schiff umzuhören, das ihn morgen nach Wittenberg mitnehmen konnte.

olf Schumann saß in einer dunklen Ecke des Schankraums. Von hier aus konnte er sehen, wer kam und ging, ohne selbst sofort bemerkt zu werden. Obwohl die Handelsstraße nach Prag direkt an dem kleinen Rasthaus vorbeiführte, stiegen offenbar nicht viele Reisende hier ab. Wäre es nach Schumann gegangen, dann wäre er auch lieber bis zur nächsten Ortschaft weitergeritten, statt die Nacht hier – quasi mitten im Wald – zu verbringen.

Aber da der böhmische Kaufmann, mit dem die Fuchsin und Hanna, das verräterische Luder, reisten, sich entschlossen hatte, ausgerechnet hier zu nächtigen, war dem Stadtschreiber selbst nichts anderes übrig geblieben. Dabei wäre ein größeres Rasthaus für sein Vorhaben weitaus besser geeignet, denn dort hätte er sich im Gewimmel zahlreicher Gäste leichter verbergen können. Aber es sah ohnehin nicht so aus, als ob sich heute noch eine Gelegenheit ergeben würde, Hanna, dieses Miststück, allein zu erwischen.

Die Wut, die in ihm brodelte, seit er herausgefunden hatte, dass sie gemeinsam mit der Fuchsin heimlich aus Pirna verschwunden war, hatte sich inzwischen gelegt. Zum Glück hatte er an jenem Abend sofort gehandelt, das Fuchs'sche Haus durchsucht und Sophias Brief gefunden. Zunächst hatte er überlegt, ob er Sophias Zeilen einfach vernichten sollte. Aber trotz ihrer gegenwärtigen Differenzen hing Magister Fuchs genug an seinem Weib, um Nachforschungen anzustellen, wenn sie einfach so mit Amme und Kind verschwinden würde. Der Gedanke allerdings, Fuchs könnte seiner Frau am Ende nach Mähren folgen, gefiel dem Stadtschreiber überhaupt nicht! Für Schumann würde es viel leichter werden, das Buch nach der Entschlüsselung in seinen Besitz zu bringen, wenn Sophia dort in der Fremde ganz und gar allein blieb. Doch bevor es so weit kam, musste er seine Informantin wieder zur Botmäßigkeit bringen. Die kleine Schlampe hoffte anscheinend, ihm entwischen zu können. Schade, heute würde er Hanna wahrscheinlich nicht mehr in die Finger bekommen. Schumann gähnte, trank den letzten Schluck des süffigen dunklen Bieres und stand auf, um in seine Schlafkammer zu gehen.

Da hörte er Schritte und sah, wie Hanna die Treppe zum Obergeschoss herabkam. Mit gesenktem Kopf durchquerte sie den Schankraum und verschwand durch die Tür zum Hof. Schumanns Mundwinkel hoben sich, während er ebenfalls langsam hinausschlenderte. Doch die Gelassenheit, die er zur Schau trug, täuschte, denn er war nun wieder hellwach. Mit der Geschmeidigkeit eines Katers, der sich auf die abendliche Mäusejagd begibt, verließ er die Schankstube. Wie er vermutet hatte, strebte die Amme zum Abtritt. Er beschleunigte seinen Schritt. Ein kurzer Blick bestätigte ihm, dass der Hof menschenleer war.

Er sprang vorwärts und riss die Tür auf, die Hanna gerade von innen verriegeln wollte. Schumann presste der Frau eine Hand auf den Mund, drängte sich zu ihr in den winzigen, übelriechenden Verschlag und schloss die Tür. Dann zerrte er seinen Dolch aus dem Gürtel und drückte die Spitze gegen Hannas Hals.

»Ein Ton, und du stirbst!«, flüsterte er.

»Stadtschreiber«, hauchte Hanna, und ein Zittern durchlief ihren Körper.

»Ganz recht.« Zufrieden registrierte Schumann ihre Furcht. »Du dachtest, du könntest einfach so verschwinden und unsere fruchtbare Zusammenarbeit beenden, wann es dir passt, hm?«

Hanna schwieg, doch ihre Muskeln spannten sich unter Schumanns Hand. Er deutete das als Widerstand und presste den Dolch kräftiger gegen ihren Hals. Als ihr ein Schmerzenslaut entfuhr, nickte er befriedigt.

»Dafür muss ich dich bestrafen, das verstehst du doch, nicht wahr?« Er ließ den Dolch langsam über ihre Halsbeuge gleiten.

Hanna keuchte. Ihre angstgeweiteten Augen fuhren umher, als suche sie einen Ausweg. Doch da Schumann mit seinem Körper die Tür blockierte, würde sie keinen finden. Sie war ihm ausgeliefert, und er sah es ihrem Blick an, dass diese Erkenntnis allmählich in ihr Bewusstsein drang.

»Ich könnte dich hier einfach abstechen, ohne dass ein Hahn nach dir krähen würde, Weib!«, zischte er. Seine Wut war nur gespielt und sollte dazu dienen, die Frau noch weiter einzuschüchtern, denn in Wahrheit brauchte er sie dringender denn je.

Hanna schluchzte auf, ihr Widerstand erlahmte, und ihre herabsackenden Schultern zeigten Schumann, dass sie sich endlich in ihr Schicksal ergab. Das Wissen, dass er jetzt im Grunde mit ihr tun könnte, wonach ihm der Sinn stand, erregte ihn. Doch er ermahnte sich, dass dies weder der richtige Zeitpunkt noch der geeignete Ort war, fleischlichen Gelüsten nachzugeben. Er holte absichtlich tief Luft, und der infernalische Gestank half ihm dabei, sich wieder auf sein eigentliches Ziel zu konzentrieren.

»Wenn du mir jedoch versprichst, die Fuchsin weiter zu beobachten und mir alles, was du herausfindest, nach Pirna zu schreiben, lasse ich womöglich noch ein letztes Mal Gnade walten.« Er ließ die Dolchspitze tiefer gleiten und durchtrennte mit einem sachten Ruck das Band, das den Halsausschnitt ihres Hemdes zusammenhielt. Hannas Schluchzen ging in ein leises Wimmern über, als er mit dem kalten Metall ihre linke Brust streichelte. »Nun, was hältst du von meinem Angebot?«, flüsterte er.

»Ja, Herr, ich werde tun, was Ihr verlangt!«, stieß Hanna hervor.

Schumann lächelte. »Also werde ich deine Weiterreise nicht behindern, mein Kind«, sagte er liebenswürdig, bevor seine Stimme wieder einen stählernen Klang bekam. »Doch solltest du noch einmal versuchen, mich zu hintergehen, dann weiß ich, wo ich dich finde! Auch bei den Täufern in Mähren wird eine Kindsmörderin gerichtet, darauf kannst du dich verlassen. Ganz besonders, wenn sie ein solches Verbrechen bereits zum zweiten Mal begeht.« Er schwieg einen Augenblick, um seine Worte wirken zu lassen. »Und deshalb wäre es für dich ausgesprochen ungünstig, wenn dem Kind der Fuchsin etwas zustoßen würde«, fuhr er fort. »Darüber hinaus vermute ich, dass dir der Kleine inzwischen auch ein wenig ans Herz gewachsen ist und du ihn gern beschützen möchtest, nicht wahr?« Schumann ließ die Spitze seines Dolches erneut über Hannas Brüste gleiten und ritzte dabei absichtlich ihre zarte Haut, sodass kleine Blutströpfchen hervorquollen.

»Ja, Herr, ich mache alles, was Ihr verlangt! Wirklich! Nur, tut dem Kind nichts!«, rief die Amme schrill.

Schumann presste ihr die Hand auf den Mund. »Pst! Wäre doch schade, wenn jemand unser trautes Stelldichein stören würde. Aber dein Eifer freut mich. Also hör zu! Du lässt die Fuchsin nicht aus den Augen. Insbesondere wirst du herausbekommen, wie sie mit der Entschlüsselung des Buches vorankommt. Darüber erstattest du mir regelmäßig Bericht.« Er erklärte ihr, welche Worte sie in ihren Briefen verwenden musste, damit Fremde den wahren Inhalt nicht verstehen konnten. Dann nannte er ihr den Namen seines Pächters, an den sie die Nachrichten schicken sollte.

Noch in derselben Nacht machte sich der Stadtschreiber auf den Heimweg. Er hatte schließlich Verpflichtungen, denen er nachkommen musste. Es war schwer genug gewesen, diesen kurzfristigen Urlaub beim Rat zu erwirken. Glücklicherweise hatte sich das Problem Dorndorf von selbst erledigt. Sophia hatte in ihrem Brief an Fuchs geschrieben, dass der Maler ohne sie nach Wittenberg gehen müsse, um seinem Weg zu wahrer Meisterschaft zu folgen. Wie rührend, dachte Schumann, während er durch die Nacht ritt, und wie überaus günstig für meine weiteren Pläne! Deshalb hatte er diese Passage aus Sophias Brief auch wortwörtlich übernommen, als er ihre Nachricht für den Magister fälschte. Für ihn als versierten Schreiber war es ein Kinderspiel gewesen, die saubere, klare Handschrift des Weibes nachzuahmen. Ziel und Begründung ihrer Reise hatte er für ihren Ehemann allerdings ein wenig freier interpretiert. Besonders stolz war Schumann auf den Einfall, den Magister zu bitten, er möge sie vorerst weder besuchen noch ihr schreiben. Heinrich Fuchs war ein Mann von Ehre und Prinzipien, der einem solchen Wunsch auf jeden Fall nachkommen würde, da war der Stadtschreiber sich sicher.

Nun, dachte Schumann zufrieden, wird es wohl eine Weile dauern, bis der gute Magister begreift, dass sein Weib gar nicht in Leipzig ist. Und auch dann dürfte es schwer für ihn werden, ihre Spur aufzunehmen. Mit ein wenig Bestechung hier und einigen Drohungen da hatte Schumann bereits dafür gesorgt, dass sich niemand mehr an zwei junge Frauen erinnern würde, die mit einem Säugling in Richtung Prag unterwegs waren.

72. Kapitel

Der kleine Gasthof, den Vladislav für die Nacht ausgesucht hatte, lag zwar mitten im Wald, aber der Kaufmann hatte Sophia versichert, dass sie in zwei Tagen bereits in Prag sein würden. Dort endete die Reise für ihn und seine Schwester. Vladislav hatte versprochen, sich für die beiden Frauen nach einer sicheren Reisebegleitung bis Mähren umzuhören. Bis diese sich fand, könnten sie mit dem Kind im Haus seiner Familie wohnen. Sophia freute sich schon darauf, die altehrwürdige Stadt zu erkunden. Marten und ihr Vater hatten immer wieder vom Marktplatz mit der berühmten astronomischen Uhr, von der Königsburg, dem Hradschin und dem Veitsdom berichtet. Vor allem aber hatten sie vom Prager Bier geschwärmt. Sophia lächelte und streckte ihre malträtierten Glieder in dem schmalen Bett aus, das sie mit Hanna teilte. Noch hatte sie es für sich und Justus allein, denn die Amme war in den Hof gegangen, um den Abtritt aufzusuchen. Sie schloss die Augen und spürte bereits nach wenigen Atemzügen, wie der Schlaf sie allmählich umfing.

Einige Zeit später wurde Sophia vom Wimmern ihres Kindes geweckt. Da sie damit rechnete, dass Hanna den Kleinen sogleich beruhigen würde, indem sie ihm die Brust gab, hielt sie es nicht für nötig, die Augen zu öffnen. Seit sie gemeinsam auf Reisen waren, wusste sie, dass Justus in der Regel ein- oder zweimal im Laufe einer Nacht wach wurde, jedoch gleich wieder einschlief, sobald sein Hunger gestillt war.

Doch als aus dem Wimmern ein forderndes Schreien wurde,

das sich kurz darauf zu einem empörten Brüllen steigerte, tastete sie schlaftrunken nach ihrem Sohn.

»Hanna?«

Sie zog das Kind zu sich heran. Dabei bemerkte sie, dass sie noch immer allein im Bett lag. Hanna war noch gar nicht vom Hof zurückgekehrt, obwohl Sophia meinte, sie hätte bereits eine ganze Weile geschlafen. Der Säugling wühlte sein Gesicht zwischen ihre Brüste, und wie immer versetzte ihr das Bewusstsein, dass sie seinem suchenden Mäulchen nichts anzubieten hatte, einen schmerzlichen Stich. Da sie wusste, dass er gleich wieder anfangen würde zu schreien, nahm sie ihn auf den Arm und begann, ihn besänftigend zu schaukeln.

»Ist ja gut, mein Kleiner«, flüsterte sie. »Gleich kommt Hanna, und dann kannst du dich satt trinken. Gleich, gleich!«

Eine Weile beruhigte Justus sich tatsächlich, aber dann begann er, umso lauter zu brüllen.

»Verdammt, Hanna! Was treibst du nur so lange auf dem stillen Örtchen«, murmelte Sophia, die allmählich befürchtete, das Geschrei ihres Kindes könnte die anderen Gäste wecken.

Sie überlegte schon, ob sie ein Licht anzünden sollte, um hinauszugehen und nach Hanna zu suchen, da öffnete sich die Tür der Kammer.

»Vergebt mir, Herrin!« Hannas Stimme klang gehetzt. »Ich bitte Euch inständig, mir zu verzeihen!«

Im Schein der kleinen Öllampe, die Hanna bei sich trug, konnte Sophia erkennen, dass sie beschämt zu Boden sah. Während die Amme das Licht auf einen Schemel neben dem Bett stellte, hastig ihre linke Brust entblößte und dann das Kind nahm, um es anzulegen, fragte sich Sophia, warum die junge Frau so urplötzlich wieder in ihr verschüchtertes Gebaren zurückgefallen war. Hatte Sophia irgendetwas gesagt oder getan, was das Vertrauen, das während der Reise zwischen ihnen gewachsen war, beschädigt hatte? Sie war sich eigentlich keiner Schuld bewusst, aber dennoch wirkte Hanna fast so ängstlich und verstört wie in den ersten

Tagen, nachdem Agnes Lauterbach sie ins Schulmeisterhaus gebracht hatte.

Besorgt betrachtete Sophia die Amme, die das Kind inzwischen auch von ihrer rechten Brust trinken ließ. Sie kniff die Augen zusammen und beugte sich vor, um besser sehen zu können.

Erschrocken schnappte sie nach Luft. »Hanna, er hat Blut an der Wange!«

Hanna riss die Augen auf. Hektisch wischte sie über die runde Backe des Kindes. »Nein, nein! Das … das ist nicht von ihm«, stammelte sie. »Macht Euch keine Sorgen.«

Justus, der nun satt zu sein schien, ließ von der Brust seiner Amme ab, die ihn sogleich Sophia reichte. »Seht selbst!« Dabei raffte sie mit ihrer freien Hand bereits ihr Hemd zusammen.

Aber Sophia hatte den blutigen Kratzer auf Hannas linker Brust bereits gesehen, und nun bemerkte sie auch, dass das Zugband am Hemdausschnitt offensichtlich zerschnitten worden war. Sie warf einen kurzen Blick auf das Kind. Nachdem sie sich überzeugt hatte, dass ihm tatsächlich nichts fehlte, lehnte sie es gegen ihre Schulter. Dann deutete sie auf Hannas Hemd, auf dem sich ebenfalls ein wenig Blut befand.

»Was ist draußen geschehen?«, verlangte sie zu wissen. »Wenn dich jemand belästigt hat, dann …«

Die junge Frau wich zurück und legte beide Hände auf ihre Brust. »Nein, Herrin!«, rief sie. »Ihr irrt Euch! Ich habe mich wahrscheinlich mit dem Fingernagel gekratzt, als ich mein Hemd geöffnet habe.« Ihre Augen flackerten. »Niemand hat mich belästigt, wirklich nicht!«

Sophia sah, dass Hannas Unterlippe zitterte. Sie glaubte ihr kein Wort. Vielleicht hatte einer der fremden Wagenknechte gedacht, sich auf dem dunklen Hof einfach nehmen zu können, was ihm gefiel. Sicher war es keiner von Vladislavs Leuten gewesen, denn der böhmische Kaufmann – das hatte sie in den letzten Tagen erlebt – duldete unter seinen Männern keine Übergriffe gegenüber Frauen und Schwächeren. Doch damit, auch das war ihr klar, gehörte er zu einer Minderheit unter denen, die auf den Straßen unterwegs waren. Während die Mauern und Gesetze einer Stadt den Menschen, die darin lebten, auch einen gewissen Schutz boten, herrschte auf den Landstraßen zumeist das Gesetz des Stärkeren.

Während Sophia ihrem Kind liebevoll auf den Rücken klopfte, spürte sie kalte Wut in sich aufsteigen. Doch gab es für eine Frau überhaupt irgendwo einen vollkommen sicheren Ort? Die Erinnerung an das, was Hanna durch ihren eigenen Bruder geschehen war, vermischte sich mit der Erinnerung an das, was sie selbst und Maria durch die beiden Landsknechte erlitten hatten.

»Hanna!«, flüsterte sie eindringlich. »Kein Mann hat das Recht, sich dir aufzudrängen. Keiner! Hörst du?« Sie wusste, dass sie diese Worte ebenso an sich selbst richtete wie an ihre Amme.

Nachdem Justus bereits wieder die Augen zugefallen waren, legte sie ihn auf das Bett. Dann ergriff sie Hannas Hände, die eiskalt waren.

»Hanna«, forderte sie. »Bitte! Lass nicht zu, dass die Angst weiter dein Leben regiert!«

Doch die junge Frau schwieg, und dann begann sie auf einmal, hilflos zu schluchzen.

Sophia schlang die Arme um Hannas bebende Schultern und hielt sie fest.

»Du musst deine Last nicht allein tragen«, sagte sie leise. »Ich werde dir helfen, wenn du mich lässt!«

Hanna schwieg noch immer, doch nach einer Weile spürte Sophia, wie die junge Frau den Kopf gegen ihre Schulter sinken ließ und sie ebenfalls umarmte. Eine Zeitlang saßen sie eng umschlungen. Bis auf den Nachtwind, der an den Fensterläden rüttelte, und den sanften Atem des schlafenden Kindes war es still in der kleinen Kammer.

Plötzlich hob Hanna den Kopf. Der schuldbewusste, ängstliche Ausdruck war von ihrem Gesicht verschwunden, und in ihren Augen lag ein kämpferischer Ausdruck, den Sophia zuvor noch nie an ihr gesehen hatte.

»Nein, ich werde nicht zulassen, dass ich mein weiteres Leben in Angst verbringe! Das nächste Mal werde ich mich wehren, das verspreche ich Euch!« Ihre Stimme war klar und fest. »Und ich werde auch nicht zulassen, dass Euch oder Eurem Kind ein Leid geschieht. Das schwöre ich bei Gott!«

DER HISTORISCHE HINTERGRUND

... in der »großen« Politik

Sachsen war im ausgehenden Mittelalter durch Bergbau und Handel eines der größten und wirtschaftlich stärksten Territorien des Heiligen Römischen Reiches. Allerdings war es seit Ende des 15. Jahrhunderts in zwei Herrschaftsgebiete geteilt: Im Kurfürstentum Sachsen herrschten die Ernestiner, im Herzogtum Sachsen die Albertiner.

Luthers Reformation, von Wittenberg in Kursachsen ausgehend, hatte die langfristige Folge, dass sich die Staaten des Heiligen Römischen Reiches in zwei konfessionelle Lager spalteten: Katholiken und Protestanten. Bereits 1531 hatten sich die evangelischen Fürsten und Städte unter Führung Hessens und Kursachsens zu einem Verteidigungsbündnis zusammengeschlossen. In den folgenden Jahren versuchte Kaiser Karl V. immer wieder vergeblich, die religiöse Einheit des Reiches durch Konzile und Gespräche herzustellen. Ein militärisches Vorgehen gegen die Abtrünnigen konnte er sich vorerst nicht leisten, da er in Kriege mit dem französischen König und den Türken verwickelt war. Das änderte sich jedoch ab 1544, jenem Jahr, in dem der Roman spielt.

Nach einem Frieden mit den Franzosen konnte Karl sich zunehmend auf die innenpolitischen Probleme seines Reiches konzentrieren. Eine kriegerische Auseinandersetzung zwischen dem Kaiser und den altgläubigen Reichsständen auf der einen sowie dem Schmalkaldischen Bund auf der anderen Seite wurde immer wahrscheinlicher. Obwohl es auf den ersten Blick schien, als handele es sich um religiöse Zwistigkeiten, verfolgten alle Parteien dabei auch handfeste wirtschaftliche und machtpolitische Interessen.

Der junge sächsische Herzog Moritz, der in seiner Kindheit sowohl an katholischen als auch an protestantischen Höfen erzogen worden war, saß damals zwischen allen Stühlen. Moritz war zwar evangelischen Glaubens, zum Schmalkaldischen Bund hielt er aber Distanz. Einerseits wollte er unbedingt seine Selbstständigkeit gegenüber seinem Vetter Johann Friedrich, dem Kurfürsten, bewahren. Andererseits sah er, dass die Mitglieder des Bundes untereinander oft uneins waren und ihren eigenen Vorteil suchten. Damit wurde Moritz um 1544 zu einem wichtigen Faktor für die Politik Kaiser Karls V. Moritz' Wunsch, in dem kommenden Konflikt neutral zu bleiben, vielleicht sogar zu vermitteln, musste scheitern, zumal es sein vorrangiges Interesse war, für die eigene Position und die seines Landes das Beste herauszuholen. Am Ende geriet er (fast gegen seinen Willen) in ein Bündnis mit dem Kaiser – unter Mithilfe seines eigenen Rates Christoph von Carlowitz.

... und an den Schauplätzen der Romanhandlung

Pirna

Im 15. Jahrhundert war Pirna die bedeutendste Handelsstadt an der Elbe zwischen Leitmeritz und Magdeburg. Das verdankte sie ihrer günstigen Verkehrslage an vielbefahrenen Straßen und der Grenzlage zwischen Böhmen und der Markgrafschaft Meißen. Außerdem besaß Pirna das Niederlagsrecht – lange bevor Leipzig und Dresden es erhielten. Als die Albertiner jedoch Dresden zu ihrer Residenzstadt machten und Leipzig das Messeprivileg bekam, verlor Pirna seine herausragende Bedeutung.

Dennoch blühten Handel und Handwerk weiterhin, und die

Spuren der regen Bautätigkeit des 16. Jahrhunderts prägen das bezaubernde Bild der Altstadt bis heute. Die Kämmereirechnungen im Stadtarchiv geben Auskunft über den Wohlstand der Bürger und wofür sie ihr Geld verwendeten. So gab es bereits 1557 am Rathaus eine Kunstuhr, die wahrscheinlich 1581 beim großen Rathausbrand zerstört wurde.

Die (einfluss)reichsten Leute wohnten damals im ersten Viertel, der Gegend um den Markt, die Marienkirche und die heutige Schmiedegasse. Die Bewohner der Vorstädte waren meist weniger privilegiert. Häufig verrichteten sie feuergefährliche (Böttcher, Töpfer, Schmiede) oder geruchsintensive Handwerke (Gerber). Im Falle eines kriegerischen Angriffs konnten sie sich nicht auf den Schutz der Stadtmauer verlassen. Sowohl die Schifftorvorstadt als auch die vor dem Obertor wurden im Dreißigjährigen Krieg fast vollständig vernichtet.

1539 wurde Anton Lauterbach Superintendent in der Amtshauptmannschaft Pirna. Er stand in engem Briefkontakt zu Luther und Melanchthon in Wittenberg. In seinen Briefen berichtete er auch über Probleme in seiner Gemeinde – beispielsweise über den Fall eines jungen Mannes, der seine eigene Schwester geschändet hatte. Gemeinsam mit dem Rat führte er die Aufsicht über die Knabenschule, die sich damals im ehemaligen Kloster befand. Alles, was ich in meinem Roman über Ablauf und Inhalt des Unterrichts, Besoldung und Lebensumstände des Lehrpersonals und seine sonstigen Verpflichtungen (z. B. das Singen auf Begräbnissen von »vollen« und »halben« Leichen) erzähle, ist historisch verbürgt.

In den 1540er Jahren ließ Lauterbach das Deckengewölbe der Marienkirche mit einem reformatorischen Bilderzyklus bemalen, der sich dem heutigen Betrachter nicht so ohne weiteres erschließt. Die Bilder sind vor allem als Zeugnis des Ringens um die Durchsetzung der Luther'schen Reformation zu verstehen. Die Anhänger Luthers mussten ihre Glaubensüberzeugungen nicht nur gegenüber der mächtigen katholischen Kirche behaupten, sondern auch gegen eine Vielzahl religiöser Strömungen ankämpfen. Die meisten davon hatten ihren Ausgangspunkt ebenfalls in einer Kritik an Rom genommen, und einige ihrer Führer hatten den Wittenberger Reformatoren zeitweise nahegestanden. Allerdings gingen manche in ihren Bestrebungen, den Glauben zu erneuern, deutlich weiter als die Lutheraner.

So etwa der Wanderprediger Nikolaus Storch und seine Anhänger, die »Storchianer«. Auch wenn uns die Welt ihrer religiösen Vorstellungen heute fremd erscheinen mag, ihr Aufbegehren gegen soziale und politische Ungerechtigkeit ist vollkommen nachvollziehbar – und die Frage, wie weit man dabei gehen darf, noch immer aktuell. Bei einem Besuch in St. Marien kann man am vierten Nordpfeiler ein Bild sehen, auf dem Knaben mit storchenartigen Vögeln einen erbitterten Kampf ausfechten. Vielleicht eine Metapher für die Auseinandersetzung der Lutheraner mit den Storchianern? Die rätselhafte Darstellung brachte mich auf die Idee, Nikolaus Storch in Pirna auftauchen zu lassen.

Nicht nur den Familiennamen, sondern auch etliche biografische Fakten für die Figur des Wolf Schumann habe ich mir von Johann Schumann geborgt, der im 16. Jahrhundert in Pirna eine beeindruckende Karriere machte. Er kam von außerhalb, verdingte sich zunächst als Schulmeister und erwarb schließlich das Bürgerrecht. Nachdem er mehrere Jahre als Stadtschreiber gearbeitet hatte, wählte man ihn in den Rat, dem er zwanzig Jahre ununterbrochen angehörte. Johann Schumann heiratete eine Frau aus einer reichen, angesehenen Pirnaer Familie und brachte es zu beachtlichem Wohlstand. Zuletzt wohnte er in einem großen Haus am Markt (heute mit dem Wirtshaus »Marieneck«).

Historisch belegt sind außerdem:
– der Streit mit dem Meißner Bischof um die Gelder aus dem Verkauf des Terminierhauses,
– das Annageln der Zunge als Strafe in Pirna,
– Lauterbachs grämlicher Schwiegervater,
– der Olivenanbau als Unterrichtsgegenstand in Zwickau,

– die Wiedertäufergemeinden in Nikolsburg (heute Mikulov) in Mähren.

Andere Anregungen habe ich den ›Pirnaer Sagen und Geschichten‹ entnommen, die der Jurist und Lokalhistoriker Dr. Richard Flachs 1918 herausgegeben hat. ›Der Traum vom Klosterschatz‹ und ›Das Bäckermädchen zu Pirna‹ inspirierten mich z. B. zur nächtlichen Suche nach dem Codebuch unter dem Altar der Klosterkirche. Offenbar beflügelte die Annahme, es könnte dort eine Krypta gegeben haben, schon die Fantasie früherer Generationen. Beweise gibt es dafür leider nicht.

Das »krumme Hermßdorff« im Elbsandsteingebirge

Folgt man an der Buchenparkhalle in Hinterhermsdorf dem Hohweg in Richtung Rabensteine, erreicht man nach einer Dreiviertelstunde hinter dem Wettinplatz und dem Abzweig zum Hermannseck einen Pfad, der zu einer kleinen Lichtung, der Hohwiese, führt. Tonscherben, Schlacke und Holzkohle, die man dort fand, zeugen von einer möglichen Besiedlung im Spätmittelalter. In der Umgebung (z. B. am Eichelborn und im Seufzergründel) wurden damals Edelsteine (etwa Spinelle, Hyazinth, seltene Rubine) geseift. Der berühmte sächsische Naturforscher und Montanwissenschaftler Georg Agricola berichtete in ›De Natura Fossilium‹ davon.

Ob der 1543 erwähnte Forstort »das krumme Hermßdorff« eine dauerhaft bewohnte Siedlung war oder ob sich in der Gegend nur Bergbaugebäude und Mühlen befanden, bleibt unklar. Es ist jedoch wahrscheinlich, dass Holzfäller und Bergleute dort zumindest zeitweise gelebt und gearbeitet haben.

Jahrhundertelang ernährten sich viele Bewohner des Elbsandsteingebirges von Waldarbeit und Flößerei. Der Anblick der mächtigen Flöße, die den Strom hinabglitten, war für die Menschen im Elbtal alltägliche Selbstverständlichkeit. Heute kennen wir die Lebens- und Arbeitswelt der Flößer und Holzfäller hauptsächlich aus dem Museum. Bei einer Wanderung über den Flö-ßersteig im Kirnitzschtal kann man eine genauere Vorstellung davon bekommen, wie die Trift des Holzes aus den umliegenden Wäldern zum Bindeplatz an der Elbe in Schandau vonstatten-ging. Bei meinen Recherchen zu den Bomätschern für ›Die Fall-stricke des Teufels‹ stieß ich zwangsläufig auch auf dieses faszinie-rende Kapitel der Alltagswelt früherer Generationen. Da es mir wichtig erscheint, ihr Leben vor dem Vergessenwerden zu bewah-ren, führte ich den Maler Niklas zuerst ins Kirnitzschtal, bevor er seine künstlerischen Fähigkeiten in Lucas Cranachs Werkstatt wiederfinden durfte.

Cranachs Malerwerkstatt in Wittenberg

Die Cranachs gehörten im 16. Jahrhundert zu den bedeutends-ten und reichsten Familien Wittenbergs. Lucas Cranach der Ältere war nicht nur Hofmaler des Kurfürsten, sondern auch Ratsherr und Geschäftsmann. 1544 besaß er in der Schloss-straße ein weitläufiges Anwesen mit einem mehrstöckigen Wohnhaus, einer großen Werkstatt und einer Apotheke mit Weinausschank. Dort lebten und arbeiteten mehr als dreißig Personen. Die Cranachs führten ein gastfreundliches Haus, in dem Professoren der Universität, Hofleute, Auftraggeber, Hand-werker und allerlei Geschäftspartner ein und aus gingen.

Die Söhne Hans und Lucas wurden in der Werkstatt ihres Va-ters zu Gesellen und Meistern ausgebildet. Bereits 1536 – Lucas war damals gerade einundzwanzig Jahre alt – erhielten sie bei Arbeiten im Residenzschloss in Torgau eineinhalb Gulden Wo-chenlohn, was das Dreifache eines Gesellenlohns war. Der Tod seines ältesten Sohnes Hans, der 1537 auf einer Ausbildungsreise in Bologna starb, machte dem Vater schwer zu schaffen. Martin Luther musste seinen Freund sogar daran erinnern, dass er noch einen zweiten, ebenso begabten Sohn hatte, Lucas. Der wurde nun immer stärker in die Geschäfte der Werkstatt einbezogen.

1544 tätigte er nachweislich ein erstes selbstständiges Amtsgeschäft, indem er zusammen mit zwei anderen Bürgern die Bürgschaft für einen Kredit übernahm, den die Stadt vom Fürsten Johann von Anhalt erhalten hatte.

Man muss sich die Malerwerkstatt zu diesem Zeitpunkt als eingespielte Manufaktur vorstellen. Die beiden Meister machten genaue Vorgaben für die Komposition und Ausführung der Bilder, gestalteten wichtige Szenen selbst aus und überließen den Rest ihren Gesellen und Lehrlingen. Je nach Bedeutung und Zahlungskraft des Auftraggebers war das Ergebnis dann ein mehr oder weniger echter Cranach oder »nur« ein Bild aus der Cranach-Werkstatt.

Anton Lauterbach studierte von 1528 bis 1533 in Wittenberg. Von 1536 bis 1539 hatte er das Amt des zweiten Diakons an der Wittenberger Stadt- und Pfarrkirche inne. Wie Cranach war er in dieser Zeit häufig bei Luther zu Gast. Man kann also davon ausgehen, dass sich die beiden ebenfalls kannten. Womöglich reiften die Gedanken, die Lauterbach später in seinem Bilderprogramm in der Marienkirche zum Ausdruck bringen ließ, während dieser gemeinsamen Tischgespräche. Der Künstler, der Lauterbachs Ideen in Pirna umsetzte, ist nicht namentlich bekannt. Doch mir erschien es aufgrund all dieser Gemeinsamkeiten folgerichtig, dass der Maler Niklas in Wittenberg landet, bevor er nach Pirna zurückkehrt.

Glossar

Adamiten	abwertender Name für verschiedene Glaubensrichtungen, die äußere religiöse Formen sowie das Privateigentum ablehnten, die freie Liebe propagierten und angeblich auch im Alltag nackt umherliefen. Sie wurden von der römischen Kirche und sogar den Hussiten verfolgt und bekämpft.
Albigenser	Untergruppe der Katharer, die sich gegen religiöse, soziale und politische Missstände der mittelalterlichen Gesellschaft wandte. Von Südfrankreich ausgehend, gewannen die Albigenser zahlreiche Anhänger in ganz Europa und wurden schließlich von der Inquisition brutal vernichtet.
Alembik	helmartiger Aufsatz für Destillierkolben
Anton Lauterbach	geb. 1502 in Stolpen, gest. 1569 in Pirna, war Schüler und Freund Martin Luthers, mit dem er bis zu dessen Tod in regem Briefkontakt stand. Luther überzeugte ihn auch davon, 1539 nach Pirna zu gehen, um dort als erster evangelischer Pfarrer und Superintendent die Reformation voranzubringen. Damit erfüllte Lauterbach auch eine ausdrückliche Bitte des Pirnaer Rates. Der Bilderzyklus, den er sich für die Marienkirche wünschte, ist noch heute dort zu bewundern, während das Spottbild auf den Ablasshändler Johann Tetzel späteren Umbauten zum Opfer fiel. Das Pirnaer Bürgerrecht erwarb er aber erst 1563.
Arkanum	arcanum, lat. »geheim«, eine Bezeichnung, die wie viele alchemistische Begriffe ziemlich unklar ist und mit unterschiedlicher Bedeutung verwendet wurde.

Azurit	auch Bergblau oder Kupferlasur; ein Kupferkarbonat, das in der Malerei Verwendung fand
besagen	anzeigen, beschuldigen
Bloß	schmale, schluchtartige Einkerbung am Steilrand eines Hanges. Die Holzfäller nutzten diese meist natürlichen Entwässerungsrinnen, um die gefällten Baumstämme wie auf Rutschen ins Flusstal zu befördern.
Bomätscher	Schiffszieher an der Elbe, zogen Schiffe bei ungünstigen Windverhältnissen vom Ufer aus stromaufwärts. Mit dem Aufkommen der Dampfschifffahrt starb dieser Beruf an der Elbe aus.
Christoph von Carlowitz	geb. 1507 auf dem Rittergut Hermsdorf bei Dresden, gest. 1578 in Dresden, war Amtshauptmann von Zörbig und Leipzig, gleichzeitig aber auch Diplomat und einer der vertrautesten Räte von Herzog Moritz.
chymische Maturation	Umwandlung von Stoffen
Fabian und Sebastian	20. Januar
Fronmeister (auch Fronbote)	niederer Vollzugsbeamter mit regional recht unterschiedlichem Aufgabenbereich. Im Pirna des 16. Jahrhunderts war er Gefängnisaufseher. Er rief das Halsgericht aus und vollzog in Vertretung des Henkers gelegentlich auch Leibesstrafen. Außerdem führte er die Aufsicht über die Stadtweide (Kuhpfründe). Dafür bezog er ein festes Gehalt, zu dem noch allerlei Sonderzulagen sowie eine mietfreie Wohnung in der Fronfeste kamen.
Gassenmeister	waren meist angesehene Handwerker, die gewählt wurden, um in den Vorstädten die Ordnung (Brandschutz, Verteidigung, Hygiene, Moral) im Sinne des Rates durchzusetzen und aufrechtzuerhalten.
geschrotet	mit dem Beil zugerichtet
Herzog Moritz	geb. 1521 in Freiberg, gest. 1553 bei Sievershausen, war Schwiegersohn Philipps von Hessen. Er muss schon in jungen Jahren eine starke Persönlichkeit mit scharfem Verstand gewesen sein.

Durch geschicktes Paktieren gelang es ihm im Zuge des Schmalkaldischen Krieges, seinem Vetter Johann Friedrich nicht nur große Landesteile, sondern auch die Kurfürstenwürde abzunehmen, die damit auf die albertinische Linie überging. Fortan beschimpften ihn strenggläubige Protestanten als »Judas von Meißen«. Da er sich jedoch später gegen den katholischen Kaiser stellte und mit dem Vertrag von Passau die offizielle Anerkennung des Luthertums vorbereiten half, bezeichnet ihn die Geschichtsschreibung inzwischen gern als »Reformationsfürsten« oder gar als »Friedensfürsten«. Tatsächlich hatte er jedoch die Neigung, sich an kriegerischen Auseinandersetzungen stets mit vollem Körpereinsatz zu beteiligen, was ihn schließlich mit nur 32 Jahren das Leben kostete.

Herzogin Elisabeth

auch Elisabeth von Rochlitz, geb. 1502 in Marburg, gest. 1557 in Schmalkalden, Schwester Philipps von Hessen, Witwe des Erbprinzen Johann von Sachsen, verwaltete ihr Wittum (Rochlitz und Kriebstein) ausgesprochen selbstständig. Sie war die Cousine von Herzog Moritz und Kurfürst Johann Friedrich, zwischen denen sie im Vorfeld des Schmalkaldischen Krieges ständig zu vermitteln versuchte. Im Laufe der Zeit baute sie dazu ein weitgespanntes »Nachrichtensystem« auf.

hochnotpeinlich anfassen foltern

Imprimitur

erste, eintönige Farbschicht, die auf die Grundierung aufgetragen wird

Jan van Leiden

geb. 1509 bei Leiden, gest. 1536 in Münster, wurde 1534 zur führenden Persönlichkeit (»König«) der Täufer von Münster. Die Stadt war damals eine Hochburg der Täuferbewegung. Die dortigen Täufer hatten den Rat übernommen und Bischof Franz von Waldeck vertrieben. Der holte sich jedoch Unterstützung bei Philipp von Hessen und begann, die Stadt zu belagern. Die Bürger von Münster und all jene, die in die Stadt gekommen waren, weil sie einen ursprünglicheren, reineren christlichen Glauben leben wollten, saßen in der Klemme. Jan van Leiden verbot Privateigentum, führte die Vielehe bei weitgehender Rechtlosigkeit der Frauen ein und belegte Verstöße gegen die Zehn Gebote mit der Todesstrafe. Jeden Widerstand gegen seine Herrschaft ließ er blutig niederschlagen, bis die Truppen des Bischofs und des Landgrafen Münster im Juni 1535 einnahmen. Van Leiden wurde hingerichtet. Der Käfig, in dem sein verwesender Leichnam jahrelang zur Schau gestellt wurde, hängt noch heute am Turm der Lambertikirche.

Kurfürst Johann Friedrich   geb. 1503 in Torgau, gest. 1554 in Weimar, der Großmütige genannt, entstammte der ernestinischen Linie der Wettiner. Er war seit 1532 Kurfürst von Sachsen (Hauptsitz Wittenberg) und setzte in seinen Gebieten die Reformation fort. Er war Führer des Schmalkaldischen Bundes. 1547 verlor er neben großen Landesteilen (u. a. Thüringen) die Kurfürstenwürde an seinen Vetter Moritz und war fortan Herzog von Sachsen. Im Gegensatz zu Moritz, dem »Judas«, wurde er dafür bis ins 19. Jahrhundert als Märtyrer des protestantischen Glaubens verklärt.

Kux   ideeller Anteil an einer Fundgrube

Landgraf Philipp von Hessen   geb. 1504 in Marburg, gest. 1567 in Kassel, Landgraf von Hessen, Schwiegervater von Herzog Moritz. Er war einer der politischen Führer der Reformation und Gründer der Marburger Universität. Seit 1540 war er tatsächlich ganz offiziell mit zwei Frauen gleichzeitig verheiratet, obwohl Bigamie in Deutschland auch damals nicht erlaubt war und sogar unter Todesstrafe stand.

Lucas Cranach der Ältere   geb. 1472 in Kronach, gest. 1553 in Weimar, einer der bedeutendsten deutschen Maler der Renaissance, Hofmaler am kurfürstlichen Hof. Cranach betrieb in Wittenberg ein florierendes Unternehmen mit zeitweise über zwanzig Angestellten. Neben seiner Malwerkstatt gehörten dazu jahrelang eine Apotheke mit angeschlossenem Weinausschank und eine Druckerei. Seine Bilder und Druckerzeugnisse trugen von Anfang an maßgeblich dazu bei, Luthers Reformation in ganz Deutschland zu verbreiten.

Lucas Cranach der Jüngere geb. 1515 in Wittenberg, gest. 1586 ebenda, Sohn von Lucas Cranach dem Älteren, ebenfalls ein begnadeter Maler und Unternehmer, der später die Werkstatt seines Vaters übernahm.

Marienbad doppelwandiges Gefäß, das mit Wasser befüllt wird, sodass man darin etwas erhitzen kann, ohne dass es anbrennt

Martin Luther geb. 1483 in Eisleben, gest. 1546 ebenda, Theologe, weltberühmter Kirchenreformator

Mumia zermahlene Mumie, galt früher als Heilmittel und war in jeder »anständigen« mittelalterlichen Apotheke zu haben.

Nikolaus Storch geb. um 1500 in Zwickau, gest. nach 1536, Tuchweber, visionärer Laienprediger, der sich zunächst gegen die kirchlichen und sozialen Missstände in seiner Heimatstadt wandte. Er lehnte die Kindstaufe ab, befürwortete Gemeineigentum, öffentliche Fürsorge und Enteignung der Klöster. Als Wanderprediger zog er später durch die deutschen Lande. Über seine Aktivitäten zwischen Luther, Müntzer und den Täufern gibt es weit mehr Gerüchte als Fakten.

Pascher Schmuggler

Philipp Melanchthon geb. 1497 in Bretten, gest. 1560 in Wittenberg, Freund und enger Weggefährte Luthers, der sich insbesondere für eine Verbesserung der allgemeinen Schulbildung in Deutschland einsetzte. Wie Luther unterhielt er einen regen Briefwechsel mit Anton Lauterbach in Pirna, den er dort auch mehrmals besuchte.

Prägelsalz	typische Waldarbeiterkost im Elbsandsteinge- birge, wird aus Speckgrieben, Roggenmehl und Salz in der Pfanne zubereitet
Rampftel	Brotkanten (am Anfang und Ende des Brotlaibs)
Röhrkasten	hölzerner Wasserkasten, der an die städtische Wasserversorgung angeschlossen war. Er wurde im 18. Jahrhundert durch Sandsteintröge er- setzt, die teilweise heute noch stehen (z. B. auf dem Markt oder Am Steinplatz).
Schaube	Mantel mit breitem, schalartigen Kragen
Schmalkaldischer Bund	wurde 1531 in Schmalkalden als Verteidigungs- bündnis evangelischer Fürsten und Städte ge- schlossen und richtete sich gegen die Religions- politik des katholischen Kaisers Karl V.
Schricken	zugespitzte Baumstämme, von denen je zwei auf der ersten und letzten Tafel eines Floßes zwischen zwei Querstämmen ruhten, sodass sie zum Brem- sen in den Flussgrund gedrückt werden konnten
Spital	Pflegeheim für Alte und Kranke. In Pirna nahm man dort in der Regel nur arme, alte Frauen auf, die ein tadelloses Leben geführt hatten, Männer bekamen nur selten einen Platz.
Stapelrecht	auch Niederlagsrecht. Alle Waren, die Pirna passierten, mussten dort zunächst drei Tage lang angeboten werden, für den Weitertransport wa- ren hohe Zölle zu zahlen. Die Bestimmungen waren so gehalten, dass sie einheimische Kauf- leute und Handwerker stark bevorteilten.
Stempelholz	wurde im Bergbau zum Abstützen verwendet
Subprior	Stellvertreter des Priors (Klostervorstehers) in Orden, die keine Äbte haben, wie die Dominikaner
Superintendent	leitender Geistlicher eines Kirchenkreises in der evangelischen Kirche. Ihm unterliegt die Dienst- aufsicht über die Pfarrer dieses Kirchenkreises (im 16. Jahrhundert auch über die Lehrer). Er übt auch selbst seelsorgerliche Aufgaben aus.
Terminierhaus	Haus, das den Mönchen der Bettelorden (z. B. der Dominikaner) als vorübergehender Aufent- halt in einer Stadt diente, in der sie für ihr Klos-

ter betteln durften. Die Pirnaer Dominikaner hatten nachweislich eins in Dresden gehabt.

Trift
»treiben« lassen, Transport von losen Holzstämmen auf Flüssen (beim Flößen ist das Holz dagegen zu Tafeln gebunden)

Ultramarin
intensiver blauer Farbton aus lichtechten Pigmenten, die im Mittelalter aus Lapislazuli gewonnen und zeitweise mit Gold aufgewogen wurden, da der Transport nach Europa schwierig und unsicher war

Vila
slawische Sagengestalt, ein weiblicher Naturgeist

Wiedertäufer
fälschliche Bezeichnung für eine äußerst vielschichtige religiöse Bewegung des 16. Jahrhunderts, die Täufer. Sie prangerten die Missstände in der katholischen Kirche an, lehnten die Kindstaufe ab und verlangten stattdessen ein bewusstes, persönliches Glaubensbekenntnis erwachsener Menschen. Täufergruppen gab es damals in ganz Zentraleuropa. Trotz bestimmter Gemeinsamkeiten unterschieden sich diese in der Form ihres Zusammenlebens und ihrer Glaubensausübung z. T. sehr stark. Mähren im heutigen Tschechien galt viele Jahre lang als »Oase« für Täufer, da sie der dortige Adel – im Gegensatz zu Kirche und Obrigkeit im Rest Europas – nicht verfolgen ließ.

Wittum
im Ehevertrag festgelegter Besitz (Geld, Immobilien, Land, Einnahmen verschiedenster Art), der den Unterhalt der Ehefrau für den Fall sichern sollte, dass sie einmal Witwe würde; galt als ihr lebenslanger Besitz

Zubußen
Beiträge, die die Anteilseigener (Inhaber der Kuxe) einer Fundgrube zur Erschließung und zum Betreiben derselben zahlen mussten

Zusammensprechen
das sogenannte »Zusammensprechen« des Paares fand vor der Kirchentür statt. Es handelte sich dabei um einen juristischen Vorgang. Vor dem Altar in der Kirche fand die spirituelle

Handlung statt, der Pfarrer bezeugte und bestätigte den rechtlichen Akt.

Zwickauer Propheten radikale reformatorische Gruppierung um Nikolaus Storch (daher auch »Storchianer« genannt), empörten sich gleichermaßen gegen kirchliche wie soziale und rechtliche Missstände, wodurch sie rasch ins Kreuzfeuer von Kirche und Obrigkeit gerieten. Einige schlossen sich der Bauernkriegsbewegung an.

DANKESCHÖN

Auch beim Schreiben dieses Buches erhielt ich wieder Hilfe und Unterstützung in vielfältiger Form. Dafür möchte ich mich jetzt noch einmal ganz herzlich bedanken!

In erster Linie natürlich bei meiner Familie und meinen Freunden:

– bei meinem Mann Sigurd, der viele Urlaubstage opferte, um mich bei meinen Recherchen zu begleiten, der unzählige Male am Wochenende den Haushalt schmiss, damit ich schreiben konnte, und am Ende auch noch sämtliche Versionen meines Textes las und kommentierte,

– bei meinem Vater, der mich wieder mit seinem unschätzbaren historischen und heimatkundlichen Wissen unterstützte,

– bei meinem Sohn Daniel, der auch diesmal zu meinen Testlesern gehörte, ebenso wie meine Freundinnen Silvia, Tine, Elke und Frances,

– bei Swantje, die mir ihr Wissen als Hebamme zur Verfügung stellte.

Außerdem in Pirna und Umgebung:

– bei Steffen Höppner, der mir eine exklusive Führung durch das Uhrenstübchen des Rathauses gab, mir das Uhrwerk erklärte und fachkundig alles prüfte, was ich in meinem Roman dazu schrieb,

– bei Manfred Schober aus Sebnitz, der mich großzügig an seinem ungeheuren orts- und volkskundlichen Wissen über die Hinterhermsdorfer Gegend teilhaben ließ, und ebenso bei Christian Maaz aus Dresden,

- bei Carola Pätzold, Angelika Geyer und allen anderen Mitarbeitern des Pirnaer Stadtarchivs, die mir bei meinen Recherchen wieder eine unschätzbare Hilfe waren,
- bei Ute Fürwitt, in deren Ferienwohnung am Kirchplatz auch diesmal wieder etliche Kapitel entstanden.

Und natürlich:
- bei meinem Agenten Uwe Philipp
- und bei Hannelore Hartmann vom dtv.